M. C.

UN INTRUSO EN EL LABERINTO DE LOS ELEGIDOS

Grandes Temas/30

Jesús Cacho

M. C.

UN INTRUSO EN EL LABERINTO DE LOS ELEGIDOS

Ediciones Temas de Hoy

Colección: Grandes Temas
© Jesús Cacho Cortés, 1994
© EDICIONES TEMAS DE HOY, S. A. (T. H.), 1994
Paseo de la Castellana, 93. 28046 Madrid
Diseño de cubierta: Nacho Soriano
Fotografía de cubierta: Ricardo Gutiérrez
Primera edición: septiembre de 1994
ISBN: 84-7880-433-1
Depósito legal: M. 28.084-1994
Compuesto en Puntographic, S. L.
Impreso en Grafiris Impresores, S. A.
Printed in Spain - Impreso en España

INDICE

Quiero expresar mi agradecimiento a mi compañero y amigo Javier Mellado por su inestimable ayuda en el trabajo de elaboración de este libro.

CAPITULO UNO

NAVIDAD

El director general de los Servicios de Inspección del Banco de España había quedado en llamar a primera hora del viernes, 17 de diciembre de 1993, a Enrique Lasarte, consejero delegado de Banesto, para perfilar los asientos contables del plan de saneamiento presentado por la entidad bancaria, pero la llamada no se produce durante la mañana.

A las cuatro de la tarde, Lasarte, intranquilo, marca el número de teléfono de Mario Conde en Alcalá 14.

—Oye, ¿te ha llamado éste?

—No, no me ha llamado.

—Qué raro. ¿Tú crees que es cosa de llamarle yo?

—Hombre, no sé, quizá deberías dejarlo. Viernes por la tarde, y estando todo aprobado... déjalo y hablamos el lunes.

Pero el lunes, 20 de diciembre, a las nueve y cuarto de la mañana, José Pérez llama a Lasarte a su despacho de Castellana 7.

—Enrique, creo que debemos invertir el orden de la reunión, porque el gobernador quiere hablar con Mario y he pensado que es mejor que se vean ellos primero y luego hablamos nosotros.

—¿Mario sabe algo de esto?

—No, bueno, no sé. Creo que le va a llamar, pero yo te llamaré a las once.

Enrique Lasarte se quedó sorprendido. Era extraño. ¿Por qué me llama a las nueve y cuarto para decirme que volverá a llamarme a las once? ¿Qué está pasando?

Lasarte, a punto de cumplir su primer ejercicio como consejero delegado de Banesto, no podía sospechar que aquella mañana se estaba decidiendo el destino del Banco Español de Crédito. En alguna instancia oficial que él no podía ni imaginar se estaba jugando, entre las nueve y las once de la mañana, la suerte de la centenaria casa de banca y la de su consejo de administración. Tampoco lo sabe Pérez. El jefe de la Inspección intuye que se están perfilando los últimos detalles, pero no sabe exactamente de qué. Le han dicho que a las once recibirá órdenes puntuales y eso es lo que transmite.

Y a las once, como le había anunciado, Pérez llama de nuevo a Lasarte. No habrá reunión entre ambos. Quienes tienen que hablar son Angel Rojo y Mario Conde, que ha sido citado por el gobernador para las cinco de la tarde.

Aquella mañana la vida seguía su curso normal en la sede central de Banesto, pero había dos hombres que compartían una inquietud. A las cinco de la tarde, hora de fiesta en el ruedo ibérico, Conde, con toda su parafernalia de guardaespaldas, recorre en un suspiro a bordo de su Audi 100 el corto tramo, calle Alcalá abajo, que separa la sede de Banesto de las pesadas puertas de hierro forjado del Banco de España. Cuando regresa, apenas cuarenta y cinco minutos después, Lasarte le está esperando en su despacho con un tic de expectación.

—Enrique, esto está muy mal, muy mal...

—¿Qué pasa?

—Pero que muy mal... Me acabo de encontrar con un hombre absolutamente cambiado, crispado, con una cara distinta, un hombre que no me mira a los ojos, que habla repitiendo un disco rayado.

—¿Y qué dice?

—Pues que la revalorización es imposible, que no hay seguridad de que Morgan vaya a poner dinero, que no puede ser, que el banco está muy mal, que él necesita seguridad, que nuestro plan no tiene seguridad, que quiere seguridad y dale con la seguridad...

—Y, ¿qué le has dicho?

—¡Pues, coño, gobernador, pero ¿esto qué es? ¡si el día 15 todo había quedado arreglado! Y que no, que ni hablar, que me he pasado todo el fin de semana sin pegar ojo, dice, todo el fin de semana preocupado, no he podido dormir, y hablándome de una forma extraña, sin mirarme a la cara, mirando para otro lado, como dirigiéndose a un tercero invisible, y no hay seguridad, necesito seguridad, repite, necesito seguridad, y llegó un momento en que aquello parecía un monólogo, además, me habías dicho que los de Morgan, me habías prometido que los de Morgan iban a venir a verme y no han venido...Total, que yo no he sabido qué decirle.

—¿Qué hacemos?

—No lo sé, pero aquí pasa algo muy raro. No se me ocurre otra cosa que pedir a Paulina que baje a hablar con Alfredo Pastor.

Pastor, secretario de Estado de Economía desde hacía escasos meses, es, además de uno de los mejores amigos personales de Paulina Beato, su socio en la empresa BCN-Gestlink.

Aquella misma tarde, la consejera de Banesto cruzó la acera de la calle Alcalá para entrevistarse a toda prisa con su amigo. Volvió pronto a la guarida de Conde con noticias tranquilizadoras.

—Oye, Mario, aquí debe haber algún malentendido, porque Alfredo me ha dicho que, según sus noticias, tu reunión con Angel Rojo ha ido bien, vamos, que muy bien, que quizá lo que latía en el ambiente era que el apoyo de Morgan no está como muy explícito, pero que en cuanto eso se aclare no hay ningún problema.

Las explicaciones de Paulina surten un efecto balsámico sobre un Mario Conde que al día siguiente, 21 de diciembre, recibe a primera hora de la mañana en su despacho de Banesto a Roberto Mendoza, que acaba de aterrizar en Barajas procedente de Nueva York. Rápidamente pone al vicepresidente de Morgan al corriente de la situación.

—Y así es como yo lo he visto, Roberto, un poco cambiado, sí, algo le pasa y no sé muy bien qué, pero no creo que sea como para preocuparnos.

Sin embargo, algo debió de percibir el norteamericano que, directo al grano y mirando fijamente al español, le espeta:

—Mario, que ya te conozco lo suficiente y me da la sensación de que las cosas están bastante peor de lo que me dices.

—Hombre, yo creo que no.

—Sospecho que no me estás diciendo la verdad...

—Que sí, que te lo he contado tal cual, bueno, también nos ha venido a decir que no admite la revalorización de activos, pero eso tampoco lo habíamos pedido.

Conde no contó a Mendoza lo que más le había alarmado de aquel hombre tantas veces sincero y coloquial con él. No le contó lo que había visto en aquellos ojos huidizos, aquellos ojos que no le habían mirado directamente ni una sola vez.

Aquella misma mañana, los de Banesto pidieron una entrevista a Luis Angel Rojo para el día siguiente.

A primera hora del 22 de diciembre, mientras los números de la lotería rodaban cantando por las radios de todo el país, Conde llamó por teléfono a Mendoza al hotel Villamagna.

—Roberto, estate aquí a las once menos veinte, porque el gobernador nos recibe a las once en punto y sabes que a las doce tenemos la reunión del consejo.

—De acuerdo. Oye, ¿va a estar el subgobernador?

—Hombre, yo creo que no, vamos, estoy seguro de que no, cómo va a estar si el propio Rojo me ha dicho a mí por activa y por pasiva que el subgobernador no se ha enterado para nada de este asunto, que lo mantiene apartado.

—Ah, muy bien.

Conde llamó también a Rojo, apenas unos minutos antes de la hora fijada para el encuentro.

—Gobernador, ¿te importa que baje con nosotros Violy de Harper? Si no hay ningún problema, ¿eh? Si no, no pasa nada.

—En absoluto, que venga.

Pero nada más desembarcar del ascensor en la planta noble del banco emisor, Conde, Mendoza y De Harper se toparon con una sorpresa. El gobernador estaba escoltado por Miguel Martín, y por el director general de la Inspección, José Pérez. Tres contra tres. Martín, seguro en sus gestos, moviéndose con aplomo, no daba la impresión de ser el hombre que acaba de aterrizar en un tema nuevo. Su gesto mandón parecía indicar a las claras quién iba a llevar allí la voz cantante, ante un gobernador que agachaba la cabeza y un anodino director general de la Inspección.

Conde y Martín comparten sofá frente al sillón del gobernador, al otro lado de la mesa baja, con los de Morgan instalados a derecha e izquierda en sendas butacas, mientras el inspector Pérez se acomoda lateralmente en una silla diminuta. El de Banesto abre el fuego.

—Bueno, gobernador, ¡pues ya están aquí los de Morgan! Roberto ha venido a Madrid para asistir al consejo que vamos a tener ahora, y ha querido acercarse para saludarte y transmitirte brevemente su visión de este asunto, que es a su vez la nuestra. Hemos elaborado el plan que conoces y que, por cierto, es casi calcado al que en su día hizo la propia Morgan para superar su crisis en los ochenta, y nuestra intención es abordar un saneamiento total del balance; es cierto que con nuestro esquema se produce efectivamente un déficit de recursos propios, pero bueno, eso es casi un asunto contable cuya solución también os hemos propuesto. Pretendemos anunciar este plan en enero, negociar plenamente con las agencias de *rating*[1] y, en fin, estamos muy esperanzados en que todo saldrá como lo hemos planeado.

—Me alegro de que tengamos la posibilidad de celebrar esta reunión, pero quiero advertirles que el banco está en una situación dramática, dramática...

A Conde la sangre le sube de golpe a la cara, asustado, esto es la ejecución, piensa para sus adentros, la ejecución, el final, mientras Mendoza parecía de pronto petrificado y Violy de Harper había dejado de respirar.

—Sí, dramática —insiste Rojo— porque Banesto está a punto de perder el capital más las reservas, y la situación para el Banco de España es insostenible, no podemos seguir así, nosotros necesitamos seguridad...

Rojo tiene habitualmente los modales comedidos de la persona educada, el porte del *intelliguent*, los ademanes suaves del profesor acostumbrado a la reflexión. Al contrario de su antecesor en el cargo, Mariano Rubio, Rojo inspira espontánea confianza, sensación de que no puede engañar a nadie. En el templo del dinero que es el Banco de España, Rojo personifica la respetabilidad sin hacer almoneda de una cierta espontánea simpatía. Pero ahora es definitivamente otro hombre, ha perdido su tradicional aplomo, está hundido, y él, un hombre que apenas fuma, enciende un pitillo tras otro, llevándose ambas manos a la boca con el gesto del intelectual pillado en una travesura.

—No podemos estar al albur de lo que ocurra en enero, necesitamos plena seguridad de que Morgan va a llevar adelante ese tercer tramo de la ampliación de capital, y por tanto tiene que comprometerse de una manera mucho más concreta —apuntilla el gobernador.

La imaginación de Conde se desboca, bueno, esto se acabó, porque ahora, después de oír lo que acabamos de oír, lo normal es que Roberto Mendoza se levante, señor gobernador, ha sido un placer, y hasta aquí llegó la aventura española de J. P. Morgan. Pero cuando el cubano toma la palabra, el banquero se lleva una sorpresa.

[1] Entidades encargadas de la calificación de un título conforme a criterios de riesgo, tiempo de amortización, etc.

—Con el debido respeto, señor gobernador, debo decirle que, como vicepresidente de Morgan, suscribo plenamente lo que ha dicho el presidente de Banesto sobre el plan que les ha presentado. Hemos analizado al detalle la situación del banco y estamos convencidos de que las cosas van a salir como las ha expuesto el señor Conde, dicho lo cual, hay una cosa que me preocupa, y es que siento que me está usted presionando para obligar a Morgan a poner dinero aquí...

—No, por Dios, yo no presiono a nadie.

—Mire usted, yo simplemente digo que me da la impresión de que usted me está presionando.

—Pues no, lo que el Banco de España quiere saber es si Morgan, de verdad, adquiere o no el compromiso de poner 400 millones de dólares en Banesto, eso es todo. Y sé que tienen ustedes convocada para mañana una reunión en Nueva York del *Corporate Office* y me gustaría saber si en esa reunión se va a adoptar algún compromiso definitivo al respecto, o cualquier otra decisión.

—Gobernador, si lo que usted me está queriendo preguntar es si de esa reunión del comité ejecutivo de Morgan puede salir una conclusión distinta a la que yo le he presentado aquí, está usted equivocado. Para eso no tiene usted que esperar hasta mañana. Nosotros somos inversores y hemos venido a Banesto a invertir, sabiendo perfectamente lo que buscamos, que no es otra cosa que ganar dinero, cosa que, por cierto, ya estamos haciendo. Sepa usted que el plan de Banesto fue diseñado primero por nosotros y explicado a Banesto en una reunión que tuvimos en Nueva York. Mario y su equipo lo admitieron porque les pareció razonable, y porque es lo que en Morgan hemos hecho siempre y lo que sabemos hacer. Por tanto es un plan que nos parece a todos perfectamente sensato y razonable.

El subgobernador, que hasta el momento había mantenido un calculado silencio, toma la palabra con un tono que sus interlocutores notan no es exactamente el de un subordinado de Rojo, sino el de alguien más, no se sabe exactamente qué, quizá, piensa Conde, el de un responsable político.

—Si es que esto se veía venir... Ustedes no se dan cuenta o no quieren dársela, pero yo ya se lo advertí, ya les dije que ustedes venían aquí a invertir y resulta que la situación del banco es la que es, que no da más de sí, hombre, que no, y yo entiendo además que ustedes no quieran comprometerse a meter ahí más dinero.

—Oye, subgobernador, vamos a ver, ¿pero esto de qué va? —interviene Conde con un punto de rabia en los ojos—. ¿De qué estamos hablando aquí? Porque si el plan de Morgan no se admite, y el plan de Banesto, que tiene el apoyo de Morgan, tampoco se admite, pues ya me contarás qué estamos haciendo aquí, esto es un callejón sin salida.

—Pues eso, hombre, pues eso... Pero hay soluciones.

—¿Cuáles? Porque supongo que estáis teniendo en cuenta que estos señores son inversores, y que yo, aparte de ser presidente de Banesto, también soy un inversor, porque tengo todo mi dinero invertido aquí.

—Pues eso es lo que te estoy queriendo decir, Mario, que nosotros te podemos encontrar soluciones personales para ti y para tu dinero.

Mario mira a Violy, sentada a su izquierda, y la ve pálida; mira a continuación a Roberto, y lo ve blanco, como trasplantado a otro planeta. Y se hace un silencio espeso, silencio ominoso que rompe el gobernador.

—Bueno, bueno, pues nada, a ver qué da de sí esa reunión del *Corporate Office* de mañana. ¿Vas a ir tú, Mario?

—Sí, por supuesto, y va también Lasarte y algún otro director general del banco.

—Bueno, pues que vaya todo bien.

Al pie del ascensor, Conde se despide de Rojo y promete contarle el resultado de esa reunión el mismo día 24 de diciembre, en cuanto aterrice en Barajas.

—No hace falta que vengas a verme el mismo 24, hombre, descansa, que lo necesitarás después de esa paliza de viaje. Vienes el lunes 27 y me lo cuentas.

Cuando los visitantes rodean con los coches la rotonda de la plaza de Cibeles para girar calle Alcalá arriba, Roberto, sentado al lado de Conde, escupe:

—Nos ha engañado nuestra gente.

—¿Qué gente?

—La gente del banco. Nuestra gente. Alguien nos ha engañado, porque nos han dicho que las cosas estaban resueltas, que todo estaba pactado, y lo que acabo de presenciar es muy distinto. Yo he oído que a mí me han amenazado moralmente y a ti te han amenazado con quitarte el banco, y esto es algo que no había visto nunca y que jamás pude imaginar que pudiera ocurrirme. ¡Lo que he presenciado es alucinante!

—Serénate, Roberto, y vamos a ver las cosas con calma.

Aquella mañana prenavideña, el despacho de Conde parecía la sala de espera de un aeropuerto por la que pululan secretarias, directores generales y consejeros, en espera del inicio de la última reunión del consejo en este año 93. La copa de Navidad está ya preparada para antes del almuerzo y todos saben que la sesión deberá ser breve. Un Conde muy alterado está intentando contar a un corro formado por Paulina Beato, Enrique Lasarte, Alvaro Echániz, Dicky Gómez-Acebo, entre otros, los grandes rasgos de la reunión del Banco de España, pero Mendoza le interrumpe apenas comenzado.

—Vamos a ver, Enrique, pero ¿cómo fue la reunión de ayer con el director general de la Inspección?

—Pues razonablemente bien.

—¿Y qué quiere decir razonablemente bien?

—Joder, pues que básicamente estábamos de acuerdo, y que todo dependía del visto bueno final del gobernador. Pero que estábamos de acuerdo en todo, sí.

—¡Pues no entiendo nada!

El consejo de diciembre duró exactamente tres cuartos de hora, el tiempo que Enrique Lasarte empleó en informar de la marcha del banco durante el mes de noviembre, que había resultado ser el mejor mes de un año muy duro para la banca española, en general, y para Banesto, en particular. El margen de intermediación, las comisiones, los gastos generales, todo había mejorado con respecto a octubre, que a su vez había sido el mejor mes del 93 para la casa, lo que marcaba una tendencia de mejora muy interesante.

Sin embargo, algo estaba pasando, algún miedo inconcreto flotaba entre los reunidos, haciendo posible que mientras el consejero delegado llevaba adelante su exposición, no se oyera una mosca entre los reunidos.

La misma sensación se adueñó de todos a la hora de la tradicional copa de Navidad. El ambiente, normalmente festivo, se ha tornado espeso, y hay corrillos que hablan en voz baja, Matías Cortés viaja de uno a otro, y lo mismo hace Lasarte, y la gente nota que algo está pasando, algo gordo está sucediendo; Roberto Mendoza, nervioso, está en un rincón con una Violy de Harper que quiere tranquilizarle, y hacia ellos acude Conde, que no sabe si atender a Roberto o a una rubia, alta como un castillo, embutida en una falda corta muy ajustada; también Mendoza se ha fijado en ella, que pulula inopinadamente entre la gente, como un tren, ¿quién es esa tía?, nadie parece saberlo, todas las miradas detrás de la rubia cañón, y Roberto que vuelve a su obsesión, yo quiero hablar con el gobernador, tengo que verle, este hombre ha dicho delante de mí que se han perdido el capital y las reservas y eso es una monstruosidad, y yo tengo que hablar con este hombre para que me dé una explicación razonable de lo que está pasando, y entonces Conde tiene una idea.

—¿Por qué no hacemos una cosa? ¿Por qué no baja Violy a hablar con la gente de la Inspección? Al fin y al cabo ella ha estado discutiendo las cifras y tiene buena química con ellos, a ver qué le dicen...

Violy, que ha bajado acompañada de Alfonso Naranjo, vuelve a la sede de Alcalá después de haberse entrevistado brevemente con Zamanillo, el hombre que ha auscultado las tripas de Banesto casi sin interrupción durante los últimos cinco años. Y la colombiana vuelve convencida de que la actitud del Banco de España es constructiva, noticias tranquilizadoras, no hay problema con la Inspección.

—¿Pero de verdad te ha dicho eso?

—Que sí, que han reconocido que los números son correctos, que estamos básicamente de acuerdo, y que en todo caso las diferencias son mínimas.

—Pues no entiendo nada.

—Es más, nos hemos enterado que en los cálculos para el *ratio* del Banco Internacional de Pagos de Basilea hay 20.000 millones de pesetas que nosotros no metíamos y ellos sí, y eso nos da un margen mayor...

—Bueno, bueno, más vale así.

Sobre las seis de la tarde de aquel 22 de diciembre, la expedición de Banesto salió de Barajas rumbo a Nueva York donde al día siguiente Mario Conde tenía que someterse a un nuevo y exhaustivo examen ante la cúpula de Morgan. El número de los expedicionarios —Mario Conde, Enrique Lasarte, Roberto Mendoza, Violy de Harper, Matías Cortés, Javier Macaya, Fernando Martín, responsable de riesgos, y Alfonso Naranjo, de auditoría interna— ha obligado a alquilar el avión del Banco Central Hispano, porque el de Banesto se ha quedado pequeño.

Las noticias que del Banco de España acaba de traer Violy de Harper consiguen relajar el ambiente entre los expedicionarios. En la tarde inacabable del Atlántico, al calor de las copas, Mendoza le hace a Conde algunas confesiones escalofriantes: los intentos de destruir la alianza entre Banesto y su poderoso socio norteamericano han llegado muy lejos. Han llegado a remitir a la sede de Morgan, en el 60 de Wall Street, un informe confidencial sobre la vida privada de Mario Conde, y Mario, me acabo de enterar de que no te gustan las señoras, y hay risas cargadas de indignación, ¿pero quién está haciendo eso? ¿Quién puede dedicarse a eso?

—Esto va en serio, Mario, esta es una operación donde han puesto en juego todas sus baterías.

—¿Pero quién ha ido a Morgan con estas historias?

—Es un informe de una agencia norteamericana, Kroll se llama, y han utilizado a un amigo de Denis Weatherstone para hacerlo llegar.

—Y, aparte de que no me gustan las mujeres, ¿qué dicen?

—Pues mira, hablan de las comisiones que has cobrado en la venta del cemento, de un acuerdo secreto con la UBS (Union des Banques Suisses), de conexiones internacionales, tráfico de armas... lo que quieras.

—Supongo que Denis Weatherstone les habrá mandado a mamarla...

—Bueno, Denis se ha quedado impresionado, porque ha visto a las claras que hay una conspiración muy seria contra ti. Me ha preguntado textualmente: ¿pero por qué quieren acabar con este hombre?

—Dime una cosa, Roberto, ¿quién está enviando estos mensajes a Morgan? ¿Tú lo sabes? ¿Quién envía a esa Kroll o Kroner a hablar con Weatherstone?

—Pues creemos que es gente del Estado español, no puede ser nadie más.

—Pero ¿quién exactamente?

—No lo sé.

—Pues yo te lo voy a decir: es el vicepresidente del Gobierno, Narcís Serra. Es ése. Y ¿quieres que te diga qué es lo que pretenden con todo esto?

—Lo sé tan bien como tú. Quieren romper tu alianza con Morgan, nada más, quieren que salgamos de Banesto, pero con errores tan llamativos como éstos lo que están consiguiendo es lo contrario, porque Denis se ha dado perfecta cuenta de hasta dónde son capaces de llegar.

—¡Esto es acojonante, Roberto! Del verano a esta parte Madrid está plagado de rumores de que habéis roto conmigo, que me habéis abandonado, que estoy solo, y no saben ya qué decir ni qué inventar, es una oleada salvaje, brutal, todos los días me llegan cosas, y todas machacando en que Morgan y Conde han roto, todos los días pim, pam, pum... Lo último que me ha llegado es que Morgan había ofrecido a primeros de mes su paquete de Banesto a Bankinter.

—Pues a nosotros nos ha llegado que eras tú quien se lo había ofrecido a Jaime Botín.

Sobre la tarde atlántica, a 11.000 metros de altura en aquel pequeño aparato que vuela siguiendo la ruta del sol, los corazones se han abierto al calor del whisky. Hay risas, cambios de asientos, anécdotas, y hay quien intenta echar una cabezada y quien, como Matías Cortés, no entendía nada, porque parecía que Conde iba a celebrar alguna victoria, seguía convencido de montar caballo ganador, sin darse cuenta de que su suerte ya estaba echada.

El aparato aterriza en New Jersey para repostar, y menos de media hora después tomaba tierra en el aeropuerto Kennedy.

Violy de Harper ha preparado una cena en su nuevo piso de Park Avenue, y Conde, Cortés y Lasarte se van directamente desde el aeropuerto sin pasar por el hotel, Mendoza prefiere girar una visita a su casa y mudar de camisa, y los españoles, cansados, ajados, sin cambiarse de ropa, están a las 8.30 de la tarde haciendo su entrada en el magnífico apartamento de Violy, su apartamento de divorciada, el apartamento de los disgustos que le ha costado su puesto en Morgan.

En la casa están ya el banquero Wolfenshon, uno de los personajes más ricos del mundo, dueño del banco del mismo nombre, y Paul Volcker, el ex presidente de la Reserva Federal y uno de los hombres más prestigiosos de las finanzas mundiales. Violy ha firmado ya un contrato para empezar a trabajar con Wolfenshon, que ha caído finalmente en sus redes tras rechazar ofertas de lo más granado de los bancos de inversiones neoyorquinos.

Violy tiene la chimenea encendida, y hay un agradable ambiente en aquel salón a medio amueblar, en uno de cuyos extremos se ha instalado un *buffet*, mucha ensalada, mucho *roast-beef*, y salsas, por el que desfilan los invitados para servirse a su gusto. Volcker y Conde mantienen una larga conversación, en la que mete baza Roberto Mendoza, la economía mundial, el estado de las finanzas españolas, el Banco de España.

—Y ¿qué es de Mariano Rubio? —pregunta Paul Volcker.

—Bueno, más o menos retirado de la circulación, porque no ha trascendido que haya fichado por ningún grupo español.

—Me parece gravísimo que al gobernador de un banco central de la Comunidad Europea le caiga encima una acusación de *insider trading*[2].

—Pues sí, pero no se ha podido probar nada, entre otras cosas porque el asunto aún está en los tribunales.

—Y los tribunales ¿llegarán a decir algo?

—Pues no lo sé, dadas las peculiaridades de nuestro sistema judicial.

—No se llegará a nada —interviene Mendoza— porque en España todo está politizado. Es la gran sorpresa que yo me he llevado en ese país, todo politizado, y las decisiones del Banco de España también están politizadas.

—¿Cómo dice usted?

—Lo que oye, que todo está absolutamente politizado, empezando por el Banco de España, y que no hay ninguna instancia oficial independiente del Gobierno.

—Pero eso es gravísimo —irrumpe Volcker.

—Bueno, no es exactamente así —trata de matizar Conde—, lo que ocurre es que tradicionalmente el papel del Estado ha sido y es muy importante allí, y eso impregna todo el tejido social y económico, en especial las relaciones entre la banca y los poderes públicos.

—Me han contado que van a presentar ustedes mañana ante el *Corporate Office* de Morgan un plan de saneamiento. ¿De qué se trata?

Conde se explaya comentando al otrora poderoso «número uno» de la Reserva Federal los pormenores del plan de saneamiento de Banesto.

—Y ¿qué espera usted que hagan las agencias de *rating* si ustedes hacen lo que me dice?

—Yo creo que nos bajarán un punto.

—Eso me parece muy optimista. Yo creo que les bajarán más, porque es lógico que lo hagan, pero si me apura eso no es relevante, ya que con sus *ratios* la salida a los mercados internacionales de deuda está garantizada aunque les bajen dos puntos. No veo en eso ningún problema.

---

[2] Manejo de información privilegiada en el curso de alguna operación bursátil.

Cuando la expedición española llega a su hotel, las manecillas del reloj se acercan ya a la una de la madrugada, hora local, las siete de la mañana, hora española, y aunque los cuerpos están para pocos trotes, deciden tomarse una última copa.

A las cuatro de la madrugada suena el teléfono en la habitación de Conde. Al otro lado del hilo, en Madrid, se encuentra una Paulina Beato muy contenta.

—¡Siento molestarte tan pronto, pero es que tengo buenas noticias!

—Menos mal, porque si no te mato, Paula, me he acostado hace un par de horas. ¿Qué hay de nuevo?

—He estado hablando con Alfredo Pastor, que me ha contado que la reunión vuestra con el Banco de España fue extraordinariamente positiva.

—¡Qué me dices! ¿De verdad?

—Sí, sí, lo que oyes, que muy positiva y nada, nada, que solución totalmente continuista.

—Pues me alegro, Paulina, muchas gracias.

Al poco rato Mario despierta a Lasarte. De la habitación contigua apenas llegaba a través del teléfono el sonido gutural de alguien que luchaba por sobreponerse a los efectos del pildorazo que se había suministrado unas horas antes.

—¡Enrique, despierta, coño! He quedado con Violy a las seis menos cuarto para desayunar juntos y repasar la presentación ante Morgan. Te esperamos abajo.

Violy no había pegado ojo aquella noche, pero tampoco lo necesita, que es mujer de pocas horas de sueño. Violy y Mario toman asiento al lado de la mesa en que Martín, Naranjo y Macaya están dando cuenta de sus desayunos.

El banquero les interrumpía cada dos minutos con preguntas de todo tipo. Se sabía la lección al dedillo, pero de pronto parecían asaltarle mil y una dudas. En un momento determinado levanta a Fernando Martín y le hace sentar a su lado.

—Vamos a ver, Fernando, como yo diga en esta reunión algo que no sea verdad, algo que sea falso, te hecho del banco ¿está claro?

—Muy claro, jefe.

—Así que, por tu bien, dime la verdad por muy mala que sea. ¿De acuerdo?

—De acuerdo.

—¿Puedo decir que el máximo de morosidad que tenemos es «tanto»?

—Sí.

—Si es mucho más, dime ahora cuánto más puedo decir, pero, por favor, que lo que diga sea cierto.

—Eso, presidente, eso mismo.

—¿Puedo decir que las recuperaciones que esperamos hacer son «tantas»?

—¡Por supuesto, pero es que me apretáis tanto...!

—¿Qué pasa?

—Que yo le había dicho al consejero delegado que 65.000 millones, pero tengo cargo de conciencia, porque yo creo que 85.000 es una cifra razonable, 85.000 es perfectamente razonable.

—¿Puedo decir entonces que 85.000 millones?

—Con toda tranquilidad, presidente.

A las diez y cuarto de la mañana de aquel 23 de diciembre en un Nueva York helado, con apenas dos horas de sueño después de haber mantenido una tensa conversación con Rojo, después de un consejo en Banesto, de un viaje en avión de diez horas, de una cena a la llegada, y de darle mil vueltas en el cerebro a todo tipo de preguntas y respuestas, la expedición española entraba en el despacho de Violy de Harper, en la planta 27 de la sede de Morgan en Wall Street, y enseguida llega Roberto Mendoza, como un flan, vestido como él se viste para las grandes ocasiones, el director de una funeraria del medio oeste, con ese cuello americano indefinible, alto por el gollete, mal cortado, siempre arrugado, imposible de arreglar ni con ballena ni almidón, y aquella corbata, con unos nudos mínimos, indescriptibles, que le dan ese aire de alumno que acaba de graduarse en el Oxford de los años cincuenta, y llega con su traje oscuro, las manos gordinflonas, y esa extraña manía que tienen las mangas al caer de taparle los puños de la camisa y prácticamente la mano, y se queda así, como brazicorto, los dedos apareciendo gordezuelos por los extremos cual percebes.

El despacho de Violy es pequeño, parece un nido de cigüeña colgado sobre un impresionante horizonte de rascacielos, Roberto está nervioso, están nerviosos, nadie habla y todos parecen asistir hipnotizados al ir y venir indiferente de la secretaria de Violy, una negra fea de tamaño descomunal, vistiendo una minifalda épica que deja lucir en todo su esplendor dos piernas macizas como las columnas de Hércules. Mario, fascinado, recorría con la vista la arquitectura de aquel par de piernas, en el pequeño despacho no se atrevía a hablar ni Dios, un telefonillo encima de una mesa, un ordenador a mano izquierda, dos fotos con los niños de Violy, todo lleno de libros, montañas de libros y papeles, sin espacio para rebullirse, y aquella secretaria que se inclina, y ahora sí, ahora no, está a punto de enseñar el color de las bragas, y llamando a Lasarte a un aparte le hace una confesión.

—¿Sabes lo que estoy pensando?

—Echarle un polvo a esta negra.

—Sí, hombre, estoy yo para eso ahora... estoy pensando que quién me manda a mí someterme otra vez a un examen delante de toda la comisión ejecutiva de Morgan, pero por qué, por qué coño tengo que meterme en esto.

No hubo tiempo para más reflexiones, porque, de repente, alguien gritó ¡vámonos! y como un resorte la comitiva se puso en marcha hacia la sala del consejo, algunas plantas más abajo, en la 20, un rectángulo dominado por una gran mesa ovalada y paneles de elegante madera oscura forrando, en el más sobrio estilo Morgan, dos de las paredes, y las otras dos convertidas en un espectacular mirador acristalado sobre el panorama de rascacielos. En el centro de la pared del fondo, un pequeño aparador con café, té y pastas para repostar.

Preside Denis Weatherstone, que está rodeado por la plana mayor de Morgan, el consejero delegado, el jefe de riesgos, el de la asesoría jurídica, Net Kelly, el presidente de Corsair, altos cargos, rueda de presentaciones, nombres, y Roberto Mendoza que rompe el fuego, yo le había pedido a Mario Conde que viniera aquí para explicarnos la situación y el señor Conde ha accedido a venir en un día tan significado, y Denis Weatherstone, un tipo bajito, pelo ondulado que debió ser rubio en su juventud, le está clavando sus ojos vivos, su mirada escrutadora, es el único presidente inglés que ha tenido la banca fundada por John Pierpont Morgan en toda su historia, y muchas gracias, Mario, por el detalle de haber venido a vernos en plena Navidad, espero que su viaje sea provechoso para todos, en eso confía Conde más que el resto, y es evidente que hay una corriente de simpatía mutua entre ambos personajes, una química que funciona sin necesidad de códigos, y el gallego da las gracias y asegura que hablar ante gente tan cualificada es siempre un reto y un placer, sea o no Navidad, pero es, sobre todo, una obligación profesional en las actuales circunstancias.

El presidente de Banesto se sabe el banco por la derecha y por la izquierda, brillante, de frente y al bies. Cerca de la una de la tarde, Weatherstone interrumpe brevemente la sesión para anunciar que en la sala contigua hay comida, *sandwiches*, ensaladas, más *sandwiches*, más ensaladas, agua, refrescos, café y té, todo un banquete, y Conde toma un par de *sandwiches*, una taza de café, se sienta un rato a descansar, pero pronto advierte que todos han vuelto a ocupar sus posiciones en torno a la gran mesa, es el turno de Fernando Martín. Su inglés no es especialmente fluido, pero el hombre ha hecho un gran esfuerzo, parece habérselo aprendido de memoria y su intervención resulta muy efectiva, felicitaciones para Martín por parte de los americanos, interviene también Naranjo, y el propio consejero delegado, Lasarte, más de cinco horas de análisis del problema, las medidas introducidas por el banco, las soluciones planteadas, las proyecciones de la cuenta de resultados... todos superan con soltura el bombardeo de preguntas, y eran pasadas las cuatro y media de la tarde, la luz artificial brillando ya como ascuas en los despachos de enfrente, cuando Weatherstone levantaba la sesión felicitando a la expedición de Banesto y asegurando que el socio español tenía *our best support*, todo su apoyo, para llevar adelante su plan de saneamiento.

El examen había terminado con nota de sobresaliente, y Denis Weatherstone agarra por el brazo a Conde camino de la salida.

—No será fácil, pero esto va a salir bien. Naturalmente cabía la alternativa de hacer el saneamiento en dos años, como hicimos en Morgan en el 87 cuando nuestra crisis, pero creo que intentar liquidar el problema de una vez es ahora la mejor opción, estoy de acuerdo, creo que esta es la línea. Y, dime, Mario, ¿qué crees que hará la acción cuando anunciemos el plan?

—Hay opiniones para todos los gustos. Según Roberto, subirá; en opinión de Enrique Lasarte, quedará más o menos como está, y yo creo que bajará, pero hacia el mes de marzo o abril, con los buenos resultados que esperamos en el banco, subirá y de forma disparada.

—Puede ser, puede ser —admite dubitativo.

A la reunión había asistido un crítico acerbo de Banesto. Se llama Nicholas Paun Gaztelu y es el presidente del fondo Corsair. Las decisiones de inversión de Corsair se toman por unanimidad de la comisión ejecutiva de Morgan, de acuerdo con el mandato recibido por el banco para administrar el fondo, lo que convierte al de Corsair en poco más que un funcionario distinguido. No se sabe por qué, pero Paun Gaztelu, un tipo bien plantado, cuarenta y dos años, ojos azules, atractivo, sintió desde el primer día cierta aversión, ¿o eran simples celos?, hacia Conde.

La mayor sorpresa del gallego fue que, al terminar la exposición, se levantó de su asiento para dirigirse hacia él con la mano tendida.

—Pocas veces he visto algo parecido, y quiero decirle, señor Conde, que yo he sido su enemigo en este consejo, pero que desde hoy cuenta usted con todo mi apoyo.

—Perdone, usted no ha sido mi enemigo; yo creo que usted se ha limitado a cumplir con su obligación.

—Insisto, a partir de ahora cuente con mi apoyo, aunque las acciones bajen de momento, porque estoy convencido de que van a subir después con rapidez.

Especialmente emocionado parecía Roberto Mendoza, se jugaba mucho en el envite, los puños de la camisa asomando ya por debajo de las mangas de la chaqueta, que echa una mano por el hombro de Conde a la puerta del 60 de Wall Street, quiero que sepas, Mario, que me siento orgulloso de ser socio tuyo y de pertenecer a tu consejo de administración, y Conde siente una oleada de satisfacción, un punto de emoción mitad producto del cansancio, mitad de la tensión acumulada en las últimas jornadas. Tan contento estaba Mendoza que Conde le invita al hotel, parecía imposible romper aquel estado de gracia en medio de una calle helada de Nueva York, vente al Mayfair, Roberto, y tú también Violy, veníos y tomamos una copa, vamos a celebrarlo, lo mismo nos da salir hacia Madrid una hora antes que después.

Ya en el hotel, muertos de cansancio, Mario musita al oído de Matías Cortés:

—Hay que ver esta gente, encima del lío en que les hemos metido nos felicitan y dan las gracias por lo bien que hemos resuelto el problema...

Es como si estuvieran narcotizados por Mario Conde.

De regreso sobre el Atlántico, en el interior en penumbra de aquel avioncito que vuela hacia la madrugada española, embozado en una manta y a punto de caer rendido por el sueño, Mario Conde tiene sin embargo el presentimiento de haber asistido al último acto de una comedia que no iba a servir para nada.

A las seis de la tarde del día de Nochebuena, en su finca de los montes de Toledo, Conde recibe una llamada de Julián García Vargas, ministro de Defensa. El día 23 los miembros del Ejecutivo, acompañados de sus mujeres, han acudido a La Moncloa a tomar la copa de Navidad, y en el ambiente distendido de la ocasión, Julián ha aprovechado para hacer algunas indagaciones entre sus colegas. Tras las felicitaciones de rigor, Julián transmite a Conde su particular mensaje de paz.

—Oye, por cierto, tú, tranquilidad absoluta. Estuve ayer hablando con éstos, entre otros con el presidente y el ministro de Economía, y no hay absolutamente ninguna maniobra contra ti, puedes estar seguro, nada de nada.

—Chico, pues no sabes cuánto me alegra que me lo digas. Te lo agradezco mucho.

Mario está seguro de que García Vargas, uno de los escasos tipos serios y honestos del Gobierno, no le engaña. Pero, ¿le habrán dicho la verdad a Julián? Para nadie es un misterio, y menos para el Gobierno, que el interés del ministro de Defensa en un tema de ese calibre no es gratuito, puesto que su mujer trabaja como directora de la Fundación Banesto. Más aún, incluso un miembro del actual Gobierno llegó a comentar meses atrás ante algún colega que «García Vargas es un ministro de Mario Conde», puesto que tras el 6-J Felipe le había mantenido en Defensa por decisión del Rey, y esa decisión estaba tomada a partir de la influencia de Conde sobre el Monarca.

El banquero prefiere no alarmar con sus cuitas a su mujer, Lourdes Arroyo, en plena Nochebuena, pero unos días antes, exactamente el 21 de diciembre, en su casa de la calle Triana, 9.30 de la noche, Mario ha llamado a su hija al despachito que el banquero se ha instalado a la derecha del recibidor, una pequeña mesa, un sofá de dos plazas y un sillón de cuero, libros y fotos de momentos descollantes llenando el pequeño rectángulo, y la ha hecho sentar. Tiene que comunicarle algo importante, Alejandra asiente, el padre trata de ser didáctico, la situación política del país es muy complicada, creo que voy a ser víctima de una operación de acoso, ahora vienen en serio, y tenemos que estar preparados porque quizá dentro de muy poco tiempo deje de ser presidente de Banesto, y si eso ocurre debemos conservar la cabeza fría, mantenernos todos unidos y tirar hacia adelante, porque, si así fuera, una etapa de la vida se habría acabado, pero queda mucho camino por delante, muchas cosas por hacer...

—No te preocupes, papá, seguiremos peleando.

La familia Conde pasó el día de Navidad en «La Salceda». Era la sexta Navidad del gallego como presidente de Banesto y, tras las emociones de los últimos días, la armonía del campo y el ambiente familiar actuaron como un sedante. En la mañana del domingo, 26 de diciembre, perdido entre jarales, con el viento en la cara, pudo reflexionar con calma en campo abierto sobre lo que estaba ocurriendo, parecía increíble, pero por primera vez le habían pillado a contrapié, algo no encajaba y su olfato le anunciaba que había mucho peligro en esa incógnita que no acertaba a descifrar. Repasó los datos del problema, si Pérez le ha dicho a Enrique que están de acuerdo en casi todo, de acuerdo en lo fundamental; si Julián asegura que no hay ninguna operación en marcha; si Zamanillo le dijo a Violy que los números son correctos; si Pastor le cuenta a Paulina que la reunión con el gobernador fue muy positiva; si el propio gobernador elude la posibilidad de una fusión... ¿qué está pasando aquí? ¿Por qué se aferran a la coña esa de que la situación es dramática? ¿A qué están jugando estos cabrones? Me temo que nunca hemos estado tan cerca de que ocurra algo grave, tan grave como perder el control del banco o algo parecido, no sé, el gobernador parece otro, está rarísimo, y luego la aparición de Martín en escena... esa es otra, ¿qué significa que de repente aparezca Martín de mandamás? Aquí se está cociendo algo, pero no sé exactamente qué. Lo que pasa es que con el apoyo de Morgan lo van a tener jodido. Si van contra mí van también contra ellos, y eso ya es otro cantar, aparte de que, claro que sí, tenemos una morosidad de cojones, de eso no hay duda, pero lo mismo le pasa al resto de la banca española; ¿que en nuestro caso es superior?, puede que sea así, pero eso no justifica lo que está ocurriendo.

¡Menudo año! A ver si se acaba de una puta vez, ¿tantos errores hemos cometido? Pues sí, mantener a Belloso tanto tiempo ha sido un error; con Enrique, mejor, pero también hemos cerrado con éxito la mayor ampliación de capital de la historia de España y de Europa, cuando nadie daba un duro por nosotros, y tenemos el apoyo de Morgan, seis horas ante la comisión ejecutiva de Morgan, sólo de pensar que tenía que enfrentarme otra vez a ellos me temblaban las piernas, salió bien, y estamos mejor que en el 92, eso está claro, pero entonces lo entiendo menos, ¿qué quieren? Incluso al lío del Totta se le va viendo otra cara, y el Banco de España no puede tener queja, porque hemos sido absolutamente transparentes, se lo hemos contado todo, todo, saben más de Banesto que de ningún otro banco, incluso puede ser que nos hayamos pasado, sí, no sé si no habremos metido la pata, demasiada información y demasiado pura, pero ya está hecho, y no hay que darle más vueltas.

No creo que estén preparando una fusión a mis espaldas, eso

no, pero entonces, ¿por qué pintan un panorama tan catastrófico? Es muy posible que sea para forzar a Morgan a comprometerse en una ampliación de capital. Si esa era su intención, la verdad es que casi consiguen lo contrario, porque, en vista del cuadro que pintaron Rojo y Martín, lo normal es que hubieran decidido salir corriendo de Banesto poniendo en venta sus acciones... no lo quiero ni imaginar.

La llamada de Amusátegui del viernes 17 a «Los Carrizos», pidiéndome una fusión ese mismo fin de semana, me mosqueó bastante, aunque ya sé que Pepe es impulsivo y un poco ligero. Es posible que crea que estoy negociando con el Santander, lo que le dejaría aislado y con problemas serios en su casa, esperando además una ofensiva personal contra él el año que viene. Tampoco tengo ni idea de lo que estará pasando por la mente de Botín. Ricardo Gómez-Acebo cree que no está haciendo nada y Matías opina que no le interesa Banesto. Yo no estoy tan seguro. En principio me fío de Argentaria, pero ¿podrían estar los del BBV en alguna maniobra concreta?

La pregunta es si somos o no capaces de subsistir solos, y mi respuesta es que sí, porque a pesar de la enorme carga que planteamos sobre las reservas, tenemos un nivel de recursos propios consolidados que nos permite seguir viviendo. Hay un punto de artificialidad y es el crédito fiscal que obtenemos y que consideramos como activo. Son 80.000 millones y eso es mucho dinero. Pero también es verdad que vendiendo el 25 por ciento del Totta, el problema se resuelve en una parte importantísima, y se resolvería del todo con la venta del 50 por ciento.

No veo que tengan más alternativa que aceptar nuestra propuesta... o proponernos una fusión. Para eso tendrían que contar con Felipe González, a quien un asunto de esta envergadura alarmaría muchísimo. No creo que consienta nada contra mí. Me debe muchos favores. Por otro lado, sabiendo que tenemos el apoyo de Morgan, les será difícil dar un paso en esa dirección, puesto que también significa decirle no a Morgan, y entre ellos y yo controlamos un paquete demasiado importante del capital del banco, además de la capacidad de hacer ruido que tenemos tanto nacional como internacionalmente. Mañana lo veremos.

Estoy cansado y nervioso, algo deprimido, con pocas ganas de seguir, pero he asumido una responsabilidad muy grande y tengo que seguir hasta el final, sobre todo si el gobernador me pide que lo haga, lo que significaría aprobarme el plan. En fin, creo que lo que está pasando con Banesto es una prueba del nivel de acojone que el Banco de España tiene con el sistema financiero en su conjunto, porque hay muchos bancos tocados. ¿Vamos a tener que pagar nosotros el pato? Tienen que darnos una salida, y si no quieren una fusión no tienen más remedio que admitir nuestro plan, aunque no les guste. En fin, hoy vienen a cenar Enrique y Paulina y mañana tengo la reunión con el gobernador.

¿Qué debo hacer? Por un lado siento ganas de mandarlo todo a freír puñetas y empezar a vivir un poco en paz, pero no puedo derrumbarme ahora, tengo que dar la cara, ahora más que nunca, sería una cobardía salir corriendo, y además está en juego mi patrimonio y el de mis hijos, supongo que en un planteamiento de fusión no tendría problemas para recuperar la inversión hecha en Banesto, no creo que perdiera dinero, pero, claro, mi imagen quedaría dañada, mi imagen pública sufriría aun teniendo influencia en los medios de comunicación, sin olvidar que, naturalmente, si dejara de ser presidente de Banesto esa influencia caería en picado, y el dinero es importante, sí, pero un hombre como yo tiene que cuidar su imagen por encima de todo, porque tengo todavía toda la vida por delante.

CAPITULO DOS

28-D

A Mario Conde le pareció un mal augurio que el gobernador del Banco de España le citara el lunes, 27 de diciembre, a las cinco de la tarde, una hora magnífica, comenta con ironía a Lasarte, un problema de esta envergadura y me llama a las cinco de la tarde, increíble, esto me da mala espina, si este hombre estuviera de verdad interesado en lo que ha pasado en Nueva York tendría que haberme llamado a las ocho de la mañana, ¿no te parece?, ¡te quiero ver aquí a las ocho!, me hubiera dicho, ¡como un clavo!

La entrada del banquero en la sala de espera del despacho del gobernador es una visita al museo de los horrores pictóricos; el retrato de Mariano Rubio sobre fondo rojo, a la izquierda —la historia está plagada de ironías, piensa Conde delante del retrato de Macarrón, me parece que te vas a salir con la tuya—; el de Alvarez Rendueles, a la derecha; López de Letona, enfrente, todos inmortalizados para la posteridad en el templo de la ortodoxia bancaria, y en la otra esquina, Coronel de Palma.

Contemplando estaba la pinacoteca doméstica del banco emisor cuando se abrió la puerta y apareció Luis Angel Rojo con el mechón caído, las gafas en el curso medio de la nariz, y su cabeza de intelectual ladeada por la fuerza de algún peso invisible. A su lado, vestido con un traje marrón, caminaba Miguel Martín, y aquél fue el detalle que le faltaba al gallego para intuir los perfiles de su suerte, su sentencia de muerte. Aquella no iba a ser una conversación entre Luis Angel Rojo y Mario Conde, sino entre el Banco de España y el presidente del consejo del Banco Español de Crédito, dos instituciones frente a frente.

La reunión con el *Corporate Office* de Morgan había resultado magnífica, un éxito completo, y Mario trata mentalmente de olvidarse del entorno para meterse en la descripción de aquellas cinco horas de tensión, cuando ve a Miguel Martín esbozar una sonrisa; la convincente intervención de Lasarte, las preguntas de Mendoza, y Martín que seguía con su apunte de sonrisa en los labios, las palabras finales de apoyo pronunciadas por Denis Weatherstone, tiene usted nuestro total apoyo, y aquella sonrisa que le impedía concentrarse. Ya no esperaba nada, sobre su mente latía con fuerza la sensación de que trataban una decisión ya adoptada. Es curioso que mientras las conversaciones se mantuvieron en la esfera estricta del Banco de España, a Miguel Martín se le mantuvo alejado del asunto Banesto, pero desde que pasó a la esfera política, el subgobernador comenzó a tener protagonismo, hasta el extremo de que poco a poco se fue imponiendo al gobernador, se notaba que las decisiones las tomaba él y que el gobernador era un simple espectador, y cuando Conde termina su parlamento, Rojo corta cualquier posible equívoco.

—Todo eso está muy bien, pero ya te dijimos el otro día cómo vemos nosotros el problema. Y es que no podemos correr el riesgo de que la situación del banco empeore, no tenemos ninguna seguridad de que no vaya a ocurrir así, el riesgo que asumiría el Banco de España es muy alto, se nos pide demasiado, y el Banco de España no puede comprometerse en ese plan que habéis presentado.

—Pero vamos a ver, gobernador, ¿en qué se compromete el Banco de España? Es que yo todavía no lo sé.

—No podemos, no podemos correr ese riesgo —repite, machacón, el gobernador— y vamos a tener que tomar medidas de emergencia.

No había nada que hacer. No se escuchaban razones. Rojo era un náufrago aferrado a su tabla, el pollino que da vueltas a la noria de una idea permanente: J. P. Morgan no asume ningún compromiso, porque no aporta dinero. Camino del ascensor al lado de un Conde en silencio, éste le pide un favor: que reciba y escuche a Paulina Beato.

Mario salió de las dependencias del Banco de España convencido de que su suerte estaba echada, perfectamente consciente de que daba lo mismo que Paulina hablara con el gobernador o con el Papa de Roma. El tema estaba liquidado. Ninguno de sus colegas banqueros, ninguno de los presidentes de los siete grandes con los que había compartido tantas confidencias, con los que había almorzado en tantas ocasiones, le había llamado para anunciarle el peligro. ¿Es que nadie sabía nada?

En su despacho de Alcalá 12 se reúne en sesión de emergencia con Paulina Beato, Enrique Lasarte, Ramiro Núñez y Arturo Romaní. Había que llamar inmediatamente a Nueva York y lanzar un SOS. Banesto hacía agua, como un acorazado que acaba de recibir un torpedo en plena línea de flotación. Muy excitado, Conde relata a Mendoza las incidencias de la conversación mantenida en la plaza de Cibeles, mientras Paulina corre al Banco de España a entrevistarse con José Pérez, director general de la Inspección, es mi mejor amigo, compañero de carrera, tendrá que decirme algo, qué demonios está pasando, tendrá que contarme la verdad.

Matías Cortés está en Venecia, hay que llamarle a Venecia, tiene que estar aquí, le necesitamos, y Roberto Mendoza que parece haber perdido la voz al otro lado del hilo.

—Mira, Roberto, me han venido a decir que nuestro plan no les ofrece ninguna seguridad y que van a intervenir.

—¡Pero qué cosas dices, cómo van a intervenir, eso es una barbaridad!

—¡Que van a intervenir, Roberto!

Vuelve Paulina con gesto perplejo, no entiendo nada, las manos a la cabeza, no entiendo nada, no entiendo nada.

—¿Pero qué coño te ha dicho, Paula?

—Nada, porque no quieren entrar en cifras, no quieren, no quieren, este hombre se me escabulle, que es asunto del gobernador y de ahí no sale.

Matías se dispone a dejar precipitadamente el hotel Danieli, Riva degli Scoiavony, cinco estrellas, 54.740 pesetas por noche, una doble sin desayuno. Mario le ha enviado su avión privado para que regrese de inmediato y, lo que es más importante, le ha transmitido un doble mensaje: que empiece a negociar con Emilio Botín una salida, cualquier salida a la desesperada, y que trate de convencer a sus clientes de Morgan para que pongan dinero en Banesto y además se lo hagan saber al Banco de España. Y entre el 14 de Alcalá y el 60 de Wall Street se establece un maratón telefónico para tratar de parar la riada; había que hacer algo, Roberto tenía que mover peón, se trata de Morgan, y el Banco de España no podía hacer caso omiso a la opinión del banco más prestigioso del mundo, Morgan tenía que comprometerse, enviar una carta, eso era lo mejor, sí señor, redactar en Nueva York una carta de apoyo al plan de saneamiento de Banesto presentado por la gerencia, una carta clara, explícita, que no dejara lugar a dudas, el Banco de España no se atrevería a actuar, sería un escándalo de dimensiones internacionales.

Cerca de las dos de la madrugada del 28 de diciembre, día de los Inocentes, el fax de la secretaría de Conde escupe un borrador redactado en Nueva York, ocho de la tarde en Manhattan, es una carta estupenda, admiten todos, un texto redondo, sin resquicio para la duda, y ya está Mendoza de nuevo al teléfono.

—Mario, voy a firmar esta carta por ti, pero quiero que tengas claro que jamás se ha hecho en Morgan nada parecido, y lo hacemos porque tenemos toda la confianza en tu persona, y porque, además, estoy seguro de que si hubiera alguna razón de peso para no firmar esta carta tú me la darías ¿no es verdad?

A las dos y pico de la madrugada, con la tensión a flor de piel, el corazón latiendo pom, pom, pom, una pregunta de ese tenor es una prueba extrema incluso para el ánimo más templado. Mario cuelga el teléfono y llama a Alvaro Echániz, el jefe de control de riesgos traído del Banco de Vitoria por Lasarte.

—Mira, Alvaro, nos estamos jugando el banco, y Banesto es muy importante, más importante que nosotros, pero el prestigio de este hombre y de Morgan, que han confiado en nosotros lo es todavía más. ¿Hay una sola razón para que no firme esta carta?

—Pero ¿a qué razones te refieres, presidente? —pregunta confuso Echániz.

—A que estemos equivocados, a que podamos meter la pata en las provisiones, en la cifra de recuperaciones, no sé...

—¡Pero si lo hemos visto ochenta veces!

—Ya lo sé. ¿Hay alguna razón para no firmar?

—Mira, la posibilidad de equivocarnos en las cifras que hemos dado de dotaciones no llega al 10 por ciento, más o menos. Las posibilidades de error en la cifra de recuperaciones son mayores, desde luego, pero, en todo caso, si nos equivocamos en 10.000 millones en los saneamientos, podemos llegar a los 30.000 millones en las recuperaciones, eso es todo.

—Por favor, un dato, una sola razón para decirle a este hombre que no firme la carta.

—Ninguna.

Conde agarra el teléfono y llama a Nueva York.

—Roberto, puedes firmar esa carta con absoluta tranquilidad.

—De acuerdo, ahora mismo sale por fax a la sede del Banco de España en Madrid.

Cerca de las cinco de la madrugada, con la huella del cansancio visible en todos los rostros, la gente de Banesto se despide apresuradamente en plena calle Alcalá. La carta de Morgan ha hecho que algunos recuperen un hilo de fe, a Enrique y a Paulina les cambia la cara, aún hay esperanza, pero Conde es completamente escéptico, no hay marcha atrás porque estamos ante una decisión que está en un nivel político, y esa decisión ya está tomada. A las siete de la tarde Conde ha llamado a Garro para encomendarle una misión delicada.

—Fernando, vente para acá y retira los papeles de mi despacho. Esto es una decisión política y estoy seguro de que mañana ya no estamos aquí.

La misma orden ha cursado a su secretaria personal.

—Mercedes, recoge todo, empaqueta mi correspondencia privada, las fotos, todo.

Y hasta después de las cuatro de la madrugada de aquella noche estuvo la gente de confianza de Conde sacando papeles de Banesto, para ponerlos a buen recaudo, papeles importantes, algunos secretos que podrían alterar la historia de este país.

Pasadas las cinco de la madrugada, el banquero hacía su entrada en su domicilio de Triana. Había que intentar dormir un poco, estar mínimamente descansado ante la que se anunciaba como jornada suprema. La mujer del banquero le aguardaba en vela.

—Hoy se acabó Banesto, Lourdes.

—¿Cómo que se acabó?

—Que sí, que van a intervenir, seguro, dentro de unas horas tengo una conversación con el gobernador y estoy convencido de que será la última.

—Y si estás convencido de que van a intervenir, ¿para qué vas a ir a esa reunión?

—Porque es un formalismo, pero ya he mandado retirar todos mis papeles del despacho. Hoy se ha acabado mi carrera como presidente de Banesto.

Me dormí enseguida. Tenía la conciencia tranquila y la seguridad de que al día siguiente mi vida iba a cambiar de plano. No sentía ninguna pena. Ni siquiera preocupación.

Me levanté muy sereno. Apenas había dormido un par de horas. Me dominaba una sensación extraña y cuando me estaba afeitando me dio por reírme de la situación. Tenía unas lentillas nuevas, de esas que hay ahora que transpiran el oxígeno, y los ojos se me habían puesto rojos como los de un besugo. Me puse la corbata de elefantes. Mi símbolo en la presidencia de Banesto era un elefante siempre con la trompa hacia arriba, también Botín utiliza un elefante, pero no creo que sepa lo que significa, el caso es que siempre que tenía consejo en Banesto, como en todas las grandes ocasiones, yo me calzaba mi corbatilla de elefantes, y con mis elefantes entré en el Banco de España a las 9.15 de la mañana del día de los Inocentes.

Un poco antes, 8.30 de la mañana, Mario Conde ha marcado el teléfono del palacio de La Zarzuela. Al otro lado se ha puesto el Rey Juan Carlos I. Su Majestad se manifiesta sorprendido y apenado por lo que estaba pasando.

—Me temo que no hay nada que hacer, Señor, y que el Banco de España va a tomar hoy una determinación brutal con Banesto.

—¿Cómo...?

—Sí, éstos van a intervenir el banco, y eso va a ser un escándalo brutal para este país.

—¡Pero qué horror, eso no puede ser, hombre, eso no puede ser, qué barbaridad...!

—Sí, eso creo yo, que es una barbaridad, pero me temo que es imparable.

—Mira, me acaba de llamar Felipe, y le he dicho que no hiciera ninguna burrada, que casos de este tipo han pasado en todos los países del mundo y que eso iba a ser muy malo para la imagen de España y del sistema financiero español, que no se pueden tomar medidas tan drásticas... ¿Tú has hablado con él?

—No. Ayer por la tarde intenté ponerme en contacto, pero no me atendió.

—¡Qué barbaridad! Voy a volver a hablar con él, porque hay que encontrar una solución. No pueden hacer una cosa de ésas. Le voy a llamar y le llamas tú a continuación, ¿de acuerdo?

—De acuerdo y muchas gracias, Señor.

Su Majestad no le dice a Conde que el presidente del Gobierno le ha pedido, con todo respeto, Señor, no intervenga, manténgase al margen, porque se trata de un asunto que podría dañar la imagen de la institución monárquica.

Al poco rato, Conde tenía, por fin, al presidente González al aparato.

—Presidente, gracias por llamar, pero creo que estáis a punto de tomar una decisión muy drástica y equivocada con Banesto.

—Bueno, es que me dicen del Banco de España que la situación es insostenible, Mario, y que no se puede hacer otra cosa de acuerdo con las cifras que ha pasado la Inspección.

—Mira, yo quiero que entiendas que J. P. Morgan, que es uno de los bancos más importantes del mundo, está con nosotros, nos apoya, y esta mañana el gobernador se habrá encontrado en su despacho con una carta de Morgan explicitando hasta qué extremos llevan ese apoyo. Y yo, con todos los respetos para Rojo, te digo que las cifras que maneja la Inspección no son correctas y me gustaría demostrártelo, mira, te propongo lo siguiente: montar una reunión a tres bandas, tú, el Banco de España por una parte, yo y Morgan por otra.

—Mario, eso es muy complicado...

—No lo creo, Presidente. Yo creo que tú vas a entender enseguida el problema, yo creo que en media hora tú te has enterado de sobra de qué es lo que está ocurriendo aquí. No se trata de que te empapes de cifras, porque eso es imposible, sino de que escuches a la gente explicarse durante media hora, que nos mires a los ojos, que valores si lo que se está a punto de hacer es lo correcto o se podrían hacer otras cosas. Seguro que con tu experiencia te haces cargo enseguida del problema, por eso te pido que actúes de árbitro.

—Mira, Mario, yo me tengo que fiar del Banco de España y de Angel Rojo. Este es un hombre muy serio y estoy seguro de que no va a cometer ninguna arbitrariedad.

—Pero, Presidente —protesta Conde, dispuesto a echar el resto—, es que a lo mejor resulta que ni siquiera el propio Rojo tiene la información correcta o toda la información, sólo te estoy pidiendo una hora, ¿no puedes perder una hora ante un problema de esta envergadura? Yo sé que tú no vas a entender las cifras, pero vas a ver la cara de la gente, vas a ver sus gestos y vas a entender quién es quién. Y cuando yo te exponga el problema de Banesto con ellos delante, no se van a atrever a decir nada que no sea cierto, y tú lo vas a notar, tú vas a percibir qué es lo que está pasando...

—Mario, insisto, yo me tengo que fiar de este hombre, que para eso es el gobernador del Banco de España, y es un hombre cuya seriedad nadie puede poner en duda. Ponte de acuerdo con él.

—Pero de acuerdo ¿en qué...? Si es que todavía no me han dicho nada, no me han dicho qué es lo que quieren.

—No, Mario, tú negocia con él, ponte de acuerdo con él, anda, haz un esfuerzo para ponerte de acuerdo con él.

—Pues muy bien, Presidente, muchas gracias.

El banquero, sin poder entrar en la fortaleza de La Moncloa, arroja la toalla, noté un tono de cinismo en su manera de expresarse, no puedo decir que presintiera un cierto deje de venganza, pero en el tono de su voz, en la forma de pronunciar sus palabras, yo sabía que estaba dictando sentencia. Felipe González acababa de consumar su engaño a Conde, de la misma forma que seis años antes había engañado a José Angel Sánchez Asiaín. La historia se repetía, con víctima distinta.

Cuando se disponía a colgar, oyó de nuevo la voz de Felipe.

—Mario, creo que tienes ahora una reunión con él, ¿no?

—Sí, sí, en cuanto termine te vuelvo a llamar.

—No, no me llames...

—Bueno, pues entonces no te llamo.

—No, hombre, no, tú me llamas cuando quieras. Es que me voy al dentista.

—Ah, bueno, pues te llamaré. Que te vaya bien con el dentista.

Camino del Banco de España, en medio de la niebla, a Conde le asaltó fugaz el recuerdo de los momentos previos a las elecciones del 6 de junio, en los que Felipe le había pedido ayuda, me decía que a él le importaba muy poco dejar la política, no me creí nunca esas palabras, pero pensé que en el fondo estaba ante un hombre solitario y cansado, un tipo que se daba cuenta de estar malgastando su vida... fui un ingenuo, y ahora me doy cuenta de que en este mundo es necesario engañar, mentir, matar, arrasar, no tener piedad ni convicciones, simplemente buscar tu propio interés y nada más.

La suerte estaba echada y, sin embargo, me sentía tranquilo. Sabía que ya nada era posible. La traición había funcionado de nuevo.

Tuve que buscar a un conserje, porque ni siquiera habían anunciado mi llegada. Me abrieron las puertas del salón de espera del gobernador. De nuevo otra vez la particular Galería de los Uffici del Banco de España, de nuevo Mariano Rubio subido en su andamio, cabronazo, cómo lo vas a celebrar, Letona, Rendueles, tres enemigos que desde tres técnicas pictóricas distintas estaban contemplando mi entrada en el callejón de la muerte, y allí estaba Miguel Martín esperándome, no podía perderse el espectáculo, vestido con su tradicional traje marrón con zapatos negros, y de nuevo la mirada huidiza, temerosa, indicativa del complejo de culpa de esa persona que tiempo atrás fue Luis Angel Rojo, profesor de Economía, buena gente. Ahora era sencillamente un agente del poder en una operación de descabello.

Tomamos asiento en el despacho del gobernador, me senté a la derecha de Rojo, encendí un cigarrillo para tomar aliento y ganar unos segundos antes de poder articular palabra. Vi en los ojos de Martín el brillo del matador, pero no temblé, hacía ya tiempo que sabía que mi cáncer era letal y mis horas estaban contadas.

Me acaba de llamar el presidente del Gobierno hace cinco minutos, dice Rojo, y Mario empieza a recitar la lección, ayer estuve hablando con J. P. Morgan, y el resultado de esa conversación es la carta que creo que habéis recibido esta madrugada.

—Sí, sí, la hemos recibido. Es una carta muy meritoria —señala Martín, recalcando lo de «meritoria»— pero que sirve para muy poco, por no decir para nada.

Era exactamente lo que Conde imaginaba, lo que había pensado mientras Paulina y Enrique sentían la alegría inmensa de haber recibido una carta que para mí era sólo un factor indicativo de hasta qué punto tenía fuerza la decisión de matar.

—Subgobernador, no sé si será o no meritoria, como tú dices, pero es la primera vez que los de J. P. Morgan escriben una carta como ésta.

—Ya... pero no sirve más que para demostrar lo que ya sabíamos: que te apoyan por escrito, pero no se comprometen a meter dinero.

—Pero vamos a ver, subgobernador, ¿es que no has visto que hay ahí un *underwritting* de 400 millones de dólares, que se pone a la venta el 25 por ciento del Totta, que te dicen que el programa es perfectamente realizable?

—Pero, hombre, claro que el programa es realizable, si vas a vender el 25 por ciento del Totta pues claro que lo es, pero eso es como vender un tresillo...

El gobernador ha dejado de existir. Es una conversación a cara de perro entre Miguel Martín y Mario Conde. De nuevo ha vuelto a tomar cuerpo el esquema de poder tradicional del Banco de España: un gobernador reducido a figura decorativa ante el empuje de un subgobernador convertido, a cuenta del apoyo del Gobierno, en casi un comisario político. Era el esquema vigente con Alvarez Rendueles de gobernador y Mariano Rubio como subgobernador; es el mismo esquema que encarnan ahora Angel Rojo y Miguel Martín. El gobernador, hundido en su sillón, parece abrumado por la importancia de la decisión que acaban de adoptar por él, enciende un cigarrillo BN tras otro, sus gafas y su flequillo caído, no habla, Conde le está dando la espalda para dirigirse directamente a Martín, ya le trata de Miguel, arrinconado el tratamiento de subgobernador.

—Pero vamos a ver, Miguel, vamos a ver si nos entendemos. ¿Tú no me estás consumiendo recursos propios por mi inversión en el Totta?

—Efectivamente.

—¿Y tú no me estás impidiendo que yo incluya en mi cuenta de resultados la parte correspondiente a mi participación en los beneficios del Totta?

—Claro.

—Entonces yo vendo el Totta y asunto concluido.

—¡Es que el Totta lo vende cualquiera! Además el Totta no se puede vender porque es uno de los pocos activos buenos del banco.

—Me parece alucinante oír lo que estoy oyendo, después del castigo a que me habéis sometido con los recursos propios por haber comprado el Totta... ¡Pero si es que vendiendo el Totta ya no tengo problema de recursos propios, Miguel!

—Pues claro que no, pero insisto, vender el Totta es como vender un tresillo.

—Vamos a ver, ¿dónde me quieres llevar...?

Y por fin interviene el gobernador, aferrado de nuevo a su argumento de la seguridad, es que no tenemos ninguna seguridad, ninguna seguridad.

—¿De qué no tienes seguridad, gobernador?

—Te repito lo que te dije ayer, no tenemos ninguna seguridad de que los problemas del banco no vayan a agravarse, y eso sería un riesgo muy grande para todo el sistema financiero.

—Pero ¿el riesgo de qué, gobernador?

—El riesgo de que dentro de ocho meses el problema sea el doble de lo que es hoy.

—¿Y para qué vamos a hablar de ocho meses? Vamos a hablar de si nuestro plan es coherente o no, de si puede salir adelante o no, de si Morgan lo apoya o no. No me hables de cómo puedo estar dentro de ocho meses, dime cómo estoy hoy.

Luis Angel Rojo seguía obsesionado por la seguridad, es que no tengo seguridad, como un martillo, no tengo seguridad, y entonces Conde se entera, sólo entonces, de que el gobernador tiene convocado para las doce de la mañana al comité ejecutivo del Banco de España, el sanedrín del banco emisor va a ratificar la orden de ejecución, el corazón le da un vuelco, esto ya está hecho.

—Mira, Mario, he convocado al comité para las doce y voy a someterle de nuevo tu plan. Creo que existen poquísimas posibilidades de que sea admitido, por eso no nos queda más remedio que actuar y eso significa que es altamente probable que decida una remoción de los administradores del banco.

—Bien, si es así, qué le vamos a hacer. Yo no puedo sustituiros en vuestras responsabilidades.

Conde parecía tranquilo, convencido de lo inevitable. Y entonces, con todo perdido, optó por imprimir un giro a la conversación.

—Vamos a ver, gobernador, ¿cuál es tu problema? Tu problema consiste en que tienes miedo de que nuestro plan no llegue a ejecutarse, que nos equivoquemos, en una palabra, que fallemos, ¿no es verdad?

—Cierto.

—Y tú no quieres encontrarte a la vuelta de un año con un problema derivado de una equivocación de Morgan y mía, ¿de acuerdo?

—De acuerdo.

—En resumen, que tú quieres seguridad. Pues bien, yo te busco un banco español de los grandes que te dé esa seguridad.

—¿Cómo?

—Muy fácil. ¿Cuál es, según tú, el déficit de recursos propios de Banesto? ¿200.000 millones? ¿300.000? Te propongo que un banco español te firme el compromiso de que en caso de que Banesto y Morgan no consigan cubrir ese déficit, se comprometa a hacer una ampliación de capital por la totalidad. Si Banesto consigue sólo el 50 por ciento, la ampliación de capital sería por el 50 por ciento restante. Si Banesto consiguiera el 70 por ciento, el compromiso de ampliar sería sólo por el 30 por ciento, y así sucesivamente. Resumiendo: te estoy proporcionando una red para el caso de que nosotros fallemos. De esta forma, tú puedes ir al comité ejecutivo del banco y decirle que el plan de Banesto, a pesar del apoyo de Morgan, tiene un riesgo alto, pero que hay un banco español que te garantiza la cobertura de ese riesgo, un banco español dispuesto a entrar en el capital de Banesto. Hombre, va a sonar un poco extraño el que un banco español garantice a Morgan, pero, en fin, si eso te da seguridad, yo por mí, encantado. ¿Tú crees que esa puede ser una solución para ti?

Conde ve que el gobernador respira aliviado.

—Bueno, bueno, eso puede ir al comité ejecutivo y no digo yo que no salga.

Y entonces Miguel Martín, como alcanzado por un dardo, se incorpora en la silla, se echa hacia adelante y mirando fijamente al gobernador sentencia:

—¡Eso no lo aprobará nunca el comité ejecutivo, porque yo votaré en contra!

La guillotina acababa de caer sobre la cabeza del gallego. Se hizo un silencio mortal, mientras Rojo se hundía de nuevo en su sillón. Conde encendió un pitillo mientras se giraba hacia Martín.

—Entonces ya entiendo todo, Miguel. De lo que se trata, más o menos, no es de encontrar un banco español dispuesto a entrar en una operación para garantizar un riesgo, sino de hacer esa operación ya, ¿no es así?

—Efectivamente.

—Bien. ¿Y para eso te vale cualquier banco?

—Siempre que sea uno de los que no tienen problemas —interviene el gobernador, casi de espaldas a Conde.

—Gobernador, vamos a hablar con nombres y apellidos —enfatiza Conde, mirando directamente a Martín—. El BCH no sirve, ¿verdad?

—No, porque el BCH tiene unos problemas de digestión tremendos y no puede ser.

—Muy bien, muy bien. El BCH no puede ser... ¿Y el Popular?

—Demasiado pequeño —musita el gobernador.

—Pues entonces ya no quedan más que Santander y BBV.

—Mi candidato es el BBV —salta Martín, concluyente.

—Menos mal, parece que estamos entrando en materia —resume Conde—. O sea, que se trata de que el BBV tome una participación fuerte en Banesto, ¿no?

—Efectivamente.

—Ya... pero ahí hay un problema, Miguel, y el problema soy yo, porque yo soy un follón, soy un follón porque tengo un 4 por ciento del capital del banco y una personalidad determinada y, no sé, sinceramente, Miguel, creo que no vas a conseguir que un banco español se embarque en una operación contra mí teniendo yo el 4 por ciento.

—Sí, la verdad es que hemos estudiado la posibilidad de una

fusión para que tú salvaras la cara —reconoce Rojo— pero, claro, nadie se atreve, y todos ponen como excusa que les bajarían los *ratios*.

—¿Que les bajarían qué, gobernador?

—Los *ratios* de solvencia.

—No te equivoques, gobernador, lo que pasa es que en una fusión yo sería el primer accionista. Ese es el problema que tienen.

—Efectivamente, efectivamente —recalca Martín.

—Pero demos un paso más al frente... Como el problema soy yo, se trata de que yo me vaya, ¿no es así, Miguel?

—Así es, y me alegro de que lo entiendas de una vez. Lo importante es que tú te vayas. En eso consiste esta operación, porque tú no te has enterado de nada, no te has enterado de lo que ha pasado en tu banco con la política de créditos, ni con tantas otras cosas.

—No busques excusas, Miguel, no sé si me habré enterado o no, pero en cualquier caso mi responsabilidad era enterarme. Mira, cuando un presidente nombra a un señor que lo hace mal y le sostiene, el responsable es el presidente, pero vamos a ver, tú no me cuentas eso para que volvamos a lo mismo, lo que tú me estás queriendo decir es que yo me tengo que ir, ¿verdad que sí?

—Sí.

—Entonces, lo que me estás proponiendo es que yo venda...

—Efectivamente, lo que tienes que hacer es vender tus acciones. Ya te insinúe algo de esto delante de Mendoza, pero parece que no quisiste entenderlo.

—¿Y a quién?

—Ya te he dicho que mi candidato es el BBV.

—Ya. ¿Y cómo lo haríamos?

—Hay tres opciones. Primera: vendes tu paquete y nos envías una carta diciendo que, al dejar de ser accionista, abandonas la presidencia, tras lo cual nosotros nombramos un presidente, que será un banquero. Segunda: tú vendes y nos pides la remoción de todo tu consejo. Y tercera, que te intervengamos nosotros directamente por imperativo legal. De ti depende...

Mario cree haber descubierto el secreto, la piedra del escándalo, quieren que venda al BBV. El gobernador calla. Martín está pálido, los ojos brillantes del que está consumando una revancha largo tiempo esperada, envuelto más que nunca en su autoridad, convencido de estar haciendo lo que tiene que hacer, lo que nunca sería capaz de hacer ese hombre endeble y sin arrestos que es Rojo, y es que ya se lo había advertido muchas veces, el banco está mal, le había remitido mensajes, el banco está muy mal, no habían valido para nada, y había llegado el momento de cortar por lo sano, golpear, apartar a este hombre de la circulación, un peligro, quitarlo de en medio, alguien tenía que hacerlo, antes de que se hundiera con el sistema financiero entero.

—El problema, Miguel, es que yo no puedo vender, y por varias razones. Primero, porque tengo un pacto con Morgan, y segundo, porque me parece inmoral vender, dejando al resto de los accionistas embarcados en la aventura. Mi problema no es de dinero —Conde se gira por primera vez hacia el gobernador—. Mira, gobernador, yo nací en una familia modesta, he ganado mucho dinero y no me preocupa en absoluto perderlo en esta operación, porque estoy seguro de que volveré a ganarlo.

Luis Angel Rojo mira a Conde y sonríe por primera vez en toda la mañana, le sale a flote el recuerdo de la simpatía natural que los unió hasta este aciago mes de diciembre, hasta el día en que alguien, ¿quién?, le puso delante un aluvión de cifras, aparentemente irrefutables, que significaban la condena inapelable del banquero.

—Pero, comprende —prosigue Conde— que sería una inmoralidad vender mis acciones en condiciones de ventaja. Yo podría vender si se hiciera una OPA, y si el precio es sensato, podría recomendar vender a todos los accionistas de Banesto. No sé qué caso me harían, pero yo me quedaría tranquilo.

—La verdad es que tampoco hemos descartado esa posibilidad —asegura Rojo.

—En cuanto a pediros que me relevéis en la presidencia del consejo de administración, no me parece serio. Y ¿cómo vais a nombrar a un presidente? El presidente lo nombraría el nuevo consejo de administración, creo yo.

Miguel Martín parecía incómodo, como si de repente le hubiese fallado el libreto.

—En estas condiciones —continúa Conde—, lo único que yo puedo hacer son mis deberes. Me acabo de enterar de que habéis convocado al comité ejecutivo para las doce, y lo que yo puedo hacer es irme al despacho, hablar con la gente de mi comisión ejecutiva, llamar a Morgan y pedirles que vengan a Madrid con toda urgencia para tratar de encontrar una solución. Pero para eso necesito tiempo, necesito un plazo de tiempo.

—Tienes hasta el 31 de diciembre —replica Martín.

—No es mucho, pero algo se podrá hacer.

—Ten muy claro que mi candidato es el BBV —enfatiza el subgobernador.

—Entendido, Miguel.

Cuando Conde consigue un aplazamiento de su sentencia durante tres días, Luis Angel Rojo, ese hombre que ha asistido a la escena como convidado de piedra, hundido en su sillón por el peso de la responsabilidad, vuelve a sonreír de nuevo, respirando aliviado.

El gallego vuelve rápido a su cuartel general de Alcalá. Mientras bordea la glorieta de Cibeles llama por teléfono a Enrique Lasarte

—No hay nada que hacer. La suerte está echada. Ahora te veo. Un abrazo.

En la sede de Banesto le espera el equipo de crisis, Enrique, Paulina, Echániz, Arturo, Ramiro... Han llamado al abogado Mariano Gómez de Liaño, hombre de confianza de Mario.

—Esto se acabó.

De nuevo al asalto de Morgan, y Mendoza que no se lo cree, es imposible, repite Roberto en un monólogo obsesivo, es imposible que intervengan.

—Pero ¿cuáles son las reglas de juego en ese país? —pregunta, perplejo, el cubano.

—Pues no lo sé, Roberto, pero el caso es que están a punto de adoptar una medida de emergencia, me han dicho, y la convocatoria urgente del comité ejecutivo no tiene otro objeto que ése.

—Pero es que bancariamente es una barbaridad, es un exceso inconcebible, Mario, porque no tiene ninguna lógica adoptar una medida tan brutal habiendo soluciones planteadas con rigor.

—Ya lo sé, pero así son las cosas en este país.

—Yo creo que te equivocas, Mario, no puedo creerme que vayan a hacer algo así.

—Roberto, déjalo ya, van a intervenir y punto, y lo que tenéis que hacer si queréis evitarlo y ayudarnos es salir corriendo hacia Madrid.

—Bueno, bueno, necesitamos buscar un avión privado. Voy a hablar inmediatamente con Denis para ponerle al corriente.

—Habla con quien quieras pero vente para acá volando, porque nos van a intervenir hoy mismo.

La situación en Banesto era kafkiana. Apenas tres o cuatro miembros de la comisión ejecutiva estaban al corriente de la situación. El resto, pesos pesados como Ricardo Gómez-Acebo,

César de la Mora, Vicente Figaredo, Juan José Abaitua, permanecían en la mayor de las ignorancias. Las cosas en Banesto las sabía el jefe, y los demás asentían.

Había que informar a la comisión ejecutiva, y con voz que por primera vez suena insegura, el gallego anuncia la desgracia, el Banco de España está a punto de intervenir el banco, esto se acaba, no hay manera de pararlo, y los rostros reflejan asombro, una mezcla de pánico y estupor, me han planteado que venda mis acciones al BBV pero me he negado, les he dicho que eso no sería de recibo.

—No, no sé si la solución consiste en que yo me vaya del banco. Si eso fuera así y con eso quedara garantizada la supervivencia de la institución, no tendría ninguna duda en hacerlo, pero creo que el asunto va más allá, quieren la institución y es muy difícil que consigamos evitarlo.

Y toma la palabra el vicepresidente Ricardo Gómez-Acebo, y dice, todo un señor, que en la vida hay que caminar con la cabeza alta, y si tengo que ir a la cárcel por defender Banesto, por defender la historia de esta casa, yo quiero decir ante esta comisión que iré orgulloso a la cárcel, y si por oponerme al Banco de España lo pierdo todo, pues qué le vamos a hacer, me dedicaré a mendigar, pero advierto que seré el mendigo más elegante de España...

Y habla César de la Mora, la renuncia del presidente no tendría ningún sentido ni desde el punto de vista personal ni profesional, es un asunto que no hace al caso, momentos de tensión, y toma la palabra Figaredo, sorprendido, impactado, la verdad es que no sé qué decir ante una noticia de este calibre, no puedo reaccionar, pero en todo caso quiero dar todo mi apoyo al presidente, y luego Romaní, para mí la posibilidad de que el presidente se vaya y nosotros nos quedemos me suena a chiste, porque, en lo que a mí respecta, si el presidente se va yo me voy con él una décima de segundo después.

A la reunión ha entrado una secretaria con una nota manuscrita. Afuera espera uno de los directores generales, quiere hablar con el presidente, sale el presidente de la reunión, en la bolsa las acciones están cayendo, hay mucho papel a la venta, no sabemos lo que está pasando, el banco no estaba interviniendo, y Conde, aparentemente desbordado, vuelve para informar a la ejecutiva de la situación bursátil.

Al poco rato el mismo director vuelve para anunciar que la ola vendedora estaba remitiendo, el valor se ha recuperado un poco, y las aguas parecen algo más tranquilas.

Pero cinco minutos después llama el presidente de la Comisión Nacional del Mercado de Valores (CNMV), Luis Carlos Croissier, con ese peculiar garbo canario que emplea para convertir la dureza de las zetas en suaves y sugerentes eses. Se hace el silencio.

—Oye, Mario...

—Dime, Luis Carlos.

—Oye, mira, que hay muchos rumores sobre Banesto, y ha bajado enormemente la *cotisasión.*

—¿Enormemente? ¿Por qué?

—Sí, sí, hombre, ha bajado muchísimo —replica Croissier, en el tono relajado del que llama a un amigo para preguntarle qué tal pasó el fin de semana.

—Pues mira, las noticias que yo tengo ahora mismo indican que la cosa se ha templado ya.

—Bueno, no sé qué decirte, pero hay un volumen enorme de *contratasión.*

—¿Como cuántos?

—Pues nada menos que 500.000 títulos.

—Pero, Luis Carlos ¿cómo me dices eso, si ha habido días en que se han negociado millón y medio o dos millones de títulos? En fin, yo creo que hoy debe haberse contratado un 6 por ciento, pues sí, un día alto, pero yo diría que dentro de lo normal, tampoco como para echarse a temblar.

—Bueeeno, bueeeno, Mario, es que, claro, mi responsabilidad me obliga a preguntarte si se ha *produsido* algún hecho relevante que esté influyendo en la *cotisasión.*

—Pues no —contesta el gallego sin dudarlo.

—Vamos a ver, ¿es que no has tenido una *conversasión* con el Banco de España?

—Sí, la he tenido, estamos viendo las posibilidades de llegar a un acuerdo para desarrollar el plan de saneamiento que les hemos presentado.

—Entonces, Mario, ¿tú crees que no hay ningún hecho relevante que a mí me obligue a suspender la *cotisasión* de Banesto?

—Pues yo creo que no, pero tú verás lo que haces, la responsabilidad es tuya.

—Bueeeno, bueeeno, pues nada, un *abraso,* un *abraso.*

Pero al poco rato el mismo director general telefonea a Mario para anunciarle que la CNMV ha suspendido la cotización de Banesto. El cerco se había completado.

Casi inmediatamente la secretaría de Conde le avisa de que don Miguel Martín está al teléfono, y algunos miembros de la ejecutiva se sorprenden, ¿cómo se atreve el subgobernador del Banco de España a llamar al presidente de Banesto? Eso no es de recibo, y Mario contesta, tapando un instante el auricular, es que no es el subgobernador, no os equivoquéis.

—¿Qué hay, Miguel?

—Oye, me llaman de la Comisión Nacional del Mercado de Valores para decirme que el título está bajando muy sensiblemente...

—Yo creo que tan sensiblemente no —interrumpe Conde.

—Sí, Mario, hay un volumen enorme de papel.

—Yo creo que no.

—En cualquier caso, me da la sensación de que esto nos obliga a adelantar la decisión que te hemos avanzado esta mañana, porque no tenemos plazo para más.

—Pues, mira, Miguel, como os dije yo ya he hecho mis deberes, he convocado a mi ejecutiva, he llamado a Morgan y no puedo hacer nada más. Lo demás es vuestro.

—Bueno, bueno, vale.

Mario Conde era consciente de haber firmado el «enterado», a pesar de que algunos miembros de la ejecutiva parecían empeñados en interpretar la llamada de Martín como una señal de cierta debilidad de Cibeles, quieren negociar, éstos quieren negociar, que no, ni hablar, insiste Conde, éstos no están negociando, es simplemente una escena más del teatro que representan.

Un drama con los tiempos medidos y los ritmos calculados para surtir el efecto deseado. Por la mañana Conde ha salido del Banco de España con un plazo de tres días bajo el brazo, y los mentores de la conspiración, al corriente de la novedad, se echan las manos a la cabeza, ¡tres días, qué equivocación! En tres días Mario Conde mueve Roma con Santiago, hace brotar dinero de las piedras, convoca junta general extraordinaria, cualquier cosa, ¡éste es capaz de pedir ayuda a la sexta flota americana! no puede ser, es un error gravísimo, hay que impedirlo, hay que desbaratar la posibilidad de que pueda encontrar una salida, evitar que se nos escape, y entonces se fuerza la caída de la cotización en bolsa, es fácil, basta con llamar a alguno de los amigos poderosos y decirle que comience a soltar papel, alguno de los que están en la conspiración, y en cuanto el valor se derrumbe se suspende la cotización y damos pie para la intervención inmediata del banco. La coartada es perfecta: se interviene porque se ha suspendido la cotización y la situación se hace insostenible.

La decisión de Croissier provoca indignación. El abogado Gómez de Liaño propone presentar de inmediato una querella criminal por coacciones contra el gobernador y el subgobernador del Banco de España, a Mario le han querido forzar a que venda sus acciones al BBV, argumenta, y Rafael Pérez Escolar se adhiere de forma resuelta a la iniciativa, quiere guerra y está dispuesto a la pelea.

A los pocos minutos llama el gobernador.

—Mira, Mario, esto de la cotización se está poniendo muy complicado...

—Sí, sí que lo está, pero no es la primera vez que nos suspenden la cotización, ni espero que sea la última.

—Bueno, ¿te puedes venir por aquí a las seis de la tarde, bueno, no, mejor a las cinco y media?

—Es que tengo convocado al consejo para las cinco de la tarde.

—Está bien, entonces te espero a las seis y media pero no más tarde, por favor.

Pero apenas habían pasado unos minutos cuando Rojo vuelve a llamar a Conde.

—Mario, he pensado que te bajes por aquí a las 4.30.

—De acuerdo.

Alguien había recapacitado en el banco emisor. Permitir a Mario Conde reunirse con su consejo era una barbaridad en estas circunstancias, un riesgo demasiado evidente, podía adoptar alguna decisión desesperada, quién sabe, fortificarse en plan Numancia, y en el Banco de España quieren evitar ese riesgo, había que destituir al consejo y notificárselo antes de que pudiera reunirse por última vez y hacer alguna locura.

Mario se encaminó hacia el Banco de España en el que iba a ser su último viaje como presidente del Banco Español de Crédito, convencido de que iba a recoger el «finiquito», aunque algunos miembros de la ejecutiva seguían pensando, ilusos, que la autoridad monetaria quería negociar.

Le recibe directamente el subgobernador. Martín se sienta en el sillón de Rojo y exhala un suspiro, ¡ay! ¡Dios mío! Estas cosas siempre son duras... ¿Quieres un café?

—Sí, sí, te lo agradezco, porque además no he dormido nada esta noche.

—Don Mario, ¿usted como siempre? —pregunta un camarero.

—Como siempre.

—Bueno —dice Martín—, me voy a quitar de aquí, no vaya a pensar el gobernador que quiero su sillón.

—Tú no tienes ningún interés, Miguel... —responde Mario con un leve deje irónico.

—Tú lo sabes...

—Por supuesto que lo sé —sonríen ambos.

—Oye, Miguel, cuando todo esto haya terminado quizá convendría echar una «parrafilla», tener una conversación, vamos.

—Sí, sí.

—Porque yo creo que esta decisión...

—¿Qué decisión? —interrumpe Martín.

—Hombre, la que vais a comunicarme ahora, supongo.

—Mira, no quiero adelantarte nada hasta que llegue el gobernador.

—Pero mira, yo creo que esta decisión que habéis tomado cambia tan profundamente este país que sería bueno que tuviéramos esa «parrafilla».

—Hablar siempre es bueno.

Y de repente se abre la puerta del fondo y entra Rojo con paso rápido, como una flecha camino de su silla, apenas se ha sentado y le pregunta a Martín:

—Bueno, Miguel, ¿ya le has dicho lo que has decidido?

—¡No, no, gobernador, yo no he decidido nada! —protesta, sorprendido, Martín.

—¿Qué habéis decidido?

—Pues el comité ejecutivo, a pesar de que te habíamos concedido de plazo hasta el día 31 de diciembre, ha resuelto no esperar más a la vista de la suspensión de la cotización.

—Ya... ¿y?

—Hemos decidido suspender al consejo de administración de Banesto.

—Muy bien.

—Este acuerdo es inmediatamente ejecutivo, así que tienes que firmar el recibí.

—De acuerdo, ¿puedo consultar con Ramiro Núñez, que es el consejero secretario de Banesto? Es un puro formalismo.

—No faltaría más.

—¿Puedo utilizar un teléfono?

—Usa el mío, el de mi mesa —invita el gobernador, al tiempo que inicia el camino hacia la salida para no coartar al de Banesto.

—¿Dónde vas, gobernador?

—Voy afuera, para que hables tranquilo.

—No hace falta que salgas ¿cómo vas a salir tú?

—Que sí, que salgo.

—Pero gobernador, a estas alturas del curso ¿tú crees que tengo algo que ocultarte?

—Que no, que no, que salgo.

—Pues si sales, no llamo.

—Vale, me quedo.

Cuando Mario Conde entra en contacto con Ramiro Núñez, vuelve a hacer su entrada en el despacho Miguel Martín, que lo ha abandonado hace un instante para ir a buscar al personaje que ahora le acompaña, un funcionario de pelo cano y cara de pocos amigos, que porta un legajo de papeles bajo el brazo, un tipo anodino, gris, vestido de gris, y que responde al nombre de Joaquín Fanjul Alcocer. El gobernador se ha retirado, discreto, a un rincón, al rincón colgado casi sobre la fuente de la diosa Cibeles.

—Oye, Ramiro, me acaba de comunicar el gobernador que han decidido destituir a todo el consejo, y me piden que firme la notificación. ¿Qué hago?

—Te puedes negar.

—Joder, Ramiro, ya sé que me puedo negar, pero no se trata de eso, se trata de si debo firmarla aquí o en la sede del Banco Español de Crédito.

—Lo lógico y sensato sería firmarla en la sede del Banco Español de Crédito.

Entonces Conde repite en voz alta.

—Que me dice el secretario del consejo que lo normal sería firmarla en la sede de Banesto.

Y entonces el funcionario Fanjul interviene como picado por el alacrán.

—¡El Banco de España llama cuando quiere a los presidentes, para comunicarles aquí lo que quiere!

Rojo está silencioso en su rincón, fumando aceleradamente su cigarrillo BN, como si quisiera esconderse, asustado por la escena que está presenciando.

—Ramiro, que hay aquí un tal... ¿Perdón? Sí, un tal Fanjul que me dice que el Banco de España llama cuando quiere a los presidentes para hacerles firmar lo que le da la gana y, Ramiro, para mí que es verdad...

—Coge y fírmalo.

—Que dice Ramiro que lo firme —asiente Conde en voz alta—. Hasta ahora Ramiro. Voy para allá con la papela.

El de Banesto cuelga el auricular, y Fanjul pone los papeles a firmar sobre la mesa del gobernador, exactamente en el mismo sitio en el que, Conde lo revive como en un *flash*, estaba sentado Mariano Rubio, con el subgobernador Rojo a su izquierda, y el propio Conde a su derecha, el día de la primavera del 92 en que le pidió encarecidamente que comprara Ibercorp.

El de Banesto firma con su nombre y apellido el recibí, y pone debajo de su rúbrica «Madrid, 28 de diciembre, a las 5.04». Y de nuevo interviene Fanjul, terminante.

—Pon presidente de Banesto.

—Pero si ya no lo soy, si esto es inmediatamente ejecutivo...

—Se supone que cuando recibes la notificación todavía lo eres.

Y entonces Conde escribe debajo de su firma «presidente de Banesto», y en la hora reseñada tacha el cuatro y pone encima un tres, porque a las 5.03 todavía era presidente de Banesto.

Acababa de firmar su defunción como banquero. En ningún momento había perdido la compostura. Al contrario, había hecho gala de un aplomo y hasta de un sentido de la ironía que habían impactado a Rojo y Martín. Todo se había perdido, menos el honor. Pero aquella había sido una muerte sin gloria, un baldón que caía para arruinar, quizá para siempre, el currículum y las expectativas de futuro de uno de los tipos más controvertidos que ha producido este país en las últimas décadas.

El hombre que pasaba por ser la quintaesencia de la inteligencia viene a morir, suprema ironía, en el día de los Inocentes, fiesta cristiana devenida en festejo pagano en el que se lanzan pullas y chanzas contra la gente lerda y poco avisada.

—Vamos a ver, gobernador —pregunta Conde dirigiéndose a Rojo—. ¿Y ahora mismo qué pasa?

—Pues que ya no hay consejo de administración de Banesto.

—Bueno, pero yo les voy a reunir para comunicarles lo que ha ocurrido.

—Sí, sí, pero no podéis tomar ningún acuerdo ¿eh? —advierte Rojo alarmado.

—Pero... ¿tú crees que podríamos tomar algún acuerdo en las

actuales circunstancias? ¿O sea, que por eso me has vuelto a llamar para decirme que bajara a las 4.30? ¡Por favor!

Cuando están a punto de despedirse, Miguel Martín anuncia que el nuevo presidente de Banesto es Alfredo Sáenz.

—Ya me lo imaginaba, hombre —responde Conde.

—¿Por qué?

—Porque estaba cantado que tenía que ser uno del BBV.

—Irá al banco inmediatamente. ¿Quieres que te vaya a ver a ti?

—Mira, no, yo le pediré a Enrique Lasarte el favor de que le reciba él.

—Está bien.

Alfredo Sáenz, el hombre que riñó batalla con José Angel Sánchez Asiaín en la lucha por la presidencia del BBV tras la muerte de Toledo, pasaba a ocupar, sin más méritos que la obediencia al Banco de España, la presidencia de Banesto. La elección de uno de los dos vicepresidentes del BBV era una humillación añadida para Conde en la hora de su derrota.

Rojo acompaña a Conde en dirección al ascensor, silencio espeso, cortante, cuando ambos personajes cruzan la galería en dirección al cajón hidráulico. Con las puertas abiertas, Conde piensa que le gustaría dejar alguna frase para la historia, pero sólo le sale una prosaica despedida.

—Que tengas suerte, gobernador, la vas a necesitar.

Rojo no pronuncia palabra. Se le queda mirando fijamente, la cabeza ladeada, con un gesto que el gallego no acierta a interpretar.

Durante escasos segundos Conde comparte el habitáculo con un ordenanza. A la salida se encuentra con Víctor, su hombre de confianza de toda la vida, desde los tiempos de Antibióticos.

—Víctor, nos han jodido.

—¿Cómo dice?

—Que nos han jodido. Lo que no pudieron en el 87, lo han podido ahora.

Bordeando la rotonda de Cibeles, el banquero llama a su amigo Fernando Garro.

—Fernando, esto se acabó, y menos mal que se acabó.

Mientras Conde recorre su vía crucis en el Banco de España, Enrique Lasarte se acerca a la sala del consejo, y ve gente charlando distendida, cerca de la mitad de los miembros ni siquiera sospecha que en esos momentos han sido ya cesados, ya no son consejeros de Banesto, la ambición de tantas generaciones de españoles ricos; van a perder el sustancioso sueldo de consejeros, y muchos de ellos buena parte de su fortuna, invertida en acciones del banco. Nadie les ha avisado de la tormenta que desde el día 22 de diciembre se está desarrollando tras las bambalinas, y algunos están gastando bromas, han sido convocados para un consejo extraordinario y suponen que habrá alguna comunicación confidencial del presidente, pero están lejos de imaginar que sus nombres figurarán mañana en el *Boletín Oficial del Estado* como apestados, y hay risas en espera de la llegada del jefe, es Navidad, casi todos tienen preparado algún viaje, y Lasarte se asusta, no tiene cuajo para entrar en el intercambio de juegos florales sabiendo lo que está pasando, sabiendo ya que Conde ha salido del Banco de España con su sentencia bajo el brazo, y vuelve a bajar a su despacho a esperar la llegada del jefe.

Unos minutos después, Conde inicia ante el consejo una exposición muy medida, fría incluso, de los hechos. Es un relato calculado, monocorde, de lo acontecido, que evita los juicios de valor. Mientras habla va viendo las caras de asombro de quienes vivían lejos del peligro, es como si la tierra se abriera bajo sus pies, es el pánico, el miedo a lo desconocido, y es la indignación de otros, los que estaban al corriente de la batalla, cuando ven sus peores augurios confirmados.

Cuando el ya ex presidente termina de dirigirse a su ex consejo, toma la palabra el vicepresidente Ricardo Gómez-Acebo, más patricio que nunca, como salido del Senado romano, esto es el final del Banco Español de Crédito, que es como decir el final de cien años de historia. Esta casa se ha caracterizado a lo largo del tiempo por una cosa, por la defensa a ultranza de su dignidad y su independencia. Esa lucha por la independencia ya le costó el exilio a mi abuelo, el presidente don José Gómez-Acebo, durante la dictadura de Primo de Rivera. Superamos el trance de una guerra civil muy difícil para la institución, y ese afán de independencia nos costó después no pocos sinsabores incluso con el régimen de Franco, pero hemos venido a morir, el Banco Español de Crédito ha venido a morir con el «felipismo». Nunca nadie se había atrevido a tanto. Esto demuestra el país y el régimen en el que estamos viviendo. Yo quiero decir a este consejo, ya ex consejo, que defenderemos nuestra dignidad hasta el final, porque la dignidad es lo único que nos queda.

Está Torrero, el catedrático, esto es una barbaridad, una barbaridad, y Paulina, contrita, no sabe dónde meterse, a punto de estallar, todos la han engañado, sus mejores amigos y a la vez correligionarios la han engañado, José Pérez la ha engañado, Alfredo Pastor la ha engañado, Angel Rojo la ha engañado, y está Juan Belloso, blanco como la cera, e interviene César de la Mora, presidente, emocionado, si alguien sabe lo que has hecho por este banco somos nosotros, la gente que llevamos aquí tanto tiempo. Se termina una etapa y empieza otra. Estamos y seguiremos estando a tu lado, y luego Martín Rivas pide la palabra, parece a punto de estallar, esto es una injusticia intolerable, quiere proponer una rebelión, sublevar a las sucursales, sacar la gente a la calle, no podemos parar hasta recuperar el banco, y entonces se echa a llorar, llora físicamente, de forma convulsa, entrecortada.

Ya no hay nada que hacer, hasta aquí hemos llegado, Conde trata de poner un broche decoroso y despedirse de todos, han sido seis años muy intensos, muy duros, muy difíciles para mí, pero también muy emotivos, muy entrañables, en los que lo más positivo para mí ha sido vuestra ayuda, vuestro empuje, y vuestra amistad. A pesar de todo, lo he pasado muy bien. En este consejo se han sentado personas de ideologías muy distintas, y he visto y hemos visto cómo esas personas de ideología diferente, o quizá no tan diferente, han trabajado codo con codo de manera magnífica. A lo mejor resulta que no somos tan diferentes unos de otros. En todo caso, hemos convivido muy bien, y lo hemos pasado mejor. Hemos trabajado un montón y quiero deciros que para mí ha sido un orgullo haber peleado estos años con vosotros.

La historia había terminado. Unos y otros se dirigen en pequeños grupos hacia la planta inferior, y todos se refugian en el espléndido despacho de Mario, las columnas de Trajano, los estucos, los damascos. El despacho del banquero se convierte en un tumulto, un ir y venir consternado, con secretarias y directores generales de por medio. Y entonces asoma la nariz el abogado Matías Cortés, el hombre que ha llevado a Morgan de la mano hasta Banesto, el amigo de Jesús Polanco y de los hermanos Botín, un granadino cuya ironía es como un bisturí capaz de desnudar la voluntad más blindada, y a lo lejos le ve llegar el también abogado y acérrimo enemigo Rafael Pérez Escolar, quien en voz baja anuncia a quienes le rodean:

—Ahí llega el traidor, el soplón del Ministerio de Economía y del grupo Prisa.

Al rato, uno de los ordenanzas de la planta baja habla con Enrique Lasarte para comunicarle que don Alfredo Sáenz ha hecho su entrada en Alcalá 12. El del BBV ha llegado a pie a la sede de Banesto acompañado por José Luis Segimón, secretario del consejo que fue del Banco de Vizcaya, y se ha dirigido a la salita de espera que hace de antedespacho de Lasarte.

Lasarte y Sáenz unen a su condición de vascos el hecho de haber estudiado en Deusto y haber mantenido una cierta relación personal. También Mario ha estudiado en Deusto, pero ahí terminan las similitudes entre él y Sáenz, al margen del pelo engominado que lucen ambos. El previo conocimiento mutuo facilita las cosas a Lasarte cuando éste abre la puerta de su despacho, ¿cómo vendrá? ¿sentirá el peso, la violencia íntima de quien se sabe intruso, o llegará cual Napoleón al frente de sus tropas camino de Jena? La situación es tremendamente embarazosa, vienen a echarte de tu despacho, una experiencia terrible que no le deseo a nadie, es como si alguien entrara en tu casa con la intención de sacarte de ella a patadas, Sáenz, prototipo de vasco corto de expresión, no parece especialmente presionado por la situación, saluda a Lasarte y dice que lo siente, que lo siente mucho, pero así son las cosas, él se limita a cumplir órdenes del Banco de España, él es un mandado, y este será el argumento que en días sucesivos repetirán *urbi et orbi* el BBV y Emilio Ybarra por toda explicación.

Instalado en el despacho de Lasarte, Alfredo Sáenz da rienda suelta a algo que parece haberle impactado sobremanera a lo largo de todo el episodio.

—Lo que más nos ha impresionado es que Mario no haya cogido el dinero para salir corriendo...

—Si dices eso es que no le conoces —replica Enrique.

Sáenz no aclara a quién se refiere con el plural «nos», ni tampoco por qué conoce el episodio que había tenido lugar entre Martín y Conde a propósito de las acciones de éste.

El ex consejero delegado de Banesto inicia el traspaso de poderes, tarea penosa donde las haya, el del BBV quiere conocer a los directores generales de las áreas más significativas de la casa. Quiere que para mañana le convoque una reunión de directores.

Mientras tanto, Mario Conde ha empezado ya a recoger sus últimos enseres, la mayor parte de los consejeros se han despedido, algunas fotos, una con don Juan de Borbón, las de sus hijos, otra con Margaret Thatcher que aprecia especialmente, y una pintura del Rey.

—Paloma, este cuadro hay que descolgarlo y llevarlo a mi casa, que es mío.

—Es que no sé si será posible hacerlo hoy.

—A ver si se va a quedar aquí y luego tenemos problemas. Porque este cuadro lo he pagado yo de mi bolsillo y quiero conservarlo.

Aquella tarde le llama Emilio Ybarra, presidente del BBV, lamenta mucho lo ocurrido y trata de exculpar la implicación directa de su casa en la ocupación de Banesto, nos hemos limitado, qué podíamos hacer, a atender una petición del Banco de España, la obediencia debida, y Mario asiente conformista.

Y llama también José María Aznar.

—Mario, no quiero que hoy te falte mi llamada.

—¿Cómo dices?

—Que no quiero que en un día como hoy te falte mi llamada.

Un mensaje tan ambiguo que desconcierta al gallego, ¿se trata de una manifestación de solidaridad, o de la notificación de un ajuste de cuentas largo tiempo esperado?

El líder del PP se iba a lavar las manos cual Pilatos, sin manifestar el menor asomo de protesta por lo que buena parte de su clientela electoral podría considerar una transgresión a las leyes del mercado, al derecho de propiedad, y otros sacrosantos principios de la derecha eterna.

Cuando ha terminado de recoger sus cosas, Conde se acerca pasillo adelante y abre la puerta del despacho de Enrique Lasarte. Alfredo Sáenz y Segimón se incorporan de manera automática. Están allí varios directores generales, Irigoyen, Javier Abad, José María Olarreaga... Mario avanza decidido y se dirige resuelto a Sáenz, vengo a saludarte, y quiero decirte que dentro de la desgracia que nos ha ocurrido lo mejor que nos puede haber pasado es que tú estés aquí, porque el banco queda contigo en buenas manos, y Alfredo Sáenz trata de decir algo, glup, glup, se oyen unos sonidos guturales, pero no le brota nada inteligible, pero ya está Conde saludando uno tras otro a los directores generales de la casa, gestos de emoción, a trabajar duro, les arenga, a trabajar duro y a apoyar a este hombre, aquí no ha pasado nada, lo importante es el banco, el banco, no lo olvidéis nunca. Y sale como entró, como un vendaval.

Lasarte le acompaña al pasillo como un autómata, muchas cosas de aquella tarde se han borrado de su memoria, y José María Olarreaga les alcanza casi a la carrera, ha salido tras ellos, y allí mismo se funde en un abrazo con Conde, presidente, trata de hablar, y el banquero le alivia, venga, José María, coño, a trabajar, a trabajar...

Enrique vuelve a su despacho para continuar atendiendo a Sáenz, mientras Paulina Beato y Arturo Romaní acompañan a Conde hasta su casa de Triana. Allí, en compañía de Lourdes Arroyo, se entabla un intento de revisión desesperada del proceso, es como una noria que gira enloquecida, qué ha pasado, qué monstruosidad, quién ha podido alentar una decisión de este tipo; Paulina parecía particularmente afectada, destrozada, era evidente que sus dos grandes amigos, José Pérez y Alfredo Pastor, al tanto de lo que se preparaba, la habían engañado, todos tratan de animarla, nadie menciona allí los nombres que están en la mente de todos, pero estaba claro que no le habían dicho la verdad, Paula no podía dominar su confusión, ¿pero por qué no me han dicho la verdad?

Al domicilio de Triana ha llamado Polanco para darles la condolencia, amable pero frío como un témpano, Mariluz está muy afectada, me encarga que os diga que lo siente mucho, y ha llamado también Amalia, la mujer de José María Amusátegui, simpática y lenguaraz, inefable Amalia:

—No te preocupes, Lourdes, que esto le puede pasar a cualquiera...

Cerca ya de las once y media aparece Enrique Lasarte en el domicilio del gallego, derrumbado, ha intentado hacer el traspaso de poderes con la mayor elegancia posible, y en un determinado momento exclama:

—¡La verdad es que aquí hemos tenido mucho traidor!

Con Paulina sufriendo, víctima de las contradicciones de sus amigos, Conde se alarma, lo que faltaba, ahora lo va a soltar, la hemos jodido.

—¿Tú sabes, Mario, quién es uno de los grandes traidores?

—No.

—Alfredo Pastor. Sí, porque delante de mí ha llamado a Alfredo Sáenz, y ha sido una conversación muy camaraderil, llena de sobreentendidos, «en menudo lío me has metido», le ha dicho Sáenz, y el otro le ha respondido, «Ah, y te tengo que contar cosas de La Unión y El Fénix...» «Bueno, ya hablaremos», le ha contestado Sáenz.

Pastor era un hombre cercano a Banesto. Ha colaborado con el banco, ha hecho informes para el banco, ha cobrado del banco, y además era íntimo amigo y socio de Paulina Beato. Con estos ingredientes, pensó Conde tras su nombramiento, Alfredo Pastor era un hombre al que no se podía utilizar en la refriega, un alto cargo a quien había que mantener al margen. Ahora se enteraban que no se había mantenido al margen, muy al contrario, había militado activamente en el bando de la conspiración.

Paulina se ha llevado las manos a la cabeza, como quien trata de protegerse de un imaginario techo que se le viene encima.

—Paulina, tranquila —dice Mario—. Yo no te lo he querido decir nunca, porque sabía que son tus mejores amigos, pero yo conocía lo que estaban haciendo, sabía cómo se estaban moviendo, pero era demasiado para ti.

—Me voy a dormir, porque llevo dos días sin dormir y me estoy encontrando mal.

—Venga, Paula, serénate, quédate un rato.

—No puedo, no puedo. Me tengo que ir a dormir. No puedo más.

Ya sólo quedaba Enrique. Alejandra, la hija del banquero, testigo de este inútil devaneo desde la llagada del padre a casa, da muestras de estar muy enfadada, ha intentado rebelarse, ha querido saber si aquello era una cosa provisional, si su padre iba a volver a ser presidente de Banesto dentro de un mes o dos, y Mario tiene que explicárselo de nuevo, que no, hija, que esto es irreversible, esto es para siempre.

Antes de ir a acostarse, Mario Conde padre cogió del brazo a Mario Conde hijo, dieciocho años.

—Comprendo que durante todos estos años para ti ha sido un coñazo insoportable ser hijo de Mario Conde. Espero que algún día resulte para mí igualmente insoportable ser el padre de Mario Conde.

Despertar el día 29 fue una experiencia dramática. Ya no había que ir a Banesto. Recibí un numeroso paquete de cartas, como tres o cuatro, recuerda Conde, y me llamó por teléfono un altísimo porcentaje de las personas a las que yo había ayudado a lo largo de mi vida, como el 0,1 por ciento o quizá el 0,2 por ciento... Fue terrible para mí darme cuenta de que por primera vez en mucho tiempo estaba solo. Solo con mi familia y unos pocos amigos. Solo con todo un país en contra.

CAPITULO TRES

EL HOMBRE QUE LLEGO DEL FRIO

Se asomó a la ventana de su recién instalado despacho en «Los Carrizos», Sierra Morena al norte, y a la derecha el valle del Guadalquivir como una alfombra verde que se pierde entre la bruma, y en la que en días muy claros se adivina a lo lejos la blancura de Carmona. Se sentía mejor, más relajado en el temprano verdor del campo sevillano, habían sido las dos semanas más difíciles de su vida, pero ya había conseguido recuperar cierto sosiego; en los últimos días había repasado muchas veces aquellos «instantes» de Borges que descansan, alguien se lo regaló en los días de triunfo, enmarcados en plata sobre su mesa de despacho, si pudiera volver a vivir nuevamente mi vida, en la próxima no intentaría ser tan perfecto, me relajaría más, cometería más errores, correría más riesgos, contemplaría más atardeceres, subiría más montañas, nadaría más ríos, daría más vueltas en calesita, jugaría con los niños. Si tuviera otra vez la vida por delante...

El calendario señalaba el 14 de enero. Los periódicos se ocupaban de la revolución romántica, hambruna y fallida de Chiapas, ¡viva Zapata!, y de las maniobras de Guerra para derribar, imposible, el muro que Felipe ha levantado en torno a Ferraz. Con el congreso del partido a la vuelta de la esquina y la casa patas arriba, Felipe no quería ni oír hablar de su otrora amigo Alfonso. Ni contigo ni sin ti. Yo he ganado las elecciones y soy el que administra la victoria. Tu turno, querido Alfonso, llegará cuando tengamos que abandonar La Moncloa.

Conde-Banesto ya eran segunda o tercera noticia en los periódicos del día. Habían pasado tres jornadas, y comenzaba a diluirse el amplio eco de su rueda de prensa. Era el turno de los articulistas, periodistas que viven de sacarle punta a las noticias que destapan otros periodistas. Ahora resulta que voy a ser yo quien planeó la muerte de Manolete, voy a ser yo el culpable del hundimiento del Imperio Romano.

Respiró hondo. Mejor así, mucho mejor, a ver si remite de una vez el aluvión. Releyó algunas frases subrayadas en un periódico atrasado y sintió de nuevo aflorar la rabia. Era extraño, su nombre hacía correr ríos y ríos de tinta y él se sentía perdido en un silencio alienado, nervioso por tanto silencio, el mutismo del teléfono, hace apenas quince días era un esclavo del teléfono y ahora el aparato parece como desconectado. No pudo evitar una sonrisa retorcida al releer aquellos párrafos subrayados, ¡manda huevos! Alguien le apuntaba como culpable de haber desatado la caja de los truenos en la crisis de la PSV, el mayor desfalco inmobiliario de los últimos años, definitivamente cómico lo de algunos comentaristas, pero tendré que acostumbrarme, acostumbrarme a que no suene el teléfono, a que llame y no me respondan, a que me nieguen tres veces quienes hasta ayer comían de mi mano, a que me adjudiquen toda la mierda que anega este desgraciado país... Tendré que mantener la calma, parecer frío, no contestar. Aguantar, por encima de todo, aguantar.

Trató de concentrarse, de abrir su memoria por la página, casi saturada, del 28 de diciembre, de recordar cada detalle, de colocar a cada uno en su sitio. Se vio en la parte de atrás del coche pocos minutos antes de las cinco de la tarde de aquel día maldito, justo cuando, ya como ex presidente, entraba en la sede de Banesto de regreso del Banco de España. Quería rememorar, que nada importante quedara en el olvido.

Seguía obsesionado por el recuerdo de aquella entrevista a cara de perro en la mañana del 28, frente a frente con Miguel Martín, mi ejecutor, el brazo armado de los autores de la conspiración, con Rojo de testigo, aquella mañana me sentí como el reo que por decisión de un jurado comprado escucha de boca de un juez su condena a muerte.

Me da pena Rojo, me apena la forma en que se derrumbó cuando Martín, crispado, le dijo que el consejo ejecutivo no aprobaría su propuesta porque él votaría en contra. Me pareció una forma grosera de manifestar que era él quien mandaba. No hacía falta humillar al gobernador. No hacía falta destruirlo delante de mí; bastaba con suponer que no soy imbécil para comprender lo que allí estaba ocurriendo.

Y me da vergüenza recordar la oferta para que el BBV comprara mis acciones. Y Rojo, en silencio. Un hombre aparentemente honrado, un teórico de la Economía que había accedido al puesto de gobernador por obra y gracia de la suerte, estaba escuchando una turbia oferta sin ni siquiera atreverse a mencionar palabra.

¿Por qué un hombre de su prestigio no tiene los reflejos suficientes para entender que la dignidad es algo que siempre se paga? No lo sé, yo creía en este hombre, y sigo pensando que es un hombre honrado pero débil, incapaz de resistir presiones políticas, se le veía derrumbado, pero no sólo físicamente, sino moralmente, y lo malo es que yo presentía que se había derrumbado ante sí mismo.

Me tenía que marchar. Se atrevió a decirlo. El problema era Mario Conde, no Banesto, y me acordé del día en que Solchaga, en su despacho oficial, me dijo que algún día él me quitaría y pondría un nuevo presidente. Había cumplido su profecía, porque Martín era un simple mandado de Solchaga. Todo estaba claro. La historia se repetía. Lo que no pudieron conseguir en el 87 estaban a punto de lograrlo ahora.

Y luego, pobre Rojo, adelantando media hora la reunión de la tarde para que yo no pudiera sentarme con mi consejo, ¿es que tanto miedo me tienen? ¿o es que pensaban que estábamos tan locos como para tratar de boicotear la acción del banco emisor? Siento vergüenza ajena, éstos perdieron hace mucho tiempo la ética, y no saben manejar el concepto de la estética.

Cuando me dieron el «finiquito», lo firmé sin pestañear. No me tembló el pulso ni se me encogió el alma. Todo transcurrió en silencio. Recogí mi papel, el gobernador me acompañó al ascensor y salí a la calle. Vi la cara de satisfacción de algunos, luego me contaron los de Salomon Brothers que lo primero que había hecho el abogado Fanjul nada más salir yo del despacho del gobernador fue llamar corriendo a su primo Alberto Alcocer, ya ha caído, alborozado.

Mi calvario había terminado. Una etapa de mi vida se cerraba. Pensé que ahora vendrían unos momentos muy difíciles y complicados, pero había que tener entereza. Camino del banco, me sentí orgulloso de mí mismo, de haber sabido aguantar un envite tan fuerte con valor y sin que hubieran sido capaces de prostituirme con la venta de mis acciones. No sabía cuál sería mi destino final y mi futuro, pero tampoco sentía miedo.

Cuando subía en el ascensor hacia la planta cuarta de Alcalá 14, donde le esperaba reunido el consejo, se preguntaba cómo iba a reaccionar cada uno. Le costaba recordar las palabras que se habían pronunciado en aquella sesión póstuma. Casi ni recordaba las que pronunció él mismo. Se acordaba de que Ricardo Gómez-Acebo había hecho un discurso desde el corazón, casi lacrimógeno, una casa con más de cien años de historia se acababa por culpa de un Gobierno felón, visualizó a César de la Mora, emocionado, diciendo que si alguien sabía lo que Mario había hecho por Banesto eran ellos, la gente que llevaba allí años cuando él llegó. Eran sinceros o al menos lo parecían. Fueron momentos patéticos, duros, en los que hubo que comerse las lágrimas y controlar los nervios. Momentos en los que algo, en algún lugar del alma, te dice que de aquel mazazo jamás podrás recuperarte.

Aquel mismo 28-D había telefoneado desde el coche a Gonzalo del Río, su amigo jerezano, el encargado de ese mundo en miniatura que es «Los Carrizos». Con Gonzalo hablaba todos los días, un gran tipo, pero aquella mañana del día de los Inocentes no consiguió localizarlo. Quería decírselo personalmente, que no se enterara por la prensa. Por la tarde pudo finalmente contactar con él.

—Gonzalo, hemos perdido.

—¡No me jodas, qué me dices... seguro que alguna baza tienes tú por ahí guardada, seguro!

—Que no, que no, que hemos perdido de verdad.

A las seis de la tarde del día siguiente, el jerezano entraba con cara de funeral en el domicilio madrileño de su amigo. Tras saludar a Lasarte y Romaní, de vigilia permanente en el chalet de la calle Triana, dio de bruces con un Mario que no le esperaba a esa hora.

—¡Coño, Gonzalo, qué cara de pena tienes, parece que te han intervenido un banco! —bromeó el gallego.

—Tú siempre de coña, Mario, tienes más moral que el Alcoyano —consiguió balbucear.

Estuvieron hablando hasta pasadas las diez de la noche. La sorpresa de Gonzalo del Río no dejaba de crecer viendo que el hombre que tenía delante, aquel personaje meticuloso hasta la exageración en el diseño de «Los Carrizos», su obsesión porque el eje este-oeste presidiera todas las habitaciones, su concepción esotérica de la arquitectura, y aquí un estanque con surtidores recuerdo lejano del Generalife, y una imponente torre del homenaje a la entrada, aquel hombre estaba riendo, gesticulando, contando incluso chistes, como si aquel humor, un punto histérico, se hubiera convertido en tubo de escape por el que aliviar la tensión producida por un suceso tan brutal, la segunda Rumasa socialista; aquel hombre parecía como drogado, muñeco de feria dicharachero y parlanchín, como queriendo ocupar con frases todos los segundos de aquel día para no quedar enfrentado a un silencio ominoso y sin réplica.

En casa de los Conde ninguno de los cuatro miembros de la familia había podido pegar ojo en la noche del 28 al 29 de diciembre. A la mañana siguiente hicieron acto de presencia en la calle Triana Roberto Mendoza y Violy de Harper, invitados a un almuerzo surrealista presidido por el anonadamiento general, un Mendoza vestido de oscuro, como siempre, exactamente igual de triste que siempre, con el mismo indefinible cuello *oxbridge* de camisa que siempre, una Violy perdida nadie sabía dónde, y un tipo verdaderamente afectado, Net Kelly, jefe de los servicios jurídicos de Morgan, que, abatido, se acercó a Conde antes del almuerzo con un mensaje inesperado:

—*Mister chairman,* quiero felicitarle por la forma en que manejó usted la reunión del día 23 en Nueva York.

—¿Y qué más da eso ahora?

—Sí, precisamente ahora que ya ha pasado todo, quiero decirle que nunca había asistido a una reunión tan difícil para una persona y al mismo tiempo tan bien resuelta.

Roberto Mendoza se había entrevistado aquella mañana con Miguel Martín, en la sede del Banco de España. El vicepresidente de Morgan había pedido la entrevista con pocos modales, tras reprochar al banco central español que no hubieran prestado la menor atención a la carta de J. P. Morgan de la madrugada del 28-D. Mendoza cuenta que ha encontrado al subgobernador asustado por la trascendencia de la decisión adoptada, pero al mismo tiempo envalentonado. Le ha confesado que no había podido dormir, temiendo la reacción de la prensa al día siguiente, ¿qué postura adoptarían? Pero cuando se ha echado a la cara las primeras páginas de los periódicos, y ha visto que todos se han lanzado a degüello contra Conde, Martín ha respirado hondo.

—Me ha dicho rotundamente que aquí no va a pasar nada, que

no va a haber retirada de depósitos [1], y que las acciones volverán a cotizar en una semana, porque está detrás la autoridad moral del Banco de España, y además porque todo el sistema financiero está de acuerdo con la decisión adoptada.

—Dios le oiga —contestó Mario.

Lourdes Arroyo parecía la más entera, se diría incluso que aliviada, como si le hubieran quitado un peso de encima, liberada de alguna carga insoportable, le había desaparecido su dolor de vértebras, cosa de magia, meses y meses tomando potingues y ahora, de repente, desaparecían los dolores.

La noche del 29 Enrique Lasarte y Mario cenaron en la casa del primero, en Puerta de Hierro, con Nicolás Lasarte y Mario Conde Arroyo, una cena para el recuerdo, a Conde le impresionó ver a dos jóvenes de diecisiete y diecinueve años sin pestañear durante tres horas, les conté con todo detalle lo ocurrido, lo que estaba pasando en este país y lo que podía pasar a partir de ahora. Los errores que habíamos cometido en Banesto, sin duda muchos, y la gran injusticia de una intervención política. Haréis de vuestra vida lo que queráis que sea, pero la dignidad no la vendáis nunca. Nos han quitado una antorcha, que a lo mejor un día os toca a vosotros defender.

El matrimonio Conde permaneció en Madrid hasta el 31, Nochevieja, en que, acompañados por Gonzalo del Río, viajaron a Sevilla para pasar allí el fin de año.

La sorpresa de Gonzalo no dejaba de aumentar, tú dices, el golpe que le han dado a este tío es para hundir a cualquiera, ¿no? Pues jamás le he visto una mala cara, un mal comentario, bueno, sí, un día desayunando los dos solos se destapó, estaba preparando su explicación a la prensa del 11 de enero, y me dijo, Gonzalo, ¡qué rabia tengo por dentro!, crispado, ¡qué impotencia!, es como una marea que de pronto se eleva, la siento subir y subir, me llega hasta

[1] A finales de agosto del 94, ocho meses después de la intervención, se supo que Banesto había pasado de una posición prestadora en el mercado interbancario por cuantía de unos 7.000 millones de pesetas el 28 de diciembre del 93, a una posición deudora por importe de 900.694 millones a 31 de diciembre, lo que quiere decir que el Español de Crédito perdió en tres días más de 900.000 millones de pesetas (casi el 40 por ciento de sus depósitos de clientes), que los depositantes retiraron por ventanilla y cámara de compensación, en una oleada de pánico sin precedentes que fue silenciada por el Banco de España.

la cabeza, me ahoga, y luego empieza a remitir hasta que desaparece, pero es rabia, porque eso es lo que siento, rabia.

«Los Carrizos» era el sueño de Mario hecho realidad, el territorio privado donde el banquero podía olvidar las preocupaciones del banco, el gallego tenía esa facultad casi milagrosa para desconectar, nunca hablaba allí de sus problemas, como si no existieran, pero ahora, de repente, en «Los Carrizos» no se habla de otra cosa, a todas horas, por cualquier motivo, la intervención, omnipresente, la intervención, agobiante, la gente, los comportamientos, lo que dijo Fulano o Mengano tal día de tal año, una pista, siempre buscando pistas que permitieran desentrañar la madeja, a Mario, al sagaz y habilidoso Mario, al superbrillante Mario, le habían sorprendido en plena siesta, y aquello le parecía increíble.

Desde la paz de «Los Carrizos», Mario repasa casi al completo la lista del consejo. Enrique Lasarte está mal, la verdad es que ha sido una profunda injusticia lo que han hecho con él. Además se queda con el culo al aire ante su familia política, teniendo que volver a recurrir a ese patrimonio para subsistir. A la rabia por lo sucedido, se une una fuerte depresión moral por su inestabilidad patrimonial. Ha sido un ingenuo con el Banco de España, confió en Pérez y le engañó, y de ese engaño ha venido nuestra desgracia, pero hay que ayudarle a tope, darle seguridad. Es un gran tipo y se lo merece.

Arturo está más tranquilo e incluso un poco liberado de cargas a las que no sabía cómo atender. La presión del consejo contra Arturo se había hecho insoportable en el último trimestre, y no hubiera tenido más remedio que deshacerme de él a primeros de año. Un disgusto que me he ahorrado. César Albiñana se está portando bien, se ha quedado en la Corporación por orden nuestra para poder explicar cosas que en boca de otro serían difíciles de entender. Es posible que, trepa como es, juegue a dos barajas, pero sólo el tiempo lo dirá. Fernando Garro, sereno. Ramiro, tremendamente afectado. César Mora muy bien, como Rafael. Abaitua normal, pero Abaitua es siempre Abaitua. Dicky excelente, aunque con esos toques de tragedia griega que le apasionan. Paulina y Torrero señoriales. Belloso y Ducasse muy mal. Montagut bien. Oriol bien, aunque de repente se le han caído de la peana sus amigos Ybarra y Aznar.

¿Y cómo está él? A veces sentía una sensación liberadora, libre de la pesadilla de Banesto, ¡qué peso me he quitado de encima!, liberado del banco, un panteón corroído por la monotonía, y a la vez un monstruo capaz de engendrar quebraderos de cabeza sin cuento, Mario estaba cansado, harto de enfrentarse a problemas ajenos, hastiado de luchar contra molinos de viento, convencido del absurdo de poseer muchas cosas materiales y no poder utilizarlas, las casas, las fincas, el barco, los equipos de música, las escopetas, los coches... ¿qué hago yo aquí metido —se había preguntado en tantas ocasiones— sin poder disfrutar de todo lo que tengo?

Pero no podía engañarse: le habían quitado el banco y habían arruinado su carrera, estaba muerto, ¿muerto? Recordaba aquella frase de Erasmo que citó en una conferencia en el año 90, «moriré libre porque he vivido solo, y moriré solo porque he vivido libre», ¿una premonición?, filosofía dura, sufrimiento secreto, íntimo, que no se note, había que seguir actuando, demasiada gente dependía de él, de su estado de ánimo, de su humor, de la confianza en el futuro que fuera capaz de insuflar a los demás, y él seguía representando su papel, como si no hubiera pasado nada, con el mismo humor de siempre, encajando el golpe como un fajador, dando una lección de pundonor. Sólo en momentos muy concretos, cuando jugaba al billar, por ejemplo, dejaba traslucir la tensión interior, él, un consumado jugador, no acertaba con la geometría de las bolas.

—¡Coño, es que no puedo concentrarme, no puedo!

Entonces hacía un aparte, desaparecía, y volvía al cabo de un rato aparentemente sereno. Para Gonzalo era duro verle fallar carambolas que jamás se le hubieran escapado antes, quizá es que no dormía, en «Los Carrizos» siempre lo había hecho como un bendito, pero ahora se despertaba a las cuatro y media de la madrugada y ya no conseguía pegar ojo, es que tomas demasiada Coca-Cola, le reprendía el jerezano, ¿cómo vas a dormir si te has metido ocho coca-colas antes de acostarte?

Hubiera necesitado beber algo mucho más fuerte para soportar la avalancha que se le vino encima tras el 28-D; en este viernes soleado del invierno sevillano, 14 de enero de 1994, por la memoria de Conde van desfilando, en procesión inacabable, acontecimientos, personajes y emociones.

El mismo 28 de diciembre Miguel Martín había llamado a Arturo Romaní a su casa, no me dio la gana ponerme, y el 3 de enero lo vuelve a llamar, quiere explicarse, por qué no comemos juntos, ¡ah!, no, Miguel, primero porque no me apetece, que está muy fresca la herida, y segundo que no sería prudente que te vieran conmigo ahora mismo, bueno, pues vamos a tomar un copa en un sitio discreto, donde quieras, quedaron para el miércoles 5, a las siete de la tarde en el bar Méndez, Ibiza 33, una conversación de una hora, yo no he sido, no he tenido nada que ver, disculpándose, os he pasado muchos mensajes durante el 93 a través de Luis Ducasse, ojo, que eso está muy mal, pues no nos ha llegado ninguno, Miguel, el presidente de Agromán no los ha transmitido, Ducasse, uno de los misterios de la vida de Conde, un traidor con campanillas, se los ha guardado, y yo he sido apartado del tema Banesto hasta ultimísima hora, insiste Martín, no quiero que me carguéis a mí con el muerto, porque si arremetéis contra mí estaréis atacando al único protector que tenéis, el único que os defiende en aquella casa.

Un día después, el 29 de diciembre, Emilio Botín llama desde Suiza a su consuegro Dicky Gómez-Acebo, quiere verle esa misma tarde, a su regreso a Madrid, parece muy impactado, consternado incluso, por la trascendencia de la decisión adoptada por el Banco de España.

Pero pasan los días sin que Botín vuelva a dar señales de vida. Hasta que a primeros de año, el banquero envía al marqués de Deleitosa un recado por su hija, la nuera de Dicky.

—Que papá no puede verte ahora, que le disculpes, pero es que tiene miedo de que se enteren en el Banco de España de que ha hablado contigo.

—¡Pero qué se ha creído tu padre, niña, si el que no quiere verle soy yo! ¡Ni que uno fuera «El Lute»!

El país ha estado a punto del *crack* financiero en estos primeros días de enero, no tenían bastante con Banesto, por increíble que parezca, y han pretendido llevarse por delante al Banco Central Hispano de José María Amusátegui, depredadores, fue un terrible 4 de enero de pánico en la bolsa, un esquema calcado al del 28 de diciembre, una nueva puesta en escena con todo un rumor envenenado a la apertura del mercado, el BCH no iba a repartir dividendo porque se lo había prohibido el Banco de España, y la cotización que empieza a caer en picado, van a por el BCH y van a por Amusátegui, calcado.

Un golpe mortal de necesidad, porque tras el infausto 28 de diciembre llovía sobre mojado en la memoria, demasiado fresca, de los operadores. Enseguida se empezó a acumular papel que los servicios del banco iban drenando, no había presión de autocartera, y José María de compras en Londres, mala suerte la de este hombre, el 28-D cazando con Juan Abelló, y el 4 de enero de compras en Londres, acompañando a su mujer, Amalia, de anticuarios para rellenar la impresionante casa de La Moraleja, con su portátil en el bolsillo, nervioso desde primera hora, habla cinco veces con Luis Blázquez, pero ya no se fía de Blázquez y todo el día colgado de Foncillas, de José Zamora, que no, Pepe, que eso no es cierto, que eso es mentira cochina, y el papel que seguía afluyendo, imparable.

Cada vez parecía más localizado el origen de los rumores: el Banco Santander. Por el mercado se había extendido días antes el rumor de que el 26 de diciembre, en el domicilio de Angel Rojo, Botín había exigido al gobernador que aprovechara la coyuntura para sanear de una vez toda la banca, BCH incluido, sí, había que atreverse y meter mano al BCH, porque si no dentro de un año estamos en las mismas, Angel, dicen que dijo Botín, es mejor una vez rojo que cien colorado, y la mañana del 4 de enero va transcurriendo con mucha presión, el banco va dejando caer despacio la cotización, pero el momento cumbre se produce sobre las tres y media de la tarde, cuando los servicios de bolsa de la casa detectan que Reuter se dispone a transmitir una noticia según la cual el BCH no repartirá dividendo con cargo al ejercicio 93, el rumor confirmado, y el pánico que empieza a generalizarse. Definitivamente, aquello parecía una versión corregida y aumentada del 28-D. Alguien con mucho poder y peor intención había decidido acabar con el BCH y Amusátegui al tiempo.

Luis Blázquez, el cuidador histórico de las acciones del Banco Central en bolsa, estaba aquel día almorzando en El Borbollón con un grupo de periodistas, y vuelta a llamar a Londres, José María, esto está muy mal, hay que hacer algo, los de Reuter me dicen que han intentado contactar con Foncillas y con Corral y que no hay manera, ni se les ponen, así que con tu permiso voy a salir desmintiendo esto, porque esto es la hostia, aquí todo el mundo se esconde, coño, pero que sí, Luis, desmiéntelo, el propio gobernador me ha dado el otro día su visto bueno al cierre del ejercicio, cabrones, desmiéntelo.

Foncillas, en contacto, por fin, con el Banco de España, pacta los términos de una nota de desmentido a Reuter, el BCH dará dividendo, pero la cotización del banco cayó aquel día 180 pesetas, cambiando de manos 610 millones de acciones. Lo de Banesto del 28 de diciembre había sido un juego de niños.

Amusátegui vuelve a Madrid el día 6 por la tarde y el 7 viaja otra vez a Londres, donde Amalita seguía de compras para la mansión de La Moraleja.

Gracias a la ayuda del Banco de España, espantado por una nueva crisis que, dado el tamaño del BCH, no hubiera podido soportar el sistema financiero español, Amusátegui había conseguido parar el golpe. ¿Por cuánto tiempo?

Desde el exilio de «Los Carrizos», Conde seguía las dificultades de Amusátegui, tenía razón el gallego, va a durar menos que un caramelo a la puerta de un colegio, se lo había advertido el mismo día 28 por la noche:

—Pepe, ahora van a por ti...

Y no le gustó, a José María no le gustó que le dijera eso, un escalofrío le recorrió el cuerpo, pero Mario no andaba descaminado, mucha gente se la tiene jurada a Amusátegui, empezando por Polanco, el poder de la prensa, el comportamiento de la prensa había sido terrible con Mario, nunca en la historia de un país occidental se había vista un diluvio tan persistente y terrible, uniforme, de todos los medios de comunicación contra una sola persona, él que se veía al abrigo de esos vientos, él que creía tener controlados a los medios, ¿qué había pasado?, ¿en qué se había equivocado? La prensa había estado sangrante, lo mismo que la COPE y Tele 5, me han machacado hasta la náusea, yo sabía que se trataba de un ajuste de cuentas, simplemente eso, un ajuste de cuentas, pero así funcionan las cosas en este país.

Pero lo que más me ha dolido ha sido el comportamiento de la gente de Polanco, de los medios de Polanco, en «Los Carrizos» se palpaba la indignación contra Jesús Polanco, Mario, que creía tenerle ganado para la causa de la sociedad civil, cuántas teóricas le había endosado en «La Salceda», no quería obsesionarse con el cántabro, pero le escocía su conducta indigna, le atormentaban los recuerdos, y no será porque no se lo advirtieron una y mil veces, Mario, no te fíes de ese personaje, que nunca podrá ser tu amigo, más tarde o más temprano te traicionará.

Así había sido. El ataque más intenso y cruel de toda la prensa procedía de *El País.* Algo que Conde no acababa de entender, porque llevaba el sello de la traición, teniendo en cuenta que había sido Polanco el que había insistido en visitarle en su casa, en invitarle a la suya, en convivir juntos, en hacerle constantes manifestaciones de aprecio y amistad.

El ex banquero recordó por un momento lo que le había dicho su hija Alejandra, pocos días atrás.

—Pero, papá, ¿Polanco no es ese que ha venido tantas veces a «La Salceda»?

—Sí, ése es.

La amistad, aparentemente imperecedera, entre los Conde y los Polanco había quedado sellada hacía apenas unos meses, cuando ambas familias, a petición de Jesús Polanco, celebraron el cuarenta cumpleaños de Mariluz Barreiros en la casa mallorquina del banquero en Can Poleta, dos familias unidas en lo universal, Mario llevó un grupo de flamencos, y hasta le compusimos a Mariluz un *happy-birthday* por rumbas, todos cantando a coro, Mariluz que seas feliz, Mariluz que seas feliz, feliz, feliz...

—¡Pero ese hombre no tiene dignidad, papá!

Pero Mariluz se lo merece todo, ella no es una nueva rica como Polanco, y hace unos meses puso una noche en la calle a Carlos Solchaga y Gloria Barba; habían sido invitados a cenar y los muy cretinos comenzaron a poner a caer de un burro a los Conde, y Mariluz se hartó, oye, mira, Gloria, no me gusta que en mi casa se insulte a mis amigos, y ¿sabéis lo que os digo?, que es la última vez que os invito.

Todavía está fresco el recuerdo de aquella expresa manifestación de estima que Polanco le había hecho en el banquete de celebración de la boda de la hija de Plácido Arango, Maite, en la finca de Valdemorillo del millonario mexicano, Polanco lo sentó en su mesa y lo exhibió a su lado, este es mi amigo, mi par, mi preferido, y de madrugada, con una copita de más, Jesús le abrió a Lourdes las puertas del almario, hundido porque los colegios religiosos le han dejado de comprar los libros de Santillana, y lo mismo han anunciado los públicos para el curso 93-94, ¿y qué voy a hacer yo si dejan de comprarme libros de texto?, que sepas, Lourdes, que esa es una *vendetta* del Gobierno por ser amigo vuestro, lo tengo muy claro.

A las cinco de la madrugada se fueron las dos parejas a la finca del editor, para terminar desayunando huevos fritos a las nueve de la mañana entre risas cansadas, muchas madrugadas contemplaron a Jesús y Mario divirtiéndose juntos, enfrascados en lo que parecía una amistad por encima de las contingencias temporales, una amistad compartida entre Lourdes y Mariluz, todos los días al teléfono, dieciocho veces al teléfono, este verano invitados en el *Alejandra*, pero hoy, 14 de enero, todavía está Lourdes Arroyo esperando una llamada de Mariluz Barreiros desde el 28 de diciembre.

Desde el día en que Juan Luis Cebrián colocó a Ceberio, un peón de confianza, en la dirección de *El País* en sustitución de Estefanía, se acabaron los paños calientes con Conde. Pero jamás hubiera imaginado el gallego el castigo inmisericorde al que sería sometido por el diario gubernamental tras el 28-D. Cebrián, apartando de un manotazo a Ceberio, se había hecho otra vez con los mandos de la nave el mismo día 28, ante el asombro de la redacción que le vio llegar cual nuevo Atila. Banesto tenía un 34 por ciento de autocartera. Los consejeros de Banesto habían vendido sus acciones antes del 28-D. Banesto mantenía cientos de sociedades instrumentales. El «agujero» del banco era producto de los artificios contables de Mario...

El banquero se lo había comentado indignado a Matías Cortés, un hombre en apuros, en el fiel de la balanza.

—No se trata de la visceralidad de los ataques, Matías, no es eso; es que *El País* está recurriendo a la mentira y la calumnia sistemática.

Matías no había encontrado respuesta convincente, pero el abogado, consejero de Prisa, no había permanecido con los brazos cruzados. Había mantenido una tensa conversación con Jesús Polanco, donde se habían dicho cosas muy fuertes, a resultas de la cual el editor puso orden de forma automática en la primera de Economía, mandando a galeras al responsable de los infundios.

La prensa, a la que Conde consideraba su mejor aliado, se había convertido en su implacable verdugo. Todos se habían vuelto en su contra, incluso *El Mundo* de Pedro J. Ramírez se había mostrado duro, aunque dejando siempre una puerta abierta. Era la diferencia con Polanco. El santanderino le había condenado y, como si quisiera borrar los recuerdos, parecía dispuesto a no descansar hasta ver sus cenizas esparcidas al viento.

Cualquier disculpa era buena para huir de la realidad, para distraer la pesadumbre, para no perder la cabeza y cometer alguna equivocación irreparable. Mucha gente le había presionado durante los primeros días del año para que saliera a la palestra contraatacando. El director de un diario madrileño le había advertido:

—Si no das la cara no voy a poder seguir defendiéndote.

—Pues muchas gracias, pero si a lo que estás haciendo lo llamas defenderme es mejor que no me defiendas...

Estaba convencido de que su mejor arma era el silencio. Tenía que esperar el momento adecuado para hablar, y hacerlo cuando los demás acallaran la fuerza de sus gritos y no ahogaran el eco de sus palabras.

La decisión de convocar rueda de prensa para el martes, 11 de enero, había sido dolorosa como un parto. Era fundamental acertar con el día, el lugar, los mensajes... La expectación por escuchar las razones del intervenido había ido creciendo con el paso de los días.

El lunes, 10 de enero, había hablado con Antonio Torrero. El ex consejero de Banesto le transmitió un mensaje de Julián García Vargas, de parte de Moncloa:

—Me ha dicho que el Gobierno cree que deberías suspender la rueda de prensa de mañana, porque no vas a conseguir más que echar leña al fuego. La verdad es que me ha sentado tan mal que me he enfadado con Julián y así se lo he dicho. Esto ya es demasiado.

Ya no había posibilidad de marcha atrás. Aquella iba a ser su prueba de fuego, una representación a cara descubierta, un todo o nada, y Mario sintió que las fuerzas le fallaban, demasiada tensión, demasiada responsabilidad, aquel mensaje de Moncloa, era un hombre solo ante el peligro, su gente trataba de animarle, Lasarte, Garro, Romaní... Toda la tarde y toda la noche, hasta que en la calle Triana se apagó la última luz, cuidándole, dándole ánimos, como al boxeador que va a disputar el combate más importante de su vida, un miura a punto de salir por el chiquero, tan presionado estaba que se derrumbó inesperadamente por teléfono, cuando su padre le llamó para desearle suerte:

—¡Ojalá me diera ahora mismo un infarto y acabara de una vez con todo!

—¡No digas, eso, Mario, por favor!

—Que sí, que no lo aguanto, esto es demasiado.

Conde había repasado muchas veces los folios que iba a leer ante los periodistas. La argumentación era técnicamente válida, y el tono muy moderado. No se trataba de embestir contra el Gobierno. Su respuesta tenía que diferenciarle de otras posturas radicalizadas.

El mismo día de la rueda de prensa, *El Mundo* había escrito: «Mario Conde decepcionará hoy las expectativas de los que esperan un ataque feroz del banquero contra la intervención del Banco de España.»

Pocas veces se había visto expectación semejante. Más de doscientos periodistas se hacinaban en el salón del restaurante Balthasar, en la que sin duda ha sido una de las ruedas de prensa más multitudinarias que se recuerdan en España, hotel Eurobuilding, escenario de sus primeros escarceos públicos cuando comenzaba a ser alguien en Antibióticos y ya se sentía llamado a mayores aventuras, listo, arrogante, cabeza bien amueblada, otro estilo, en los albores del mito. Ahora, ocho o nueve años después, otra vez en Balthasar, abarrotado, para un viaje de ida y vuelta, millones de españoles siguiéndole en directo a través de la radio y la televisión, la primera ocasión de ver al Mario Conde perdedor, apeado del burro, contemplarle sin aureola, de simple mortal, despojado de todo su *glamour.*

A las diez en punto comenzó a bajar las escaleras de acceso a Balthasar. Decenas de fotógrafos se abalanzaron sobre él, ¡le vais a tirar, coño!, y Mario sonriente, engominado hasta las cejas, ¡abrid paso!, todos quieren la foto, elegante traje azul, y sus elefantes de la suerte alegrando de amarillo la corbata, seis minutos tardó en cruzar la sala, ¡por favor, vais a tirar la mesa, por favor!, borrachera de *flashes,* y un silencio espeso que comenzó a hacerse oír por encima del intermitente repiqueteo de las cámaras automáticas.

Sus nervios desaparecieron en cuanto tomó la palabra. «El 28 de diciembre de 1993, el Banco de España, sin que mediara audiencia previa, es decir, sin posibilidad de formular alegaciones a los hechos señalados, decidió intervenir al Banco Español de Crédito...»

Más de dos horas solo ante el peligro, leyendo los veinte folios que le habían preparado Gómez de Liaño y Pérez Escolar, serenos, moderados, y respondiendo preguntas. No había hecho uso de un buen trabajo elaborado por Belloso y Beato, que centraba su defensa en la crítica a las cifras avanzadas por el Banco de España en el Acta de Intervención. No hubo ataques a la banca, ni al Gobierno, ni al Banco de España. Era un Mario Conde bajado del pedestal, dispuesto a enmascarar sus nervios en el juego permanente con sus gafas graduadas, ahora se las quita, luego se las pone, después mordisqueaba sus patillas, más tarde las limpia, y así pitillo tras pitillo, sin un sorbo de agua.

—Ultima pregunta, por favor.

—Soy Pilar Urbano. Señor Conde: y ahora, ¿qué?

—Ahora, a trabajar, Pilar, a trabajar.

Un actor. Había quedado claro que el señor Conde era un actor consumado, un actor de la categoría de Felipe y pocos más, gracias, muchas gracias, repartía a la salida, gracias a no se sabe quién, arropado por casi todo su consejo, se habían notado, sí, las ausencias de Belloso y Ducasse, ni han avisado, también las de Morgan, ¿por qué no ha venido alguien de Morgan? Roberto tenía que haber estado aquí, pero esa era una pretensión vana, Morgan, como no podía ser de otra forma, estaba ya con el ganador, Morgan estaba con la autoridad constituida. A punto de montar en su coche, Mario buscó con la mirada a Fernando Garro.

—Fernando, ¿cómo ha quedado?

—Cojonudo, de verdad, cojonudo. El país se ha paralizado.

—Pero ¿tú crees que habrá llegado el mensaje a la opinión pública?

—Que sí, Mario, que sí, seguro, que has estado de lujo.

Un optimismo exultante invadió el cuartel general de Mario. Todo había salido a pedir de boca. El suyo había sido un acto de valor, siempre apreciado en un país que rinde culto a la testosterona, una demostración de entereza, la clave fue la serenidad, felicitaciones de su gente, satisfacción de su familia, ¿Sabes dónde ha estado la clave, hijo? explicaba el gallego a Mario *jr.*, en que estaba seguro de tener respuestas para todo, porque no podría haberme sometido a esa prueba, delante del Sky News, de la CNN, de todas las televisiones, sabiendo que una sola pregunta podía tumbarme, podía dejarme en evidencia.

En la tarde soleada de enero, mientras el sol se pierde por los cerros de «Los Carrizos», en el verdeo intenso de los trigales moteados por encinas, Mario intenta distraerse con la marcha de la finca, las últimas lluvias, la situación de los pastizales, alguien ha visto en la quebrada una manada de no menos de setenta jabalíes, algunos de gran tamaño, y uno de los guardeses se acerca al porche trasero, como cada tarde, con un revoltijo de animales entre sus brazos, acaba de darles el biberón, son los tres nuevos cachorrillos de Mario, tres dogos casi blancos, rollizos, recién llegados de Argentina, regalo de su amigo César Catena, Banco Shaw, tres preciosos perrillos con los que Mario juega cada atardecer, Rojo, Martín y Pérez, así les ha bautizado, revolcándose con ellos en la hierba, trepan por su espalda, Martín es el más tímido, se aparta del grupo, ¿qué le pasa a Martín? el ex banquero ahoga en risas su frustración, de nuevo la prensa, la reacción de la prensa, tantas horas y tanto dinero dedicado a la prensa, Luis María ha estado como siempre, una de cal y otra de arena, porque Luis María tiene que atender los intereses del sistema financiero, Pedro J. quiere vender más ejemplares, y *La Vanguardia* se está cobrando sencillamente su revancha, respondiendo así al asunto de las escuchas telefónicas.

La misma noche del 11 de enero, Mario se sintió reconfortado por una llamada del Rey de España.

—Te he visto esta mañana en la tele y has estado perfecto. Te felicito muy sinceramente.

—Muchas gracias, Señor.

—Te has comportado como se esperaba de ti, porque tú no podías convertirte en un nuevo Ruiz-Mateos.

Los días seguían pasando en el silencio de la sierra sevillana, el teléfono sigue sin sonar, cómo lo agradezco, mentira, se sincera, cómo me fastidia, la llamada de rigor de Enrique, la de Arturo, Paloma, su secretaria madrileña instalada provisionalmente en el despacho de Pérez Escolar, algún periodista que quiere conseguir la declaración explosiva, ¿pero es que nadie más quiere hablar conmigo? Mejor así, necesito dejar pasar el tiempo, al banquero le aterra la travesía del desierto que intuye en su horizonte vital, pero sigue intentando engañarse, es necesario que se disipe la polvareda para saber dónde está cada cual, pero no, sigue estando ahí ese miedo difuso a la soledad, a no ser nadie después de haberlo sido todo, a llamar a las puertas y que no se abran, a descolgar el teléfono y que nadie responda, tiene el presentimiento de que le espera un largo camino de sufrimiento, y trata de hacer acopio de fortaleza juramentándose en que al final la historia, su historia, acabará bien.

La pregunta de Pilar Urbano repiquetea en su cerebro, y ahora, ¿qué? No puede pensar a largo plazo, le faltan claves para adivinar el mañana, su problema es el aquí y el ahora, ¿qué hacer? Su dilema inmediato es la guerra o el pacto. Blanco o negro. Conde y Lasarte pasan horas hablando del asunto. El gallego tiene pocas dudas: sin ejército no se puede plantear ninguna guerra. El pacto es la única salida. La simple idea de luchar para recuperar el banco le resulta estúpida. No quiere recuperar el banco, sería una quimera pensar en ello, porque estaba mortalmente cansado del banco.

Pero además es que Banesto ya no es Banesto. La situación de la entidad se ha ido deteriorando a pasos agigantados, desde el 28 de diciembre ha perdido en dos semanas medio billón de pesetas de depósitos, o eso creía, aunque la realidad era más fuerte aún, y la sangría parece imparable, los directores están desanimados, el personal, brazo sobre brazo, y Dicky Gómez-Acebo va a tener razón, la intervención es el final de una casa de banca centenaria.

Banesto estaba tocado de muerte. En su fuero interno, Mario deseaba que terminara de hundirse, lo deseaba fervientemente, sí, que se fuera al carajo, que cayera de una vez. Así se demostraría que el Banco de España se había equivocado. Desde el punto de vista patrimonial, tal eventualidad supondría su ruina, pero la imagen de los interventores quedaría por los suelos mientras la suya subiría como la espuma. La recuperación de su imagen iba a ser fundamental para su futuro. El fracaso de la intervención facilitaría su *rentreé* en la vida pública, aunque, para qué engañarse, jamás permitiría el Régimen que la intervención de Banesto se tornara en fracaso. Antes pasarían por encima del cadáver de varios bancos más.

El interés de Mario estaba puesto en lograr algún tipo de pacto con el Banco de España. Un pacto patrimonial o un acuerdo moral. Tenía la sensación de que Gobierno y Banco de España deseaban el pacto tanto o más que él. Enrique Lasarte, que había recibido claros mensajes en tal sentido, se disponía a iniciar en Madrid las correspondientes negociaciones en nombre del gallego.

La prensa ha comenzado a interesarse por los planes de Alfredo Sáenz y la incipiente lucha por el control de Banesto entre BBV y Santander. Conde lo agradece aliviado, pero el lunes, 17 de enero, Rafael Pérez Escolar lanza una bomba en forma de entrevista que Pilar Urbano publica en las páginas de *El Mundo*.

El abogado no deja títere con cabeza. Pérez Escolar arremete con la misma virulencia contra la autoridad monetaria, la gran banca y los banqueros. Un acto de sinceridad imperdonable. Mariano Gómez de Liaño llama por teléfono a Sáenz para disculparse en nombre de Conde, esa entrevista no refleja el pensamiento de Mario, pero Alfredo no se cree una palabra, tampoco el Banco de España, que en días sucesivos empiezan a filtrar información envenenada contra el banquero, muchos ex consejeros de la casa se sienten agraviados, aquella era una iniciativa intolerable que rompía la baraja, y Mario tiene que dar explicaciones, y aceptar que algunos aprovechen la coyuntura para levantar definitivamente el vuelo de su vera.

—Que no, José Luis, que no, que yo no sabía nada de lo que iba a decir Rafael. Sí que me consultó la idea de hacer una entrevista, y hablé con él, tienes que seguir la línea de mi rueda de prensa, le dije, usa la ironía... Pero ya sabes cómo es Rafael.

Especial indignación sentía Juan José Abaitua. Quería que Conde actuase, que escarmentase de una vez a Pérez Escolar, nos ha hecho un flaco favor, Mario, y yo en estas condiciones no juego, ya eran tres, Paulina, la primera, después Antonio Torrero, y ahora, como fin de fiesta, Abaitua.

Mario se defiende, parece un confesor, quizá un psicólogo, o un preparador físico que debe mantener el tono vital de su gente, que nadie se venga abajo, pero, ¿quién cuida del cuidador?

—Si yo tenía que ser el primer ofendido, Juanjo, sencillamente porque el sábado le pedí por teléfono que no hiciera esas declaraciones, y como mis teléfonos de Sevilla están «pinchados», pues así estará recogido en las cintas, pero ya está, qué le vamos a hacer, Rafael ha hecho unas declaraciones que son muy malas, pero también ha hecho cosas muy buenas por Banesto en estos años, y todos tenemos nuestra cuenta de pérdidas y ganancias...

—Pues, Mario, sintiéndolo mucho, si no tomas medidas, si no apartas a Rafael yo me voy a plantear ir solo al recurso.

—Me parece muy bien, ¿qué quieres que te diga? Mira, Rafael tiene ya sesenta y cinco tacos, su vida resuelta y está dispuesto a decir lo que piensa y que salga el sol por Antequera.

—Es que esas son ideas que yo no comparto y que nos hacen mucho daño. No creo que la mejor forma de defender nuestros intereses sea echándonos encima al resto de la banca, al Gobierno y a todo el mundo.

—Tampoco las comparto yo, Juanjo, pero te entiendo y me parece bien, no pasa nada, si creéis que debéis presentar el recurso individualmente, allá vosotros. Yo creo que al final la historia pondrá a cada uno en su sitio. Fíjate lo que ha dicho Croissier, que ningún consejero de Banesto vendió sus acciones el día 28. Y lo mismo ha pasado con la autocartera. No van a encontrar nada porque no hay nada. Estos han ido a Banesto a sacar cuentas y están encontrando rosarios, y algún día me tocará a mí dar una explicación de este asunto, sin agresividad, con calma, porque la historia es muy larga y, te repito, pondrá a cada uno en su sitio.

—Yo lo siento mucho, Mario, pero si tú no haces algún desmentido, algo que implique una separación rotunda del colectivo frente a las posiciones de Rafael, yo...

—Que ya está, Juanjo, que no tienes que darme ninguna explicación. Se acabó. Yo siempre he pensado que el recurso debía personalizarse, que fuera individual, aunque Sánchez Calero no lo ve así. Pero ya Ducasse anunció que él no iba con nosotros, y lo mismo Belloso. Y ahora Paulina, Antonio y tú me decís lo mismo, pues muy bien, Juanjo, no pasa nada.

—No, Mario, no, yo sigo donde estaba, eso lo sabes bien, y sabes que puedes disponer de mí para lo que quieras...

La tripulación comenzaba a abandonar a su capitán, solo al frente de la nave que se hundía.

Conde habló aquel día largo y tendido con Rafael Pérez Escolar. El abogado tiene su explicación para la actitud de Abaitua, Juanjo me vino a ver después de la intervención, me dijo que su posición era muy delicada, resulta que lo último que había invertido en Banesto era dinero de la familia de su mujer y que, además, tenía un negocio que dependía del banco en buena medida a través de descuento de papel, y que yo debía entenderlo, que estaba en la misma línea que los demás, pero que tenía que tentarse la ropa...

Muchos consejeros de Banesto estaban en la misma situación. La mayoría había acudido a la ampliación de capital con crédito bancario y ahora, privados de su principal fuente de ingresos, se veían enfrentados a decisiones traumáticas, como la que acababa de tomar el ex vicepresidente Ricardo Gómez-Acebo, poniendo a la venta su hermosa casa de Puerta de Hierro.

Pérez Escolar no andaba descaminado.

—Mario, convéncete, aquí cada uno va a lo suyo, y mis declaraciones son un pretexto que a algunos les viene de perlas para adoptar posiciones que estaban deseando explicitar desde hace tiempo.

—Sí, supongo que es así.

—Por cierto, acabo de llegar del consejo de *ABC* y Andrés Reguera ha dicho que el Registro Mercantil ha rechazado la inscripción de los nuevos administradores de Banesto.

—¡Si eso es verdad, sería una bomba!

—Me dicen que ni siquiera han tomado asiento de presentación, lo cual no me creo, pero lo cierto es que esos nombramientos infringen todas las normas de la Ley de Sociedades Anónimas, entre otras cosas porque el consejero de un banco no puede ser nombrado consejero de otro sin que dimita del primero.

—Esta es la chapuza nacional.

—Y otra cosa, me ha dicho Jaime Zurita que Ramón Hermosilla ha sido contratado por Sáenz para asesorar al nuevo Banesto.

—¡Madre de Dios, eso es magnífico, esa es mejor noticia que la de los registradores!

—Sí, lo mejor que nos podía pasar.

—Comprueba bien lo de Hermosilla, Rafael, no vaya a ser que tengamos que recuperar el banco, lo cual sería una desgracia...

Del Gobierno comenzaron a llegar mensajes tranquilizadores. «Las declaraciones de Conde son las que cabía esperar de Conde», dijo González.

—Quieren pactar —insistía Lasarte.

Era el turno del Banco de España. El debía esperar y actuar en consecuencia. Su estrategia tenía vencimiento diario. Cada día que pasaba era una victoria. Un día más, se decía al acostarse, sin que se haya presentado una demanda penal contra mí. Un día más sin que la prensa haya podido demostrarme un solo caso de corrupción. Otra victoria más. Vivir al día, en el filo de la navaja, porque hay mucha gente tratando de hurgar en la herida, de confirmar el cobro de comisiones, investigarle las cuentas, mirarle de arriba abajo, ¿cuándo acabará este suplicio? Mario se movía al son que marcaban los acontecimientos, aferrado a su silencio, huyendo de las posturas estridentes, callado, convencido de tener al tiempo como aliado.

—Lo ideal es que sean ellos quienes sientan la necesidad del pacto, porque de esta forma podemos reducir al mínimo los perjuicios para todos —aseguraba el banquero a Lasarte.

El panorama era muy distinto con la oposición. El presidente del PP había contestado en tono airado a la entrevista de Pérez Escolar, una reacción impropia del líder de la oposición, Aznar se ha convertido en la bicha de Mario Conde, le detesta más que nunca y no se recata en manifestarlo, José María, que respira por la herida del resentimiento y los celos hacia mí, está dedicando sus mejores esfuerzos a tratar de hacerme daño. ¿Es ésta la objetividad de alguien que aspira a presidir el Gobierno de la nación? Pero lo está haciendo todo de forma tan burda que algún día se volverá en su contra. De momento hay que soportarlo, tienen que soportarlo en el propio Partido Popular, cabreados con él, sí, aunque sería inútil esperar algún tipo de reacción desde dentro, porque en el fondo en Génova tienen más miedo a Aznar que el que Aznar me tiene a mí. Algún día espero que la gente le trate como lo que es, como un ser rencoroso y acomplejado, una mala persona.

El pacto se había convertido en un objetivo prioritario, pero Mario no podía actuar directamente. En realidad Mario no podía moverse sin sentir en su cogote el aliento de los hombres del Cesid, estaba advertido, tenía al Cesid pegado a los talones, quién entraba en su casa, quién salía, quién visitaba sus fincas, y los teléfonos «pinchados», un marcaje total, era un perdedor y los perdedores ni siquiera pueden protestar.

Había que mover los peones con inteligencia y valor. El 19 de enero, Lasarte almorzaba con Emilio Ybarra y cenaba con Alfredo Sáenz, mientras Romaní mantenía una nueva entrevista con Miguel Martín. Unos encuentros importantes. En el Banco de España tenían miedo de haber metido la pata. Paul Volcker hablaba con frecuencia con Rojo, y luego transmitía la información a Violy de Harper, que después se encargará de poner al corriente al señor de «Los Carrizos». Y si efectivamente estaban preocupados por lo que habían hecho, era el momento de apretar para tratar de encontrar una solución.

Emilio Ybarra confirmó a Lasarte lo que a Conde le pareció obvio desde el principio del drama.

—Si nos hicimos cargo del tinglado, fue porque el Santander estaba verdaderamente decidido a hacerlo —había reconocido el de Neguri.

El gallego jugaba una partida a tres bandas: propiciar un clima de pacto, intentar salvar la parte del león de su patrimonio consiguiendo el mejor precio para sus acciones, y reconstruir su imagen pública, poniendo a cada uno en su sitio. Una partida planteada con la frialdad del jugador profesional, excepto cuando los nombres de Polanco y Aznar acudían a su memoria, haciendo circular más deprisa la sangre por sus venas. Pero estaba convencido de que sólo tenía que esperar.

Tarde o temprano se sabría, por ejemplo, que el gobernador Rojo había engañado al Parlamento al afirmar que había sido la decisión de Luis Carlos Croissier de suspender, él solito, la cotización de Banesto, lo que había forzado la intervención del banco, cuando según el presidente de la CNMV había sido justo al revés.

Tarde o temprano los españoles sabrían que para matarle a él habían tenido que liquidar una institución centenaria como Banesto.

En la plaza de Cibeles lo negaban todo. Miguel Martín se lo había tratado de explicar de nuevo a Romaní, parapetado tras su eterna sonrisa.

—No os queráis engañar, Arturo, al menos tú no te engañes. No hay ni ha habido ninguna operación política detrás, que no, que han sido razones exclusivamente técnicas, además, qué te voy a contar a ti, si tú sabes tan bien como yo que la situación era caótica, y que no había más alternativa.

—Pero, vamos a ver, Miguel, si es que nuestro plan se podía haber sacado perfectamente adelante si hubierais...

—¡Que no, Arturo, no te engañes! El plan de Mario era basura, totalmente inviable, totalmente, y no había otra solución que intervenir. Dicho lo cual, hay que reconocer que la situación es complicada, y por eso deberíamos buscar entre todos una salida adecuada. Mario tiene que hablar con el gobernador. El y Angel Rojo siempre han mantenido una buena relación y eso habría que aprovecharlo.

—No sé... Yo lo hablaré con Mario, pero está hecho una pantera, porque está convencido de que se trata de una operación política muy clara.

—Pues háblalo, pero dile que la situación se está poniendo muy fea, y que no vamos a tener más remedio que abrir un expediente administrativo, porque estamos recibiendo presiones brutales en ese sentido.

—Presiones, ¿de quién?

—Sobre todo de Polanco y Aznar.

—¿Polanco? De Aznar me lo creo, es más, estoy seguro que es así, pero Polanco... ¿qué gana Polanco con eso? Aunque la verdad es que después de ver cómo se ha portado con Mario no debería extrañarme.

El peligro, en efecto, estaba en Madrid y circulaba por la derecha. Le preocupaba José María Aznar, aquellas declaraciones de Trillo, parece que el líder del PP ha puesto a su gente a machacar las posiciones del antiguo banquero. Un conocido periodista madrileño le ha transmitido un mensaje poco tranquilizador.

—Aznar quiere verte esposado en televisión, me lo han contado en la calle Génova.

—¿Por qué? ¿Qué le pasa a este hombre?

—Tiene miedo de haberse equivocado apoyando la intervención, y no le queda más alternativa que hacer que te metan en la cárcel para tener razón.

—¡Pero eso es una locura!

—Sí, González les ha prometido que se retira y les deja vía libre, así que su único obstáculo, su único rival de peso, según ellos, eres tú.

Pronto haría un mes y parecía un siglo, un siglo lejos del poder, a la intemperie, de repente esa sensación extraña de viajar en AVE, camino de la estación de Atocha como un reo camino del patíbulo, un nudo en el estómago con su billete de ida y vuelta en el bolsillo, ¿qué puede pasar? No es que vayan a pegarme, no, es la sensación de pánico que sientes al pasear por el vestíbulo y ser el blanco de todas las miradas, ¿cómo reaccionará la gente? Miedo, miedo enfermizo el primer día, basta que alguien suelte un exabrupto, un loco que insulta, que me llama ladrón, o chorizo, o sinvergüenza, ¿qué puedo hacer? Mañana *El País* lo contaría en primera, y al día siguiente serán quince o veinte los que se atrevan a insultarme y, entonces, ¿qué haré entonces? Miedo, hay que echarle un par de huevos para pasearte así, con un tío detrás, casi sin mirar en derredor, la camisa empapada de sudor, y la gente mirando, te han descubierto; Mario sigue llevando protección, ha llegado a un acuerdo con Alfredo Sáenz por el que Banesto seguirá pagando sus escoltas hasta el final del 94, pero todo es nuevo, como el niño que aprende a andar, también los elogios saben ahora distinto, cómo se agradecen las manifestaciones de apoyo, la amplia sonrisa del mallorquín que se acerca por el andén de Atocha, derechito hacia él, la mano tendida, ¡venga un «*abraso*, oiga, un *abraso*!, o la señora que se cruza con su hija al pie del vagón, codazo en el hígado, ahí va, mira, niña, es él, ¿lo has visto...? Y cómo se agradecen ahora los piropos, restaurante El Cacique, bajando al servicio, Mario se topa en la escalera con un operario ocupado en trabajos de albañilería:

—¡Coño! ¿Tú no eres Mario Conde...?

—Sí, soy Mario Conde.

—Oye, pues te vi el otro día en la tele y estuviste cojonudo, muy bien, tío.

—Gracias, hombre.

Una inyección de moral. Lo mismo que en Sevilla. Le reconfortaba oír a la gente del pueblo dictar sentencia exculpatoria hacia su persona. Don Mario se había querido meter en política «y *uzté* lo zabe, don Mario, *ezo e nombrá* la *bisha*». No estaba todo perdido. Al fin y al cabo él era un terrateniente, un señorito que ni siquiera era andaluz. Lo normal es que le odiaran, y que los desheredados de la tierra hubieran celebrado la intervención como una venganza del destino contra él. ¿Sería posible que la opinión pública, pasado el desconcierto de los primeros días, se pusiera a su lado? El diseño de laboratorio que había sido la intervención se vendría con estrépito abajo, entonces sí, entonces él tendría la posibilidad de quedar como un mártir, salvar al menos parte de su prestigio, una cuestión fundamental cara al futuro.

Salvar su imagen, rescatarla de la quema. Su futuro dependía de su capacidad para recuperar, al menos en parte, ese hálito de líder, de triunfador, de campeón indomable. Hacía poco más de un mes que una macroencuesta de Tele 5 le catalogaba como el empresario más admirado de España. La admiración que sentían por él las gentes de la sierra sevillana.

Pero no podía llamarse a engaño. Aquella gente podía ser sincera, pero sobre todo era gente agradecida. Aquello no era gratis, sino un sentimiento comprado a base de dinero. Por la serranía sevillana se hacían de cruces, un maná caído del cielo, en ninguna otra finca se habían ocupado de los trabajadores como en «Los Carrizos», cinco casas para los guardeses perdidas por los riscos, el mismo color pastel que el monasterio tibetano que desde lejos semeja ser al atardecer la mansión de los Conde, cinco casas a ocho millones de pesetas por casa, hasta cuarto de baño, oiga, un lujo, mucho mejores que las casas del pueblo, dónde va a parar, mucha inversión en una zona que lo necesita como el respirar.

No en vano el alcalde de Castilblanco de los Arroyos, comunista él, le defiende a capa y espada, que no me hablen mal de don Mario, que se ha dejado una pasta gansa en el pueblo. Dar la cara, negociar las cuestiones de dinero, eran cosas de Gonzalo del Río, que si la gasolinera, que si la residencia, que si arreglar los garajes de la Guardia Civil y hacerles no se qué... Sólo la licencia municipal de obras le había dejado al pueblo más de 20 millones, y sobre todo aquella vista gorda que don Mario, mirar para otro lado, había dicho a los guardas, ponía en práctica con los furtivos, gente que caza para comer, matan un animal y se lo llevan, sin olvidar la mano de obra fija y mucho trabajo eventual, y el alcalde encantado, ni comunismo ni leches, ojalá hubiera muchos Marios por aquí, coño, ya verías cómo cambiaba la zona.

La lectura de la prensa diaria dejó de amargarle las mañanas. Desde su atalaya andaluza creía percibir un cierto clima de cambio que le permitía ordenar sus ideas con alguna perspectiva. La ausencia de adrenalina, sin embargo, empezaba a convertir la tranquilidad de «Los Carrizos» en la paz del cementerio. Mario ya no era el centro de todas las miradas, el objeto de todas las llamadas, el lugar común de todas las conversaciones. Comenzaba a padecer los primeros síntomas de síndrome de abstinencia del poder.

Se levantaba con pocos ánimos, deprimido, afectado por sentimientos contradictorios. Por un lado quería vivir, leer, estudiar, pensar, escribir. Por otro le corroía el deseo de luchar, de reivindicar su nombre, de utilizar su mermada influencia social. El choque de esas dos corrientes le embotaba la mente, le fatigaba psíquicamente. El, que siempre había sabido lo que tenía que hacer, por primera vez rendía armas, no sé por dónde tirar, no puedo decidir, no tengo furia ni rabia, sólo cansancio en el alma.

Todo lo contrario que Lourdes, su mujer, ella había remontado el vuelo, como si hubiera encontrado la solución a su jeroglífico vital, más relajada, más sonriente, con lo mal que lo pasaba cuando Mario deshojaba la margarita de la política, eso ni en broma, ni en broma, se ponía enferma, en septiembre no pudo acompañar a Mario al safari, deprimida, con dolores, las malditas cervicales me van a matar, todo el día con el cuello dolorido, masajes, píldoras y más píldoras, y de repente el milagro, la intervención había resultado mano de santo, ni un mal dolor, nada, divinamente, Lourdes ha vuelto a fumar, y todos se maravillan, hay que ver cómo es esta mujer, parece otra.

A Conde, por el contrario, le descomponía lentamente aquella calma chicha, él no sabe estar quieto, siempre enredando, aunque lo más duro era la sensación de estar atado de pies y manos, incapacitado para actuar. La huelga general del 27-E estaba encima, y Mario la espera con alivio, confiando que el evento consiga desplazar el asunto Banesto a un segundo plano de actualidad.

El fin de semana del 23 llegaron a «Los Carrizos» Romaní, Lasarte, Gómez-Acebo, Figaredo y Albiñana. Casi un «gobierno en el exilio». Le apetecía charlar y reír, pero le agobiaba la idea de pasar el día perdido en el laberinto Banesto, dando vueltas a la noria, para ellos siempre habría un antes y un después del 28-D.

¿Cuál sería su futuro? ¿Qué podría hacer en el futuro? La política se presentaba como la única salida posible, y eso le producía un extraño desasosiego entreverado de miedo. Cuanto más vaya mejorando la opinión pública, más peligro real corremos, advertía el banquero a sus fieles, no es bueno dejar al enemigo herido, hay que rematarlo, y lo van a intentar, no queda más salida que la política, pero hay que ser realistas, darle tiempo al tiempo, está por delante la junta general de Banesto, a ver qué pasa, a ver qué decisiones toman contra nosotros, cómo reaccionan los accionistas...

Aquellos días se escucharon en «Los Carrizos» propuestas exageradas, tan imaginativas como utópicas, dislocadas. Alguien planteó forzar la comparecencia de Mario en el Congreso. Una idea que todos creyeron magnífica, menos el propio afectado.

—¿Creéis de verdad que el PSOE y el PP lo iban a permitir?

Silencio. Había que continuar en silencio. Nada de declaraciones ruidosas, porque el panorama podía deteriorarse aún más. Si llegara a determinarse que la gestión ha dañado los intereses de los accionistas, advierte Conde, estaríamos abocados a un incierto proceso judicial, a lo que se uniría el descalabro patrimonial. Una situación que se mantendría abierta durante mucho tiempo, lo que me impediría cualquier escarceo político.

Iba a resultar complicado recuperar su imagen, terriblemente dañada tras el 28-D. España es un país especializado en entronizar ídolos que luego machaca con el mismo deleite. Casi un deporte nacional. Pero si no era capaz de rescatarla del fango, el futuro sería aún más incierto.

Incluido el futuro patrimonial. Había tenido una larga conversación con Lourdes al respecto. La situación puede llegar a ser complicada a cuenta del préstamo concedido por el BCH para ir a la ampliación de capital, las acciones se habían comprado a 1.900 pesetas y ahora valían 400, habría que rebajar significativamente el nivel de gastos, seguramente tendremos que ir pensando en vender alguna cosa, «Los Carrizos» no, eso sería lo último, habría que poner a la venta «La Salceda», y por supuesto el *Alejandra*, eso causaría un impacto importante en la opinión pública, seguro, nos vendrá bien, tenemos que andar con pies de plomo, ahora más que nunca, mira lo que está pasando con Romaní, no sabe dónde meterse, los ataques contra el exarca de Conde en la Corporación han adquirido una dimensión inesperada, incluso en el seno del antiguo consejo, claro que el muy tonto se lo ha puesto en bandeja, con un nivel de vida que no se corresponde con sus ingresos, mira que se lo advertí, cuidado, Arturo, que te estás pasando, va a decir la gente que de dónde coño sacas la pasta, se lo advertí, le mandé a César para que se lo explicara, pero ahora ya es tarde, Arturo es mi amigo y le defenderé siempre, pero eso no impide que me dé cuenta de los errores que ha cometido.

Conde había desechado la posibilidad de reiniciar su carrera profesional. Después de tenerlo todo, de tocar la gloria, de presidir Banesto, ¿cómo iba a aparecer en público dirigiendo una empresa de tres al cuarto, o montando un negocio? Ni era posible, ni le apetecía. ¿Abrir un bufete? Tampoco.

Otra cosa sería contar con una plataforma para hacer algunas operaciones que le resarcieran económicamente. Y no apareciendo jamás como gestor, sino como propietario ajeno a la toma de decisiones. Sabe que su margen de maniobra futuro radica en su capacidad económica y eso, a su vez, depende del precio de las acciones de Banesto.

El 25 de enero el matrimonio Conde dejó la sierra sevillana para instalarse en su finca toledana de «La Salceda». Les recibe el mal tiempo, lluvia y frío, aunque se adivina que la primavera viene de camino. Al día siguiente, el ex banquero viajaría a Madrid para ver el recurso contra la intervención y firmarlo.

Lasarte seguía negociando tras las bambalinas los puntos de un posible acuerdo con el Banco de España. Mario no se fía. Parece evidente que cuanto peor vayan las cosas en Banesto, más fuerte será nuestra posición, lo que significa mayores posibilidades de pacto. El miedo del Gobierno y mi silencio reman a favor. No debo plantear batalla antes de tiempo, y eso no ocurrirá hasta que tenga definido un culpable porque, como en toda guerra, la derrota tiene que tener un culpable con nombre y apellidos.

La reconstrucción de la trama golpista del 28 de diciembre seguía, sin embargo, estancada. El gallego había jugado de farol ante sus fieles, vendrán a contármelo, tranquilos, había asegurado a primeros de enero, cuando se den cuenta del lío en que se han metido, más de uno querrá desmarcarse y vendrá a contármelo todo con pelos y señales. Pero el mes caminaba hacia su final y el *puzzle* seguía sin respuesta. ¿Qué papel había jugado de verdad

Rojo en toda la película? Era evidente que Aznar había participado en la operación, y que Emilio Ybarra se había incorporado en algún momento al estrecho círculo de los conocedores del secreto. Aznar quería quitarse un competidor político de en medio, y Solchaga y sus amigos querían un banco. ¿Pero sería posible llegar a componer el rompecabezas?

¿Qué papel había jugado de verdad Roberto Mendoza? ¿Qué es lo que estaba pasando en Morgan?

En el 60 de Wall Street, la intervención de Banesto había abierto una batalla subterránea terriblemente enconada. Se estaba dilucidando, nada menos, que la sucesión de Denis Weatherstone al frente de la banca fundada por John Piedpont Morgan. Un sillón al que concurrían dos candidatos: Sandy Warner y el propio Mendoza. Antes de la aventura Banesto, en Morgan se hablaba de una presidencia colegiada entre ambos. Con el fiasco Banesto, Warner creyó llegada la oportunidad de oro para apartar a su contrincante del camino.

Por culpa de Banesto, Mendoza se ha jugado, y perdido, la posibilidad de ser *chairman* de Morgan. La operación española se ha convertido para él en una herida en la que sus enemigos no dejan de hurgar. Tras la salida de Violy de Morgan, la oficina española ha quedado en las manos libres de Víctor Arbulu, un hombre bien conectado con el bufete de Garrigues, en general, y Daniel García-Pita, en particular, y todos ellos conectados con Alfredo Sáenz, lo que significa la existencia de un flujo permanente de cifras que transita entre los nuevos amos de Banesto y la sede de Morgan, para escarnio permanente de Roberto Mendoza.

El resultado es que el cubano ha sido apartado del seguimiento del problema Banesto en Nueva York. Aislado, Mendoza es enviado a México, Brasil, Bahrein... mientras en el 60 de Wall Street se toman decisiones que afectan a su cabeza, y puede que a su bolsillo, se lo advierte Mario siempre que le llama, Roberto, como no le eches huevos te arrollan, te matan, reacciona, coño, saca el cuchillo, muerde, que van a por ti porque te quieren quitar de en medio.

El viaje a Madrid le animó. Unos días de movimiento entre tanta inactividad hizo aflorar el Conde de siempre. Acudió al despacho de Sánchez Calero para ver el recurso. Era bueno, aunque estaba claro que no hay nada que hacer por la vía administrativa, siendo el propio ministro Solbes el encargado de admitirlo o rechazarlo. Habrá que esperar a la vía contenciosa.

La noche del 26, en su villa de Puerta de Hierro, Enrique Lasarte recibió a cenar al subgobernador del Banco de España. Miguel Martín llegó nervioso, como enfadado, sin esa perenne sonrisa suya a la que parecía abonado, de modo que Lasarte tuvo la impresión de que el encuentro no iba a durar más de diez minutos. Haciendo gala de mal humor, Martín no se anduvo con rodeos.

—Todavía no sé cómo se ha podido llegar a esta situación, ni sé en qué estabais ocupados para no enteraros de que venía la ola. La verdad es que yo me he mantenido al margen de todo este asunto y sólo he entrado a partir del día 22. Estoy convencido de que no estaba previsto que asistiera a esa reunión, y si acudí fue porque el gobernador me dijo que Mario iba a venir con los de Morgan, y por tanto era necesario que le acompañara.

—Sí, a nosotros también nos sorprendió tu presencia.

—Pero yo no he intervenido, quiero que lo tengáis bien claro, porque el propio Mario pidió hace tiempo al gobernador que me mantuviera apartado.

—Por lo que yo sé, Mario habló con Rojo —señala Lasarte—, pero no para decirle que te mantuviera lejos, sino para ponerle al corriente de una serie de comentarios que tú ibas haciendo por Madrid y que perjudicaban a Banesto.

—Eso no es cierto. Eso es una absoluta falsedad, y por esa razón yo he tenido que estar en el tema de forma extraoficial. ¿Qué ha pasado aquí? Todavía no entiendo nada, y me parece increíble que se haya podido llegar a una decisión de este tipo, no sé, tan... africana.

Lasarte estaba confundido y perplejo. Parecía que el subgobernador quería marcar distancias, alejándose del núcleo duro de la intervención, pero Enrique ha creído descubrir una contradicción en Martín: apenas iniciada la cena, le ha tratado de convencer de su condición de artista invitado en la intervención de Banesto, para asegurar a continuación que ha seguido la marcha del asunto Banesto extraoficial pero efectivamente.

Cuando Martín se hubo desfogado, Lasarte inició su avance en la dirección que realmente le interesaba: las posibles responsabilidades de orden penal o mercantil que pudiera estar pensando exigir el Banco de España. Se trataba de comprobar la solidez de su posición, su disponibilidad al pacto y la opinión al respecto de La Moncloa.

—Mira, Enrique, déjate de rodeos. La situación no está para

hacer chistes. Esto está muy mal, muy mal, porque si se ponen a actuar Eligio Hernández y Fanjul las cosas pueden complicarse mucho, y yo lo veo fatal, fatal...

—Pues no sé por qué lo ves tan mal, Miguel, no sé quién puede tener interés en que eso se ponga tan mal.

—Mucha gente, hay mucha gente que quiere sangre, y por eso estamos soportando unas presiones terribles.

—Presiones ¿de quién?

—Pues del Partido Popular, ya se lo dije a Arturo, y también muy fuertes de algunos medios de comunicación importantes, y de la banca.

—¿Quién de la banca?

—Concretamente de Ybarra y Botín.

—¿Y del Gobierno no?

—Todo lo contrario, las señales que estamos recibiendo del Gobierno es que quiere calma, que aquí no pase nada más, pero claro, las presiones por el otro lado son muy fuertes.

El río bravo del subgobernador fue desembocando en una llanura de ambigüedad calculada para dejar entrever la posibilidad de diálogo y de pacto. No sin antes dejar claro que la posición relevante de Mario como accionista era un engorro para todo el mundo de cara a la junta general, y que todo resultaría más sencillo si Mario vendiera, aunque no iba a resultar fácil darle un tratamiento distinto al resto de los accionistas.

Esas conversaciones, si se llevaran a cabo, tendrían que tener el nivel de interlocución adecuado, que no podría ser otro que Rojo o el propio Felipe, aunque él podría encargarse si recibiera el encargo oportuno.

Ya con una copa de whisky en la mano, Martín se tornó más locuaz de lo previsto: el Gobierno se daría por satisfecho si las cosas quedaran como están; existe mucha preocupación por lo que Conde pueda estar haciendo, y es bueno que exista diálogo, porque si no hay diálogo la gente se va a preguntar muchas cosas, entre otras, por qué no hemos intentado meterle en la cárcel.

Tanto en el Gobierno como en el Banco de España estaban muy contentos con la rueda de prensa de Mario, se lo hemos agradecido extraordinariamente, porque tranquilizó los mercados financieros e hizo subir la peseta. Pero el envite ahora era otro:

—Mario no debe politizar la intervención de Banesto, ese es el mensaje que traigo para ti, porque si Mario quiere llevar este asunto por la vía política entonces no habrá ninguna posibilidad de pacto.

—Perdona, Miguel, pero no es Mario quien está politizando la intervención, sino ese cincuenta y tantos por ciento de gente que, según las encuestas, cree que fue una operación política.

—Os equivocáis si pensáis eso, y desde luego si elige ese camino no habrá posibilidad de pacto alguno, dile que si quiere politizar esto, insisto Enrique, no habrá armisticio que valga.

—Se lo diré, descuida.

—Y dile también que yo no soy el culpable de lo que ha pasado, que no me atribuya todos sus males, porque eso es injusto, y, además, tú eres joven y Mario aún más, y yo tengo todavía muchas cosas que hacer en mi vida.

Parecía la preocupación de un personaje temeroso de la influencia que el escándalo Banesto pudiera tener en su carrera.

—Están asustados —repetía Conde a Lasarte—. Sólo tenemos que esperar, tener paciencia, porque el tiempo corre a mi favor. No me han podido matar y eso les atemoriza, porque creen que herido puedo ser más peligroso. Buena señal.

Tras su paso por Madrid, los Conde se recluyen de nuevo en «Los Carrizos». La visita a la capital les ha dado oportunidad de comprobar por sí mismos el aislamiento en que se encuentran, como apestados, nadie llama, solos, mejor en «Los Carrizos», se nota menos la losa de silencio que la intervención ha hecho caer sobre ellos.

La jornada del 27-E resultó un fiasco para los sindicatos, que no lograron paralizar el país, y un evidente respiro para Felipe González. El presidente había logrado pasar con notable el primer gran escollo del año. El segundo sería el Congreso del PSOE, y el tercero las elecciones europeas y andaluzas del 12 de junio. Mario había perdido la oportunidad de sacar ventaja de la crisis política que un éxito claro de la huelga hubiera abierto en las filas socialistas.

Camino de Sevilla, el ex banquero se topa, cosas del destino, con Alfonso Guerra en el AVE, un saludo muy cariñoso, que se vea, que la gente tome nota, y después de un tiempo en sus respectivos asientos, Alfonso se planta ante Mario, acababan de abandonar la estación de Córdoba, por qué no charlamos un rato, invitó el político, y charla relajada, distendida, las cosas que pasan y en seguida Banesto, la intervención, la propuesta de venta de acciones que le había hecho el Banco de España el 28-D, Alfonso parecía muy interesado en ese punto.

—Pero yo no podía vender, porque si hubiera vendido mis acciones en ese momento...

—Es que si hubieras vendido serías uno de ellos —le interrumpe Alfonso.

—De todas maneras es uno de los argumentos que voy a utilizar en el recurso.

—¿Tienes testigos?

—No, pero esa oferta también me la hicieron, aunque más vagamente, delante de Violy de Harper y de Roberto Mendoza.

Después de que Conde se explayara en lo que estaba haciendo, Guerra le preguntó a bocajarro si era verdad que se estaba planteando el salto a la política, y que había encargado sondeos para comprobar sus posibilidades.

—Nada de nada. La única encuesta que hemos encargado fue el día 31 de diciembre y no por motivos políticos, sino para comprobar el estado de opinión respecto a la intervención. Si te cuentan otra cosa, Alfonso, te engañan.

Para el «número dos» del PSOE, la intervención de Banesto había sido una operación política de segundos niveles, entendiendo como tal a Solchaga y compañía, nada había tenido que ver, en su opinión, Felipe, que había tenido conocimiento del caso cuando ya todo estaba en marcha.

—Sí, esta ha sido la conspiración de los mediocres —afirma Conde—. Los mediocres de Economía, los mediocres del Banco de España, los mediocres de la oposición, los mediocres de la banca. Y un presidente del Gobierno que es culpable de escudarse en el funcionamiento de las instituciones, y que ha asumido una responsabilidad muy grande.

—No te equivoques, Mario, a Felipe se lo han presentado como inevitable y punto. Lo dramático es que estas cosas pasan porque él no se ocupa de España, y así va el país, porque Felipe no entra en los problemas del día a día.

—Sí, así va el país.

—Y, desde luego, si lo que te han hecho a ti, se lo hacen a cualquier banco español, por lo menos le sacan lo mismo que a ti.

El ex vicepresidente trató de animar a Conde.

—Tienes dos cosas a favor: el desprestigio del Gobierno y lo exagerado del ataque contra ti, porque cuando los ataques son tan brutales la gente desconfía, recela, y te digo esto con conocimiento de causa.

Enrique Lasarte ha vuelto a invitar a cenar a su casa a un alto cargo del Banco de España, esta vez al director general de la Inspección, José Pérez. Los chicos de Pérez volvieron en tromba a Banesto el mismo 29 de diciembre, con órdenes estrictas de mirar bajo las alfombras en busca de munición gruesa con la que poner al amo de «Los Carrizos» contra las cuerdas. Es la estrategia que lleva al profesor Sánchez Calero a decir que el Banco de España interviene primero y después busca las razones de su intervención.

A últimos de enero, los inspectores tenían listo su informe, que serviría de base para la apertura del expediente y posterior pliego de cargos formulado por el banco emisor contra el antiguo consejo de administración de Banesto. Una de las cosas que se decían en dicho informe era que los antiguos gestores de Banesto habían hecho obstrucción a la labor inspectora.

—¡Pero cómo podéis decir eso, cuando tú sabes que no hay banco en este país que os haya facilitado la mitad de información que nosotros, y tú mismo has podido comprobar que durante todo el 93 la transparencia fue absoluta!

—Sí, eso es absolutamente verdad, lo que ocurre es que como habéis recurrido, los abogados están introduciendo cosas que nos puedan servir como argumentos.

—¿Hasta el extremo de mentir en un asunto tan grave?

—Mira, Enrique, eso son cosas de abogados.

El jefe de los inspectores sorprende a su anfitrión al afirmar que Conde había tomado decisiones no pensando en el Banco, sino en su futuro.

—¿Qué quieres decir con eso?

—Que la decisión de Mario de firmar la revocación de cargos estaba pensada. El tiene un diseño de futuro y por eso ha firmado, porque le convenía para su futuro.

—Bueno, y ¿qué alternativa tenía a firmar?

—Se podía haber negado.

—¿Cómo que se podía haber negado, cuánto tiempo se podía haber negado?

—Pues no sé, el tiempo suficiente para que hubiera pasado algo.

—¿Pero qué podía haber pasado si ya estaba todo decidido?

—Algo, podía haber pasado algo...

Era la locura colectiva que había denunciado el abogado Matías Cortés, todos locos, incluidos los nuevos gestores de Banesto, con Sáenz a la cabeza, reconociendo ante los medios que, por más que busca, no encuentra más autocartera que la reconocida públicamente por Conde, y ha asegurando ante Lasarte, con quien almuerza con frecuencia, que si lleva a provisiones 500.000 millones de pesetas, se queda con el banco más saneado del mundo.

Pero el banco seguía su cuesta abajo. Esta era una guerra donde cada cual había pensado en lo suyo, Conde, Rojo, Sáenz, Ybarra, Aznar, todos habían pensado en sus intereses, pero nadie había reparado en los intereses colectivos, los de Banesto como sociedad generadora de riqueza.

Y Banesto seguía tocado del ala camino del final de enero, 750.000 millones de pesetas de depósitos habían salido de la entidad, se decía, Banesto era una marca muerta, por la puerta de su red de oficinas no entraba un duro de negocio, en algunas regiones, como Andalucía, totalmente paralizado, en Madrid haciendo trampas para subir los saldos, todo parado, nadie hace nada, no se reciben órdenes, y el personal llega a la oficina y se cruza de brazos hasta la hora de salida.

Llegó el 28 de enero. Un día triste para Mario Conde, el hombre que había venido para asombrar al mundo con su inteligencia puesta al servicio de la banca y los negocios, y que no había sido capaz de sacar adelante Banesto.

Un mes descabalado de todo su inmenso poder. Un mes devenido en simple mortal, viajando en AVE, esperando que alguien le llame por teléfono, encadenado a un largo proceso judicial, con su fortuna en el alero, con la cárcel incluso.

No queda más camino que la política. Es la gran conclusión de este mes de enero. Lo demanda su vocación y se lo pide el cuerpo. Es la única forma de reivindicar su nombre. Pero para eso hay que tener dinero y aliados.

La situación patrimonial es la clave del arco sobre la que descansan sus planes políticos. Ha perdido buena parte de su fortuna, entre 5.000 y 6.000 millones de pesetas a cuenta del palo brutal de las acciones, y su futuro parece orientado a «vivir del inmovilizado», de la caza de las fincas, de la venta del barco, la casa de Mallorca, quizá «La Salceda»...

Está convencido: la cuestión fundamental para dar el salto a la política son los recursos financieros propios.

—Si al menos me quedaran 2.000 millones —manifiesta un día a Gonzalo del Río— de forma que pudiera dedicar todos los años unos 100 kilos para ir creando una base de ideología...

Ha decidido ya escribir un libro que puede convertirse en su manifiesto ideológico, su tarjeta de presentación ante el electorado español.

En cuanto a los aliados, la nómina es muy escasa. Su enemigo mortal es José María Aznar, y estando eso claro no le queda más alternativa que pensar de nuevo en Felipe González, perdonar a Felipe, hacer la vista gorda, salvarle de la hoguera de la intervención de Banesto, y llegar a algún tipo de acuerdo con él.

Su estado de ánimo subía y bajaba, como en un tobogán, libre o encadenado, ganador o perdedor. Un mes ya en las mazmorras del tiempo, tiempo de sobra, tiempo atormentado, obligado a buscar a veces una salida para no enloquecer, eufórico hoy, cuando alguna noticia parece confirmar sus tesis, depresivo mañana, amargado, interpretando erróneamente la realidad a través del espejo de sus escasos fieles, los últimos de Filipinas, Ansón le ha aconsejado que se vaya de España y la idea no le repugna, irse de España y quizá perder su patrimonio español. ¿Adónde ir? Suiza es una buena patria para los que llegan con dinero. Sudamérica, ni hablar, y Estados Unidos tampoco por el riesgo de ser detenido. Sería interesante trabajar desde el extranjero unos años, hacer dinero, tener éxito en alguna actividad y volver con los laureles de triunfador reverdecidos...

Pero, ¿por qué tendría que irme? No tengo nada de que avergonzarme, me han echado del banco, me han mirado hasta los calzoncillos, han estado un mes mirándome de arriba abajo y seguirán haciéndolo en los sucesivos y no han encontrado nada, siguen buscando sin encontrar nada, y ¿por qué no lo han encontrado? Porque no había nada. Se lo decía el 28 de enero a sus hijos:

—El 29 de diciembre me había cargado el banco, había robado, era un chorizo y me esperaba la cárcel, ésa era la situación...

—Pero tú siempre has estado tranquilo, papá.

—Sí, estaba tranquilo porque sabía que nada de eso era así, pero cuando estás luchando contra un Estado, cada día que pasa sin que te ocurra nada es una victoria.

CAPITULO CUATRO

SOLO FRENTE AL FUTURO

El sueño había terminado en pesadilla. El 7 de marzo de 1989 las juntas generales de los bancos Central y Banesto aprobaron la ruptura de la fusión entre ambas entidades, que había sido acordada apenas diez meses antes. El gran paquebote que hubiera sido el Banco Español Central de Crédito (BECC) estaba herido de muerte desde mucho antes. Mediante la táctica de introducir en la fortaleza asediada una quinta columna, en este caso «los Albertos», más la ONCE, más el Banco de España, más mil zancadillas más, el Gobierno había dinamitado un proyecto que dejaba en manos de Mario Conde el control del 7 por ciento del Producto Interior Bruto español. Demasiado poder en manos del enemigo.

La ruptura de la fusión dejaba a Conde solo en la madrugada, enfrentado a la poderosa escuadra política comandada por Carlos Solchaga y a los problemas propios de Banesto.

Mariano Rubio, al frente del Banco de España, estaba decidido a matarlo a cualquier precio, convencido además de que el asesinato sería celebrado con champán en muchos despachos oficiales.

Mario se despierta en un cruce de caminos. La jugada de billar a tres bandas que, tras la muerte de Pedro Toledo, debía haberle convertido en el primer banquero español de fin de siglo, ha fracasado. Para salvar la vida ha tenido que apearse en marcha de la idea del Banco Español Central de Crédito, y ahora, a solas con las riendas de Banesto en la mano, llega el momento de la gran pregunta: ¿por dónde tirar?

Como en una bicicleta de piñón fijo, Mario está condenado al movimiento constante si quiere mantenerse en pie. No meterse en ninguna fusión supone para él resignarse a un papel secundario en el mundo bancario y financiero, pero él no ha venido a este mundo para ser segundo en nada, él ha nacido para ser número uno.

Pergeña entonces una idea brillante: dividir el grupo Banesto en dos bloques diferenciados. Por un lado, el banco; por otro, sus participaciones industriales, con las que piensa constituir una gran corporación industrial.

Banesto tiene enterrado demasiado dinero en un amplio abanico de empresas de los tres sectores productivos. Miles de millones de pesetas cuyo rendimiento medio se sitúa en torno al 4 por ciento anual, cuando los tipos de interés del interbancario en este 1988 rondan el 17 por ciento, un lujo insoportable en un país cuyo Gobierno se ha echado desde hace años en manos de la economía financiera, primando la especulación y castigando el ahorro, la inversión y la economía real.

La creación de esa corporación industrial persigue sacar a bolsa un 26 por ciento de la misma, lo que permitiría, sin perder el control, liberar cerca de 200.000 millones de pesetas para el banco y la propia corporación, además de obtener unas importantes plusvalías.

A lo largo de su paso por Banesto, Mario Conde será esclavo de la necesidad de esos 200.000 millones de pesetas que le hubieran servido para tapar agujeros y fortalecer su posición de recursos propios, además de permitirle afrontar la renovación tecnológica, fichar personal cualificado, remozar las sucursales y sacar nuevos productos, pero esos 200.000 millones de dinero fresco nunca llegan. De hecho, el gallego hubiera necesitado desde el principio un gran aliado financiero, por Madrid han pasado los Agnelli, Gardini, Krupp, Aga Khan... el *ghotta* europeo de la industria y las finanzas ha desfilado por el paseo de la Castellana atraído por el fenómeno de moda en el continente, todos ofreciéndole alianzas, proponiéndole alternativas sugerentes, pero Mario preferirá siempre a sus Hachueles, sus Pueyos, sus Dornas y otra gente de medio pelo de la que durante todos estos años se ha rodeado.

El 21 de abril del 89, el consejo de Banesto aprobó la creación de la Corporación Industrial, cuya valoración se aproximaba a los 500.000 millones de pesetas. El banco podría aflorar unas plusvalías en su balance cercanas a los 250.000 millones de pesetas, que devengarían unos impuestos del orden de los 70.000 millones. Lograr las exenciones fiscales era condición *sine qua non,* puesto que de otro modo el banco tendría que vender activos para poder afrontar esa factura fiscal. Era, simple y llanamente, la salvación de Mario Conde.

Aquel mismo día se inició la pugna con el Ministerio de Economía y Hacienda por la concesión de las exenciones correspondientes, en una de las más duras batallas que en estos años enfrentó a Mario Conde con Carlos Solchaga y todo su aparato de poder.

Apenas seis días después, el Banco de España, correveidile del navarro, lanzaba la primera carga de profundidad anunciando que «Economía no dará exenciones a la Corporación Banesto, porque el afloramiento de plusvalías sólo goza de exenciones fiscales en caso de que la fusión sea de interés nacional».

El pulso Solchaga-Conde por este motivo proveerá de intrigas a los más influyentes despachos madrileños durante muchos meses. El navarro ha visto la jugada de su enemigo con toda claridad y está dispuesto a frustrarla a cualquier precio. No pasará. Felipe y su guardia de *corps* han dado nueva vida a la tesis de las dos Españas, travestida ahora en la España de los amigos y la de los enemigos, a los amigos el culo, dice el refrán, a los enemigos por el culo. A los amigos, todo; a los enemigos, ni agua. No hay argumentos de Estado, ni razones de interés nacional que valgan. Se trata de la utilización torticera de la ley y del aparato del Estado en beneficio propio.

Mario Conde ha puesto en liza sus peones. José Antonio Segurado, diputado del Partido Popular, está convencido de que se las tienen que dar, «lo contrario sería una vergüenza, y estoy dispuesto a plantear una interpelación en el Parlamento si no se las dan».

En la pelea Conde ha echado mano de su equipo de confianza habitual, la gente que tan buenos resultados le diera en anteriores envites, ha puesto a trabajar a Antonio Navalón y su equipo, que se dispone a explicar a las puertas de Ferraz, con Txiki Benegas como alumno dilecto, la bondad del proyecto condista.

Aunque los informes técnicos elaborados por distintos departamentos de Economía recomiendan conceder las exenciones que solicita Banesto, la decisión política está parada. El escándalo podría ser monumental, sobre todo teniendo en cuenta que proyectos recientes muy similares al de Conde han recibido el plácet oficial y las exenciones fiscales correspondientes.

Mientras llega el milagro de las exenciones, Mario sigue imaginando posibles operaciones que le proporcionen la dimensión adecuada, tantas vueltas le da a la cabeza que en la segunda mitad del 89 llega a urdir un nuevo intento para ¡recuperar el Banco Central! ¿Cómo? Utilizando a su testaferro preferido de estos meses, el financiero Jacques Hachuel, a quien en los mentideros madrileños se supone dueño de una fortuna no inferior a los 200.000 millones, las fortunas de fábula han crecido en la imaginación de los españoles de manera pasmosa en estos años de dinero fácil para unos cuantos, todo el mundo habla de millones como de perras gordas, y Mario acaricia la idea de que Hachuel compre el paquete del 12,5 por ciento del Central que las hermanas Koplowitz mantienen en su poder tras la salida de sus maridos «los Albertos» del banco.

Durante un consejo de administración de Banesto antes de fin de año se realizó una simulación de la absorción del Central, y cerca ya de la Navidad tuvo lugar en casa de Dicky Gómez-Acebo una cena de hermandad entre consejeros de ambas casas. Era el intento de Conde de mantener viva la llama de la fusión, aun después de fracasada, el «volveremos» de un tipo ambicioso que no se resignaba a la derrota política.

En el Central, abocado a un callejón sin salida dada la ausencia de un sucesor a Escámez, se reían del sueño imposible de Mario. El gallego sólo hubiera podido ganar esta batalla apostando por Luis Blázquez, el hombre fuerte de la otra casa, pero Conde desconfiaba de Blázquez, un tipo duro y con criterio, que hubiera podido ser su aliado natural, el jefe de cocina ideal que necesitaba un banquero como Conde que no sabía de banca para poner a punto la red de Banesto, y que además jamás hubiera discutido su liderazgo. Pero Blázquez nunca recibió la llamada que estaba esperando.

Mario era el Alejandro Magno dispuesto a llegar hasta las riberas del Indo confiando sólo en los amigos macedonios que le acompañaban desde la primera refriega de Antibióticos. Todos eran soldados de a pie, incapaces de solventar ninguno de los problemas puntuales que amenazaban su reinado en Banesto.

La autocartera era de los más pertinaces. El 1 de enero del 90 entró en vigor la norma que la limitaba al 5 por ciento del capital social, lo que automáticamente creaba graves problemas a muchas entidades, forzando aquí y allá aparcamientos de acciones más o menos sutiles, siempre francamente caros, como queridas de lujo que había que mantener a todo tren. La autocartera ha sido el drama de muchos grandes bancos españoles, la parábola inerme de un capitalismo sin capitales, incapaz de absorber el volumen de capitalización bursátil de su banca.

Es el drama de un Conde obligado a buscar sempiternamente «caballeros blancos» dispuestos a resolverle el problema a buen precio. Durante 1989 ha colocado el 2 por ciento de Banesto en manos de Hachuel; ha estado a punto de adjudicar un 3 por ciento, 10.000 millones de pesetas, a un venezolano de nombre Nelson Mezaeranhe; ha ofrecido el 1 por ciento a Benedicto Alfaro a cambio del 15 por ciento del grupo Alfaro; y el 2,5 por ciento a Joaquín Bertrán (Asland) con la venta de un paquete de la cementera Sanson como *premium*; ha cambiado el 1 por ciento de Banesto por el 15 por ciento de Oasis Internacional, el grupo de Pedro Pueyo que tanto y tan malo dará que hablar a la vuelta de unos años, y ha vendido el 1 por ciento a un desconocido empresario aragonés, de nombre Jesús Muñoz.

La operación más polémica ha sido la colocación del 2 por ciento que estaba en manos de Cartera Central en una enigmática Namrof Assets Inc., sociedad registrada en Panamá, y el Banco de España sale al corte como un galgo tras la liebre, alto ahí, dice la autoridad monetaria, esa es una descarada operación de aparcamiento.

Son las miserias de un Mario obligado a hacer ejercicios en el alambre, forzado a echarse en manos de lo que encuentra, gente que le deba favores, a veces ha pensado en Javier de la Rosa, pero no se acaba de fiar de Javier de la Rosa, a principios del 90 el catalán ha recibido permiso de KIO para comprar hasta un 5 por ciento de Banesto y le ha enviado un mensaje a Mario, pero Mario le envía como embajador a Jacques Hachuel, por aquel entonces su «caballero» de confianza.

Jacques y el catalán se entrevistan en el Villamagna, De la Rosa se ríe, Mario tiene más del 7 por ciento de autocartera, ¿qué va a hacer con ella? ¿piensa comérsela?, yo puedo ser una solución estable, podemos hacer con él un paquete de control, los *parkings* no sirven para nada, son coyunturales y resultan muy caros, y yo tengo otras salidas, díselo, y dile también que si no quiere nada conmigo que le van a dar mucho, me voy a hacer socio de Jaime Botín en Bankinter, que ésos sí que saben hacer negocios, mañana voy a la CNMV para presentar la operación del azúcar, ¿qué vamos a hacer ahí? A ti te lo cuento, Jacques, yo cojo el 14 por ciento que el Central tiene en Ebro y a cambio le cedo mi paquete en Azucarera, miles de millones por medio, abundancia de millones, millones asequibles, cercanos, familiares como las hojas de los árboles que empiezan a despuntar en este final de invierno madrileño.

El Banco Central paga también un alto precio por la ruptura de su fusión con Banesto. También Alfonso Escámez sufre el quebradero de cabeza de colocar la autocartera, pero ahí tiene la fortuna de contar con el bombero especializado Blázquez, un hombre que ha convertido en un arte la difícil tarea de cuidar la cotización diaria del banco y disimular la autocartera, todo centralizado en él, don Luis que hoy hay papel, 300.000 a la venta, cógelos, y a continuación llamar al director de la sucursal de Talavera, o del barrio del Pilar, dile a Fulano que me tiene que comprar 150.000 títulos, 1.000 millones de pesetas, o 2.000, hasta el viernes, sólo hasta el viernes, el viernes se lo pago, y la red a la orden, haciendo equilibrios diarios.

Al Central ha llamado Bouygues. La constructora francesa quiere tomar posiciones en Dragados, la primera firma española del sector, sencillamente quiere engullirla, las multinacionales están entrando a saco en España, compran cuota de mercado ante un Gobierno maravillado del *sex-appeal* de nuestras magras empresas, pero Escámez les ha propuesto a los franceses un pacto fáustico: si queréis asomaros a Dragados tenéis que comprar primero un buen paquete de «centrales».

Lo que no parece tener arreglo es la sucesión de Escámez. El Banco de España aguarda con la escopeta preparada, podría ser en el 90, don Alfonso apenas tiene margen ya, el patrón piensa en su sobrino, Antoñito Escámez, pero el sobrino protesta horrorizado, si me queréis bien, ni me lo mencionéis siquiera, Antoñito lleva con aseo el área internacional y cuida la imagen exterior del banco, pero no quiere amargarse la vida. El no es un Conde que ha venido a este mundo para entrar en las páginas de la historia. Al final, un Alfonso Escámez enrocado evidenciará su falta de dimensión, su ausencia de talla para tomar las decisiones que demandaba el mantenimiento de la independencia de la entidad Banco Central S. A.

¿Podría ser Blázquez, entonces? Imposible. A Mariano Rubio se le atraganta su figura con sólo imaginarla. Blázquez es el tipo de hombre situado en las antípodas de los amigos del gobernador Mariano. Las cosas son así en la España de fin de siglo. Para prosperar hay que estar con el Régimen o ser amigo de los hombres fuertes del régimen felipista. ¿Fernando Abril? Es un tipo serio, con prestigio, bien visto por todos los sectores del partido, especialmente por el «guerrismo», pero no cuenta con la confianza de Escámez, que cree haber descubierto algunas maniobras del ex vicepresidente de la UCD en el transcurso de la pelea con «los Albertos».

¡Ay, «los Albertos»! Ellos son las primeras víctimas del cambio de tendencia que se va perfilando en la economía española en este año 90, del movimiento que viene anunciando el final de las vacas gordas del *boom*, el final del dinero fácil y especulativo. «Los Albertos» han sido utilizados por Felipe González y Carlos Solchaga para frustrar, cual caballo de Troya, la operación del Banco Español Central de Crédito, y una vez que han cumplido su función son arrojados a la papelera como un *kleenex* usado.

«Los Albertos» dejaron de tener interés para el tándem Gobierno-Banco de España desde el momento en que se rompió la fusión y don Alfonso Escámez decidió pagar los cientos de millones que le pedían los chicos de Filesa. Mano de santo.

La utilización por el Gobierno de estos aventajados contratistas de obras[1] en las batallas bancarias de finales de los ochenta, es el ejemplo más grosero de hasta qué extremos fue capaz de llegar el «felipismo» en su intento de hacerse con el control del sistema bancario.

Ahora los famosos primos están en retirada. El agente de cambio y bolsa Fernández Flores tiene mandato de un grupo extranjero para comprar el 12 por ciento del Central en su poder, pero «los Albertos» no se quieren apear de las 1.200 pesetas acción. Y además quieren comisión. España se ha convertido en el reino de la comisión. Comisiones millonarias, capaces de arreglar la vida a cientos, miles de ciudadanos modestos, pero incapaces de satisfacer la voracidad de los nuevos «tiburones» hispanos. «Y apenas nos separaban 3.000 millones de pesetas, una cifra ridícula para el montante de la operación.»

Escámez no tendrá más remedio que comprar ese 12 por ciento para colocarlo después en manos amigas. Una preocupación más. Y un escándalo en ciernes, porque en el Central están convencidos de que una décima parte de ese 12 por ciento perte-

[1] Durante la Navidad del 89, Carlos Solchaga había manifestado en una celebración de amigos que «el poder de verdad está en la maquinaria del *BOE*, y en la posibilidad de convertir a unos albañiles en banqueros».

nece a un amigo personal del presidente del Gobierno, alguien del PSOE ha estado ofreciendo ese paquete por Madrid, y hasta Gustavo Cisneros, el amigo venezolano de Felipe González, ha ido a ofrecerlo al propio Banco Central, se supone que esa décima parte corresponde al pago efectuado por «los Albertos» a cuenta del apoyo político prestado.

Fernando Abril se ha visto con las hermanas Koplowitz, las chicas están desorientadas, ha almorzado con Alicia, y le ha recomendado que vendan la mitad del paquete del Central y se queden con la otra mitad, os sentáis en el consejo, es bueno tener ahí una inversión, pues eso, unos 30.000 millones de pesetas, millones y más millones, es la España alucinada de los millones como gavillas de trigo, y ese dinero lo dejáis ahí como un seguro para vuestros hijos, Alfonso estará encantado de veros en el consejo, sois de la casa, al fin y al cabo no será más que continuar la tradición de amistad que ha existido siempre entre el banco y don Ramón Areces, tan maltrecha ahora por la irrupción de estos maridos calaveras que tenéis.

El Madrid del dinero especula con la identidad de los novios de las ricas Koplowitz y la suerte del imperio Conycon, y es opinión generalizada que si sus maridos se van de su vera, consumados artistas que son de la contrata municipal, del negocio ni blanco ni negro, simplemente marrón, que ellos dominan como nadie, el imperio de las chicas se desmoronará en cuatro días.

Romualdo García Ambrosio, el cerebro en la sombra de la estrategia de los primos «Albertos», es otra víctima de la pelea del BECC, un muerto anunciado. Romualdo ha pedido a las hermanas Koplowitz 2.000 millones de pesetas de indemnización para irse a su casa, es la filosofía de la época, todos quieren sacar tajada, ordeñar la burra del dinero fácil, y a García Ambrosio no le falta razón: si ellos han pedido a sus mujeres 20.000 millones de pesetas por la separación, él, que es el verdadero autor del imperio de las chicas, ¿qué menos puede pedir que 2.000 millones?

También quiere indemnización Miguel Boyer, harto de leer libros de Física está el galán en su despacho de torre Picasso, Tancredo vacío de contenido una vez rota la fusión, él había sido designado por el dedo de Dios como presidente *in pectore* del Banco Español Central de Crédito en cuanto rodara por el suelo el muñeco roto de Mario Conde, y ahora está mano sobre mano, de vez en cuando supervisa los planos de construcción de la casona de Puerta de Hierro, y las Koplowitz quieren que se largue, pero el hombre ha planteado también sus condiciones, está dispuesto a irse en cuanto se lo digan sus señoritas, pero quiere una indemnización de 500 millones de pesetas, ni más ni menos que lo que estipula su contrato.

A Miguel, agredido por José María Ruiz-Mateos a la puerta de los juzgados de la plaza de Castilla, le gustaría redimir el pecadillo de «los Albertos» en una embajada con cargo a los Presupuestos, París o Washington serían ideales, qué menos para sus merecimientos, pero el asunto no gusta demasiado a Isabel, ella perdería dinero, y no es mujer que pase por alto tamaña cuestión, y además su mundo está en Madrid, en el corralillo madrileño, ¿qué haría la Preysler en París? ¿Quién conoce a Isabelita en París? «No comprendo que una mujer que dice que me quiere, no quiera mi rehabilitación», se queja él ante un íntimo.

Estamos en las postrimerías de la «economía fantástica» de Carlos Solchaga, que hizo de España el país donde más fácilmente los ricos podían multiplicar más rápidamente sus fortunas, sobre todo si disponían de cierta información confidencial. Es la economía especulativa, cuyos dos pilares son la bolsa y el suelo. Personajes desconocidos se asoman al listado de las nuevas fortunas gracias a la especulación bursátil e inmobiliaria.

Personajes de cuento de la lechera se han hecho realidad, caso del dueño del edificio «La Piovera Azul» (Barajas), un tipo que vendía carbón y que ahora no baja de los 12.000 millones de pesetas por ese edificio, más caro que en Manhattan, más caro un piso en Madrid que en París, mientras cientos de miles de jóvenes españoles que quieren formar una familia no pueden hacerlo por culpa del precio de los pisos, por culpa de esta especulación salvaje favorecida y consentida desde el poder.

Son los millones y los negocios del siglo. Goldman Sachs está repartiendo el cuaderno de ventas de Cruzcampo, la cervecera sevillana, y pide 156.000 millones de pesetas, nada más y nada menos, como si fuera una mina de diamantes en Sudáfrica, y hay varios candidatos a la mano de la dama andaluza.

Mario Conde se solaza con las desdichas de sus enemigos. Su querencia en estos años tenderá a magnificar las desgracias e infortunios ajenos ocultando los propios, o mirando para otro lado, o haciendo simplemente un gesto de desagrado cuando algún amigo bienintencionado llega para advertirle de alguna situación escandalosa o simplemente inconveniente.

Pero también él prueba la hiel del fracaso. En efecto, el Conde *trionfant* recibe el primer bofetón de su carrera a manos de los valencianos hermanos Serratosa, los dueños de Valenciana de Cementos, que rompen con el presidente de Banesto y se independizan. Es un traspié que le hace daño, el primer envite que pierde, y lo pierde a manos de «dos paletos de provincias» que se atreven a desafiarle en la cúspide de su gloria.

En la pelea, los Serratosa han contado con la inapreciable ayuda de Pablo Garnica, ex presidente de Banesto. Los cadáveres que va dejando don Mario por los arcenes, se unen en santa alianza dispuestos a vengarse de las afrentas del gallego a cualquier precio. Conde, el revolucionario que venía a insuflar aires nuevos en la gestión de la empresa española, ha echado mano de los métodos más tradicionales que figuran en el manual de cualquier ambicioso que llega a la cima y decide apuntalar su poder.

Ha destituido a Jacobo Argüelles, el íntimo de Mariano, quien luego le regalará la ficha bancaria del Banco de Alcalá. Se ha librado de Juan Herrera, marqués de Viesca de la Sierra, aunque lo mantiene temporalmente al frente de Petromed. Ha hecho lo propio con Pablo Garnica Gutiérrez, el hijo de «don Pablo», quien abandona el despacho que mantenía en Castellana 7 por indicación de Conde. Se trata de una limpieza étnica total. Conde se hace con todo el poder en Banesto tras eliminar a sus críticos. Cada día se va acentuando más el perfil de la gente a quien el triunfador quiere a su lado: fieles fundamentalmente acríticos, dispuestos a pintar la realidad del color que el líder quiere verla.

«La toma de poder por Mario Conde en. Banesto ha sido un ejercicio estratégico admirable», escribía la revista *Tiempo* por aquel entonces. «Ha sabido primero identificar a sus contrarios; luego, aislarlos entre sí, para, finalmente, asestarles el golpe definitivo. Y lo ha hecho sabiendo pactar en el momento oportuno e incluso siendo generoso en las compensaciones... alguien comenta que ha seguido una táctica similar a la empleada por Adolfo Suárez en la transición democrática.»

A la una de la tarde del miércoles 24 de enero de 1990, Mario Conde traspasaba de nuevo las puertas del palacio de La Moncloa para entrevistarse con Felipe González. No había vuelto desde que acudiera a presentarle sus respetos, con la figura patricia de Alfonso Escámez al lado, tras el trepidante anuncio de fusión Banesto-Central.

Ha costado Dios y ayuda ver al presidente. Con las exenciones de la Corporación Industrial en el alero, llegar a La Moncloa ha sido para Conde la batalla más extenuante sostenida hasta el momento.

Se trataba de una cuestión de filosofía. Los que desde el Banco de España y aledaños han destilado la ideología oficial del Régimen, establecieron en 1982 que la banca no debía tener intereses en la industria. Y a correr. Como si estuviéramos en Alemania, o en el rico país de Jauja en el que es posible dibujar bellos planes sectoriales con desprecio del diseño global de país.

En España han convivido dos modelos de banca. El llamado de banca comercial pura, sin adherencias industriales, tipo Banco Santander y, sobre todo, Banco Popular. Y el de los bancos ligados a fuertes grupos industriales, caso de Banesto y Central y, en menor medida, BBV. Es el modelo de banca británica, frente al alemán. El modelo Deutsche Bank gana porcentualmente menos dinero que el Popular o el Santander, pero es un banco más rico, ligado al tejido industrial del país, un banco que «hace país».

La pretensión y el modelo de Conde atentaba directamente contra esa ideología.

—Ha habido que explicar al presidente que ambos tipos de banca tienen su justificación —explicaba Mario a los miembros de su ejecutiva—, que son dos maneras de entender la banca, y que la banca industrial es una necesidad para un país como éste, que ni tiene grandes empresarios ni tradición industrial. He tenido, pues, que vencer aquella línea ideológica como primera providencia. Pero no sólo ha sido necesario volverles su discurso del revés. Es que he ido a su propia casa a pedirles las exenciones, he ido a La Moncloa a robarles la cartera, a pedirles las pelas con las que me voy a salir del mapa, con las que voy a reforzar la antiideología oficial...

—¿Va a consentir eso Carlos Solchaga?

—Tendrá que tragar, y será para él una derrota en toda línea, porque este tío se ha hartado de decir que de exenciones fiscales a Banesto nada, que ni de coña, pero ni de coña, vamos, faltaría más, tendrán que pasar por encima de mi cadáver, ha llegado a decir, porque darle las exenciones a Conde supondría el final de la era de poder del PSOE.

La única manera de vencer la resistencia de ese bloque consistía en acercarse al presidente del Gobierno y explicarle el proyecto, pero la *biutiful* se encargó de bloquear todas las posibles vías de entrada en Moncloa.

El cerco pudo ser roto gracias a Txiki Benegas, entonces secretario de organización del PSOE y «número tres» de la *nomenklatura*, con quien ha trabajado largamente Antonio Navalón. Txiki se convirtió en un *lobbista* decidido a que Felipe recibiera a Mario. Hasta que lo consiguió.

«Hablamos de todo. Le expliqué cómo estaba el banco; le conté mi gran proyecto de la Corporación Industrial, lo importante que iba a ser para este país. Nos metimos también con el banco central europeo y la moneda única.»

El presidente le metió los dedos en la boca con el asunto Valenciana de Cementos, la primera derrota oficial del mago.

—No te equivoques, presidente, a mí no me interesa nada el cemento. Todas esas bobadas de que si la joya de la corona, no son más que eso, pero ¿de qué estamos hablando, hombre, de qué joya hablamos cuando a Libia le sobra un millón de toneladas de cemento, y los turcos pueden poner el suyo en Valencia a menos de la mitad de precio del cemento español...? Yo lo que quiero, presidente, es darle un pase al cemento, quitármelo de encima.

—Pero, ¿qué ha pasado con los Serratosa?

—Que se han creído que tienen de verdad una joya... ¡Para ellos! Yo he firmado un protocolo de acuerdo con los noruegos de Aker para hacer una OPA sobre Valenciana. Nosotros iremos a esa OPA con el pacto de quedarnos con Portland Iberia, Cementos Islas, y Morata. Ellos se quedarán con Valenciana, Cementos Atlántico y Cementos Mar. Y los de Aker nos dan además 80.000 millones de pesetas. Los Serratosa se van a enterar: se quedan con el culo al aire, con su paquete en minoría y haciendo el ridículo histórico. ¿Sabes lo que te digo, presidente? ¡Que me tocó la lotería el día que se enfadaron conmigo los Serratosa!

Era el Conde genio loco, capaz de convertir una derrota en victoria, una jugada de manual, repetía alborozado ante su gente, capaz sobre todo de creérselo firmemente.

—El lote que me corresponda de Valenciana lo fusiono, busco a un socio extranjero, y le doy el *botifuera*.

El genio capaz de distorsionar la realidad a su entera conveniencia.

—Me ha preguntado por la situación del Banco Central y le he dicho que está mal. ¡No me extrañaría nada que me pidiera que me haga cargo del Central, aunque a mí no me interesa, porque tengo tarea para rato con la Corporación...!

El presidente ha asegurado a Conde que baje la guardia, que se tranquilice, que nadie quiere acabar con él, no creas esas historias de que vamos a por ti, el Gobierno tiene otras cosas que hacer, no temas por Mariano, ya me encargaré yo de apaciguarle, pero tú desmoviliza tus ejércitos, déjate de líos, déjate de jugar a espías y ladrones, no necesitas protección, el Estado es capaz de protegerte a ti y a todos los españoles...

Al final, González le ha manifestado su apoyo al proyecto de Corporación, se le ha rendido a sus pies.

—Creo en ese proyecto, Mario, adelante, y es una pena que no tengamos en este país más gente y más bancos dispuestos a hacer cosas parecidas.

Conde abandonó La Moncloa convencido de que la *fumata bianca* para las exenciones llegaría en febrero, y que la cifra aprobada rondaría entre el 70 y el 80 por ciento de los 70.000 millones solicitados.

Un Mario crecido, lanzado en los inicios de 1990, con todas sus esperanzas puestas en el proyecto de Corporación Industrial, todo un reto por delante, un reto de cuyo éxito dependía su futuro.

Un Mario cargado de ideas brillantes.

—Le voy a proponer al presidente que me venda Tabacalera, ¿qué te parece? —comenta alborozado días después a uno de sus peones de confianza.

—¿Te vas a poner a despachar Ducados?

—No, hombre, se trata de una idea revolucionaria: con Tabacalera meto en cada estanco una terminal de ordenador y un vendedor, y pongo fuera un letrero que diga «Estanco/Tienda Financiera», y cojo depósitos, vendo seguros, planes de pensiones, ¡la hostia... doblo en un año el tamaño de Banesto!

—¡Qué idea tan genial, Mario, cómo no se nos habrá ocurrido antes!

—¿Pero tú crees que Felipe me venderá Tabacalera?

—¡Quién sabe!

—¡Es que por 60.000 millones le compro Tabacalera y es mejor que absorber el Banco Central, y mucho más barato...!

Un Conde ambicioso, que desprecia e ignora al vencido. Acaba de visitarle García Ambrosio, preocupado por lo que está pasando, triste, me pide a bote pronto que haga unas declaraciones de apoyo al grupo, de apoyo a «los Albertos», que diga que es un buen grupo, que todo va bien, y yo alucinaba, pero Romualdo, si me han estado acusando de haber filtrado las fotos del encuentro secreto de Alberto Cortina y Marta Chávarri en Viena, ¿cómo me pides eso...?

La España rica y disipada del dinero fácil deglutía con furor las historias de faldas que poblaban las portadas de las revistas del corazón. Como contrapartida a la fechoría de Conde, «los Albertos» han intentado conseguir pruebas de un supuesto idilio del gallego con una mujer de una familia de banqueros.

Un Conde inmisericorde con sus enemigos. Mariano Rubio acaba de sacar, febrero del 90, una circular según la cual los beneficios de las plusvalías no se pueden contabilizar como resultados.

—Lo hace para joderme, como una putada más a Conde, pero no contaba con que yo ya tenía eso previsto. Este tío es un loco: Felipe pone las cosas en agujas, pero Solchaga y Mariano las sacan de madre a las primeras de cambio.

La guerra no tiene cuartel. Conde ha diseñado una serie de medidas anti-OPA, que pretende hacer aprobar en la próxima junta general de accionistas, destinadas a blindar su posición en el banco frente a una eventual iniciativa hostil, limitando los derechos políticos de un accionista al 10 por ciento del capital, independientemente de la importancia del paquete accionarial que posea, y el Banco de España le ha dicho que no, que ni hablar. Un nuevo frente se abre.

Al final, el Ministerio de Economía autoriza el cambio de estatutos de Banesto que introduce esa limitación de voto, pese a que el Banco de España había informado desfavorablemente. Es un batacazo a Rubio, públicamente desautorizado por Solchaga, que nadie entiende en los Madriles.

Un Conde ensoberbecido, que tras la muerte de Pedro Toledo y la derrota de Asiaín en la guerra civil del BBV se cree ya el decano de la banca española. Convencido de que todo lo que pase en el sector, tiene que pasar por sus manos. A primeros del 90 se ha abierto la sucesión de Termes al frente de la AEB, Conde no valora al del Opus, le considera un curita que ha convertido la AEB en una sacristía, y cree que ha llegado el momento de jugar fuerte, quiere hacer de la AEB una entidad con capacidad de interlocución ante el Ministerio de Economía y el Banco de España, Mario y su teoría sobre la necesidad de potenciar la sociedad civil con organismos intermedios que atenúen la acción todopoderosa del Estado sobre el indefenso individuo.

En esa estrategia ha fraguado un principio de acuerdo entre Conde y Emilio Ybarra. El del BBV acaba de estrenar su cargo como presidente del superbanco vasco, y es consciente de que su nombramiento sorpresa, que debe al laudo del Banco de España, concretamente a Mariano Rubio, le convierte en «un prisionero dentro de mi propio banco», vigilado además por cinco consejeros, los «cinco lobitos» de Rubio, que el gobernador ha metido de matute para romper el empate entre los «bilbaos» y los «vizcayas», y está por ello interesado en conquistar cuotas de autonomía interna y sacudirse la dependencia del hombre que lo nombró presidente.

Pero Ybarra no terminará nunca de fiarse de Conde. Desde que Sánchez Asiaín y Pedro Toledo acordaron la fusión de los bancos Bilbao y Vizcaya, hasta que fue elegido presidente del BBV tras la guerra abierta por la muerte de Toledo, Ybarra pasó doce meses de auténtico calvario, arrinconado por la soberbia intelectual de Toledo. El hombre que a mediados del 88 estaba decidido a dejar el banco, se veía convertido seis meses después por un golpe de suerte en presidente del mayor banco privado español.

De aquellos meses le queda a Ybarra un poso de resentimiento, y del episodio de la OPA sobre Banesto le ha quedado también un cierto complejo ante la brillantez formal de Conde, pero ahora no le viene mal a Ybarra soltar lastre del Banco de España, y ha llegado a un acuerdo con Mario para proponer a Jaime García Añoveros como candidato a la presidencia de la AEB; Alfonso Escámez está al tanto, Luis Valls no, porque Valls quiere a Aristóbulo de Juan, alumno suyo, el de Banesto piensa que una AEB que se dedique a algo más que a negociar el convenio de banca puede ser un arma de presión importante para los banqueros, pero hace falta convencer al catedrático y ex ministro de la UCD para que acepte.

Durante todo el año 90 Emilio Ybarra será un actor en busca de su papel, un hombre que necesita ser libre y romper el cerco del Banco de España y del Gobierno, y tiene que empezar por serlo dentro de su propia casa. Para minimizar los efectos de la batalla abierta por la muerte de Toledo, Ybarra ha tenido tendencia a favorecer a los «vizcayas» frente a los «bilbaos», cuando los vencedores de la crisis reclamaban la parte del león del botín.

Ybarra está escoltado por dos hombres ambiciosos, que aspiran a la presidencia sin tapujos, Sáenz y Gúrpide, dos enemigos irreconciliables, entre ambos se ha colado un tercero, el último delfín de

Pedro Toledo, el último producto salido de la escuela bancaria de Toledo, Angel Corcóstegui, y Emilio Ybarra tiene la sensación de que este tercero puede servirle de pivote que le libere de la presión de los vicepresidentes, Corcóstegui puede ser el hombre en la sombra, entregado en cuerpo y alma a Ybarra.

Y hay otra operación, discurriendo paralela al relevo en la AEB, que en este primero de año Mario Conde tiene en cartera, y es cargarse a José María Cuevas, «un burócrata» comenta displicente, al frente de la CEOE y convertir a la patronal en otro centro de presión frente al Gobierno socialista. Cuevas está muy apegado a la política económica del Gobierno, y el de Banesto cree que no es de recibo, y Cuevas preocupado, porque no es una sino varias las operaciones en marcha contra su cabeza, se dice que gente del entorno del Círculo de Empresarios anda también en ello.

Un Conde dispuesto a pintar la realidad en colores, cuando el blanco y negro no le conviene: todo le va de cine, La Unión y el Fénix va de cine, Felipe Pujol es el mejor presidente para el Fénix que se podía elegir en España, «como que lo he elegido yo», y Juan Belloso es el tío que más sabe de banca de este país, Belloso es fantástico, inigualable...

Un Mario siempre listo para apuntarse como propias victorias ajenas. Alfredo Pastor y Julio Segura han entrado en el consejo del Banco de España y Conde comenta alborozado a un amigo:

—Ya hemos tomado el Banco de España. Hemos metido a dos tíos allí de matute.

—Pero no digas disparates, Mario, ¿por qué deduces que Pastor y Segura van a echarte una mano a ti desde el Banco de España? ¿No te das cuenta, además, de que te conviene seguir jugando el papel de víctima frente a los de Cibeles?

Pero a lo largo del mes de febrero, los ecos del encuentro entre el presidente del Gobierno y Mario Conde se extienden en Madrid cual mancha de aceite. Conde no puede guardar un secreto, don Mario tiene que radiar el partido, necesita publicitar sus éxitos, dar a conocer sus ideas geniales, esculpir en oro sus frases para la historia.

Y Mario se encarga de contar a varias decenas de personas, quizá centenas, los detalles de su conversación con Felipe, y las versiones espurias de ese encuentro circulan por pasillos y despachos de todo Madrid, y llegan a oídos de Felipe, y ofenden a

Felipe, y Antonio Navalón tiene una conversación dura con el amo de Banesto, porque automáticamente las cosas se tuercen de nuevo en el tema de las exenciones, «y lo tenía en el zurrón», se desespera Navalón, «si hubiera mantenido silencio lo tenía todo ganado».

Pero Mario no puede callar. Mario es una Alicia en el país de las maravillas, un personaje instalado en el gesto, en la fatuidad diaria, necesitado de la adulación, del autobombo, y la marea de lo que Mario va largando por ahí no tarda en llegar a las riberas de Carlos Solchaga, un cabrito listo, el navarro ve la oportunidad de recuperar terreno y acude a Felipe, lo ves, lo ves, no será porque no estabas avisado, que éste va largando por ahí que te tiene en un puño, está utilizando la entrevista contigo de forma canalla, y estoy hasta los cojones de decirlo, que este tío es un peligro, a ver cuándo os enteráis, que no se puede uno fiar de él...

Es uno de los defectos que le acompañarán a la tumba: el genio necesita radiar la jugada y que la platea, puesta en pie, le aplauda. Esta característica se irá agravando con el paso del tiempo, como una consecuencia más de su alejamiento de la realidad, como resultado perverso de ese estar rodeado de fieles dispuestos siempre a aplaudir. Todas las grandes operaciones que imagina necesita contarlas a sus amigos... y hasta a sus enemigos, es otro de los puntos negros de su personalidad, no alcanza a distinguir entre quiénes son sus amigos de verdad y quiénes simplemente pasaban por ahí, a ver si cae algo al lado del monstruo.

Y vuelta a empezar. Y Navalón, que esperaba las exenciones fiscales para el 7 de febrero, forzado a poner otra vez en marcha el lento proceso de acercamiento al poder. Y el tiempo que va pasando, un tiempo precioso, decisivo en el futuro de Mario, como se comprobaría a la vuelta de unos meses. Otra vez Navalón al tajo, otra vez Txiki Benegas, otra vez el lento paso de tortuga para restañar las heridas abiertas por la imprudencia del jefe y aislar a Solchaga, un hombre que no se cansa de repetir ante su *copain* González que la concesión de exenciones supondría el blindaje definitivo de Mario Conde y que «antes de concedérselas, dimito».

Entre lo que ha contado Mario y lo que imaginan sus enemigos, por Madrid circulan versiones variopintas de esa entrevista. La que propala Narcís Serra entre sus amigos asegura que Mario habría propuesto a Felipe cerrar el diario *El Independiente*, amordazar a *El Mundo*, y no intervenir en política apoyando al PP o al

CDS mientras Felipe estuviera en La Moncloa. A cambio, el banquero pedía la neutralización de Mariano Rubio, y las exenciones fiscales a la Corporación.

—No hubo ningún misterio en aquella operación —asegura Navalón—. Simplemente había que conseguir que la no concesión de las exenciones se convirtiera en un hecho suficientemente escandaloso como para forzar a Felipe a personarse en el asunto, y para eso había que dejar transcurrir el tiempo.

En el cenit de su influencia sobre el presidente, el poder de decisión de Carlos Solchaga en materia económica era tal, que el simple hecho de discrepar era considerado herejía. Desde el 82, la Economía se había convertido en un territorio reservado a los validos de turno, primero Boyer y luego Solchaga, como si fuera alguna ciencia regida por principios mágicos, negados al resto de los mortales. Hasta tal punto estaba prohibido en el PSOE tener opinión en materia económica, que Alfonso Guerra era vicepresidente para todo menos para Economía.

Solchaga, tipo inteligente y con coraje, se dio enseguida cuenta de que el único poder es el económico, y que un debate sobre la Economía es un debate sobre el poder. Por esa razón, el navarro secuestró hasta bien entrado el 90 cualquier atisbo de discusión económica dentro del PSOE. De hecho, el gran cambio, y la fractura, que se inicia en las filas socialistas con la huelga general del 14-D persigue introducir el debate económico, y trasladar ese debate a las decisiones de política económica. Cuando Solchaga ve en peligro su Taifa se rebela, acude a su patrón y le plantea el ultimátum: dónde está el poder, ¿en el partido o en el Gobierno? Es la esencia de la crisis entre renovadores y guerristas.

Navalón y su gente son adelantados de esta pelea —«no se podía ni preguntar»—, que entre el 89 y el 90 se ven forzados a asaltar las murallas de las decisiones económicas, donde reinaba incontestado Carlos Solchaga.

Y el navarro está fuerte, entre otras cosas porque Guerra está débil. Del Ministerio de Economía y Hacienda han estado saliendo las filtraciones que han nutrido de información confidencial a los medios de comunicación en el caso Juan Guerra, en una guerra fratricida, lucha cainita en el seno del partido del Gobierno. Y Solchaga está dispuesto a aprovechar el error de Conde para, en el mejor de los casos, bajar el listón de las exenciones y colocarlas en su nivel más bajo.

Es un panorama que se empieza a complicar para el negocio

bancario. En efecto, los años buenos para las cuentas de resultados de la banca van quedando atrás. En el 90 se anuncia un duro cerrojazo al consumo, al tiempo que la competencia y el estrechamiento de márgenes se intensifican, para hacerle la vida más difícil al recién llegado.

—El banco va bien —aseguraba el banquero a principios del 90—, pero este año será más difícil. El ciclo está cambiando para la economía y para la banca, pero nosotros, si conseguimos las exenciones y sacamos a bolsa la Corporación, podemos salirnos del mapa.

Mariano Rubio ha reunido a los banqueros para leerles la cartilla: la inflación se ha vuelto a disparar y hay que restringir la concesión de créditos, lo que significa menos dinero y más caro. En la primavera del 90 son evidentes los síntomas de agotamiento del modelo económico puesto en práctica por los «Solchaga*'s boys*», el de una economía inflada, altamente especulativa. Ha llegado el momento de «enfriar la economía» se dijo por activa y por pasiva a nivel oficial, un proceso perverso que mandará al paro a casi cuatro millones de españoles y destruirá buena parte del tejido industrial del país.

Como si el entorno económico no fuera suficiente para endurecer el futuro inmediato de Mario Conde al frente de Banesto, otro colega, Emilio Botín, iba a iniciar un protagonismo especial a partir del 90 para hacer la vida un poco más difícil cada día al resto del sector bancario, en general, y a Conde, en particular.

Botín, la pesadilla de Mario, acaba de lanzarse al ruedo con las «supercuentas». El santanderino imprime tal ritmo a la carrera por el pasivo que sus competidores se ven obligados a seguirle con la lengua fuera, tirano Botín, ha salido al mercado con una cuenta remunerada al 11,5 por ciento, que pronto elevó al 12,5 por ciento, y todos se ven amenazados por la voracidad de un hombre que ha hecho trizas el tradicional cártel bancario, a competir tocan, el oligopolio hecho añicos.

Pero no todos pueden seguir los pasos de este Botín mandón y malencarado, dueño y señor feudal del más moderno banco español, avalado por una posición de liquidez que le permite ir de órdago en órdago. En los despachos bancarios se oyen palabras gruesas contra él, si algún día pueden lo matarán, pero ahora más de uno corre peligro de quedar fuera de carrera, y Mario no está dispuesto, Mario es el peor pertrechado para esta diaria final de

100 metros lisos, pero no quiere tirar la toalla, para chulo yo, y recoge el guante de Botín sorprendiendo al personal a finales de febrero del 90 con su «supercuenta única» [2].

Banesto va muy justito, a pesar de que el Banco de España ha rebajado el coeficiente de caja del 17 por ciento al 5 por ciento para los nuevos depósitos, y eso permite ciertas alegrías en la captación de pasivo nuevo. La «cuenta única» —«déjelo todo y venga a por ella»— va a demandarle del orden de 60.000 millones de dinero fresco, justo lo que iba a conseguir por las exenciones fiscales. Cuando a Mario le hacen ver los riesgos de la iniciativa, responde sin contemplaciones que más caro está el interbancario, y no le falta razón.

Pero el verdadero peligro de la «cuenta única» para Banesto es el de la contaminación de su pasivo [3], tradicionalmente barato en razón a su fuerte implantación en áreas rurales, con un tipo de clientela escasamente sofisticada. El riesgo de estrechamiento de márgenes que eso supone para bancos poco ágiles o competitivos, es muy grande.

¿Cómo quedarse parado? Botín ha conseguido casi 300.000 millones de pesetas con su «supercuenta» en menos de cuatro meses, y Mario, como en la ley de la bicicleta, necesita moverse si no quiere dar con sus huesos en tierra.

Cada día se iba haciendo, pues, más evidente la necesidad que Conde tenía de sacar adelante su proyecto de Corporación Industrial, para liquidar la hipoteca financiera que hereda en Banesto, y liberar recursos para invertir en negocios de futuro, por ejemplo, para tomar posiciones en serio en la batalla eléctrica.

El sector eléctrico, el único que queda en manos españolas en su totalidad, está en plena ebullición. Se está discutiendo el reparto de la tarta eléctrica, y cualquier gran banco deberá estar presente en esa batalla, aunque para eso haga falta dinero. Se habla de la posible fusión entre Hidrola e Iberduero, de donde saldría el

---

[2] «Mario Conde se ha lanzado de lleno y por sorpresa», decía el diario *Expansión* el 27 de febrero del 90, «a la guerra del pasivo, ofreciendo remuneraciones de los depósitos de hasta un 13 por ciento en su cuenta única».

[3] El efecto publicitario de esa «cuenta única» acaba con esa clientela rural que tradicionalmente venía depositando sus ahorros a un tipo de interés testimonial en las llamadas cuentas a la vista. Ya durante 1989 la banca tuvo que pagar por su pasivo un 1,2 por ciento más que en el 88, y la batalla abierta por el Santander puede intensificar esa tendencia.

único gigante industrial privado español. La banca está tomando posiciones: el BBV las tiene muy fuertes, y Escámez también, pero menos, y Banesto, un banco muy ligado a la industria, debería estar ahí para poder aprovechar los flujos de tesorería de una sociedad que va a facturar cerca de un billón de pesetas, pero ni Banesto ni Mario tienen liquidez como para hacer valer sus reales, Banesto y Mario están atrapados por la falta de recursos para contraatacar ante los competidores.

Mario ha creado un «gabinete eléctrico» integrado por Paulina Beato y Alfredo Pastor como figuras descollantes. Quiere que le hagan un diseño de asalto al sector, y ha puesto a su disposición mil millones de pesetas para salir a lo grande, está pensando en ir al abordaje de Hidrola, para después saltar a Iberduero, pero siempre trampeando, sin recursos, aunque el general Mario es muy capaz de iniciar una guerra con munición para un día.

La gran guerra de Mario ya es la política. Todo, las exenciones, el banco, la cuenta única, la pelea eléctrica, es apenas un aperitivo del plato fuerte de la política, porque «el único poder real es el político», aseguraba ya en septiembre del 89, preocupado por la movida política, por el estallido del escándalo Juan Guerra.

Mario ha tomado algunas medidas importantes destinadas a proteger su imagen. Tras el desvarío que supuso su primer verano loco como presidente de Banesto, el de 1988, el gallego ha dado un giro de 180 grados a su estrategia pública. Ahora quiere ser «un banquero discreto, serio, profesional y moderno», dicen sus cuidadores de imagen. Ha vendido su participación en la sala rociera El Portón, testigo mudo de algunos de sus más memorables saraos, y está decidido a huir de la imagen de nuevo rico que se exhibe, lo más cerca posible del yate del Rey, en aguas de Mallorca desde la popa de su barco mientras los *paparazzi* disparan sus cámaras.

Más aún, está adecuando su discurso a una línea crítica con la llamada cultura del pelotazo y lo que ello representa, declarando, ante el asombro de muchos, que «es peligroso instalar la cultura de que hay que ganar mucho dinero en el menor tiempo posible», en clara referencia crítica a las palabras de Carlos Solchaga.

Y con la política, los medios de comunicación. El gallego ha comenzado ya a hacer sus pinitos en el sector, y presume de tratamiento privilegiado en varios medios. Su toma de posiciones en la prensa causa alarma en áreas oficiales. Para un Gobierno que disfruta casi de una posición de monopolio sectorial, y que ha hecho del manejo de los medios audiovisuales casi un arte para ganar elecciones, la aparición de un competidor tan osado como Conde no deja de causar asombro y preocupación al tiempo.

Es uno de los argumentos que esgrime Solchaga ante sus colegas del Gabinete para alertar del peligro Conde. ¿Qué es lo que pretende realmente este tipo? El miedo a las intenciones ocultas del gallego van alargando en el tiempo la concesión de las exenciones fiscales a la Corporación Banesto.

En un clima empresarial de rendición al poder político, Conde es, además, la mosca cojonera dispuesta a poner continuamente en solfa la política monetarista practicada por Carlos Solchaga, «que no es eficaz para controlar el consumo y además arruina a la inversión». El banquero denuncia el disparate de una moneda sobrevalorada que arruina la competitividad de la industria española, y pide un cambio radical de nuestra orientación económica.

Es la guerra abierta a Carlos Solchaga, la guerra abierta a Mariano Rubio, el caminar constante en el filo de la navaja. En la batalla solitaria que libra Conde se confunden ya los perfiles del financiero y del político, y muchos sospechan que esa estrategia es precisamente la que no sólo le mantiene vivo, sino que tiende a consolidarle.

Un permanente ejercicio de equilibrio inestable. Porque si no le conceden las exenciones, y no sale la operación cementera con Aker, Mario Conde y su proyecto morirán prematuramente de asfixia, todo su gozo en el pozo, y anda Mario de nuevo moviéndose para lograr otro encuentro con González, quiere explicarse, Navalón va a intentar sentarles a cenar a mediados de marzo, porque Mario necesita las exenciones como el comer, que sin respuesta financiera es como un general desprovisto de ejército.

Que, sin embargo, sigue gozando de las prerrogativas del éxito social. En una encuesta publicada por *ABC* a finales del 89, Conde era valorado como el líder de la banca española y el español más triunfador después de Felipe González. «Frente al empresario de raza, intuitivo y autodidacta del pasado», aseguraba el diario, «el nuevo paradigma empresarial es Mario Conde, modelo de profesional bien preparado, con formación universitaria, con la intuición basada en una mejor información y con un sentido del riesgo medido y calculado».

La revista *The Members* le incluía en la relación de los 500 hombres y mujeres considerados como la élite social europea, porque es «rico, brillante, atractivo y elegante, aunque aún está lejos del pluscuamperfecto Gianni Agnelli».

Aunque sigue siendo el hombre de moda, Mario Conde es ya un hombre sin término medio. El símbolo del éxito, del triunfo en los negocios, de la brillantez formal es sólo la cara de una misma moneda cuyo revés se asocia con el dinero fácil, la ambición desmedida y la utilización bastarda de las personas. Sus defensores y sus detractores se dividen casi al 50 por ciento, aunque siga siendo todavía uno de los hombres más admirados de España.

Sin embargo, Mario ha decepcionado ya a esa estrecha franja de *intelliguenti* españoles que un día, hace apenas tres o cuatro años, albergaron alguna esperanza de que este hombre fuera a revolucionar el panorama empresarial español. «Tengo plena confianza de que en el futuro cambiará sus estrategias defensivas en políticas creadoras y sugerentes», había dicho de él José Angel Sánchez Asiaín. Esperanza vana. El vendedor de revoluciones bancarias del 87 no busca ya otra cosa que la adulación y la ocupación de un lugar de privilegio en el *establishment* español, no persigue otro objetivo que el poder, («Lo importante no es participar, sino ganar»), y no le motiva más que el aplauso fácil de la farándula que le rodea.

Sus verdaderos amigos, pocos, sienten a veces pena por la forma en que malgasta su enorme talento, mucho Jockey, mucho Lucio, mucha cena, hoy es un fabricante de barcos de recreo, mañana son los barones Thyssen, siempre hay una disculpa, siempre el avión privado a punto, de cacería en cacería, de Madrid a Palma y de Palma a Madrid, la estrella del pelo engominado asaltó un día el palacio de invierno para seguir dando las mismas fiestas que daban los zares.

Dejando tantos muertos como los zares. «Es un secreto a voces que en su largo y complicado camino —escribía la revista *Tiempo*— Mario Conde ha pisado demasiados callos y han quedado en las cunetas de Castellana numerosas víctimas que esperan todavía la hora de la venganza.»

En el mes de abril, Carlos Solchaga cita en su despacho de Economía a Mario Conde, y le anuncia que le va a autorizar la contabilización de 40.000 millones de plusvalías. Conde le responde que eso es como cargarse el proyecto de la Corporación. Allí mismo se entra en un intenso regateo del que aflora la cifra definitiva de 132.500 millones, lo que suponía una notable rebaja con respecto a las pretensiones iniciales de Conde.

—Y que sepas que las exenciones te las estoy dando yo —asegura, retador, el navarro—. Espero que te enteres de cómo funcionan las cosas en este país.

Pero el 2 de agosto de 1990, las tropas de Sadam Hussein invaden Kuwait. Las bolsas mundiales se desploman. Tras haber perdido unos meses preciosos, el sueño de Mario Conde caía roto en pedazos con el *crash* bursátil, al tener que aplazar *sine die* la colocación en bolsa del 26 por ciento de la Corporación, prevista para la segunda quincena de septiembre. Carlos Solchaga no podía imaginar que retrasando durante medio año la concesión de las exenciones fiscales, estaba firmando la sentencia de muerte de su más íntimo enemigo. El navarro había ganado la partida.

El 11 de septiembre, en Estepona, un Conde consciente de la mala partida que acaba de jugarle la suerte, no oculta su decepción por el futuro y su crítica a la política económica del Gobierno va cargada de la amargura que refleja el oscuro horizonte que se adivina tras el inicio de la crisis.

A Banesto y a Conde no le quedará más salida que la venta acelerada de activos.

CAPITULO CINCO

EL DILEMA DEL SALTO A LA POLITICA

Se había planteado convertir Banesto en el primer banco privado español —imposible imaginar mejor plataforma para dar el salto—, y la operación de salida a las bolsas de la Corporación era clave en esa estrategia: meto 100.000 millones en el banco, otros tantos en la propia Corporación, saneo Banesto, lo informatizo, doy más créditos que nadie, reparto más dividendo, y redoblo mi fama de hombre-milagro.

La idea contemplaba el desembarco en la Fundación Banesto a lo largo de 1992, tras dejar el banco en buenas y amigas manos. A tal efecto ha previsto dotar la Fundación con 20.000 millones de pesetas, cantidad suficiente para una renta anual de entre 2.000 y 2.500 millones. Ya tiene edificio propio, más recursos que muchos partidos políticos, dinero para dar y tomar, para gastar en la creación de una corriente de opinión, y después me convierto en rector de la mejor universidad privada de España, el proyecto está en marcha, el profesor Martín Municio, presidente de la Academia de Ciencias Morales y Políticas, se ha hecho cargo de la operación, sí, la mejor universidad privada de España, a la usanza anglosajona, el *campus* de Alcobendas no tendrá parangón en todo el país, con el mejor claustro profesoral, los mejores investigadores, y vamos a enseñar a la gente a hacer las cosas bien, de forma que el rectorado de esa universidad nueva se convierta en plataforma idónea desde la que Mario Conde, cuando la coyuntura sea favorable, pueda presentarse ante el pueblo como el Moisés que baja de la montaña con las tablas de la ley de un proyecto regenerador para España y los españoles.

La escuela de negocios Madrid Business School (51 por ciento Banesto y 49 por ciento Yago School), la primera sociedad que crea Mario, el 4 de mayo de 1988, desde la presidencia de Banesto, era el embrión de lo que podía ser esa magna universidad privada, una inversión de 25.000 millones, idea en la que debía volcarse como primer objetivo la Fundación Banesto.

—Este proyecto merece una vida —decía Conde a Javier Arrechea, director de la MBS.

Pero la crisis del Golfo ralentizó, primero, y finalmente dio al traste con todo el proyecto. Otras urgencias reclamaban la atención y el dinero de Banesto. A Mario le falla la Corporación, que además de negarle esos 200.000 millones salvadores seguirá drenando recursos y energías del banco. Y le fallará finalmente el propio banco.

La invasión de Kuwait por la tropas iraquíes afectó a nuestro país mucho más de lo que muchos españoles hubieran podido imaginar. A nivel colectivo, representó el final del *boom* económico iniciado en 1986, y el inicio de una de las más agudas crisis que ha conocido la reciente historia española.

Marcó también un punto de inflexión en la vida de una pequeña pero notoria minoría de españoles arquetipos de la cultura del enriquecimiento rápido, la «cultura del pelotazo», gentes que amasaron enormes fortunas en esos cinco años gracias fundamentalmente a la especulación bursátil e inmobiliaria. Así, supuso el declive de Javier de la Rosa, uno de los más eximios representantes de la economía especulativa y financiera. La aventura de KIO como gran potencia inversora mundial terminó bajo los tanques de Sadam. El grupo kuwaití tuvo que proceder a vender activos a toda prisa para destinar esos fondos al mantenimiento de sus nacionales en el exilio y a una eventual reconstrucción del emirato tras el desalojo de las tropas iraquíes. El final de los días gloriosos de Javier de la Rosa como «el hombre de la manguera» estaba cerca.

Sobre todo, la Guerra del Golfo torció los planes de Mario Conde, un hombre llamado, por vocación y ambición, a llegar hasta la cima del poder político y económico. Su gozo, en un pozo. Todo el diseño de su vida profesional y personal, a pique. Su futuro inmediato como banquero y empresario, su proyecto político para inmediatamente después, todo al garete. A partir de la Guerra del Golfo, la presidencia de Mario Conde será una constante lucha contra los elementos, una invención de brillantes operaciones sobre el papel destinadas a rescatar al banco de sus miserias, una alucinada huida hacia adelante provocada por la debilidad intrínseca que la institución arrastra desde hace lustros.

En agosto del 90, con las tropas iraquíes ocupando el emirato de Kuwait, Mario Conde se vio enfrentado a la decisión de su vida: encerrase en el banco para tratar de sacarlo adelante, absorbiendo los problemas históricos de la casa y los suyos propios, rodeado de un equipo de auténticos profesionales de la gestión, o embarcarse en una perenne huida hacia adelante con el objetivo puesto en La Moncloa, y que sea lo que Dios quiera de Banesto, aunque ese dios siempre me proporcionará algún conejo listo para sacar de la chistera en el momento adecuado.

Mario optará por la segunda vía, de forma que durante los tres años y medio que van desde la invasión de Kuwait a la intervención de Banesto, no gestiona un banco, sino que gestiona su carrera de líder político y social desde un banco.

Precisamente en julio del 90 Mario contrató como asesor a José Antonio Segurado, que a primeros de año había dimitido de su cargo de vicepresidente del Partido Popular. Segurado, hombre controvertido en la corrala madrileña, es el español que más años lleva militando en la Comisión Trilateral, el tradicional viejo *lobby* a nivel mundial de los Rockefeller, cuya capacidad de presión para colocar a sus hombres en los distintos gobiernos es proverbial.

No aspiraba a menos el gallego. Ya en 1987, inmediatamente después de culminada la operación Antibióticos, Mario era un hombre convencido de su condición de líder, de hombre llamado a los más altos destinos, y nada menos que *The New York Times* afirma en el verano del 90 que los españoles le prefieren en política antes que a Felipe González, seguro de estar llamado a rescatar a este país de la mediocridad de unas clases dirigentes que llevan demasiado tiempo instaladas en el Olimpo precisamente a causa de la ausencia de un hombre que las ponga en su sitio.

El cree representar a un nuevo tipo de empresario autosuficiente, que no necesita arrastrarse ante el poder político para serlo. Fue la herencia maldita del régimen de Franco y su larga duración, piensa Mario, lo que indujo a los empresarios españoles a creer que era fundamental llevarse bien con el poder político para poder hacer negocios y prosperar, lo que desgraciadamente era cierto. El problema llega cuando tu condición de empresario depende del poder político. Esa ya es otra cuestión. «Los Albertos», Del Pino, Boada, y tantos otros han sido algo en España por su proximidad al poder político.

Pero llega un momento en que tienes que vender tu propia dignidad, y es ahí donde se decide ser o no ser empresario. Miles de empresarios españoles han vendido en las últimas décadas su dignidad al poder. Pero a la larga eso no funciona. Hipotecarse con el poder es jugar a corto, porque el poder político cambia, y porque, además, nunca se compromete en términos de coste político.

El caso de Sánchez Asiaín es paradigmático. Hoy nadie duda de que antes de presentar la OPA sobre Banesto, Asiaín consultó con el presidente del Gobierno. Es posible incluso que se la impusieran, pero, en todo caso, consultó y recibió la aprobación y la promesa de apoyo. Cuando vieron que el asunto se les iba de las manos, le dejaron tirado sin el menor escrúpulo.

José Angel, un hombre de gran valía, se queja hoy de esto, porque pactar con el poder es desconocer su naturaleza, piensa el banquero, e ignorar que, en el mejor de los casos, con el poder sólo se pueden hacer operaciones puntuales.

La historia de España está llena de ejemplos de clase empresarial surgida a la luz y calor del poder. Jesús Polanco es un ejemplo claro de esa simbiosis. No creo que hayamos tenido una auténtica clase empresarial independiente en el país, y de ahí deriva la actual debilidad estructural de la clase dominante española.

Lo cual explica, en buena parte, la ausencia de sagas empresariales familiares capaces de crear imperios. En los últimos cincuenta años ha habido apellidos importantes que podrían haber creado sagas, los March, los Fierro, los Coca, pero casi todos se han evaporado. Los March, la saga por antonomasia, navegan entre dos aguas, no son beligerantes ni lo han sido nunca, siempre en silencio, como si el lastre psicológico derivado del origen de su fortuna les impeliera a estar a bien con el poder. Yo no quise el dinero que me ofrecía el Banco Bilbao. Podía haber vivido sin problemas el resto de mis días, pero no quise. Por eso creo que mi ejemplo despierta la curiosidad de muchos, aunque muy pocos quieren ayudarme, porque en todos late un temor reverencial al poder: hablan de la sociedad civil, pero no saben exactamente lo que es, y no están dispuestos a arriesgar nada por construirla.

La influencia de los socialistas ha sido, en este terreno, nefasta. Su abrumador triunfo en las elecciones del 82 y 86 generó entre el empresariado español la convicción de que no existía alternativa de poder. Había que ponerse a su servicio o morir. No era posible ir contra ellos.

Y todos cruzados de brazos. Nadie es consciente de que para construir un país realmente moderno es imprescindible reforzar la sociedad civil, recortar el autoritarismo de algunas instituciones, reducir el papel del Estado, aumentar las garantías jurídicas...

Quizá sea necesario que pase esta generación y aparezca la próxima, que habrá nacido ya en democracia, para que desaparezca ese temor reverencial hacia el poder que existe en la clase empresarial española.

Mario Conde vive a partir del 90 prisionero de una extraña paranoia: repite hasta la extenuación que no tiene intención de dar el salto a la política, pero está íntimamente convencido, y así lo entienden sus amigos, de que su futuro es la política, porque es lo que le gusta y le pide el cuerpo.

Una contradicción que es producto de dos realidades sobre las que la estrella de Conde puede a duras penas influir: la situación, siempre problemática, de Banesto, sus íntimos no cesan de advertirle, ojo, Mario, darás un salto en el vacío si antes no dejas Banesto libre de cualquier interrogante, te estrellarás, la gente no entenderá que quieras arreglar la casa colectiva si antes no demuestras que eres capaz de poner orden en la tuya propia; y la otra, la realidad política española, con dos partidos mayoritarios con los que no se siente a gusto, yo no soy PSOE, cierto, pero tampoco PP, es que no me siento representado por el PP, que no, vamos, ¡que no me imagino sentado en el Parlamento con la Tocino de compañera de escaño!

Pero es el choque con el candidato de la derecha, José María Aznar, lo que iba a hacer muy difícil la posibilidad de que el banquero llegara un día a encuadrarse en el centro-derecha que representa el Partido Popular. Conde parecía condenado a tener que buscar una tercera vía.

—¿Pero qué le pasa a este chico? —preguntaba un enfadado Mario a José María Cuevas, cuando, a finales del 90, el del PP hacía oídos sordos a las propuestas de ambos—. ¿Por qué no contesta?

—Pues no lo sé, pero es que este muchacho es así... un personaje frío como una anguila, un témpano terriblemente independiente.

Un témpano muy tenaz. José María Cuevas le conoció al inicio de su carrera política, cuando, como simple militante de AP, solía pasarse por la sede de la CEOE a hablar con algún economista, pedir papeles, recoger información, un chico voluntarioso, que mostraba mucho interés y a quien un día me presenta mi jefe de gabinete, mira, éste es José María Aznar, que va el tío valiente a presentarse al Congreso por Avila, creo que eran las elecciones del 82, y le gustaría conocerte y charlar contigo, entre otras cosas para ver si los empresarios abulenses le echan una mano. Y yo me quedé perplejo, efectivamente, un hombre más serio que una patata:

—Pero José María, ¿no tienes otro sitio por donde presentarte? ¡Joder, es que Avila tiene tres escaños: uno se lo llevará el PSOE, y los otros dos son para Suárez y Rodríguez Sahagún, y ya estás perdido!

—Nada, nada, yo me presento en cualquier caso.

Resultó que aquella patata con bigote sacó el acta de diputado. A partir de entonces, el de la CEOE mantuvo una relación más estable con aquel político prometedor que pronto se embarcó en la aventura de presidir la Junta de Castilla y León, me pidió que le fuera presentando empresarios, y tuvimos algunas reuniones con gente, ha pasado alguna vez por mi casa de Riaza, y hemos llegado a tener una cierta relación personal, que no me atrevo a calificar de intimidad porque creo que eso es imposible con él. Yo he llegado a la conclusión de que es un personaje absolutamente frío e independiente y que, tras el cachondeo andaluz de Felipe González, puede dar grandes sorpresas si llega a La Moncloa.

Ya presidente de AP, Cuevas mantuvo una larga reunión con él. Le dije, José María, yo entiendo que nosotros tendríamos que comprometernos y colaborar contigo en un esquema de ideas distinto al de darte dinero, no nos pidas dinero a palo seco, pide que nos gastemos el dinero en facilitarte el apoyo logístico que necesites. La pregunta es ¿qué papel puede jugar el mundo empresarial en política? o, dicho de otra manera, ¿cómo debería hacer política el colectivo empresarial? Pues, coño, favoreciendo la existencia de una alternativa creíble, no dando dinero al PP, sino montándole una infraestructura. Es así como se ganan las elecciones en una democracia.

A estudiar esta cuestión habíamos dedicado Carlos Ferrer y yo mucho tiempo, y ya quisimos aplicar el esquema con Fraga y con Adolfo Suárez, pero ninguno de los dos se dejó.

Era un sistema probado con éxito en Estados Unidos. Tras la desmoralización que supuso el periodo demócrata, Ronald Reagan ganó las elecciones después de un proceso de movilización social que duró dos años, y en el que el mundo empresarial se volcó con el Partido Republicano creando institutos, fundaciones, poniendo premios Nobel a trabajar en programas concretos. Al final, Reagan debió su victoria a los trabajos de la famosa Fundación Heritage, que montó el millonario Rockefeller. Curiosamente, quien dirigió todo aquel entramado fue George Bush, que ya entonces demostró una enorme capacidad de trabajo, y que al final produjo un cambio cultural muy intenso en EE.UU.

Rockefeller es quien hace posible que el día que el señor Reagan toma posesión, tenga listas las cien primeras disposiciones de su Gobierno, y es quien permite también que Bush tenga preparados quinientos tíos para hacerse cargo de la Administración. ¿Cuál fue la clave? Estados Unidos estaba necesitado de un cambio cultural tras la debacle del periodo Carter, cambio cultural que fue el resultado de los trabajos de la Fundación Heritage, y que es lo que está necesitando a gritos España si quiere recuperarse de los efectos perversos de la corrupción y la economía especulativa de estos años, y eso es lo que tiene que comprender José María Aznar, porque, si no lo hace, fracasará aunque llegue al Gobierno.

Nosotros habíamos estudiado ese modelo con bastante minuciosidad, y eso era lo que queríamos hacer aquí. En el fondo, el Instituto de Estudios Económicos (IEE) es un reflejo de la Fundación Heritage, que se montó precisamente con la colaboración y apoyo de la gente de Rockefeller, que vinieron a Madrid específicamente para eso.

En el montaje del IEE nos gastamos un buen dinero en CEOE, intentando seguir el esquema estadounidense. Por desgracia, los partidos políticos de centro derecha no reaccionaron, ni AP primero, ni UCD después, de forma que el Instituto siguió su vida con más o menos prestigio, haciendo buenos informes y estudios, y poco más.

La fórmula de colaboración con Aznar la teníamos, pues, muy perfilada. Era la única manera presentable de que el mundo empresarial en general, y la CEOE en particular, se implicara en política sin aparecer como tal CEOE. Porque, al final, ¿cómo se elabora un buen proyecto de Presupuestos Generales del Estado, o se preparan una serie de disposiciones básicas de choque? Pues disponiendo de los profesionales, los expertos, los técnicos adecuados, capaces de producir magníficos papeles y estudios. Es este un esquema que permite al empresariado manifestar su preocupación política, lejos del viejo y burdo asunto de decir, oye, dame doscientos millones de pesetas y déjame en paz, que no quiero saber más de ti, que era lo que le gustaba a Adolfo Suárez, lo que le gustaba a Fraga y lo que le sigue gustando a José María Aznar.

Cuevas explicó este esquema por activa y por pasiva a Aznar cuando le nombraron presidente del PP, José María, la ventaja para ti es que éste será un apoyo que te viene de fuera, que usa el partido pero que no es del propio partido, porque es muy distinto que adquiera prestigio un instituto o una fundación con una cierta independencia, aunque después esté sirviéndote a ti con inteligencia, a que tú crees una fundación que te haga estudios, porque siempre será la Fundación del PP, y la gente dirá: qué va a decir este economista si está en la lucha política, si está trabajando para el PP...

Pero eso nunca lo quiso aceptar Aznar. Al principio intenté conectarle con la gente de banca, todavía no había hablado con nadie, le dije, oye, tienes que empezar a conocer a la gente, no conocía a los banqueros, no se había sentado con Emilio Ybarra, ni con Alfonso Escámez ni con Botín, con nadie, y le dije, José Mari, tienes que presentarte, hablar con unos y con otros para que te vayan conociendo. Y yo hablé con los banqueros para que este hombre tuviera una reunión con cada uno de ellos. Luego cada cual lo organizó a su manera, unos con entrevistas en el despacho, otros con almuerzos...

Naturalmente le dije que tenía que tener una conversación a fondo con Mario Conde. Yo le había explicado también a éste el esquema de cooperación que preveía con el PP y Aznar, e intuía que Mario podía ser una figura capital en el éxito de esa estrategia o un obstáculo insalvable. Para conseguir lo primero había que deslindar claramente los papeles, le dije, mira, Mario, en la posición en la que estás en estos momentos, si de verdad quieres ser un líder social tienes que deslindar radicalmente lo que es liderazgo social del liderazgo político, no lo confundas, no te confundas, porque si mezclas una cosa con la otra estamos perdidos y, sobre todo, estarás perdido tú. Tú tienes que ser como Rockefeller, para mí Mario Conde es el Rockefeller de esta operación, y es lo que Mario no entendió nunca...

Desde el principio estaba claro que el banquero gallego buscaba trascender la figura discreta del magnate que, desde la sombra, trata de influir en el curso de los acontecimientos. Quizá a consecuencia del enfrentamiento radical con el Gobierno socialista que dejó como herencia la ruptura de la fusión con el Banco Central, o la no menos tensa pelea por las exenciones fiscales de la Corporación, Mario, sangre caliente, no podía jugar ese papel de *tycoon* octogenario a quien el alevín político viene a pedir consejo y rendir pleitesía.

Sus tomas de postura en las grandes cuestiones económicas españolas que están sobre la mesa en el inicio de la última década de siglo son clara y radicalmente políticas. Así, el 5 de febrero del 90, el banquero formulaba ya la parte esencial de su doctrina, frontalmente contraria al entreguismo que ha presidido la política del Gobierno socialista en cuestiones comunitarias[1]: es un error depender en exclusiva de la CE, sin plantearse un proyecto económico propio de país, no excluyente con la Europa unida, pero tampoco claudicante.

El gallego es consciente de disponer de una importante cuota de poder[2], pero está obligado a una transacción constante en el filo de la navaja entre PSOE y PP. Mario no es PSOE, pero necesita pactar o acercarse al PSOE para sobrevivir. Necesita hallar contrapesos a Carlos Solchaga, ¿un «caballero blanco» para don Mario en las filas del Partido Socialista?

Ese es precisamente el primer trabajo de José Antonio Segurado, con buena y vieja relación con el vicepresidente socialista. A mediados del 90 Mario ha empezado a oponerse frontalmente a la política económica de Solchaga, y el 4 de diciembre del 90 el presidente de Banesto, que no conocía a Alfonso Guerra, y su asesor se acercan a la sede de la vicepresidencia en La Moncloa, para una cita amable de media hora que se prolonga hasta pasadas las dos y media de la tarde. Aquél era un encuentro para hablar de todo y mirarse a la cara, en el que ambos trataron de impresionarse mutuamente con incursiones en la historia de España, citas literarias, y datos económicos.

---

[1] Conde aseguró que había que dejar de pensar sólo en la CE. «Ante la implantación del mercado único hay que plantearse un proyecto económico de país, en el que se contemple cuál es nuestro papel en la Unión Europea. De cara al futuro es necesario un esfuerzo de las instituciones financieras para no abandonar el sector industrial. España debe contar con una estructura mínima en ese referente histórico que será el 92.»

[2] «Es absolutamente verdad que Banesto tiene una importante parcela de poder», aseguraba el 5 de agosto de 1990 en una entrevista aparecida en la revista *Actualidad Económica*.

La formación económica del vicepresidente es discreta; Alfonso es uno de esos políticos que, como decía Keynes, desprecian a los economistas conocidos para terminar siendo esclavos de algún economista que murió sin saber que lo era, pero su formación humanística es grande y pronto quedó claro que entre ambos existía una química que iba a funcionar a lo largo del tiempo, y hubo risas cuando alguien sacó a la palestra la idea, puesta entonces en boga en algunos círculos, de la beatificación de Isabel la Católica, ríen ambos, ¡país! Se cayeron bien, casi de cine, secretamente se impresionaron, Mario había cubierto sus objetivos y ambos quedan en volver a verse con cierta frecuencia.

El 15 de enero del 91 Guerra abandona el Gobierno, víctima tardía de la hoguera del escándalo Juan Guerra que ha ayudado a mantener viva Carlos Solchaga desde el Ministerio de Economía y Hacienda.

Tres días después, Segurado transmite por teléfono al ex vicepresidente un mensaje de solidaridad del banquero. Mario quería mantener vivo el contacto recién estrenado, y Guerra parecía dispuesto a ello.

Hasta el punto de que ambos almuerzan por primera vez juntos el 3 de abril, con Segurado como testigo. El «número dos» del PSOE quiere agradecer a Mario unas declaraciones de apoyo que ha efectuado días atrás, pero la conversación deriva rápidamente hacia su enfrentamiento con Felipe: la ruptura es total porque las diferencias no son de orden estratégico sino ideológico. En la «casa común» del PSOE habitan dos concepciones antagónicas, dos posturas irreconciliables, excluyentes, del papel de la izquierda española en la sociedad. Guerra está convencido de que Felipe es prisionero de las tesis socialdemócratas de Carlos Solchaga y sus amigos de la *biutiful pipol*, cautivo de un grupo de presión que se ha hartado de ganar dinero en los últimos años, los Entrecanales, los Polanco, los Arango, los Del Pino, grupo que nada tiene que ver con la España profunda, donde tantos problemas siguen pendientes de solución.

Los síntomas de la recesión son ya incontestables. La inversión privada ha caído en picado, pero Felipe y su equipo económico no se dan por enterados. El Gobierno está metido en obras faraónicas para conmemorar los fastos del 92, gastando a manos llenas y engordando de forma dramática la deuda pública. Alguien, alguna vez, lo pagará. Algunas voces piden un cambio radical de política económica, con descenso de los tipos de interés y depreciación de la peseta, pero los discrepantes son calificados de pájaros de mal agüero, dignos del silencio eterno.

Carlos Solchaga, recién confirmado en el cargo, está enfrascado en la operación de su vida, la creación de Argentaria y el nuevo cerco a Banesto, al que se quiere conducir de bruces hacia una fusión en la que Conde perdería la primogenitura. En estas circunstancias, la estrenada relación de amor que el gallego ha entablado con Guerra es casi una bendición del cielo que José Antonio Segurado está dispuesto a cuidar con mimo.

El 25 de abril, la cadena SER difunde las conversaciones de Txiki Benegas con el empresario Germán Alvarez Blanco y el abogado Fernando Múgica, en el famoso *affaire* de la Motorola, que demuestra el deterioro irreversible de las relaciones entre Felipe González, el *one*, y el partido que lo sustenta.

Y el 18 de junio, el trío se sienta de nuevo a almorzar, para hacer un examen a fondo de la situación. Mario está encantado del nivel de interlocución que ha alcanzado con un hombre que ha manejado tanto poder como Guerra, hablan del problema Filesa y de sus consecuencias para el partido, aunque Alfonso se muestra confiado en que la sangre no llegará al río para el PSOE.

El 8 de julio del 91 Conde intervino en el curso de verano organizado en Moscú por el Instituto de la Europa Oriental, con la colaboración de la Academia de Ciencias de la URSS, y la financiación de Banesto.

El curso, que contó con los seminarios más variopintos, fue inaugurado por el propio Felipe González en presencia de Gorbachov y su séquito. Conde pronunció la conferencia inaugural, con lleno en el tendido, sobre «inversión en capital humano, formación y cultura». Por 20 modestos millones de pesetas, el gallego creía estar protagonizando la primera gran operación de imagen como líder social.

Pero la comedia moscovita —Guerra, Villapalos, Fernández Ordóñez, Abril Martorell, etc.— que había sido seguida por la prensa española con comentarios cargados de ironía, terminó en farsa cuando unos días después Yeltsin protagonizó el golpe de Estado que le llevó al poder en Moscú. El oso ruso, además de no haber aprendido nada sobre la experiencia de la transición política española, se llevó por delante los resultados que, en términos de imagen, Conde pensaba extraer del evento.

Mientras en Moscú la vieja guardia del imperio soviético intentaba recuperar el poder a cañonazos, en España la gran fiesta del *boom* daba sus últimos coletazos. Los escándalos de corrupción empezaban a poblar el paisaje español. Los escándalos, como los embarazos, o la morosidad en la banca, tienen también su periodo de gestación, y ya han comenzado a surgir con el final de las vacas gordas. En la mayoría de las ocasiones, los protagonistas, señoritos de postín, sencillamente se llevan la caja, dejando tras de sí un rosario de damnificados.

Es el escándalo de la Corporación Intra de los hermanos Goyría, que deja colgados a más de 11.000 inversores.

Es el escándalo Uribitarte, donde un tal Miguel Escudero, un habitual a los festivales de verano de Salzburgo, un madrileño cultivado, con casa en Londres y en Biarritz, donde poco antes había contraído matrimonio en una fiesta sonada a la que asistió buena parte de la *jet* madrileña, huye a Londres dejando en Bilbao un desfalco de 9.000 millones de pesetas.

Y esto era sólo un entremés, porque los escándalos de mayor calado no habían aún hecho su aparición, aunque la mayor parte de ellos, como hijos nefandos de la economía especulativa, ya habían sido engendrados.

A primeros de septiembre del 91, Mario Conde, que días antes había sido relacionado con una supuesta «operación Robin Hood» destinada a promoverle como alternativa liberal ante el enfrentamiento entre Aznar y la CEOE, ataca frontalmente la política económica del Gobierno socialista durante las jornadas bancarias que Banesto celebra en Estepona, Málaga.

En Estepona, Conde da un paso al frente en su condición de abanderado y defensor de la sociedad civil frente al todopoderoso Estado. La reacción de Felipe es airada, pero nada comparable a los insultos que Carlos Solchaga le dedica a la mañana siguiente, que desde su despacho resuenan por los pasillos del ministerio.

Pronto acude Alfonso Guerra a echar una mano al gallego. La división en el seno del PSOE salta cada día de forma más diáfana a la calle, aunque los lazos del poder y sus prebendas siguen actuando como formidable amortiguador del choque. El miércoles 23 de octubre 91, en un almuerzo en el restaurante La Cruzada con un grupo de fieles guerristas comandados por Juan Barranco,

Guerra[3] se despachó a gusto acusando a González de haberle echado del Gobierno y haberle engañado después. Se queja de que el presidente no respetó el pacto suscrito por ambos sobre la composición del actual gabinete y pide ayuda al partido para liberar a Felipe González del «secuestro» a que le tienen sometido el BBV-Solchaga y Jesús Polanco.

Las explosivas declaraciones de Guerra llevan al PSOE a un clima abierto de división. ¿Congreso extraordinario a la vista? Conde se frotaba las manos, dispuesto a colarse por las rendijas de la refriega socialista y fortificarse en ella.

La división del PSOE lleva la alarma al mundo empresarial español. Los dueños del dinero se dan cuenta de que Felipe ha perdido capacidad de decisión política desde hace tiempo, y eso produce alarma y confusión, pero no ven nada serio al otro lado y su preocupación se torna entonces en miedo. Miedo al cambio de Felipe por otra cosa.

Fue un cambio que realizó con inteligencia el PSOE ante el hundimiento de la UCD. Felipe visitó los salones, fue introducido en los templos del dinero, y se explicó ante los amos del capital, en camino que perceptiblemente no estaba recorriendo José María Aznar. Además, el PSOE ha creado un tupido entramado de intereses económico-financieros en su derredor: los llamados *biutifuls*, un grupo de presión elitista y excluyente, como lo era el Opus bajo el franquismo; los barones de la construcción (Del Pino, Entrecanales), que han multiplicado sus fortunas gracias a la obra pública; la banca, rendida primero a Miguel Boyer (retirado ahora en su Focsa-Les-Deux-Eglises) y después a Carlos Solchaga, que

[3] En el restaurante La Cruzada, Guerra dice verdades como puños. «No se puede uno fiar de esa clase de chicos que de la LCR pasan al BBV», asegura de Claudio Aranzadi, un ministro de Industria sobre cuya cabeza pasaban los grandes asuntos cual zepelines de colores sin que él se apercibiera. «No podemos decir que no estén cómodos en el PSOE, porque se están poniendo *moraos*», decía sobre los chicos de la *biuti* que, desde el Banco de España e Ibercorp, estaban haciendo de la capa del Estado un sayo. «¿Cómo se explica que un señor que defiende la libertad de expresión pida el secuestro de un libro?», señalaba sobre Jesús Polanco, el sostén ideológico del Régimen, que había logrado el secuestro fulminante de un libelo en el que se le acusaba, en unión de Juan Tomás de Salas, el vocero de la *biuti*, de haberse hecho rico con el narcotráfico. «Lo que está haciendo es engordar la nómina para cuando vuelva al BBV», sostenía sobre un Carlos Solchaga, de quien sí se sabía que estaba engordando el desastre económico español.

jamás había registrado beneficios tan gloriosos como bajo la égida socialista; los grupos multimedia (Polanco), agradecidos por los favores recibidos; las grandes fortunas del país (Botín y March); millonarios variopintos (caso Plácido Arango); las multinacionales, encantadas de que al ministro Solchaga no le preocupe la nacionalidad de los dueños del capital; la élite de la abogacía madrileña, satisfecha de ser escuchada y recibida en La Moncloa... y una cohorte de pillos de todo pelaje y condición que pululan y viven a costa de los anteriores. Todos ellos ven en Felipe, y su escudero Solchaga, a unos socios leales, cosa que no adivinan en Aznar. Todos ellos son la columna vertebral del régimen felipista.

Las débiles hechuras de José María Aznar como potencial presidente del Gobierno mantenían a Conde en permanente querella conceptual con el político, en una relación de desamor con el PP, en general, y con su líder, en particular, que presidirá unos años de trato cercano a la esquizofrenia. Mario intenta varias veces acercarse a Aznar, se diría que quiere convencerse de la idoneidad del candidato de la derecha para llegar a gobernar, pero la relación de permanente desconfianza que Aznar alimenta hacia el banquero y sus reales intenciones harán muy difícil cualquier posible clima de colaboración.

Conde se sienta a almorzar con Cuevas en plena refriega socialista, otoño del 91. El patrón de patronos sostiene que ahora sí que de verdad estamos ante un cambio de ciclo. El Partido Socialista está agotado y dividido, y hay que prepararse para un cambio de Gobierno; ¿y qué es lo que tenemos a la vista? Tenemos a José María Aznar, pero por más que lo pienso no encuentro en este chico capacidad de liderazgo, no se trata de reticencias, es que no lo veo, Mario, no lo veo, yo creo que es el momento adecuado para iniciar alguna operación especial...

—¿Qué quieres decir con alguna operación especial?

—Tú ya me entiendes, Mario. Tenemos que movernos, ver si hay alguna otra posibilidad de recambio.

—Mira, José María, no sé si me estás sondeando sobre mis intenciones, pero yo creo que no hay tiempo para operaciones especiales, no hay tiempo para ejercicios en el alambre, y lo que debemos hacer es apoyar al Partido Popular y Aznar, porque es lo único que tenemos a mano.

En esta línea, Cuevas propició un almuerzo entre Aznar y

Conde que el líder del PP se ofreció a cobijar en uno de los locales del partido y al que, por iniciativa de Aznar, asistió el de CEOE.

Aquélla fue la reunión entre un hombre que insiste una y otra vez en el compromiso que un líder empresarial tiene adquirido con la sociedad en materia política, oye, dinos qué tenemos que hacer, en qué podemos ayudarte, yo quiero apoyar pero también quiero participar, quizá lo que necesitas es montar un buen gabinete de estudios, o una fundación, lo que sea, pero cuenta conmigo, cuenta con nosotros para todo, y un político enfrente que se mantiene absolutamente en guardia, mirando al vacío, respondiendo casi con monosílabos.

También Cuevas hizo propuestas concretas, José María, aquí lo que tendríamos que hacer entre todos es prepararte una infraestructura como la que necesita un partido que quiere gobernar, ¿porque tú quieres gobernar, no? Entiéndelo, no se trata de hacernos militantes del PP, sino de facilitarte los centros de estudios, hacerte las investigaciones necesarias, prepararte los cuadros adecuados... Te he dicho muchas veces que ahí es donde podemos ayudarte, en estas cosas.

Era imposible asentar un clima distendido. Las reticencias de Cuevas hacia Aznar se manifestaban de forma ostensible, y el de CEOE no hacía grandes esfuerzos por disimularlo, hasta el punto de que llegó a decirle que en los momentos actuales el PP no era una alternativa creíble. Eran tiempos en que la imagen del líder popular había caído notablemente, quizá su momento más bajo, hasta el extremo de que la mayor parte del *establishment* español lo tenía amortizado a cero.

Conde contaría después que Aznar no había aportado una sola idea original y daba muestras de estar abatido. El del PP insistió en que internacionalmente las cosas iban bien, salvo con los americanos, que seguían cautivados por Felipe.

«Lo cierto es que Aznar quedó en dar una respuesta —asegura Cuevas—, en decir cómo valoraba las propuestas de ayuda adelantadas, pero la contestación nunca llegó, seguramente por desconfianza hacia Mario, aunque nunca me dijo, nunca se explayó, oye, tú, que yo no quiero tener a este hombre en mi circuito, que no lo quiero... simplemente se calló la boca.»

La fórmula que proponía Mario era la que yo tantas veces había comentado, y el banquero le repitió hasta la saciedad que estaba dispuesto a impulsar y financiar todo lo que fuera necesario, es decir, estaba dispuesto a hacer de Rockefeller. Conde lo hacía porque, además de dinero, tenía más juventud, más formación, más preparación y sobre todo más audacia que sus colegas del resto de la banca, que no se atrevían nada más que a dar un maletín por debajo de la mesa, y oye que no se enteren, cuidado, cuidado...

«Yo, muy atento —señala Cuevas—, me di cuenta del envite que le echó Mario en esa comida: estoy dispuesto a comprometerme contigo, estoy dispuesto a colaborar, pero quiero participar, y me dije, bueno, o Aznar responde afirmativamente y se inicia un clima de colaboración entre ambos, o, si no responde, lo que está abriendo es una sima de desconfianza que, como en los duelos a pistola del Oeste, acabará con uno de los dos en tierra. Era como en aquella famosa película de la mafia, cuando los jefes de las familias se reúnen a almorzar, y un padrino le espeta a otro, ¿por qué has matado a mi hijo? Porque le propuse un negocio, responde el aludido, y me dijo que no, y esa fue una respuesta poco amistosa.»

Aznar, efectivamente, dio la callada por respuesta.

«Mario me llamó varias veces, oye, ¿te ha dicho algo éste? No. ¿Y a ti? Tampoco, pero no me extraña, conociéndole no me extraña.»

Es difícil creer en él como futuro presidente del Gobierno, repetía Conde a Cuevas; Aznar es simplemente una figura de transición que ya ha terminado, convéncete, José María, pero entonces, ¿quién? Nadie es capaz de aportar otro nombre distinto del mío, que cada vez suena con más fuerza en más círculos. En fin, le apoyaremos, pero estoy convencido de que servirá para poco.

Conde piensa que el problema de la derecha española no se termina en el cambio cultural que reclamaba Cuevas. La lógica nos lleva a pensar que la construcción de una verdadera derecha civilizada en España es una cuestión de fermento generacional: es necesario que transcurran algunas generaciones antes de que aparezcan líderes de la derecha que realmente crean en la libertad, para que se elimine el potencial golpista típico del empresariado español durante el pasado siglo y parte de éste.

Me contó Aznar que durante una visita a Margaret Thatcher, ésta le recibió con la siguiente frase:

—¿Cómo se encuentran los amigos fascistas del señor Fraga?

¡Una entrada como para desanimar a cualquiera! Pero es que,

por tradición histórica, para un conservador inglés un homónimo español es simplemente un fascista.

Es el resultado de la Guerra Civil, piensa Mario, y del apoyo conservador a la causa de Franco. ¿Fue inevitable la contienda? Posiblemente sí, porque la situación en la calle no dejaba otra alternativa. Lo malo fue que Franco intentó construir un sistema político con el único objetivo de mantenerse en el poder; por eso nunca he sido franquista, y por eso soy consciente de los enormes costes que a nivel de país hemos asumido como consecuencia de tantos años de dictadura.

Aquel periodo fue un desastre, porque entre otras cosas perdimos el tren de la internacionalización de nuestras industrias y laminamos cualquier intento de construir una sociedad civil. ¿Los conservadores españoles que apoyaron a Franco en su lucha contra el caos, se identificaron con él en el mantenimiento de la dictadura? Creo que en gran parte no, y es ese pensamiento liberal conservador el que hay que recoger y representar. Este es el momento.

El caldo de cultivo para el cambio ya está preparado, aseguraba Conde en 1991, y si existiera un líder con carisma e ideas claras, el vuelco electoral podría ser espectacular. Es una prueba que tiene que superar España a plazo fijo: la de vivir en democracia con un rey en La Zarzuela y un líder de la derecha en La Moncloa. Hasta que no ocurra eso, no se habrá terminado realmente la transición política española, porque siempre existirá el interrogante de esa izquierda montaraz que frustró el intento de la II República, como hasta el 82 existía el miedo a la tradición de la derecha golpista. Pero ahora no existe ese líder, insisto, con capacidad para propiciar ese vuelco, y por eso al final la gente seguirá votando como mal menor a Felipe. A menos que yo decidiera saltar a la arena.

El banquero repite en público su no a la política, lo hace incluso ante sus amigos, pero sus amigos se dan cuenta de que apenas habla ya del banco, yo espero que no me den la lata con ese asunto, repite en cenas y saraos, porque creo que definitivamente se han convencido de que yo no quiero entrar en política, se hace trampas en el solitario, su eterno deshojar la margarita, le da miedo el entorno de la derecha y no tiene claro cuál debería ser su lanzadera; todo político en activo, reflexiona, tiende a autoprotegerse, y si desaparece Aznar con él lo harán necesariamente muchas otras personas que no quieren desaparecer, que quieren seguir en la política porque sencillamente viven de ella, porque no saben hacer otra cosa, y por eso se aferran a Aznar como tabla de salvación, a mí me parece bien, sí, me parece bien, lo que ocurre es que eso dota de una inestabilidad tremenda al país y permite autoritarismos que de otra manera no existirían.

A finales de diciembre del 91, Felipe se presenta ante los españoles con las tablas de la ley de Maastricht. Los medios de comunicación oficiales dicen, incluso, que es el gran triunfador de la cumbre. Un Régimen de poder personal moribundo, ayuno de cualquier ideología y proyecto, encuentra en Maastricht la excusa salvadora, la coartada ideológica que necesitaba para seguir tirando, el argumento de peso para intentar las reformas estructurales que ha ido aparcando por miedo a los sindicatos y al sector guerrista de su propio partido. Europa se convierte en la nueva frontera del felipismo. Todo por Europa. A cualquier precio. Con unos tipos de interés por las nubes y una moneda sobrevalorada que está llevando a la quiebra a muchas empresas. No importa, Europa proveerá. Solchaga ha dicho que España es una provincia de la Europa unida, y que por tanto es un detalle banal la nacionalidad de los dueños del capital. Europa nos dará trabajo a todos. Es la abdicación de cualquier proyecto propio de país.

Pero el chaparrón propagandístico que el Régimen descarga sobre los españoles a cuenta del Tratado de Maastricht no logra empañar la sensación que en este final de año invade a los sectores más dinámicos de la sociedad de que todo, o casi todo, está manga por hombro, Felipe enfrascado en su sueño europeo, Solchaga instalado en lo suyo, la conspiración permanente, y la economía al garete. Felipe no quiere hacer crisis y todo parece indicar que iremos así hasta octubre del 92, tras el cierre de los fastos patrios del medio milenio.

Los acuerdos de Maastricht, sin embargo, iban a proporcionar a Mario Conde la excusa para formular sus críticas más fundadas a las grandes opciones estratégicas del Gobierno socialista. Europa sí, pero ¿a qué precio? Con Maastricht y el emblemático año 92 de fondo, la carrera hacia el liderazgo social del gallego toma una aceleración inusitada.

El punto de partida lo constituye unas jornadas de reflexión que tienen lugar a medidos de enero del 92 en el Vaticano, un verdadero *show-off* que servirá al de Banesto mejor que cien campañas de imagen bien pagadas.

El 14 de enero de dicho año, y en el *aula vecchia* del sínodo vaticano, medio centenar de personalidades del mundo de la política y la empresa participaron en un coloquio sobre «Capitalismo y Etica» organizado por las revistas *Política Exterior* y *Europa-Archiv*, con los auspicios del Consejo Pontificio Justicia y Paz.

Lo que en origen había nacido como un intento de reflexión, a celebrar en Alemania, tras los grandes cambios políticos acaecidos en Europa —derrumbamiento del bloque del Este, caída del muro de Berlín— fue acogido y cobijado por el Vaticano con enorme interés, y reorientado como una reunión entre cristianos y no cristianos para discutir sobre los aspectos éticos del capitalismo a la luz de la encíclica *Centesimus Annus*, cuya importancia la Iglesia creía no había sido suficientemente valorada por los medios de comunicación internacionales.

De la participación española en el coloquio se encargaba Darío Valcárcel, director de *Política Exterior*. Cuando todo estaba ya lanzado, su amigo Rafael Pérez Escolar apareció en escena.

—¡Darío, comprenderás que organizar una cosa de éstas sin Mario Conde no tiene mucho sentido hoy en día! —dijo Escolar con media sonrisa irónica.

Una insinuación que se convirtió casi en insistencia. Como la lista de participantes españoles ya estaba apalabrada —Gonzalo Anes, Manuel Pizarro, José Lladó—, Valcárcel tuvo que ponerse en contacto con el responsable vaticano del evento, el cardenal vasco-francés Roger Etchegaray, un peso pesado de la Curia, y presidente del Consejo Pontificio Justicia y Paz, uno de los dicasterios vaticanos. Como era previsible, Etchegaray no puso objeción a la participación de Conde. Se trataba de un hombre brillante, que sería bienvenido en Roma.

Cada uno se pagaba sus gastos, y el Vaticano puso a disposición de los reunidos una preciosa sala de conferencias cercana a la Capilla Sixtina.

La primera noche tuvo lugar una cena con la prensa española acreditada en Roma. Mario estaba radiante, tuve que levantar la sesión casi a las doce de la noche, todas las preguntas iban dirigidas fundamentalmente a mí, estaba claro que a los periodistas les interesaban mis opiniones, y verdaderamente quedé impresionado porque no estoy acostumbrado a que los informadores tengan el nivel que demostraron los asistentes a la cena, tratando de resolver interrogantes que les preocupaban más como personas que como profesionales de la información.

El martes muy temprano salimos para el Vaticano. De acuerdo con el programa, los participantes iban a ser recibidos por el Papa, y ahí se planteó la cuestión de quién sería la persona encargada de realizar el ofrecimiento a Su Santidad. Pérez Escolar tuvo una idea:

—¿Por qué no se admite el criterio de que sea el más joven de los presentes quien se dirija al Papa?

El más joven, obviamente, era Mario Conde. Escolar, con buenos contactos en Roma, incluida, dicen, la masonería vaticana, jugó a fondo sus cartas. Habló con Jochen Thies, el director alemán, y al final nadie objetó ningún argumento de peso en contra. Etchegaray dio *fumata bianca*: está bien, que sea Conde.

Luego, cuando a las doce de la mañana el Papa recibió a los ponentes en una de las alas del Vaticano, la brillantez habitual del banquero hizo el resto.

—¡Qué cosas pasan en el Vaticano! —contaba días después escandalizado el cardenal Somalo, mientras almorzaba con buen Rioja.

El Papa departió con todos los presentes, y en un momento determinado le hizo una seña a Zbigniew Brzezinsky, ex consejero de seguridad de la Casa Blanca, a quien Mario había querido conocer a toda costa. Cinco minutos después, Brzezinsky y Wojtyla abandonaban juntos la reunión, tras haber mantenido un escueto diálogo en polaco.

—¿Qué le ha preguntado el Papa? —trataba de saber Mario, picado por la curiosidad.

—Que si tenía libre el almuerzo —respondió alguien enterado de lo ocurrido— y si quería almorzar con él mano a mano.

A Mario no le gustó el detalle. Le hubiera parecido más correcto que el Pontífice hubiera invitado a su mesa a unos cuantos. Cuando Brzezinsky regresó, bien avanzada la tarde, a la sala de conferencias, después de haber arreglado con Karol Wojtyla los asuntos de Polonia, Mario ya había terminado de leer su ponencia.

Muy interesante, cierto, pero infinitamente menos valiosa para el banquero que las fotos que al día siguiente inundaron los medios de comunicación españoles dando la mano al Papa, o leyendo —como es norma en la diplomacia vaticana— su saludo al Pontífice; aquello era la consagración mundial del personaje, un mago capaz de darse besos con el Papa católico, ser amigo de los judíos y al tiempo alto cargo de la masonería internacional. ¡Un hombre capaz de todo...!

Unos días después, el 22 de enero, Conde pronunciaba una conferencia en la Ecole Nationale de Administration de París (ENA) sobre «El papel de los grandes grupos bancarios y financieros en la construcción de la Europa industrial». Los futuros *enarcas* galos quedaron impresionados por el perfil del nuevo empresario-banquero español.

El eco que en la prensa y la sociedad española tiene la visita al Vaticano eleva la moral de victoria del gallego hasta extremos insospechados. El propio conde de Barcelona, su amigo, le ha llamado, quiere cenar con él, verle enseguida para felicitarle, encantado con la visita al Papa.

—Eso que has hecho es muy importante, Mario —le dice un hombre con la sabiduría que da la edad y la experiencia—. Ya sabes que yo soy poco amigo de los curas, pero eso que has hecho es muy importante.

Es su consagración como líder. Mario vuelve de Roma convencido, si es que alguna duda albergaba, de que su futuro pasa de forma inapelable por la política. En contra de la opinión mayoritaria del mercado, vende una imagen idílica de Banesto, mi asignatura pendiente en el banco ya está aprobada, este año consolidamos el Totta y Açores, alcanzamos los 7 billones de activos, y tendremos un incremento de rentabilidad notable, tenemos un banco modernizado, con un nivel tecnológico excelente, con unos equipos más que adecuados, y con un personal motivado; nuestro grupo trasciende España, y hemos realizado la primera operación bancaria auténticamente multinacional en este país.

Todo eso ya está hecho y lo que se necesita ahora es una vigilancia del día a día. También está claro lo que hay que hacer en la Corporación, donde hemos cambiado las estructuras de poder y la dirección de las principales empresas. Ahora hay que trabajar para mejorar la gestión donde sea necesario, vender bien lo que haya que vender y comprar lo que sea necesario comprar; todo eso está claro, y también quién tiene que hacerlo.

Pero ni el banco ni la Corporación me necesitan para el día a día. Es más, creo incluso que sería un desperdicio, además de una pretensión imposible porque me aburriría y me terminaría marchando. Es difícil que esto lo entiendan quienes creen que mi único objetivo es disfrutar del poder de ser presidente de Banesto.

¡Qué estupidez! Yo quería arreglar el banco y la Corporación, y eso, en líneas generales, ya está. Ahora quiero seguir haciendo aquello que realmente sé hacer: negocios para el grupo.

Tengo un respaldo mucho más intenso que el que hubiera podido soñar. Mis relaciones con Morgan me proporcionan un soporte internacional muy claro. Por eso sería imperdonable no aprovechar las oportunidades que ese respaldo me otorga para hacer negocios. No puedo seguir apagando fuegos de críticas sobre Banesto. Eso es una estupidez que tiene que terminar para poder dedicarme a lo mío, que es ganar dinero para el grupo aprovechando que eso es precisamente lo que sé hacer.

Yo no quiero quedarme quieto en España sin conocer en profundidad lo que está ocurriendo en México, en Chile, en Argentina, en el extremo Oriente, donde mucha gente está ganando mucho dinero. Tengo que salir y comprobarlo por mí mismo. No me vale que me lo cuenten, porque probablemente lo harían personas que no han nacido para captar el matiz diferencial entre qué es lo que permite ganar dinero y evitar el perderlo. Este es un arte que no se aprende en ninguna escuela de negocios, que tiene que ser una labor personal, directa y, además, lenta.

Al final sigue siendo fundamental el factor humano. Hay muy poca gente con capacidad para crear riqueza, para hacer dinero. Todo depende de lo que queramos ser, y yo lo tengo claro. La política tiene un valor instrumental: debemos tratar de influir en los temas capitales de nuestro país, porque eso forma parte de nuestra responsabilidad como clase dirigente, pero la ejecución de las decisiones políticas corresponde a otros.

Pero sus satisfacciones proceden ya de derroteros no bancarios, vienen precisamente de la política, ¡ah, la política! La tormenta levantada por la visita al Papa ha sido enorme, formidable, esas fotos, esa cercanía al Pontífice parece indicar un salto inmediato a la arena política, él lo desmiente, lo desmiente José Antonio Segurado, pero no hay nada que hacer.

El 27 de enero, la revista *Tiempo* dedicaba su portada, «El nuevo Mario Conde», al viaje vaticano del banquero: «El Papa apuesta por el presidente de Banesto» [4]. Pero quizá lo más impactante de

[4] «Mario Conde tiene la bendición papal —decía la entradilla del relato— para dedicarse, si algún día se decidiera a hacerlo, a la política. Al Papa y a la Iglesia no les entusiasman los socialistas españoles y quieren a alguien que pueda llegar a sustituirlos en el Gobierno. Mario Conde podría ser el candidato de Juan Pablo II.»

la historia estaba en el titular de una pequeña entrevista efectuada en la propia Roma. «Tengo derecho a dedicarme a la política»; una putada, se quejaba después, eso puede ser peligroso para mí, muy peligroso, se ha apresurado a enviar un desmentido a *Tiempo*, lo ha hablado largo y tendido con Antonio Asensio, hay que arreglarlo, y Asensio, que vive una luna de miel con Felipe, le pone al corriente de que en La Moncloa están muy preocupados, el presidente ha lanzado una frase lapidaria:

—¿Es que éste ha decidido echarnos o qué...?

El propio Asensio le informa que hasta siete veces se ha interesado Felipe y su equipo por la carta de rectificación enviada a *Tiempo*.

Mario ha llamado también a Aznar para tranquilizarle, decirle que él no ha pronunciado jamás esa frase, que no reclama ningún derecho a actuar en política porque no piensa dedicarse a la política, en la calle Génova esa llamada divierte, Aznar se había topado de buena mañana con el número de *Tiempo*, e inmediatamente su instinto le avisó, ya verás, le dijo a su jefe de gabinete, Antonio Cámara, como hoy recibimos una llamada de alguien diciendo que todo eso no tiene nada que ver con la realidad y que es absolutamente falso...

Pero el gallego se lo toma muy en serio y hace un viaje relámpago a Sevilla para acabar con el malentendido, desmentirlo en una rueda de prensa, coño, parece que en España ser empresario es ser un tipo sin criterio, se queja, desprovisto de toda opinión crítica, sin capacidad de enjuiciar la labor de los responsables de la política económica.

El de Banesto estaba lanzado en este inicio de año. El 31 de enero intervino en la «Conferencia empresarial 1992» organizada por la CEOE en el Palacio de Congresos de Madrid con la puesta en escena propia de un gran mitin electoral. Los paladines españoles de la economía de mercado estaban celebrando las exequias de los regímenes comunistas de la Europa del Este en un clima de euforia. Durante su intervención sobre «La empresa española en la nueva Europa», el banquero criticó la política económica socialista, reivindicó la independencia de los empresarios —a quienes animó a opinar en cuestiones económicas— frente al Estado, y propuso que se iniciara un debate sobre la función social de la economía de mercado y la empresa.

Perdido en su laberinto, insiste en que no dará el salto, porque no me gusta y lo tengo claro, pero la presión sobre mí puede llegar a ser agobiante, el PSOE está dividido, y la fractura interna no se arregla con enjuagues. Al final la organización son hombres, y ellos saben de sobra que con Aznar enfrente seguirán ganando hasta que se aburran, la popularidad de Mario sigue muy alta, Pujol ha encargado una encuesta de cara a las elecciones catalanas y el resultado es que la persona más conocida en Cataluña, ¡en Cataluña!, es Mario Conde, por encima de Pascual Maragall y por encima del propio Jordi Pujol, en tercer lugar, y ése es el miedo que anida en el PSOE, que se lance y les eche, porque hay un electorado joven y urbano para quien Conde sigue siendo un ídolo.

La preocupación que el personaje causa en las filas socialistas es grande, Felipe es la obsesión de Mario y Mario la de Felipe, se lo decía el presidente de Castilla-La Mancha el 5 de febrero, le ha invitado a cenar en Banesto, *pudding* de espinacas con salsa de tomate y salmón fresco relleno, un diario toledano decía al día siguiente que el presidente Bono vistió chaqueta para ir a cenar con Conde, *mousse* de chocolate de postre, curioso personaje este Bono, no lo conozco demasiado bien y no sé cómo se sitúa, pero sé que quiere ser presidente del Gobierno, y me parece legítimo, incluso creo que tiene algunas posibilidades de serlo, aunque todos me dicen que tiene cierta fama de movedizo y de *trepa.*

Su conversación fue una loa hacia el gallego. Le impactaba el respeto que se me tiene en la sociedad española y, por supuesto, en el PSOE. Me contó que mi discurso de Moscú había sido analizado con lupa dentro del partido. También me dijo que en una comisión ejecutiva le preguntaron a Felipe por qué me había citado en televisión. Resultó que la primera vez se le había escapado, y para darle un aire de cierta normalidad a esa primera cita me mencionó de nuevo.

Pero lo más curioso de la noche llegó cuando me contó que en la Comisión del PSOE de Castilla-La Mancha se había abordado el tema de la sucesión de Felipe en los siguientes términos: todos coincidían en que el sucesor de Felipe soy yo, lo cual no es demasiado original. Lo gracioso del caso es que algunos sostenían que iba a suceder a Felipe dentro del propio PSOE, porque estaba a punto de ingresar en el partido.

¡La frivolidad de los políticos raya en la esquizofrenia! Que a estas alturas crean que yo puedo ingresar en el PSOE para sustituir a Felipe, y que lo vean como posible, me parece una locura.

Insistió en la conveniencia de que reanudara las relaciones con el Gobierno, y le dije que eso no era culpa mía, qué coño, para el PSOE yo podría haber sido su hombre, el prototipo de empresario nuevo, puesto que no estoy vinculado a los poderes económicos tradicionales, y además había desplazado en Banesto a la gerontocracia del antiguo régimen.

Podían haberlo capitalizado, pero no lo hicieron. ¿Por qué? Porque no me ayudaron, y por tanto yo no tenía ningún compromiso adquirido con el PSOE, y ya se sabe que la falta de compromisos deja a la persona con las manos peligrosamente libres. También porque siempre han pensado que yo albergo intenciones políticas, y en este sentido me consideran enemigo. Y finalmente por cuestiones personales, cosas como el carácter de Solchaga, un tipo que tiende a personalizar y enconar todos los temas.

En todo caso, no debo olvidarme nunca de la influencia negativa que Abelló y «los Albertos», junto con Sarasola, han tenido en el proceso. Es alucinante el pacto morganático que el PSOE suscribió con «los Albertos», sin darse cuenta de que representaban las ideas de siempre, las del capitalismo excluyente, con connotaciones de clase, bajo una apariencia de modernidad. El tiempo se ha encargado de hacerles justicia.

Está claro que tengo una enorme influencia en España. Es un dato objetivo, aunque por sí sola esta influencia no da poder. Sin embargo, existiría una posibilidad de transformarla en «el poder» si nadie obtuviera mayoría absoluta en las próximas elecciones, y tanto Felipe como Aznar se vieran en la necesidad de pactar con un tercer partido. En este caso, sobre todo si consigo un acuerdo con Jesús, mi poder se desplazaría hacia la sociedad civil.

Pero para que esto suceda necesitamos un líder capaz de hacer disminuir sustancialmente los votos del PSOE. El problema es cómo quitarle a Felipe un millón de votos. Hoy por hoy, ese líder no es Aznar, al menos en mi opinión, y me encantaría equivocarme. Por eso, el peligro de que alguien trate de convertirse en ese líder está ahí, aunque yo no me voy a dejar porque no coincide con mi diseño, pero podría ocurrir que las presiones llegaran hasta el máximo nivel y se convirtieran en insoportables, haciendo imposible el resistirlas...

No quiere ir a la política, repite machacón, pero lo que ocurra en las elecciones catalanas será clave. Si el PP se estanca, esas presiones se van a renovar y no sé qué podré hacer para quitarme el sambenito de encima.

Una operación se ha puesto en marcha ante la eventualidad de que a José María Aznar le vayan mal las cosas en Cataluña. Se trata de una nueva derecha no PP, a la que se unirían nacionalistas catalanes y vascos, y cuyo objetivo sería echar del poder de una vez a los socialistas. Se trataría de la versión española de la UDR francesa. El, más catalanes y vascos apoyarían una candidatura con intención de sacar una treintena de diputados, que a continuación le cooptarían como presidente de una formación dispuesta a actuar de bisagra.

El asunto parece posible desde el momento en que el PNV ha renunciado a la independencia y Pujol ha arrinconado aquel sarampión lituano del que fue víctima tras el nacimiento de las repúblicas bálticas. Don Juan conoce los detalles de esta operación, se lo acaba de decir su propio hijo, el rey Juan Carlos.

—Papá, me dicen por varios sitios que tu amigo Mario se va a dedicar a la política...

—Pues no lo creo, Juanito, porque yo le veo mucho y me ha dicho que de eso nada.

Pero frente a frente, el conde de Barcelona emplaza a Mario ante su hipotético compromiso con la sociedad española.

—¿Quieres que te diga un cosa? Mira, la política es una mierda, y yo soy una víctima de la política, porque no he sido Rey de España por culpa de la política, pero dicho esto quizá algún día no tengas más remedio que dar el salto.

Los rumores sobre el abandono de Felipe están a la orden del día en los primeros meses del año, pero Mario no se lo cree: Felipe no se puede ir de ninguna manera, porque si se va el PSOE se viene abajo. Lo que sí cree es que adelantará las elecciones a octubre, después de los festejos conmemorativos del 92, es cuestión de lógica, no puede convocar elecciones en el 93 con unos Presupuestos que necesariamente deberían ser restrictivos teniendo en cuenta la marcha de la economía.

Si Felipe mete en cintura al país, como sería su obligación, con unos Presupuestos serios para el próximo año, corre el riesgo cierto de ahuyentar a buena parte de sus votantes, aunque ya conocemos a este gran farsante que es Felipe González, que al final hará lo que le convenga a él y no al país.

José Oneto, director de la revista *Tiempo,* acaba de elegirle personaje de la década de los ochenta en el campo de la economía y las finanzas. A ningún tonto le amarga un dulce, aunque más de uno tratará de darle lecturas interesadas al asunto, seguro que lo harán, es grave, pero cada vez se instala con mayor fuerza en la sociedad española la percepción de que no existen más que dos liderazgos efectivos, el de Felipe y el mío. No niego que sea así, pero se trata de temas de naturaleza distinta, y yo quiero que como tal se comprenda, aunque es evidente que no lo consigo del todo por la dimensión política que se quiere dar a mi liderazgo social. Es un momento difícil, en el que me conviene tener la cabeza fría.

El banquero no sabe qué hacer. Enfrentado a su gran dilema, pasa días y meses instalado en la duda, no se atreve, no se decide a dar el paso al frente, y al final demostrará ser un gran cobarde, al final morirá por no haber tenido el valor suficiente para saltar a la arena a pecho descubierto, siempre maniobrando, siempre queriendo entrar por la puerta falsa, sin arriesgar, siempre reclamando esa gran manifestación de 39 millones de españoles bajo la ventana de su despacho en Alcalá 14, gritando al unísono ¡Mario, sálvanos!

No sé qué hacer, repite día y noche después de su salto adelante del Vaticano, de la ENA, de la conferencia de la CEOE, es necesario seguir aunando esfuerzos en la sociedad civil, un mar de dudas, vamos a ver qué pasa con la posible operación con el Banco Popular, y con mi pacto con Godó y Polanco. Vamos a seguir trabajando en construir las relaciones con el Gobierno y el partido, voy a seguir por mi camino, sobre todo porque no tengo otra alternativa, aunque esta olla a presión me acaba cansando.

Mario Conde y Felipe González se ven las caras en la entrega de premios de *Tiempo*. El aquelarre preparado por Pepe Oneto para celebrar el décimo aniversario de su revista resultó un éxito. La Royal Philarmonic Orchestra de Londres ofreció el 17 de febrero un concierto en el Auditorio Nacional de Música de Madrid, y Oneto, ¡oh cielos!, consiguió la presencia del presidente; Felipe no dio el sí de las niñas hasta última hora y con una condición.

—Que no me sientes al lado de Conde, ya sabes, no es por nada, pero allí habrá un montón de fotógrafos y se puede malinterpretar.

—No te preocupes, que eso te lo arreglamos entre Antonio Asensio y yo.

Poco después de las siete de la tarde llegó Felipe y su séquito, a tiempo para recoger su premio de «mejor político de la década», siempre cumplimentado por Asensio. Cerca ya de las siete y media, hora marcada para el inicio del concierto, Oneto salió a esperar la llegada de don Juan de Borbón, vete tú, Pepe, que ya me quedo yo con Felipe, y cuando el director de *Tiempo* regresó a la fila uno de platea tras dejar instalado al conde de Barcelona en el palco de autoridades, pudo ver con horror a Conde sentado al lado de González, el presidente le lanzó una mirada de odio, me la has jugado, mamón, haz algo, y Oneto, ni corto ni perezoso, se dispuso a arreglar el entuerto.

—¿No te importa levantarte, Mario?, es que éste no es tu sitio.

—¿Cómo que no es mi sitio?

—No, tú te sientas aquí, a mi izquierda y al lado de Lourdes.

Felipe aguantó todo el concierto, Mozart, Bizet, Rossini, Chaikovsky, Strauss, es un hombre que difícilmente se relaja, quería escapar pero la orquesta ofreció dos bises entre el entusiasmo de Oneto y por favor, Pepe, deja de aplaudir que si no estos cabritos no terminan nunca.

Felipe había tenido tiempo de charlar brevemente con Mario, sería la primera y la última vez que se vieran en público. El presidente estuvo particularmente amable:

—Tengo las mejores impresiones de tu almuerzo con Narcís, y me gustaría tener ocasión de charlar contigo.

—Cuando quieras. Me tienes a tu disposición.

—Te llamaré en seguida.

Pero el gallego sabe que la simpatía de Felipe no significa gran cosa, éste es muy capaz de ser amable contigo en público y luego ponerte a parir en privado, y eso de que quiere hablar conmigo, pues bueno, habrá que verlo, porque ya lo ha dicho varias veces y luego se ha quedado en nada.

Un acto interesante, una conversación agradable y poco más. A éste le ha tenido que sentar regular mi maniobra en *La Vanguardia*, y es posible que ello afecte a nuestras relaciones futuras, pero no puedo hacer nada para evitarlo. O se convencen de que realmente puedo colaborar con el Gobierno, o no hay nada que hacer. Ya llevo mucho tiempo indicándolo. No puedo hacer nada más.

El problema es que ahora he conseguido los tres elementos de poder: económico, comunicación social y opinión pública. Esto significa, además, poder político; es posible que ellos, perfectos conocedores de la importancia de esta estructura de poder, quieran destruirla en lugar de intentar conseguir mi colaboración. En ese caso tengo que estar preparado; yo seré siempre quien soy y no voy a renunciar a mis ideas, pero eso no significa que no pueda colaborar con ellos, siempre que su actuación sea leal.

No sé si puedo creer en su lealtad después de todas las putadas que me han hecho y de lo que conozco de ellos, pero lo probaré una vez más por la estabilidad del sistema. Su problema es que todo el edificio construido en 1982 se les está desmoronando sin que, borrachos de soberbia, se den cuenta de lo que ocurre a su alrededor.

Mario cree que el PSOE asentó su poder en el 82 sobre tres pilares: Primero, los votos. El apoyo aplastante de más de 10 millones de españoles les proporcionó un poder político incontestable. Segundo, los intelectuales, que en su inmensa mayoría apoyaban al socialismo porque su fermento conceptual era de base marxista. Y tercero, el poder económico, construido a su vez sobre dos subpilares: uno, el Banco de España, o mejor, un grupo de señores pertenecientes a la *biutiful pipol* que desde el Banco de España y desde los tiempos del franquismo venían arrogándose la ortodoxia en materia de política económica. Ellos eran los definidores del dogma. Ellos, hechos fuertes con la llegada del PSOE al poder, eran quienes tenían la verdad en economía, los únicos competentes para decir qué es lo que debía hacerse en la materia. Formular críticas a la política económica era, antes que nada, una irreverencia, una herejía, algo que los inquisidores económicos no podían tolerar. Por eso yo fui y en parte sigo siendo un hereje. Y dos, la banca y los principales empresarios de este país, una tropa rendida al PSOE, sencillamente vendida al PSOE por entender que debía humillarse ante el poder.

Todo esto se ha desmoronado, reflexiona el banquero. Ya no tienen ni tendrán mayoría absoluta y perderían las elecciones si de verdad existiera en la oposición un líder con algo de carisma. Los intelectuales han desaparecido, abrumados por el fracaso de los modelos marxistas, y los mandarines del Banco de España están escondidos bajo las piedras tras el estallido del escándalo Ibercorp. Ya no tienen el monopolio del dogma, y nueva gente aparece y opina cada día con mayor libertad. Y tampoco tienen ya a toda la banca ni a todos los empresarios.

El problema es que el viejo orden se desmorona sin que aparezca nítidamente otro capaz de sustituirlo. Por eso vivimos momentos de caos, una situación que se ha repetido multitud de veces a lo largo de la historia en momentos de cambio, de descomposición de los imperios que en el mundo han sido.

A primeros de marzo del año olímpico, del año de la Expo sevillana, la revista *El Siglo* publica una historia que causa notable revuelo: Felipe quiere irse. El culebrón reverdece. El santón maniatado en Moncloa por culpa de los españoles, ha llegado ya al límite de su sacrificio por España. Serra, el sucesor designado, capitalizaría así los éxitos del 92 y afrontaría las próximas elecciones con al menos un año de experiencia.

Una situación que confirma Mario, y pone sus nervios a cien por hora, de nuevo el frenesí, el 12 de marzo desayuna con José María Cuevas en Banesto, el de la CEOE advierte, ¿pero tú crees que eso de salir todos los días en los periódicos, ese rumor constante de que estás en una operación política, tú crees que eso es bueno para ti? Pues no puede serlo, Mario, porque para un presidente de un banco que tiene problemas eso es fatal, te acabarán colgando todos los rumores y todas las historias, y al final no sólo vas a tener la enemistad de un partido político, el que está en el poder, vas a acabar teniendo la enemistad de todos los partidos políticos, o de los dos partidos mayoritarios.

—Oye, te juro que yo no hago nada, que no me canso de desmentirlo...

—Mario, puede que tú no hagas nada, pero mientras tengas colaboradores como Segurado, gente que viene de la política, pues sabes que eso es lo que te va a pasar, es inevitable, porque este muchacho no sabe hacer más que conspirar...

La presencia de José Antonio Segurado al lado del banquero era, efectivamente, un motivo de permanente sospecha para el «todo Madrid»: si de verdad no piensa dar el salto a la política, ¿para qué quiere a Segurado?

Pero llegan las elecciones catalanas y los secretos deseos del banquero no se confirman. El 15 de marzo Convergència i Unió vuelve a ganar por mayoría absoluta, mientras el PSOE pierde dos escaños, y el PP sube uno. La debacle aznarista no se produce. Por el contrario, el deterioro de los socialistas daña irreversiblemente la imagen de Narcís Serra, que en ausencia de González fue quien dio la cara electoral en Cataluña.

El inquilino de La Moncloa se convence entonces de que Serra no ganará nunca ni a las canicas. Su futuro está en los trabajos de fontanería por las alcantarillas del Estado, las escuchas telefónicas, los *dossiers* y otras labores de similar porte.

La debacle del Partido Socialista francés en las regionales y cantonales del 19 de marzo, tiene un efecto reflejo perverso para el PSOE a este lado de los Pirineos. La estrella del socialismo declina a gran velocidad en toda Europa. En España las encuestas sitúan al Partido Popular a 8 puntos del PSOE, superando por primera vez la barrera del 30 por ciento, y don Mario Conde se siente como gato enjaulado, se cumple la mitad de su análisis, el PSOE se viene abajo, pero Aznar parece resurgir cual Ave Fénix, componiendo una situación que sumerge al gallego en plena esquizofrenia política.

¿Qué hará? Justo lo contrario de lo que haría una persona con los pies en el suelo: reconocer la realidad, y aceptar que la estrella de Aznar comienza a ascender en el horizonte, lo que le obligaba a cambiar de estrategia política. En su lugar, y por culpa del desprecio intelectual que siente por el líder del PP, Conde seguirá ninguneándole, engañándose, haciéndose trampas en el solitario, es difícil saber lo que va a suceder, tengo las ideas claras, conozco mis aspiraciones y deseos, mis motivaciones íntimas, y sé que la verdadera misión pendiente en España es la construcción de una sociedad civil que acerque el concepto de democracia formal al de libertad real.

Aznar tiene miedo de que me dedique a la política, y lo tiene porque sabe que existe una demanda social en esta dirección. Me va a resultar imposible evitar la enemistad de los cargos del Partido Popular. La situación no es agradable. Una vez más los fantasmas tienen vida propia y generan consecuencias propias, poco importa que no sean más que eso, fantasmas.

La situación no es muy tranquilizadora. Por un lado tengo la enemistad perpetua de algunos miembros del Partido Socialista, que se corresponden con los que han quedado manchados como consecuencia de la crisis de Ibercorp. Por otro es posible que haya gente del Partido Popular a quien le gustaría mi desembarco en la política, pero el aparato actual está claramente en contra de esa hipótesis, aunque sólo sea por su propio interés personal. Eso provoca una situación de base peligrosa para mí.

Me conviene mantener la calma. El problema no reside en que quiera o no dedicarme a la política. El fondo del asunto se encuentra en que sin líder alternativo el país camina hacia el vacío, y sabemos que éste no existe en el universo porque tiene tendencia inmediata a llenarse. Pero mucha gente quiere mantener viva la llama de la esperanza, y pretende que sea yo quien lo llene. Es la inexistencia de liderazgo lo que acelera esa sensación de vacío, y consiguientemente las especulaciones sobre mí.

Pero ni siquiera tengo la seguridad de poder ganar en el caso de que decidiera dar el salto hacia delante. Estoy enfrentado, pues, a una situación incómoda, peligrosa y un tanto kafkiana, que no veo manera de controlar, que me preocupa, pero ante la que sólo me queda esperar acontecimientos.

La verdad es que este exceso de tensión repercute sobre mí y sobre mi vida familiar. Mi mujer no quiere ni oír hablar de política, y en algunos momentos siento la sensación de cansancio moral. Son ya casi cinco años peleando por este banco que estaba quebrado moralmente y casi económicamente, y por sacar adelante el proyecto de corporación industrial. Todo ello en medio de esta serie sucesiva de fantasmas sobre mí.

Me pregunto por qué sigo luchando. ¿Merece realmente la pena? Me muevo en el borde de un precipicio, y eso acaba por afectar los nervios del más templado. Todavía me controlo, pero en momentos de debilidad me pregunto si no sería mejor abandonarlo todo de una vez y vivir un poco más relajado. Tengo muchas cosas materiales que apenas uso, y mi vida podía ser mucho más feliz y tranquila de manera más simple, pero este es mi destino y no encuentro forma de cambiarlo.

En todo caso, mi calvario continúa. Barrunto que el asunto Ibercorp va a traerme problemas. Veremos qué ocurre, aunque espero que los enfrentamientos internos del Partido Socialista me ayuden.

No iba a necesitar esperar mucho tiempo para saberlo. La cola de un ciclón llamado Ibercorp tendría consecuencias insospechadas para la carrera bancaria y política de Mario Conde. Rubio, De la Concha y otros afectados por el caso, con Carlos Solchaga al frente, no dudan en asignar al gallego un papel estelar en la paternidad del asunto, después de que el de Banesto, como también hiciera Botín, se negara a comprar Ibercorp [5], lo que hubiera servido para cortar de raíz el escándalo.

[5] Refiriéndose a Mariano Rubio e Ibercorp, Mario Conde afirmó aquellos días que «entre los cometidos del gobernador no está buscar comprador para un banco». Sólo que Rubio tenía muy buenas razones para intentarlo con Ibercorp.

Tras esa negativa, a Emilio Botín le estalla en las manos el asunto de las cesiones de crédito, un proceso desestabilizador de gran calado que colocó al banquero santanderino contra las cuerdas, y a Mario Conde, presidente, al contrario que Botín, de un banco plagado de problemas, intentan llevárselo por delante por el expeditivo método de cortarle la financiación en el mercado interbancario de la noche a la mañana.

El gallego se asustó de verdad. Era la señal que le faltaba para saber que sus tradicionales enemigos del eje Banco de España-Ministerio de Economía no estaban dispuestos a cejar hasta ver sus huesos en tierra. Su única vía de salvación estaba en la política. Ahora ya no le quedaba más remedio que, más pronto o más tarde, dar el salto definitivo.

Había que recoger la idea, tantas veces apuntada por Luis María Ansón, del tercer partido, producto de una reflexión elemental: cualquier partido que saque en España entre veinte y treinta diputados, se convierte en el árbitro de la situación política.

¿Y qué partido tiene posibilidades de convertirse en ese árbitro? El CDS. Pero no ese cadáver que Calvo Ortega pasea por las urnas como un fantasma ruandés, sino un CDS redivivo, que cuente de nuevo en sus filas con la fuerza y el gancho electoral de Adolfo Suárez.

Es una operación que sólo se puede hacer con dinero. Adolfo estaba entonces atravesando problemas serios. Había que seducirle. ¿Cómo? Ayudándole a superar el trago. Con dinero todo, o casi, se arregla. ¿Que el renacimiento del CDS me cuesta 500 millones al año? Muy bien. Se trata de que, a cambio, Suárez se decida a volver a la presidencia, y que en un determinado momento me dé el relevo al frente del partido, con Adolfo de reina madre, embajador plenipotenciario, o lo que fuere menester.

Era un planteamiento muy calculado, que empieza a ponerse en marcha en el otoño del 92, tras los tremendos embates que Mario sufre como consecuencia de Ibercorp. El entorno de Mario contacta entonces con Punset, con Arturo Moya en Andalucía, y varios notables más con el objetivo de dar volumen a una operación que sigue viva a primeros del 93; de hecho la presencia de Adolfo Suárez en la ceremonia del doctorado *honoris causa* de Mario es enormemente significativa, porque ambas partes seguían enfrascadas en plena negociación.

Pero la convocatoria de elecciones generales en la Semana Santa del 93 truncaría los planes de Conde.

Mucha gente, no sólo en los medios de comunicación, le encuadraban ya en la política. Las presiones ejercidas sobre él suben de tono a lo largo de la primavera, el banquero se manifiesta preocupado, víctima de sus propias incertidumbres, parece que todo el mundo, se queja con falsa modestia, se ha puesto de acuerdo en pedirme que dé el paso, constantemente me asaltan, incluso me dicen que disponen de encuestas en las que queda claro que la única alternativa real a Felipe sigo siendo yo. No me las creo, la verdad, aunque tengo que reconocer que noto un aprecio en la sociedad española hacia mí realmente notable. Pero el problema no es si me dedico o no a la política. La cuestión es otra.

Dispongo de poder económico, de poder informativo y de una dimensión política evidente en la sociedad española, pero ocurre que esa dimensión no se traduce en un poder político organizado, es decir, mi proyección política no está organizada a efectos de ejercer el poder que de ella podría derivarse.

Esto supone para mí una situación peligrosa, estoy sentado sobre un barril de pólvora, puesto que mi dimensión política es directamente proporcional a la inquina de mis enemigos. ¿Quiénes son ellos? Pueden serlo tanto el PSOE como el PP. El primero porque, obviamente, yo no soy socialista. El segundo, porque ante un hipotético nuevo fracaso electoral, la única alternativa, el único hombre capaz de conciliar las voces discrepantes en la cúpula del PP, soy yo. Por eso se podría dar la paradoja de un acuerdo entre PSOE y PP contra mí, un pacto para matarme, y esto no es una mera especulación intelectual.

Poco podía sospechar Mario Conde que esta intuición de la primavera del 92 iba a convertirse en una realidad apenas año y medio después. A primeros de mayo, el presidente de Banesto critica con dureza a Aznar a cuenta de la decisión del Partido Popular de abstenerse en la votación parlamentaria del Plan de Convergencia[6].

La fosa entre Mario Conde y José María Aznar se había hecho insalvable. Apenas unos días antes del 1 de mayo, ambos habían almorzado juntos en Jockey, con Rafael Ansón, uno de los hombres que trabajan en el entorno de imagen del banquero, de

[6] Conde pide coherencia a los populares, y dice que no se puede pedir una reducción del gasto y al mismo tiempo oponerse al famoso «decretazo».

componedor en un encuentro casi a cara de perro destinado a conciliar lo irreconciliable.

También Cuevas arremete contra Aznar con motivo del trámite parlamentario del Plan de Convergencia, al afirmar que el PP está lejos de construir una alternativa a las propuestas del Gobierno[7].

Las incursiones de Conde en temas políticos escuecen cada día más en el PP. Subido al carro de los «euroescépticos», el de Banesto pide la convocatoria en España de un referéndum sobre Maastricht, inmediatamente después del «no» danés al tratado. Los sueños europeos de Felipe González, a quien los sindicatos acaban de obsequiar con otra huelga general el 28 de mayo, se desvanecen.

Cada día más acosado por sus teóricos aliados naturales, el del PP contraataca, enviando un mensaje a Conde, «nosotros defendemos a todos los españoles, mientras él sólo cuida sus propios intereses», y otro a Cuevas, «algunos juegan un papel que no les corresponde».

¿Era inevitable el choque?

Seguramente, tratándose de dos temperamentos radicalmente contrapuestos. Aznar representa el caso del político novel, que durante años debe realizar un esfuerzo descomunal para hacerse con las riendas de un partido en el que nadie daba dos duros por él, y que cuando está a punto de conseguirlo, ve aparecer por la puerta la amenaza de un tipo que llega aureolado con la vitola de triunfador, un número uno lleno de *glamour* que quiere moverle el sillón... Con alguien tan desconfiado como Aznar, el enfrentamiento estaba servido.

Aznar es un hombre ambicioso, condición *sine qua non* para dedicarse a la política, y es, además, enormemente calculador y frío, con una frialdad que a veces llega a asustar. Frente a él se encontraba un tipo con mayor ambición si cabe, con bastante más prestigio social, y seguramente con mucha más capacidad, habilidad y formación que Aznar, pero que se rodea de un equipo de

---

[7] «A estas alturas —afirma Cuevas— no sabemos cuál es la alternativa del PP al programa del Gobierno. Aznar debería decir ante estos temas concretos qué haría él si estuviera en La Moncloa y, sin embargo, juega a ser más progre que González.» Apenas dos días después, el PP presentaba su alternativa al Plan de Convergencia, basada en una importante reducción de los impuestos directos y en una amplia política de privatizaciones.

colaboradores que al final le llevan al desastre, un equipo mediocre que le conducirá entre alabanzas al despeñadero.

José María Aznar, obligado a cubrir dos flancos, se entrevista el 11 de junio con Cuevas, en un intento de limar asperezas. La CEOE ha pedido al líder popular que abandone la estrategia de confrontación con el Gobierno porque «perjudica a España», al tiempo que demanda un pacto de Estado entre los dos partidos mayoritarios. En el curso de esa entrevista, Cuevas vuelve a insistir en esa idea de pacto, lo que Aznar, con buen criterio, rechaza por imposible. El encuentro tiene momentos de acritud.

—Eres víctima de los mismos males que Felipe, José María, con la diferencia sustancial de que él está en el poder y tú en la oposición.

—Sí, porque no seguimos tus consejos... Claro que si los hubiéramos seguido a estas horas nos habríamos ya cargado la democracia española con esos pactos de Estado tuyos.

—Tú, José María, tienes que preguntarte si estás en condiciones de plantear una alternativa seria a Felipe, con un equipo de gente válido y coherente.

—No te quepa la menor duda.

—¿Tú crees que sí?

—Sí.

—Pues si de verdad lo crees, entonces debes lanzarte a una oposición parlamentaria dura e inmisericorde, y te aseguro que en seis meses te los cargas. Pero si es que no, a lo mejor te conviene que éstos duren dos o tres años para darte tiempo a prepararte...

Cuevas tiene a Conde en la recámara, pero tampoco sabe si jugar decididamente esta carta. El entorno personal de Mario espanta a mucha gente.

El nerviosismo que produce el fantasma de Mario Conde es, por aquel entonces, uno de los escasos puntos de coincidencia entre PSOE y PP. En el Partido Socialista está cada vez más extendida la idea de que si Aznar no consolida su liderazgo, Conde se convertirá en la próxima alternativa a Felipe González, y por eso los latigazos al banquero llevan toda la intención del mundo: «Las incursiones de Mario Conde en política son una cortina de humo a los problemas que tiene su banco», asegura la portavoz del Gobierno, Rosa Conde.

Pero Aznar no estaba para juegos florales, aquí había mucho que hacer como para perder el tiempo en peleas de salón, había que unir el partido y ponerlo en marcha, había que remozar completamente la oferta política y hacerla atractiva para nuevas capas de españoles, y había, por supuesto, que llegar al Gobierno. Con tanto trabajo por delante, no quedaba tiempo para ocuparnos de las idas y venidas de Conde, es más, cualquier actividad que pudiera perturbar esa línea de trabajo era vista como un retroceso intolerable en las metas marcadas.

¡Mario se equivocó de medio a medio con nosotros! Despreció un dato capital de esta casa, y es la homogeneidad de la gente que la gobierna desde el 89, gente que conforma una generación nueva, con una característica común: lleva años en política, conoce la vida de partido y ha vivido desde joven todas las guerras internas que han lastrado el centro-derecha español durante muchos años. Es gente, pues, vacunada contra las conspiraciones, y eso le da una fuerza enorme de solidaridad interna.

Cualquier planteamiento de desembarco en el centro-derecha desde el exterior hubiera sido considerado como una ofensa para la inmensa mayoría de este partido, un planteamiento poco serio, pero, cómo, ¿que va a venir un tío de fuera que se dice muy listo a enmendarnos la plana, a arreglar esta casa, presuntamente ocupada por gente tan poco seria y profesional? No, hombre, ni hablar, aquí no necesitamos ningún salvador, aquí nadie le ha llamado a usted... Las diez o doce personas clave de esta casa jamás hubieran consentido la llegada de un *parachutado* desde arriba, incluso en el caso de que a mí me hubiera pasado algo.

Claro que todo esto le venía bien al PSOE. Yo estaba al cabo de la calle, porque Felipe González ha intentado tantas veces desestabilizarnos... ¡Ha llegado a utilizar a Fraga poniéndole la alfombra! Es que hay que conocer las malas artes de don Felipe González, y para mí estaba claro que Conde era un intento más de manipulación del centro-derecha desde las filas del PSOE. Yo llevo diecisiete años en política, y es difícil que me la den con queso. Dicho eso, en este partido no se podía perder ni un minuto, insisto, en seguir la pista de nadie, con todo lo que había que hacer. Por eso yo siempre he despreciado las historias que han venido a contarme sobre Mario Conde. ¡Hay una cosa que no perdono nunca: la frivolidad!

La figura del banquero seguía despertando la curiosidad de la prensa extranjera. El diario económico *Financial Times* afirmaba que «Mario Conde es, desde 1988, la personalidad más controvertida de España, y hasta Felipe González le critica en público». «Los medios de comunicación han decidido que Conde podría convertirse en el primer presidente conservador de España elegido democráticamente, si González decidiera retirarse.»

Mario está en todos los mentideros, pero los mentideros ignoran el drama íntimo del banquero, que ha arrinconado definitivamente los consejos de Cuevas, dos o tres reuniones hablando de lo mismo, diciéndole, hombre, Mario, que no deberías mezclarte en política, que tendrías que estar saliendo con una imagen muy nítida de impulsor, de hombre preocupado por el futuro político del centro-derecha, pero alejado de la política, no actuando directamente en política...

Pero Mario no quiere ser Rockefeller. Mario prefiere ser Reagan, y mucho más todavía, Agnelli. Mario deriva hacia el esquema del *avocatto*, que es cosa muy distinta, es la intervención descarada en el juego político, unas veces directamente, otras a través de testaferros, incidiendo, cortocircuitando, financiando, persiguiendo, en definitiva, el control político descarado, allí de Italia, aquí de España.

El 8 de julio, el gallego lanza en Buenos Aires una dura andanada contra Aznar: «La derecha no tiene imagen para ganar al Gobierno, aunque González no se presente», al tiempo que dedica flores a González, «uno de los grandes políticos del siglo».

Aquella mañana José María Aznar se desayunó con las declaraciones de Conde mientras volaba en un avión de Iberia camino de Canarias. A su lado iba sentado su jefe de gabinete.

—¿Qué te juegas, Antonio, que al llegar a Tenerife nos encontramos con una llamada urgente de José Antonio Segurado diciendo que esas declaraciones son falsas y nunca se han pronunciado?

Dicho y hecho, en el propio aeropuerto Reina Sofía estaba esperando la llamada de Segurado.

—Y te digo más —aseguró Aznar a Cámara—, éste no ha hecho declaraciones como tal, sino que ha sido un comentario realizado en una cena, que alguien ha sacado luego del tiesto.

Desde la isla canaria Aznar pidió a Conde prudencia en sus manifestaciones, la misma que él empleaba para «no comentar con alegría situaciones de dificultad que pueden atravesar determinados grupos en el mundo financiero».

—Es el único aviso que yo he enviado a Conde, porque nunca le he respondido.

En plenos Juegos Olímpicos, la situación económica comienza

a hacer agua, en un clima de abierta división en el PSOE. La economía española atraviesa los peores momentos desde el inicio de la década de los ochenta. El Plan de Convergencia se ha convertido en papel mojado, y la peseta está a punto de iniciar su calvario en la senda del Sistema Monetario Europeo (SME).

El *Herald Tribune* realiza, en primera página, un diagnóstico durísimo sobre la situación española[8]. Unas semanas después, el Banco de España, tras pignorar buena parte de las reservas de divisas, no puede impedir que la peseta se devalúe en un 5 por ciento en el primer *round*, lo que, según Solchaga, «es culpa de los especuladores». La crisis monetaria pone en solfa la validez del SME y del propio Tratado de Maastricht, que poco después resultará herido de muerte en el referéndum francés, donde la práctica mitad del electorado dice «no» al tratado.

El intento de construcción artificial de Europa, al margen de los pueblos, fracasa. La «nueva frontera» del felipismo se desvanece entre la indiferencia colectiva.

A la vuelta de septiembre, Juan Español se enfrenta cariacontecido a la dura realidad de un país sobre el que ha caído el telón de las celebraciones del 92. Se acabó la fiesta, y ahora habría que empezar a trabajar en serio, pero el final de los fuegos de artificio sorprende al país sin reservas morales, sumido en ese pesimismo cíclico colectivo tan familiar a los españoles, con un Gobierno agotado y dividido y una economía en bancarrota.

Es el choque con la dura realidad. Conde cree que el problema básico del país sigue siendo la sucesión de Felipe González, sus servicios de información le dicen que Felipe no quiere presentarse a las elecciones, víctima del agotamiento, de las dificultades del partido y, sobre todo, de los problemas familiares. Ha hablado con Guerra. A Alfonso le gustaría que su antiguo amigo fuera de nuevo cabeza de lista, aunque lo duda, porque es víctima de una crisis aguda de pesimismo. Felipe, abrumado por el peso de la púrpura, cree que es el único que tira del carro en este país, el gran sacrificado, el árbitro de un partido dividido, el Moisés que va a hacernos cruzar el mar Rojo de la crisis de la desidia nacional...

[8] El rotativo afirmaba que «el país empieza a desencantarse con la democracia, como consecuencia de un clima de corrupción generalizado, un Gobierno autoritario, un Partido Socialista dividido, una economía con grandes fallos y una oposición inexistente».

Pero, si finalmente decide no ser candidato, la situación no representaría ningún problema fundamental para el partido, asegura Alfonso, que ya tiene elegido su candidato, que en ningún caso sería Narcís Serra.

¿Qué puede pasar en las urnas si Felipe da la espantada? La hipótesis le hace consumir horas de febril actividad mental. No descarto un vuelco electoral, aunque lo veo difícil. Lo más probable es que el PSOE baje, teniendo que pactar para gobernar, y que el PP suba, pero no como para ser considerado una auténtica opción de Gobierno. Lo más probable es que Felipe González se presente y luego, cuando pase algún tiempo, se retire para ceder los trastos a un sucesor. Lo más probable es que si fracasa el PP, Aznar tendrá los días contados. Lo que es seguro es que el país se enfrenta a una ausencia de liderazgo alarmante, y que esta situación anuncia problemas para mí en cualquier circunstancia, aunque me gustaría equivocarme.

En el mes de septiembre del 92 Mario y Felipe se encuentran de nuevo en La Moncloa. Yo le expuse con toda claridad mi opinión sobre la situación crítica del país, pinté un cuadro muy duro y él no estaba de acuerdo, no señor, es cierto que hay problemas, sí, claro que los hay, pero vamos a salir adelante, la cantilena de siempre, la situación económica va a cambiar...

Tenía que pedirle un favor, quiero arreglar de una vez lo del Totta & Açores, quiero que el Gobierno portugués reconozca oficialmente nuestra mayoría, para España es una operación muy importante, en realidad es la primera operación multinacional que hace de verdad un banco español, Banesto y Totta son el embrión de un gran banco en el sur de Europa, pero el Gobierno de Cavaco Silva está que echa las muelas, el Totta no puede dejar de ser portugués, y le he pedido a Felipe que escriba una carta a Cavaco, los portugueses tendrán que ceder, no pueden reclamar la integración en Europa y luego poner barreras a la libre circulación de capitales.

Hablamos del señor Aznar, sigo inspirando desconfianza en el señor Aznar, y a mí me inspira desconfianza la gente que rodea a Aznar, le hablo de las fuerzas regresivas de la derecha, a Felipe sigue sin gustarle Aznar y no lo dice como rival político, lo cual sería lógico, sino como hombre de Estado que sabe que algún día, quizá muy pronto, tendrá que ceder los trastos a un partido de derecha.

Hablamos de su propio partido, de las divisiones, de las consecuencias de tales divisiones. Felipe trató de restarle importancia, y a la salida, al despedirme en la puerta de La Moncloa, me dice:

—Y no te preocupes, Mario, que en el Gobierno no hay divisiones ni facciones.

El banquero se le queda mirando fijamente unos segundos.

—Y si hay divisiones, las cerraré... —añade, contundente.

—Eso ya es otra cosa —replica Conde—, pero no creo que te resulte fácil acabar con las divisiones. Te digo más, ten cuidado, porque las divisiones pueden acabar contigo.

Transcurrirá más de medio año antes de que el gallego vuelva a encontrarse con el presidente del Gobierno: a menudo me preguntaba en qué podía haberle ofendido, quizá fui profético, no había divisiones, decía, cuando resulta que las divisiones no han dejado de agrandarse en el tiempo, por eso tal vez le resulte incómodo mirarme a la cara y tener que reconocer que acerté en eso como en otras muchas cosas.

¿Por qué no ha vuelto a recibirme? No me fío de Felipe. Reconozco que es un político importante en la historia de este país, pero a nivel personal no me fío de él. Probablemente porque no lo conozco lo suficiente, pero no me fío, y por eso no puedo apoyarlo, en el supuesto, naturalmente, de que necesitara mi apoyo. Y estoy convencido de que mi apuesta por Felipe resultaría letal para Aznar. Pero no se trata de eso. Es que, sencillamente, no me fío.

Mi drama es que tampoco puedo apoyar públicamente a Aznar. Primero porque no se entendería. Segundo porque estoy convencido de que es una buena persona, un hombre de buena voluntad, pero no un líder y creo que hoy por hoy la sociedad española reclama líderes. Sus últimas declaraciones diciendo que ofrecía el Gobierno a Pujol si ganaba las próximas elecciones, han caído como una auténtica bomba; es posible que a nivel del ciudadano corriente no tengan demasiado impacto, pero entre la clase dirigente han sido consideradas como un error de tamaño descomunal. Definitivamente no es un líder, y ojalá lo fuera, porque muchos de mis problemas desaparecerían, pero por más que lo intento no puedo imaginarlo como un líder.

Casi al tiempo que González descorría el velo de sus intenciones, anunciando su candidatura a las elecciones del 93, el prestigioso *The New York Times* volvía a analizar el papel político de Mario Conde en un amplio artículo titulado «Los ojos de España puestos en un banquero» [9].

A finales de 1992, en una nueva oleada de apariciones en prensa —entrevista en el diario *El País* y en la revista *Tiempo,* entre otras— el banquero da un nuevo impulso a su carrera a ciegas hacia ninguna parte, exigiendo, en nombre de la situación económica, el adelanto de las elecciones.

La confusión que dimana de ese liderazgo entre social y político, y los enemigos que le proporciona, no hace sino acarrear problemas sin cuento a Banesto. A menudo se muestra cansado de este permanente ejercicio de tensión, la inspección del Banco de España en este final del 92 ha sido muy dura con el banco, ha podido lograr un armisticio, pero está agotado,

He tenido una conversación con José Antonio Segurado donde he empezado a explicitarle una serie de sentimientos. Le he dicho que estoy empezando a interrogarme sobre mi presencia en el banco. Yo no quise ser presidente de Banesto. Este no era mi proyecto personal cuando decidí invertir aquí, pero no tuve más remedio que hacerme cargo porque la situación del banco lo exigía.

Este banco estaba moral y patrimonialmente quebrado y el esfuerzo para levantarlo ha sido enorme. No puedo decir que todo esté terminado, pero la gran mayoría de los problemas han quedado resueltos, y ninguno de los que están pendientes son de vida o muerte en la entidad.

Por eso en cierta medida mi misión está cumplida. Y la pregunta es ¿qué es lo que me mueve a seguir trabajando aquí?, ¿qué hago aquí?, ¿para quién trabajo? Obviamente la respuesta no es para mi patrimonio o el de mi familia, porque podría ganar mucho más dinero si gran parte de mi fortuna no estuviera invertida en este banco.

---

[9] El diario neoyorquino afirmaba que «el presidente de Banesto sigue fascinando a los españoles. Algunos miran hacia él como la personificación del enriquecimiento fácil, que ha dejado tambaleando a la economía. Otros le comparan con Ross Perot, alguien que, desde fuera del sistema, podría dar el salto en el momento adecuado para salvar a España de sus políticos».

El rotativo asegura que Conde «se ha convertido en el látigo público de la política económica del Gobierno», una política que está dejando una impresionante estela de parados (100.000 nuevos desempleados durante el tercer trimestre del 92, y lo peor estaba por llegar), resaltando la sagacidad del banquero para hacerse fotografiar al lado del Papa o de Margaret Thatcher.

Decir que trabajo para los accionistas o para la sociedad española es algo tan etéreo como difícil de justificar. Se habla de mi papel como líder social, pero, por desgracia, la sociedad española no está habituada a aceptar estos liderazgos sociales sin tendencia inmediata a transformarlos en liderazgos políticos, y ése es mi problema: si sigo con este papel, de vez en cuando tendré que hacer declaraciones, y estas declaraciones tendrán algún tipo de contenido político, y la respuesta será política, y se traducirá en ataques sobre el banco.

Estoy cansado, y no quiero otros cinco años como los que he vivido. Es posible que las relaciones con el Gobierno se recompongan, pero a la mínima manifestación mía vendrá una reacción política, sobre todo porque parece una evidencia que Aznar no tiene ningún futuro, y el tiempo se encargará de demostrarlo.

Por eso mi liderazgo social me genera enemistades en el PSOE y en el PP. Es un precio muy alto el que tengo que pagar. El coste de enfrentarme a todo el mundo para seguir siendo «líder social», resulta insoportable. Y si eso no puede ser, me tengo que preguntar qué es exactamente lo que hago aquí. La respuesta es muy difícil. En fin, estas cosas están tomando cuerpo en mi cerebro. Poco a poco avanzan. Y tengo que resolverlo, porque me conozco a mí mismo y sé cómo reaccioné en situaciones límite anteriores. Yo no creo que me quede pequeño Banesto. Es que empiezo a no encontrar sentido a lo que hago.

CAPITULO SEIS

EL ASALTO AL CUARTO PODER

La estancia de la familia Conde en Tenerife ha sido un éxito, lo hemos pasado muy bien con el matrimonio Polanco, me ha dado la impresión de que Jesús es un tipo de palabra, un hombre estupendo, amigo de sus amigos, y por si fuera poco Mariluz y Lourdes se han caído de maravilla.

Unas vacaciones que no olvidaremos fácilmente, Navidad del 91, hemos paseado, hemos hablado mucho, yo le he expuesto mis ideas con toda franqueza, ¿es legítimo buscar mayores concentraciones de poder para encontrar mejores y más estables negocios? Yo creo que sí, estoy seguro de que sí, sobre todo en un entorno que, como el español, deja de ser pequeño para encuadrarse en un sistema europeo, con relación al cual hablar de concentraciones a la española no deja de provocar cierta risa. La verdad es que entre Jesús, Matías y yo no hemos llegado todavía a plantear el problema con la claridad expositiva que yo lo veo, pero espero que sea capaz de entrar en este derrotero, porque de otra forma no será posible un acuerdo estable con él.

Si Jesús y yo pactásemos, nuestra capacidad de influencia en los problemas fundamentales del país sería tremenda, y si lo hacemos correctamente, dispondremos de muchas oportunidades para hacer negocios internacionales para nuestro grupo y para nosotros; este es el auténtico sentido del pacto y lo demás son coñas marineras; espero que algún día lo comprenda sin necesidad de que se lo explique.

El hombre que había decidido jugárselo todo a la carta del liderazgo político y social necesitaba hacerse fuerte en los medios de comunicación, especialmente en prensa escrita y televisión, si quería llegar a La Moncloa. A principios de 1991, Mario Conde puso en marcha su diseño de toma de posiciones en el sector.

Se trata de una doble operación de blindaje personal e institucional. Por un lado refuerza su papel de líder social. La vida política oficial se arrastra mortecina, a consecuencia de las mayorías parlamentarias socialistas y la debilidad de la oposición de la derecha. La política se está haciendo en la calle: la hacen los sindicatos, y la hace la prensa, especialmente algunos periódicos y emisoras de radio. Los medios de comunicación se han convertido en el verdadero Parlamento de papel, y en caja de resonancia de las aspiraciones sociales. La prensa es, más que nunca, el «cuarto poder», y un verdadero líder social tiene que estar firmemente anclado en ella.

Pero es también una operación de blindaje institucional. Medio año después del fiasco de la Guerra del Golfo, Mario Conde empieza a ser consciente de estar metido en un callejón sin salida. ¿Se equivocó entrando en Banesto? La hipoteca financiera heredada en el banco se está agrandando con la estrategia de crecimiento a toda costa implantada desde el 89 y que, en un momento de crisis económica, puede llevarle al suicidio.

La entrada en los medios tiene ese doble objetivo: consolidar y agrandar su imagen de líder social con capacidad para dar el salto a la política activa en un momento determinado, por un lado, y hurtar a la crítica de los medios informativos su gestión al frente de Banesto, por otro.

El diario *ABC* figuró desde el principio entre los objetivos del banquero. El periódico conservador era visto por el de Banesto como su área natural de influencia, una especie de mar Caribe para la administración estadounidense.

Mario había ido perfilando un discurso con el que, de cuando en cuando, trabajaba las defensas de Guillermo Luca de Tena: Prensa Española adolecía de una estructura financiera muy débil, y más pronto o más tarde iba a necesitar el respaldo de una gran institución como Banesto, quién mejor, ligada a Prensa Española por viejos lazos históricos, ideológicos y sentimentales.

Había, además, otra relación singular que no había pasado desapercibida para un tipo tan astuto como Conde, y es que el accionista de Banesto, sobre todo en el medio rural, es un lector típico de *ABC*. ¿Cabía mayor simbiosis?

Por si fuera poco, el banquero contaba con los buenos oficios del abogado Rafael Pérez Escolar, a la vez miembro de los consejos de Prensa Española y de Banesto.

Con estas credenciales, Mario trató ya a lo largo del 89 de hacerse con el 10 por ciento del capital de Prensa Española, en un intento amistoso que contemplaba la colaboración de Luis María Ansón.

En la operación intervino el conde de Barcelona, que realizó una gestión telefónica ante Luca de Tena.

—Guillermo, me he enterado de que Mario Conde te va a hacer una oferta muy buena, y creo que deberías escucharla, porque éste es un buen chico, y al final las dos casas han mantenido siempre lazos muy estrechos, yo creo que sería buena cosa que le atendieras.

El de Prensa Española dio cuenta inmediatamente a Luis María de la llamada, cómo le digo yo a don Juan que no, qué problema, Dios mío, qué problema...

Pero Ansón, ni corto ni perezoso, cogió el coche y se fue a «Villa Giralda», en Somosaguas, ya estaba don Juan con el cáncer que habría de matarle, su voz saliendo ronca del pozo, Ansón que trata de explicarle, esa operación sería muy mala para la independencia de *ABC*, la fidelidad de esta casa para la institución monárquica, y don Juan que le interrumpe con gesto señero:

—Pero, vamos a ver, Luis María, ¿tú quieres que entre Mario Conde en *ABC* o no?

—Señor, yo creo que es mejor que *ABC* siga siendo independiente.

—Pues ya está, asunto resuelto.

Luca de Tena recibió inmediatamente otra llamada de don Juan.

—Oye, que lo he pensado y creo que lo mejor es dejar las cosas como están; que te olvides de lo que te he dicho esta mañana, que a veces me precipito un poco...

Luca entendió el mensaje y se hizo fuerte en su negativa frente a Conde.

Sin embargo, la primera gran oportunidad para meter cabeza en *ABC* iba a llegar en agosto de 1991, como resultado del desastre que para Prensa Española supuso la aventura de *Claro* [1], un intento

[1] Luis María Ansón, uno de los hombres con más olfato periodístico de este país, se había opuesto hasta tal punto a la aventura de *Claro* que se negó incluso a asistir al acto de presentación del primer número del diario. Ansón quiso evitar una foto que, estaba seguro, meses después alguien le iba a restregar por la cara.

de diario sensacionalista al alimón con el grupo alemán Axel Springer.

El 20 de julio del 90, Ansón, que seguía con lupa el caótico caminar de *Claro*, se acercó al despacho de Luca de Tena con un par de folios demoledores.

—Te están engañando con los números, Guillermo, están vendiendo 90.000 ejemplares y no los 150.000 que dicen, y además han perdido ya 6.000 millones, y como no des carpetazo a esta aventura te llevas por delante el periódico, porque de aquí a noviembre no vas a poder pagar ni los intereses del principal que has perdido, te arruinas, Guillermo, ¡vas a tener que vender el *ABC* para poder pagar las deudas!

Luca de Tena no se lo pensó dos veces y a los quince días cerró *Claro*, apenas cuatro meses después de su aparición. Cerrar un periódico en España es una heroicidad merecedora de estatua en plaza pública, puesto que en los medios de comunicación social no rigen las leyes del mercado. En efecto, si un empresario periodístico y/o un grupo de periodistas hacen un mal producto que no consiguen vender en los quioscos, en lugar de cerrar como haría cualquier empresario de cualquier otro sector invocan la libertad de expresión, lo que normalmente significa obligar a los bancos financiadores a seguir corriendo con las pérdidas.

La deuda resultante para Prensa Española, a tenor de su participación en el proyecto, fue de 3.700 millones de pesetas, cantidad que los socios alemanes exigieron cobrar cuanto antes. Ante la urgencia del asunto, Pérez Escolar se ofreció para gestionar un crédito de Banesto.

Como avales, Luca de Tena presentó al banco el nuevo edificio de la autopista de Barcelona, en Madrid, y la sede del *ABC* de Sevilla, una garantía más que suficiente que, sin embargo, fue desestimada por Banesto. Mario Conde prefería que los Luca de Tena diesen en prenda parte de sus acciones. Así fue como el 27 de agosto del 91 la mitad más una de las acciones de Prensa Española fueron pignoradas por Banesto. La tenaza parecía cerrada.

A la vuelta de las vacaciones de agosto, Ansón mantuvo una conversación a fondo con el propietario. Ambos estaban de acuerdo en rescatar el crédito cuanto antes.

—Creo que podemos hacerlo sin agobios excesivos —resume Guillermo—. Son 3.700 millones de pesetas que, con intereses, amortizaciones y demás, se ponen en 1.000 millones/año, de manera que en cuatro o cinco años, a lo sumo, lo liquidamos.

—Ese plan está muy bien, pero tiene un problema —razona Ansón—, y es que en cuanto trascienda que el 51 por ciento de Prensa Española está pignorado por Banesto va a ser un escándalo monumental. La independencia del periódico se va a ver cuestionada, y creo que tendríamos que ir a una fórmula más rápida.

Conde había dejado un fleco suelto, y es que desconocía que *ABC* no se había desprendido totalmente del edificio de Serrano 60, ya que el pago del 40 por ciento de la suma pactada con los compradores se había pospuesto a cuenta de los beneficios que se obtuvieran con la promoción del inmueble remodelado.

La solución estaba cantada. Luca de Tena consiguió enajenar ese 40 por ciento restante, y cobrar casi 6.000 millones que sobraron para, a finales de septiembre, devolver a Banesto sus 3.700 millones del crédito. Conde se quedaba con tres palmos de narices y un cierto afán de revancha frente a Luca de Tena y, sobre todo, frente a Luis María Ansón, urdidor del fiasco del gallego.

El año 91 contempla el avance imparable de la larga mano del banquero por distintos medios de comunicación social, *El Mundo*, *ABC*, *La Vanguardia*, Grupo Zeta, Antena 3 TV... Es una estrategia arriesgada, que deja al descubierto muchos flancos débiles. ¿Cómo explicar a los accionistas que el presidente está vendiendo empresas como Petromed, por ejemplo, que dan saneados beneficios todos los años, para invertir ese dinero en un negocio como Antena 3, que perdió 5.000 millones en el ejercicio anterior? ¿Cuáles son los criterios de rentabilidad que guían esas inversiones? ¿Lo que es bueno para Mario Conde es bueno para Banesto? Es la pregunta del millón que el habilidoso gallego responderá apelando al futuro.

Hay, además, un problema político de primera magnitud. Esa toma de posiciones no podrá hacerse sin el visto bueno del zar de la prensa española, Jesús Polanco; no podrá hacerse «contra» Polanco sino «con» Polanco, como gran poder fáctico de los medios de comunicación hispanos. Conde tendrá que pactar con él si quiere asentar sus reales en el sector, tendrá que ser con la venia de Polanco, el ciudadano Kane hispano. Y si es así, ¿qué peaje está dispuesto a pagar Conde para obtener el placet del llamado «Jesús del Gran Poder»? ¿Qué está dispuesto a poner a sus pies y a los de sus enemigos de la *biuti*? ¿Pedirá Polanco la cabeza de Pedro J. Ramírez, quizá también la de Luis María Ansón, a cambio de los menudillos de Carlos Solchaga?

La *entente cordiale* con Polanco tiene para el banquero otras derivadas a futuro no menos interesantes. El santanderino se ha convertido en pieza esencial del aparato de agitación y propaganda del «felipismo», columna vertebral informativa del Régimen. Estar a bien con Polanco es estar a bien con el Régimen. Polanco manda en La Moncloa, y el banquero sabe ya a estas alturas que va a mandar mucho en La Zarzuela. Palacio por palacio. Ese será parte del trato. Tú me facilitas a mí la entrada en Moncloa, y yo te ayudo a ti a penetrar en Zarzuela.

Ya a finales de 1989 Conde le hizo a Polanco un regalo de singular importancia. Un hombre de sus características, con sus debilidades, puede vivir enfrentado a Carlos Solchaga pero no a Polanco y al diario *El País.* Así que Mario se aviene a cerrar una bonita operación para el editor santanderino. En efecto, el 19 de diciembre del 89 el grupo Prisa compraba a La Unión y el Fénix (Grupo Banesto) el edificio de Gran Vía 32, por un total de 3.500 millones de pesetas. El comprador entrega al vendedor dos talones: uno por importe de 3.300 millones, y otro de 200 millones contra la cuenta corriente de Prisa en la agencia nº 11 de Bankinter.

Todo hubiera sido una aséptica operación comercial de no haber sido porque el mismo día el Grupo Prisa vendía el edificio de la calle Miguel Yuste 40 (y dos fincas más), sede del diario *El País,* a Banesto Leasing, que extiende cheque a favor de Prisa por importe de 3.300 millones de pesetas, al tiempo que cede a Prisa en arrendamiento el inmueble que acaba de comprar.

Es decir, que con los 3.300 millones que Banesto paga a Prisa por la compra de Miguel Yuste 40, Prisa paga a La Unión y el Fénix (Banesto) la adquisición de Gran Vía 32.

En los últimos meses del 91, Conde y Banesto han asentado ya sus reales en los medios de comunicación. Ha tomado una pequeña participación (4,5 por ciento) en el diario *El Mundo,* como consecuencia de la pignoración de unas acciones que garantizaban un crédito no devuelto. Ha financiado a *ABC* la salida del desastre del diario sensacionalista *Claro* y lleva tiempo en magníficas relaciones con Antonio Asensio, Grupo Zeta, cuyas dificultades financieras son proverbiales. A finales de noviembre, la Corporación Banesto formalizaba la compra del 10,5 por ciento de Antena 3 TV. Arturo Romaní y Enrique Lasarte entraban en el consejo de administración de la cadena.

A primeros de diciembre el gallego tiene ya en sus manos el 30 por ciento de *La Vanguardia*, está encantado, una operación de cojones, estoy buscando director, exultante, al Tapia lo voy a poner mirando *p'Alicante*, todavía el 2 de junio pasado *La Vanguardia* publicaba que los consejeros de Banesto eran los mejor pagados de todo el sistema financiero, y los señores consejeros de Banesto se han agarrado un cabreo monumental, Tapia es un hombre de Solchaga, ex jefe de prensa de Miguel Boyer, pero esa Tapia va a durar en pie lo que un caramelo a la puerta de un colegio, ríe alborozado, todos asustados, la Generalitat impresionada, y el conde de Godó encantado; Godó es uno de esos *for nothing* españoles que se van a Londres al dentista.

El conde de Godó es un hombre sin voluntad, sacudido por un torbellino de intereses creados. Acaba de tener un lío monumental a cuenta del despido de dos de sus hombres de confianza (Garrofé y Fajardo). Todo en la vida del señor conde es oscuro, les acusa de haberle estafado cientos de millones con una serie de facturas falsas, pero en Barcelona cuentan que la historia es otra y tiene nombre propio, el de un famoso abogado barcelonés que pidió a Godó 300 millones para comprar políticos de cara a la adjudicación de las cadenas privadas de televisión, y se los quedó, sistema de enriquecimiento mostrenco muy utilizado en la España de nuestros días, lo que Garrofé y su colega descubrieron. Para tapar el escándalo, el famoso abogado se inventó lo de las facturas, un lío, y los dos a la calle, un embrollo monumental como la propia azarosa existencia del señor conde.

La toma de *La Vanguardia* es una de las operaciones más atrevidas de Mario en sus años de presidente de Banesto, una iniciativa que impacta en las esferas del poder político cuando se van conociendo los detalles. ¿Qué pretende Conde comprando *La Vanguardia*?, se preguntan perplejos en la Generalitat catalana, mientras Polanco, receloso, se interroga ¿pero dónde va éste? y el gallego contento teniéndole nervioso, porque «éste es el único lenguaje que entiende Polanco, el del poder del dinero».

Mario ha creado un *holding* Banesto-*La Vanguardia*, cuyos derechos políticos van a estar en sus manos. Pero esto sólo es el principio de un chaparrón de ideas que el mago tiene *in mente*; está ya barajando la posibilidad de fusionar *ABC* y *La Vanguardia*, comprar *Diario 16* y fundirlo con *El Mundo*, con lo cual quedarían tres grandes/únicos periódicos nacionales: *El País*, *ABC/Vanguardia*, y *El Mundo/D-16*.

Cuando alguien le pregunta tímidamente por la lógica de tales inversiones desde el punto de vista de la rentabilidad, el gallego responde sin el menor titubeo que se hacen para ganar dinero, faltaría más, si la mayoría pierden ahora, ya lo ganarán en el futuro, y para eso va a crear una división de medios de comunicación en la Corporación Banesto.

El 27 de diciembre del 91, el matrimonio Conde, con sus hijos Mario y Alejandra, aterriza en el aeropuerto internacional de Tenerife para pasar sus vacaciones con la familia Polanco en el espléndido hotel Jardín Tropical propiedad del editor, zona de Adeje/Playa de las Américas, que acaba de ser inaugurado. El banquero manda bajar el barco a la isla canaria, y no regresa a Madrid hasta después de Reyes.

Aquél iba a ser un encuentro en la cumbre, un duelo al sol entre dos toros de lidia, conocerse, mirarse a los ojos, calibrarse, una apuesta arriesgada, pensaba Matías, un riesgo calculado, pero tenía que salir bien, seguro, Cortés estaba convencido de que Polanco y Conde eran dos líderes natos, los hombres más influyentes, con más poder del sistema, y no podían estar enfrentados, tenían que pactar y repartirse el corralillo, marcar áreas de influencia y fundar un núcleo dirigente en torno al cual se agruparan los amigos de ambos bandos, casi un orden nuevo, orden culto, civilizado, exigente, del que quedarían expulsados todos los mentecatos del tradicional señoriteo madrileño, más la podrida *biutiful*, más la canalla de esa prensa montaraz ávida de escándalos, había que poner orden y acabar con los atentados a la intimidad y al buen gusto; Jesús estaba plenamente en esa línea, justo doce meses antes, Navidad del 90, había coincidido con Antonio Asensio en el hotel Las Salinas, de Lanzarote, y había rechazado la posibilidad de saludarle que fue planteada por uno de los socios del editor catalán:

—No tengo ningún interés en conocer a un señor que ha hecho su fortuna gracias a la pornografía...

Sí señor, había que poner orden en el corralillo patrio, y allí estaba él, Matías Cortés, en medio de las dos grandes figuras de la década, quizá de muchas décadas, de engarce, de *go-between*, de pegamento, decidido a que aquel experimento navideño de Tenerife saliera bien, preparado para solventar algún momento de tensión que pudiera surgir, que, bien lo sabía, iba a encerrarse con dos gallos de corral que se miran la cresta y miden sus fuerzas, tú eres muy poderoso, Jesús del Gran Poder te llaman, pero yo también lo soy, el dedo admonitorio levantado, y será mejor que no haya guerra entre nosotros, que olvidemos viejos rencores y nos repartamos el pastel.

Además de amo y señor de un gran banco, Conde es ya una potencia en medios de comunicación, como lo eres tú, Jesús, a los dos nos conviene que haya paz, Polanco anda preocupadillo porque *El Mundo* le ha pegado a *El País* un bocado de 35.000 lectores, dice Jesús, pero como la publicidad sigue imparable, yo voy a ganar más dinero que nunca, así que no me preocupa gran cosa *El Mundo*, me preocupa más la SER, la competencia de Onda Cero y sobre todo Canal Plus, que le ha obligado a echarse en manos del *panem et circenses* del porno duro de los viernes noche, más fútbol y toros a mogollón.

En los días previos al *happening* de Tenerife, Conde ha reflexionado sobre los medios de comunicación y su papel, sobre la independencia de los medios, ha de estar preparado para discutir con Polanco, Jesús presume de la independencia de *El País* y seguro mostrará reticencias a que un banquero se instale en sus dominios. Desde un plano meramente teórico, piensa Mario, la independencia es un valor seguro, un planteamiento obvio, un medio de comunicación social tiene que transmitir la impresión de que es independiente para ser creíble. La credibilidad es la base de la influencia y de las ventas, y por tanto afecta a la sustancia misma del negocio, pero si descendemos un escalón más y nos preguntamos ¿independientes de quién?, entonces el asunto ya no está tan claro.

El País no es independiente de Jesús, ni de los socios de Jesús, ni del Gobierno que afecta a los negocios de Jesús, y así sucesivamente. Por eso, cuando se dice que un periódico controlado por un grupo económico deja de ser independiente, estamos ante un sofisma de tamaño catedralicio. Si Banesto compra *La Vanguardia*, es evidente que el periódico no será independiente de las opiniones ni de las personas que influyen sobre mis opiniones; estamos en el mismo caso que *El País* con relación a Jesús.

Tiene gracia el santanderino cuando argumenta que un grupo económico utilizará el periódico para sus intereses, y eso le obligará a mentir, y consiguientemente perderá su credibilidad, y con ello, a la larga, el negocio. Pero eso es una posición apriorística, porque no hay ninguna razón para suponer que el periódico mentirá más si lo controla un grupo económico que una persona física. Es evidente que las noticias que pueden afectar a los intereses de Jesús no son neutras en *El País,* y los intereses de Jesús son cada día más numerosos, de modo que su discurso de pretendida independencia no es más que puro bizantinismo.

Pero la cuestión no es ésa, considera Mario, para qué nos vamos a engañar, eso de la independencia son milongas de Jesús, cuando de lo que en realidad se está hablando es del reparto de poderes en la sociedad. La cuestión clave es que si un grupo económico controla un medio de comunicación social, añade al poder económico el poder adicional que supone el control de una parte de la opinión pública. Aquí está el verdadero meollo del asunto.

La clave es que en una sociedad moderna negocio y poder no son disociables. Son fuentes de poder la economía, la política y la comunicación social. Si unimos las dos últimas tendremos un valor añadido cualitativo, un cóctel explosivo, una unión que genera un poder político indirecto, una concentración de poder capaz de ser puesta al servicio del negocio, que es precisamente de lo que se trata. Todo lo cual es compatible con el tener una determinada visión de la sociedad y estar dispuesto a defenderla.

Ambos matrimonios comienzan a verse con mucha frecuencia. Jesús y Mariluz pasan en «La Salceda» un fin de semana de enero del 92, unas jornadas estupendas, seguimos intensificando el contacto humano, que es fundamental. A los pocos días cenamos juntos en casa de Matías y también resultó una noche importante. Poco a poco Jesús va entrando en el esquema de pensamiento que diseñamos en Valdemorillo antes de las vacaciones tinerfeñas.

Yo comprendo que le cueste, teniendo en cuenta que durante bastante tiempo no ha dicho de mí más que barbaridades, ni un solo juicio favorable, claro que se debía a que sus amigos eran sustancialmente mis enemigos. Pero el problema de Jesús es que, al margen de sus complejos, sigue teniendo un respeto reverencial por el poder político, algo increíble, aunque quizá lógico dadas las diferencias de edad entre nosotros, que a estos efectos son sustantivas.

Me contó que había estado hablando con Felipe González largo y tendido. Es evidente que la operación de *La Vanguardia* fue tema de conversación, y desde luego yo. Me dijo que Felipe sigue muy crítico conmigo. La razón, según Jesús, son las viejas historias del Mossad, los servicios de información y los *dossiers*, toda esa porquería que le ha vendido Sarasola.

Por otro lado, las noticias que circulan por Madrid acerca de mi pacto con Polanco han hecho que mucha gente se mueva. Unos acercándose a Jesús para contarle cosas terroríficas sobre mí, otros acercándose a mí a la vista de la nueva situación. La visita al Vaticano, por ejemplo, ha tenido un eco tremendo, y no cabe duda de que la importancia que se le ha dado al asunto del Papa es superior a lo que yo pensaba. Por si fuera poco, mi intervención en el congreso de la CEOE ha terminado por desatar los celos, controlados en Felipe, incontrolados en Aznar. La repercusión de mi intervención ante más de tres mil empresarios ha sido extraordinaria; incluso *El País* le dedicó la primera página de Economía, con una foto mía con Cuevas realmente enorme.

Fue la señal más clara de que algo había cambiado muy profundamente en mis relaciones con *El País*. Además esas noticias coincidieron con la publicación de los resultados del grupo financiero Banesto, que este año tras la consolidación del Totta & Açores han sido extraordinarios, y que sorprendieron a mucha gente que estaba siendo víctima de la intoxicación.

El País y toda la prensa en general trataron los resultados bastante bien. Todo ello generó un efecto multiplicador de mis palabras en el congreso de la CEOE, estando todavía próximos los ecos de mi visita al Vaticano; el fantasma de la política volvía a aparecer de nuevo.

Algunos ricos de cuna que se han despachado a gusto contra mí, empiezan a enseñar la oreja. Me hizo gracia el almuerzo con Carlos March. Venía con un tema concreto: la posibilidad de que Banesto absorbiera al Banco del Progreso, y con otro más abstracto y general: que siempre había sido amigo mío y que creía que debíamos vernos con mucha más frecuencia, porque podíamos hacer muchas cosas juntos... Prefiero no hacer comentarios.

Durante años y en el mejor de los casos, Carlos me ha dado la espalda. Ahora se acerca a mí. Seguramente será una posición de cierta debilidad, unida a mi pacto con Jesús y a la operación *La Vanguardia*. Creo que conozco bien a Carlos y por eso entiendo lo que hace, pero me alegro de no ser como él.

Mi alianza con Jesús debe contribuir a poner orden en un país descoyuntado, caótico, desordenado, empresarios que se pelean con empresarios, políticos con políticos, periodistas con periodistas. Todos del mismo signo, sin que exista orden en las peleas. Un caos, una «pedrega» callejera.

En torno al eje Polanco-Conde se está plasmando un nuevo *establishment*, un nuevo bloque dirigente cuya radiografía ha dibujado con meticulosidad el brillante cerebro de Matías Cortés, es el bloque de la gente de bien, bloque excluyente y reduccionista, estrecho, que condena al Averno a quienes no se nucleen en su derredor. Modelo de élites, o versión mostrenca del viejo todo para el pueblo, pero sin el pueblo. Un grupito de elegidos, ungidos por la inteligencia y el dinero, se sienten llamados a controlar los destinos colectivos, a dictar normas y pautas de comportamiento, a dirigir la sociedad, en un esquema poco democrático, de Opus, de logias, de P-2...

Mario ha explicado varias veces a Jesús su «teoría de la pedrega» aplicada al caso español, lo que está ocurriendo, amigo Jesús, es que se está desmoronando un viejo orden social, el nacido tras la victoria socialista del 82, sin que aparezca otro nuevo con capacidad para instalarse en la sociedad, y eso produce crispación y búsqueda enloquecida de nuevas posiciones.

Conde cree que su alianza con Polanco debe sustentarse en una comprensión profunda de los intereses reales de ambas partes, Jesús es un ejemplo de lo que estoy diciendo: comprende la caída del viejo orden, pero su respeto reverencial hacia el poder y el no tener suficientemente claro cuál es su papel en el nuevo, le produce un efecto de bloqueo. A Jesús le da miedo romper, aunque estoy seguro de que, como dice Matías, digerirá el tema pronto y seguiremos funcionando en una línea clara de colaboración.

Mi diseño es muy claro: debemos estructurar la sociedad civil y desde ella las posiciones políticas. Si Aznar fracasa en las próximas elecciones catalanas, se creará un vacío de grandes dimensiones que será necesario abordar y dar solución desde la sociedad civil, y eso debemos hacerlo Jesús y yo; si no, me temo que arreciarán las peticiones para que descienda a la política.

Jesús va entrando en la comprensión del concepto de sociedad civil, aunque le cuesta. Tengo que seguir hablando con él, hasta llegar a convencerle de la necesidad de seguir caminando en la dirección de aunar esfuerzos, e impedir que sigan produciéndose situaciones de «pedrega».

Vamos a ver qué pasa con mi posible operación con el Banco Popular, y con mi pacto con Godó y Polanco. Mis relaciones con

Javier Godó caminan de forma inmejorable; creo que está encantado con la operación. Vamos a seguir trabajando en construir las relaciones con el Gobierno y el partido. El panorama de este 92 está muy cargado de trabajo para mí, pero no puede ser más apasionante.

Las cosas parecían caminar también sobre ruedas con Javier Godó. Mario hablaba maravillas del editor catalán, no os creáis, es una persona más inteligente de lo que parece, decía en público, que reflexiona las cosas lentamente. Conde había sentido cierta preocupación por el efecto que sobre Godó pudiera haber surtido la publicación de las fotografías suyas con Polanco en Tenerife, un alma caritativa de las que no faltan en este pérfido Madrid se las había hecho llegar, pero no ocurrió nada o el conde no se dio por enterado.

El problema surgió, por el contrario, donde menos lo esperaba. Javier de la Rosa llamó por teléfono a Godó para decirle que Mario estaba tratando de comprar un paquete de Antena 3 TV a sus espaldas, y que él podía conseguírselo y proporcionarle además la financiación que necesitara, con ayuda de su amigo Berlusconi.

Me agarré un cabreo de no te menees. Este elemento de Javier de la Rosa morirá haciendo las mismas cosas, siempre será el mismo, un tipo que no crea nada y que se dedica a enfrentar a los demás, a meterse en medio de las operaciones con el propósito de estropearlas y aparecer después como hombre bueno para sacar tajada. Es un pequeño canalla, aunque esta vez la cosa era más grave, porque estoy seguro de que estaba actuando por cuenta de Solchaga para joderme la operación. Supongo que es un problema de la falta de estabilidad de su estructura psicológica, y lo comprendo, dada la situación que atravesó con el asunto de su padre, pero quiero huir de este tipo de inestables, porque a la larga sólo te traen problemas.

Menos mal que Godó se dio cuenta de las intenciones de De la Rosa. Su intentona no ha afectado en nada a nuestras relaciones, aunque podía haber sucedido lo contrario. El problema es que quiere demasiado dinero por *La Vanguardia.* Yo comprendo que es un periódico muy importante, localizado en una zona de España que convierte a la propiedad en casi una cuestión de Estado. Pero las negociaciones económicas tienen que obedecer a una mínima racionalidad.

Seguiremos hablando de dinero. Yo creo que él tiene mucha prisa, entre otras cosas porque quiere que la ampliación de capital de Antena 3 TV la suscriba el *holding* que hemos creado, y eso es una baza para mí que procuraré utilizar.

El día en que, en «La Salceda», se cierra el principio de acuerdo con Godó, Matías Cortés aconseja al de Banesto contárselo a Polanco, un acuerdo de tanta trascendencia tenía que conocerlo Polanco, había que respetar los pactos, y Mario que bueno, que vale, a resultas de lo cual el trío mantiene una larguísima reunión en la buhardilla del editor, al pie del Casón del Buen Retiro, en un recodo de Alfonso XII.

—Tú has conseguido lo que yo llevo persiguiendo desde hace muchos años —le dice Polanco a Mario—; esto es, que Godó te ceda de facto la propiedad de *La Vanguardia* por la vía de entrada de ese *holding*. *Chapeau*, sí señor.

Y Mario le ofrece un pacto, si algún día yo me quedo efectivamente con *La Vanguardia*, en fin, ya veremos, porque este hombre es difícil, muy raro, pero si me quedo un día con *La Vanguardia*, como yo no quiero convertirme en empresario de medios de comunicación, yo te vendo *La Vanguardia*, tú me pagas lo que sea y me dejas quedarme con una participación suficiente y el periódico para ti, y a Jesús Polanco se le salían los ojos de las órbitas, pura emoción, no puede ser verdad que haya encontrado tamaño «caballero blanco», de acuerdo, Jesús está de acuerdo, faltaría más, Jesús le da el visto bueno a Mario, sigue adelante con esa operación, Mario, sigue...

Mario no se lo acaba de creer, ¿llegaré algún día a tener el control de *La Vanguardia*? A corto plazo creo que no, lo que posiblemente me genere tensiones con Polanco, que está verdaderamente obsesionado con hacerse con el diario. Yo siempre cumplo mi palabra, pero no puedo ir más allá de donde me permiten los hechos.

Es muy probable que Javier se encuentre cómodo conmigo, y que, resueltos sus problemas financieros, no quiera vender una participación mayor. Es evidente que cuando se asocian un particular y una institución, ésta termina al final por hacerse con el control. Pero esto es a largo plazo y Jesús piensa a corto; yo haré todo lo posible por que *La Vanguardia* sea suya, pero siempre dentro de la palabra dada a Javier Godó. Si éste quiere vender, entonces es evidente que yo traspasaré el control a Polanco, haciendo mi acuerdo con Jesús definitivo, pero la pelota está en el lado de Javier Godó.

Polanco y Matías plantean entonces que hay que contarle la operación a Narcís Serra, yo no era muy partidario, eso era cantar la gallina; lo discutimos mucho pero Jesús insistió, no se puede hacer algo tan importante de espaldas al Gobierno, yo siempre he hecho las cosas de acuerdo con Felipe y no puedo quejarme, y a los pocos días me llamaba el vicepresidente para invitarme a almorzar en La Moncloa.

Y el día anterior volví a reunirme con Matías y Polanco. Jesús insiste en que tengo que decirle la verdad a Serra, yo trato de resistirme, creo que es un error, le digo, pero él que no, él me garantizaba que no iba a haber ningún problema, hablaba como si fuera el jefe de la banda, tienes que decirle la verdad, porque al vicepresidente no se le puede mentir...

Conde subió a Moncloa para sentarse a almorzar con Narcís. La conversación se encaminó en seguida por derroteros económicos, las cosas se están poniendo feas, esto no marcha, pone a Solchaga a caer de un burro, pero su interés está claramente centrado en los medios de comunicación, oye, esto de *La Vanguardia* que se está comentando... Pues sí, mira, eso es lo que vengo a contarte, quiero que sepas que yo no soy empresario de comunicación, y que mi objetivo es invertir en cosas que pueden ser rentables, de manera que si algún día existiera la posibilidad de quedarme con *La Vanguardia* pues la vendería a algún empresario del sector, y por lo que a mí respecta Jesús Polanco tendría preferencia, porque tiene capacidad económica suficiente.

—En principio no me parece mal —asegura Narcís, aparentemente aliviado— siempre que vuestra presencia sirva para dar estabilidad al capital, y no se modifique la línea de independencia del periódico.

—No tenemos el menor interés en variar la línea.

—Lo que me molesta, si he de serte franco, es que no se haya consultado al Gobierno una operación tan importante en el panorama de los medios de comunicación del país.

—Si no se ha hecho es porque yo no creo que mi nivel de interlocución política con el Gobierno sea el adecuado para formular este tipo de consultas.

—Hombre, permíteme que te diga que no se necesita ningún nivel especial para consultar estas cosas. Además, yo no distingo entre banqueros buenos y banqueros malos, y soy un decidido partidario de una colaboración franca entre el Estado y la sociedad civil, sobre la que tú a menudo teorizas.

—Por mi parte no tengas ninguna duda de que mi intención es colaborar, pero, si he de serte sincero, para colaborar sin reservas sería necesario deshacer primero un par de entuertos.

—¿A qué te refieres?

—Pues mira, me cuentan que el presidente del Gobierno sigue creyendo a estas alturas que yo he estado involucrado en temas de espionaje con el Mossad y en la elaboración de no sé qué *dossiers*. He intentado explicarme por activa y por pasiva, pero sin ningún resultado, y me parece injusto que se pueda tener a una persona bajo sospecha en dos temas que teóricamente afectan a la seguridad del Estado.

—Te prometo tomar cartas en el asunto, y tratar de aclarar de una vez ese malentendido.

Mario Conde estaba entregando el cordero a los cuidados del lobo, estaba confiando sus cuitas a un personaje cuya única labor conocida en el Gobierno ha sido moverse con soltura por las alcantarillas del Estado, con los servicios de información, Cesid y demás familia.

—Está en vuestras manos, porque para poder colaborar lealmente necesito que este tema se aclare, lo que implica descubrir a las personas responsables de tales infundios y desenmascararlas de una vez.

—Conforme, conforme.

Cerca ya del final del almuerzo, Conde volvió a insistir.

—Si queréis mi colaboración, tenéis que aclarar sin tapujos ese asunto hasta sus últimas consecuencias, arrostrando el riesgo de tener que señalar con el dedo a los verdaderos culpables. No hay otra opción.

Felipe González tiene enfilado a Conde a cuenta de las historias del Cesid sobre los servicios de información y los *dossiers* que maneja el banquero. Es una de las características de la era felipista. No hay canalla madrileño de postín que no hable de *dossiers*, amenace con *dossiers* o se jacte de saber quién tiene *dossiers* sobre quién, él los ha visto, faltaría más, mundo ruin, el caso es que el banquero quiso acabar con estos fantasmas de una vez, puse estos temas sobre la mesa en mi conversación de diciembre del 89 con Felipe, pero luego me di cuenta de que quizá había ido demasiado lejos. Me dijo que quería hablar conmigo de temas de información y de prensa, y yo le dije que encantado, pero que estuviera preparado, porque iba a entrar a fondo, iba a serle absolutamente sincero y le iba a contar cosas importantes que el presidente del Gobierno podría ignorar, lo cual era grave, pero también podía conocer, lo cual podría ser más grave todavía.

No me contestó y nunca volvió a querer que tuviésemos esa conversación.

Han pasado dos años desde la última vez que hablamos en serio, no sé exactamente quiénes fueron los que inventaron las calumnias sobre mis servicios de inteligencia conectados con el Mossad y la fabricación de *dossiers*, en particular sobre el hijo de Sarasola; creo que fueron «los Albertos» y Abelló apoyados en Sarasola.

En aquel almuerzo estaba claro que ni Narcís Serra ni su superior jerárquico se iban a embarcar en la aventura de desenmascarar a los culpables. El vicepresidente parecía muy preocupado por todas las cuestiones relativas a los medios de comunicación. Se manifestó partidario de denegar la inversión de Jacques Hachuel en Tele 5 y de tratar de ordenar el accionariado de las televisiones privadas.

Todo con un tinte intervencionista absoluto, con verdadera manía por ordenarlo todo, controlarlo todo, mangonearlo todo, invadiendo, cual caballo de Atila, la esfera de intereses estrictamente privados. Imposible hacer un negocio de peso, o tomar una iniciativa de envergadura en España desde el 82 sin pasar por el fielato de La Moncloa o por el ministerio del virrey Solchaga, sin pagar peaje. Una tutela que ha engendrado monstruos como «los Albertos», o Javier de la Rosa-KIO. Un intervencionismo feroz. Un escalofrío para la libertad.

El martes, 11 de febrero, Godó y Conde cenaron juntos en Alcalá 14. Nadie sabría decir por qué, pero la cena resultó espesa de principio a fin, Javier parecía un hombre distinto, como irritado e inquieto por alguna causa desconocida, aquello se hacía interminable por culpa de los monosílabos y extraños silencios que parecían tener vida propia; Mario, que se estaba temiendo algo malo, se esforzaba por disimular lo que sentía, hasta que después de los postres el catalán abordó la cuestión por derecho:

—Ha venido a verme Rosa Conde por indicación de Narcís Serra, y me ha hecho saber que existe un pacto entre Jesús Polanco y tú para controlar conjuntamente *La Vanguardia.*

Mario no pestañeó. A estas alturas había aprendido a recibir las malas noticias como una esfinge, sin mover un músculo aunque cayera un diluvio del cielo.

—Bueno, debo reconocer que esperaba algo así por tu comportamiento durante la cena, pero...

—Comprenderás que no es una situación como para estar bailando de alegría.

—Lo entiendo y voy a intentar darte todas las explicaciones posibles.

El banquero no las tenía. Sólo sentía una rabia contenida al constatar que se había producido lo que había previsto iba a ocurrir desde el momento en que Polanco decidió que había que informar al Gobierno de lo que ambos se traían entre manos. Y es que, más tarde o más temprano, a través de Juan Tapia, Godó iba a tener conocimiento del asunto. Ya estaba, había ocurrido lo peor, y lo normal es que se fuera todo al traste. Conde trató de ganar tiempo y ambos quedaron citados para el miércoles siguiente en Barcelona.

Lo primero que hizo Conde al día siguiente fue informar a Polanco de lo acontecido en su cena con Godó. Aquel 12 de febrero de 1992 era un día histórico en la égida felipista. En efecto, ese miércoles el escándalo Ibercorp, uno de los asuntos que más daño terminarían haciendo al Régimen, había estallado en las páginas de *El Mundo*.

Mientras, en presencia de Matías Cortés, el banquero relataba con detalle lo acontecido en su cena con el conde de Godó, casi podía palpar el disgusto *in crescendo* del dueño de Prisa.

—Te lo dije, Jesús, no será porque no te advertí lo que iba a ocurrir, te dije que ir a contárselo a Serra era una ingenuidad que podía costarnos la operación, pero, en fin, ya está.

—¿Pero quién ha podido hacer esto?

—Pues no lo sé, pero no me cabe ninguna duda de que Solchaga está detrás.

—No lo creo, no lo creo —aseguraba un Polanco que trataba de disimular su enfado.

—Ya te convencerás de que es así.

Jesús Polanco tardó un cuarto de hora en tener las pruebas de que el navarro, cuya proverbial habilidad para la maniobra y la conjura es inversamente proporcional a su capacidad para dirigir la economía, estaba detrás de la revelación efectuada a Godó. A Solchaga podía estropeársele la fiesta, porque nada le molesta más al editor que el sentirse engañado.

Aquella era una situación para hilar muy fino. ¿Podría tratarse en el fondo de una compleja maniobra de Polanco para impedir que Conde llegara a *La Vanguardia*? La idea rondó su cabeza inmediatamente después de haberse despedido de Godó, pero no, tengo confianza en Jesús, se decía, no puede ser, estoy seguro de que no es así, el Gobierno nos ha engañado, así de sencillo, y además es lógico, porque no se trata exclusivamente de impedir que yo me haga con *La Vanguardia*.

Lo que realmente había puesto nerviosos a los inquilinos de La Moncloa había sido la posibilidad de que Jesús Polanco y Mario Conde controlaran *La Vanguardia* y *El País*. Aquélla era una alianza que cambiaba la relación de fuerzas y convertía al banquero, entonces sí, en un auténtico peligro para el futuro inmediato del felipismo. Eso era lo verdaderamente trascendente: el mero pacto Polanco-Conde cambiaba muchas cosas del mapa nacional. Por consiguiente, se trataba de impedirlo a toda costa, y la historia española reciente está llena de ejemplos donde la falta de escrúpulos de los socialistas para lograr sus objetivos es proverbial.

Jesús Polanco se encontraba en una situación nueva, extraña, Matías ya le había «trabajado» en esta dirección, pero el cambio de alianzas del editor suponía para él un drástico cambio mental, a partir de ahora los enemigos de Conde eran sus enemigos, y sus llamados amigos ya no lo eran tanto. Eran momentos duros para Jesús, una prueba de cuya superación dependía la consolidación de la alianza entre ambos.

El martes, 18 de febrero, víspera del encuentro entre Godó y Conde a celebrar en Barcelona, el de Banesto recibió una llamada telefónica en su despacho. Don Javier había tenido que salir urgentemente al extranjero y la cita quedaba, por tanto, cancelada.

Una excusa tonta, pensó Conde, la demostración de que el acuerdo con el editor catalán había pasado, efectivamente, a mejor vida.

Aquel día el banquero almorzó con Txiki Benegas, quien le facilitó la prueba definitiva. El secretario de organización del PSOE acababa de mantener una conversación telefónica con Carlos Solchaga.

—Estoy muy contento, porque hemos conseguido abortar el pacto de Conde sobre *La Vanguardia*.

No había ya la menor duda de que Godó había decidido dar marcha atrás. Inmediatamente el banquero llamó a Martín Ferrand para ponerle al corriente de la situación. Todo el proyecto se había derrumbado como un castillo de naipes, y eso significaba que Banesto tenía que dar marcha atrás a la proyectada inversión en Antena 3 TV.

La reacción de Ferrand, como el banquero ladinamente esperaba, no pudo ser peor.

—¡Pero esto es el fin del proyecto de Antena 3 TV!, ¿te das cuenta?

—Pues sí, me hago cargo, pero ¿qué puedo hacer yo?

—Es que antes de que tú des ese paso, yo me voy de aquí sin pensarlo ni un minuto.

La inmediata presión de Martín Ferrand sobre el conde de Godó iba a ser tan fuerte que el mismo miércoles, 19 de febrero, el propio Javier llamó a Mario para pedirle una entrevista para esa misma tarde en Madrid. Conscientemente, el banquero le citó a las siete, con tiempo suficiente para que Ferrand y Rafael Jiménez de Parga, defensores incondicionales del pacto, le «trabajaran» adecuadamente.

A la hora fijada, Javier Godó, Martín Ferrand, Jiménez de Parga, Arturo Romaní y Mario Conde se sentaban en el despacho madrileño del banquero dispuestos a jugárselo todo a una carta. Para sorpresa de Conde, el editor catalán parecía lejos de haber sido ablandado.

—Quiero deciros que, después de pensarlo mucho, he decidido dar marcha atrás, porque no quiero que *La Vanguardia* entre en el *holding*. Es más, la propia idea de *holding* no me gusta nada.

—Eso me parece muy bien, Javier, pero ocurre que hemos suscrito un contrato en firme, y yo podría hacer uso de ese contrato en un pleito...

—Estás en tu derecho.

—No, no te alarmes, no lo voy a hacer, y no lo haré porque siempre he pensado que más importante que un papel es la palabra dada, el respeto a la palabra dada, así que tranquilo, puedes estar seguro de que nunca iremos a los tribunales por este motivo.

El catalán parecía apesadumbrado, como amarrado a una decisión que no era suya.

—Te habrás dado cuenta de que yo no he querido meter prisa en la ejecución del pacto por respeto a tu personalidad, Javier —proseguía Conde en tono estudiadamente sereno—, porque sé que no te gustan las prisas y menos sentirse presionado. Yo sabía que la importancia del pacto iba a generarte presiones...

—¡Muy fuertes, muy fuertes...!

—Y no sólo del Gobierno, no, sino de más gente. Pero también debo decir que estaba convencido de que sabrías resistirlas.

—Es que han sido terribles, y no puedo poner en peligro un patrimonio como el de *La Vanguardia.*

—Tu actitud confirma que me he equivocado, y quizá sea mejor así, porque si no sabes resistir las presiones, lo que ha pasado ahora podría haber ocurrido después, y todo hubiera resultado mucho más difícil y complicado.

—Pues seguramente —reconoce Godó.

—En fin, la cuestión que tenemos que dilucidar ahora es cómo recuperamos el dinero que hemos invertido en Antena 3 TV —seguía Conde en un tono de tristeza premeditada, relajada incluso, que acentuaba el sentimiento de decepción que el cambio de actitud de Godó le había producido.

Y, de repente, Javier Godó dio un nuevo giro de 180 grados. Quería el acuerdo, quería el pacto, estaba dispuesto a cumplirlo a pesar de todas las presiones, trataba de disculparse atropelladamente, y ya estaban sus interlocutores cantándole de nuevo el sentido y alcance del *holding*, las maravillas del *holding*, se veía claramente que le habían asustado, le habían dicho que la asociación con Mario Conde significaba que éste iba a ser el verdadero dueño de *La Vanguardia*. Javier Godó terminó cediendo.

Al día siguiente, jueves, las partes abordaron la cuestión clave de la valoración de *La Vanguardia*, cuyo precio quedó cerrado en 40.000 millones. Inmediatamente después se firmó la constitución del *holding* y se dio una nota de prensa: El grupo Godó y la Corporación Banesto habían acordado la creación de un *holding* de comunicación, denominado Inversiones de Comunicación S. A., con 20.000 millones de capital. Con la operación, Banesto tomaba el 30 por ciento del negocio de Godó.

La conmoción que el anuncio produjo en Madrid fue tremenda. Conde había vuelto a ganar por la mano al Gobierno, y la constitución del primer *holding* de comunicación español era ya un hecho irreversible, un gran triunfo para el banquero en su caminar hacia las estrellas de la política.

Yo creo que es una magnífica operación para Godó, se explicaba Conde ante sus fieles, pero también para Banesto. La inversión es inmejorable por varios motivos. Primero, porque el precio es muy bueno; segundo, porque hay activos muy importantes que no han sido valorados, como el derecho de preferente adquisición de *La Vanguardia* en el caso de que Javier quiera vender una participación mayor, y tercero, porque los intangibles de publicidad indirecta para Banesto son tan importantes que en pocos años habremos recuperado por esta vía la totalidad de nuestra inversión, de forma que el coste real de la misma será cero.

¡Imaginaos que en nuestros planes futuros entrara la posibilidad de lanzar un plan de *marketing* del banco en Cataluña...! ¿Es que habría plan comparable en efectividad al derivado de haber invertido en *La Vanguardia*? En fin, una inversión excelente, excelente, repetía el banquero ante el gesto perplejo de algunos consejeros de la casa[2], ¿no lo entendéis o es que os faltan luces para comprender la grandeza de esta operación? Mario no podía explicar la segunda parte, no podía poner de relieve que esa inversión de Banesto proporcionaba a la persona de su presidente una formidable palanca de poder e influencia, *La Vanguardia* es una auténtica institución en Cataluña, un instrumento de una importancia política decisiva, por eso Rosa Conde, «Rosita la Cantaora», decía que este asunto le quitaba el sueño, por eso la actitud beligerante de Solchaga, a por él, hay que impedirlo como sea, y por eso en el despacho del presidente del Gobierno con el Rey, todavía Mario alejado de palacio, éste fue uno de los asuntos más tratados.

—Lo hemos intentado, Señor, pero hemos fracasado.

Conde no paraba de recibir felicitaciones, se encontraba en un momento dulce de su carrera hacia el liderazgo social incontestable, la visita al Vaticano, su intervención en la asamblea de la CEOE, su pacto con Polanco, tenía motivos para estar contento, muy contento, ahora sí, ahora dispongo de un poder excepcionalmente fuerte, y ellos no pueden ignorar que tengo el más potente de los instrumentos defensivos, pero tengo que saber usarlo, nunca deberé hacer uso de él con carácter ofensivo, salvo que tenga que repeler los ataques esperados, que se producirán, seguro, porque éstos jamás admitirán su derrota mientras sigan gobernando.

La doctrina oficial de la casa es que se trata de un negocio, el banquero insiste en que hay que profundizar en esa idea, un negocio y nada más, tiene que quedar claro ante el resto de los

---

[2] Rafael Pérez Escolar fue el único miembro del Consejo de Banesto que hizo constar en acta su desacuerdo con la inversión en Antena 3 TV.

medios de comunicación; ahora bien, tampoco vamos a tener empacho en reconocer que si al mismo tiempo podemos seguir influyendo en la sociedad española, defendiendo los valores en los que yo creo, tanto mejor. Seguramente esto me generará más enemigos, porque son muchos los que han pretendido hacer algo parecido y han fracasado, pero los enemigos tendrán ahora mucho más cuidado conmigo, porque puedo defenderme con uno de los instrumentos más poderosos que existen en la sociedad española.

Es evidente que soy un objetivo a batir. Si antes ya lo era, ahora mucho más. No me preocupa, aunque sea conveniente no ignorarlo. Estoy convencido de que en poco tiempo aparecerán nuevos ataques contra mí, pero sé cómo defenderme en caso de necesidad.

La megalomanía de Conde no conocía ya límites, en muy pocos años un banco que estaba moral y económicamente quebrado se ha transformado en uno de los grupos financieros más importantes de España, en el primer banco español que realiza una auténtica operación multinacional mediante la compra del Totta, en el primer grupo industrial del país, y ahora en el primero privado de comunicación español... ¿No es sencillamente impresionante?, razonaba Mario desde su pedestal.

El estallido del escándalo Ibercorp fue la primera prueba de fuego que tuvo que superar el floreciente pacto Conde-Polanco. Mariano Rubio era un amigo de la casa, Jesús se había comprometido a poner a disposición del gobernador su poderosa maquinaria informativa para conseguir su tercera nominación al sillón del Banco de España, asunto que tenía que dilucidarse en los próximos meses. «Yo le voy a apoyar», había comentado Jesús a Mario en las vacaciones tinerfeñas, «pero lo tiene difícil», de manera que el estallido del escándalo Ibercorp cogió al editor con el pie cambiado.

Tan cambiado que aquel 12 de febrero del 92 Jesús Polanco y otro amigo estuvieron ayudando a Mariano Rubio a redactar su comunicado exculpatorio, quién lo hubiera imaginado, el poderoso Polanco metido en faenas de asesor de imagen de Rubio, la nota del gobernador salió ya de noche, y es que su redacción había resultado muy laboriosa, primero había que reconocer el mondongo o negarlo, cinco puntos muy trabajados, *Cinco Días* lo publicó enterito al día siguiente, en primera y en negrita, cinco finos diamantes elaborados por el cerebro privilegiado de Jesús [3].

El «hombre fuerte» de Prisa, Juan Luis Cebrián, estaba convencido de que detrás del embrollo estaba la larga mano de Conde, y Jesús se asustó, cogió miedo, un hombre que era capaz de una venganza tan refinada como esa, se dijo, era un hombre a temer, y Polanco, haciendo causa común con Juan Tomás de Salas, el pintoresco vocero de la *biutiful*, se apuntó a la teoría de la conspiración, todo era una conspiración, el gobernador era víctima de una conspiración urdida por no sé qué extraños intereses.

Las posturas chocaron como trenes que avanzan de frente a gran velocidad en una cena en casa de Jesús Polanco a la que asistieron Cortés, Conde y Cebrián, con señoras.

—Para mí el programa de *La Clave* al que van Pedro J. y Cacho con José Antonio Segurado es la demostración de que tú estás detrás del asunto Ibercorp.

—¡Pero no digas tonterías, Juan Luis! Tú sabes que yo no tenía ni idea de ese asunto.

—Nada, nada, esa es la prueba del nueve, a mí no me engañas...

—Mira, parece mentira que digas eso cuando todo Madrid sabía desde hace no sé cuánto tiempo que había gente de ese grupo que se estaba forrando gracias a la información confidencial que les llegaba del Banco de España, ¿o es que tú no lo sabías?

—Yo no he sabido nada de información confidencial.

—Pues, mira, te lo digo yo. Y otra cosa te voy a decir, Jesús, ¡ojo, que te estás jugando el periódico!

Polanco dio un respingo en su asiento. Aquél no era un asunto de manipulación periodística. La manipulación podía consistir en todo caso en dar mayor o menor relevancia periodística a unos hechos, pero los hechos existían, nadie puede negarlos, Jesús, convéncete, yo recuerdo que Abelló me lo había comentado poco después del desembarco en Antibióticos, éstos se están forrando de mala manera, me dijo, así que no te extrañes, estaba claro que alguien iba a tirar del ovillo algún día, ¿y quieres que te diga dónde está la gravedad de este asunto? En que los afectados son un

[3] El quinto punto aseguraba que «con el fin de que la opinión pública pueda evaluar la noticia aparecida en *El Mundo* en su justo término, se aclara que el total importe de la cartera de valores [de Mariano Rubio] viene siendo de una media aproximada de doce millones de pesetas». Una redacción que no podía haber salido de la pluma de un periodista.

conjunto de personas que han dominado la vida económica española desde hace décadas, tanto en el sector público como en el privado, con un modelo de entrecruzamiento de poderes merecedor de todas las sospechas. Por eso, un tema que podría concretarse en unas responsabilidades personales de Soto y De la Concha, y unas responsabilidades políticas del gobernador, va a ir tomando una dimensión cualitativa muy distinta, ya lo verás, hasta convertirse en una especie de juicio político contra una élite de intocables.

Y es necesario que te des cuenta de que tú, Jesús Polanco, estás entre ellos, y de forma singular *El País* como medio de comunicación al servicio de este grupo. Por eso te repito, ¡ojo, que puedes estar jugándote el futuro del periódico!

El razonamiento impactó al editor.

—No estoy en absoluto de acuerdo con ese análisis. Todo eso no son más que tonterías —replicó irritado Cebrián.

—Pues te voy a decir más, porque Ibercorp puede convertirse en una especie de frontera en el tiempo. Simplificando podría decirse que en este país existen dos bandos, el de la *biutiful* capitaneado por Jesús, y el de la gente que, como yo, no tenemos nada que ver con ellos. Es una especie de lucha entre la clase gobernante de los ochenta, y la nueva clase emergente, y si tú, Jesús, quieres convertirte en un superviviente del Régimen, tienes ahora la obligación de elegir, de optar. Lo viejo o lo nuevo. Pero en cualquier caso no olvides que *El País* como periódico y tú como persona sois los objetivos últimos del problema Ibercorp.

El banquero no ha sido el mentor del escándalo, pero lo vive aquellos días con una intensidad especial, colgado al teléfono con unos y otros, en contacto directo con Pedro J. Ramírez, un tipo listo que ha planteado esta batalla para ganarla, me asusté el día 12 cuando vi la primera que había hecho, Pedro, le dije, ¿eres consciente de que como esto no sea cierto te has cargado el periódico?, ahora creo que esa batalla, salvo imprevistos, ya la tiene ganada, aunque no me cabe duda de que una dimisión de Mariano le daría todavía mayor fuerza al periódico.

Pronto se vio, sin embargo, que la batalla por el control de *La Vanguardia* y Antena 3 TV no iba a ser para el banquero el camino de rosas que había previsto en los días posteriores al anuncio del lanzamiento de Inversiones de Comunicación S. A.

El 10 de marzo, el periodista José María García anunciaba su abandono de Antena 3 por la entrada de «ese simulacro de banquero que es Mario Conde, que no me gusta». El mismo día, el ministro Borrell aseguraba que Banesto no había pedido permiso al Gobierno para entrar en Antena 3, y por tanto retrasaba su entrada en la emisora «por motivos técnicos».

El trámite se cumplía el 27 de marzo, mediante la solicitud formal de autorización para hacerse con el 21 por ciento de Antena 3 TV. Para entonces ya estaba circulando de nuevo en los mentideros la especie de que el conde de Godó había sucumbido otra vez a las presiones del Gobierno para que se replanteara la entrada de Conde en el capital de *La Vanguardia*.

Y era verdad. Sometido a la angustia del nuevo asedio por parte de Rubio, Solchaga, La Caixa y el cierre del grifo del interbancario, Conde está al borde de la desesperación por culpa de Godó, una vez más ha dado marcha atrás en el acuerdo, no sé cómo acabará esto, ni siquiera si le llevaré a los tribunales, pero lo cierto es que otra vez ha reculado, no quiere hablar conmigo, no quiere hacer el *holding*, no se pone al teléfono, y me ha hecho saber a través de un intermediario que me enviará una carta en la que me expondrá sus intenciones. La mano de Solchaga sigue estando detrás.

El 21 de abril, con motivo de la junta general de accionistas de la Corporación Banesto [4], Conde se reafirmó en su estrategia de seguir invirtiendo en medios de comunicación pese a las criticas recibidas, asegurando que respetaría la independencia informativa de los medios.

Pero a finales de abril era ya una evidencia que el Gobierno había hecho añicos el pacto entre Mario Conde y Javier Godó. El Ejecutivo había proporcionado al editor catalán una salida alternativa para sus angustias financieras, haciendo que La Caixa catalana le prestara los 6.700 millones a que ascendía la deuda financiera que arrastraba *La Vanguardia*, contando para ello con garantía de la Generalitat, nada menos.

Era un golpe muy duro, la constatación de que jamás un particular, por muy poderoso que se crea, podrá echarle un pulso al Estado y ganarlo, sobre todo si quienes manejan las riendas de

---

[4] La ocasión era pintiparada para que el banquero expusiera su filosofía al respecto: «Los medios de comunicación son, desde un punto de vista puramente gerencial y antes que nada, empresas que operan en un determinado sector con un propósito muy concreto y común al resto de las empresas: obtener beneficios y ser rentables a sus accionistas.»

ese Estado son gente corrupta y sin escrúpulos, dispuesta a todo, Mario se manifestaba contrito ante Romaní, su mandarín en la Corporación, todo a la mierda, Arturo, la perversión del sistema llega a tal punto que se considera aceptable que el Gobierno me prohíba, a mí, un particular, intervenir en medios de comunicación cuando ese mismo Gobierno es el primer interventor, manipulador y financiador de medios de comunicación del país.

Pero así son las cosas en la España del felipismo. El Gobierno interviene prohibiendo la entrada de Conde en *La Vanguardia*, y lo hace también entregando a Prisa un canal de televisión privada que Polanco hace de pago (vulnerando la propia Ley de Televisión Privada), primando con información privilegiada a los medios de información amigos, regalando publicidad y negándosela a otros, o haciendo la vista gorda con las deudas a Hacienda y Seguridad Social de aquellos grupos que se han distinguido por su apoyo a las tesis políticas del Ejecutivo.

Solchaga había manifestado su preocupación por el hecho de que los financieros tomaran posiciones en medios de comunicación social, sin acordarse de los casos del BBV, Bankinter, Cajamadrid o Grupo March en Canal Plus. Parece que la preocupación del navarro se refería únicamente a una clase de financieros, los considerados enemigos, que al invertir en medios de comunicación sólo buscan un instrumento al servicio de una finalidad política. Los financieros amigos, por el contrario, pueden invertir porque persiguen el negocio.

La entrada de Conde en Antena 3 TV parecía, por el contrario, inevitable para el Gobierno. La cadena necesitaba con desesperación el dinero de Banesto para seguir emitiendo. «Que se quede ahí, pero como inversión financiera», había dictaminado el doctor Serra, vicepresidente del Gobierno.

En el puente del 1 de mayo el banquero huye a su finca sevillana de «Los Carrizos», nunca hubiera imaginado tanta presión, se había metido en una auténtica ratonera con el asunto Godó, y las últimas semanas habían sido escenario de un nuevo acoso del Banco de España sobre Banesto. ¿Se trataba de una intentona a la desesperada de Mariano Rubio, sin el apoyo expreso de Economía o, como de costumbre, estaba detrás Carlos Solchaga, siempre dispuesto a hacerle daño?

El caso es que habían conseguido ablandar de nuevo las posiciones de Javier Godó, que nuevamente se descolgó con la idea de excluir a *La Vanguardia* del *holding*. Es difícil ser socio de Godó, creo que es una buena persona, pero con una debilidad vital fuera de lo común.

Es muy posible que su hijo haya influido en esta nueva decisión, pero en todo caso refleja una falta de criterio atroz. Presumo que nuestra convivencia va a ser difícil, puesto que es exactamente lo contrario de lo que soy yo. La verdad es que Ansón me lo había advertido por activa y por pasiva.

No tuve más remedio que acudir a la celebración del torneo de tenis Conde de Godó, puesto que el propio Javier me llamó expresamente para pedirme el favor. El día anterior Arturo y César de la Mora habían negociado de nuevo el acuerdo, al parecer de forma positiva, por lo que accedí a ir a Barcelona. Se trataba de un puro *show*: demostrar ante la sociedad catalana su capacidad de convocatoria, al ser capaz de llevarme al torneo.

Lo cierto es que a mí me interesaba mucho más la televisión que la radio, y que mi interés por *La Vanguardia* tenía como objetivo último mi acuerdo con Jesús Polanco. Por eso no quería cederme el derecho preferente de compra del periódico para el caso de que decidiera venderlo algún día, punto en el que yo me negaba a ceder.

El caso es que después de llamarme personalmente por teléfono para pedirme que fuera al torneo Conde de Godó, asegurándome que el pacto era definitivo, que esta vez sí, que me lo corroboraba de forma irreversible... después de halagar su vanidad con mi presencia en el torneo, Javier volvió a sorprenderme una vez más.

A mediados de mayo ya estaba palmariamente claro, por enésima vez, que aquello no funcionaba ni iba a funcionar; es difícil entender lo de este hombre, jamás me había tropezado con un caso semejante de ausencia de dignidad, de falta de cojones para cumplir un compromiso, es difícil de entender, el desespero del gallego no tenía límites, su soberbia jamás se había humillado tanto ante nadie, eso era lo que le sublevaba, tanto le había interesado echar la zarpa sobre los negocios del conde que había llegado a rebajarse, él, don Mario Conde Conde, plegado a los cambios de humor de un veleta durante meses, un tipo de cuarta, un tipo que falta a su palabra, que te das cuenta de que muchas veces no comprende cosas elementales, que vive en una permanente duda, un tipo infumable en el actual mundo de los negocios.

Otra vez se echó atrás, así que no me ha quedado más remedio que enviarle un requerimiento notarial exigiéndole el cumplimiento de los compromisos adquiridos. No sé en qué acabará esta historia, pero tengo que defender a mis accionistas y espero que este tipo entienda este lenguaje. Es un frente más que se abre, pero no puedo hacer otra cosa.

El prestigio de Javier Godó ha quedado por los suelos, tanto en la sociedad española como en los medios de comunicación, y de manera muy señalada en Antena 3. Los responsables de la radio y la televisión no le guardan el menor respeto, y mucho menos, si cabe, a Juan Tapia, a quien se considera un submarino del PSOE en *La Vanguardia.*

Me contaron en Barcelona que Javier tuvo problemas con Hacienda, que se solucionaron con la condición de que nombraran director del periódico a Tapia, anterior jefe de comunicación de Boyer. También parece que la concesión del canal de televisión fue hecha con la condición de que Javier no nombrara director a Martín Ferrand por su conocido antigubernamentalismo. Incluso Alfonso Guerra le dijo a Segurado que Godó le había prometido la cabeza de Ferrand, promesa que no pudo cumplir, tras una maniobra para echarlo de Antena 3 que fracasó. ¡Malo es que prometiera la cabeza de Ferrand, pero es peor que no pudiera conseguirlo!

El 4 de junio se hacía pública la ruptura del compromiso de Javier Godó con Mario Conde. Dos días antes se supo que el Patrimonio de Estado había autorizado la venta del 25 por ciento de la SER a Prisa —que ya tenía el 71 por ciento de la cadena de radio— por 3.200 millones. Un nuevo regalo del Gobierno a Jesús Polanco.

Mario Conde se vengaba de Godó casi a continuación, al anunciar la toma de control de Antena 3 TV en unión de Rupert Murdoch y el Grupo Zeta. El magnate australiano respaldaba las aspiraciones de Antonio Asensio, apartado del reparto de la tarta de las televisiones privadas, de forzar su entrada en el accionariado de alguna de las cadenas. De hecho, cuando se inician los contactos entre Asensio y Mario, Narcís Serra y Rosa Conde —con quien Antonio mantiene una relación de amistad muy estrecha— estaban a punto de conseguir para el editor catalán el paquete del 25 por ciento que De la Rosa tenía en Tele 5. Sin embargo, el dueño de Zeta prefirió la alianza con Banesto, aunque todo estuvo a punto de irse al traste en la reunión definitiva de Londres, en la que Asensio llegó a proponer a sus dos socios que se hicieran con Antena 3, mientras él intentaba abrirse paso en Tele 5.

A Conde y a Murdoch les pareció que aquello no podría funcionar. Asensio no tuvo más remedio que elegir y eligió Antena 3 [5].

La operación mereció un curioso comentario del diario *Financial Times*: «Mario Conde acaba de enfurecer a la comunidad financiera de Madrid con un nuevo ejemplo de su talento para caminar, una vez más, a través del fuego: Conde se ha convertido en un magnate de los medios de comunicación tras la operación con Murdoch y Asensio.»

Pero el acuerdo entre Mario Conde y Antonio Asensio iba a sembrar inmediatamente la discordia entre el banquero y el tradicional equipo de gestores periodistas de Antena 3. Por una razón fundamental: Antonio Asensio había encontrado por fin su juguete y quería mandar en él.

El 2 de julio, Martín Ferrand dimitía como director general de Antena 3. Su decisión, que sería imitada por otros prestigiosos profesionales de la cadena, abría una vía de agua de incalculables consecuencias en la obra viva de Mario Conde, sometido a partir de entonces a un indomeñable pim, pam, pum desde la cadena COPE, donde se refugiaron la mayor parte de ellos [6].

Que el gallego dejara al descubierto un flanco tan importante en su estrategia no dejó de sorprender a quienes siempre habían apreciado su fino olfato y su capacidad de maniobra para detectar los peligros y salir a su encuentro.

Pero el genio gallego había ya perdido el contacto con la realidad. Instalado en lo alto de su columna de Trajano, veía el mundo como se lo pintaban sus fieles allí abajo. Conde se había

---

[5] Asensio y Murdoch adquirieron conjuntamente el 22,4 por ciento de Antena 3 TV, en una operación financiada por Banesto. Entre los tres aliados controlaban más del 40 por ciento de la cadena. El precio de la operación se calculó en unos 10.000 millones, de los que Conde habría puesto 4.000 y el resto los otros dos socios. Javier Godó dimitió como presidente de Antena 3 TV.

[6] Aunque Conde protesta su inocencia en el caso de la cadena de radio, los profesionales le han acusado de ser el responsable directo de la entrada de Polanco en la misma.

Antonio Herrero decía el 28 de julio que «Godó y Conde ponen en bandeja Antena 3 al Gobierno». Y Luis Herrero aseguraba, por su parte, que «Conde vende a su padre por poder».

destapado como un empedernido jugador de simultáneas: juega con *ABC* y Ansón, juega con *El Mundo* y Pedro José, y al mismo tiempo pretende jugar con *El País* y Polanco, y cobija a Antonio Asensio y su Grupo Zeta, y acaba de estar una hora al teléfono con Luis María y cuando cuelga sale pitando para ir a pasar el fin de semana con Jesús a su finca de Valdemorillo, y la gente se entera, sus teóricos aliados naturales se enteran, y se echan las manos a la cabeza, Mario juega al PSOE y al PP al mismo tiempo, ataca al PSOE y al PP a la vez, no puede ser, ¿con quién está de verdad este hombre?, y los que estaban dispuestos a jugar sinceramente su carta toman precauciones, ¿es que no se da cuenta de que está pretendiendo conciliar lo irreconciliable? Pero Mario no está con nadie, ésa es la clave, en realidad Mario está sólo con Mario, y el resultado de este *totum revolutum* es que el señor Conde hace desconfiar a todo el mundo, el señor Conde termina por cabrear a todo el mundo, y al final todo el mundo termina deseando su muerte, y cuando definitivamente muera, el día de los Inocentes de 1993, no habrá nadie que derrame una lágrima ni rompa una lanza por él. Es la tragedia del hombre que lo quería todo para sí.

Como si de una reacción química en cadena se tratara, el grupo Prisa anunció en julio su entrada en Inversiones Godó, accionista de Antena 3 Radio, lo que al tiempo le daba el control de un paquete de *La Vanguardia*. El sueño eterno de Jesús Polanco de meter la mano en el diario catalán, se había hecho por fin realidad sin necesidad de Mario Conde.

El miércoles 16 de septiembre del 92 Ansón mantuvo una larga entrevista con el banquero en Alcalá 14. Luis María, que ha llevado a Godó a los tribunales a cuenta de la entrada de Prisa en Antena 3 Radio, se está encargando de mantener viva la llama de la tropelía cometida en la cadena, al tiempo que denuncia la existencia de un pacto entre Asensio y el Gobierno para poner al servicio de Moncloa la cadena de televisión, con el propósito de ganar las próximas elecciones generales. Luis María apoya su tesis en algunos de los fichajes (Manuel Campo Vidal, Mercedes Milá, etc.) realizados por Asensio, con quien Ansón se muestra particularmente crítico.

—Luis María, no me vengas con historias, porque tú eres demasiado listo para venir a contarme que el fichaje de Jesús Gil por Antena 3 es un intento de robarle votos al PP... ¿en tan poco valoras al PP? Hablemos con franqueza...

—Con franqueza te estoy hablando.

—Pues te diré que no te crees ni una palabra de lo que estás diciendo, y lo que te preocupa de verdad de este asunto es que en España caminamos hacia una reestructuración del panorama de los medios de comunicación social y no sabes lo que va a pasar contigo. Te lo dije hace tiempo y no me escuchaste. Yo veía con claridad el diseño de dos grupos, uno en torno a Polanco y otro en torno a quien tuviera la iniciativa de hacerlo.

—¡No me lo digas: Asensio!

—Pues Asensio, pero yo había pensado en el *ABC* y por eso diseñé una estrategia destinada a que Guillermo Luca de Tena fuera «el otro». Incluso hablé con don Juan, puesto que conozco la influencia que tiene sobre Guillermo. Don Juan lo entendió y me dio la razón. Hizo incluso más: se comprometió a decírselo a Guillermo, cosa que hizo delante de mí.

—Lo sé, lo sé...

—Lo que pasa, Luis María, es que el tren de la oportunidad no suele presentarse más que una vez en la vida de cada persona.

—Mira, Mario, el *ABC* es una institución que representa toda una serie de valores en la sociedad española, una especie de buque insignia, y lo seguirá siendo, no te quepa la menor duda.

—Sí, pero todos sabemos los momentos por los que ha pasado *ABC* en su historia, y sabemos que sin la ayuda de terceros ese buque insignia se hubiera hundido. Por eso no hay que sacralizar las cosas, sino adaptarse a las circunstancias, y por eso pensé que sería bueno que el segundo gran grupo de comunicación social se aglutinara en torno a Guillermo... Pero bueno, no me escuchó o no quiso o no pudo hacerlo. Fracasé.

—Pienso que nunca es tarde...

—No lo sé. El caso es que lo intenté también con Javier Godó. No conocía a este personaje, pero *La Vanguardia*, independientemente de sus simpatías socialistas a través de Tapia, era toda una institución que en Cataluña defendía un españolismo razonable y por tanto gozaba del prestigio para intentar la operación. Además, Godó era un enemigo mortal de Jesús Polanco, lo cual facilitaba el que asumiera el papel de «el otro». Pero, bueno, ya has visto cómo acabó la historia.

—¡No será porque no te lo advertí!

—Pues sí... Godó ha demostrado ser un personaje sin voluntad propia, susceptible de atender presiones, carente de la más elemental dignidad. Un tipo sin respeto por su firma, su palabra de honor, su historia, su familia... pienso que un hombre que no se respeta a sí mismo es, sencillamente, una piltrafa humana. Me traicionó y acabó vendiéndose a su gran enemigo, Polanco.

—¡Con tu ayuda!

—No digas esas cosas. En fin, por resumir, que las dos grandes instituciones españolas en el mundo de la comunicación social no quisieron liderar una operación de enorme trascendencia, y tuve que seguir adelante. Y apareció Asensio.

—No, fuiste a buscarlo tú.

—Mira, Antonio vio la oportunidad de convertirse en «el otro» y se lanzó en picado. Y no hubo nunca un pacto con el Gobierno, nunca. Antonio es una buena persona y algún día lo comprobarás.

—Bueno, cada uno tenemos nuestras opiniones sobre las personas.

—De acuerdo, pero Antonio es un hombre hecho a sí mismo, que ha sabido salir adelante. No tendrá detrás ni la historia ni el prestigio de *La Vanguardia*, pero ya hemos visto de qué vale eso al final. Y, convéncete, Antonio no es un hombre del PSOE, aunque, como tanta gente en este país, ha sido un felipista convencido.

—Mira, Mario, todo eso está muy bien, pero aquí hay algo más importante todavía en lo que no has caído, y es quién va a defender los ideales cristianos en este país. España tiene un porcentaje muy elevado de personas que creen en una forma de vida cristiana y necesitan un liderazgo claro. El líder no es José María Aznar, con quien todos los días tengo que hacer verdaderos esfuerzos desde el *ABC* para que no se hunda, pero no hay nada que hacer, va a perder las elecciones y dentro de poco será un corto episodio en la historia del centro-derecha español.

Hoy por hoy, sólo hay una persona que puede encarnar la defensa de esos ideales cristianos, y esa persona eres tú. Es posible que mañana aparezca otra, pero lo cierto es que hoy sólo te tenemos a ti. Esa es la razón por la que el *ABC* te ha apoyado sistemáticamente. Todo esto se lo he dicho a don Juan y al Rey, y ambos lo entienden perfectamente.

Antonio Asensio no es un personaje para esa operación que me has contado. Le falta talla intelectual y humana, es un amoral, un hombre que se mueve en el fango de muchas de sus publicaciones. Yo trataré de aislarte a ti como un puro accionista minoritario que eres, pero el *ABC* no puede defender a un hombre como Asensio. Y si de verdad te preocupa la defensa de esos ideales cristianos, tendrás que prescindir de él más pronto o más tarde, cuanto antes mejor. No tienes otra solución que colocar de presidente a una persona de tu entera confianza, y, en cuanto a la gestión, lo único que puedo hacer es ofrecerte el equipo de profesionales de *ABC*.

—Yo creo que es un poco tarde para todo eso, Luis María.

—Piénsalo.

Es un reflejo del estado de guerra civil que se vive en el periodismo madrileño, editores contra editores, periodistas contra periodistas, nadie se salva en esta pelea donde hasta al chico del café se le exige posicionarse en contra de unos u otros. El 5 de octubre, el semanario *El Siglo* publica un reportaje comentado con fruición en el mundo periodístico de la capital del reino, en el que se divide a los medios de comunicación en dos grandes frentes: por un lado «los serbios», bando integrado por los editores Polanco, Asensio, Godó y sus respectivos *staffs*, y decidido a pasar por las armas al otro bando, el llamado «sindicato del crimen», donde se alinean *ABC*, *El Mundo* y la COPE y sus profesionales más representativos.

Para la mencionada revista, esta guerra fratricida que tenía lugar en el mundo de la prensa era «un hermoso regalo con el que se ha encontrado el Gobierno socialista».

El propio Mario se echa en brazos de la tesis del «sindicato del crimen», están empeñados en hacerme daño como sea; Lago, un tipo que se ha mostrado como un absoluto indeseable, no van a parar; dispuestos a todo, incluso a la calumnia, lo mismo que Antonio Herrero y sobre todo Martín Ferrand, que es el jefe del clan, he hablado con Asensio y con Manolo Campo, y tenemos que pensar seriamente en dar publicidad a las pruebas que tenemos de comisiones y cajas negras en Antena 3, las auditorías de la cadena demuestran muchas cosas, es un Mario fuera de sí, es la guerra, éste no es mi estilo, pero esta gentuza se está pasando y creo que hay que actuar, me tengo que defender.

Los tiros del banquero se vuelven también contra Ansón, la influencia de Polanco se deja sentir, Jesús no deja de repetirle que Luis María está jugando a ser el jefe del grupo de los Ferrand, García, Lago, etc., es decir, se está situando como cabecilla del «sindicato del crimen», y creo que eso es un grave error, y yo desde luego no pienso consentirlo, porque los fenómenos tipo Al Capone tienen que desaparecer, ¿a dónde va Luis María con un patio trasero tan frágil como el que le procura su hermano Rafael? El

ABC se está convirtiendo de forma ostensible en un periódico que obedece a criterios comerciales más que a pautas racionales de actuación. Eso está en boca de todo el mundo, y tiene que desaparecer.

El mismo lenguaje habla Jesús Polanco, está el santanderino acumulando datos sobre los Ansón y sobre el resto de la banda, ha puesto a trabajar en el asunto a un conocido periodista, a quien me ha dicho que ha contratado «para dedicarlo a los trabajos sucios», y no hay que descartar la hipótesis de una actuación ordenada y conjunta entre el Grupo Zeta y el grupo Prisa para plantear un ataque frontal a este grupo, creo que sería bueno para la sociedad española, aunque para mí sería peligroso porque una vez más verán mi mano detrás de la operación, pero Jesús está que rabia, habla sin el menor empacho de mafia, y me ha anunciado que va a convertir Antena 3 Radio en «Radio Hostia», se van a enterar estos cabritos, a partir de ahora Antena 3 va a ser «Radio Hostia», lo dice así, sin pelos en la lengua, y a ver quién puede más...

Hacía tiempo que los jefazos de Prisa habían decidido movilizarse para acorralar a sus competidores/enemigos. Juan Luis Cebrián ha viajado al menos en un par de ocasiones a Milán después del estallido de Ibercorp para hacer entrega al grupo Rizzoli, socios de *El Mundo*, de un prolijo informe donde se pone al joven diario madrileño de vuelta y media, acusándole de «desestabilizar» la democracia española y ser un peligro para la convivencia, un garito repleto de periodistas resentidos que acuden al insulto como norma de conducta, dice el gran Cebrián.

Prisa ha encargado otro informe al cura Martín Patino para asustar a los obispos de la COPE con las supuestas maldades de los García, Herrero y compañía, y ha dado cuenta a la Conferencia Episcopal de un acuerdo del consejo de Prisa según el cual sería considerado un acto inamistoso y claramente beligerante el que la COPE diera entrada en su capital a Eugenio Galdón, argumentando que podría utilizar el *know how* adquirido por éste en la cadena SER para arruinar a esta cadena.

En el diario *El Mundo* los mensajes procedentes de Italia sobre las idas y venidas de Cebrián a Milán se reciben con regocijo no exento de preocupación. Preocupación por las posibles maniobras orquestales con el accionariado que pudiera poner en marcha el Régimen, Polanco y Felipe, Felipe y Polanco, y un *outsider* tan peligroso como Conde; por Madrid se ha extendido la especie de que el gallego podría ser un testaferro de Polanco en medios de comunicación, Mario comprando con dinero de Polanco, y ¿qué papel juega Mario en *El Mundo*? ¿Hasta qué punto está en situación de mercadear con el diario de Pedro José?

El 92 se despide con la prensa madrileña enfrascada en plena contienda civil, y con la misma tónica se inicia el 93. El jueves 25 de febrero, Polanco, Godó y Conde se reúnen a almorzar en la Fundación Santillana. Estaba previsto que asistiese también Antonio Asensio, pero un cólico nefrítico le ha dejado repentinamente aparcado en un hospital madrileño, y era una delicia, sorpresas que da la vida, ver compartir mesa y mantel a Mario Conde y Javier Godó, dos hombres que se habían jurado odio eterno, Jesús quería que nos reconciliásemos, pero está claro que después de todo lo sucedido con Antena 3 las cosas nunca volverán a ser como antes, aunque un acercamiento sería importante para Banesto, porque *La Vanguardia*, con ese pequeño canalla al frente llamado Tapia, se ha estado portando particularmente mal con nosotros.

Yo veía a Jesús Polanco particularmente caliente con el problema creado en torno a *ABC*, hasta el punto de que tanto él como Godó dijeron insistentemente que la situación se había hecho insostenible, que era necesario poner fin al estado de corrupción creado por los Ansón, y que era imprescindible restablecer el orden y la convivencia entre medios de comunicación.

Les vi absolutamente decididos a iniciar el ataque contra Luis María. Incluso Polanco, que había cenado con Felipe unos días antes, llegó a decir que el presidente le había dicho que estaba decidido a sacar a relucir este asunto en la próxima campaña electoral.

«Los serbios» habían decretado el asalto a la fortaleza de *ABC*, con orden de pasar por las armas no sólo a Luis María Ansón sino a su hermano Rafael. El director de *ABC* está convencido de que Mario Conde ofreció a Felipe González su cabeza en la entrevista que ambos mantuvieron en febrero del 93, y que el propio Mario, Polanco y Felipe habían concretado después los términos del envite.

Sobre Guillermo Luca de Tena cae aquellos días un verdadero diluvio de quejas en torno a las actividades de Rafael Ansón, a quien se acusa de servirse del diario *ABC* para sus suculentos negocios de comunicación, «Rafansón» tiene clientes porque es hermano de Luis María, opinan «los serbios», tinglado corrupto, exclama Jesús, que contamina hasta a la Monarquía.

Mario se ha reunido con José María Amusátegui, y luego ambos se han encerrado con Rafael Ruiz Gallardón, persona de confianza de Guillermo Luca de Tena, pena de Guillermo, se lamenta Mario, nunca quiere entrar a fondo en los problemas, el trío ha estado tratando la sustitución de Luis María Ansón al frente de *ABC*, pero será muy difícil que el editor intente algo contra el hombre que levantó el diario de la ruina.

Mario, no obstante, nunca llegó a jugar a fondo, sumido en un mar de dudas, la carta anti-Ansón, quizá no sea una norma en su conducta, pero siente debilidad por Ansón, no sabe muy bien por qué, por un lado me conviene sacarlo de *ABC*, puede causar graves problemas de convivencia en este país, afectar incluso a la propia Monarquía, como el otro día que calificó al Rey de «Majestad Católica», algo inconcebible en un país con libertad de cultos, una situación incómoda para el Monarca.

Pero no se decide, Luis María sabe que he jugado un papel decisivo en su supervivencia como director de *ABC*, y todo porque, sin saber por qué, le tengo afecto, no sólo agradecimiento, sino afecto, quizás porque me doy cuenta de que es una persona inteligente, un magnífico periodista y un hombre válido que desgraciadamente tiene algunos problemas causados seguramente por su propia soledad.

Pero Rafael Ansón, en primera línea de fuego, no se ha quedado cruzado de brazos aquellos días, se mueve como un lince y consigue que destacadas personalidades del mundo de la política y los negocios, la mayoría clientes suyos, los banqueros Botín, Amusátegui e Ybarra, se mojen ante Guillermo y le defiendan, desmintiendo tales versiones. Si se va Luis María se acaba el *ABC*, llega a decirle Ybarra, y Luca de Tena habla con La Zarzuela, donde le aseguran que no hay nada en contra de los hermanos. Y hasta José María Aznar rompe una lanza ante Guillermo en favor de «Rafansón».

—Era un punto crucial en la estrategia de los conspiradores —asegura Luis María—, porque sacarme de la dirección de *ABC* significaba meter al periódico rápidamente en pérdidas, con lo cual Luca de Tena no tendrá más remedio que vender. Si además le hacían un servicio a Felipe González, mejor que mejor.

En contra de Ansón, y a favor de la inquina de Polanco y Godó hacia él iba a jugar, como un segundo ingrediente de la operación, la tenaza perfecta, el enfado de Conde con el diario de los Luca de Tena a cuenta de la pelea por las audiencias entre Antena 3 y

Tele 5 desatada en las páginas de *ABC*. El de Banesto dice saber que «Rafansón» trabaja para la cadena de Berlusconi, tres millones y medio mensuales cobra de Tele 5, y el humor de don Mario echa chispas.

—Este va a llevar a su hermano a la ruina...

Con la «batalla de los audímetros» a cuestas, Mario Conde encarga a Rafael Pérez Escolar, todo sea por el jefe, que desenfunde toda la artillería jurídica contra «los Ansones» en el consejo de Prensa Española, editora de *ABC*.

El primer jueves del mes de marzo, en el consejo de administración, y cuando ya Rafael Ansón ha conseguido desmontar ante Guillermo la parte de operación que a él le afecta, Pérez Escolar lee un informe de brillante factura en el que viene a decir que esta casa tiene intereses en Antena 3 y Luis María Ansón los está lesionando ofreciendo información falsa sobre los niveles de audiencia de la cadena en favor de Tele 5, y ello por defender los intereses personales de Rafael Ansón. Escolar propone publicar en el diario un comunicado de rectificación, casi un finiquito para Luis María, que llevaba ya redactado y que entrega a Guillermo Luca de Tena.

El fino estratega que es Pérez Escolar no esperaba gran cosa de su alegato. El consejo de administración de la empresa editora de *ABC* se reduce en esencia a Guillermo Luca de Tena y su familia, que una vez al mes se reúnen para saludarse y verse las caras. Y, más importante: Guillermo no olvidará jamás los momentos de angustia vividos cuando *ABC* era una máquina de perder dinero que sostenían Banesto y Central, una situación de la que le había rescatado Ansón.

A estas alturas, Antena 3 ya había iniciado un procedimiento judicial con petición de medidas cautelares, que el juez correspondiente fallaría en su contra.

En el mes de abril Antonio Asensio acudió a disculparse al despacho de Luca de Tena, reconociendo ante Ansón que se había equivocado y que no quería guerras de ningún tipo. Ansón había ganado la paz. Al final fue Antonio Asensio, negándose a participar, un señor, en la escabechina del «pacto de los editores», quien seguramente salvó la vida de Luis María Ansón. El *esprit de corps* de los editores no llegó, a pesar de tanto cacareo, más allá de un par de cenas, Polanco apunta pero no dispara, y cuando lo hace le sale el tiro por la culata; eso te pasa porque no te das a respetar, Jesús, porque no te pones serio, le dice Matías Cortés.

Con un mensaje parecido llamó a su puerta Mario Conde, invitándole a comer en Jockey, quiero que nos vean juntos, se disculpó, te admiro mucho y siempre he querido tenerte a mi lado, lo sabes; y Ansón, lo mismo digo, Mario, doy todo lo pasado por no sido, miremos el futuro sin rencores.

Todavía en septiembre del 93 se le ocurrió a Mario una nueva operación, otra vez Rafael Pérez Escolar metido en faena, que contemplaba un intercambio accionarial entre Banesto y Prensa Española, con la entrada de Luca de Tena en el consejo de administración del banco.

—La descubro porque me entero de que el candidato de Pérez Escolar para sustituirme es Darío Valcárcel, quien comete la imprudencia de contarle a un amiguete de la redacción que él va a ser el próximo director de *ABC*.

Luis María subió raudo a parlamentar con Luca de Tena.

—Te van a ofrecer 35.000 millones de pesetas por tu 51 por ciento, que es una cifra fastuosa, y además te van a invitar a seguir al frente de esta casa hasta que te mueras, prometiéndote incluso que luego te suceda tu hija, como si nada hubiera cambiado...

—¡Es que con ese dinero se podrían hacer tantas cosas en el periódico!

—¿Pero, Guillermo, tú crees de verdad que hay alguien dispuesto a pagarte ese dinero para no mandar? Lo primero que te exigirán es que me quites a mí, y no te podrás negar.

El peligro fue conjurado de nuevo, pero el miedo seguía.

En plena pelea con Banesto, Luca de Tena se confesó un día ante Ansón:

—Todos los días miro con horror este teléfono, esperando que suene y al otro lado del hilo se encuentre Su Majestad pidiéndome tu cabeza...

—El Rey no llegó a hacerlo —reconoce Luis María—, porque a mí me avalan cuarenta años de servicio a la Corona, y no año y medio como a otros.

Roto su gran sueño de hacerse con *La Vanguardia*, guerreando con *ABC*-Ansón, y soportando todos los días la lluvia ácida que cae desde la COPE, Mario piensa apesadumbrado muchos días en estos inicios del 93 que quizá está pagando un precio demasiado alto a cuenta de sus incursiones en los medios de comunicación. Un precio excesivo para Banesto desde todos los puntos de vista. El gallego estaba a punto de perderse en su propio laberinto.

CAPITULO SIETE

A LAS ORDENES DE SU MAJESTAD

El rey Juan Carlos I miraba con recelo a ese nuevo rico hortera, salido de nadie sabía dónde, bueno sí, salido de las entretelas de Juan Abelló, esa era la tarjeta de visita, «el abogado de Juan Abelló», la referencia que prima durante mucho tiempo, el sello que imprime el propio Juan cuando rompe con Mario, porque Juan Abelló sí era amigo del Monarca, Juan era miembro de aquella peña iniciática de amigos de S. M., ese dilecto grupo con pretensiones de club británico, élite con la que el joven Rey compartía cena y tertulia, los Entrecanales, Garrigues, Ruiz de Alda, De la Concha, Rubio, peña que, enterita, era enemiga de Mario, sobre todo después de la riña con Abelló, aquella ruptura que tantas puertas, tantos salones, le vetó, y que también le taponó la entrada a La Zarzuela, haciendo mucho más ardua la conquista de un lugar al sol al lado del Rey de España.

La animosidad inicial tenía un fuerte componente psicológico. Don Juan Carlos era el más alto, el más guapo, el más elegante, el más apuesto a bordo de una moto de alta cilindrada, el que mejor regateaba en aguas de Mallorca... la arquitectura de aquel buen mozo no tenía parangón en la España siempre dispuesta a la adulación del poderoso. Hasta que por aguas de Mallorca apareció Mario Conde.

Una inesperada competencia surgió para el Monarca en el firmamento palmesano durante el verano del 88, aquel estío loco del entonces presidente del Banco Español Central de Crédito que a punto estuvo de costarle su carrera. En un horizonte sediento de prototipos había aparecido una estrella, la de un hombre menos alto que él, pero igualmente atractivo y rico, que empieza a monopolizar la atención pública, las páginas de las revistas del corazón, y hay celos, sí, celos ante la estela ascendente de un desconocido que unía a su arboladura física y mental la condición estructural del banquero, es decir, la cualidad diferencial del dinero.

Mario no sólo era un tipo simpático y dicharachero como el Monarca. Era, además, un individuo inteligente, avalado por un currículum universitario de primera línea.

Y hay un incidente en Mallorca, en una tienda de repuestos náuticos, el palo mayor del velero real se había partido, lo tenía Su Majestad apalabrado, pero llegó un desconocido preguntando por el palo, y lo sentimos mucho, pero está reservado, ¿reservado? Yo le doy tanto más, ¿será por dinero? Y se lo llevó, de modo que cuando apareció don Juan Carlos en la tienda el palo en cuestión había volado, ¿quién ha sido? Un tal Mario Conde, eterna aversión juró guardarle el Monarca, ¡habrase visto descaro!, lo contaba con mucha gracia don Juan, menudo cabreo pilló Juanito cuando vio que Mario se le había adelantado...

Pronto se dio cuenta de que para llegar a Palacio tendría que dar un largo rodeo. La conquista de La Zarzuela era uno de los vértices del triángulo mágico sobre el que Mario Conde estaba dispuesto a asentar sus reales, pero allí le cerraban el paso los Abelló, «los Albertos» y toda esa nómina de hispanos ricos ya instalados. Fue José Antonio Martín y Alonso Martínez, amigo de don Juan de Borbón y enamorado de la mar como él, quien presentó a Mario Conde y al conde de Barcelona.

Un primer contacto que estaba llamado a hacer fortuna. La Familia Real no es una familia cualquiera, una de esas familias donde el cariño actúa de argamasa en una relación de dependencia mutua que hace de hilo conductor desde la cuna a la tumba, no, no en la Familia Real, doña María por aquí, don Juan por allá, los hijos por acullá, cada uno atendiendo sus ocupaciones. Don Juan tenía motivos para sentirse solo. Solo y falto de atención. Quizá de cariño. Mario Conde le dio de todo. Le dedicó tiempo y atenciones. Lo cautivó, lo conquistó y lo enamoró, hasta el punto de convertirse en los últimos años de su vida en el depositario de sus más cálidas confidencias.

Mario había encontrado su camino. Porque el banquero, empeñado de manera irrenunciable en forzar su entrada en La Zarzuela, no encontraba manera de traspasar la empalizada de palacio.

Ya en su primer año de presidente de Banesto, 1988, quiso regalarle al Monarca un bonito reloj de pulsera, apenas un detalle,

S. M. había recibido en audiencia al consejo de administración de Banesto y Mario planteó en la comisión la conveniencia de hacerle un presente al Monarca, un recuerdo de la visita, ¿qué le gustará al Rey? Una bandejita de plata, no, un juego de pluma y bolígrafo de oro, tampoco, y entonces intervino el marqués de Deleitosa, ya está, hombre, que a Su Majestad le gustan los relojes tanto como a mí, pues, sea, un reloj, no se hable más, un reloj de a bordo, un Patek Philippe de acero, modelo Nautilus, 375.000 pesetas, lo encargamos a nuestro hombre en Ginebra, pero al cabo de cierto tiempo un día aparece el reloj en la muñeca de Mario, pero ¿qué ha pasado?, pues nada, chico, que lo ha devuelto, ha venido Sabino y me ha dicho que al Rey le parecía demasiado.

En efecto, el detalle de Banesto había sido considerado una ofensa en el palacio de La Zarzuela.

—¡Qué se habrá pensado! ¡hacerme un regalo de este tipo y ni siquiera le conozco, este tío es un *descarao*!

Su Majestad urdió un plan para devolver el presente.

—Mira, Sabino, vas a ir a verle y le dices que el Rey no puede aceptar este tipo de regalos, pero que yo no me he enterado de nada, y que es una iniciativa tuya.

Sabino se dijo para sus adentros que no estaba dispuesto a llegar a tales extremos. A cambio, urdió un plan que, sin dejar de cumplir el encargo de su Señor, le permitiera no faltar a la verdad.

—Mario, hemos recibido esto y, la verdad, no te parezca mal, pero Su Majestad no tiene por costumbre aceptar regalos, y menos de esta naturaleza, un regalo tan caro.

—¿Cómo que no acepta regalos?

—No acepta regalos.

—Pues, perdona que te diga, Sabino, pero sí que los acepta. Si no, a ver por qué ha aceptado el Porsche que le ha regalado Javier de la Rosa...

—Yo no sé nada de eso, Mario, pero el caso es que Su Majestad no puede aceptar un reloj que vale un millón de pesetas.

—Perdona, Sabino, ese reloj no vale ni la mitad, pero en todo caso que sepas que lo hemos hecho con la mejor intención, y porque me ha dicho Dicky Gómez-Acebo que le entusiasman los relojes.

—Pues sí, es cierto, le gustan mucho, pero mira, si quieres tener un detalle con el Rey mándale una cosa simpática, de poco valor, que te lo agradecerá lo mismo.

Su Majestad rechazó el Patek Philippe, pero había recibido y aceptado para su escudería un precioso Porsche de competición, valorado en 24 millones de pesetas.

Eran los tiempos de vino y rosas entre La Zarzuela y De la Rosa, o mejor, entre Manuel de Prado y Colón de Carvajal y De la Rosa.

Manolo Prado, *cherchez l'homme*, ha sido desde hace muchos años el dueño y señor de palacio, el mejor amigo del Rey, seguido a corta distancia por el príncipe Tchokotua y por Francisco Sitges, presidente de Asturiana de Zinc y de los astilleros de Mefasa, en San Juan de Nieva (Asturias).

Muy pocos españoles saben cómo empezó la relación de amistad entre el Monarca y Prado, el valido por excelencia, el nuevo Godoy de esta España lacerada por tantas crisis.

Hijo de un chileno republicano y de una española monárquica hasta la médula, su madre le llevaba a ver al Príncipe cuando éste vino por primera vez a España, ella emocionada y yo pasando, un par de veces o tres, no sentía el menor interés, la verdad, hasta que un día, no puedo precisar el motivo, empezamos a charlar a la una y media de la tarde y no lo dejamos hasta las tres de la madrugada, estuve maleducado y grosero, lo recuerdo bien, hasta insolente, pero cuando aquella noche nos despedimos con un fuerte abrazo salí convencido de que sería el mejor Rey de la Historia de España, como así ha sido, el mejor Rey que hemos tenido nunca, un Rey dispuesto a superar los traumas del pasado y atar en corto nuestros demonios históricos, un factor de integración, de vertebración, una suerte de Rey para un país que tiene el problema de diecisiete autonomías, y lo mismo la Reina, la mejor Reina que ha tenido España, por encima de Isabel la Católica, sí señor, ¡ay!, de aquella noche se han cumplido ya treinta y tres años, exactamente treinta y tres años...

Desde entonces he prestado muchos servicios a la Corona, cosas que yo nunca pienso contar, porque tampoco piensa contarlas el Rey, me hace gracia escuchar que S. M. salvó la democracia el 23 de febrero, ¡qué va!, el Rey ha salvado la democracia española cada uno de los días en que le tocó desmontar el franquismo con todo el cuidado del mundo, sí, el Rey ha prestado servicios impagables a este país, y yo, en mi modestia, se los he prestado al Rey, y no me arrepiento de nada, ni siquiera de las tres veces en que he estado a punto de morir bajo las balas asesinas de ETA, a mi hermano Diego le secuestró ETA porque no pudo cogerme a mí, lo sé, por eso cuando lo liberamos la cúpula etarra me condenó a muerte, y una de las veces estuvieron a punto de asesinarme a la puerta de mi casa en El Viso, el «Macario» aquel y la Belén González, las pistolas desenfundadas, llegué a verles la cara, me salvó un autobús que se interpuso entre ellos y mi coche.

No me arrepiento, no señor, lo que lamento es que mis servicios al Rey se hayan teñido de un cierto halo oscurantista que me ha perjudicado, pero no hay nada que ocultar, todo eso de que si negocios, nada, falsedades, pura invención, mi tarea es muy sencilla, y es que si don Alfonso XIII tuvo al conde de Ruiseñada como intendente general y don Juan de Borbón tuvo al conde de los Gaitanes, pues yo sería ahora el intendente general de don Juan Carlos I, pero como no me gusta nada lo de intendente, palabra horrísona, prefiero ser conocido como un simple administrador de los dineros privados de S. M., ése es todo el misterio, secreto bobo, que no hay peor cosa que no decir las cosas como son, y no se han dicho porque a Sabino no le dio nunca la gana decirlo, no quiso que se supiera.

Hombre vivo, de mirada escrutadora, marcado físicamente por un accidente de tráfico juvenil que le llevó el antebrazo, su conexión con el entonces joven príncipe Juan Carlos fue inmediata, los dineros de la Casa Real los había llevado la familia Deleitosa, aunque no había demasiado que llevar, la verdad, que don Juan Carlos había visto cómo su padre vivía de la caridad de los grandes de España, origen, aseguran, de un cierto trauma, él no caería nunca en esas redes, nunca prisionero, tenía que ser económicamente independiente, la Casa Real tenía que levantar su propia fortuna, y fue a dar en las redes de Manuel Prado y Colón de Carvajal, gesto grave de caballero del Greco, voz profunda, modales educados, un punto exagerado de formas, Manolo Prado es el poder o buena parte del poder en este país.

De nivel cultural más bien modesto, se ufana hoy de su residencia suiza, y de su pasaporte diplomático de embajador de España, concedido por el Rey para realizar gestiones personales en el extranjero, tengo residencia en Lausanne, sí, permiso C, y pasaporte diplomático para los servicios que guste encomendarme Su Majestad, pero soy español por los cuatro costados y jamás tendré otro pasaporte que el español.

Aunque sus enemigos, que los tiene por docenas, afirman que en Manolo Prado hay un canalla dispuesto a cambiar de caballo cuando ve las orejas al lobo, seguramente lo que hay en él es un tipo listo perfectamente adaptado al medio, un hombre de su época que, como dijo Gracián, ha sabido hacerse indispensable («acabada la dependencia, acaba la correspondencia»), aunque lo suyo en temas de dinero no haya sido precisamente el arte de la prudencia. Manolo es además un notable del Reino, que ha emparentado por intermedio de la Fundación de Ayuda contra la Droga, que preside la Reina, con el club de los «polarangos», los poderosos Polanco, Arango, Sarasola y demás.

Manolo es hombre de gusto, que se separó de Paloma Eulate Aznar, marquesa de Zuya, para casarse con una guapa joven sevillana, Celia García Corona, treinta y dos años frente a sus sesenta y cuatro, con la que ha tenido un hijo. De su primer matrimonio es padre de Manolo (casado con Casilda Aguirre), Borja y Teresa, tres hijos con los que ha mantenido, ya no, una difícil relación a cuenta de las circunstancias que rodearon su ruptura con la madre.

Pero Manolo Prado, magnánimo como es, dejó a sus hijos «El Toñalejo», una finca de quitar el hipo en Medina Sidonia. Y como el trío no se conformara, Manolo apuró su generosidad constituyendo para ellos un fondo en Suiza, de forma que en España anda Manolo ligero de equipaje, o eso dice, una bonita casa en el paseo sevillano de las Palmeras, con otra aneja que hace de oficina, y una finca magnífica de perdices en la carretera Sevilla-Huelva, término municipal de Higuera de la Sierra, al lado de Aracena, agregación de varias parcelas, una de ellas llamada «Valdelozano», convertida en explotación modelo. *C'est tout* para la que pasa por ser una de las mayores fortunas españolas del momento.

Hasta principios del 92, Manolo Prado no quiso saber nada de Mario Conde. Mario estaba mal visto y punto. Ambos se habían conocido en una reunión del patronato de la Fundación de Ayuda contra la Droga, inmediatamente después de que el gallego hubiera sustituido a López de Letona como presidente de Banesto. Acababa de comprar «La Salceda», en Toledo, al torero Marcial Lalanda, y en un momento de relax fui a donde estaba sentado y le saludé, soy Manuel Prado, ya lo sé, ya te conozco, y enseguida hablamos de la finca, porque en «El Alamillo», que está al lado de «La Salceda», tengo vividos momentos muy felices de mi niñez y juventud.

Y pasó mucho tiempo antes de que volviéramos a vernos, la segunda vez fue navegando, coincidimos una noche cenando en un restaurante de Cerdeña, Mario iba con don Juan, nos saludamos, y poco más.

Pero Mario ya era amigo de Borja Prado Eulate, treinta y ocho años, casado con la jerezana Pilar Benítez, y no se sabe bien qué fue primero, si el huevo o la gallina, si fue Mario quien se acercó a Borja, «sí, porque Borja le vende a Mario la entrada en Palacio», como dicen sus amigos, o fue Borja quien se acercó a Mario para ofrecerle los buenos oficios de la Union des Banques Suisses (UBS) de la que Borja, de tal Prado tal astilla, era *broker* o consultor en España.

«En 1987 volví a España y monté una sociedad para el asesoramiento de inversiones extranjeras», asegura Borja, «que es a lo que me dedico. Unos amigos que tenía en UBS en Suiza, vinieron a preguntarme si podía colaborar con ellos aquí. Acababan de comprar Phillips & Drew en Londres y querían operar en España como *merchant bank*, pero necesitaban a alguien que les introdujera, que hiciera lo que Guillermo de la Dehesa hace, por ejemplo, para Goldman Sachs. Y ese era mi papel, presentarles, introducirles, que fue lo que hice ante Endesa, Repsol, Argentaria... y Banesto. En agosto del 88 fui con ellos a ver a Mario Conde, que ya tenía *in mente* el proyecto de la Corporación Industrial, y a partir de ahí termina mi trabajo. UBS empieza a preparar con su gente en Londres una presentación de la salida a bolsa de la Corporación y, un año después, se adjudican el proyecto».

Nadie sabe para qué necesita la UBS el asesoramiento de Borja Prado teniendo abierta en España una oficina de representación, aunque algunos lo imaginan. La Union des Banques Suisses no es un sindicato bancario, sino uno de los más grandes y rentables bancos suizos, un banco regido por la sagrada ley del secreto más absoluto —sólo importa el dinero, no su color, olor o procedencia—, característica de una insolidaridad entre estados típica del medioevo, en la que descansa buena parte de la prosperidad suiza.

La empresa cuya titularidad Borja Prado comparte con su socio Jaime Castellanos en la calle Almagro se llama BTA Internacional, pero eso es casi una anécdota porque nadie sabe el número de sociedades más o menos fantasmas que maneja el joven. En Almagro 29 trabaja Borja, dos secretarias y un chófer. No hay papeles, ni archivos, ni dinero. Las secretarias jamás ven un duro. Es parte de los misterios domésticos de la cripta embrujada de Almagro 29.

Allí tiene también despacho Javier Corsini, marido de Teresa Prado, un tipo descrito como de cortas prestaciones, dedicado a vender la caza de Sierra de San Pedro S. A., 51 por ciento propiedad de Manolo Prado, y a organizar cacerías en Hungría donde la *vox populi* dice que Prado ha adquirido los derechos de caza mayor sobre decenas de miles de hectáreas. Borja, señorito jerezano en la más señera acepción del término, simpático con sus iguales y áspero con los subordinados, tiene dos hijos con la jerezana Pilar Benítez. Borja presume de relaciones, pero la mejor relación es la de su padre, dispuesto siempre a sacarle de apuros, pagarle facturas, apuntarle con el dedo un buen negocio o darle un consejo gratis.

Con el único que Borja Prado guarda las formas es con su socio Jaime Castellanos, todo un carácter, concuñado de Emilio Botín en razón a su matrimonio con Patricia O'Shea, cuyo padre es uno de los dueños de la fábrica de armas La Esperanza, los morteros más fiables del mercado, uno de los mejores negocios que ha habido nunca en España.

Castellanos, un bilbaíno que llegó a Madrid apenas sin curtir pero con dinero que gastar, se apuntó a cuanta fiesta, cena o sarao fuese menester apuntarse para volar alto. Con fama también de duro con el servicio, mantiene su propia oficina madrileña en una correduría de seguros, afiliada a la Willis Faber.

Pero Jaime va mucho por Almagro y es una maravilla asistir al pase de notables que día a día desfilan por el despacho de Borja; ayer mismo, por ejemplo, pasó dos horas aquí Rodríguez Colorado, bonitos negocios inmobiliarios con el responsable de política territorial de la Comunidad de Madrid, y luego vino a almorzar Pedro Pacheco, y por la tarde estuvo Juan Carlos Garay, del Deutsche Bank, aseguran en la oficina que Garay es socio de Borja, aunque éste lo desmiente, y después Ramón Espinar, consejero de Hacienda de la Comunidad, y también Mariano Jaquotot, el socio de Ramón Mendoza, y Luis Rojas, yerno de Alfonso Fierro, una procesión, sí señor, por el despacho de Borja transita gente de todos los colores, mucho *pesoe*, y muchos más llaman por teléfono, Borja lo coge directamente si puede, no quiere que se enteren las secretarias, mejor que no sepan, así no podrán largar, a veces llama Zourah Tchokotua, el «príncipe Tchokotua» y sus curiosos negocios con algún país árabe poco recomendable, este es Borja, el centro neurálgico de uno de los más importantes *lobbies* españoles del momento, tráfico de influencias en estado puro, para algunos un verdadero centro de poder en este país.

Cuando la llamada crisis del Golfo frustra la salida a bolsa de la Corporación Industrial, UBS y Borja Prado se convierten en *brokers* de algunas de las operaciones de desinversión que Mario realiza con empresas de la Corporación, las más importantes de las cuales fueron la venta de Petromed y La Unión y el Fénix.

Con el paso del tiempo, Borja, un experto en buscar apoyos, se hizo gran amigo de César Albiñana, el «cuñadísimo» de Conde en razón a su matrimonio con Verónica Arroyo, tipo ambicioso, que ha cultivado a Lourdes con gran dedicación; Albiñana se vincula estrechamente a Romaní y empieza a ser poderoso porque todas las operaciones de la Corporación, con sus corresponientes enjuagues jurídicos, pasaban por César, y César empieza a ser cortejado por mucha gente, y uno de los que más le miman es Borja Prado, y salen a cenar, y veranean juntos en Palma; también a César le viene bien poder presumir ante Mario de esta amistad, con lo cual resulta que Borja tiene dos entradas en Banesto: tiene a su buen amigo Fernando Garro en el banco, y tiene a César Albiñana en la Corporación, ¿hay quién dé más?

Precisamente Banesto estaba enfrascado en un programa radical de remodelación de oficinas, Fernando Garro, el director general a cargo del proyecto, había dividido la red en tres tercios, aquello se había planteado como un plan de remodelación a tres años, que para Barcelona, Madrid y Sevilla tenía que estar acabado a primeros del 92, cuestión de imagen, y la decisión que tomamos fue acudir a tres *consulting* de ingeniería para que fueran ellos quienes coordinaran, diseñaran, seleccionaran y adjudicaran la realización material de las obras. Las experiencias con Agromán eran nefastas, era una de las manifestaciones de la locura de Banesto, Agromán se encarga de las obras del complejo de Pinar de Chamartín y le cuestan al banco un 40 por ciento más caras que cualquier otro constructor, y Fernando Garro que se subía por las paredes, no volvemos a adjudicar una puta obra más a Agromán.

Uno de esos *consulting* era Spengler S. A., presidida por Joaquín Vázquez, en la que participaba accionarialmente Borja Prado. Spengler, que también participaría en la construcción de «Los Carrizos», había hecho remodelaciones en Moncloa y Zarzuela, a plena satisfacción de sus dueños, y alguien con mando en plaza en uno de esos palacios telefoneó a Mario para recomendarle a Spengler, y Mario pasó la nota a Garro, y Garro entregó un tercio del lote a Spengler, «pero, ojo, porque en calidad, coste y plazo eran los mejores, que yo ni siquiera conocía a Joaquín Vázquez, como tampoco conocía a los otros dos *consultings*, uno de ellos los norteamericanos Austin Co., y si se hubiera tratado de amiguismo hubiera encargado las obras a mi amigo Florentino Pérez, de

Padrós, que se quedó sin probarlo precisamente por ser amigo mío».

Pero el tema gordo de Borja, el asunto de UBS, se acabó en julio del 93, cuando los buitres suizos rompieron amarras argumentando, estarían de queja, que Borjita sólo les planteaba negocios con Banesto, su imagen en España estaba demasiado vinculada a Banesto, y Borja que no, que no era cierto, que había presentado otras cosas a su contacto directo de UBS en Londres, Carlos Oyarbide, y que nadie le había contestado, claro que nadie sabía hacer negocios como Banesto.

Desde que se rompe la relación con el banco, los negocios de Almagro 29 caen en picado, pero algo harán los Prado, Castellanos y Garay para salir del *impasse*, algún negocio planteará Mendoza en Rusia, ya saldrá algo nuevo con Libia, de momento Borja sigue teniendo las mejores amistades, dicen que en palacio se han enfadado con él por indiscreto, y nadie comprende entonces por qué la infanta Elena sigue festejando con la familia de Borja, visitando «El Toñalejo» o acudiendo a los toros el pasado San Isidro en compañía de Paloma Eulate y Pilar Benítez.

Pero llegó un momento en que Manolo necesitó financiación urgente para el proyecto inmobiliario «Castillo de los Garciagos» que estaba desarrollando con Prima Inmobiliaria en Jerez. Se trataba, en origen, de una finca de 200 hectáreas en torno al circuito de Jerez de la Frontera, que Manolo Prado compró a la familia Calle Vergara, y sobre la que se diseña un elegante conjunto de golf, obra de Jack Nicklaus, donde este año se ha celebrado el Open de Andalucía, chalets, un hotel de lujo de 140 habitaciones y otras instalaciones sociales. El proyecto lo llevaba Arturo Moya, candidato que fue de Poder Andaluz en las últimas elecciones autonómicas, un hombre mencionado por Mario Conde como potencial peón político suyo en la región.

Posteriormente, Manolo vendió el 75 por ciento a Prima Inmobiliaria, quedándose con el 25 por ciento restante, y Prima concertó con diversas entidades la financiación del proyecto, básicamente con BNP y con Banesto Hipotecario. La realidad es que Banesto se subrogó en un crédito vencido y no pagado que la sociedad tenía suscrito con el BCH. Era la oportunidad que Mario estaba esperando desde hacía tiempo.

Cuando ocurre el deceso de Prima, arrastrada por la caída del grupo KIO, Manolo se asusta, ¿por qué se asusta Manolo?, porque yo no he tenido nunca un problema con los bancos, así que decidí recuperar todo el proyecto, recompré el 90 por ciento del negocio a Prima, luego busqué gente y vendí el golf, el club social y el hotel al grupo Credicom, filial de Crédit Lyonnais.

Y me quedé con el 100 por ciento restante, que tras las ventas citadas está constituido básicamente por 115.000 metros cuadrados de terreno, y el pasivo de Banesto, que había pasado de 3.600 millones de pesetas a 1.600 millones, que es lo que debo ahora.

Precisamente había iniciado conversaciones con Banesto para encontrar fórmulas de financiación de esta cantidad, el acuerdo estaba para la firma el 28 de diciembre del 93, cosa de brujería, y nunca se pudo firmar, claro, de forma que sigo siendo deudor de Banesto por 1.600 millones de pesetas.

Hoy tengo el control del 100 por ciento de «Castillo de los Garciagos» a través de Trebolquivir, que es mi sociedad *holding* en Andalucía. ¿Relaciones mías de privilegio con Mario? Ninguna, dicen que fui yo quien le hizo socio del Patronato de los Reales Alcázares de Sevilla y es falso, que fue Rojas Marcos, con quien Mario tiene buena amistad, aunque es cierto que ambos entramos a la vez.

«Castillo de los Garciagos» fue la fortaleza que conquistó Mario para llegar a Manuel Prado, el sendero por el que tenía que transitar para llegar a La Zarzuela. El presidente de Banesto estaba empezando a desplazar a Javier de la Rosa en el corazón de Manolito Prado y Colón de Carvajal, seguramente también en su cartera, que en la feria de abril del 92, Sevilla rumbera, Manolo va y viene un día con uno, al siguiente con otro, de caseta en caseta, y lleva al propio Mario a la de Javier para que ambos festejen y parlamenten.

Tampoco había resultado fácil para Javier alcanzar la estima de Manolo Prado. Las relaciones entre ambos habían sido malas, tormentosas incluso. Un día, hará cinco años, me llama el Rey y me dice que tengo que prestarle un servicio, que tengo que ir a Kuwait con una carta suya para el emir. Le ha visitado el presidente del Gobierno y le ha dicho que hay que decir a los kuwaitíes que inversiones en España todas las que quieran, pero que con Javier de la Rosa ni hablar, ése no puede ser su hombre en España, y Julio Feo sale para Londres, sede de la oficina europea de KIO, con una carta de Felipe en este sentido, y a mí me pide el Rey que haga lo propio ante el emir de Kuwait, y yo le miro a los ojos y le digo,

Señor, yo no voy a Kuwait, pero ¿cómo, me estás tomando el pelo? no, Señor, pero yo creo que eso es una injusticia, ¿es que este hombre ha sido juzgado por algún delito y condenado por los tribunales de justicia? no, ¿verdad?, pues entonces no se puede hacer eso, no podemos hacer eso, usted tiene que amparar a todos los españoles por igual, y el Rey me dijo, tienes toda la razón, Manolo, no vayas a Kuwait, ya me encargo yo de decírselo a Felipe...

Julio sí viajó a Londres, pero volvió tan Feo como fue. En la oficina británica de KIO reinaba Fouad Jaffar, íntimo amigo del catalán, que se pasó la carta de Felipe González por la entrepierna, en vista de lo cual el Gobierno socialista decidió cambiar de táctica y someter a De la Rosa a un estrecho control, siempre bajo la supervisión directa de Carlos Solchaga y sus hombres, su jefe de gabinete Sempere, el *biutiful* Guash, el presidente de Ercros, Vega de Seoane, etc., siempre bien marcado, monitorizado, de forma que el ministro Solchaga estuviera siempre al corriente de hasta cuando rezaba sus oraciones el catalán.

Pero De la Rosa vio que en el Rey tenía un cierto valedor frente a la injusticia, y le estaba muy agradecido, también a Prado, luego las cosas fueron cambiando por intermedio de Jordi Pujol, con quien yo he tenido siempre buena amistad. El me pidió que entrara en la Corporación Nacional del Leasing (CNL), lo que luego sería Gran Tibidabo, como vicepresidente, puesto que yo había participado en las negociaciones para la venida a España del Parque Disney.

Y Javier me empezó a decir que quería almorzar con el Rey, que sus hijos tenían el trauma de querer conocer a la Familia Real, y yo se lo dije al Rey, que al final les invitó un día a almorzar, estaba don Juan Carlos y el Príncipe, y los hijos de Javier tomaron fotos, muy simpático todo, pero claro, el Monarca me había puesto una condición: le recibiré con el compromiso de que esto no salga de aquí, pero camino de vuelta a Barcelona ya se lo contó con pelos y señales a Miguel Roca, porque De la Rosa no puede callar nada, es su problema.

El caso es que cuando se produjo la hecatombe de KIO Javier me empezó a asustar, comenzó a decirme y a enseñarme recibos, facturas de pagos a partidos políticos, yo creo que eran papeles manipulados, y me alarmé, sinceramente, pensé que eso me lo podría hacer a mí algún día, y empecé a distanciarme, con delicadeza, porque Javier es una persona muy humana, muy sensible, muy de familia, y yo no quería hacerle daño y la cosa vino rodada a causa de mi nombramiento como presidente de Cartuja 93, el parque de atracciones de Andalucía, ya que no podía estar en dos sociedades que iban a competir directamente en el mismo sector de negocio.

Y luego se ha dicho por ahí que si me ha dado dinero, que si no sé qué... a Javier le pierde su locuacidad, y ese afán enfermizo por defender y proteger su imagen. También se ha dicho por ahí que regaló un coche al Rey, y no es verdad, cuando el Rey cumplió cincuenta años de edad, un grupo de catalanes con posibles quisieron hacerle un regalo, un Porsche Carrera, 24 millones de pesetas, no sé, Alberto Folch, José María Esteve, Mariano Puig, Pedro Mir... y en el grupo no estaba De la Rosa, total que Pedro Mir, que es como su hijo, consiguió meterlo en el grupo, «yo puse 4 millones», y ésa es la historia del Porsche real.

El grupo fue recibido por Su Majestad al hacer entrega del regalo, media hora en La Zarzuela, divertido, y más de uno quedó impresionado al contemplar el garaje real, repleto de coches y motos, sobre todo motos de alta cilindrada, todas las BMW que salen al mercado regalo de la marca al Monarca.

Sabino alertaba sobre las malas compañías reales, tiene sus informes, duros, concisos, guardados como pepitas de oro, en los que se mostraba taxativo respecto a los regalos, por no hablar de las amistades del Monarca, un Rey no puede tener amigos, el Rey y la Familia Real son mortales, pero no son como el resto de los mortales, es un planteamiento que no tiene ningún sentido dentro de un régimen de Monarquía parlamentaria, cierto, pero que es una corriente de opinión que los defensores de la institución pugnan por mantener viva, porque en ello reside, afirman, la esencia de la Monarquía a lo largo de los siglos, y por eso los matrimonios reales deben hacerse entre iguales, gente de sangre azul, y por lo mismo es imposible que el Rey tenga una cierta relación de afecto con alguien que no sea su «par», un «igual», y por eso son poquísimos a lo largo de la historia de España los ejemplos en que un Rey se haya batido el cobre por alguno de sus amigos o favoritos.

Pero en algunos momentos de la Historia se producen casos de personas que sí alcanzan una relación especial. A lo largo de 1993 Mario Conde Conde creía encarnar uno de esos casos, ¿por qué? Por su amistad, primero, con el padre del Monarca, don Juan de

Borbón, un hombre que llegó a querer de verdad al banquero, tanto que un día almorzando en casa de los Ussía, se levantó de su asiento para brindar por Mario, «al que quiero como a un hijo».

El nivel de confidencialidad alcanzado entre ambos llegó a ser total en la última etapa de la vida del conde de Barcelona.

—¡Hay que ver, toda una vida esperando a ser rey, y resulta que quien te lo impide es tu hijo, cuando él no puede ser rey más que si yo soy rey!

Era una relación que alimentaba no pocas tensiones entre padre e hijo. El que Mario fuera amigo de don Juan, y el que don Juan le pusiera por las nubes, provocaba que el entorno de ricos que frecuentaba palacio le pusiera por los suelos, estado de opinión del que participaba el Monarca. Pero ocurrió que don Juan enfermó de gravedad a mediados del 92, y en el transcurso de esta enfermedad don Juan Carlos se dio cuenta de dos cosas: del afecto que sentía su padre por el gallego, y sobre todo del trascendental papel jugado por don Juan en la consolidación de la institución en España, hasta el punto de que con su muerte desaparece el punto de competitividad que existía entre ambos, y reaparece el afecto del hijo hacia el padre.

Pero el segundo y más importante asunto que contribuye a consolidar la posición de Mario Conde en palacio es una operación de la que poco se ha sabido hasta ahora y en la que el banquero jugó un papel decisivo: la serie de acontecimientos que condujeron al relevo del general Sabino Fernández Campo como jefe de la Casa Real.

Mario conoció a Sabino en una cena en casa de José Antonio Martín y Alonso Martínez que, además de amigo de don Juan, había sido cuidador de la imagen del gallego desde los tiempos de Antibióticos, barrio de Mirasierra, año 88, y la misma noche en que se lo presentan Sabino comienza a hablar del Rey en una forma que si al principio pareció chocante, al final terminó siendo francamente molesta, intolerable, o eso piensan algunos de los invitados, Conde queda sorprendido, soy presidente de Banesto, no me conoce, y dice esas cosas del Monarca, y tiene un par de conversaciones con don Juan sobre Sabino, el papel de Sabino, a qué juega Sabino.

El recelo es mutuo. Al jefe de la Casa Real no le parece trigo limpio el banquero, desconfía de él, y cree que la amistad con el padre del Rey es una simple añagaza para llegar a palacio e instalarse en él, también celos, y Sabino intenta por todos los medios romper esa relación, dispuesto a utilizar todo en su contra, hasta la acracia feliz de un Dicky Gómez-Acebo, marqués de Deleitosa, vicepresidente de Banesto y concuñado del rey Juan Carlos, que no pierde oportunidad de proclamar que la decadencia de España empezó con los Borbones, un desastre de reyes, insiste Dicky, si no hay más que repasar la Historia...

Un incidente informativo típicamente veraniego, ocurrido a primeros de agosto del 92, vino a romper este estado de cosas. En efecto, la revista francesa *Point de Vue* y la italiana *Oggi* se hicieron eco durante el verano 92 de las andanzas en tierras suizas del Rey de España, y de un supuesto *affaire* amoroso del Monarca con una señora mallorquina.

La información fue recogida el 2 de agosto por el diario *El Mundo*. Pedro J. Ramírez se encontraba en Bath, Inglaterra, y el director en funciones, Melchor Miralles, consideró de interés, en una época del año informativamente pobre, dar una reseña de lo aparecido en ambas publicaciones.

El reportaje produjo un cierto revuelo entre algunas fuerzas vivas, rehenes de una hipocresía muy británica y una ambición muy francesa, al servicio de una envidia muy española. La *biutiful*, herida por el escándalo Ibercorp, consideró llegado el momento de asestar un rejonazo a *El Mundo* y a través de su inefable vocero, Juan Tomás de Salas, acusó al diario de estar al frente de una campaña contra el Rey, movida tras las bambalinas por el banquero Mario Conde. Aquello era matar dos pájaros de un tiro.

Llovía sobre mojado con *El Mundo*. En efecto, menos de dos meses antes de la historieta de *Oggi*, el diario había dado en la diana con una exclusiva según la cual S. M. el Rey había firmado una ley en Madrid un día que se encontraba en Suiza. Un imposible lógico.

La historia tiene su anclaje en el entonces ministro de Asuntos Exteriores, Francisco Fernández Ordóñez, que, muy castigado físicamente, llevaba tiempo solicitando el relevo al presidente del Gobierno, la última vez, el domingo 7 de junio del 92, horas antes de que el presidente viajara a Bolivia.

El 12 de junio, tras la rueda de prensa posterior a un Consejo de Ministros presidido por Narcís Serra, Rosa Conde anunció que Felipe decidiría el nombre del sustituto de Ordóñez inmediatamente después de su regreso de Iberoamérica.

El miércoles 17 de junio, en una improvisada rueda de prensa en el Congreso, González, de vuelta en Madrid, respondió a la pregunta de un periodista aclarando que no había estado el día anterior con el Rey, en el habitual despacho de los martes, porque éste se encontraba fuera de España.

Tras el Consejo de Ministros del viernes, 19 de junio, los periodistas preguntaron a Rosa Conde si el retraso en el nombramiento del sucesor de Ordóñez se debía a la ausencia de don Juan Carlos, que aquellos días faltaba de España sin tener prevista ninguna visita oficial al extranjero, y la portavoz, haciendo honor a la permanente querella que mantiene con la sintaxis del castellano, respondió que «desde el Ejecutivo por razones de cortesía y prudencia no debemos informar de lo relacionado con el Rey, saben ustedes que desde el Gobierno tenemos siempre un cuidado exquisito con estas informaciones». La Conde se negó a responder las preguntas relacionadas con el paradero del Monarca, alegando que debía ser la Casa Real la que informara de las actividades de don Juan Carlos.

Era el ingrediente que necesitaba el guiso para que las especulaciones se desataran. Por Madrid se extendió como la pólvora la especie de que el Monarca estaba *missing*.

El caso es que el Monarca andaba perdido en los Alpes. Sabino, sorprendido en La Zarzuela por los periodistas, comentó que el Rey estaba en Suiza, sometido a un tratamiento de rehabilitación que periódicamente realiza en las montañas alpinas, una mentira piadosa, una mentira irritada, porque Sabino piensa que el Monarca puede tomarse ciertas licencias siempre que ello no entorpezca su función constitucional, siempre que esté donde tiene que estar cuando tiene que estar.

El viernes 19, el diario *El País* aseguraba que don Juan Carlos se había desplazado a una clínica suiza para someterse a un chequeo médico.

Fue suficiente para que el Monarca bajara de los Alpes, donde se encontraba en secreto, y regresara precipitadamente a Madrid. Sabino había cumplido su trabajo, alterando los planes del Rey y haciéndole suspender su escapada.

Al día siguiente, sábado, don Juan Carlos recibió en La Zarzuela, a las nueve y media de la mañana, al presidente del Gobierno, quien le notificó el nombre del sustituto de Fernández Ordóñez. El nombramiento no podía retrasarse más. El 26 de junio se iniciaba en Lisboa una cumbre comunitaria decisiva tras el «no» danés a los acuerdos de Maastricht, y a ella debería asistir el nuevo ministro después de haberse estudiado la lección.

La prensa aseguraba que el Rey y Felipe iban a volver a reunirse el 23 de junio, como todos los martes, pero Su Majestad ya había anunciado a quien tenía que saberlo que el día 23 no pensaba presidir la tradicional corrida de toros de la Asociación de la Prensa.

Otras ocupaciones seguían reteniéndole en Suiza, adonde regresó de nuevo tras despedir a Felipe González a la puerta de La Zarzuela poco después de las once de la mañana.

Finalmente, la prensa anunció el nombramiento de Javier Solana como sustituto de Ordóñez el martes, 23 de junio, señalando que Felipe y don Juan Carlos volverían a reunirse en la tarde de aquel martes.

Pero la espoleta de la historia la pone el diario *El Mundo* el miércoles, 24 de junio, al revelar que el Rey había firmado una ley sin estar en España. En efecto, se trataba de la Ley de Creación de la Universidad de La Rioja, aparecida en el *BOE* el viernes 19 de junio, y supuestamente firmada y sancionada por Su Majestad el día anterior, lo cual era imposible, puesto que el 18 de junio estaba fuera de España. El escándalo estaba servido.

En efecto, el Monarca había abandonado Madrid el lunes, 15 de junio, rumbo a Suiza, y no había regresado hasta la tarde del viernes, 19 de junio, por lo que la citada ley podría ser nula por contener una falsedad: o el Rey no la había sancionado personalmente, en contra de lo preceptuado en la Constitución, o la había firmado en fecha distinta a la recogida en el *BOE*, o la firma se había recogido fuera de España. En cualquiera de los tres casos, contendría una falsedad cuya responsabilidad recaería sobre el presidente del Gobierno.

El sábado, 20 de junio, tras despachar con Felipe, Su Majestad había regresado a mediodía a Suiza, de donde volvería a mediodía del martes, 23 de junio, para entrevistarse con Felipe González y firmar el decreto de nombramiento de Javier Solana como nuevo ministro de Exteriores. Tras despedir a Felipe y felicitar al conde de Barcelona, cuya onomástica se cumplía al día siguiente, regresó apresuradamente a las montañas de la idílica Suiza.

En Palacio, la página de *El Mundo* del 2 de agosto causó gran impacto. Era la primera vez que la vida privada del Monarca salía a relucir en letras de molde. Los españoles son muy liberales en cuestión de faldas, y el propio Sabino, desde la atalaya de un cargo que multiplicaba las ocasiones, goza de fama de mujeriego. Aquí, y en contra de lo que ocurre en Estados Unidos, por ejemplo, no se entendería que un candidato a la Presidencia del Gobierno perdiera sus opciones tras serle descubierto un *affaire* amoroso.

Pero esta vez era distinto. Esta vez eran palabras mayores, porque el asunto afectaba a la Casa Real. El Monarca llamó a Mario Conde. El banquero era dueño de casi un 5 por ciento en el diario madrileño y tenía que hacerle un favor. También llamó a Gianni Agnelli, su amigo italiano, situado al final de la cadena como accionista [1] más importante del diario. Al incidente se sumó con fruición Felipe González. El sagaz político vio en el asunto la oportunidad de llevarse por delante a un periódico convertido en el principal testigo de cargo contra su gestión. Una lucha que se adivinaba a muerte. Fue precisamente González quien, en Mallorca, y tras un despacho con S. M. el Rey, dijo que «cabe la posibilidad de que existan intereses extranjeros para debilitar a España y a la Corona, que es la institución que la representa». Todo un mensaje teledirigido al millonario Agnelli.

El 19 de agosto, *Diario 16* titulaba: «Relacionan a Conde con una supuesta campaña contra el Rey.» Una afirmación significativa por tres razones: porque reconocía la existencia de una campaña contra el Rey, movida desde dentro y fuera de España; porque había que buscarle un malo a la película, Mario Conde, y porque todo encajaba al utilizar como envoltorio al diario *El Mundo*, supuestamente controlado por Conde.

Se había roto el cántaro. A primera hora de la mañana de aquel miércoles de agosto, Su Majestad, hecho una furia, ¡estoy harto!, ¡no me fío de la gente que me rodea, no me fío!, estaba tratando de localizar con toda urgencia a Manolo Prado y Mario Conde. El banquero navegaba por aguas de la isla de Cabrera a bordo del *White Finn*, y aquella mañana decidió fondear en una discreta cala, para dedicarse por entero a atender las «llamadas reales». Había que pensar con calma, para intentar desentrañar la trama.

Pero el mismo diario daba al día siguiente, el conejo tapado y

[1] Fiat es el accionista minoritario más importante del grupo Gémina, a su vez el mayor accionista del grupo Rizzoli, propietario del 45 por ciento del capital social de *El Mundo*.

las orejas fuera, una pista esencial para resolver el *puzzle*, al publicar unas declaraciones de Sabino Fernández Campo, en las que aseguraba que «parece que existe una ofensiva premeditada contra el Rey de España. Lo que se publica del Rey en el extranjero sale de España de modo intencionado». Conde tenía ya pocas dudas sobre el origen de la información de *Diario 16*.

La otra pieza a encajar consistía en saber quién había facilitado a *El Mundo* la información de primero de mes sobre el supuesto romance, y quién había filtrado el dato de la firma real con la fecha trucada. Mario Conde puso manos a la obra con total dedicación. Pedro J. Ramírez tendría que colaborar, a cambio de que los italianos de Rizzoli no levantaran el campo dejándole a la intemperie.

Una hipótesis comenzó a tomar cuerpo en palacio: Sabino Fernández Campo era la fuente de todas las informaciones que aparecían aquí y allá en las páginas de la prensa, con el objetivo de, si no erosionar la imagen del Rey, sí advertirle y reconvenirle contra determinadas prácticas poco ejemplarizantes.

Años atrás Sabino había tenido que recorrer las redacciones de los diarios madrileños para frenar algunas informaciones envenenadas, procedentes de Ruiz-Mateos, contra la Casa Real. En todos los medios hubo acuerdo en preservar la figura del Monarca, aunque la coincidencia fue también general en la necesidad de levantar el listón informativo en torno al Rey como algo bueno para la propia institución, porque las plantas no pueden echar raíces sólidas si se las mantiene perennemente en el invernadero.

¿Nos encontrábamos efectivamente en 1992 ante un intento bienintencionado de Sabino de darle un tirón de orejas al Monarca mediante la publicación de algunas medias verdades, muy matizadas, sobre la conducta real, o se trataba de algo muy distinto y radicalmente más serio, como sospechaba Mario Conde?

Los asuntos de palacio habían sido ya piedra de escándalo para José Joaquín Puig de la Bellacasa, un diplomático de prestigio que el 28 de marzo del 90 fue llamado a palacio como secretario de la Casa Real.

Aquél parecía un relevo programado. Sabino, que había sustituido tiempo atrás al marques de Mondéjar, sentía llegada la hora de dejar sus responsabilidades, y todo estaba listo para que, tras un año de rodaje como secretario, José Joaquín le sustituyera en la máxima responsabilidad.

Pero aquel verano del 90 en Mallorca resultó nefasto. El diplomático no podía creer lo que estaba viendo. El Monarca salía de palacio sin avisar para reunirse con sus amigos en casas privadas, y José Joaquín se sentía impotente para frenar aquel desgobierno. Cuando, a mediados de agosto, Sabino regresó a Mallorca para sustituirle, se encontró con un hombre al borde de un ataque de nervios.

—Yo no puedo soportar estas cosas, Sabino, esto es inenarrable... No valgo para estar aquí.

—Cálmate, hombre, cálmate, a ver, ¿qué ha pasado?

—Que esto no tiene arreglo y yo me marcho. Me marcho a menos que seamos capaces de cortar por lo sano y eso implica educar bien al Príncipe, que es un chico estupendo, y hacer el relevo controlado. Y que Su Majestad haga su vida.

Aquél era un envite de dimensiones constitucionales, al que, al parecer, podría no ser ajena la Reina. La idea de Puig de la Bellacasa no llegó muy lejos, porque rápidamente recaló en los oídos del Rey [2] que le puso en la calle de un día para otro, sin más miramientos.

Algunos sucesos posteriores sirvieron para acelerar el clima de desconfianza entre el Rey y su primer servidor, como el reportaje de Seline Scott, la periodista británica que entrevistó a don Juan Carlos, o el largo episodio del libro de José Luis de Vilallonga, menos mal que se pudo meter mano en la versión española, Sabino se llevaba las manos a la cabeza, menos mal, porque las cintas, sobre todo las cintas grabadas con las conversaciones de S. M. con el aristócrata eran tremendas. Su posición en La Zarzuela comenzó a sufrir una erosión vertiginosa. Hasta los segundos niveles comentaban a hurtadillas en palacio que Sabino «nadaba y guardaba la ropa». Su silla comenzó a peligrar.

En la segunda mitad del 92, sin embargo, con Puig de la Bellacasa en su retiro lisboeta desde hacía muchos meses, Manolo Prado y Mario Conde creían encontrarse ante un intento similar de Sabino Fernández Campo, destinado a provocar un relevo controlado en la máxima jefatura del Estado.

---

[2] Una versión que circula en palacio apunta que fue Sabino quien le hizo la cama a Puig de la Bellacasa, contándole interesadamente al Rey lo que aquél decía de las salidas nocturnas del Rey para ver a sus amistades, lo que fue suficiente para que el Monarca le fulminara de inmediato.

Había que proteger al Rey. Mario Conde, decidido a erigirse en firme bastión del Monarca, inició un lento asedio a las posiciones del jefe de la Casa Real.

El argumento esgrimido por Sabino, limpiar el entorno real, podía ser válido, pero sus intenciones eran envenenadas. La vida privada del Rey debe ser preservada de la curiosidad pública, especialmente en todo aquello que afecte a la imagen de la Familia Real como grupo humano modelo. Y esta vez el secreto no sólo no había sido guardado, sino que había dado la vuelta al país. La primera en la frente. Pero la alarma salta cuando la cabeza pensante de la operación da un salto cualitativo al transmitir que el Rey firma leyes mientras está de vacaciones privadas, en primera página, ¡por tomarse unas vacaciones el Monarca deja de cumplir sus obligaciones con el Estado!

Para cerrar el círculo, Felipe González, ¿estaba Felipe en la operación, o simplemente consentía?, había manifestado que no sabía dónde se encontraba Su Majestad en aquellos días. Era el tercer eslabón de la cadena: se cuestiona la vida privada del Rey, firma leyes estando fuera del país, y además no informa al presidente del Gobierno de sus movimientos. Tal conducta podría entenderse como un descuido de sus obligaciones. La campaña estaba perfectamente orquestada, y había que desactivarla abordando el tema clave de Sabino.

En el cruce de todos los caminos, el Rey, Conde y Pedro J. mantuvieron un almuerzo el 12 de septiembre del 92 que resultó trascendental para el futuro del diario madrileño, que aquellos días tuvo su porvenir en el alero.

El segundo de Agnelli, Césare Romitti, viajó a Madrid para cenar con Mario.

—Hay una decisión prácticamente tomada de vender.

—Si ustedes quitan de en medio a *El Mundo* —replica el banquero— le harán daño a la democracia española. No lo hagan. No toquen *El Mundo*, porque si lo hacen fastidiarán este país. Y si ustedes tienen miedo, dejen que otros que no lo tenemos hagamos lo que sea menester.

Al final, Conde pudo impedir que los socios italianos efectivamente vendieran su paquete y abandonaran *El Mundo*, que era el objetivo colateral de la conjura. El mensaje de Agnelli fue escueto:

—No vendo, pero si algún día decido hacerlo, venderé al señor Conde.

A finales de septiembre del 92, ya estaba don Juan Carlos prendado de Mario Conde. Su entrada en palacio, sin embargo, no podía ser vista sin recelo por los dos hombres mejor instalados allí, los dos hombres de confianza en el entorno real, Manolo Prado y Francisco Sitges, en quienes el aterrizaje del banquero provocó reacciones y sentimientos contrapuestos. Mejor Paco Sitges, que además mantenía con Conde una cierta relación de dependencia jerárquica, ya que era presidente de una empresa del Grupo Banesto. Peor Manolo Prado.

La conquista de la estima real no ha resultado fácil. El asalto a La Zarzuela ha sido una operación minuciosamente planificada por el cerebro privilegiado del banquero, una operación a la que dedicó tiempo, paciencia y dinero, también, por qué no decirlo, ilusión, vida en su más amplia expresión. Semejante cartesiano planteamiento no excluye el disfrute de momentos de verdadera satisfacción compartida, la satisfacción que produce la amistad, incluso momentos de ternura, evidentes en las relaciones entre el gallego y el padre del Monarca.

Don Juan Carlos le habla ya con la franqueza que un hombre reserva a unos pocos, sus mejores amigos, y una cena en casa de Paco Sitges queda grabada en su retina, una conversación inolvidable por el tono de absoluta sinceridad con que habló el Rey, el corazón en la mano, sus problemas como hombre, como persona, sus esperanzas frustradas, todo fue saliendo a la luz con una diafanidad extraordinaria.

El banquero estaba emocionado. Recordaba que siempre había sido fiel al Rey y que por culpa de la intervención de algunos de sus enemigos el Monarca se había distanciado de él. Escuchando aquellas confesiones, sentía que el abismo se había cerrado. Tenía ganas de agradecer al Rey ese tono de sinceridad. Se sentía contento.

El asunto de fondo seguía siendo la sustitución de Sabino. Todos coincidieron en que era algo urgente y necesario. Habían llegado a la conclusión de que el general era un auténtico peligro para el Rey, un hombre —afirmaban— víctima de algún tipo de inestabilidad psíquica de la que, habían descubierto, estaba recibiendo tratamiento médico.

Para sustituir al jefe de la Casa habían saltado ya algunos nombres a la prensa, como el hijo de Muñoz Grandes, o el general Emilio Alonso Manglano, ahora al frente del Cesid, un regalo envenenado de Felipe a Su Majestad, opinaban todos.

Nadie enterado dudaba, a esas alturas, que el hombre tendría que ser consensuado entre Manolo Prado y Mario Conde. Mario ha propuesto a Fernando Almansa, amigo y compañero suyo que fue en la Universidad de Deusto, cree que sería un magnífico candidato, y a Manolo Prado le ha parecido bien, pero él ha adelantado otro nombre, el de alguien de su cuerda, el diplomático Santiago de Mora-Figueroa y Williams, marqués de Tamarón, y Mario sospecha que Manolo no está jugando limpio, aunque es lógico que pretenda tener ahí a una persona de su entera confianza, porque eso supondría el control absoluto de palacio.

Don Juan, gravemente enfermo, había sido internado en la Clínica Universitaria de Navarra. Subía el conde de Barcelona a bordo del *Giralda* por el Guadalquivir, 25 de agosto del 92, con intención de pasar unos días en la finca de Mario Conde «Los Carrizos», y al tomar una albóndiga de aperitivo casi se ahoga, el mal estaba ya llamando a la puerta con toda su fuerza, y hubo que avisar urgentemente al doctor Tapia a Pamplona, que se venga inmediatamente, que se venga.

Mario quedó muy afectado. De cuando en cuando acudía con discreción a visitarle a Pamplona, y hay un día en que el Rey le llama a «Los Carrizos», vente a ver a papá, porque dice que se aburre con todos menos contigo, ¿y cómo está don Juan, Señor?, muy mal, se está muriendo, pero, Mario, te lo repito, vente a verle si puedes, porque no para de preguntar por ti, no quiere verme a mí ni al Príncipe ni a las infantas; es que se está muriendo y no deja de repetir que venga Mario, y todo eso por teléfono, y a Mario aquello le llena de satisfacción por el hecho en sí y por la relación de confianza que eso supone con el Monarca, y el banquero contesta Señor, salgo corriendo para Pamplona, él entraba siempre por una puerta lateral para que no se enterara nadie, para que no hubiera publicidad, lo que importaba era verle, porque entre Mario y don Juan existía una admiración mutua que rompía todas las barreras.

El padre del Rey ha hecho unas declaraciones un tanto explosivas al *Diario de Navarra*. «Veo a España mal, algo desgarrada y con la unidad amenazada», y en el entorno de palacio algunos sospechan que detrás de esas declaraciones está Mario, porque don Juan no puede prácticamente articular palabra, el banquero lo niega, aunque en el fondo coincide plenamente con él, por más que piense que ése no era el vehículo adecuado para hacerlas. Las declaraciones han levantado gran revuelo en la prensa, y algunos problemas en determinadas zonas de Ejército.

Son palabras que incitan a nuevas generaciones de españoles a valorar la figura de don Juan en su auténtica dimensión, toda su vida un perdedor que, sin embargo, había nacido para ser rey, y que no lo fue porque se sacrificó por su hijo. Cuando muera, pensaba Mario, su figura se engrandecerá; inevitablemente recibirá el aplauso de la izquierda y la derecha, porque desaparecerá el temor a molestar al Rey que el elogio a su padre podría suponer hoy.

El manifiesto de don Juan frente a Franco forma parte de la historia de España, y por eso cree Mario que el conde de Barcelona debería dejar una especie de testamento político que fuera el segundo de sus manifiestos, un documento que resultara trascendental para España y, sobre todo, para la Corona, porque el hecho de que la figura de don Juan se engrandezca después de su muerte será una magnífica noticia para la institución monárquica.

El banquero tiene muy claras las ideas centrales de ese documento: la necesidad de potenciar la sociedad civil y la Corona con ella, puesto que desde ella recibe la legitimidad directa y no a través de los políticos. La idea de España en la pluralidad y la idea de Europa en la diversidad. Ha hablado del tema con algunos de sus amigos, entre ellos Rafael Pérez Escolar, y a todos les ha parecido una magnífica idea.

El problema es cómo planteárselo a don Juan, puesto que habría que decirle que es algo que sólo aparecería después de su muerte y, en estos momentos, lo que le horroriza es que le hablen de morirse, un hombre lleno de planes, ha ido a visitarle el Príncipe de Asturias, y don Juan le ha hablado con entusiasmo del *Alejandra*, está enamorado de ese barco, y de la travesía del Atlántico que iba a emprender con Mario en cuanto saliera de la clínica de Pamplona.

Camino del final de año, la situación de Sabino se va deteriorando al mismo ritmo que se fortalece la de Mario Conde en palacio; el banquero, cuyas relaciones con el Rey van por el mejor camino, trabaja activamente en los últimos meses del 92 en la sustitución del jefe de la Casa Real. El nombre de Fernando Almansa va ganando puntos, porque tampoco le va mal a Prado, que Manolo y Julio Prado, conde de la Conquista, se han pasado la vida cazando en casa del padre de Fernando Almansa, y el Rey no da un paso sin contar con Manolo.

El Monarca ya está convencido de que hay que cambiarlo cuanto antes, y de que además tendrá que ser él quien se lo diga, porque por más intentos que ha hecho Prado para que Sabino plantee la dimisión, no da el paso de ninguna manera. Don Juan Carlos ha llegado a la conclusión de que tiene que ser antes de Navidades, porque su discurso de fin de año deberá ser muy importante a la vista de la situación del país.

Su Majestad ya ha celebrado un primer encuentro con Almansa, y todo ha ido muy bien. Para Fernando este nombramiento es definitivo. Aunque es un gran amigo de Conde, en estos años nunca ha tenido ni directa ni indirectamente relación profesional conmigo, gracias a lo cual he podido proponerlo, lo que hubiera resultado imposible si hubiera existido la más mínima relación profesional, a pesar de lo cual, si finalmente es elegido, resultará inevitable que algunos digan y piensen que se trata de un nombramiento hecho por mí, con estos bueyes hay que arar, pero qué duda cabe que se trata de uno de los puestos clave del Estado, sobre todo teniendo en cuenta los tiempos que se van a vivir en los próximos años en relación con la situación política en general y la de la Monarquía en particular.

Pero el Rey no acaba de decidirse. Su preocupación aumenta conforme pasan las semanas. Sabe que el cambio debe hacerse, porque ya no hay necesidad de un solo dato más para comprobar su deslealtad, fruto posiblemente de la edad y de sus frustraciones personales. Manolo y Mario lo tienen todo bien atado, pero el Rey no se atreve, no sabe cómo hacerlo, tiene miedo a la reacción del propio Sabino y de la Reina, que en los últimos tiempos ha iniciado una carrera de apariciones públicas, de salir constantemente en la prensa, lo cual tiene sorprendidos a todos en palacio.

Esta situación abruma al Monarca, que constantemente pide ayuda a sus amigos, sin darse cuenta de que hay algo que ni Prado ni Conde pueden hacer: sustituirle en el acto material de tomar una decisión que sólo él puede adoptar.

Para acabar de complicar la situación, *El País* ha publicado un editorial acerca del Rey que en palacio causa alarma, a don Juan Carlos le preocupa Polanco por el inmenso poder que tiene y porque no sabe si algún día podría utilizarlo contra él, pero ese editorial pone de manifiesto que en la guerra entre medios periodísticos —Polanco contra los hermanos Ansón—, ni siquiera se respeta la figura real.

El Rey, como suele hacer con otras personas de su confianza, le ha pedido a Mario un proyecto de discurso para su intervención de Nochebuena, y el banquero cree que en la situación que está viviendo España el Monarca, aunque sin abordar aspectos concretos que corresponden a los políticos, debería identificar y referirse con cierta profundidad a los graves problemas que afronta la nación.

El proyecto de discurso del gallego aborda el tema europeo, reconociendo que Europa atraviesa un momento delicado, y que es necesario respetar las identidades de cada pueblo y de cada nación en el proceso de unión monetaria y política en curso. También hace mención a su querido tópico de la sociedad civil.

El banquero cree que le ha quedado redondo, lo deja leer a su entorno de fieles, magnífico, ¿no te parece? Por supuesto, Mario, una obra maestra; pero no estoy seguro de que el Rey lo pronuncie, porque cuando se lo enseñe al Gobierno, Felipe verá mi pluma detrás, incluso mis ideas, le entrará un ataque de cuernos y pensará que ese discurso representa un respaldo personal del Monarca a Conde, al recoger aspectos e ideas que el de Banesto ha expuesto con mucho realismo ante la sociedad española.

Al final Su Majestad no tuvo más remedio que cambiar algunas cosas y mezclarlas con ideas procedentes de otras fuentes, una pena, piensa el banquero, convencido de que lo que él ha escrito es lo que la sociedad española está esperando oír de labios del Rey. Es un momento crítico para España y es necesario que la monarquía tome cierta distancia de los asuntos, aunque sin dejar de abordarlos con la naturaleza propia de un discurso de la Corona. Este no es un año para vaguedades sino para afrontar los problemas con entereza. La tijera real no fue óbice para que meses después, con motivo de la investidura de Mario como doctor *honoris causa* por la Complutense, algunos, muy pocos, pudieran apreciar ciertas evidentes similitudes entre el discurso a los españoles de S. M. el 24 de diciembre del 92 y el discurso de investidura de don Mario Conde.

Tras las celebraciones del 92, el país se había sumido de pronto en un pozo de desesperanza y desánimo. El Gobierno no se da cuenta o no quiere dársela, pero el Rey tiene que saber cómo están las cosas, opina el banquero, no puede estar engañado, por desgracia no hay confianza en la oposición, la gente de la calle no confía en Aznar, y tampoco confían en él los núcleos del poder financiero, pero es lo que tenemos... lo malo es que cada vez que habla tiene posibilidades de meter la pata.

A lo largo de diciembre la situación de don Juan no deja de empeorar. Mario cree que ha entrado en la fase final y el desenlace puede ser cuestión de días. Acudir a visitarle en noviembre le ha resultado muy difícil a causa del relevo de Belloso y la discusión del plan de saneamiento de Banesto, agotado, pero ha sido el propio Rey quien le mantenía informado, papá no deja de preguntar por ti, sigue diciendo que venga Mario, no se interesa por nadie más que por Mario.

El relevo de Sabino se produjo finalmente el 8 de enero del 93, no sin que Felipe González intentara por todos los medios retrasarlo, lo cual fue motivo de gran alarma en palacio. «El Consejo de Ministros de ayer —resumía la prensa del día siguiente— conoció oficialmente los nombramientos de los diplomáticos Fernando Almansa y Rafael Spottorno como jefe y secretario general de la Casa Real. El Gobierno aprobó la concesión de la Gran Cruz de Carlos III a Sabino Fernández Campos.»

El nuevo conde de Latores estima que su salida fue una escandalosa maniobra de Conde para forzar su entrada definitiva en palacio:

—Yo salí por una puerta, y por otra entró Mario Conde.

En unas declaraciones a la COPE, Sabino negó que hubiera mantenido discrepancias con el Rey: «Ha podido haber opiniones distintas; puede haber consejos atendidos o no; puede haber diferencias de criterio en la apreciación de una cosa u otra, pero yo a eso no lo puedo llamar discrepancias.»

El asturiano se fue con un cierto poso de amargura, le hubiera gustado salir de otra forma, al mismo tiempo, como tenía planeado, pero de otra forma. No pudo ser.

Salió escandalizado de algunas de las cosas que vio, Sabino se cansaba de hacer «memos» sobre los peligros de determinadas conductas del entorno real, lo guarda todo como oro en paño, como prueba de afán de servicio, yo no soy monárquico, y no revelo con ello ningún secreto, pero he servido al Rey con total lealtad, la misma que puse cuando me tocó trabajar con algunos ministros de Franco de escasas luces, pero a quienes había que apoyar con fidelidad por puro espíritu de servicio.

Sabino cree que mucha gente se acerca a palacio equivocada, convencida de que el Rey tiene más poder del que realmente tiene, sin reparar que al final don Juan Carlos no puede detener la intervención de Banesto, porque no tiene poder constitucional para hacerlo.

A los pocos días, Manolo y Mario almorzaron juntos en «Los Carrizos» para evaluar los resultados del relevo de Sabino por Almansa, y el banquero nota a Prado crítico con Su Majestad, la vida en torno a palacio es un encaje de bolillos, un paseo entre el amor y la muerte, un sendero en un bosque plagado de lobos, Manolo parece estar celoso de las relaciones de Mario con el Rey, no hay que olvidar que lleva muchos años invertidos en eso y que eso significa dinero y poder, sobre todo poder, pero Mario le tranquiliza, pisa el acelerador a fondo, Manolo, cualquiera que sea la evolución de los acontecimientos, tú serás siempre el director de la orquesta, nunca un instrumento más. Eso le gustó y le tranquilizó.

El 1 de abril del 93 don Juan de Borbón moría en la Clínica Universitaria de Navarra. Cuando fueron a amortajarlo, quienes realizaron la tarea se encontraron con un ancla tatuada en su brazo izquierdo, un timón en el derecho y una sirenita en la espalda, encima del omóplato derecho, recuerdos todos de su paso por la Royal Navy británica. No había ningún tatuaje masón, que don Juan era un estricto «anti», a pesar de que se lo habían ofrecido, y por dos veces, en Gran Bretaña.

Mario Conde corrió con los gastos del hospital pamplonica, como un homenaje a su amigo don Juan de Borbón.

El gallego dio también empleo a doña Pilar en la Fundación Banesto, pero no es cierto que haya pensado en ella para nombrarla miembro del consejo de administración del banco, en absoluto, el asunto es más sencillo: Luis Gómez-Acebo dejó al morir una deuda de 7 millones con el banco, consecuencia de un aval que había prestado a un amigo para la apertura de un restaurante en Palma, el caso es que doña Pilar acudió a pedir ayuda a su cuñado Dicky Gómez-Acebo, no puedo pagar esto, no tengo un duro, y claro, Pilar, comprendo tu situación, pero los bancos no suelen perdonar las deudas de sus clientes, eso no se puede hacer, mira a ver si el director de sucursal te da unos plazos, un interés especial...

El caso es que el Rey llamó a Mario, hombre, tienes que arreglar esto, porque mi hermana no tiene dinero, y Mario decidió plantear el asunto en la comisión.

—Lo que podemos hacer es darle un cargo en la Fundación y lo que cobre que se aplique a la amortización de principal e intereses durante el tiempo de vida del crédito.

El acuerdo se aprobó por unanimidad, y a partir de entonces doña Pilar de Borbón contó con un despachito en la Fundación Banesto, sin nada que hacer, naturalmente, pero nada de miembro del consejo; en quien sí había pensado Mario era en Adolfo Suárez y sobre todo en Antonio Asensio, pensaba proponerlo durante el 94, sabía que había algunas reticencias y lo iba adelantando poquito a poco, pero era el candidato que más cerca estaba, un candidato que tras el golpe del 28-D respondería con toda gallardía.

Don Juan volvió a prestar un gran servicio a la Monarquía con su muerte, o eso pensaba un Mario muy afectado por el suceso: se había restaurado la legitimidad histórica perdida, para volver de nuevo a los orígenes de la institución. Era la auténtica obsesión de don Juan y su muerte había allanado el camino para conseguirlo.

Para el Rey llegaba el momento de la transformación psicológica. Su padre había dejado de existir y él se veía, por fin, integrado de pleno derecho en la línea sucesoria de la Monarquía española. Resultaba fuerte decirlo, pero lo cierto es que Juan Carlos no era auténticamente Rey hasta que no muriera su padre y se celebraran sus exequias. Por eso Mario insistía en que el Monarca no podía hacer el viaje a Israel, con la importancia histórica que tenía, en vida de don Juan.

Decirle estas cosas resultaba para Conde un gran sacrificio, por el enorme cariño que tenía hacia don Juan, pero no había más remedio. Pronto iba a conocer el coste que suponía convertirse en pivote defensivo de la institución monárquica, un oficio que, a lo largo de la historia, ha resultado siempre asaz peligroso.

El nombramiento de Fernando Almansa se demuestra enseguida un acierto que puede resultar decisivo para vencer la soledad real. Manolo Prado repite al banquero que la confianza de don Juan Carlos en él es infinita, pero todos estos progresos se declinan también en voz pasiva, esta situación de privilegio es muy peligrosa en una sociedad que se mueve por la envidia como principio rector de las conductas. Después del artículo del banquero en *ABC*, muchos toman nota de su especial relación con don Juan, piensan que esa situación se transmite automáticamente al Rey, y enfilan el punto de mira de sus recortadas contra la engominada testa del gallego. Llevan ya mucho tiempo intentando hacerle daño, y de momento no han conseguido nada, pero el camino es largo.

El estado de ánimo de Conde cae en picado tras la muerte de don Juan. «No sé qué me ocurre, pero no me encuentro bien; no sabía que le quisiera tanto», se confiesa a un familiar directo. Quizá es que aquella relación escondía su propia orfandad, la de un hombre enfrentado a su destino, víctima de una ambición desmedida, sin nadie realmente en quien confiar. «Son muchas las cosas que me caen encima, el peso de la responsabilidad asumida como consejero real, interrogantes que me hacen sentir preocupado, cansado y, sobre todo, triste. Profundamente triste, pero, ¿sabes una cosa? feliz, feliz de vivir esta tristeza en la soledad del yo.»

El Monarca se ha dado cuenta de ese sufrimiento, ha podido comprobar en Pamplona el afecto que don Juan sentía por Mario, y Mario se convierte en una especie de legado paterno para don Juan Carlos, asume el carácter moral de albacea de don Juan, y ésa es la herencia que definitivamente instala a Conde en el entorno real, esa es la clave y no otra, nada que ver con Manolo Prado, ni con su hijo Borja, nada.

Mario ya está en palacio. Hasta la gente de seguridad lo dice, aquí quien manda ahora es Mario Conde, y es que las cosas le salen bien al Rey, que Manolo es para Su Majestad un señor que le hace trabajos, pero Mario es más que eso, es el asesor, el consejero, y un día, en un arrebato, el propio Monarca lo confiesa ante dos testigos, joder, es que desde que le hice caso a mi padre, las cosas que yo le consulto a Mario salen cojonudamente, contento, y todo funciona a la perfección.

Pero eso genera unas relaciones raras entre Mario y Prado. El sevillano, desde la fidelidad al Monarca, ve de repente su terreno invadido y menguado su protagonismo ante la arrolladora personalidad del chico de la gomina, a pesar de la mano izquierda que despliega el chico de la gomina, tú, Manolo, serás siempre aquí el «número uno».

Mario ha sustituido ya a Alfonso Escámez como banquero privado real, Su Majestad suele lamentarse de la difícil experiencia vivida en su infancia, una Casa Real sin fortuna, una familia viviendo de la caridad de algunos grandes de España, pero eso tampoco es cierto, no han sido la casa de Windsor, no, don Juan de Borbón no era Isabel II, cierto, pero tampoco podían quejarse, vendieron la isla de Cortegada, que Galicia les había regalado para hacerse una residencia veraniega, vendieron «Miramar», en San Sebastián, y «La Magdalena», en Santander, y todo eso dio un dinero, no mucho, sin olvidar que el Estado tiene recursos para completar la nómina de la Casa Real sin apuros, Sabino estaba preocupado porque el recuerdo de las penurias de la infancia pudiera influir en el Monarca, porque el dinero es un buen criado pero un mal amo.

¿Quería mostrarle el Rey su agradecimiento por los servicios prestados? El momento dulce de Mario como poder fáctico, el punto álgido en su andadura hacia la cumbre lo alcanzó el 9 de junio de 1993, con motivo de su investidura como doctor *honoris causa* por la Universidad Complutense de Madrid.

Tras un primer contacto entre un representante real y Mario Conde en casa de Santiago Muguiro Gil de Biedma, Su Majestad llamó un día al despacho a Alfonso Escámez, presidente de la Fundación de la Universidad Complutense, y al rector Gustavo Villapalos, tarde fresca de finales del invierno, ambos son conducidos a una pequeña sala donde el Rey les invita a merendar y, sin ninguna clase de preámbulos, entra derecho en materia, dirigiéndose al banquero:

—Bueno, Alfonso, estoy viendo que aquí hay gente de gran relevancia social cuyos méritos no han sido reconocidos todavía, y ya es hora de que se reconozcan. En esta línea he pensado que sería bueno darle a Mario Conde un doctorado *honoris causa*, es un favor que os pido y que no podéis negarme, sí, Alfonso, ya sé que no os lleváis bien, no sé qué os pasó con lo de la fusión, pero bueno, hay que hacerlo, y tú lo mismo, Gustavo, te he hecho muchos favores, a ti y a la universidad, así que ahora tampoco puedes decirme que no.

—Bueno, bueno, Señor, ¿y cuándo ha pensado celebrar el acto?

—Pues el 20 de mayo.

—¿Y por qué el 20 de mayo? —pregunta Villapalos.

—¿No me has pedido que acuda a un acto que vais a hacer ese día?

—Sí, Majestad, pero eso es la conmemoración del séptimo centenario de la Complutense, comprenda que es una efeméride que no se produce todos los días...

—Nada, nada, un día estupendo; lo hacemos todo el mismo día y no se hable más.

La investidura quedó fijada para el 20 de mayo, estando prevista la asistencia del propio Felipe González. Pero el rector vuelve de vacaciones y se encuentra con que el Parlamento ha sido disuelto, se han convocado elecciones generales, y el discurso de investidura de Mario Conde podía convertirse en el pistoletazo de salida, el inicio de la campaña electoral.

¡Un papelón para don Gustavo! ¿Qué hacer? Una semana sin dormir para un rector controvertido, me van a poner a caldo, con defensores entusiastas y detractores acérrimos, lo del séptimo centenario va a ser invendible con la investidura de Conde, el banquero tenía preparado un discurso de aúpa, un discurso muy político, no podía desaprovechar una oportunidad como esa para afianzarse como líder de la llamada sociedad civil, Mario proponía reformas en el Senado, pensaba pegarle duro al bipartidismo, criticar el anquilosamiento de la clase política, denunciar el peligro que suponen las élites alejadas del pueblo y sus necesidades, Aznar se iba a enfadar de verdad, pero, ¿cómo decirle que no al Rey?, pues habrá que decírselo, no puedo pasar por eso, y Escámez que le azuza cuando el rector, armado de valor, se dispone a acudir a palacio para negar la fecha del 20 de mayo.

—Mantente firme, no cedas, no des tu brazo a torcer por nada del mundo.

—¡Pues ven tú conmigo y se lo dices, cojones, ven tú!

—No, no, yo no puedo decirle eso, que yo he sido su banquero.

—¿Por qué no se lo puedes decir? No lo entiendo, además, siempre nos hará más caso si vamos los dos juntos.

—¿Pero no te das cuenta de que yo no puedo negarle nada? ¡Que me ha hecho marqués!

En el palacio de La Zarzuela, Villapalos y Su Majestad tienen un intercambio de opiniones respetuoso aunque no exento de dureza, en el que el rector se mantuvo en sus trece, no dio efectivamente su brazo a torcer y al final la fecha del acto de investidura se trasladó para después del 6 de junio, día de las elecciones generales.

Para lavar la cara a la petición real, Villapalos instrumentó la explicación del Jardín Botánico. Se trataba de dar la impresión de que detrás de todo latía algo tan simple como un intercambio de favores: Conde recibía su doctorado a cambio de que Banesto ayudara a la Universidad, y así, unos días antes de la fecha fijada para la investidura, el propio rector firmaba un protocolo con el vicepresidente del banco, Ricardo Gómez-Acebo, por el que la entidad bancaria se comprometía a financiar la construcción, postergada nada menos que desde los tiempos de Alfonso XIII, del

Jardín Botánico de la Complutense. Hágase el milagro, hágalo el diablo, decía el curioso rector.

Al acto de investidura no asistió Felipe, pero el borrador del discurso que Mario remitió a Villapalos empezaba saludando a Sus Majestades, e inmediatamente después al señor presidente del Gobierno. Apenas se notó su ausencia ante tamaña solemnidad. El Rey, el gobernador del Banco de España, los banqueros... sentado detrás de Mario mientras Shlomo Ben-Ami leía su *laudatio*, apareció al día siguiente en las fotos un señor con largas barbas blancas, pelo blanco, aspecto imponente, una especie de profeta Elías a quien nadie fue capaz de identificar: se trataba de Giuliano di Bernardo, maestre que fue de la Gran Logia de Italia, que abandonó hace poco más de un año para fundar otra ligada a la Gran Logia de Inglaterra que preside el duque de Kent, primo de Isabel II.

El verano del 93 marcó el punto culminante en el nivel de relaciones entre el Monarca y Mario Conde. La ampliación de capital de Banesto ha sido un éxito, el banquero parece haber derrotado en toda línea a sus enemigos históricos, y su afianzamiento en La Zarzuela es total.

En apenas un año, el Rey y Conde han vivido situaciones estresantes, el 9 de julio, en el curso de una cena en casa de Paco Sitges, el Rey le muestra su agradecimiento por todo lo que ha hecho por la Casa Real en estos meses, la sustitución de Sabino le sigue obsesionando, tema recurrente de conversación, Mario no quiere volver sobre el asunto y Sitges tampoco, para ellos estaba claro que la operación que quería poner en marcha Sabino perseguía la abdicación de don Juan Carlos en su hijo don Felipe. Se cuenta que Laureano López Rodó envió una carta recriminándole su vida privada, todos ríen. También se recuerda que a Laureano no se le ocurrió otra cosa que pedir a Su Majestad un título nobiliario, y ríen con más fuerza, la gente ha perdido el sentido de la vergüenza en este país, pero, en fin, Laureano consiguió que el Príncipe presidiera la Fundación Cuadernos, no se fue de vacío el hombre.

Mario se va dando cuenta de que el oficio de asesor, confesor y banquero del Monarca va a ser un trabajo arduo y complicado. El domingo, 25 julio, en Santiago de Compostela, el gallego se confiesa a la vera del Apóstol en el hombro del Rey, cuando tomé la decisión de contarle todo lo que sabía acerca de Sabino asumí un riesgo tremendo, Señor, y puse en peligro mi propia posición como presidente de Banesto, puesto que era evidente que si me equivocaba no podría continuar en un cargo de esa importancia después de haber cometido un error de tanta trascendencia, y el Rey asintió en silencio.

Tengo que seguir ayudándole, porque me lo pidió don Juan en varias ocasiones, aunque sé de sobra que eso me va a crear enemigos y complicaciones sin cuento, va a provocar los celos de mucha gente, temerosa de mi influencia en la Casa Real, aunque yo sólo quiero ayudarle, en fin, tendré que aguantar muchas tarascadas, este es uno de los papeles que me ha tocado desempeñar en la vida y voy a seguir haciéndolo.

Un papel muy complicado; el banquero se había metido en un laberinto del que algunos días sospechaba no podría salir con bien, porque la propia Familia Real, y no sólo por tradición histórica, es complicada. Empezando por un matrimonio gastado por el tiempo, un sistema de relaciones interno complejo, un punto atormentado, basado en un cierto desapego afectivo sobre el que gravita la especial relación entre la Reina y su hijo, el príncipe Felipe, relación que a veces ha llegado a provocar los celos del padre, celos de que el propio hijo sea más alto, más guapo, regatee mejor, esquíe mejor...

Una Casa donde la Reina, toda una «profesional» de la realeza, ha desplegado en los últimos tiempos un protagonismo muy intenso, tras haber tomado conciencia de su posición y estar dispuesta a intervenir en el día a día. Fue la Reina quien se opuso al matrimonio del Príncipe con Isabel Sartorius, de la que estaba muy enamorado, y el hijo hizo lo que mandó su madre, dentro de la vigencia de esa especial relación maternofilial de la que queda excluido el Monarca.

La Reina está decidida a jugar ahora su rol de manera abierta, dispuesta a acompañar al Rey a Mallorca cada vez que él anuncia una escapada a Palma para hacer vela, voy contigo, él se enfada pero tiene que consentir, y ella se queda en el palacio de Marivent mientras el Monarca practica su deporte favorito.

El presidente del Gobierno está al corriente de lo que ocurre en palacio, conoce el entorno de amistades que rodea al Rey, sabe cómo ese entorno se aprovecha del Rey, pero no dice nada, hace tiempo que decidió callar, una situación que preocupaba mucho a Francisco Fernández Ordóñez en los últimos días de su vida.

—Pero, Paco, tú tienes que hacer algo —le rogaba un amigo.

—¿Yooo?... Yo ya lo he hecho: se lo he dicho a quien se lo tenía que decir, a mi jefe, y si él no hace nada...

Una de las pocas cosas que ha hecho González, sí, fue oponerse al nombramiento de Manolo Prado como sustituto de Manuel Olivencia al frente a la Expo-92.

Las servidumbres son grandes, pero también las satisfacciones, algunas enormes, como la del lunes, 16 de agosto, un día para no olvidar en la vida del banquero, aquella mañana la familia Conde abandonó muy pronto Puerto Portals a bordo del *Alejandra*, poniendo rumbo a Conejera. Poco a poco comenzó a soplar un viento del sur que cuando llegaron a la isla se situaba ya en los quince nudos, lo que les indujo a fondear en una pequeña cala en la cara norte.

A eso de la una de la tarde llegó el barco de Paco Sitges, y a la una y media apareció el *Fortuna*, que fondeó al lado del *Alejandra*. La imagen de los tres barcos juntos en una cala tan reducida era espléndida, todo un símbolo de poder. Inmediatamente vino el Rey a bordo del *Alejandra*, con Fernando Almansa y Paco Sitges. Mario les presentó a la tripulación y luego recorrieron el barco. Con el Monarca venía un médico francés, al parecer casado con una prima de la Reina, que, cargado de máquinas de fotos, no hacía otra cosa que elogiar la embarcación.

Tanto al Rey como a la Reina, que llegó cinco minutos después, les encantó el barco. Mario ha recibido una oferta de un millonario alemán para venderlo, pero no quiere ni oír hablar del asunto. Toda la Familia Real sabe hasta qué punto don Juan no dejaba de hablar del *Alejandra*, de su ilusión por navegar en él, por seguir el proceso de construcción, soñando siempre que un día haría con Mario la travesía del Atlántico. Por eso, no sólo es un barco que navega maravillosamente y levanta la admiración por donde pasa, el símbolo flotante del triunfo personal de Mario, sino que, además, es un barco ligado sentimentalmente a la Familia Real, en alguna medida patrimonio emotivo de la Familia Real, la última ilusión del conde de Barcelona, en honor del cual el camarote de babor se llama «camarote de don Juan».

El Rey se emocionó un poco cuando vio la foto de don Juan que está colgada en el salón, la última foto que firmó en su vida.

Después mantuvo un aparte en popa con Almansa, Sitges y

Conde, temas de escasa importancia, la inactividad del nuevo Gobierno, la crítica situación económica, las ideas que Pedro Solbes le había comentado en una recientísima entrevista.

Luego todos bajaron al comedor, un almuerzo muy entretenido, en un ambiente muy relajado. El Rey, que se hizo muchas fotos con el banquero, estaba contento, muy contento, sin que éste supiera exactamente por qué. Adolfo Suárez le había insistido el día anterior que Su Majestad sentía gran aprecio y respeto por él, y el sentimiento era mutuo, pero lo cierto es que el Rey estaba encantado y la comida resultó divertida. Justo en los postres aparecieron el príncipe Felipe y las infantas Elena y Cristina, que recorrieron el barco entre risas acompañados por Mario *jr.* y Alejandra. Luego estuvieron charlando todos juntos hasta que el Rey anunció que quería navegar a vela.

La visita de la Familia Real al *Alejandra* marca seguramente el cenit de la influencia de Mario Conde en el entorno de don Juan Carlos. Algunas versiones apuntan a que aquel día, en aguas de la isla Conejera, el Monarca hizo una sugerencia a Mario Conde para que definitivamente diera su gran salto adelante.

Mario Conde ya ha llegado. Se ha hecho insustituible en La Zarzuela, tiene línea directa con Felipe González, y un hermoso pacto con Jesús Polanco. Son las tres puntas del triángulo del poder, sobre el que sobrevuela Mario Conde Conde, cuarenta y cuatro años, presidente de Banesto y aspirante a todo, porque el resto no cuenta, el resto es pobre, pobres grandes fortunas, piensa Mario, los Botín, los March, fortunas liliputienses comparadas con los estándares occidentales, ni fortunas, ni clase dirigente, Mario lo vio hace tiempo, estamos ante un país descabezado, elemental, se lo decía, con un cinismo entreverado de risas, a Matías Cortés en las Navidades del 91, el hecho de que un señor que vendía píldoras farmacéuticas se haya hecho con el control de uno de los mayores bancos del país, demuestra claramente que esta nación no tiene una clase dominante estructurada, pero, más aún, el hecho de que la clase dominante y el poder político se unieran para tratar de evitar que el vendedor de píldoras se hiciera con el banco y fracasaran, eso ya es de broma, Matías, como de broma es que un par de años después el vendedor de píldoras se imponga a ellos, se internacionalice, tenga el respeto de instancias internacionales, sea el mejor amigo del Rey, controle los medios de comunicación social... ¿Hay quién dé más?

Este país no dispone de una clase dominante organizada, ni con ideas de su verdadero papel y responsabilidad, ¡ah!, pero Mario ha venido a poner las cosas en su punto, ahora se van a enterar, él sí tiene bases firmemente asentadas en la estructura de poder de la piel de toro, él ya está en la cúspide del Sistema, él sabe lo que quiere y no tiene miedo de pelear para conseguirlo.

Tan simple como eso, Mario pretende algo más para este país, no me vale sólo con ganar dinero, no, es necesario asumir la responsabilidad que significa ser presidente de Banesto, y tener la capacidad de influencia que yo tengo, hay que tener criterio sobre los problemas fundamentales por los que atraviesa España, y además contar con la energía necesaria para dirigir los acontecimientos en la dirección deseada. No se trata de torcer el rumbo de la historia, lo que sería inútil, sino de presionar e influir en el camino hacia el futuro, eso es lo que me diferencia de la supuesta clase dirigente española, esa clase que sólo vale para reunirse a cazar y hacer comentarios de salón.

El banquero no cabía en sí de orgullo cuando a la puesta del sol de aquel 16 de agosto gobernaba a la caña del *Alejandra* rumbo a Puerto Portals. Lo de aquel día quedaría grabado para siempre en su memoria. Aquello había sido mucho más que una visita de vacaciones, aquello era el establecimiento de lazos duraderos entre dos familias, la familia Conde y la Familia Real, dos familias al completo, el símbolo de una amistad imperecedera, el triunfo de toda una vida y el reconocimiento de la valía de un hombre, el gran Mario, el listo, avispado y resuelto amo del universo español.

CAPITULO OCHO

EL HOMBRE LOBO ACECHA

A primeros de julio del 91, Mario Conde tuvo un curioso enganche verbal con Carlos Solchaga. Un grupo de notables se había reunido en una cena homenaje a Francisco Fernández Ordóñez y la conversación comenzó a calentarse en torno a la política económica del Gobierno, el diseño de un modelo de crecimiento y la venta de empresas españolas a intereses extranjeros. En un determinado momento, Solchaga, sentado al lado de Conde, explotó.

—Mira, Mario, me parece bien que hayas vendido Petromed, pero espero que a partir de ahora no me hagas más discursos nacionalistas, que ya está bien...

No, si ya me han venido contando algunos periodistas lo que dices por ahí, que te da por el saco el discurso nacionalista de Mario Conde y cosas por el estilo.

—Pero, hombre, cómo no, si es que dices una cosa y luego haces la contraria. Dices que hay que defender la empresa española y no haces más que vender empresas.

—¡Porque me obligáis vosotros, cojones! Me estáis penalizando los recursos propios por las participaciones industriales, al margen de la política general que estáis...

—Mira, mira —interrumpe Solchaga—, tú y yo tenemos discrepancias serias en temas de política económica y espero seguir teniéndolas, porque representamos opciones distintas.

—¡Pero, coño, qué me estás diciendo, si agito tu famoso plan de competitividad y lo que queda es mi discurso de Estepona!

—Bueno, bueno, tú tienes derecho a vender las empresas que te dé la gana, pero espero que a partir de ahora no me toques más las pelotas con tu discurso nacionalista...

Un ejercicio de esgrima dialéctica, que define a la perfección el ambiente en que, entre diciembre del 87 y diciembre del 93, se desarrollaron las relaciones entre Conde y el Gobierno socialista.

Un chuleta, un tipo arrogante sin apellido ni pedigrí, un *yuppie* sobrado de ambición, a punto de cumplir los cuarenta, se presentó en el verano del 87 en un festín al que no había sido invitado. Al banquete estaba convocada la plana mayor del felipismo y su columna vertebral de la «gente guapa», los Boyer, Solchaga, Boada, Rubio, dispuestos todos a repartirse los despojos de la banca española, convencidos de que tras la segunda mayoría electoral del 86, el control de la banca era el último requisito que faltaba por cubrir para forzar la entrada gloriosa del felipismo y sus acólitos en el siglo XXI, todos uncidos al carro del poder, seguramente hasta el 2010, quién sabe si hasta el 2025, quizá más.

En pleno reparto, el Bilbao para Fulano, el Central para Mengano, Banesto para Perantano, aterrizó el desconocido sobrado de osadía que, en lugar de aceptar la oferta de Sánchez Asiaín para hacerse millonario y retirarse a vivir de las rentas el resto de sus días, decidió quedarse en Banesto y apostar fuerte en el juego del poder.

La OPA del Banco Bilbao fue el primer revés sufrido por una clase llena de soberbia, que en los últimos doce años ha controlado en beneficio propio el aparato del Estado. El enfrentamiento de David-Conde contra Goliat-Estado en el sexenio que va del 87 al 93 es un episodio ilustrativo de la estructura del poder en nuestro país.

Mario Conde le echará un pulso a la columna vertebral del Estado —Banco de España y Ministerio de Economía y Hacienda— que acabará perdiendo. Los dueños del Régimen no podían permitir que un solo personaje les dejara en evidencia. El *establishment* felipista no estaba dispuesto a perdonar ninguna alegría, ni admitir la menor discrepancia. Sin embargo, este David cuarentón, controvertido, listo y desvergonzado tuvo su oportunidad de victoria, pero falló en los dos puntos cardinales del planeta que debía cuidar por encima de todo: no dejar víctimas inocentes por el camino, y mantener limpio su patio trasero, la cuenta de resultados de Banesto.

En el entorno de una clase empresarial *acollonada* por el miedo a criticar al Gobierno, Mario Conde hizo de la crítica a la política económica del Ejecutivo su *modus vivendi*. La réplica a esa política, interpretada como solista por Carlos Solchaga, se convirtió en motivo de confrontación permanente, hasta el punto de que los niveles anti-Conde en el entorno felipista se podían medir como en un termómetro cada vez que el banquero lanzaba algunos de sus desafíos, siempre fríamente calculados, o críticas contra las decisiones gubernamentales.

A partir de 1988 se instala en todos los ámbitos de la sociedad española la idea de que Mario Conde es la mosca cojonera del Régimen, una especie de guerrero del antifaz dispuesto a oponerse al monopolio de la inteligencia y la ortodoxia que los mandarines del *felipato* reclaman como virtudes exclusivas.

La guerra se inició muy pronto, José María Cuevas no lo olvidará fácilmente, 20 de noviembre del 87, el telediario de la primera cadena de TVE había sorprendido la noche anterior a los españoles con el anuncio de la OPA, y el de la CEOE se acercó al ministerio a parlamentar con Solchaga, entonces en el cenit de su poder.

—Ministro, me da la impresión de que os vais a meter en un lío impresionante con esto de la OPA.

—¿Qué lío? ¿De qué lío hablas? —cortó Solchaga, enarcando las cejas sobre sus ojos saltones.

—Del que habéis montado con José Angel para acabar con Banesto, con los Garnica, y con todo el que se os ponga por delante.

—Mira, tú quédate tranquilito, que aquí no va a haber ningún lío, porque eso ya está resuelto. Esos dos van a vender su paquete al Bilbao y listo el problema.

—Yo creo que eso no va a ser así, y os vais a meter en un fregado considerable.

—Ni hablar, ni hablar, esa operación ya está resuelta y te digo más: mañana mismo empiezo con la otra.

«La otra» era el asalto al Banco Central de Alfonso Escámez, con «los Albertos» como caballo de Troya.

Al ministro se le torció efectivamente la jugada, y unos días después Pablo Garnica Mansi entraba en contacto telefónico con el de CEOE, José María, que esto ya está listo, que Letona se va y Mario es el nuevo presidente. Y horas después ambos se acercaban, casi un nieto a la vera del abuelo, a las oficinas de Diego de León para saludar a Cuevas, don Pablo lucía su mejor sonrisa, jamás le había visto tan jovial el patrón de patronos:

—Venimos de saludar al gobernador y contarle los cambios que ha acordado el consejo de Banesto

—¿Y qué le habéis dicho a Mariano Rubio?

—Oye, Mariano, le he dicho ¿no querías gente joven cuando me metiste a Letona? Pues, mira, aquí tienes uno bien joven...

Pero Mario, en lugar de apoyarse en los Garnica, al menos por un tiempo, barre a los Garnica, barre con la tradición del banco, se los carga y comete una equivocación, agrede a don Pablo y a su entorno, despide a Jacobo Argüelles, y terminará meses después por romper con su amigo y patrón primigenio, Juan Abelló. Mario se enfrenta a todos, a lo viejo y a lo nuevo, y a todos al tiempo. Se creía invencible.

En fecha tan temprana como el 27 de enero del 89, en plena pelea por el control del Banco Español Central de Crédito, producto nonato de la fusión Banesto-Central, Mariano Rubio, la autoridad de tutela del sistema bancario, realizaba en Barcelona unas declaraciones inimaginables en el gobernador de un banco emisor, «la situación de Banesto es delicada y preocupante», dijo Rubio, cornada suficiente para provocar el pánico en una entidad de crédito que vive de la confianza de sus depositantes, en lo que pareció una iniciativa premeditada de un hombre que mientras tal decía estafaba a la Hacienda pública, pasaba información confidencial a su amigo Manolo de la Concha, y volvía la cara para no darse por enterado de lo que ocurría en Ibercorp.

Manuel Fraga se llevaba las manos a la cabeza [1], Rubio comparecía unos días después ante el Parlamento de la nación, para afirmar sin empacho, en relación a sus manifestaciones sobre Banesto, que «no tengo que recibir lecciones de discreción de nadie».

Pero fue la ruptura con Abelló la que le hizo más daño. Todo el entorno social que manejaba el dueño de Antibióticos, especialmente el mundo de su mujer, Ana Gamazo Hohenlohe, le condena al vacío más absoluto, le tacha de la lista, no existe a partir de entonces, y a esa iniciativa se incorporan con entusiasmo muchos notables del Madrid de los cinco tenedores, gente que hubiera

[1] Fraga declaró que «este país ha alcanzado un nivel sólo comparable con una jungla pintoresca, en la que un gobernador del banco emisor se permite criticar públicamente a un banco, con riesgo de pérdida de confianza de sus clientes, y aquí no pasa nada».

podido ayudarle, o al menos haber permanecido neutral, Mario hubiera necesitado de todos los apoyos, pero el genio se creía Aníbal después de haber atravesado los Alpes, listo para transformar de un plumazo el orden establecido.

La batalla no había hecho más que empezar y los enemigos del gallego se contaban ya por docenas, algunos gratuitos, producto de los celos o la envidia nacional, otros ganados a pulso por la soberbia de un hombre que en su avance necesita machacar a quien le sale al paso.

Las razones de esta «guerra de los cinco años», duelo a muerte entre el padrino gallego y la corte felipista, son variopintas y abarcan desde las puramente personales hasta las ideológicas, pasando por la concepción del modelo de banca y, por supuesto, la política monetarista seguida por los Gobiernos del PSOE en el *boom* y posterior crisis.

Pero donde más irrita el gallego al zar González es en la crítica a la política europeísta puesta en práctica por el inquilino de La Moncloa. En un país que fue capaz de dar el sí a Maastricht tras veinte minutos de pobre debate parlamentario, Conde se erige en portaestandarte de una minoría de *intelliguenti* discrepantes, contrarios al entreguismo que ha presidido la estrategia socialista en cuestiones comunitarias. Los misiles comenzaron a volar temprana y profusamente entre Alcalá 14 y la plaza de Cibeles, lanzados por dos enemigos irreconciliables, Mario Conde y Mariano Rubio, el llanero solitario frente a las huestes organizadas del gobernador. Conde le había robado el mapa bancario, y tenía que pagar su osadía.

Mariano Rubio creyó tenerle atrapado ya con motivo de la ruptura con Juan Abelló. Aquél fue un divorcio particularmente doloroso y complicado, que al final concluyó en acuerdo por el cual Banesto se hacía cargo de las acciones de Juan a un precio determinado. Ambos firmaron un documento por el que Conde asumía el riesgo de la compra. La idea del gallego era que las acciones fueran distribuidas entre clientes del banco, mediante financiación blanda concedida por la propia entidad.

Pero Abelló se lo contó inmediatamente al gobernador y éste dictó al día siguiente una circular prohibiendo que un banco comprara las acciones de un consejero, y tipificando como «falta muy grave» la violación de la misma. Estaba claro que se trataba de una norma hecha a la medida de Conde.

Aquella tarde Mario se encontraba en su casa cuando recibió una llamada urgente de Luis Ducasse, consejero del banco y presidente de Agromán.

—Tengo que verte con toda urgencia.

No había pasado media hora cuando el de Agromán hacía su entrada en el chalet de la calle Triana, residencia de los Conde.

—Me acaba de llamar un director general del Banco de España, abochornado, para contarme una operación que se prepara contra ti, que está en marcha, vamos, y que van a por ti.

—Bueno, cálmate y dime de qué se trata.

—Pues mira, mañana te va a llamar Rubio para decirte que bajes a verle a su despacho, y te acusará de haber violado la nueva circular por comprar las acciones de Abelló, y como eso es falta grave, o te instruye expediente o abandonas el banco.

—¡Así, por las buenas!

—Oye, Mario, éste me ha dicho que es tu final.

—Bueno, eso ya lo veremos; lo importante es que sabemos lo que éste se trae entre manos.

—Ten mucho cuidado en no revelar que lo sabemos y menos aún de dónde procede la fuente. Este hombre me ha pedido que te lo contara, porque lo que va a suceder sobrepasa su capacidad de aceptar injusticias, pero está cagado.

A pesar de su aparente tranquilidad, el banquero durmió mal aquella noche, afligido por la eventualidad del choque que se avecinaba.

Mariano Rubio no faltó a la cita. Efectivamente, a las nueve de la mañana del día siguiente el gobernador llamó al presidente de Banesto para ordenarle que bajara a verle.

Serían las diez de la mañana cuando Conde hacía su entrada en el despacho de Rubio: él mismo le abrió la puerta con un amago de sonrisa triunfante, pasa, pasa, el brazo izquierdo extendido indicando el tresillo frente a su mesa de mando.

—Oye, Mariano, estos cuadros que tenéis aquí son preciosos —le interrumpe Mario—, me gustaría hacerme con un catálogo del Banco de España, porque creo que tenéis unas obras de arte magníficas.

Rubio dio un respingo, nunca acabaría de sorprenderle este bandido, y mientras se sentaba y encendía un cigarrillo, la sonrisa se le había borrado de su rostro macilento y taciturno.

—Bueno, Mario, te he pillado... quiero que sepas que has cometido una falta muy grave al comprar para el banco las acciones de Juan Abelló, sí, sí, no pongas esa cara, esta vez lo tengo todo probado y demostrado, así que, tú dirás, si quieres evitar el expediente, tienes que plantearte tu continuidad como presidente de Banesto.

—Pero ¿de qué me estás hablando? —protestó el aludido aparentando absoluta tranquilidad—, no sé de qué me estás hablando, no entiendo nada...

Mariano Rubio ya conocía aquella música y, con gesto de rabia, se levantó para dirigirse resuelto a su mesa de trabajo sobre la que descansaba una carpeta de color marrón. Sentado de nuevo frente al gallego, Rubio abrió la carpeta para sacar algo. Era la fotocopia de un talón, el talón de Banesto para el agente de cambio y bolsa que había hecho la transacción.

Mariano lo agitaba nervioso en su mano, ésta es la prueba, Mario, la prueba, como el niño que agita nervioso un banderín, como el guerrero que se dispone a alancear a su enemigo en una pelea a vida o muerte.

Conde miró el talón sin hacer aspaviento alguno.

—Mariano, sigo sin entender nada...

—¡No me cuentes historias, Mario, que ya te he oído demasiadas!

—Oye, Mariano, el banco le compró a Abelló sus acciones un día antes de que dictaras la circular, por tanto no había nada prohibido en el momento de hacer la transacción; ahora bien, a la vista de esa circular, yo le dije a Juan Belloso que ordenara suspender el pago del talón. Que conste que no habíamos hecho nada prohibido, pero por respeto al Banco de España preferí suspender el pago del talón.

—¿Qué estás diciendo? ¿Qué estás diciendo...?

—Lo que oyes, que ese talón no está pagado, así que te ruego que compruebes en tus servicios que eso es verdad.

El gobernador se descompuso. Empezó a gritar, ¡no puede ser! ¡no puede ser!, mientras miraba el talón como un poseso, se levantó de nuevo para dirigirse hacia su mesa, tomó el teléfono, se le cayó el teléfono, marcó un número, y preguntó si el talón había sido o no pagado. Cuando le respondieron que no, comenzó a gritar aún más fuerte a través del auricular.

Mario asistía a la escena fascinado, aparentando la mayor tranquilidad del mundo, con el mismo rictus de sonrisa con el que Rubio le había recibido minutos antes. Puesto en pie, se dirigió al gobernador:

—Mariano, te ruego que para estas tonterías no me llames, podemos fácilmente arreglarlas por teléfono. Y, por cierto, te rogaría que cuando me cites tengas en cuenta que citas al presidente de Banesto y que, por cortesía, debes ofrecerle algunos días alternativos... Conste que yo siempre atenderé el primero, pero así se preserva la imagen del Banco de España y de Banesto.

La frente de Rubio estaba perlada de sudor, y de su boca salían oscuros sonidos guturales, que alguien no avisado hubiera podido catalogar de simples eructos.

—Y te repito, Mariano, que me encantaría disponer de un catálogo de las obras de arte del Banco de España. Adiós.

Este era Mariano Rubio, un individuo en la mejor tradición de sus mentores políticos, dispuesto a moldear leyes a su conveniencia, resuelto a perseguir con ahínco a los que consideraba enemigos hasta el extremo de rastrear talones, disponer de fotocopias y amañar pruebas dudosas.

Mariano ha sido una especie de *sheriff* local que impuso un reinado del terror sobre un paisaje dominado en la banca privada por el miedo a la autoridad monetaria, un *sheriff* que tras la imagen de hombre anodino, dialogante, bonachón incluso, escondía un soberbio recalcitrante, un tipo dispuesto a desenfundar contra todo lo que se moviera, que no gozara de la condición de amigo suyo, en una permanente utilización dudosa de la ley.

Además de Mario, hay otro hombre permanentemente en guardia frente a Rubio: Alfonso Escámez. En los primeros meses del 90 el amo del banco emisor ha aflojado, para sorpresa de todos, el cerco sobre las cuentas del Banco Central, ¿qué se traerá entre manos? La presión sobre Escámez ha disminuido como por ensalmo desde el momento en que don Alfonso atendió los ruegos de Filesa, pero tiene que haber algo más, desconfían todos, la sucesión está al caer, su setenta y cinco cumpleaños ha sido celebrado en la prensa de manera desmesurada, de modo que el relevo no puede demorarse más.

En esa guerra está Mariano, y está, naturalmente, Carlos Solchaga. El *ticket* Fernando Abril-Luis Blázquez sería la salida más lógica, pero quienes conocen al «viejo» saben lo encariñado que está con la idea de elevar a su sobrino Antonio al estrellato, al afectado no le apetece, pero la presión familiar incide sobre don Alfonso, ¿es que no ha demostrado Toñete en Nueva York que es un buen profesional? ¿No lo demuestra todos los días en Madrid?

La de Toñete podría ser una solución a cinco años vista, un tiempo del que no dispone Escámez a estas alturas, y, en cualquier caso, ¿qué trama el Banco de España? ¿Van a permitir Rubio y Solchaga que se les escape esa pieza?

Todos piensan que Escámez anunciará algo en la junta general de accionistas del 90, pero el peligro que temen los del Central es que sea el propio Mariano Rubio quien aspire a la presidencia del banco, en la casa ha sido muy comentado el que don Alfonso, un enamorado de la ópera, haya cedido uno de los tres palcos de que dispone a don Mariano Rubio, al *sheriff* de Cibeles le gustan las cosas «gratis total», desde el golf hasta la ópera, y ¿no estará el «viejo» resistiendo para ir al final a morir en la ribera de la *biutiful*? ¿No irá a entregarles el banco en bandeja? ¿Cómo se explica, si no, esa relajación del asedio a la entidad?

En el resto del mapa bancario, la vida es más tranquila. Al frente del Santander, un banco siempre a la sombra del poder, Emilio Botín hijo se ha revelado como un genio, un genio de las finanzas a quien su padre no dejaba hablar en público, ¡tú, cállate!, al lado del genio camina ahora Rodrigo Echenique, otro abogado del Estado, como Conde, como Amusátegui, cuando los abogados del Estado toman el timón de las empresas es que las cosas están realmente mal, es el momento de salir huyendo.

A Echenique le faltan horas de vuelo, pero es un hombre de largo recorrido que ya ha aguado la fiesta a los Rodríguez Inciarte. ¿Por dónde irá el Santander? Imposible saberlo con los Botín, gente individualista, dicen que insolidaria, sólo atenta al negocio, le han vendido a Endesa su paquete en Sevillana, ganándose las críticas del resto de la banca presente en el sector eléctrico.

En el BBV gobierna un hombre impuesto por el gobernador, deseoso de conquistar cuotas de independencia, y en el Hispano Boada ha cedido el relevo a Amusátegui, todo queda en casa, mientras Carlos Solchaga se dispone a sacarse de la manga su magno invento de Argentaria, un fenomenal instrumento de presión sobre la banca privada. Como el florentino Valls no cuenta en la lucha por el poder, la nota discordante es Mario Conde, la espina clavada, la afrenta a vengar. Se tratará de hacerle la vida imposible, sitiando su fortaleza hasta rendirle por hambre.

En el entorno de la gente guapa se extiende pronto un rechazo radical a Conde, producto del respeto a su sedicente inteligencia y del miedo a su demostrada capacidad de maniobra, sazonado todo con los relatos recurrentes en torno a la elaboración de *dossiers*, el espionaje, la masonería y otras historias que poblaban los cenáculos madrileños.

Entre los más inteligentes de la camada, sin embargo, el aterrizaje en Banesto y la batalla de la OPA del Bilbao produjeron otro tipo de desasosiego, fruto de una reflexión intelectual que llegaba a conclusiones peligrosas para la pervivencia del *statu quo*. En efecto, la irrupción de Mario en el círculo del poder suponía la ruptura de los cánones tradicionales para alcanzar el éxito en España. En una sociedad tan rígidamente estratificada como la española, donde sólo se puede llegar a determinados puestos por razón de apellido y clase social, el caso de Mario Conde, sobre todo en un época de alegría expansiva, abría teóricamente un camino sin límites a la inteligencia, el valor y el trabajo bien hecho, cualidades con las que se presentó el gallego en sociedad tras la aventura de Antibióticos, y antes de que empezara a dilapidarlas al frente de Banesto.

Era inevitable que su caso chocara frontalmente contra los intereses de un grupo como el de la *biutiful*, que desde el tardofranquismo se había erigido en élite excluyente, grupo de presión organizado que echó raíces sólidas con la UCD al mando de buena parte del aparato del Estado, para triunfar plenamente incardinado en la corriente socialdemócrata que Solchaga y Felipe encarnaban dentro del PSOE.

Como aquel joven *outsider* no había saltado al ruedo para disfrutar plácidamente de su condición de presidente de un gran banco al calor de la chimenea, estaba claro que ambas partes iban a chocar inevitablemente en la pelea por el poder.

Muy pronto dejó constancia de su condición de «candidato». Pero lo que pudo empezar siendo afán diletante o sincera manifestación de ímpetu juvenil al servicio de unas ideas, se fue transformando en necesidad imperiosa, hasta el punto de que la discrepancia económica, la crítica política al Gobierno socialista, se convierte en arma defensiva, un argumento de supervivencia, de forma que a menudo Mario ataca cuando más apurado está, cuando se ve contra las cuerdas, cuando las cuentas de Banesto no salen y teme una reacción de la autoridad, ojo, viene a decir, que cualquier iniciativa contra mí será considerada como un ataque político.

—Después de Ignacio Villalonga —asegura Luis Valls—, Conde ha sido el banquero que mejor ha utilizado, y de manera más sistemática, la provocación al poder político como método de supervivencia.

Un cambio que es especialmente perceptible a raíz de la ruptura de la fusión con el Banco Central. En efecto, el 25 de enero del 90, imprime un acelerón al papel crítico que decidió asumir, declarando oficialmente la guerra a los arbitristas del Banco de España en el curso de una conferencia pronunciada en la Fundación Canalejas, que preside Segurado. El gallego critica la Ley de Disciplina y Ordenación bancaria, ataca a la autoridad monetaria, y dice que el Banco de España no debe arbitrar los procesos de formación de mayorías de capital en los bancos [2].

Cuando el 2 de agosto del 90 los carros de combate iraquíes invadieron Kuwait, dando al traste con el proyecto de salida a bolsa de la Corporación, la batalla entre Mario y la tropa de Solchaga estaba ya en su apogeo [3].

Unas semanas después, desde el púlpito de Estepona, donde Banesto organiza sus anuales reuniones bancarias, el gallego vuelve a flagelar la política económica del Gobierno [4].

Sus manifestaciones, además de elevar el nivel de anticuerpos-Conde en el Gobierno, solían irritar a la mayoría de sus colegas bancarios [5], a menudo colocados por su culpa en evidencia. Mario se estaba ganando a pulso la animadversión del resto del colectivo.

Era una guerra sorda, que con frecuencia había que seguir entre líneas. Solchaga presiona al Banco de España para que haga

---

[2] Conde aprovechó también para criticar el incremento de la presión normativa sobre la banca, asegurando que el coeficiente de caja era un impuesto encubierto a los beneficios del sector. Le respondió el secretario de Estado de Economía, Pedro Pérez, quien proclamó que «los coeficientes bancarios son el precio que tiene que pagar la banca por sus privilegios pasados».

[3] «Estoy dispuesto a dejar que otros se atribuyan el monopolio de la inteligencia —aseguraba entonces el banquero—, porque esa pretensión no es peligrosa, pero no me parece razonable dejar que se atribuyan el monopolio de la ortodoxia. Si la verdad se escribiera a golpe de autoridad, tendríamos que cerrar los laboratorios.»

[4] «No me parece admisible —señala— decir que la crisis del Golfo obliga a la economía española a un ajuste duro. Los desequilibrios estructurales ya existían, ya estaban con nosotros, y son el resultado de una determinada política económica, cuyo mantenimiento producirá un efecto multiplicador sobre los males de nuestra economía.»

[5] Claudio Boada, por ejemplo, declaró tras el *happening* de Estepona que «me parece lamentable que los grandes directivos de sociedades se conviertan en *vedettes*. Los ejecutivos deben ser más prudentes, más discretos».

la vida imposible al banquero, y Mariano, obediente, castiga los puntos débiles de Banesto, como la excesiva concentración de riesgos en su grupo de empresas, o el déficit de recursos propios, que no le faltan al banco emisor, con la ley en la mano, oportunidades de mantener al aprendiz de brujo contra las cuerdas. Y si no es Mariano es el edecán de Solchaga, Pedro Pérez, quien dispara, o cualquier otro alto cargo del Departamento, lo que a veces otorga a la pelea un matiz cómico, puesto que el banquero utiliza entonces a sus peones, especialmente Antonio Segurado, para responder al estado mayor del ministro. Es la guerra entre trincheras, con los generales moviendo sus tropas.

La guerra, en cualquier caso, no es gratuita para la institución Banesto, un banco que ha vivido peligrosamente desde que Conde se hizo con la presidencia. «Una cosa es Banesto y otra Mario Conde», repetía el entonces director general de la Inspección, Miguel Martín, pretendiendo separar a la entidad de las específicas connotaciones del jefe, un intento vano, porque el banco ha pagado el precio de vivir de sobresalto en sobresalto desde finales del 87. Banesto era Conde.

La autoridad monetaria, sin embargo, se vio obligada a salir alguna vez a la palestra en defensa de la institución, como cuando, en enero del 91, el subgobernador Rojo efectuó unas declaraciones diciendo que «Banesto está bien, pero ha tenido mala suerte con su Corporación Industrial», unas palabras que vinieron de perlas al banco, un respiro, en banca es muy malo que la autoridad te cite en público, aunque sea para bien, pero la de Rojo fue una cita casi obligada que alivió la tensión reinante en el mercado en torno a Banesto.

Mientras Rojo salía en defensa de un banco, Carlos Solchaga amenazaba entre bastidores con una nueva oleada de fusiones. Entre los posibles afectados tocan a generala, Escámez, Conde, Amusátegui, aterrorizados, e Ybarra llega a decir que quizá la banca no pueda oponerse a una segunda oleada de fusiones, es el diseño de los teóricos del felipismo, el trabajo predilecto de un hombre como Solchaga, que realmente sólo llegó a sentirse a gusto en la conspiración, en la preparación de las intrigas por la ocupación del poder en la banca.

Para Mario las fusiones impuestas constituían un peligro letal. La estrategia de hostigamiento al banquero perseguía forzarle a una fusión en la que, en condiciones de inferioridad, perdiera las riendas del banco fusionado, aun a riesgo de dejarle al frente del eventual grupo industrial que pudiera resultar de la operación. Pero Conde escurre el bulto, se zafa, y replica asegurando que «Banesto tiene el tamaño suficiente».

Como si la batalla oficial no fuera suficiente, el gallego debe atender algunas situaciones kafkianas, sólo comprensibles en la España enloquecida de los años del *boom.* A primeros de 1991, Javier de la Rosa ha desenterrado el hacha de guerra contra Conde. Es el reflejo de un ambiente hostil hacia el banquero que no procede sólo de la «gente guapa», sino de gente como Javier de la Rosa, el inefable JR, muy cercano a Solchaga y al mundo de «los Albertos».

Y es que la vida de un tipo permanentemente situado en el filo de la navaja, podía quedar truncada no sólo por una acción hostil del Gobierno y sus aliados, sino por iniciativas locas de gentes que en algún momento pudieron ser sus aliados.

De la Rosa está que muerde con Mario Conde a cuenta del libro *El dinero del poder*[6], un surtido muestrario de ese museo de los horrores en que se ha convertido nuestra economía especulativa, pero, ¡oh sorpresa!, don Mario Conde no aparece en sus páginas, y además Mario ha empezado a ser jaleado en *Cambio 16*, cuna de los autores del libro, y la red de espías de De la Rosa ha descubierto que el banquero, acostumbrado a pactar con lo peor de cada casa, está tonteando ahora con Juan Tomás de Salas, y el catalán ha cerrado el círculo, verde y con asas, Conde tiene que estar detrás del libro, porque en estos años Conde estaba, real o imaginariamente, detrás de casi todo lo que luciera un cierto barniz de perversidad refinada.

La gota que colma el vaso son un par de artículos de Rafael Pérez Escolar en el diario *ABC* en torno a KIO y su hombre en España. JR decide pasar al ataque, contando a una revista semanal una serie de historias picantes en las que queda claro que Conde es el *alter ego* de Alfonso Guerra, el hombre que se está beneficiando a una aristócrata de cuarenta y siete años en un hotel de lujo de Madrid, y el gran maestre de la masonería, un asunto que sigue produciendo toneladas de morbo sobre la piel de toro.

El banquero se indigna, y de repente se declara partidario de ir por De la Rosa de una vez por todas. El gallego está decidido a

[6] José Díaz Herrera y Ramón Tijeras, Editorial Plaza y Janés, Barcelona, 1991.

pasarle factura, y de las gordas, por el asunto de la Banca Garriga y Nogués, 100.000 millones de quebranto para Banesto, uno de los gatuperios históricos heredados por Mario, ahora es cuando le voy a matar, porque una cosa es que le dejemos en paz y otra muy distinta, imprudente, que se permita matar moscas con el rabo por el predio madrileño.

Pero De la Rosa se siente fuerte con su asidero socialista. Su asidero es Carlos Solchaga, precisamente el enemigo de Mario Conde. No da un paso el catalán, no hace una inversión, no plantea una nueva operación de «tiburoneo» sin antes consultar con el ama de llaves de Solchaga, su jefe de gabinete Luis Sempere, un hombre discreto, un verdadero poder en la sombra, Javier y Luis hablan prácticamente todos los días por teléfono, y Javier se siente protegido, pasa información de las desventuras de Conde, sin pararse a pensar que su mentor le dejará tirado cuando la situación lo exija, sin reparar que ya no hay un PSOE sino varios, rotos y enfrentados a muerte.

El hombre de KIO en España no se ha parado ahí. Quiere dar un buen susto a Conde. Si Mario amenaza con la Garriga Nogués, yo saco en bolsa casi cinco millones de acciones de Banesto cuyos derechos tengo en mi poder, de repente, sin previo aviso, una hecatombe para el banco, el final de Mario Conde, y el 6 de marzo del 91 César Alierta, presidente de Beta Capital, propiedad al 50 por ciento de De la Rosa, llama a Lombardía y Lacaci, la agencia de valores de Banesto, esto pasa, los Fidelitys y todos los fondos USA que lleva Javier de la Rosa se han enfadado mucho con el artículo en *ABC* de Rafael Pérez Escolar y han decidido vender, 4,5 millones de títulos al mercado.

—¿Qué vais a hacer? —pregunta Alierta.

—¡Pues qué quieres que hagamos... echar a correr! Llamar a Banesto inmediatamente y esperar órdenes, no sé qué se puede hacer ante un asunto de este calibre.

Mario, como una pantera, puso a sus hombres a trabajar y el mensaje angustiado llegó al Gobierno, dicen que fue el propio presidente quien paró aquello. Si la venta hubiera llegado a consumarse, la operación J. P. Morgan, que estaba en sus orígenes, se hubiera ido al traste, porque los estadounidenses hubieran salido corriendo.

Aquel día Matías Cortés estaba en su Granada natal, dictando un curso en la universidad, y cuando regresó a casa de sus padres se la encontró invadida de llamadas telefónicas urgentes desde Madrid.

Fue una de las típicas faenas de aliño de Cortés, que utilizó el incidente para, de paso, meterle una cornada a su ilustre enemigo, Pérez Escolar, eso no es de recibo, Mario, este señor en tu consejo y escribiendo esas cosas en el *ABC*...

—Pues lo he visto, sí, y me pareció un poco excesivo, pero tampoco es para tanto.

Cortés llamó a Javier de la Rosa. El catalán estaba amenazante, le pongo cinco millones de acciones mañana en bolsa y le hundo, pero el abogado vio que quería negociar, que lo hundo, Matías, pero que no se atrevía con el envite. Y Cortés echó mano de su fino humor andaluz.

—Si a mí me parece muy bien que os queráis matar, Javier, pero cuando vosotros lo decidáis, no cuando un periodista sinvergüenza quiera.

Matías paró el chaparrón, cuando la orden de venta estaba ya dada para el día siguiente. A las nueve de la noche de aquel 6 de marzo la operación quedó abortada, quizá no fuera más que un farol, un gigantesco farol en aquel Madrid de fuegos fatuos, en ese reino de mentiras e intrigas que ha sido la España del último sexenio, plagada de aventuras de este tenor, ninguna operación enaltecedora asentada sobre los principios de creación de riqueza y puestos de trabajo estables, la industria no cuenta, el trabajo diario y callado no cuenta, abrir la fábrica todos los días es signo de masoquismo, el Estado está pagando el dinero al 18 por ciento, las oportunidades para los ricos son múltiples, ¿para qué tomarse el dolor de cabeza de pagar una nómina? Lo que vale, lo que importa, es hacerse rico, hacerse más rico a la mayor velocidad posible, especulando, engañando, estafando, amenazando, hundiendo, ésa ha sido la España del *boom*.

Luego, apresuradamente, JR replegó velas, se disculpó por activa y pasiva, hablando todos los días con Mario Conde, aquí no ha pasado nada, dentelladas de queridos enemigos, toda la culpa la ha tenido Rafael Pérez Escolar, y el 20 de marzo Jacques Hachuel visita a De la Rosa y le propone, para congraciarse con Banesto, que compre Sniace, una ganga con la que no sabe qué hacer Banesto.

A la vuelta de las vacaciones de agosto del 91, en un clima social crispado por la presencia de una crisis que sólo el Ejecutivo parece ignorar, y el fracaso del Plan de Competitividad, Conde vuelve a soltarse el pelo en Estepona, como cada septiembre, con un relato descarnado de los efectos que sobre el empleo y el tejido industrial del país va a tener, a su juicio, la política de monetarismo a ultranza seguida por el Ejecutivo [7].

Una intervención que dejó estupefacto a más de un banquero:

—Mario es listo y lo tiene fácil. Su movimiento de Estepona ha sido de libro: se trata de lanzar un contraataque duro y cerrado sobre la retaguardia del enemigo cuando la presión sobre tus líneas es más intensa.

Se estaba acreditando como un maestro consumado en el arte de romper cercos, merced a su capacidad para recuperar el resuello cuando parecía a punto de caer.

Si el maestro Felipe se toma el discurso de Estepona con ironía, recordando que el gallego le remitió el texto con veinticuatro horas de antelación, Carlos Solchaga reacciona como picado por banderillas, asegurando que mantendrá la orientación de la política económica sin escuchar «cantos de sirena». Para desgracia de Solchaga, otras voces autorizadas, como la de José Luis Leal y Fuentes Quintana, se sumaron a las críticas de la política económica, insistiendo en la necesidad de reducir el déficit. Por primera vez desde el 82, surgía una alternativa de política económica a los mandarines socialistas.

Al día siguiente, sin embargo, el propio Felipe González aprovechaba su presencia en la primera cadena de TVE para arremeter [8] contra el banquero y su discurso de Estepona. Al amo del Régimen no le gusta la discrepancia.

---

[7] El banquero exigió un cambio urgente del modelo diseñado por Solchaga, que no consigue dominar la inflación y aumenta el déficit público y comercial. Para Conde, el modelo económico del Gobierno implicaba un altísimo riesgo para la economía española y conducía de forma inexorable hacia la desindustrialización del país. «El ajuste para controlar la inflación está recayendo sobre los sectores más dinámicos de la economía y, en consecuencia, comprometiendo el crecimiento futuro.» La receta de Banesto se basaba en cuatro puntos: flexibilización del mercado del trabajo; rigor en el control del gasto público; política fiscal realista, y un tipo de cambio de la peseta que se corresponda con la verdadera situación de la economía española. Como postre, el gallego colocó un par de banderillas negras en la cresta del regulador: «Quienes creemos que es necesario potenciar la sociedad civil, que nadie tenga el monopolio dogmático de la verdad, que existan voces distintas sobre temas básicos, tenemos no sólo el derecho sino la obligación de expresar nuestras opiniones.»

[8] «En un momento en que estamos un poco apretados —aseguró Felipe— hay algunos que siempre hacen el discurso del liberalismo económico, del libre cambio, cuando más bien lo que piden es protección. Hay algunos discursos en los que eso se camufla con alguna apelación patriótica, que dicen que el Gobierno está

Días después, Conde hace unas declaraciones a *El Mundo* y Solchaga le replica sin miramientos: «Será Conde quien ha cambiado de orientación, porque la política económica es la misma desde hace años.»

El 14 de octubre de 1991 Conde asiste en Bangkok a la reunión del FMI, donde la revista *Euromoney* entrega a Solchaga el premio al «mejor ministro de Economía». La presencia de Mario, acompañado de Paulina Beato y Javier Abad, parece apuntar a un intento de encuentro casual minuciosamente preparado para aliviar tensiones entre ambos. Pero las relaciones han alcanzado tal grado de tensión que nada se arregla. Solchaga mueve peón con su segundo, Pedro Pérez, que ataca con dureza a Banesto, y Mario Conde hace lo mismo a través de José Antonio Segurado.

La guerra entre Conde y el eje motriz del Gobierno socialista desde 1985, el formado por Felipe-Solchaga, estaba en pleno apogeo, como ilustra el suceso ocurrido entonces en torno a La Unión y el Fénix y la francesa AGF. El director general de Seguros, Guillermo Kessler, autorizó a Banesto para vender a los franceses de AGF el 24 por ciento del Fénix en contra de los criterios políticos del ministro. La decisión de Kessler fue una sorpresa para Solchaga, tanta, que al día siguiente el Consejo de Ministros le destituyó de manera fulminante. Toda una demostración de que un funcionario no está obligado a cumplir la ley, sino los dictados del Gobierno.

Casi inmediatamente se prohíbe a Banesto tomar una participación en la aceitera Elosúa, que al final irá a parar a las manos italianas de Ferruzzi, en uno de los escándalos de comisiones aún no aclarados, y se abre expediente a la Corporación Banesto por «supuesta infracción administrativa en control de cambios», en relación al acuerdo de venta del Fénix a AGF.

El gallego era consciente que iban a por él; vienen a por mí, pero ¿qué puedo hacer? Jesús Polanco me dice que en mi sueldo está incluida la obligación de llevarme bien con el gobernador y

---

consintiendo que empresas extranjeras compren empresas españolas. Eso no es cierto, el Gobierno no vende empresas. Yo no quiero citar a nadie, pero Antibióticos no lo vendió el Gobierno, porque no tenía ni una sola acción.»

El Presidente realizó una cerrada defensa de su ministro de Economía: «Tiene toda mi confianza para tomar las medidas oportunas en estos momentos de enfriamiento.»

con el ministro de Economía, pero en estos momentos hace falta tener mucho estómago para poder hacerlo. Estoy seguro de que lo que pretendía Solchaga en el asunto del Fénix era evitar el concedernos la autorización, con el propósito de dañar las cuentas y la imagen de Banesto. Esto, y las manifestaciones de Pedro Pérez [9] en el foro de Bangkok, han hecho daño al banco, hasta el punto de que creo que es más que posible que la decisión de Morgan de retrasar la inversión en la Corporación, cuando ya lo había decidido, sea una consecuencia de todo ello.

Estos van a hacerme todo el daño que puedan, se remonta el gallego, está claro, y tengo que ser consciente de ello, y sobre todo no olvidarlo. Pero ni Solchaga ni Pérez son de recibo en un Estado de derecho. Yo tuve que parar una declaración que quería hacer Michel Albert, el presidente de AGF, en el sentido de que Carlos Solchaga no era aceptable como ministro de Hacienda en un país democrático. Creo que me equivoqué, pero para los efectos de nuestra operación hubiera sido demasiado problemático.

El navarro ha dispuesto de un enorme poder en los gobiernos de Felipe González, poder que a menudo ha utilizado con criterios de parcialidad, un tipo con una soberbia no inferior a la de Conde, que aprendió del descaro de Mario Conde, que, como Conde, comprendió que, en un país de cobardes, el que echa «la pata *p'alante*», cita al bicho de frente y aguanta la embestida sin mover los pies, sale por la puerta grande. Un político siempre con los cojones en la frente y la ley en el cogote. Un ministro que tenía asustado a más de un colega de Gabinete, hasta el punto de que más de una vez Miguel Roca se quejó ante González.

—Oye, Presidente, ¿pero aquí quién gobierna...?

—Bueno, es que ya sabes cómo es Carlos.

Había ministros que le pedían a Roca, siempre altamente considerado en Madrid, su intercesión ante Solchaga para sacar adelante tal o cual asunto, sobre todo cuando se trataba de acuerdos autonómicos.

—Oye, Miguel, ¿por qué no se lo dices tú a Carlos?

Un pequeño Calígula que, en la línea de Conde, cada vez que se veía en apuros, y han sido incontables, cada vez que se decía que podía saltar, que iba a perder el sillón, hacía estallar puntual un escándalo que automáticamente desviaba el punto de mira de la

---

[9] El lugarteniente de Solchaga dijo, entre otras cosas: «El acuerdo Banesto-AGF estaba diseñado para eludir impuestos.»

opinión pública, le salvaba, le rescataba *in extremis*... La misma técnica, en suma, que Mario Conde. El navarro había probado el método con éxito en el caso Juan Guerra, y lo probó también con el escándalo de las facturas falsas del IVA, que tuvo la habilidad de reconvertir en el escándalo Renfe, lo que le sirvió para cargarse a uno de los protegidos de Guerra, el ministro García Valverde.

Algunos de estos episodios causaban alarma entre la guapa y rica gente que durante años jaleó las hazañas del navarro, y que a veces se sentía cogida a contrapié por los acontecimientos.

Todo lo hacía con propiedad el navarro, menos su trabajo específico de ministro de Economía. Su capacidad para equivocarse en vaticinios y predicciones ha sido proverbial en estos años. El 20 de noviembre del 91 el profeta de Tafalla se reunió a cenar con los miembros del Club de Empresarios, cercano al PSOE, en el hotel Tryp Fénix de Madrid, a quienes animó fervientemente a invertir «porque ahora es el momento de hacer buenos negocios, puesto que en seis meses la recuperación será un hecho». La crisis ya era un hecho, aunque todavía faltaban cinco trimestres para que la economía entrara realmente en recesión.

En realidad, Solchaga salía a una media de soflama al mes anunciando la recuperación inmediata, aunque su secretario de Estado, Pedro Pérez, no le iba a la zaga. A mediados de diciembre del 91, a las puertas de la mayor recesión de la reciente historia de España, declaraba que «la recuperación económica está en marcha». ¿Estamos ante un equipo de gente cuya refinada perversidad le lleva a enmascarar la realidad, o se trata simplemente de una pandilla de incompetentes?

Con todo, la acusación más grave, la única realmente trascendente, que se puede formular contra Carlos Solchaga es la de haber fracasado rotundamente con las políticas implementadas a partir de 1988 que, sin conseguir solucionar la inflación, sirvieron para hacer más aguda en España la crisis internacional, con su correlato de empobrecimiento colectivo y, sobre todo, de esa terrible tasa de paro del 24 por ciento de la población activa.

Pero los culpables de la crisis española siempre han sido otros. En el «abecé» de su ideología económica, la culpa es de los salarios («la rueda salarios-inflación-altos tipos de interés-paro, no se rompe si no se moderan los salarios»), y la responsabilidad de los incrementos salariales es de la CEOE, por lo que el ministro exhortaba a los empresarios a ser duros en la negociación, con o sin el respaldo de la CEOE. Por desgracia, el sector público, que dependía de Solchaga, hacía luego de su capa un sayo en la negociación de los convenios, arrastrando con las subidas pactadas al privado.

Los culpables también son los sindicatos.

—La única forma de hacer doblar la rodilla a los sindicatos es enarbolando el fantasma del paro —llegó a asegurar—. Por eso pienso que una recesión no les vendría mal a la UGT y a CC.OO., aunque no se lo pueda permitir este país.

La CEOE, que hasta que no comenzaron a hacerse patentes los efectos del enfriamiento de la economía aplaudió con fervor la política de Solchaga, ha merecido siempre las mejores diatribas del navarro. Un Gobierno y un partido con vocación de PRI mexicano, con voluntad de controlarlo todo, no podía estar sometido a la crítica de una organización empresarial independiente, por lo que el dúo dinámico Felipe-Solchaga decidió buscarse sus propios empresarios, Solchaga tenía a mano a su «gente guapa», empresarios «pata negra», dispuestos a acudir a Moncloa al toque de corneta, temerosos del Poder porque seguramente necesitan del Poder —el favor de los Presupuestos y la venia de la inspección fiscal— para prosperar.

Los enfados de José María Cuevas con este empresariado pelota eran moneda corriente. Sabe que Felipe y su «divide y vencerás» no busca otra cosa que puentearlo y desacreditarlo, y llega a escribir sentidas epístolas a los desafectos, «te recuerdo que hay muchos empresarios que no tienen la posibilidad de acudir a La Moncloa a merendar con Felipe González, ni de expresar sus opiniones en una entrevista con el ministro de Economía».

Como suele ocurrir, los visitantes de Moncloa son quienes menos están dispuestos a arriesgar, rechazando las reclamaciones salariales de los sindicatos.

Por aquel entonces, un Cuevas quemado interpelaba a Rafael del Pino, dueño de Ferrovial.

—¿Tú estás dispuesto a aguantar una huelga?

—No, yo no puedo.

Felipe González, que a finales de octubre del 91 había respondido al éxito masivo de la huelga general asturiana con un contundente «no me preocupan las batallitas», animaba a unos y a otros a resistir el empuje sindical, mientras él escondía la oreja.

—¿Esperas que haya conflictividad? —preguntaba a José María Cuevas.

—No la puede haber, Presidente, porque la gente no la puede aguantar: el empresario que tiene una huelga pierde mercados y encima recibe una llamada de tu ministro para que la gente no le arme follón en la calle...

—Eso se va a acabar, no te preocupes, pero tú tienes que pedir a la gente que aguante. Vas a tener junta directiva de CEOE y no estaría mal que plantearas esta cuestión.

—Yo no puedo pedirles eso. Mira, ¿sabes lo que te digo? Que tú has sido el que ha dado tanto poder a los sindicatos, no yo. Pero, ojo, no se os olvide, Presidente, el empresario que pueda va a terminar cediendo un punto más en la negociación, pero tienes que saber que un punto significa que a lo largo del año va a despedir a veinte tíos y ese es tu problema. Además, es que vosotros pedís, pedís, pero luego no escucháis a nadie...

—No te preocupes, José María, de verdad, que las cosas van a cambiar. Vamos a plantear la conveniencia de una Ley Industrial.

—Mira, la mejor Ley Industrial es un tipo de cambio adecuado para la peseta; unos impuestos que no ahoguen a las empresas, y unos tipos de interés que no pongan el dinero por las nubes.

Así estaba el país a las puertas del 92, metido en un cuesta abajo imparable tras haber desaprovechado los años de «vacas gordas» para haber llevado a cabo las reformas de fondo que reclamaba la economía, un cuesta abajo uncido al yugo de un tipo venal, incompetente y soberbio, vengativo, dispuesto a cargarse a todo lo que pueda hacerle sombra, un eximio representante de la ideología de las dos Españas, versión amigos-enemigos, que tanto daño ha hecho a lo largo de la historia.

El cerco que el Banco de España ha tejido en torno a Banesto y Mario Conde cede radicalmente a lo largo del mes de noviembre del 91, con gran sorpresa para el banquero. Una revista semanal acababa de publicar que «El Gobierno tiene atrapado a Mario Conde. Entre el gobernador del Banco de España y el ministro de Economía se han repartido la pieza para servírsela en bandeja a Felipe González», y de repente Mariano le invita amigablemente a almorzar en la sede del Banco de España.

¿Qué ha pasado aquí? ¿Qué está pasando? Se trataba en principio de hablar de la marcha del ejercicio de Banesto, pero la cosa ha ido como la seda, nunca había tenido un almuerzo así desde que soy presidente de Banesto, ni mencionar la historia de las acciones de Juan Abelló. Me encontré con un gobernador amable e interesado en el intercambio de opiniones, hablamos de Maastricht, le expuse mi teoría de que después de Maastricht ya no existe posibilidad de marcha atrás para la política económica española, se ha elegido el parámetro de la inflación, le dije, y al no poder manejar otra variable, no queda más salida que actuar sobre los costes laborales. Rubio lo tenía claro:

—O se reducen los costes laborales o este país quiebra, no hay alternativa.

—El problema, Mariano, consiste en saber si será posible reducir los costes laborales, puesto que los sindicatos y algunos empresarios se resistirán a ello; y habrá que ver si es posible conseguirlo sin traumas sociales.

El gobernador pasó de puntillas sobre la situación del banco, aunque Banesto seguía atrapado en sus dos males históricos: el déficit de recursos propios y la excesiva concentración de riesgos. Mariano no tenía nada que objetar a la operación Gescam; estaba de acuerdo con la operación Banfénix, incluso le llegó a decir que comprendía el verdadero trasfondo económico de la misma, cosa que no entendía la Inspección; no debía preocuparse por la cobertura del fondo de pensiones, puesto que era un problema común a otros bancos, y que en consecuencia dispondría del tiempo necesario para solucionarlo, y en cuanto al resto de las provisiones entendía que el paso del tiempo diría si Banesto estaba procediendo correctamente o con alguna deficiencia. El gobernador, definitivamente, estaba de rebajas:

—Y no te preocupes por eso, Mario. Te voy a dar un plazo especial de seis meses a partir de diciembre para que cubras coeficientes. ¡No voy yo ahora a ponerte zancadillas, que bastantes enemigos tienes!

—¡Qué me vas a contar a mí, Mariano!

Mario no daba crédito. Habían hablado de los problemas del sector bancario con la franqueza de dos colegas unidos por una vieja amistad, y ahora le daba ánimos para afrontar la tarea en Banesto:

—Haz lo que tengas que hacer, pero despacio, no es cuestión de que hagas ventas de empresas desordenadamente, desde el Banco de España no se te quiere causar ningún perjuicio.

Al término del almuerzo, Conde se preguntaba qué podía esconderse tras el cambio de actitud del gobernador. ¿Estaría al corriente Solchaga, o se trataba de una iniciativa particular de Rubio? Pronto cree dar con una explicación aceptable al cambio de humor de su querido enemigo: Rubio está apurando sus últimos meses como gobernador del Banco de España y quiere pedirme su apoyo para, en la primavera del 92, pujar por un tercer mandato, en fin, que se han rendido, triunfalista Conde, que han constatado que no han podido conmigo, está claro.

Pronto iba a tener, sin embargo, una explicación más convincente. En efecto, el 14 de noviembre del 91 Jaime Soto y Manuel de la Concha se presentaban en el despacho del banquero, Alcalá 14, para ofrecerle Ibercorp, quieren que les compre Ibercorp, que les absorba, mis peores enemigos llamando a mi puerta en busca de auxilio, el mundo al revés, y he tratado de parecer frío y cortés pero por dentro me estaba riendo, ha sido una de esas satisfacciones íntimas que no se pagan con dinero, ver en mi despacho, casi de rodillas, a dos ilustres representantes del grupo que cien veces ha intentado matarme, pidiéndome árnica.

Claro que «los Conchas» no regalan nada, quieren por Ibercorp, un negociete lleno de más agujeros que un queso Emmental, la friolera de 14.000 millones de pesetas, ése es el precio que don Mariano le ha puesto a su repentina simpatía hacia mí, y a mí me gustaría comprarlo, sí, pero sólo para mirarle las tripas y saber si Mariano Rubio tiene algún muerto ahí escondido como sospecha todo Madrid.

A primeros de diciembre, Manuel de la Concha vuelve a la sede de Banesto. Mario se ha olvidado del asunto Ibercorp, lo ha pasado a Belloso para que lo mire, la verdad es que no hemos hecho nada, Manolo, y no te preocupes, Mario, no te preocupes, porque vengo a comentarte otra cosa, vengo a pedirte que nos eches una mano con un problema de autocartera que tenemos en una de las sociedades, Sistemas Financieros, que nos compres un 5 por ciento, y don Mario encantado, no llegaba a cincuenta millones de pesetas, casi un regalo que le permitía tenerles trincados por los cojones, porque el gallego exigió que la transacción se hiciera con pacto de recompra, y ellos se avinieron, se lo firmaron, la operación se convertía en un vulgar «aparcamiento» de acciones, y Mario tenía la prueba que necesitaba.

Mientras, en los restaurantes de cinco tenedores la gente se asombraba oyendo de repente al gobernador y sus amigos de Ibercorp hablar bien de Conde, a lo largo de diciembre, alabar las virtudes de Conde, de enero, y su buen hacer como banquero, hasta bien entrado febrero, siempre incidentalmente, como de pasada, pero siempre cerca de alguien que pudiera poner a Conde al corriente del cambio de humor de la «gente guapa» hacia su persona.

El cambio de actitud del gobernador es la única alegría para Conde de este final de año. Con todas las alarmas de la economía sonando para anunciar una recesión de caballo, el banquero cree que España es un país condenado irremediablemente a la recesión. El Gobierno se ha equivocado en todos sus pronósticos, y la sociedad española se enfrenta a unas cifras de paro que podrían provocar disturbios en la calle.

A primeros de año, Mariano Rubio volvió a invitar a Conde a almorzar. El día anterior había pronunciado un discurso en el que aludía a la necesidad de rebajar los tipos de interés y, consiguientemente, el precio de la peseta. Es decir, el discurso del banquero en Estepona.

Fue una reunión distendida, como las últimas que hemos tenido. Curiosamente, Mariano se largó ante mí un *speech* muy duro contra las directrices macroeconómicas del Gobierno, diciendo que la política monetaria debía ser más flexible para poder bajar los tipos de interés, al tiempo que criticó los Presupuestos por expansivos. Para él, con esta política no se bajará la inflación y será imposible la convergencia con la CE.

Me aseguró, y parecía querer sincerarse, que no quería continuar como gobernador. No sé si dice la verdad o es que ve imposible un tercer mandato, Jesús Polanco cree que se trata de lo último, me dijo en Tenerife que él piensa apoyarle a fondo en *El País*, pero que lo tiene difícil; por mi parte, lo más que puedo hacer es garantizarle mi neutralidad, ya que bien poco podría yo cambiar la decisión del PSOE. Ha vuelto a estar maravillosamente amable conmigo.

Sin embargo, al final del almuerzo todas las luces se encendieron en el cerebro del banquero cuando, como de pasada, Mariano le preguntó:

—Oye, Mario, creo que has estado hablando con Jaime Soto, ¿no?

—Sí, cierto.

—¿Y qué tal va ese asunto?

Me sentí incómodo al escuchar una pregunta tan directa. Era obvio que el gobernador me estaba indicando que tenía interés personal en el tema y que nuestras buenas relaciones pasaban porque yo me hiciera cargo de Ibercorp; hasta ahí llegó Mariano Rubio.

Mariano quiere que Mario compre el banquito de sus amigos —luego se sabría que también era el suyo— y les saque del atolladero, evitando el escándalo. Y a Mario le entra una risa nerviosa, un tic perverso, cuando piensa en la eventualidad de comprar Ibercorp, mirarle las tripas, tirar de la manta y matarlos a todos, antes de que todos le maten a él.

Febrero del 92 resultó un mes clave en la historia del «felipismo». Un mes que se inició con el gran *meeting* empresarial de la CEOE, iba a ser clausurado por Narcís Serra como vicepresidente del Gobierno, así lo decía el programa enviado al Ministerio de Economía, pero la fecha se acercaba y Solchaga no confirmaba su asistencia, hasta que Carlos saltó y dijo que no iba, él no iba en esas condiciones, y al final Cuevas tuvo que pedirle a Serra que fuera sólo al almuerzo, porque la clausura iba a ser cosa de Solchaga, y entonces sí, entonces Carlos accedió a presentarse.

En el aquelarre empresarial del Palacio de Congresos de Madrid, José María Cuevas y Mario Conde pisaron a fondo el acelerador de las críticas a la política económica socialista, mientras Carlos Solchaga hacía sonreír al personal al asegurar que «la economía ha iniciado una suave recuperación».

Pero el gran acontecimiento de febrero del 92 fue el estallido, el mismo día que el Gobierno lanzaba su Plan de Convergencia, consecuencia de la firma de los acuerdos de Maastricht, del escándalo Ibercorp. Les han pillado, y Manolo de la Concha llama a Conde para pedirle un favor.

—Oye, Mario, que la CNMV nos ha pedido los datos de esa venta que te hicimos, no les digas que había pacto de recompra, por favor.

Mariano Rubio, que no había movido un dedo por el Banco Europeo de Finanzas (BEF), otro banquito que por aquel entonces se fue a pique, se moviliza de inmediato para tratar de buscar comprador a Ibercorp entre los grandes de la banca.

En la tarde del 14 de febrero, recién llegado Conde de los astilleros de San Juan de Nieva donde se estaba construyendo el nuevo barco que iba a dejar a medio mundo boquiabierto, una llamada urgente de Mariano Rubio le hizo presentarse en el domicilio del gobernador en la calle Jovellanos.

—No necesito decirte, Mario, que la situación surgida en torno a Ibercorp es gravísima, y que es necesario que le demos una solución inmediata a este asunto.

—Te comprendo, pero no va a ser fácil resolverlo con la urgencia que dices, teniendo en cuenta el revuelo que se ha armado.

—Nada, nada, esto hay que resolverlo ya, y no hay solución más rápida y mejor que la de que uno de vosotros lo compre, y en dos días se acaba el lío.

—No es tan fácil como dices, Mariano, especialmente para mí, después de todo lo que ha pasado.

—No te preocupes, Mario, porque no vas a perder dinero en ningún caso. Es un favor muy especial el que te pido.

—Y yo encantado, pero, hombre, comprende que va a tener muy difícil explicación el que yo, nada menos que Mario Conde, compre ahora Ibercorp... no sé, yo creo que deberías tantear alguna otra posibilidad, llamar, por ejemplo, a Botín.

Conde tenía claro que Banesto no podía mezclarse en esa historia, pero no podía responder con una negativa inmediata. Rubio podía llamar a Emilio Botín, su mejor amigo en la banca española, y pedirle el favor, ya le había pedido otros de tipo personal, a plena satisfacción del gobernador.

Fueron unas jornadas agotadoras. A Conde y Botín se les ocurrió la idea de que los responsables de Ibercorp lanzaran una OPA sobre Sistemas Financieros, al mismo precio que habían vendido los que se habían beneficiado de la manipulación del trío Concha-Soto-Rubio, para evitar la discriminación de unos accionistas frente a otros.

Pero aquel iba a ser un camino plagado de sorpresas. Mariano se mostró de acuerdo y al día siguiente Belloso y Echenique se reunieron en Banesto para articular la concesión a Concha y Soto del préstamo necesario para hacer frente a la OPA. Pero, a la hora de aportar garantías suficientes con las que avalar el crédito, los amigos de Rubio se despacharon con que no querían ni oír hablar del asunto. No había ninguna razón para que ellos tuvieran que hipotecar sus patrimonios.

Y Mariano llamó a casa de Conde para pedirle que, por favor, no apretara con las garantías, ningún problema, te lo aseguro, Mario, y Jaime Soto le llama también, sorprendido de que Belloso y Echenique les hayan pedido que garanticen el préstamo, cuando «se trata de una operación política», dice Jaime, así que el lunes, 17 de febrero, Botín y Conde volvieron a reunirse con Rubio en su domicilio.

La sorpresa de Mario fue mayúscula, sí, porque llego y me

encuentro que también estaba presente el subgobernador, Luis Angel Rojo, me extrañó que en una cosa tan privada como Ibercorp, que evidentemente era un embolado del gobernador, estuviera Rojo, y que opinara abiertamente sobre Sistemas Financieros, Botín también se sorprendió, porque ambos sabíamos que Rubio estaba cogido en la red de sus amigos, pero ¿qué pintaba ahí Rojo?

En esa reunión quedó descartada la realización de aquella OPA. Los de Ibercorp querían simplemente que les prestáramos el dinero como se prestan mil pesetas a un amigo, y fue Botín quien en un rasgo de ingenio les definió, mientras Rubio y Rojo agachaban la cabeza:

—¡Es que estos tíos son unos frescos!

El gobernador tuvo que buscarse la vida para encontrar comprador a Ibercorp, echando mano de otro amigo íntimo, José Luis Várez y su Banco de Inversión, ante la negativa de Conde y Botín a hacerle el favor.

Ibercorp es el punto de inflexión en la trayectoria pública de la «gente guapa», un club de favores mutuos en el disfrute y la utilización deshonesta del poder. Desde hacía mucho tiempo, este grupo había actuado con absoluta impunidad en la sociedad española, convencidos de que su poder era insuperable, lo que durante mucho tiempo fue absolutamente cierto.

Controlaban el Banco de España, el Ministerio de Economía, el Banco Hispano Americano, colocaron a sus hombres en el BBV y contaban además con gente muy importante en el mundo de la banca y la empresa, los March, los Botín, Del Pino, Entrecanales, por citar algunos casos.

Ibercorp supuso un dramático hito en el devenir de este amplio grupo y del propio Régimen al que servían y del que se servían, porque se convirtió en un juicio público a quienes desde hacía casi veinte años venían rigiendo los destinos de la economía y de instituciones clave del Estado relacionadas con la economía, un clan convertido, con el respaldo político de Felipe y el apoyo propagandístico de Polanco, en columna vertebral del «felipismo». Al final Ibercorp se convirtió en un alegato público contra el propio Régimen.

—La caída de este grupo es el hecho políticamente más significativo ocurrido en España desde la muerte de Franco y el triunfo de los socialistas del 82 —asegura un importante banquero en ejercicio.

Tras Ibercorp la *biutiful* se disgrega como grupo, cada mochuelo a su olivo, los ricos de verdad —Del Pino o Entrecanales— siguen en lo suyo, haciendo dinero, o se integran en el Instituto de la Empresa Familiar (IEF), convertido en el nuevo club de empresarios de La Moncloa, mientras que los profesionales —García Díez, Bustelo, etc.— intentan instalarse en el PP, con éxito desigual.

La mayoría de los miembros del clan comenzó a renegar de él tras el 12 de febrero del 92, a marcar distancias, en una prueba clara de la falta de consistencia de la clase dirigente española. José María Amusátegui cenó aquellos días con Mario Conde, estaba preocupado por que se le pudiera mezclar con los *biutifuls,* lo que no sería nada bueno para su carrera bancaria, y le pide consejo y ayuda, tú tienes mucha mano en la prensa, yo no conozco a estas personas, sólo a Miguel Boyer, pero el resto no son amigos míos, en absoluto.

El escándalo Ibercorp proporciona a Conde una de las pocas satisfacciones de su etapa al frente de Banesto. En una comisión ejecutiva de febrero alguien propone a Mario que denuncie públicamente a Rubio, es el momento, que cuente todo el daño que le ha hecho a Banesto, las zancadillas, las trampas... y Mario larga una perorata que deja entre alucinado y confuso al personal:

—¿Qué ganaríamos con ir a la prensa a denunciar esos hechos? Tendríamos que contar muchas corrupciones, empezando por la de tantos empresarios que siguen pegados a las faldas del poder, viviendo de la pura complicidad. Esa es también una forma de corrupción y posiblemente más dañina, por sutil, para la sociedad civil. También es corrupción el que un Gobierno actúe autoritariamente manejando la discrecionalidad administrativa a su antojo. Tendríamos que llenar páginas y páginas con la historia del asedio permanente a Banesto, las declaraciones de Mariano Rubio en Barcelona, el proceso de las exenciones fiscales de la Corporación, la operación del Fénix, los insultos de Pedro Pérez en Bangkok, y así sucesivamente. Podríamos hacerlo, pero no me atrevo, porque pienso que quizá en estos momentos sea mucho más prudente guardar silencio.

La casualidad, o el destino, nos ha procurado esta venganza indirecta. Un gobernador que fue capaz de arriesgar la supervivencia de una institución como Banesto, merece morir así, Mario justiciero, me han hecho daño a mí y han hecho daño a Banesto, pero también han dañado el buen nombre internacional de España, y el correcto funcionamiento de las instituciones. No siento rencor hacia él, ni siquiera desprecio, tampoco piedad. Me parece que es quien es, y servía a quien servía. Pero una cosa es ser vengativo y otra estúpido. No quiero venganza, pero tampoco olvido.

Mario y los suyos se las prometían felices con la desgracia de Rubio y sus amigos, cuando lo peor estaba por llegar. En el mes de abril Miguel Martín llama por teléfono a su amigo Ramiro Núñez y ambos quedan en la cafetería del hotel Miguel Angel. En 1980, con sus treinta años a cuestas y recién terminado su *Master of Laws* en Harvard, Núñez se enroló como jefe del gabinete técnico del subsecretario de Presupuesto y Gasto Público, Miguel Martín, ambos a las órdenes del ministro García Añoveros. Desde entonces han conservado una buena amistad.

—Esto se ha acabado. Estáis muertos —asegura el entonces jefe de la Inspección del Banco de España.

—¿Cómo que estamos muertos? ¿Qué quieres decir, Miguel?

—Que Mariano ha decidido ir a por vosotros de una vez, después del asunto Ibercorp. Aprovechando que yo estaba en París, ha nombrado a Ignacio Palicio jefe de los equipos de inspección en Banesto y van a por vosotros. Me han quitado de en medio y no hay nada que hacer, porque os van a intervenir.

Martín, un hombre que se ha distinguido siempre por un desprecio intelectual profundo hacia Mariano Rubio, había sido hasta entonces, como jefe de los Servicios de Inspección del banco emisor, un defensor de Banesto ya que su presencia garantizaba que Rubio y su gente no podría adoptar ninguna medida arbitraria contra la institución.

Pero a partir de ese mes de abril Martín cambia de bando, o eso creen en Banesto, seguramente convencido por la información de que dispone —no sólo de Cibeles, sino del propio Carlos Solchaga— de que los días de Conde están contados, y no merece la pena exponerse a defender a un hombre y un banco que han sido condenados a muerte.

Por primera vez Mario se ve en dificultades ante su propio consejo, no es nada preocupante, porque todo está controlado en un consejo de fieles, es algo más sutil, algo que muchos piensan y de lo que nadie habla, se trata de que cada vez va resultando más evidente que la presencia de Mario Conde, las batallas de Mario

Conde, las ambiciones de Mario Conde sólo le ocasionan perjuicios al banco, sólo daño al banco... y Mario se ve obligado a hacer equilibrios, a explicarse, a calmar los ánimos, no ocurre nada en la superficie, pero hay un mar de fondo difuso, complejo, y tenéis que daros cuenta de que lo que ha ocurrido con Ibercorp es muy importante, desde luego es el fin de Mariano Rubio, y no hay ninguna posibilidad de salvar a quien durante muchos años ha sido una de las piezas clave del Régimen, aunque han conseguido que, de momento, la marea no arrastre a Carlos Solchaga, que no es poco.

Pero ¿cuál es el panorama? Veamos: tenemos una víctima inevitable, Mariano Rubio; un sistema de poder que desaparece, el de la *biutiful*, y un gran culpable, Mario Conde. Obviamente se trata de una culpabilidad indirecta, ideológica, en el sentido de que yo represento al único que ha decidido enfrentarse a ese esquema de poder a campo abierto.

Desde ese punto de vista, prosigue Conde, es necesario que el desmoronamiento del sistema de Mariano Rubio vaya acompañado para el grupo de la «desaparición física» de Mario Conde. No se trata sólo de un acto de venganza, del eterno morir matando. Hay más, mucho más: se trata de que para ese grupo de personas el futuro va a ser tanto más difícil cuanto más poder tenga Mario Conde, puesto que temen la venganza de Conde, de manera que para ellos la posibilidad de volver a reorganizarse en el futuro como grupo de presión pasa indefectiblemente por la destrucción de Mario Conde.

Por eso debemos estar preparados, sin perder la calma. Carlos Solchaga ha visto claramente este esquema: el desprestigio de la *biutiful* supone el triunfo automático de Mario Conde, ya que ha sido el único que se ha opuesto a ella, y ésa es la peor resultante que el modelo político de Felipe y Solchaga podía extraer del episodio Ibercorp. En vista de lo cual, Carlos se ha dicho: Mariano ya está muerto, pidámosle el favor de que mate a Mario antes de irse.

Para los amos del Régimen, cargarse a Conde produciría dos efectos: la desaparición de un esquema de poder enemigo y la eliminación de un posible adversario político.

Lo cierto es que las labores de inspección del Banco de España arrecian sobre Banesto tras el fiasco de Ibercorp y la negativa de Conde a comprarlo, inflexibles los señores inspectores, intratables como nunca. Vienen a por el banco, comentaba en tono de alarma Mario a Dicky Gómez-Acebo, quieren hundirnos, aunque seguro que no tienen otra alternativa que obedecer al bandido de Solchaga, ponen peros a todo lo que hacemos, ahora quieren revisar lo de Gescam, cuestionan la operación Banfénix, las provisiones, la concentración de riesgos, los dividendos, es decir, todo lo que a primeros de año yo había hablado y acordado con Mariano, no entiendo nada, porque mis pactos con Mariano eran claros y terminantes, pero ahora quieren mirarlo todo, aunque saben de sobra que no tienen razón.

La cuestión se circunscribe a la concentración de riesgos, un asunto sobre el que el propio Mariano me dijo que no me obsesionara, y que fuera haciendo lentamente lo que pudiera, y al coeficiente de recursos propios, un problema coyuntural, puesto que la modificación de la ley que ellos mismos han presentado en el Parlamento nos permitirá liberar más de 40.000 millones, con lo que el problema dejará pronto de existir [10].

Técnicamente no tenemos problemas graves o, al menos, problemas distintos de los demás. Lo que está ocurriendo es que, ahora sí, estamos ante la ofensiva final de Carlos Solchaga, a la que va a ser difícil resistir, aunque voy a intentarlo una vez más, aun sabiendo que no cuento con demasiados apoyos y que voy a tener que pelear mucho. No sé por qué, pero presiento que esta vez va a ser distinto, mucho más peligroso.

Las cosas se están poniendo feas. El ataque es el más duro de los que ha conocido la casa hasta entonces. Un alto cargo del Banco de España se ha confesado ante el gallego:

—Te han investigado por arriba y por abajo, y como no han encontrado nada, se trata de decir que eso va mal, que Banesto va mal y que van a tener que salvarlo.

Decidido a iniciar la ofensiva final, Mariano Rubio preparó al consejo ejecutivo del Banco de España con una serie de intervenciones acerca de la situación de Banesto, mientras esperaba el informe especial que había encargado para la ocasión a Ignacio Palicio, destinado a poner de manifiesto los problemas del banco.

[10] En efecto, se trataba de la modificación de la Ley 13/1985 sobre Recursos Propios, para adaptarla a las directivas comunitarias. Dicha adaptación, que fue aplazada sin justificación aparente —en Banesto sostienen que para perjudicar a la entidad— hacía desaparecer las penalizaciones por concentración de riesgos industriales.

Dicho informe, de fecha 26 de mayo del 92, no resistía un análisis mínimamente objetivo, pero a Rubio le daba igual. Diariamente zaherido por los medios de comunicación, había comenzado su calvario de comparecencias ante el Parlamento, y estaba resuelto a segar la hierba bajo los pies del gallego, cepillarse el banco si fuera preciso para que Conde cayera con él, y para ello lo importante era tener un papel escrito en el que un órgano oficial del Banco de España pusiera de manifiesto la situación de déficit de recursos propios [11] de la entidad.

El momento era muy complicado para Banesto. Afortunadamente para Conde, en la plaza de Cibeles se había producido una fuga de información que, a través de un complicado mecanismo de enlaces, mantenía al banquero al corriente de lo que ocurría. A pesar de la endeblez de sus planteamientos, Mariano insistía y por tres veces llevó la propuesta de apertura de expediente contra Banesto al consejo ejecutivo del banco emisor, la última y definitiva en la reunión del 2 de junio.

Las actas de las reuniones del consejo llegaron a manos del banquero, y allí se vio que lo que pretendía Rubio era claro: instruir un expediente por recursos propios, que pudiera terminar con la intervención del Banco de España sobre el consejo de Banesto. Ciertamente hubiera sido un escándalo mayúsculo. Inmediatamente Conde pidió audiencia al gobernador, que le recibió acompañado por Angel Rojo en una primera reunión, y posteriormente con Miguel Martín.

La lectura de las actas le había permitido conocer las posturas de los subordinados de Rubio, la actitud de prudencia de Angel Madroñero, por ejemplo, lo que no había hecho más que aumentar la desconfianza del gallego hacia Martín. ¿Por qué esta persona, tradicionalmente comprensiva con los problemas de Banesto, se mostraba ahora como un hombre sin piedad? Mario suponía que era el resultado de un proceso de reflexión: seguramente había llegado a la conclusión de que se trataba del asalto final, y no quería ponerse de parte del perdedor de la partida.

—Martín se entera de que Solchaga va a utilizar a Rubio, un hombre ya quemado, para liquidarme, y decide cambiar de bando

[11] El coeficiente de recursos propios es el porcentaje de recursos propios (computando como tal capital, más reservas, más deuda subordinada) que una entidad de crédito debe mantener en relación a su inversión crediticia, y no debe ser en ningún caso inferior al 8 por ciento.

—asegura Conde—. Y Carlos le propone un pacto fáustico: que mire para otro lado cuando vayan a por mí, a cambio de hacerle subgobernador.

—Ni hablar —protesta Martín—, yo no cambié mi actitud hacia Banesto. Todo lo contrario. Rubio se dio cuenta de que Conde le había tomado el pelo con el asunto Ibercorp y se quiso vengar, al final se lo quería cargar, y si no lo hizo fue porque yo me opuse. Por eso, cuando dice que hay que matar a Conde, que hay que abrirle un expediente, le respondo que yo no pienso firmar ese acta, y en el acta que efectivamente se instruye no aparece la firma de Miguel Martín. Y, desde luego, si yo hubiera estado a favor, ese expediente había salido adelante, porque Mariano iba a por todas.

Apenas un mes después, primeros de julio, Banesto sufrió un serio encontronazo en el mercado interbancario, cuando una serie de bancos y cajas [12], principalmente La Caixa catalana, decidieron cortar drásticamente las líneas de crédito en el día a día que tenían abiertas a la entidad, lo que originó un agudo problema de tesorería. Apenas unas horas más tarde, la información había llegado a un periodista del diario *Expansión.* Mario se las ingenió para parar el tema, pero el rumor había calado en todos los mercados.

Juan Belloso bajó al Banco de España a contar la situación a Angel Rojo, recién estrenado como gobernador. Rojo reaccionó muy bien, habilitando una línea de crédito especial de 40.000 millones de pesetas, de la que el banco «tiró» en un par de ocasiones, que sería clausurada en febrero del 93.

El susto había sido mayúsculo. Podía habernos costado el banco, confesaba en voz baja el gallego, no tengo ninguna prueba de que efectivamente se tratara de una acción coordinada y dirigida a hundir a Banesto, pero mi intuición siempre ha funcionado y creo que, efectivamente, lo fue. Y no me extraña nada, porque la iniciativa venía de La Caixa, es decir, de Vilarasau, un hombre claramente del entorno de Solchaga, que tiempo atrás había manifestado su opinión sobre mí:

---

[12] La explicación oficial que después dejaron correr los autores del susto, La Caixa y, en menor medida, Bankinter, es que todo se debió a una reacción como consecuencia de la suspensión de pagos de Sniace, en la que se vieron perjudicadas varias entidades de crédito que no esperaban esta conducta en una empresa participada mayoritariamente por un banco.

—Supongo que para un banquero no es bueno estar enfrentado al Gobierno.

Fueron momentos realmente difíciles. Me lo había advertido Julián García Vargas en una cena en su casa:

—¡Ojo, Mario!, Solchaga te la tiene jurada; ha llamado uno a uno a varios ministros con instrucciones concretas, porque te va a cerrar la espita del interbancario para ahogarte en tus propios lodos.

—¡Pero qué barbaridad es ésa, Julián, si tanto Mariano como Carlos saben perfectamente cuál ha sido mi intervención en el proceso! Si es que yo no sólo no he tenido nada que ver con la aparición del escándalo en la prensa, sino que me he movido para hablar en su favor con algunos directores de medios... ¡si es que el propio Mariano sabe hasta qué punto le he prestado servicios en el caso de *El País* y *La Vanguardia*!

Un día Mariano Rubio me volvió a citar, esta vez a solas, y me dijo algo que no acabé de entender.

—Mario, ya no tienes que preocuparte por mí, porque yo estoy prácticamente fuera; ahora vas a tener que preocuparte por los que vienen detrás de mí. El problema de los recursos propios es ciertamente accidental, pero no el tema de los beneficios del 92. Ese va a ser el punto definitivo, por eso conviene que tengas cuidado.

¿Qué me estaba queriendo decir? ¿Por qué aseguraba que ya no se trataba de él?, ¿por qué no perseveró en su idea de intervenirme? No lo sé, y seguramente nunca lo sabré, aunque presiento que algo provocó que no siguiera adelante, seguramente le asustó al final la importancia del envite, tuvo miedo a las consecuencias imprevisibles de una intervención sobre Banesto, o quizá es que él sabía que lo peor del caso Ibercorp todavía no había salido a la palestra. No lo sé. El caso es que se paró, y que Mariano quiso exculparse ante mí, como si hubiera querido decirme que él no era la pieza esencial de aquella intentona, y que había otros tanto o más peligrosos que él para mí, con los que tendría que lidiar en el futuro.

El *affaire* Ibercorp no iba a ser su salvación, como Conde imaginó el 12 de febrero del 92, sino un veneno de efecto retardado que iba a suponer su muerte a corto/medio plazo.

Ya en el libro *La Estafa*, una de las fuentes informativas de los autores [13], alto cargo en el Ministerio de Economía y Hacienda, hace una predicción que a punto ha estado de acertar el pleno.

—La batalla Ibercorp va a deparar tres víctimas «civiles», por decirlo de una manera gráfica: Javier de la Rosa, Mario Conde y el diario *El Mundo.*

Los dos primeros están «muertos», y el diario *El Mundo* ha tenido que sortear mil peligros para seguir acudiendo todos los días a la cita con sus lectores, sin que pueda decirse que los peligros han desaparecido del todo, al menos mientras continúe en pie el Régimen felipista.

La resaca de Ibercorp había dejado sus secuelas en el ánimo aguerrido del gallego. Estoy cansado y desmoralizado con este país. Es absolutamente increíble lo que estos tipos son capaces de hacer. A veces pienso que estoy viviendo situaciones que no serían imaginables en la dictadura franquista. El abuso de poder que comete diariamente Carlos Solchaga es increíble. Es evidente que estamos ante una mala persona, más grave aún, estamos en presencia de un permanente y constante prevaricador. Un tipo que utiliza métodos de Al Capone para subsistir en política. No creo que exista un ejemplo similar en el mundo democrático europeo. Sencillamente me da pena este país. Me da pena que este individuo sea uno de los culpables de la dilapidación del primer proyecto serio de izquierdas que ha existido en España.

Mi vida iba bastante bien encaminada. Tenía y tengo un proyecto bancario y empresarial muy serio, ilusionante para mí. Es posible que me haya equivocado, pero he tratado de escoger a aquellas personas que podían hacer las cosas bien sin preguntarles su ideología ni su pedigrí, simplemente sabiendo que eran buenos profesionales. He resistido las tentaciones de la política, mejor dicho, las presiones, porque lo que se dice tentaciones no he tenido nunca. Todo el mundo cree que es una obligación mía el dedicarme a la política y tratar de estructurar una alternativa estable y seria para este país, pero yo no lo creo así. Tengo mi proyecto empresarial y esto es lo que me importa. Creo en la sociedad civil y en su reforzamiento, y ésta debe ser una de las exigencias realmente importantes de la sociedad española. Quiero dedicarme a ello.

---

[13] Casimiro García-Abadillo y Jesús Cacho, *La Estafa. Ibercorp y el fin de una era*, Ediciones Temas de Hoy, Madrid, 1992.

Es lamentable que quizá no pueda terminar este proyecto. Ni siquiera sé qué es lo que tengo que hacer si no tuviera otra alternativa. Me siento triste y cansado de pelear contra esta gente. Ellos tienen poder político y abusan de él. Yo tengo cierto poder social, pero no político. Es una auténtica pena, pero así es. Siempre he pensado que los destinos de los individuos no los fijan ellos mismos, sino que están escritos en las estrellas.

CAPITULO NUEVE

LA DERROTA DE LOS NUMEROS

Todo podía pasarle, menos que no le salieran los números. El genio de Tuy podía retar a la división acorazada Brunete, o declararle la guerra a la VI Flota americana, con todos podía pelearse, mientras mantuviera su retaguardia segura y bien defendida, siempre y cuando el banco diera beneficios. Pero Conde, que heredó una pesada hipoteca financiera al hacerse cargo del Banco Español de Crédito, no iba a ser capaz de sacarlo adelante.

Mario Conde se hace cargo de una estructura bancaria oxidada, anticuada, basada en un banca al por menor con deficiencias de gestión muy claras. Banesto era en 1987 una organización declinante, cuyo modelo organizativo llevaba un retraso de quince años con respecto al Banco de Vizcaya, entonces uno de los pioneros del sector.

La enfermedad venía de lejos, de los años de negocio fácil de Aguirre Gonzalo, que luego prolonga Pablo Garnica y recibe López de Letona. Los descalabros se habían ido acumulando: la absorción del Banco Coca, un agujero de 80.000 millones de pesetas del año 79; el posterior escándalo de la Banca Garriga Nogués, un socavón de 100.000 millones regalo de Javier de la Rosa, y la herencia que la gestión de Claudio Boada deja en el Banco de Madrid, otro gatuperio cercano a los 100.000 millones, entre otros enganches de menor cuantía, componen el cuadro de una entidad sometida a un continuo y descomunal esfuerzo de saneamiento, que reclama la atención prioritaria de los gestores y les impide olfatear los cambios de tendencia que se estaban produciendo en el mercado.

Banesto podía aparentemente con todo. La red, se decía con orgullo en la casa desde lo tiempos de Aguirre Gonzalo, era «una máquina de ganar dinero». Era casi un axioma que mientras siguiera abriendo sucursales, el banco seguiría generando beneficios. Ser banquero en España, con unos márgenes de intermediación desconocidos en el ancho mundo, era oficio de legos. En las viejas condiciones del mercado, la cuenta de resultados seguía saliendo gracias a la potente maquinaria de la red y al segmento de mercado elegido, pero salía con tristeza. Hasta que las cosas empezaron a cambiar. A peor para los banqueros, y a mejor para el consumidor. Vino la liberalización de los tipos de interés y todo lo demás, alterando radicalmente los mecanismos de competencia. La organización interna, la formación del personal, la segmentación de mercados, etc., pasan a ser criterios decisivos de competencia, y estos criterios van siendo descuidados de forma sistemática por Banesto, hasta convertirse en la organización declinante que hereda Conde.

Cuando en diciembre de 1987 el gallego se hace con la presidencia de Banesto, la institución caminaba aceleradamente hacia su ocaso, pero ¿era Conde el banquero adecuado para sacarla del atolladero? Rotundamente no.

Mario desarrolla un modelo de banco impuesto por las necesidades, sus necesidades, muy distinto al aprovechamiento paulatino de los puntos fuertes de la casa, lo que hubiera implicado rentabilizar la red de oficinas, acudiendo a la especialización, la organización interna, la segmentación de mercados, etc. Conde llega con otras prioridades producto de su circunstancia, y no actúa para potenciar los aspectos positivos de Banesto, sino que establece un modelo de banco basado en criterios políticos, de carácter estratégico, de macrooperación, de liderazgo.

Posiblemente porque no confiaba en sus cualidades de banquero clásico, o simplemente porque llegó a Banesto con objetivos distintos a los de hacer banca, Conde, que tampoco contaba con el equipo adecuado, crea un banco superpuesto.

Y así se produce el fenómeno de un banco doble. Un «Banesto A», el de siempre, el de abajo, el de la red de oficinas, el que pelea con la clientela, y un «Banesto B» o banco superpuesto, el Banesto de Mario Conde, que físicamente está incluso separado del Banesto real, porque se instala en esa enorme cáscara vacía que era Alcalá 14, y se hace construir su despacho en lo que antes era el antiguo salón del consejo, un despacho parecido al apartamento de un emperador romano, con bustos clásicos, estucos, pesadas cortinas de raso, y aquellos paneles reproduciendo la columna de Trajano, símbolo de la masonería, mientras el banco real se queda en Castellana 7.

Y es en ese Banesto superpuesto o «B» en el que se mueve Conde haciendo las grandes operaciones, las Gescam, Oasis, Hachuel, vendiendo empresas, concediendo préstamos millonarios a Angola, a la ciudad de El Cairo, al People's Construction Bank of China, a México...

Como empresario no bancario, Conde era un hombre acostumbrado en Antibióticos a aplicar criterios con limitación de los recursos disponibles, que de repente se ve en un banco donde aparentemente la tesorería y la red de sucursales le ofrecen la ilusión de una fuente de recursos inagotables, una situación fantástica que le hace confiar en que su base de negocio no se va a acabar nunca.

Operando desde el «Banesto B», Mario empieza a aplicar criterios que dan por sentado que el banco base, la organización básica de la banca al por menor, la vaca lechera de la red, que ha dejado en manos de gestores de segundo nivel, le va a mantener siempre a flote, sin darse cuenta de que todo el entramado se derrumbará si no ataca el saneamiento y modernización del «Banesto A».

Se produce así un divorcio entre los objetivos de carácter estratégico, de interés político, de liderazgo, que Mario persigue en su «Banesto B», y el lento deterioro que se va adueñando del «Banesto A», que terminará por irse a pique.

La situación reseñada venía agravada, antes de la llegada de Conde, por la conducta culposa del Banco de España, que había tratado de favorecer a López de Letona, amigo de Mariano Rubio, haciendo la vista gorda en la supervisión y control del balance y cuenta de resultados de la entidad, permitiendo un maquillaje que ocultó importantes pérdidas en 1987.

En efecto, en dicho año, el banco emisor permitió a Banesto, presidido por López de Letona, retrasar la contabilización de una serie de quebrantos que pasaron a 1988, y que de haberse contabilizado en 1987 hubieran transformado unos teóricos beneficios de 30.000 millones en pérdidas de 58.000 millones.

Un banquero de verdad que hubiera llegado a Banesto para hacerse cargo del ejercicio 88, hubiera tenido que reconocer con humildad la situación del banco, y haber roto con el convencionalismo del beneficio anual a ultranza, anunciando, en una demostración de realismo, beneficio cero para el año.

Además, un presidente que hubiera llegado con el objetivo primordial de ser banquero y no otra cosa, y de ganar dinero como banquero, con un conocimiento real del potencial de negocio del banco, que en Banesto era el de banca comercial, banca al por menor basada en la enorme red de sucursales, debiera haber puesto en marcha una revitalización tranquila de la entidad, revitalización programada, reorganizar las oficinas, primero, potenciar la formación de personal, después, acometer la renovación tecnológica, más tarde, en una definición de objetivos precisa, que necesariamente se habría de traducir en una recuperación de la cuenta de resultados muy lenta, cosa que la presión del entorno sobre Conde no estaba dispuesta a permitir.

Mario no podía soportar esperas de esta clase. En realidad él nunca estuvo en esa historia, porque su objetivo no era gestionar un banco, sino gestionar su carrera política desde un banco. Una aproximación al problema radicalmente distinta a la que hubiera puesto en marcha un auténtico banquero.

Con los problemas descritos, el banco de inversiones estadounidense Merrill Lynch aseguraba, refiriéndose al ejercicio del 88, que «sin los ingresos de capital obtenidos por venta de activos, cuyo 90 por ciento provenía de ingresos de valores, el negocio bancario de Banesto estaba obteniendo pérdidas en 1988».

Esa era la historia de Banesto, una historia que, con la habilidad del prestidigitador, Conde pretendió cambiar ya a finales del ejercicio del 89, al presentarse ante la opinión pública para anunciar que Banesto había ganado 48.000 millones de pesetas, con un incremento superior al 20 por ciento sobre los resultados del 88, tras destinar 49.516 millones de pesetas a dotaciones y amortizaciones. «Banesto da por concluido su proceso de saneamiento», anunció *urbi et orbi*. El ratón se estaba metiendo en la ratonera.

A principios del 90, pues, Mario Conde había arrinconado el realismo para echarse en brazos de la *grandeur* característica del personaje, precisamente en un año clave que marcaba el final del *boom* y el principio de una crisis económica que iba a pesar como una losa sobre las cuentas de resultados de la banca, en general, y sobre la de Banesto, en particular. El enfriamiento de la economía con su correlato de morosos, unido a la paulatina reducción del margen de intermediación por culpa, sobre todo, del aumento del coste del pasivo debido a las «supercuentas», iba a terminar por conectar en un callejón sin salida a los dos «Banestos», sin que el equipo de Conde hubiera dado señales de haber puesto en marcha las medidas racionalizadoras que precisaba el banco.

Muchos expertos del sector están convencidos de que fueron precisamente las «supercuentas» las que cavaron la fosa de Banesto. De nuevo aquella idea de gestión sin limitación de los recursos disponibles. Banesto entra obligado en la guerra porque, tras la iniciativa del Santander, ve ralentizar el crecimiento de su pasivo, lo que significa una mayor dependencia de un interbancario siempre más caro. No se trataba, pues, de que el cojo de la banca española quisiera emular las gestas de «Mark Speed» Botín por puro capricho, no. Banesto empieza a encontrarse con dificultades de financiación, y no le queda más remedio que entrar en liza y pagar más caro el pasivo para no tener que depender tanto del interbancario.

Banesto y la teoría de la bicicleta en perpetuo movimiento: en cuanto dejara de dar pedales, se caía. Necesitaba dar créditos para aumentar el coeficiente multiplicador, pero el crédito hay que financiarlo con un pasivo cada día más caro, lo que termina creando problemas insolubles de rentabilidad.

De hecho, en el primer semestre del 90 fue el banco que más incrementó sus depósitos a consecuencia de las «supercuentas». El resultado fue la contaminación de su pasivo, un drama en una institución que, gracias a su extensa red rural, había gozado tradicionalmente de una financiación muy barata.

El enfriamiento de la economía tiene para Banesto una serie de consecuencias graves, la más importante de las cuales es la entrada en barrena de la rentabilidad de las empresas de la Corporación [1].

---

[1] La participación directa de Banesto en los capitales de sus empresas-o a través de las ISAS, sin otra personalidad que la del propio Banesto, así como la necesidad de aligerar su inversión en renta variable en empresas no financieras, llevó a proponer la creación de una sociedad que agrupara la totalidad de las que poseía el propio Banesto, así como su grupo: ISAS y Bandesco principalmente. De este modo, se conseguirían los siguientes objetivos:

a) *Generar unas plusvalías, exentas de impuestos, que permitieran sanear contablemente Banesto,* utilizando, por lo demás, el camino que habían seguido el resto de los bancos, con la excepción del Santander: Popular con las Popularinsas; Bilbao y Vizcaya con la creación del BBV; y Central e Hispano con la fusión Central Hispano Americano. Esto es, dotar el fondo de pensiones y los déficits de

La otra consecuencia es el disparo de la morosidad. Por criterios de liderazgo, Mario Conde emprende una política desmesurada de crecimiento del crédito: Banesto no ha podido meterse en ninguna de las fusiones en curso, ha visto fracasada la suya con el Central, y Mario no ha venido a este mundo para vestir santos, para ser segundón de nada ni de nadie. Hay que crecer. El lema de la casa era «sacrificar rentabilidad a crecimiento», y para llevarlo a la práctica se disparan las concesiones de créditos (más del 20 por ciento en 1990), mientras otros grandes bancos, conocedores ya del calado de la crisis que se cierne sobre el país, han tomado fuertes medidas restrictivas. Banesto no, Banesto se lanza a conce-

---

dotación de créditos irregulares generados a partir de la nueva normativa al respecto dictada por el Banco de España.

b) *Aligerar la inversión total del grupo en participaciones en empresas no financieras,* sin con ello perder el control. En efecto, la creación de esta sociedad podría permitir a Banesto, al vender acciones de la misma hasta quedarse con un 40 por ciento del capital, una desinversión próxima a los 100.000 millones.

c) *Mantener el control político* de las sociedades que, de siempre, habían pertenecido al grupo industrial (Petromed, Valenciana, Acerinox, Carburos, Oxígeno, Sanson, etc.), a través de dicha sociedad y de la que mantendría, como hemos visto en el apartado b), el 40 por ciento.

d) *Evitar la servidumbre de la creación de un fondo de fluctuación de valores* como consecuencia de las alteraciones del precio de todas y cada una de las acciones de las empresas que componían el Grupo Industrial y cuyo «mantenimiento» en bolsa resultaba difícil y costoso dado el elevado número de empresas con acciones cotizadas en la misma.

Esta sociedad, que finalmente vio la luz en el verano de 1990, fue la Corporación Industrial y Financiera de Banesto, con unos recursos propios de 248.000 millones y 44,5 millones de acciones, y a la que Banesto había aportado todas sus participaciones directas, así como lo habían hecho Bandesco y las ISAS. Las plusvalías netas para Banesto fueron de algo menos de 60.000 millones, que pasaron a reserva, ya que la exención de impuestos fue sólo del 70 por ciento, y no del 99, como se había solicitado; y se redujo sustancialmente la valoración hecha por Banesto, que hubiera permitido una plusvalía muy superior a los 100.000 millones.

Lo exiguo de la plusvalía y el aumento considerable de la exigencia de cobertura de recursos propios a que dio lugar la concentración de las participaciones industriales en la Corporación, *hicieron imposible que se dotara, con cargo a plusvalías, ni el fondo de pensiones ni ningún otro saneamiento pendiente, con lo cual el primer objetivo no solamente no se cubrió* en aquel momento inicial, sino que no se pudo cubrir nunca.

El segundo objetivo, aligerar la participación total del grupo en participaciones en empresas no financieras, no solamente no se cubrió, sino que se empeoró: Banesto tuvo inicialmente el 74 por ciento de la Corporación y al 28 de diciembre del 93 tenía casi el 100 por ciento. A esto hay que añadir que, amén de su der los créditos que seguramente no han querido otorgar otras entidades.

El corolario de esta estrategia es que la salud del activo queda seriamente dañada. Habrá que esperar, sin embargo, a los ejercicios del 91 y sobre todo del 92 para comprender la dimensión real

---

participación en la Corporación, tuvo que invertir por exigencias de la misma las siguientes cantidades:

1. En la compra del 55 por ciento de la sociedad que tenía el 52 por ciento de La Unión y el Fénix, S. A. (el 45 por ciento lo compró AGF)	27.000	M
2. En 200 M $ USA en Bonos Cemex (comprador de la participación de la Corporación en Sanson en 36.000 M)	21.000	
3. En créditos a la propia Corporación	42.000	
TOTAL	90.000	M

La desviación en el cumplimiento del objetivo fue, por tanto, apreciable: había previsto mantener una inversión en su Grupo Industrial en el entorno de 80.000 M, y al 28 de diciembre del 93 ascendía a más de 300 millones.

El tercero, el mantenimiento del control político, aunque con problemas, se cumplió... salvo en Petromed, Valenciana, Sanson, Oxígeno, Acerinox, etc., que se vendieron. Para lo que quedó finalmente en la Corporación (Asturiana, Tudor, Agromán, etc.) hubo que ¡aumentar! la participación en el capital. Así, en Tudor, donde se tenía poco más del 40 por ciento, se llegó a tener por encima del 60 a 28 de diciembre del 93, etc.

El cuarto objetivo, crear distancia respecto de Banesto, para preservar a éste de los conflictos sociales o de tesorería que afectasen a las empresas del Grupo Industrial (como había sucedido con el caso de ISODEL), como lo evidenció la suspensión de pagos de SNIACE, tampoco se cubrió en absoluto. Por lo demás, los obreros de SNIACE, rompiendo sistemáticamente puertas, lunas y mobiliario de las oficinas de Banesto en Santander, hicieron visible hasta la exageración la poca distancia que se había conseguido entre Banesto y las empresas pertenecientes a su grupo. A partir de esta fecha, todas las instituciones financieras empezaron a ver con recelo el riesgo de las empresas del Grupo Banesto, y éste tuvo que hacer frente a las necesidades adicionales de tesorería de estas empresas.

Y finalmente, el objetivo de evitar la servidumbre de la creación de un fondo de fluctuación de valores, su incumplimiento viene expresado dramáticamente por la Resolución de 28-12-93, al exigir una dotación de 178.000 millones, según el siguiente detalle:

Dotación para Cartera de Valores	72.000
Dotación para Grupo Oasis	25.000
Dotación para Corporación Industrial	81.000
SUMA	178.000

del problema, esa cosecha de morosos que se convertirá en el virus causante el cáncer que habría de llevarse al banco por delante.

Ello sin olvidar otras cuestiones que dañan la posición de Banesto, una tan recurrente como el incremento de costes, absolutamente descontrolados durante el reinado de Mario Conde por una larga serie de razones, gastos de representación del presidente, asesores varios, informes sin cuento, gastos de consultoría a menudo innecesarios, pago de cuantiosos *fees* a UBS, J. P. Morgan, etc.

Conde comparece de nuevo ante los medios informativos a primeros del 91 para, propulsado todavía por la resaca del *boom*, presumir de un ejercicio 90 todavía saludable, al anunciar unos beneficios para el banco de casi 53.000 millones, un 10,53 por ciento más que el año anterior.

Pero el mercado ya estaba plagado de rumores que apuntaban a una sustitución de Juan Belloso, Mario quiere cambiar de equipo, quiere cargarse a Belloso y algunos dicen que también a Romaní. El mercado es consciente de que con el actual equipo no llegará lejos, pero al gallego, tan frío para tantas cosas, le cuesta mucho tomar decisiones de esta naturaleza.

Se ha equivocado con Belloso, como luego se equivocará con Lasarte. Lo ha traído por *pesoe* y no le sirve ni como *pesoe* —es un militante casi marginal dentro del partido— ni como gestor idóneo para la naturaleza de los problemas de Banesto. Pero sustituir a Belloso se ha convertido en una montaña desde el mismo día en que decidió ficharlo.

Destituirlo puede suponer un desafío al Gobierno y al Banco de España, dar pie a la sospecha de que Mario quiere acabar con un testigo incómodo dentro de su casa. Alguno de sus fieles acude de cuando en cuando con dudas, falsas sospechas en torno a la fidelidad de Belloso, éste te traiciona, éste pasa información, tienes la quinta columna metida hasta la cocina, pero Mario se revuelve como una hiena acosada y le defiende, y todos bajan la cabeza y se van con la música a otra parte.

Pero, sorpresivamente, en febrero del 91 Juan Belloso presenta su dimisión a Mario Conde, y le da de plazo hasta diciembre del 93 para que le busque un sustituto.

—Ni él ni yo diremos nunca por qué. Le abordé en su despacho sin la menor ceremonia: que me quiero ir, sin más.

¿Perdió Belloso interés en la gestión tras el incidente que

supuestamente le llevó a plantear su renuncia a Conde? El caso es que el caos gerencial en que nadaba Banesto se acentuó.

Una vez al mes, los seis directores generales (Martín Rivas, Javier Molina, Carlos Cuervo, Javier Abad, Fernando Garro y José Luis Fominaya) habían establecido la costumbre de reunirse a almorzar en la sede de Castellana 7. Era un encuentro que servía para intercambiar opiniones y salvar la ausencia de un coordinador a la hora de establecer una línea estratégica del banco.

Cada almuerzo era convocado y presidido de forma rotatoria por uno de los seis, que además de elegir el menú ordenaba el debate. Y en uno de tales almuerzos, primavera del 91, alguien tuvo la osadía a la hora del café de sacar a colación la falta de dirección que todos apreciaban en la figura del consejero delegado.

—Si el presidente no baja a la arena, el proyecto Banesto se va al garete —apuntó alguien.

La revuelta tomó cuerpo rápidamente, y allí mismo acordaron telefonearle y trasladarle la preocupación colectiva. Querían reunirse con él inmediatamente y plantearle la situación. La respuesta de Conde fue escueta.

—Fijad el día.

A las diez de la mañana del lunes siguiente, en la sede de Alcalá, Mario Conde convocó la primera reunión del Comité de Dirección de Banesto, que a partir de entonces se celebraría regularmente bajo la presidencia de Conde y la presencia del consejero delegado y los seis directores generales, actuando como secretario el que lo era del consejo, Ramiro Núñez.

El fracaso de Conde durante los seis años de su reinado en la elección de su equipo de colaboradores ha sido absoluto. De cuando en cuando, los rumores del mercado situaban al banquero haciendo discretas aproximaciones, Angel Corcóstegui fue una de ellas, a potenciales candidatos para hacerse cargo de la consejería delegada. Es como si, en momentos de lucidez, quisiera hacer bien las cosas, pretendiera enmendar un camino tachonado por sus propios errores.

Pero de cara a la galería, el Mario Conde del 91 es el arrollador vendedor de peines que, cuando la gente más sensata había empezado ya a barruntar los problemas de morosidad que amenazaban al sector, no ve ningún problema en derredor.

¿Se puede decir que Banesto ha salvado el ejercicio gracias a la venta de Valenciana de Cementos? Sí, se puede decir, asegura contundente, pero eso sería una estupidez, porque también hemos aumentado el beneficio típico en un 10 por ciento, el margen de intermediación, el pasivo... Se puede decir que este año hemos hecho 300.000 nuevos clientes, que la autocartera es de menos de 1.000 millones...

Podemos decir muchas cosas, continúa, podemos decir que en diez meses de «supercuentas» hemos incrementado el pasivo en más de 500.000 millones, lo que quiere decir que en menos de un año le he metido a Banesto el 80 por ciento del tamaño de un Bankinter, a la chita callando va tomando cuerpo el bancazo que sueña el gallego, que él no ha venido a esto para quedarse en medio del pelotón, no señor, y en enero, que no crecíamos nunca, pues este enero del 91 hemos crecido en 50.000 millones.

¿Le preocupa la calidad del activo? Ni hablar, replica sin sombra de duda, estamos en un índice de morosidad del 2,5 por ciento, mientras la media de la banca anda por el 3,36 por ciento. ¿La Corporación? La Corporación, de cine. Todos dicen que El Corte Inglés es una gran empresa porque factura 600.000 millones y tiene 22.000 de beneficios... ¡Pues la Corporación Banesto factura 550.000 y gana 30.000 millones!

Pero Mario, vendedor de humo, no tiene más remedio que buscar una salida para la Corporación. Ya en el otoño del 90, y antes de que procedieran a separar sus intereses, Matías Cortés y Antonio Navalón han estado trabajando sobre varias posibilidades, a cual más llamativa, para superar el trauma de la Guerra del Golfo. Un proyecto de alianza con Gianni Agnelli no ha fraguado, después de que el millonario italiano se entrevistara con Conde en Madrid. Y después han ideado un esquema que trata de unir a la Banca Rothschild, J. P. Morgan, y el propio Banesto en una sociedad *holding* que sería titular del 51 por ciento de la Corporación Industrial y Financiera, lo que implicaría perder el control de la Corporación, pero supondría unos ingresos millonarios para las arcas del banco.

En la primavera del 91 se pone en marcha una variante de la fórmula anterior, consistente en la formación de un club de inversores internacionales que, de acuerdo con el diseño efectuado por la Union des Banques Suisses (UBS), tomaría el paquete de control de la Corporación: se trata de J. P. Morgan, Abu Dhabi Investment Authority (ADIA), AGF y British Petroleum.

Como este gran proyecto tampoco sale, el gallego no tiene más remedio que pensar en soltar rápidamente lastre, reducir volumen, vender empresas. Tudor está en el punto de mira. También Petromed. ¡Ah!, pero ¿no era Petromed una de las joyas de la Corona? Pues no, asegura el banquero, el refino no tiene futuro y esta empresa necesita unas inversiones muy importantes para un rendimiento muy pequeño. He encargado dieciocho estudios y todos me dicen lo mismo: hay que vender.

Acerinox va bien, a pesar de las dificultades, y Asturiana ha salvado el tipo de forma admirable, ¡pena de Guerra del Golfo!, asegura con amago compungido, porque con los 500.000 millones de aumento del pasivo, más los 100.000 de la venta del paquete de la Corporación, tenía pensado meterle una OPA nada menos que a la Societé Générale de Belgique (SGB), increíble Mario, siempre maquinando grandes batallas, pero siempre conformista cuando su flota de papel de hunde en el olvido, se evapora, menos mal, se consuela, que al final descubrí que la SGB no era tan buen negocio como yo creía.

El personaje no decae en su fantasía:

—Tengo todas las ofertas que quiero para vender un paquete de la Corporación, cartas de todas partes, de J. P. Morgan, de British American Tobacco (BAT), de AGF, que está a punto de entrar en La Unión y el Fénix, de ADIA, de donde quiera...

Y sigue con toda atención la batalla que está teniendo lugar en el sector eléctrico, porque, si me salen bien las cosas, si me salen bien estoy pensado en meterle una OPA a Hidrola que se va a quedar temblando...

Sus competidores, genio y figura, están todos jodidos.

—Lo del BBV no hay quien lo arregle, con una crisis de liderazgo sangrante, y lo único que puede pasar con él es que lo absorba Banesto...

No iba de broma. Por inverosímil que pueda parecer, Mario ha estado trabajando en el diseño de una operación contra el BBV con el Crédit Lyonnais como gran aliado y financiador de la aventura. La idea discutida entre Conde e Yves Haberer, presidente de Crédit Lyonnais, contempla la partición del «superbanco» vasco para, por un lado, dotar a la entidad francesa de una potente red en España, y por otro, completar la red Banesto y hacer un gran Banco de Vitoria en el País Vasco.

—El proyecto fracasó porque Mario no le echó huevos al final, se asustó —asegura un testigo de las conversaciones. Los franceses decidieron entonces comprar la Banca Jover y el Banco Comercial Español al Santander.

También el Banco Central está mal, en opinión de Mario Conde, y es que Escámez ha jodido el banco, lo ha llenado de franceses, y lo que va a ocurrir es que la BNP se lo quede al final por cuatro duros. Esa es una operación cantada, asegura el gallego: Elf se quedará con Cepsa; Bouyges con Dragados; UAP con Vitalicio, y entre todos le pagarán a BNP la OPA que tenga que hacer para quedarse con la red de un Banco Central limpio de polvo y paja.

El gallego es una máquina imaginando operaciones desde su «Banesto B», forzado por la necesidad de robustecer la cuenta de resultados con atípicos. Proyecta absorber el Banco de Madrid, «porque no tiene ningún sentido tener una marca independiente», y se dispone a vender el Banc Catalá de Crèdit. También la sede de Castellana 7, «un cubículo inhabitable, un bodrio que sólo se le pudo ocurrir a Garnica o no sé quién, y vamos a concentrar todo en Alcalá 14 y en el Pinar de Chamartín, donde vamos a construir "El Escorial" de Banesto».

Don Mario es un alquimista de las cifras, imposible saber si finge o se las cree, parece sentirse fuerte, en comunión con su proyecto, todos con él y él con la España real, despreciando a los profesionales del rumor, «los que expanden las malas noticias sobre Banesto por los restaurantes de cinco tenedores», todo ese Madrid de la *jet*, Conde no ha sido aceptado en ese mundo, y no parece importarle, no ha venido para incrustarse en ese club decadente, él persigue instalarse en lo más alto del *establishment*, el que manda de verdad, para obligar un día no lejano a toda esa sociedad a rendirle pleitesía.

—Es que tú has pisado muchos callos —le reprocha un rico madrileño a la salida de Jockey.

—¿Yoooo...? Se los han pisado ellos solos, se han matado ellos solos. Date cuenta de que hace unos años casar a una hija con un Garnica era hacer una boda de cojones, y hoy eso no es nada. Es una idea del poder lo que ha caído. Es lo que me dijo un día Abelló cuando llegamos a Banesto, que las presidencias de las empresas teníamos que dejarlas para los miembros de la familia. Es esa España vieja la que no me interesa para nada...

A primeros de marzo del 91 Conde espera a un ilustre visitante en Sevilla. Se trata, nada menos, que de Roberto Mendoza, *execu-*

tive vicechairman de J. P. Morgan, el financiero de origen cubano que pasa por ser el gran responsable del renacimiento de la Banca Morgan, quintaesencia de las finanzas neoyorquinas.

—¡Es el gran pacto internacional que siempre necesitó Mario Conde para escapar de todos sus enemigos interiores! —aseguraba Matías Cortés, el gran muñidor de la operación desde su sociedad neoyorquina, La Tarde Inc.

Roberto, un tipo honesto, soltero, cincuenta años, dicen que masón, que ha salido con Gabriela Sabatini y Mary Pierce, muy amigo en España de Alicia Koplowitz, cuya casa visitaba con frecuencia durante las largas estancias en Madrid por culpa de Banesto, fue una víctima más de la fascinación que el personaje desplegaba sobre cualquier recién llegado.

Tan enamorado quedó de la personalidad del banquero que, a mediados de mes, la alianza Banesto-Morgan parecía a punto. Los estadounidenses se quedaban con el 25 por ciento de la Corporación y tomaban el 10 por ciento del capital del banco. Era la internacionalización salvadora que buscaba Mario, la forma de colocar en manos amigas la autocartera de la entidad y de acabar con el costoso peregrinaje de los «aparcamientos».

El miércoles 20 de marzo del 91 fue un día importante en la vida del gallego, porque ese día, y en Nueva York, se batió el cobre durante cuatro horas ante la plana mayor de J. P. Morgan, explicando la situación de Banesto y sus perspectivas futuras. «Mario estuvo impresionante vendiendo su mercancía; la factura de su discurso, su elocuencia, su brillantez, dejaron sorprendidos a los capitostes de Morgan», aseguraba uno de los testigos españoles.

La primera batalla con los herederos de John Pierpont Morgan está ganada. Matías Cortés, con conocimiento de causa, aseguraba:

—Dentro de tres semanas Mario Conde será el hombre más blindado de España.

Espoleado por el avance de la morosidad y el estrechamiento de los márgenes, la estrategia de Conde, cada día lo ve con mayor nitidez, se orienta a lo largo del 91 a conseguir por todos los medios una gran operación de fusión que le libere de las limitaciones estructurales de Banesto.

Conde es un Napoleón necesitado de soluciones imaginativas un año tras otro, un audaz dispuesto a una permanente huida hacia adelante, capaz de comerse el mundo, que sin embargo no dispone de artillería para plantear ninguna gran batalla. Pero eso no parece ser problema para él, convencido de que lo que sobra en el mundo es dinero, y lo único que hay que hacer es ir a buscarlo.

Le sobra con su cabeza de conspirador nato, capaz de dar a luz ideas casi perversas, como la que pone en marcha contra el Banco Hispano Americano, Mario tiene ahí al Banco de Madrid y no sabe bien qué hacer con él, ha pensado fusionarlo con Banesto para conseguir las exenciones fiscales, única razón para una decisión de ese tipo, pero el Banco de España le ha dado calabazas, no están por la labor, en vista de lo cual ha decidido venderlo, deshacerse de él, pero ¿a quién?

Hasta que un día tiene una idea ciertamente genial. El Commerzbank alemán es propietario de un 12 por ciento del capital social del Hispano, nada menos que del 12 por ciento, un paquete ideal a partir del cual lanzar una OPA, una jugada casi de libro. Se trata de ofrecer al Commerzbank un canje: tu 12 por ciento en el Hispano a cambio de mi banco de Madrid.

Para los alemanes la idea puede resultar muy sugestiva, puesto que su participación no es operativa y, sin embargo, la propiedad del Madrid puede significar de golpe su implantación con una red propia en España.

Y desde la plataforma que confiere el control de ese 12 por ciento, Mario cree que el lanzamiento de una OPA sobre el Hispano es asunto de coser y cantar. Para ello ha contratado los servicios de Bankers Trust, que ha realizado un pormenorizado estudio de la operación, dirigida a «la absorción de Kiwi (Hispano) para formar el mayor grupo financiero español liderado por Isabel (Banesto)».

El presidente de Banesto se entusiasma con su nuevo muñeco, y como le ocurre siempre que da a luz una idea que juzga brillante, pasa unos días entregado a la fiebre especulativa y ardorosa del evento.

Pero Mario es un personaje cuyas ideas se consumen como el fuego en una zarza. Como buen español, no vale para los esfuerzos prolongados, pertinaces, serios. El es hombre de acción inmediata, un *sprinter* potente, rápido e incisivo. Ha puesto a su gente a trabajar, ha empezado él mismo a moverse, y ha enviado mensajes por doquier... Demasiados.

Se ha visto con Emilio Botín. El santanderino se ha quedado de piedra cuando se ha enterado de las intenciones de su colega. Botín tiene también al Hispano en el punto de mira, y él, al contrario de Conde, tiene dinero de sobra para la operación, y además es hombre metódico, frío y calculador, enemigo de los prontos. Lo tiene todo estudiado. El Santander conoce hasta el último rincón del BHA, y ha decidido hacerlo suyo.

—¡Te advierto que si haces una OPA sobre el Hispano, yo *contraopo*! —advierte Mario.

Al final han llegado a un punto de acuerdo, un asunto cogido con alfileres, han decidido ir a medias en el asalto y posterior reparto del botín, Mario será quien dé la cara en el proceso y Emilio permanecerá en la trastienda aportando la financiación.

Pero alguien, en otras instancias, está a punto de tomar otra clase de decisiones. El 1 de abril del 91 el Ejecutivo da luz verde al nacimiento de Argentaria. Solchaga utiliza su poder para crear el «superbanco» público, un monstruo con capacidad suficiente para alterar, regular, influir en el mercado con su política de tipos de interés, hipotecas, etc.

El ministro de Economía coloca al frente del proyecto Argentaria a Francisco Luzón, uno de los mejores productos de la escuela de Pedro Toledo, un tipo dispuesto a comerse el mundo, trabajador e inteligente, listo para gestionar un macrobanco público —con más de 8,5 billones de pesetas de cifra de balance— con criterios absolutamente privados. Es el contrasentido de un banco público concebido y regido con la filosofía de un banco privado puro.

Los banqueros comentan en voz baja que se trata de una operación poco presentable, una burla a las reglas del mercado, un arma de poder en manos de Solchaga que ni siquiera se toma la molestia de arropar la medida con una explicación teórica, ideológica o de política sectorial.

Pero nadie, ni los partidos de la oposición ni los propios banqueros, se mueve. Apenas alguna tímida crítica sobre el mantel de un restaurante de lujo, siempre de puertas adentro, incapaces de reaccionar, entregados al espíritu maniqueo de Carlos Solchaga. Los banqueros españoles temen ser acusados de «hacer política» más que a un nublado. El único que trata de mover el cotarro es José Antonio Segurado, quien, siguiendo las consignas del jefe, intenta crear un frente común asustando a unos y otros, ¡ojo, nos quieren colocar una Endesa en el sector bancario!

La unión de los distintos bancos públicos en el *holding* Argentaria, abre de par en par los rumores sobre la eventualidad de nuevas fusiones en el sector privado.

Javier de la Rosa tiene información de primera mano de Solchaga. El ministro tiene listo un nuevo parte de guerra bancario: el Hispano tiene mandato para ir sobre el Central, y el Santander sobre Banesto.

—Es lo que quiere Solchaga, y yo en medio, de «engrase».

Pero De la Rosa no cree que al ministro le salgan sus planes.

—El Hispano quiere cumplir su papel, porque Amusátegui se deja manipular, pero el Santander no va a meterse en esa guerra. En realidad Botín sólo está interesado en meterle un bocado al Hispano, y si no es posible, mejor quedarse en casa.

Otra vez Carlos Solchaga a escena, de nuevo las maniobras de un político dispuesto a utilizar todo su poder para meter baza en la banca. Es el escándalo de doce años de asedio permanente por parte del felipismo a los consejos de administración bancarios, en una operación de medro personal y de grupo, alejada de cualquier consideración de bien público.

Se trata de no soltar la llave que aprieta al BBV, a pesar de los intentos de Emilio Ybarra por ganar autonomía; de presionar a Botín y animarle a que resuelva el problema Banesto, y de impulsar al Hispano a que se coma el Central. Una línea de trabajo que puede otorgar a Solchaga el patronazgo de todo el sector.

Esta estrategia pasa por mantener el asedio a Mario Conde, hasta obligarle a claudicar, y Mario pregunta otra vez a Alfonso Escámez, con cierta desesperación, si estaría dispuesto a hablar de nuevo, a mantener relaciones con él.

A mediados del 91, Mario Conde está a punto de ver madurar cuatro operaciones que le resarcirán del fiasco de la Corporación Industrial. Se trata de la venta del Banc Catalá de Crèdit, de La Unión y el Fénix, de Petromed y de una parte de la Corporación a J. P. Morgan.

Así, dice haber conseguido la venta del Banc Catalá de Crèdit al San Paolo de Turín por la increíble cifra de 25.000 millones de pesetas, 25.000 millones por un negocio que da 1.000 de beneficio anual, con un PER de 25, ¡un chollo inenarrable!, comenta Mario alborozado a sus subordinados.

Un maestro en este tipo de operaciones, por Madrid se empieza a extender el rumor de que hay comisiones de por medio, cuantiosas comisiones para unos y otros, millones de comisiones, un asunto sobre el que está muy atento el Gobierno, para tenerle trincado en caso de necesidad.

Por Petromed dice contar con tres ofertas, dos de ellas de las multinacionales BP y Total, y la última, que asciende a 90.000 millones de pesetas, procede nada menos, sorpresa, que del Banco Santander.

Algunos ejecutivos de Banesto abren los ojos como platos cuando se enteran de la cifra y del ofertante, ¿para qué quiere Emilio Botín una refinería? Para nada, porque el papel del Santander no pasaría del de mero intermediario, ya que el destinatario final no sería otro que Javier de la Rosa, con quien los Botín han hecho siempre buenos negocios, es decir, KIO, que tras la venta de Ertoil se ha quedado sin refino en España.

Conde y De la Rosa habían hablado de Petromed. Era parte del plan de reconciliación entre ambos después del amago de guerra bursátil resuelto por Matías Cortés. Al final Conde venderá Petromed a BP y De la Rosa clamará de nuevo por los restaurantes madrileños:

—¡Me ha vuelto a engañar. Se había comprometido a venderme Petromed y otra vez me ha vuelto a engañar!

No menos brillante parece la venta de La Unión y el Fénix [2].

—Con la venta del Fénix, Banesto incrementa los recursos propios en 60.000 millones. Si a eso le añadimos los 50.000 millones de revalorización en bolsa, colocamos el banco en una situación envidiable —aseguraba Mario ante su comisión ejecutiva.

Todo era de cine para don Mario, Alicia en el país de las maravillas, como el acuerdo con Morgan, listo para firmar con los estadounidenses, cien veces a punto y otras tantas aplazado, pero esta vez sí, y encima los eléctricos me proponen como vicepresidente primero de la fusión Hidrola-Iberduero, con Gúrpide de segundo.

Mario se hace de cruces con su poderío. Ya es el hombre instalado en una patológica deformación de la realidad, un hombre que ha perdido el contacto con la calle, permanentemente rodeado de una cohorte de pelotas, y va a ser la hostia si me hacen vicepresidente de Iberdrola, ¡es que voy a controlar el sector!

---

[2] El acuerdo con AGF preveía colocar el 52 por ciento que Banesto tenía en la aseguradora en una sociedad que será en un 55 por ciento propiedad del banco, con el 45 por ciento restante en manos de los franceses. AGF pagaba por esa participación 10.000 millones, compraba un 2 por ciento del capital de Banesto y abonaba un *fee* por cada seguro hecho en las oficinas de la red Banesto.

Tengo en Endesa a Juan Belloso, que fue su director financiero, y en Unión-Fenosa a Romaní, entre otros, tengo a mucha gente, es que voy a dominar el sector eléctrico, ¡va a ser arrollar demasiado! ¿no os parece?

Mario es el hombre que se cree su propia película y la cuenta tal cual, sin malicia aparente, porque está convencido de que no de otra forma puede ser el mundo y el discurrir de las cosas, si el mundo y las cosas quieren estar a la altura de don Mario Conde.

—A mí las eléctricas me importan un huevo. Lo único que me interesa es hacerme con el recibo de la luz a través de las sucursales de Banesto.

Megalomanía y tendencia cada día más acusada a engrandecer los problemas del vecino, a traspasar los suyos al prójimo. Para Mario, los problemas están en el Banco Central, en el Santander, en el BBV.

—A Escámez le tiene trincado Mariano Rubio por los cojones, porque el agujero no es menor de 120.000 millones, ¡que me lo dijo a mí el propio Alfonso en Santa Pola cuando nuestra fusión! Además se ha echado en manos de Arthur Andersen para la auditoría, y ya se sabe que «los Arturos» son amigos de Mariano Rubio. ¡Ha metido la zorra en el gallinero!

Le divierten las grandes operaciones, en las que puede hacer gala de ingenio. Por el contrario, el «Banesto A», el Banesto real, el negocio del día a día, la concesión de créditos, el control del riesgo, eso le aburre soberanamente, no quiere saber nada, lo deja en manos de otros, Belloso proveerá, él a otra cosa, él a conspirar, lo suyo, lo que importa es la crisis interna del PSOE, y lo que hace es maniobrar, moverse, preguntar, al diablo Banesto y la aburrida gestión de problemas ajenos, Polanco le ha dicho que cada vez son más los sectores que están pensando en la necesidad de un recambio de Felipe, el dueño de Prisa está empeñado en hacer del PSOE un partido socialdemócrata con Carlos Solchaga al frente, y hay que acabar con Guerra, son los planes de Polanco, que los de Mario consisten en colarse por las rendijas que dejan abiertas los choques entre elefantes.

Así estaban las cosas cuando el lunes, 13 de mayo del 91, le sorprende de bruces el anuncio de fusión de los bancos Hispano y Central. Los planes de Solchaga comenzaban a concretarse. Es una operación que Escámez y Amusátegui cocinan en La Moraleja en torno al fin de semana del 11 y 12 de mayo, con Santiago

Foncillas, vecino y compañero de juegos —dominó y frontón— de Escámez, de sumo hacedor. La casa de Escámez en La Moraleja es como la corte del rey Arturo. Por allí desfilan muchos nobles caballeros, Guillermo Visedo —un tipo inteligente al servicio de las Koplowitz— todos los domingos, los Ballvé, Santiago Foncillas a todas horas, pero nadie esperaba que por allí recalara Amusátegui en plan Lanzarote del Lago, dispuesto a pedir amores a Escámez travestido de reina Ginebra, con Foncillas de mago Merlín.

José María Amusátegui se ha salvado por los pelos de la doble tenaza de Botín y de Conde. La operación de Banesto con Bankers Trust de *broker* estaba a punto, pero el *chairman* de los estadounidenses ha tenido el detalle de telefonear a su colega de Commerzbank para pedirle oficialmente una entrevista en la cual piensa plantearle con detalle el plan, y el alemán, fiel a sus alianzas, se ha apresurado a avisar del peligro a su socio del Hispano.

—No puede ser tanta casualidad —aseguraba contrito aquella mañana Mario Conde.

Amusátegui también había escapado de la zarpa, más afilada, más peligrosa, de Emilio Botín y su tremendo potencial de liquidez. El banquero cántabro cometió igualmente una equivocación: la de enviar por delante como embajador plenipotenciario a Rodrigo Echenique, con la intención de iniciar formalmente conversaciones de noviazgo. El sustituto de Boada daba largas, pero alarmado por la súbita urgencia de los santanderinos, decidió jugárselo todo a la carta de Escámez.

—Echenique había llamado con cierta urgencia a Amusátegui, para transmitirle un mensaje personal de Botín —cuenta un testigo—, y eso asustó a José María.

Luego declararía en privado que la conducta de Botín había sido poco presentable, esas cosas se plantean de igual a igual, de presidente a presidente, y fue una descortesía de Botín el mandarme a Echenique por delante.

El del Hispano se revuelve y escapa de la tenaza de Botín, para casarse ventajosamente con el Central. El Santander, un banco con bien ganada fama de innovador, ágil y agresivo, queda burlado, demostrando de nuevo Botín sus escasas cualidades para la guerra de OPAs.

Amusátegui se zafó en un suspiro, tomó el último tren hacia la supervivencia como banquero independiente, gracias, se dijo entonces, a información reservada del Gobierno que le puso al corriente de lo que tramaban sus colegas. Con información confidencial, precisamente, alguna gente de la *biuti* engordó sus fortunas en los días previos al anuncio de fusión entre Hispano y Central.

El rumor nuestro de cada día apuntaba por entonces a que Amusátegui era el tapado de uno de los jefes de fila del clan de la *biutiful*, concretamente de Miguel Boyer.

¿Cómo convenció a Alfonso Escámez? Ese es un misterio que sigue sin resolverse. Por qué entrega Escámez el banco de sus amores a sus enemigos naturales, al grupo que le había perseguido y denigrado a conciencia desde los tiempos de la UCD, no está explicado, por más que hayan surgido interpretaciones varias, alguna ciertamente escandalosa.

Unas semanas antes del anuncio de esponsales, el banquero de Aguilas pronunciaba lo que parecía una declaración de principios.

—El problema de estos *biutifú*, como *usté* los llama, es que no trabajan... Es gente que vive muy bien, que viaja, que se divorcia, que se vuelve a casar, como éste del Hispano, Anchústegui o Amusátegui, no sé, que creo que es la tercera mujer que tiene ahora, pues me dicen que es una chica joven y guapa que quiere salir por las noches, quiere divertirse, y eso no puede ser, porque un banco da mucho trabajo, ¿sabe *usté*?

El intento del Central de presentar como una fusión por absorción —el Central absorbía al Hispano—, lo que el tiempo demostró que era una rendición con armas y bagajes, se reveló enseguida como el deseo piadoso de salvar la cara de Escámez. Estaba claro que ahí el único ganador era Amusátegui, y lo que él y el Hispano representan.

—Es una forma de resolver la sucesión —aseguraba Luis Blázquez, un hombre que estaba llamado a más altos destinos—, éste es el final de un imperio, y ya se sabe que esos finales nunca son alegres.

En Banesto la noticia de la fusión Hispano-Central se recibe con resignación. Segurado, con el visto bueno de Conde, había puesto en marcha en los últimos días una nueva iniciativa de acercamiento a Alfonso Escámez. Había hablado con un par de consejeros del Central, entusiasmados, adelante, total disposición por ambas partes, y voluntad de no caer en los errores cometidos con el nonato Banco Español Central de Crédito, habló también con Escámez, y todo parecía a punto de enjaretarse en unos días, cuando el 13 de mayo saltó la bomba. Aquella mañana, el propio Escámez se confesó a Segurado.

—Llamaste un poco tarde...

Pero Conde, genio y figura, se apresta en seguida a sacarle faltas a la criatura.

—Se trata de dos enfermos que se unen para salvar la vida. El nuevo BCH es un paquidermo lento y torpe, producto de dos culturas muy diferentes, y en ese sentido Banesto saldrá ganado. Con esta fusión se van a contaminar dos bancos en vez de uno, y lo que ocurrirá es que en un par de años la banca privada tendrá que hacer un rescate importante...

La realidad es que la fusión entre Central e Hispano dejaba a Mario Conde y Banesto perdidos en un cruce de caminos, *in the middle of nowhere.* El mapa bancario cambiaba radicalmente con tres grandes unidades, BBV, BCH y Argentaria, otras dos de menor tamaño, Banesto y Santander, y un sexto descolgado, el Popular. Con una diferencia sustancial: que Santander y Popular podían presumir de ser las instituciones más rentables de la banca, cosa vedada a Banesto. El espejo de la nueva situación reflejaba una imagen del Español de Crédito como banco poco rentable y de segunda división. ¿Por dónde tirar? Había que hacer algo y pronto, pero las alternativas no eran demasiadas.

Tanto con el Santander como con el BBV existía un problema radical de culturas. Entre el carácter de un Botín frío, austero, trabajador y un punto pueblerino, y el de un Conde genialoide, conspirativo, mediterráneo, media un abismo. Habría posibilidad de hacer algo separando los corrales y admitiendo que Conde quisiera quedarse al frente del grupo industrial resultante, dejando en las exclusivas manos de Botín el negocio bancario. Un problema más difícil que el de la fisión nuclear, porque todo el mundo sabe en Madrid que hacer algo con Mario supone rendir el poder a Mario.

Matías Cortés, sin embargo, acaricia en su privilegiada testa una idea singular, no sabe si se la ha planteado a Conde en todo o en parte, pero su proyecto consiste en unir en santo matrimonio a Banesto y Santander con J. P. Morgan de Celestina, con un esquema de *holding* que situaría a don Mario por arriba como presidente no ejecutivo, con presidentes operativos por debajo. Morgan es un amigo tradicional del Santander, y Matías es amigo de Botín, de Roberto Mendoza y de Mario Conde.

—¿Difícil? Seguro... pero no imposible.

El Santander infunde respeto. Los Botín están sentados sobre una mina de oro, dispuestos a esperar, convencidos de que no tardarán en pasar ante sus ojos nuevas presas devaluadas dignas de un buen zarpazo. Meses atrás se habló de que podrían echarle el ojo a algo grande, nada menos que Chase, Citibank o First Interstate, otros dicen que le han mirado las tripas al Midland, ¡santo cielo, qué poderío!, pero que al final no les gustó.

¿Por dónde irá el Santander? Algunos dicen que la operación ideal es la fusión entre los dos bancos de la familia, Santander y Bankinter. La entidad que preside Jaime, un caso interesante de banquero interesado en algo más que la cuenta de resultados, ha perdido su *chance* tras la salida de las «supercuentas», y su red de oficinas es complementaria con la del Santander.

Luis Valls cree que los ojos y oídos del Santander están puestos en él. La OPA del Santander sobre Electra del Viesgo, la de Endesa sobre Sevillana, la de Koipe sobre Elosúa, la de Cune sobre Bodegas Bilbaínas... dan pie a pensar que estamos de nuevo en plena fiebre *opista*, como en el otoño del 87. Y Valls dirige a mediados de julio del 91 una misiva a los directores de su red, una carta redactada para que llegue a manos de Emilio Botín, «volvemos a estar en el punto de mira de un cazador, aunque todos saben —cazadores incluidos— que en banca todavía no ha triunfado una OPA hostil en Europa» [3].

El Santander es como un león que aparenta estar dormido pero que sigue con el rabillo del ojo a Banesto, a Popular, a BCH... Todos le temen. En torno al Santander crece una leyenda que el secretismo de la familia Botín contribuye a alimentar. Lo más extraordinario es que Emilio Botín, con un insignificante 0,5 por ciento del capital social de la entidad declarado ante la CNMV a primeros del 90 (su hermano Jaime posee el 0,3 por ciento), ejerce un poder absoluto sobre un banco que tiene toda la estructura de un «banco de familia», donde un consejo de empleados cualificados se limita a decir sí a los deseos del todopoderoso Botín. Un caso extraordinario.

La otra alternativa para Conde es el BBV. Mario y Emilio

[3] «Tranquilos, pues, los empleados del grupo —añadía la misiva— y que pierdan toda esperanza los que deseen un cambio en la propiedad del banco. Nadie está dispuesto en el Popular a negociar una OPA amistosa. Y si la hostil nunca ha tenido éxito, ¿cabe alguna posibilidad?»

Ybarra cenan juntos en el edificio de Azca pocos días después del anuncio de fusión Hispano-Central, con José Antonio Segurado como testigo.

—Le hemos ofrecido a Emilio la presidencia del banco fusionado por el tiempo que quiera...

Las dificultades no son menores que con el Santander. La herida dejada por la OPA del Banco Bilbao no está cicatrizada, y Emilio tiene en su consejo a los cinco hombres impuestos por el Banco de España para deshacer, como si fueran «cascos azules» de la ONU, toda posibilidad de nuevo enfrentamiento civil entre los ex Bilbao y los ex Vizcaya.

Pero Emilio Ybarra es un hombre tímido. Buena persona, pero tímido, obsesionado por la seguridad, y fundamentalmente desconfiado como rasgo principal de su carácter. Javier Gúrpide entrevé la posibilidad de hacer algo ventajoso para el banco, demos una salida a Conde, ha dicho, ahora o nunca, insiste, que se quede como presidente del grupo industrial resultante, a cambio de ceder el poder bancario. Pero la desconfianza de Emilio hacia Mario está tan acentuada, que será difícil llevar la idea a buen puerto.

Por otro lado, quienes conocen al gallego saben que la idea de «aparcar» a Conde al frente de un grupo industrial sacándole del banco, que es donde está el poder, es poco menos que una quimera. El propio Segurado responde a la pretensión de Gúrpide con un corte de mangas.

—El problema es que a Emilio le falta decisión, y estoy seguro de que si se atreviera a plantearlo en su consejo se lo aprobaban... Claro, habría que garantizar a todos los consejeros sus ochenta kilos anuales, pero eso es el chocolate del loro.

Como no podía ser de otra forma, el encuentro en la torre de Azca corre a los pocos minutos de boca en boca por todo Madrid. Nadie sabe quién fue el responsable, pero en el BBV lo sospechan.

Ybarra da calabazas, y Conde responde a lo grande, como es típico en él.

—Lo único que yo podría hacer por el BBV es acordar un plan con Botín para repartírnoslo. Que el Santander se quedara con el banco y yo con las segundas marcas y el grupo industrial. Y no sería ninguna locura preparar 800.000 millones para afrontar una OPA.

Cuando, como la zorra de la fábula, don Mario no llega a las uvas de ninguna fusión, se vuelve reflexivo; mi política es la del labrador, para recoger hay que sembrar, y yo estoy sembrando, nuestro proyecto es a largo plazo, dice, estamos poniéndonos en punta de la banca española en cuanto a tecnología, y haciendo las mayores inversiones del sector en formación de personal, hasta 520.000 horas en el 91, a razón de 36 horas por empleado, dentro de una estrategia marcada por el crecimiento eficiente del volumen de negocio, con los mismos recursos humanos que tenemos.

La inversión en informática de Banesto, reveladora de la pasión de Conde por «lo grande», es considerada por muchos desproporcionada. Una organización, por poderosa que sea, no está preparada para digerir una inversión de 50.000 millones de pesetas en tan corto espacio de tiempo, poco más de un año.

Mario busca bajo las piedras la operación salvadora que le libere de las miserias, encarga a Antonio Navalón que reactive los viejos contactos con las Koplowitz para tratar de hacer algún tipo de apaño, quiere proponer a las hermanas un trueque singular: que se queden con Agromán a cambio de ceder Portland Valderrivas en todo o en parte, además de llegar a un compromiso sobre el negocio bancario del grupo FCC.

Pretende algo rápido y de prestigio, un golpe de efecto, ha llegado a hacerle una oferta a Rafael del Pino para la compra de Ferrovial, he tenido a Rafael del Pino sentado en mi despacho, manda cojones, y el tío se ha quedado con la copla, pero en Ferrovial creen que el *pater familias* de la *biuti* ha ido a Banesto a hablar de la compra de Agromán, una castaña que no hay forma de colocar.

Su gente ha hecho también alguna aproximación a la aceitera Carbonell, y a un par de cementeras para fusionar con Sansón. Banesto está desinvirtiendo, ha vendido por fin Petromed, y el mercado espera un gesto, ¿qué va a hacer Banesto con ese dinero?, seguro que el mago Conde lo reinvertirá en negocios de mayor rentabilidad, pero el mago sólo se muestra interesado en invertir en medios de comunicación.

Se acercaba una segunda mitad del 91 dura para la banca a causa del empeoramiento de la situación económica, con su correlato del crecimiento de la morosidad.

Desde el año 89, en realidad desde el famoso 14 de diciembre del 88, el Gobierno está embarcado en una loca carrera de gasto público. Felipe predica en el exterior la absoluta liberalización de nuestra economía, pero en el interior se siente prisionero de los sindicatos y del ala guerrista de su propio partido. Y arroja la toalla. Con la llegada de la crisis, las cuentas públicas empiezan a no salirle de ninguna forma, porque no recauda lo suficiente para hacer frente a los compromisos adquiridos. Será la tónica del año y de los venideros: falta de rigor presupuestario y déficit que se irán acumulando de forma escandalosa.

El Ejecutivo ha elaborado en julio un diagnóstico verosímil —el famoso Plan de Competitividad— para la economía española, pero al fallarle el acuerdo social, lo mete en el baúl de los trastos, como si con ello desaparecieran las urgencias que lo hacían necesario. De hecho, el proyecto de Presupuestos para el 92 que presenta en septiembre contempla un incremento del gasto del 8 por ciento, en lugar de al 12 por ciento del año anterior. Una barbaridad sin paliativos para un país que va directo hacia una de las mayores crisis de su historia reciente.

Con una política de altos tipos de interés y una peseta sobrevalorada, muchas empresas españolas encuentran cada día más difícil competir en el exterior. Un Gobierno que dice tener en el control de la inflación el gran objetivo de su política monetaria, está al tiempo proponiendo incrementos salariales del 7 por ciento. Otra locura. Carente de toda iniciativa política, Felipe decide cruzarse de brazos y esperar que escampe.

La curva de beneficios de las empresas estaba cayendo en picado, aunque aún no habían entrado en pérdidas gracias a las fuertes inversiones realizadas en los últimos años en modernización y aumentos de productividad. Pero cualquier iniciativa de inversión nueva estaba ya parada.

Los empresarios se sienten abandonados a su suerte. La empresa es apenas un mero instrumento recaudatorio para este Gobierno salido de los servicios de estudios —ni Solchaga ni Felipe han pagado jamás una nómina, ni pisado una fábrica— y como tal instrumento en el 91 y 92 someterán a la empresa a un incremento de la presión fiscal que al final no hará otra cosa que retroalimentar el círculo infernal de quiebras, suspensiones de pagos, y paro.

En este ambiente de crisis se está escribiendo la historia de Banesto, corroído por una gestión mediocre y una morosidad galopante, incubada durante los años 89, 90 y 91. En este clima están a punto de venirse abajo las estrellas del *boom* inmobiliario, los Afisa, Reinhold, Prima, Revilla, etc., quintaesencia del éxito en los años de vacas gordas; aquí va a pinchar también una de las dos grandes fortunas españolas, la de los March, seriamente tocada por la crisis. De este clima saldrá la familia Botín convertida en la única gran fortuna española de finales de siglo.

A la vuelta de las vacaciones de verano, una sensación de pesimismo se adueña del país. El consumo, durante años la única religión de Solchaga, empieza a caer a marchas forzadas.

Vientos de fronda soplan sobre Banesto. Por Madrid corren de nuevo rumores en torno al relevo de Juan Belloso. El consejero delegado le había reiterado su deseo de abandonar el cargo en la feria de Zafra, su pueblo natal, que patrocinaba Banesto, durante un almuerzo en el Parador de Turismo.

—Mario, yo te he dicho que me voy en diciembre del 92, pero si quieres me voy mañana...

—¡Dile a éste que no diga bobadas, anda! —rogaba Mario a la mujer de Juan.

En la tocata/fuga de don Mario, experto en moverse al borde del abismo, el genio ha previsto otra operación atrevida cual es la compra del Banco Atlántico. De nuevo ha vuelto a poner en marcha sus peones, y aprovechando un viaje a Oriente Medio se ha entrevistado con los accionistas árabes del Atlántico. Le han contestado que estaría mal visto que vendieran ahora, aunque le han pedido una oferta por escrito. Conde les ha planteado una fórmula alternativa consistente en comprar un paquete y adquirir el compromiso para una posterior venta a Banesto.

La comunidad financiera, que ignora este constante tiovivo, empieza a sospechar que es muy posible que Mariano Rubio no le deje dar dividendo, al obligarle a provisionar las minusvalías registradas por la Corporación en bolsa [4]. Es el cerco permanente al banquero en apuros, la tenaza que desde el Banco de España y el Ministerio de Economía asedia al heterodoxo.

Conforme avanza el final del ejercicio, aumentan las angustias de Conde. Hay que apañar la cuenta de resultados del año como sea. La alarma sobre la morosidad es ya lugar común en el sector bancario, ha aumentado en más de un cien por cien con respecto

[4] De acuerdo con la circular 4/91, que es la adaptación del Plan Nacional Contable al sector financiero, y que entra en vigor el 1 de enero del 92, Conde tendría que provisionar las empresas de la Corporación según su coste y valor contable, mientras que sin esa circular tendría que hacerlo de acuerdo con las minusvalías producidas en bolsa. Y eso es un duro golpe para él habida cuenta de la situación de la bolsa.

al año anterior, especialmente en el crédito al consumo, y se dice que el BCH va a tener que provisionar más de 30.000 millones sólo por el asunto Hispamer, el talón de Aquiles del Hispano, la manzana podrida que ha hecho a Amusátegui pedir prudencia a su gente, deseosa de sacar a relucir los trapos sucios del Central, dicen que lo de Hispamer lo ha destapado Baldomero Falcones, y que si Amusátegui se hubiera enterado antes de lo que había en Hispamer no hubiera hecho a Emilio Novela responsable del área comercial del nuevo «superbanco».

La crisis empieza a pasar facturas clamorosas. Los March andan en todas las bocas a cuenta del lío del Banco Urquijo, con rumores de agujero de 25.000 millones. Los March han fracasado como banqueros. Tuvieron la oportunidad de haberse zampado al Hispano, pero les dio miedo, no era lo suyo, dijeron, ¿lo era la industria, entonces? Ahora quieren vender el Urquijo, pero la tarea no es fácil.

Hasta los Botín. Los banqueros santanderinos han resultado volteados por el asunto Intra de los hermanos Goyría, un grupo de supuestos potentados crecidos a la luz del *boom* especulativo, que llegaron a hacerse con el 2 por ciento del Santander.

Matías Cortés no ceja en sus esfuerzos por concretar la entrada de J. P. Morgan en Banesto. Roberto Mendoza ha estado en «La Salceda», Polanco también estuvo allí, celebrando el cuarenta y tres cumpleaños de Mario, y ahora sí, ahora parece que sí, que lo de Morgan podría firmarse a mediados de noviembre.

El consejo de la entidad americana, «el único banco USA que no está quebrado», dice Conde con orgullo, aprueba la operación el 18 de noviembre, es el blindaje y la consolidación del gallego. También su entrada en el circuito de las finanzas internacionales. Para alguno de los amigos del banquero, lo mejor de la entrada de Morgan, sin embargo, será que Mario no podrá seguir haciendo de su capa un sayo en el banco, se acabará el desmadre de la gestión y se pondrá orden en los objetivos, ¿sería verdad tanta suerte?

Pero a finales de noviembre las cosas se tuercen. Roberto Mendoza pasa veinticuatro horas en Madrid, y su despedida deja un aroma de decepción. El venezolano Pedro Burelli, jefe de la oficina de Morgan en Madrid y contrario al proyecto, ha remitido un informe muy crítico a Nueva York sobre el Grupo Banesto y el propio Mario Conde. Burelli es muy amigo de Alfredo Sáenz, vicepresidente del BBV, y en Alcalá 14 adivinan ya la mano negra de siempre, Sáenz y su relación con Solchaga, el BBV está encelado, aseguran, Morgan hizo posible la toma por General Electric del 2 por ciento del BBV, y en Azca lo consideran más que un amigo casi un socio, de forma que la entrada en escena de Mario es como una traición.

El final del ejercicio se convierte para Conde en una angustia. Para cerrarlo con decoro, enjareta una de las operaciones más polémicas de su paso por Banesto, la operación Gescam, que reúne en sí misma dos de los grandes males de la casa: la angustia de la autocartera que hay que colocar como sea, y el drama de un negocio bancario típico que cada día va dando mayores muestras de agotamiento.

Gescam, que tiene la virtud de atacar de golpe ambos males, se convierte en una operación de libro para comprender la filigrana de la ingeniería financiera que despliega Conde en la búsqueda de mecanismos para resolver los problemas de fondo de la casa.

Es también un mecanismo de conexión del «Banesto A» con el «Banesto B». Si el banco tiene problemas de autocartera por un lado y problemas de beneficios, y por tanto de dividendo, por otro, se prepara un diseño capaz de abordar ambos problemas a la vez, consistente en coger una sociedad, Gescam, en cuyas tripas se meten una serie de inmuebles del banco, entre otros la sede de Castellana 7, para sacarla a bolsa, y obtener así el beneficio atípico necesario para poder pagar el dividendo que quiero.

Eso era Gescam. Pero si el invento no sale, y tenemos ya contabilizado ese beneficio atípico, es necesario encontrar a alguien, en este caso Pedro Pueyo, que pueda comprar los activos de esa sociedad por una cantidad determinada. Si ese alguien no puede pagar, se le otorga un crédito en condiciones muy favorables. Si tampoco puede devolver el crédito, se le alquilan los inmuebles a un precio superior al de mercado para que pueda pagar los intereses. Y para resolver de paso las urgencias de la autocartera, se le invita a quedarse con un paquete de acciones de Banesto y a cambio Banesto toma una parte del capital de Oasis, el grupo de Pueyo. A corto plazo, el banco solventa varios problemas de una tacada. A medio, Dios dirá. En definitiva, se están dilatando los problemas en el tiempo, pero los problemas acabarán reventando.

Durante la tradicional copa de Navidad, Mario se dedica a

comentar por los corrillos la buena nueva de que Banesto controla ya la mayoría del capital del banco portugués Totta & Açores [5]. Por Madrid han pasado Leitao, Roquette, y sus socios portugueses para proceder a la firma de los correspondientes acuerdos. Ya somos los socios mayoritarios del Totta, anuncia Mario a su gente, nos ha costado lo suyo, pero la necesidad que tenían de dinero y el convencimiento de que unos particulares jamás podrán pelear contra una organización como Banesto, ha resultado determinante en esta entrega, de la que obtienen además una plusvalía nada despreciable por sus acciones.

El acuerdo es importante para Banesto, porque le permite consolidar [6] el Totta, mejorando notablemente la cuenta de resultados del Grupo Banesto. Hasta el momento, el banco tenía que soportar el coste de la inversión sin obtener ningún beneficio a cambio.

Ha sido un bonito regalo de Navidad, todo el consejo lo celebra, y Mario el primero, me alegro especialmente por Belloso, que ha perseguido este asunto como un perro de presa. Al final hemos triunfado, pero ahora queda por ver la reacción de las autoridades portuguesas, que siguen manteniendo posiciones muy chovinistas sobre la toma de control de bancos portugueses por parte de extranjeros. A la chita callando, hemos concluido la operación multinacional más importante que la banca española ha hecho en toda su historia.

Con Gescam bajo el brazo y casi 5.000 millones procedentes de la venta del Banc Catalá al San Paolo de Turín, Banesto contabiliza en el 91 unos beneficios cercanos a los 52.000 millones de pesetas, frente a los 53.000 millones del año anterior.

---

[5] La compra de la mayoría del capital social del Banco Totta & Açores se había realizado a través de las sociedades Valores Ibéricos S.A., Longrow Investment Ltd. y Grupo Roquette, entre otras, utilizadas como instrumentales. Banesto prestó financiación a esas sociedades para la adquisición de sus participaciones en el Totta, en concreto 5.537 millones de pesetas a Valores Ibéricos, 41.868 millones a Longrow y 1.477 millones a Roquette. Esa financiación suponía para Banesto una penalización en cuanto al consumo de recursos propios se refiere de 46.906 millones de pesetas.

[6] La consolidación por puesta en equivalencia del Totta & Açores permite a Banesto apuntar en su cuenta de resultados la parte que le corresponde en los beneficios del banco portugués en función de su participación, unos 5.000 millones en el ejercicio 91.

Mario, fuera miserias, ensalza el comportamiento del margen bruto de explotación, que ha pasado de un saldo negativo de 9.150 millones en el año 87 a uno positivo de 35.000 en el 91, y ésa es la evolución de un banco que estaba quebrado, se enfada con sus críticos, en el 87 estaba quebrado, cojones, y que en el 91 ha sacado 35.000 millones de pesetas de beneficio típico, después de dedicar, como grupo financiero Banesto, 80.000 millones de pesetas a provisiones [7].

¿Y los gastos generales? ¿Por qué siguen disparados los gastos generales? Don Mario tiene respuesta para todo, han crecido mucho, sí, han pasado de 22.500 millones en el 87 a 36.000 millones en el 91, pero en el 87 los activos totales de Banesto eran de 2.512.000 millones de pesetas, y en la actualidad ascienden a 5.038.000 millones, es decir, hemos doblado el tamaño del banco, sin que los gastos generales lo hicieran.

Lo mismo ha ocurrido con los gastos de personal, argumenta, que en 1987 eran de 51.000 millones de pesetas, y en el 91 de 72.000 millones. Luego, los aumentos de productividad han sido muy altos. Tenemos un banco que ha doblado su tamaño con respecto al de hace cuatro años, con apenas trescientas personas más en nómina.

Y éste ha sido un año conflictivo, en el que el teleproceso ha convivido con el viejo sistema, lo que permite augurar que con un solo sistema operativo, en el 92 se producirá un nuevo y notable aumento de la productividad. Se trata de sacar provecho a las grandes inversiones efectuadas en informática. Ahora hay 250 personas en el departamento de Desarrollo de Sistemas, cuando en 1987 no había nadie.

Mario sólo admite un problema en Banesto, el de la Corporación, reflejo del estado actual de la economía española; este año pretende dar por separado las cuentas del Grupo Financiero y de la Corporación, ¿le dejarán?, para que se sepa quién es quién, las minusvalías de la Corporación le van a obligar a provisionar una cifra cercana a los 22.000 millones de pesetas, rabia, porque, de no ser por la Corporación, asegura, nos salíamos del mapa, nos salíamos.

---

[7] La morosidad es el gran problema de la banca. Las cifras oficiales hablan de una morosidad del 3,3 por ciento sobre activos totales en banca, frente al 4 por ciento de las cajas, de ahorro, pero nadie se cree esas cifras y todo el mundo sospecha que la realidad dobla por lo menos esos porcentajes.

El peregrinaje de don Mario por los distintos negocios de la Corporación es tétrico: Asturiana no está bien; Acerinox va a dar un bajón notable; el cemento ha caído, como la construcción, así que tendremos que seguir vendiendo empresas para invertir en otras cosas.

Es el *leitmotiv* de su discurso en la ENA de París, enero del 92, la banca española es la más rentable del mundo, cierto, pero eso ha sido muy fácil con unos tipos de interés como los que hemos tenido en España, y si yo cogiera los 20.000 millones de francos que Banesto tiene enterrados en la Corporación y los pusiera a trabajar en el interbancario, podría conseguir unos beneficios de 50.000 millones de pesetas simplemente estando cruzado de brazos, pero eso es molicie, eso no crea riqueza ni puestos de trabajo, eso significaría la muerte de la industria en España, y los *enarcas*, puestos en pie, le dedicaron una cerrada ovación, olé por el nuevo tipo de *entrepeneur* español...

El gran Mario ha colocado al Grupo Banesto con una cifra de activo total de casi 6,9 billones de pesetas, es decir, Banesto le pisa los talones al BBV, 8 billones, y sin el recurso de una fusión, él solito, don Mario está orgulloso, ese era su reto, crecer por encima de todo [8], el BBV a tiro de piedra, sin darse cuenta de que en el pecado del crecimiento indiscriminado lleva la penitencia.

El amo de Banesto cree que la acogida dispensada por la prensa a las cuentas del 91 ha sido excelente, han sorprendido a mucha gente que estaba siendo víctima de la intoxicación, los propaladores de rumores se han llevado un chasco, dice, porque este año, tras la consolidación del Totta & Açores, los resultados han sido extraordinarios, incluso *El País* se ha dado cuenta, se nota ya el pacto con Jesús Polanco después de las vacaciones en Tenerife, y todo ello, cree el banquero, ha generado un efecto multiplicador de mis palabras en el Congreso de la CEOE, estando todavía próximos los ecos de mi visita al Vaticano. El fantasma de la política volvía a aparecer de nuevo.

Su objetivo irrenunciable es alcanzar al BBV. ¿Cómo? Absorbiendo algún banco mediano, los tiros siguen dirigidos al Guipuz-

[8] A primeros del 92, el diario económico *Financial Times* aseguraba que Banesto había proseguido con el crecimiento del activo en función de préstamos extraordinariamente agresivos: «El año pasado los prestamos de Banesto crecieron un 50 por ciento más que el resto del sector. Esta situación podría estallar si los deudores morosos se dispararan.»

coano y al Atlántico, pero Aguirre González sigue pidiendo montes y morenas por su banco, ya irá bajando cuando la situación se torne apurada, piensa el gallego.

En el verano del 91, Enrique Lasarte y José Félix Pérez-Orive se habían encontrado en Biarritz. No se veían desde los tiempos en que ambos trabajaron juntos como máximos responsables del proyecto de Antibióticos en Nueva Delhi, India. Cuando, a las pocas semanas, se sentaron a almorzar en El Bodegón madrileño, las cosas estaban claras. Pérez-Orive, buen amigo de José María Aguirre González, había propiciado la entrada amistosa del grupo gallego Fernández (Zeltia, Pescanova) en el Banco Guipuzcoano, precisamente la entidad en la que Enrique Lasarte, presidente del Banco de Vitoria, había puesto sus ojos y los de Mario Conde.

Lasarte pide a Pérez-Orive que haga de hombre bueno para forzar la entrada del Vitoria en el Guipuzcoano, donde ya tenía el 8 por ciento. Están dispuestos a que la entidad resultante siga llamándose Banco Guipuzcoano, pero quieren la presidencia. A cambio, están dispuestos a ofrecer a Aguirre un sillón en el consejo de Banesto. Pérez-Orive cree que el asunto no funcionará.

—José María conoce a Mario y no tiene precisamente buenos recuerdos de él. No creo que acepte ni la vicepresidencia de Banesto.

Mientras Lasarte relataba a Conde en Alcalá 14 los pormenores del almuerzo, Aguirre González entraba en el despacho de Pérez-Orive en la calle Recoletos.

—José María, va a empezar el acoso. Me han pedido que me encargue de la operación y les he visto muy decididos.

—Y tú que les conoces bien, ¿qué crees que van a hacer?

—No lo sé, pero pienso que una OPA sería su último cartucho. Por eso creo que necesitas ganar tiempo y dejarte querer, hasta llegar a tu junta general y cambiar los estatutos. Ah, y de paso buscarte un «caballero blanco», por si acaso.

—¿Has pensado en alguien?

—En un banco pequeño, de tu tamaño, con quien puedas entenderte bien. Por ejemplo, el Sabadell.

A la semana siguiente, Conde ofrecía a Aguirre González la vicepresidencia de Banesto, mientras el del Guipuzcoano aceptaba sentarse a negociar la fusión con el Banco de Vitoria. Una táctica dilatoria hasta la llegada de la junta general, en la que se introdujeron los cambios de estatutos necesarios para blindar la entidad del acoso de visitantes indeseados.

No importa, otro vendrá. A finales de enero del 92, en plena luna de miel con Mariano Rubio a cuenta del asunto Ibercorp, el Banco Popular se pone a tiro, ¡oh sorpresa!, Luis Valls lleva algunas semanas haciendo declaraciones en medios de comunicación, que si Mario sería un buen político, que la banca es aburrida y cosas por el estilo; sospechaba el gallego que tales loas no eran gratuitas, sino dirigidas a alguna finalidad concreta.

Tardó poco en saberlo. Antonio Navalón acudió a visitarle, he tenido una conversación con Luis y me ha dicho que podríais hablar, y a Mario casi le da algo, rápidamente hace su diagnóstico, el Popular es un banco rentable porque, entre otras cosas, tiene mucho dinero acumulado, fruto de una política de dividendos muy conservadora en los años buenos de la banca.

Ha renunciado a toda actividad en el mercado de capitales y banca corporativa, y apenas tiene presencia internacional, para concentrarse en el mercado doméstico de forma exclusiva. Con el nivel de capitalización que tiene, la máquina puede funcionar bastante tiempo, pero es evidente que desde el punto de vista estrictamente bancario el modelo elegido es corto, y poco a poco se irá deteriorando.

Pero Valls tiene dos motivos de preocupación. Por un lado, la estructura del capital. Casi un 50 por ciento está en manos extranjeras, generalmente fondos de inversión perfectamente controlados por Luis, pero, ¿lo estarán igual con Javier Valls? La técnica de dispersión del capital tiene sus ventajas y sus inconvenientes, y estos últimos asoman ahora con toda su fuerza.

Por otro, está la propia sucesión de Luis. El Popular es un banco que no tiene futuro, opina el de Banesto, y no por su rentabilidad, sino por el modelo de desarrollo elegido. Valls empezaba a ser consciente del problema, y por eso quiere hablar.

—No creo en las fusiones como forma de ganar cuota de mercado a corto plazo —reflexiona Conde ante Navalón—. Las que se han realizado hasta el momento demuestran que la digestión es un proceso difícil, que se traduce en pérdida de cuota de mercado respecto de las dos entidades fusionadas.

—¿Qué se te ocurre, entonces?

—Habrá que estudiarlo, pero yo llevo tiempo hablando de «banca federada», un conjunto de bancos individuales especializados, con autonomía de gestión, pero incardinados dentro de un grupo que centraliza las funciones de tecnología, recursos humanos, internacional, tesorería, etc.

—Podría ser una fórmula.

—Sí, una fusión a palo seco con el Popular no tendría demasiado sentido, mientras que integrarlo en el grupo Banesto tendría todo el sentido del mundo tanto para Banesto como para el Popular; para Banesto, porque le permitiría incrementar de forma sustancial los recursos propios, y le daría una presencia en el mercado español prácticamente insuperable. Para el Popular, porque podría seguir exactamente con la misma estructura de gestión y filosofía actual. Por supuesto, pactaríamos el futuro de Javier Valls, que es lo que preocupa a Luis.

Antonio transmitió al mayor de los Valls los términos de su conversación con Mario, y recibió formalmente el encargo de empezar a negociar.

No iba a ser fácil. Entre ambos se había establecido una cierta relación de desconfianza, Luis cree que Conde es apenas un diletante en banca, y el gallego desconfía de Luis, se lo ha planteado con claridad a Antonio Navalón, no me fío, me engañó una vez sin ninguna necesidad de hacerlo, quizá un malentendido, Antonio Torrero realizó unas compras de acciones del Popular para sus clientes y debió pensar que nosotros estábamos preparando algo contra él, cuando la verdad es que ni se nos había ocurrido.

—Creo que ha vivido obsesionado por aquel incidente, aunque puede que ahora, forzado por los hechos y la incógnita de su sucesión, se decida a negociar. Merece la pena intentarlo, aunque soy muy escéptico.

¿Está la salvación de Banesto en una fusión? Su presidente lo niega, intenta llevar la tranquilidad a su consejo, si sale lo del Popular, perfecto, pero si no, no pasa nada. Desde el punto de vista financiero lo estamos haciendo bien, aunque se puede mejorar. El esfuerzo de estos años ha sido terrible, lo sé, pero no hay que bajar la guardia. Todos estamos notando el cansancio. Es una mezcla de cansancio físico y moral, resultado de haber tenido que luchar en tantos frentes, haber tenido que rebatir tanta intoxicación como hemos sufrido, pero ahora las cosas están cambiando, aunque el cansancio acumulado es grande.

Tan buenas intenciones no se concretaron durante el año 92. Con un consejero delegado que se consideraba moralmente dimitido desde hacía un año, la tensión competitiva de la entidad tendió a relajarse todavía más.

A la ausencia de dirección se suma la rivalidad, especialmente enconada en casos como el de Juan Belloso y Fernando Garro, que divide a la alta dirección.

El lunes 27 de enero 1992, a primera hora de la mañana, el director general de Servicios, Fernando Garro, y los dos subdirectores de su departamento, José Antonio Junco, Régimen Interior, y Ricardo Larrainzar, Obras e Inmobilizado, acudieron al despacho de Conde en Alcalá 14 para una reunión clandestina que se prolongó durante más de tres horas.

—Que no me moleste nadie —había ordenado Conde a su secretaria.

Unos minutos después de haber iniciado la explicación, a Conde le empezó a cambiar el color.

—¡Floriano, un café!

Pocas veces se había sentido Larrainzar tan tenso como en aquella mañana de enero, los rayos de un sol engañosamente cálido filtrándose a través de las cortinas en aquel opulento despacho con olor a museo grecorromano, Garro desgranando sus explicaciones, y los subdirectores metiendo baza, soltando papeles como losas sobre la mesa. Se trataba de demostrar a Conde que el seguimiento presupuestario y el sistema de pagos que manejaba esa dirección general no coincidía con los datos de la contabilidad oficial que preparaba el consejero delegado y que éste facilitaba al consejo.

—¿Queréis decir que no es cierta la información que me pasan?

—Saca tus conclusiones.

«Me daba la impresión de que me estaba jugando el puesto de trabajo —aseguraba después Larrainzar a un compañero de trabajo—, pero le demostramos que los datos sobre la información contable del banco no se ajustaban a la realidad, y la información que manejaba el consejo no era buena.»

Como consecuencia de esta denuncia, el presidente de Banesto encargó a Boston Consulting Group un estudio para la racionalización y gestión del gasto, lo que dio paso a un sistema de control que hacía depender directamente a Boston del propio Garro, quien a su vez reportaba directamente al presidente.

A partir de ese día, el director general de Servicios no volvió a despachar con el consejero delegado. A renglón seguido, Belloso ordenó una auditoría interna sobre la dirección general de Garro, a quien calificaba abiertamente de «desestabilizador». Así estaban las cosas en Banesto, una nave que hubiera necesitado la más experta tripulación del mundo para haber transitado con éxito por los bajíos de la crisis económica, y que, como en la *Bounty*, se encontraba dividida por los celos y las aspiraciones profesionales.

Rivalidades que tenían el negocio dejado de la mano de Dios. Juan Belloso y Arturo Romaní «se trataban a pedradas dialécticas», según un testigo, aparentemente a cuenta de un problema de definición estratégica fundamental para el futuro de la casa: Belloso opinaba que la Corporación Industrial chupaba la sangre del banco y lo conducía al desastre, y Romaní replicaba que era el banco quien vivía de la Corporación Industrial.

Belloso era un hombre condenado a enfrentarse al «núcleo duro» de amigos de Mario Conde. El resultado es que el banco navegó durante el 92, un año que resultó clave para su suerte, sin dirección. Sólo una vez en sus casi cinco años de responsable del área bancaria (los dos primeros como director general y luego como consejero delegado), reunió a los directores generales en su despacho, y fue prácticamente recién llegado. No volvió a repetirlo.

La forma en que se concedían los créditos en Banesto era cosa digna de verse. De acuerdo con el sistema de comisiones oficialmente implantado por Conde en abril del 88, había comisiones de zona (hasta 230), en las que se veían las operaciones de crédito solicitadas en cada sucursal. Cuando la cuantía excedía los 25 millones de pesetas, pasaban a un comité regional (hasta 23) que aprobaba las operaciones hasta 150 millones. Las que sobrepasaban esa cifra eran analizadas por la comisión central de operaciones, que se reunía en la sede de Pinar de Chamartín todos los lunes a las diez de la mañana, y que veía las peticiones de hasta 500 millones de pesetas. Por encima de esa cantidad, la jurisdicción pasaba a la comisión ejecutiva que presidía Conde, y que se reunía todos los martes.

La representación de los lunes en el Pinar, calle Mesena 80, comenzaba a las nueve de la mañana, con una reunión del comité de tesorería que solía durar una hora. A las diez, dicho comité se ampliaba con la llegada de todos los directores regionales, kilos de fotocopias repartidos en el acto entre los asistentes, sin tiempo material para analizar nada, con la gente de pie o mal sentada hasta en tres filas de sillas, a veces con las puertas abiertas y con personas en los pasillos, «aquello parecía el fondo sur del Bernabéu», llegaron a juntarse hasta sesenta directores, y a la voz de «¡ar!», cada regional o quien venía en su representación planteaba sus operaciones, a menudo transadas días o minutos antes en plan gitano, si tú te opones a esta mía, yo me opondré a la tuya, sin orden ni concierto, aprobando al final las cosas al modo asambleario. Un puro dislate.

Con todo, no puede afirmarse que Belloso fracasara. Quien fracasó fue Conde, quien se equivocó fue Conde, porque estaba claro que Belloso no iba a servir como pieza de engarce entre Banesto y el Gobierno socialista, no iba a poder cumplir la función para la que fue fichado, y de hecho no juega ningún papel a la hora de lograr las exenciones fiscales a la Corporación, no tiene canales de acceso a Carlos Solchaga, es un miembro periférico del PSOE, un militante de segundo nivel sin entrada a Moncloa ni al Ministerio de Economía y Hacienda.

También aportó sus cosas buenas. Entre otras, su capacidad para convertirse en valladar frente a aquellos que, en nombre del Partido Socialista, solían recorrer los despachos de la banca a la caza de comisiones, gracias a lo cual Banesto pudo mantenerse al margen de las «Filesas» de turno.

Bien, mal o regular, Juan Belloso, un hombre honrado, más anarquista que socialista, hizo su trabajo, lo que muchos no se atreverían a afirmar en el caso de Arturo Romaní (Romaní o el secreto de la Esfinge), primer responsable de la Corporación Industrial y Financiera de Banesto. Claro que entre ambos había una diferencia fundamental, y es que el segundo era un *copain*, un íntimo, un compañero de aventuras, desventuras y algunos negocios de Mario.

¿Por qué mantiene Conde a Belloso durante cinco largos y trascendentales años como consejero delegado de Banesto? Este es uno de los misterios que el gallego no desvela, una apuesta reiterada en la que se jugó el Banco Español de Crédito.

El 92 resultó un año prácticamente perdido desde el punto de vista de la gestión. Entre Ibercorp y otros pesares, Conde tenía suficiente con salvar la piel al frente de la institución. En el mes de enero, José Manuel Zugaza sustituyó a Martín Rivas al frente de la red, y a partir de entonces se congeló prácticamente el crecimiento del activo, la inversión se frenó en seco, aunque el mal ya estaba hecho.

En el mes de marzo, los inspectores del Banco de España

volvieron a Banesto, aunque quizá convendría decir que no se fueron nunca desde que Mario Conde llegó a la presidencia. El banco no cumplía el coeficiente de recursos propios, el eterno caballo de batalla, y además la inspección quería discutirle los resultados atípicos obtenidos gracias a la operación Gescam.

En realidad Banesto estaba incubando el mal que le llevaría al desastre un día de diciembre del 93. Un mal que tiene tres orígenes: el crédito pequeño, las grandes operaciones, y la cartera de valores [9].

La salida de Rubio del Banco de España y su sustitución por Rojo supuso para Banesto un motivo de alegría. A finales de

---

[9] 1) El crédito pequeño se formó en los años de alegría prestamista del 89, 90 y 91, con Martín Rivas como responsable de la red. La concesión de créditos por debajo de los 25 millones de pesetas estuvo sumida en el mayor descontrol hasta que Zugaza, a mediados del 92, colocó a Fernando Martín, que procedía de auditoría, como segundo suyo con el cargo de subdirector general de Riesgos.

Pero cuando Fernando Martín logró montar su sistema efectivo de control de riesgos, la avería ya estaba consumada. La vida de Martín no era envidiable. Con cierto gusto por el rigor, inculcado en su época de trabajo en Arthur Andersen, sostenía una verdadera pugna diaria entre la obligación y el miedo a entrar en el despacho de Belloso a contarle la mala nueva, don Juan, que tenemos un agujero de tanto, y Juan que no quería saber nada, prefería no ver la cara del portador de las malas noticias, mejor no oírlo o hacer como el avestruz.

Se estaba recogiendo la cosecha de morosos y fallidos del sistema implantado por Belloso y su segundo en la línea de mando, Martín Rivas, con pleno consentimiento de Conde, que basculaba sobre la inexistencia de un eficaz control de riesgos y una liberalidad absoluta que dejaba en manos de personal poco preparado la concesión de los créditos.

El problema se agravó durante el 90 y el 91 a cuenta de la práctica, muy extendida en banca, del *roll-over*, consistente en renovar principal e intereses al vencimiento del crédito como si éste fuera de nueva concesión, lo cual tiene el efecto de retrasar el problema, aunque en realidad lo único que hace es engordarlo.

2) Las grandes operaciones. En este punto, casi todas las fuentes coinciden en señalar la responsabilidad de Javier Abad, que había llegado del Aresbank de la mano de un *head hunter,* tras una breve estancia en el Banco de Vizcaya. La de Abad es una situación aplicable a toda una serie de gestores cuyo nivel de responsabilidad rebasa con mucho sus capacidades y su conocimiento del negocio.

«Abad es un tío muy lanzado —asegura un ejecutivo que sigue en Banesto— y si un día haces una pifia y nadie te llama la atención, al final terminas por hacer absolutamente lo que te da la gana.»

En este apartado entran las increíbles historias de Oasis, Holding Uno, Dorna, etc., aventuras que en su mayoría tienen su origen en la presión de la autocartera que origina, en el 89, la ruptura de la fusión con el Banco Central, y que hay que colocar. Una de las cosas que más llamó la atención de Sáenz a su llegada a Banesto octubre, Conde mantuvo una larga conversación con el nuevo gobernador, que pareció marcar un cambio de rumbo en las relaciones entre el banco y la autoridad monetaria.

Una reunión a corazón abierto, imposible imaginar algo semejante con Rubio, yo quería sincerarme, necesitaba confesarme al hombre que encarnaba una autoridad que tanto me había machacado, quise recordarle la situación en que recibí el banco y la que teníamos ahora, y Rojo reconoció el esfuerzo, me animó, quiero que sepas que no tengo ninguna duda, dijo, acerca de la viabilidad de Banesto, y que sepas también que para el Banco de España lo conveniente es que Banesto vaya bien, y por lo tanto estoy dispuesto a ayudarte.

—El problema es el peso de la Corporación Industrial en una situación de crisis como la actual, que os obliga a vender empresas para trasladar la liquidez al banco.

Yo le conté mi idea de lo que quise, casi soñé, un día que fuera la Corporación, un diseño que lamentablemente frustró la Guerra del Golfo. Sigo creyendo que fue una magnífica iniciativa y que tuvo una justificación clarísima. Siempre pensé que era necesario reducir el peso de renta variable en el balance del banco, y transformar los recursos en líquidos, pero sin perder el control de las empresas, lo que sólo se podía hacer mediante la creación de una Corporación Industrial y la venta de parte de las acciones.

Ahora Rojo tenía razón, no nos quedaba más remedio que vender, y además hacerlo rápido, en un contexto muy difícil para la economía española.

—Pero, gobernador, que te quede claro que esto es un error en términos de país, y que no entiendo la alegría de este Gobierno ante el proceso de desindustrialización que se está produciendo en España, me parece una locura...

—Sí, sí, pero las cosas son como son, Mario, y tú tienes necesidad inexcusable de vender.

---

fue el exagerado montante de algunos riesgos, proporcionalmente muy superiores al tamaño del banco, compendio de todo un catálogo de megalomanías, vanidades, y obsesiones.

3) La cartera de valores, y las minusvalías ocasionadas en ella por la crisis económica. ¿Habría que haber llevado otra política industrial, haber vendido antes las empresas, aunque hubiera sido con pérdidas? Juan Belloso participaba de la opinión de que era más rentable vender con pérdidas, caso de Sniace, que seguir metiendo dinero en un pozo sin fondo, pero esta era una decisión estratégica que correspondía exclusivamente a Conde.

No le quise mencionar el desgaste que esa política de ventas va a suponer para mí, porque serán muchos, empezando por el canalla de Solchaga, los que digan que estoy vendiendo el patrimonio del banco para subsanar la mala gestión de Banesto, cuando me están obligando a hacerlo, me penalizan los recursos propios, me hacen provisionar las minusvalías producidas en bolsa, como si la cartera industrial de un banco fuera algo especulativo, el caso es que esa idea cala, Mario está vendiendo el patrimonio del banco, dicen por ahí, algo que a Arturo le afecta mucho, hasta el extremo de que le he visto más deprimido que nunca.

En septiembre se habían iniciado conversaciones entre Belloso, José Pérez, Arturo Romaní y Miguel Martín, con el propósito de alcanzar un acuerdo sobre la situación del Banco, y la Inspección ya había adelantado la necesidad de dotaciones extraordinarias por una cuantía importante. Yo le razoné al gobernador que estábamos ante un problema estrictamente formal, porque no existen problemas de fondo, y él lo reconoció taxativamente en cuanto al fondo de pensiones y a las diferencias activas de consolidación.

Estas diferencias no le preocupaban, puesto que íbamos a empezar a vender empresas y ya se vería si efectivamente existían pérdidas o no. En cuanto a la actualización del fondo de pensiones, estaba dispuesto a concedernos varios años para cubrirlo, y un plazo de dos años para terminar de dotar los créditos dudosos. El cambio de actitud hacia nosotros era tan radical, que yo no daba crédito a lo que estaba oyendo.

—¡Pero tú sabes, Angel, que el motivo del expediente que Mariano pretendió abrirme después del estallido del escándalo Ibercorp se basaba precisamente en eso, en un déficit de recursos propios derivado de las diferencias activas de consolidación...!

—Lo sé, lo sé, pero vamos a mirar adelante, te repito que yo no tengo ninguna duda sobre la capacidad del banco para sobrevivir en el futuro.

Yo me preguntaba cómo era posible que se hubiera sometido a una institución a la tortura de los últimos seis meses, para al final acabar aceptando que se trataba de un problema estrictamente formal.

He pasado en las últimas semanas los peores días de mi vida. La tensión llegó a alterarme emocionalmente hasta el extremo de que pensé en dejar el banco. Por eso esta entrevista ha sido muy importante para mí. Rojo no alberga dudas sobre el futuro de

Banesto, y eso es algo que yo he sabido siempre, aunque con tanta tensión a veces llega uno a dudarlo.

Ahora nos queda iniciar una nueva etapa. Juan Belloso decididamente se va, y creo que es bueno que se vaya, porque lleva tiempo instalado en su abandono de la consejería delegada. Son muchos los proyectos que es necesario poner en marcha y necesitamos una mano firme; creo que Enrique Lasarte es un hombre lleno de sentido común y puede hacer un buen trabajo. Queda por ver cómo lo acepta el consejo.

Lo he hablado con el gobernador, voy a cambiar a Juan Belloso, Juan va a dimitir y voy a nombrar a Enrique Lasarte para sustituirle.

—Te diré que Juan Belloso es un profesional que está bien visto en esta casa, y el sustituto que me dices no tiene experiencia bancaria, en fin, piénsatelo.

—Hombre, gobernador, es presidente del Banco de Vitoria, y además, ¿qué es eso de la experiencia bancaria? De lo que se trata es de administrar bien, de tener buenos equipos, buenos directores generales y llevar las cosas con orden.

—Pero, hombre, Mario ¿por qué no coges a una persona de más nombre, con otro perfil, no te das cuenta de que el mercado te lo agradecería?

—Mira, yo estoy convencido de que Enrique Lasarte es el hombre adecuado, y no puedo decirte más por el momento.

Algo había cambiado muy profundamente en nuestras relaciones con el Banco de España.

El único peligro que veo en el horizonte es la posición de Martín. Nunca me fié de Miguel Martín y no sé por qué. Tiene algo que me hace desconfiar, y de hecho nunca he sabido exactamente dónde estaba, aunque lo más seguro es que decidiera cambiar de bando en primavera para asegurarse el nombramiento de subgobernador, cuando vio que el ataque era frontal y pensó que Solchaga iba por fin a ganar la partida,

Luego decidieron no dar el golpe definitivo, o no pudieron, y Martín comenzó a encontrarse en una posición incómoda con nosotros y con el resto de compañeros del Banco de España: había hablado tanto y tan mal de Banesto que le resultaba muy difícil dar una explicación coherente.

Por lo que sea no es amigo de Banesto. Hoy no goza de la confianza del gobernador y todo el mundo sabe que es un submarino de Solchaga. El mismo se lo ha dicho a Arturo con estas palabras: «Yo me debo a Carlos Solchaga, que es quien me ha nombrado.» Presiento que hasta que no cambie el navarro vamos a vivir con él momentos difíciles.

El gallego no tendría necesidad de esperar mucho para conocer las intenciones de Martín, un hombre empeñado no en perseguir a Mario, como pensaba Mario, sino en obligar a Mario a decir la verdad, a aceptar la verdad de Banesto y comprometerse a adoptar las medidas correctoras necesarias.

El subgobernador no controlaba ya oficialmente los servicios de inspección, pero ejercía sobre ellos un patronazgo indiscutible, a lo que se unía su obsesión por la salud de Banesto. El hecho es que mientras Rojo dedicaba buenas palabras a Conde, el subgobernador exigía mano dura, aprieta las tuercas, Angel, Banesto tiene que sanear, tiene que sanear, este tío tiene que cantar la gallina y reconocer que está mal.

Mario había propuesto al Banco de España la fusión de Banesto con el Banco de Madrid, para obtener las plusvalías correspondientes y aplicarlas a la corrección de los saneamientos pendientes, pero Martín dice que ni hablar, eso no es aceptable, porque el problema de Banesto no es formal, ni de artificios contables, sino algo mucho más serio que exige soluciones reales.

—La negativa a aceptar la solución del Banco de Madrid revela el interés del Banco de España por explicitar a Conde la situación del banco y no enmascararla —asegura el propio Martín—. Lo contrario hubiera sido aceptar esa fusión y taparlo todo con las plusvalías generadas.

El Banco de España había encontrado un inesperado aliado en la carta que Juan Belloso digirió a *El País* a mediados de noviembre.

—De pronto nos dimos cuenta de que el cuadro que pintaba Belloso de la situación de Banesto era mucho más crudo del que revelaba la propia auditoría, ¡vaya!, éstos están peor de lo que pensamos, y lo dice el propio consejero delegado...

Belloso había realizado, en efecto, un llamativo ejercicio de *strip-tease* desde el punto de vista de la competencia bancaria, un ejercicio nada usual en el consejero delegado de un banco, pero tampoco había revelado nada que no supiera el Banco de España, el propio Banesto y los chicos de la Inspección.

Pero Martín se lanza como un halcón, insistiendo ante Rojo y Pérez:

—La palabra es transparencia, nada más que transparencia, tiene que decir la verdad de una vez por todas.

Finalmente, las negociaciones entre las partes culminaron el 23 de noviembre, fecha en que el Banco de España oficialmente «lee la cartilla» a Banesto con un escrito [10] en el que detalla la situación del banco tras la visita de los inspectores y plantea las medidas pertinentes a adoptar por la entidad.

El aspecto más descollante de esa carta es que 120.199 millones de pesetas de la cartera de créditos tenían que ser reclasificados como de dudoso cobro, cifra que exigía una dotación para el fondo de provisión de insolvencias de 52.898 millones de pesetas.

El Banco de España no exigía, sin embargo, dotación alguna para el fondo de fluctuación de valores, a pesar de que la situación bursátil era ya calamitosa.

En cuanto al fondo de pensiones, el banco emisor denuncia un déficit de 38.265 millones de pesetas, de los que 36.996 son imputables a la aplicación de nuevos criterios de cálculo recogidos en la circular 4/1991.

Ramiro Núñez había discutido el problema del fondo de pensiones de Banesto en más de una ocasión con su amigo Miguel Martín.

—¿Que tenemos una parte del fondo de pensiones sin cubrir? —se pregunta Núñez ante Martín un día.

—Eso es.

---

[10] El apartado «A» (Riesgos crediticios) del punto 1 (Relativas a la calidad de los activos y contingencias no cubiertas), señala textualmente: «Del análisis realizado por los inspectores para determinar la calidad de los riesgos crediticios a 30 de junio de 1992, resultó que riesgos incluidos como inversión corriente, por un importe de 120.199 millones de pesetas, deberían ser reclasificados como dudosos.

»El defecto del fondo específico de provisión de insolvencias estimado para aquellos riesgos ascendía a 52.898 millones de pesetas. Además, a los riesgos del grupo Oasis, ante la falta de documentación adecuada, se les debe aplicar una cobertura del 10 por ciento, lo que supone unos fondos de insolvencias adicionales de 1.986 millones de pesetas.

»En consecuencia, se hace necesario reclasificar a dudosos aquellos riesgos y constituir los fondos de insolvencias mencionados. Asimismo, deberán proceder de forma inmediata a la implantación de una aplicación informática para el tratamiento de los activos dudosos y adoptar las medidas necesarias que garanticen en lo sucesivo una adecuada clasificación, seguimiento y cobertura de sus riesgos, de acuerdo con lo establecido en la circular del Banco de España n.º 4/1991 de 14 de junio.»

—Sí, lo reconozco, pero ¿cómo lo han cubierto los otros? Con plusvalías de fusión, ¿no es así?

—Con lo que quieras, Ramiro, pero el caso es que lo han cubierto.

—Pero, vamos a ver, ¿es que en el patrimonio de Banesto no hay plusvalías suficientes para cubrir ese fondo?

—Las hay, pero no las habéis aflorado.

—¡Pero entonces reconocerás que estamos hablando de un problema formal, no de un problema de fondo!

Los ajustes enumerados por el banco emisor reducían los resultados consolidados a 30 de junio del 92 en 10.517 millones de pesetas, existiendo además otra serie de ajustes que minoraban tales resultados en otros 5.150 millones adicionales.

Al final de su escrito, el Banco de España concedía a Banesto de plazo hasta el 31 de diciembre de 1994 para realizar las dotaciones al fondo de insolvencias, y de ocho años máximo para las dotaciones al fondo de pensiones.

La autoridad monetaria, sin embargo, ajustaba las clavijas a Banesto al final de su carta [11], firmada por José Pérez Fernández, obligándole a aceptar el plan de saneamiento con el calendario descrito, y a reducir el dividendo al 50 por ciento de los beneficios declarados. De hecho Banesto cierra el 92 con una cifra de beneficios similar a la contabilizada en el tercer trimestre.

Para el Banco de España, el episodio, una rectificación de los números de la propia entidad, supone un aldabonazo muy fuerte ante la comunidad financiera. Es un aviso oficial a Banesto por parte del Banco de España. «No queríamos revelar al mercado una situación que hubiera supuesto el hundimiento del banco, pero había que avisarle con toda seriedad y así se hace.»

---

[11] El escrito terminaba diciendo que «adicionalmente, el Banco de España considera que, en cualquier caso, el Banco Español de Crédito debe de adoptar las siguientes medidas:

»a) El resultado contable a 31 de diciembre de 1992 no debería exceder de 25.000 millones de pesetas, de modo que, los beneficios extraordinarios por desinversión de activos realizados tras la recepción de este escrito deberán dedicarse primordialmente a cubrir el déficit de dotaciones señalado.

»b) Mientras subsistan las deficiencias de cobertura antes aludidas o el Grupo Banesto tenga insuficiencia de recursos propios, el dividendo a pagar nunca será mayor del 50 por ciento de los beneficios netos.»

Mario Conde, en una larga carta de fecha 30 de noviembre [12], comentaba pormenorizadamente el escrito del banco emisor y enumeraba una serie de discrepancias con las valoraciones y conclusiones de la Inspección.

A Mario Conde le contesta José Pérez en carta [13] del 11 de diciembre del 92, donde reitera las decisiones adoptadas por el banco emisor en cuanto a reclasificación de riesgos dudosos, y le conmina a cumplirlas, al tiempo que «lamenta no poder aceptar» las medidas adicionales sugeridas por el banquero gallego.

En pleno cuerpo a cuerpo con la Inspección, a Conde le cae otra mala noticia: la operación J. P. Morgan no va a salir, Mario se desespera, Roberto Mendoza se está mostrando como un tipo inseguro y lleno de dudas, no deja de decirme que no entiende qué hago yo en la banca cuando podría llegar a ser presidente del Gobierno, y eso además sería muy bueno para España, no le comprendo, porque a pesar de los estudios y análisis que han hecho sobre Banesto, con un resultado muy favorable para nosotros, Roberto sigue instalado en la duda sistemática, sin llegar a comprender los motivos últimos que mueven mis decisiones.

Noviembre resultó un mes especialmente duro, no sólo por culpa de las huestes del funcionario Pérez, sino, fundamentalmente, a cuenta de la sustitución de Belloso, un proceso complejo y difícil, lo habíamos tratado en varias ocasiones de forma breve,

---

[12] El presidente de Banesto afirmaba que «los riesgos que consideran deberían ser reclasificados como dudosos han sido comentados en detalle reiteradas veces con el equipo de inspección de ese Banco de España. En muchos de los casos se aportó documentación adicional aclaratoria que considerábamos suficiente para soportar la solvencia de los clientes y la recuperabilidad de las operaciones, pero que observamos no ha sido considerada. No obstante, esperamos que a lo largo del plazo que nos han concedido, hasta el 31 de diciembre de 1994...

»El déficit del fondo de pensiones comentado en su comunicado de 36.996 millones, se vería reducido de forma muy significativa, a 15.692 millones según nuestros cálculos, en el caso de utilizar unas hipótesis que, en nuestra opinión, se adaptan mejor a la situación económica actual: tablas de mortalidad del 80 y un tipo de interés de actualización del 12 por ciento los diez primeros años y del 6 por ciento en adelante...»

[13] El nuevo escrito de Pérez señala que «procede mantener la necesidad de reclasificar como dudosos riesgos por un importe de 120.199 millones de pesetas, según lo dispuesto en la norma décima, A, de la circular 4/1991.

»Los intereses de estas operaciones, al igual que los correspondientes a todas las operaciones de cobro dudoso, no podrán registrarse como productos en tanto no se cobren, según dispone la norma...»

Juan empezó a decirme en febrero del 91 que quería dejar la consejería delegada, y yo no lo tomé en serio, pensé que era fruto del cansancio, pero en el primer trimestre del 92 volvió a la carga y ya no me quedó otra alternativa que pensar en su relevo. La realidad es que, estando negociando un plan de saneamiento con el Banco de España, el cambio en la gestión era una señal obligada a los mercados y al propio Banco de España.

El propio Juan me dio dos nombres de posibles sustitutos, Paulina Beato y Enrique Lasarte. Cualquiera podía hacerlo bien, aunque en las circunstancias actuales de Banesto el nombre de Paulina hubiera significado asumir un riesgo importante, a pesar de que estoy convencido de sus capacidades.

Estando de acuerdo en casi todo, pensé abordar el tema del relevó de Juan en el consejo de Barcelona de julio, pero entonces teníamos problemas con el Interbancario derivados de la actitud extraña de La Caixa, y la sustitución podría haber despertado rumores muy perjudiciales para el banco.

El 30 de octubre se lo anuncié a Rojo. Juan vino a desayunar a casa para ayudarme a diseñar las líneas maestras de la conversación con el gobernador, lo que aproveché para abordar el tema y decirle que no me quedaba más remedio que plantear el problema de su sustitución, a lo que Juan se mostró de acuerdo.

Al volver a Banesto, me preguntó si le había dicho algo. Le contesté que sí, y que incluso le había anticipado el nombre del sustituto. Todo quedó ahí. Durante la semana siguiente mantuve dos conversaciones con Angel Rojo a propósito de la sustitución, hasta que Enrique y yo bajamos a saludarle.

Enrique puede hacerlo bien, bueno, no es que pueda, es que debe hacerlo bien, porque nos jugamos mucho en el envite. Es un tipo tenaz, que sigue los temas y sabe dónde está lo importante. Es, además, un buen administrador que sabe coordinar, y eso es exactamente lo que necesito. Por otro lado, su capacidad de relación con el mundo financiero es totalmente distinta a la de Juan, y eso es muy necesario para Banesto.

He hablado muy en serio con él. No le quiero engañar, vas a tener que dejarte la piel en el empeño, le he dicho, el puesto reclama mucho trabajo, y tu vida va a cambiar dramáticamente. Está dispuesto, porque, a cambio, sabe que su dimensión vital experimenta un cambio cualitativo muy fuerte como consecuencia de este nombramiento.

Pero estaba marcado en las estrellas que el relevo de Juan no iba a ser pacífico. El problema surgió, como siempre, con la prensa. *La Gaceta de los Negocios* se enteró de la noticia y me llamó; yo les dije que era cierta, pero que por favor no la publicaran todavía. Lo mismo ocurrió con el *ABC*. Lamentablemente, el sábado, 14 de noviembre, el diario económico *Cinco Días* destapó el asunto. Agarré un cabreo descomunal, porque no había podido informar al consejo, y me molestaba extraordinariamente que lo supieran por la prensa. Pero ya era inevitable.

Juan Belloso, que se entera de la noticia el mismo sábado, porque se lo cuenta un amigo del banco, está convencido de que es Conde quien la filtra al diario. El consejero delegado quedaba en situación muy desairada. Poco después un miembro del consejo le comunica que el organismo se reunirá el próximo lunes a las ocho y media de la mañana.

Aquel sábado, Mario Conde, en compañía de otros consejeros, se había ido a cazar faisanes a la finca salmantina de Mariano Gómez de Liaño, el abogado personal de Mario, donde les sorprendió la noticia de *Cinco Días*.

Ramiro Núñez, secretario del consejo, tuvo que dejar la escopeta y ponerse a llamar uno por uno a la mayor parte de la plana mayor de Banesto, para explicarles, maldito encargo, que aquello no había sido una filtración del presidente, que Mario lo lamentaba mucho, y algún consejero se encrespó, esto no son formas, así, por los buenas, sin comunicarlo al consejo, es sencillamente una vergüenza.

El propio Mario telefoneó a Belloso desde la finca de Gómez de Liaño, con algunas de las escopetas presentes en la charla.

—¿Has visto lo que nos han hecho, Juan?

—¡Perdona, Mario, querrás decir lo que tú me has hecho a mí!

—Mira, si piensas eso, no tenemos nada más que hablar.

Conde cuelga bruscamente el teléfono, y un silencio sepulcral se extiende por la estancia. A Ramiro Núñez no se le ocurre entonces nada mejor que hacer el siguiente comentario:

—¡Jo, si este caballero supiera lo que opinan de él en el Banco de España!

Y Mario, como picado por un alacrán, se vuelve rojo de ira hacia su amigo, blandiendo amenazador su dedo índice:

—¡No te tolero que en mi presencia hables mal del que todavía es consejero delegado de Banesto!

Los presentes se miran atónitos. Pocas veces habían visto al banquero reaccionar con tanta violencia.

Por la noche, Conde habló con Ricardo Gómez-Acebo para explicarle la situación, y volvió a hacerlo con Belloso para anunciarle la reunión del consejo del lunes. Las cosas no fueron mucho mejor.

—Mira, Mario, no sé si has sido tú o no, pero desde luego el que no ha sido es Juan Belloso, porque no lo sabía.

—¡Te juro que yo no he sido, Juan! ¡Pero si yo he hecho exactamente lo contrario, pedir el favor al *ABC* y a *La Gaceta* para que no lo sacaran!

—Pues habrá sido alguno de entre tu gente. Tú sabrás a quién se lo habías contado.

—Lo sabía yo, Enrique Lasarte y Arturo Romaní. Y también lo sabía el Banco de España.

La noticia de *Cinco Días* estaba dada de forma muy aséptica, pero el hecho de que apareciera antes de que el presidente hubiera hablado con los consejeros, provocaba una sensación de incomodidad general.

El consejo informativo del lunes se inició con los peores augurios. Apenas habían tomado asiento cuando Juan Belloso, visiblemente enfadado, interrumpió a Conde, a punto de tomar la palabra.

—Quiero advertirte, Mario, que sería bueno que antes de dirigirte al consejo habláramos tú y yo, porque podría ocurrir que dijeras cosas con las que yo no esté de acuerdo, y entonces no tendré más remedio que refutarte.

—No tenemos nada que hablar, Juan —replicó Mario alterado—. Nunca he ocultado información al consejo, y no necesito pactar nada contigo. Si no estás de acuerdo con cualquier cosa que diga, ya sabes lo que tienes que hacer: exponer tu opinión con toda libertad, como siempre se ha hecho aquí.

Cuando Mario estaba citando los nombres de aquellos a quienes había puesto al corriente del relevo, Belloso le interrumpió bruscamente:

—¡A mí me haces el favor de descartarme entre los sospechosos, porque yo no sabía ni una palabra de este asunto!

El banquero no tuvo más remedio que reconocer que así era. Fue un momento de suma tensión. La mayoría de los consejeros ya se habían alineado interiormente con el jefe, y recriminaban con la mirada a aquel desesperado que se atrevía a desairarle. Finalmente todo quedó en un amago de tormenta, porque Juan prefirió el silencio a la confrontación.

¿Qué le ocurre a Juan? El banquero trataba de reflexionar aquella noche en el silencio de la almohada, yo creo que ni él mismo lo sabe, es posible que sienta la frustración de no haber conseguido integrarse en la comunidad financiera, quizá porque no lo ha intentado, ¿o se trata de un problema de confusión mental? El es un hombre del PSOE, que ha llegado a decir que tenía dos jefes, Felipe González y Mario Conde, algo inconcebible en el consejero delegado de un gran banco, y conoce al dedillo todo lo que el Gobierno ha hecho contra esta casa, las zancadillas constantes, y sabe también la situación que se está creando en el país... Es muy posible que todo eso le esté produciendo unas tensiones emocionales muy fuertes.

Ya no estaba mentalmente en el banco. La situación se había deteriorado tanto que no sólo los del Boston Consulting, sino todos los directores generales sin excepción me decían que Juan no coordinaba, que no despachaba con ellos, que caminaban por libre, que necesitaban un consejero delegado nuevo...

El relevo se hacía imprescindible, pero lo llamativo es que Juan, que lo había pedido, haya reaccionado de manera tan extraña cuando lo vio en la prensa. No lo entenderé nunca; no sé qué le ocurrió este fin de semana, pero algo debió pasarle para que adoptara una actitud tan hostil.

Juan Belloso chequeó en el Banco de España las explicaciones de Conde. Efectivamente, estaban al corriente de su sustitución, pero eso era todo. No obstante, las relaciones entre ambos se normalizaron con rapidez. Belloso pasó un fin de semana en «Los Carrizos», y ambos se dieron suficientes explicaciones para continuar juntos.

El mundo financiero acogió el nombramiento de Enrique con un escepticismo agravado por el hecho de que Conde había aprovechado la oportunidad para elevar a su íntimo Arturo Romaní a la vicepresidencia ejecutiva del grupo Banesto. Los comentarios de Miguel Martín corrieron por todo Madrid:

—¡Pero bueno, esto es la monda, cómo puede nombrar a ese Lasarte, si eso es ya una colección de amiguetes!

Aquello parecía, efectivamente, un enroque en toda regla. La competencia no duda en afirmar que Mario, que ha desaprovechado una ocasión de oro para enviar al mercado una señal inequívoca de que las cosas iban a cambiar, ha elegido a una buena persona, pero a un gestor mediocre. Con el enemigo llamando a la puerta, el amo de la fortaleza se echaba en brazos de los hombres de su máxima confianza para dirigir la defensa de la muralla, aunque hubo quien opinó que estos cambios revelaban las verdaderas intenciones del líder: dejar sus propiedades en manos de su gente, ante la inminencia de su pase a la política. El rey don Juan Carlos estuvo de acuerdo con Mario:

—¡Nos ha fastidiado, no vas a poner de consejero delegado a un enemigo...!

El banquero aseguraba que el nombramiento de Romaní era imprescindible, puesto que no podía situarlo en una posición de inferioridad jerárquica respecto a Lasarte. El consejo aceptó las novedades en silencio, buenas palabras delante del amo y el sentimiento íntimo de que el gran Mario Conde se iba encerrando cada día más en la Numancia del ramillete de sus fieles. Vicente Figaredo pronunció algunas palabras fuertes, de las que el amo tomó buena nota, mientras Paulina Beato se atrevió a plantear algunas reticencias en torno a la inconveniencia de ese nombramiento simultáneo, fácilmente salvables por la autoridad presidencial.

Un cambio costoso en términos de imagen tanto para Conde como para el propio Banesto. El banquero perdía una oportunidad de oro para imprimir un giro radical en la gestión del banco. No tendría otra. Como el ser humano siempre encuentra excusas para justificar lo que quiere ver justificado, Mario se maravillaba de la repercusión del asunto, que sólo viene a demostrar, aseguraba, la tremenda importancia de todo lo que sucede en torno a Banesto.

Confirmando que el mercado no había acogido bien los nombramientos, Conde hubo de enfrentarse en seguida a lo que llamaba «una campaña», muy desagradable, Lago viene diciendo unas cosas terribles desde la revista *Tribuna,* mientras Antonio Herrero sigue desde la COPE empeñado en su cruzada contra mí, aunque lo más peligroso ha sido un artículo de *Diario 16* en el que se decía que teníamos provisiones pendientes por importe de 100.000 millones.

Me llamó el gobernador alarmado, y pedí a Antonio Asensio el favor de que se ocupara de saber de dónde había salido la noticia. La respuesta llegó unas horas después muy clara:

—De los servicios de inspección del Banco de España.

El editor me facilitó además citas concretas de los nombres de Anselmo Calleja y del propio Mariano Rubio; incluso me dijo que estaba seguro de que Miguel Boyer había intervenido de modo personal en la redacción de la noticia.

Bajé al Banco de España y se lo conté a Angel Rojo. Le costaba creerlo, pero reaccionó enseguida, y delante de mí se ofreció para llamar a algún periodista serio y contarle la verdad.

Eligió a Enric Tintoré, de *La Vanguardia*, a quien delante de Mario explicó con detalle los términos del acuerdo alcanzado entre Banesto y el banco emisor para el saneamiento de algunas partidas del balance. Lo que ni Rojo ni Conde esperaban es que el periodista, sin faltar a la verdad, iba a encabezar al día siguiente su información en *La Vanguardia* con un titular extraordinariamente alarmante para la entidad.

Al día siguiente, 18 de noviembre, *ABC* echaba un capotazo recogiendo unas declaraciones del propio gobernador en el sentido de que Banesto no tenía el menor problema de solvencia, aunque reconociendo que se había acordado un plan de saneamiento a dos años. Con todo ello, Madrid se convirtió de nuevo en una olla a presión de la que salían los más variopintos rumores procedentes del propio Banco de España, Ministerio de Economía y Hacienda, y la amalgama de enemigos tradicionales del gallego, sin olvidar alguno de los grandes bancos.

Conde se vio en la tesitura de hacer algo importante para contrarrestar el efecto perverso de ese estado de opinión. Por fortuna para él, nada menos que J. P. Morgan, que estaba a punto de terminar el informe que durante seis meses había estado realizando sobre la salud y perspectivas de la entidad, iba a venir en su ayuda como caído del cielo.

Se trataba de un estudio realizado por gente de la oficina de Morgan en Londres, en el que se concluía que el Banco Español de Crédito había comprado futuro y el derecho a ser independiente. Un lavado de imagen perfecto, para un banco acosado por culpa de un banquero.

La presentación del informe de Morgan, efectuada por un nervioso Roberto Mendoza llegado expresamente para la ocasión, ante el consejo de Banesto el viernes, 27 de noviembre, estuvo rodeada de gran expectación. La sesión resultó llamativa por la intensidad de las cosas que se dijeron acerca de la situación del banco en 1987. Fue Pérez Escolar quien llevó la batuta:

—¿Qué hubiera ocurrido, señor Mendoza, si no se hubieran

adoptado las medias implementadas por el equipo que se hizo cargo de la entidad a finales del 87?

—Que Banesto habría tenido que venderse, porque no tenía ninguna posibilidad de sobrevivir.

Mario estaba radiante a la finalización del acto, y a la hora de los parabienes trataba de vender humildad, han sido cinco años de esfuerzo tremendo, lo sabéis igual que yo, y comprobar que una institución del prestigio internacional de Morgan viene a reconocerlo siempre es halagador.

Los elogios de Morgan, que costaron a Banesto 2 millones de dólares «por la primera fase del trabajo», parecían sinceros. El propio Mendoza estaba tan convencido de las posibilidades de futuro del banco español que lo recomendaba a sus mejores amigos.

—Si tienes dinero mételo allí. Mi conciencia no me lo permite, pero si yo pudiera invertiría en Banesto.

El informe de Morgan sobre Banesto deja con la boca abierta a mucha gente, entre ellos a los chicos del Banco de España, que llegan a poner en duda su existencia, no hay tal informe, es mentira... Pero resultó que era verdad, y ese informe, contando las maravillas de Banesto, es el testigo de cargo más demoledor contra J. P. Morgan que imaginar se pueda, a la luz de lo que ocurriría después.

A Mario, ese trabajo le da armas dialécticas muy poderosas en su lucha contra el Banco de España.

—¡Si esto lo dice Morgan, no estaremos tan mal...!

Conde había diseñado una operación de venta del producto consistente en una extensa entrevista para el domingo 29 en *El País,* una reseña del informe Morgan en *El País de los Negocios,* un editorial de *ABC* el lunes siguiente y otras informaciones en *Cinco Días* a lo largo de la semana. A ello había que añadir una entrevista concedida por Arturo Romaní a *Expansión,* y otra más del propio Conde a *Tiempo,* que levantó ampollas entre mucha gente.

Un éxito completo. El impacto de mi aparición en *El País* fue muy grande, entrevista dura, porque todos los periodistas que me entrevistan quieren cubrirse, pero Estefanía, y sobre todo Jesús, se portaron muy bien. Lourdes y yo pasamos ese fin de semana en su casa de Valdemorillo, y estuvo personalmente corrigiendo e introduciendo puntualizaciones a la entrevista de su puño y letra delante de mí, y hablando personalmente con Estefanía.

Es increíble lo bien que se ha portado. Lo que más me ha impactado es que Jesús no hace una cosa así si no siente verdadero afecto por la persona en cuestión, es decir, por mí. Cuanto más lo conozco, más me doy cuenta de que en el fondo es un tipo cojonudo, que lucha por sus intereses y que ha tratado de obtener, como todo el mundo, las mayores ventajas de su posición, pero eso es exactamente lo que tiene que hacer.

Tiene, como todos, sus rarezas y sus «a prioris», pero es un tipo humano y cuando consigues entrar en su mundo, lo cual no es fácil, es una persona estupenda, amigo de sus amigos, leal y divertido. Creo que con nosotros se lo pasa cojonudamente y está contento. Le estoy muy agradecido por todo lo que ha hecho por mí en estos días.

También el efecto del editorial de *ABC* fue grande. Mario estaba encantado, creo que la opinión ha cambiado radicalmente en pocos días y probablemente cambiará más, hasta el punto de que la rebaja de calificación de Moody's para la deuda a largo plazo del banco ha pasado casi desapercibida, y cuando baje la calificación al Reino de España, lo cual va a ocurrir indefectiblemente, todavía se comprenderá mejor el esfuerzo desplegado en este banco.

No quería hacerse demasiadas ilusiones. Al pasar la página de este 1992 ingrato sabe que le quedan todavía en Banesto algunos años de travesía del desierto y otras tantas juntas de accionistas inevitablemente complicadas. No queda más remedio que afrontar la situación, porque abandonar el barco ahora sería un error y una traición, se dice, esta obra hay que terminarla y la terminaré, a pesar de todos los enemigos que tengo, a pesar de todas las cabronadas que me hagan, a pesar de todas las dificultades que me vayan saliendo por el camino.

Ha sido el semestre más duro de la vida de Mario Conde, meses y días amargos, atardeceres en los que llegó a pensar en dejarlo todo, me pregunto por qué he tenido que hacerme cargo de un banco que estaba en una situación tan lamentable como la de Banesto; me pregunto por qué no lo he explicado con suficiente claridad a la opinión pública, en general, y a los accionistas y empleados, en particular; me pregunto por qué tanta gente tiene tanto empeño en atacar a Banesto; me pregunto qué estoy haciendo con mi vida... La respuesta no está clara. Porque estaba ahí, porque me ha tocado, porque soy así, porque me gusta, sí, creo que me gusta, aunque también creo que estoy pagando un precio demasiado alto.

CAPITULO DIEZ

LA OBSESION POLITICA FINAL

Roberto Mendoza se extasía por la noche contemplando desde el patio de columnas de «Los Carrizos» el parpadeo de las estrellas sobre las crestas de Sierra Morena, 10 de enero del 93, norte sevillano, y todo parece a punto de caramelo para el anuncio del siglo, ahora sí, la entrada de J. P. Morgan en Banesto está al caer tras meses y meses de tira y afloja, se dice que podría tomar hasta un 10 por ciento del capital del banco, quizá para el 24 de enero, y ése será el conejo histórico que el gran Mario sacará de su chistera para dejar a sus enemigos con tres palmos de narices, la victoria definitiva de Mario, Mario en los altares.

O eso espera Mario, porque ahora mismo no hay más que motivos para la preocupación, esfuerzo doble, aparentar tranquilidad ante los estadounidenses, al mal tiempo buena cara, y jurar ante los ajustes que el Banco de España pretende introducir en las cuentas del 92, interiormente tensionado, aunque, menos mal, acaba de recibir el estudio de J. P. Morgan, francamente bueno para Banesto, diciendo cosas extraordinarias sobre Banesto.

Todo se resume en una frase que el vicepresidente de Morgan deja escapar en la magia nocturna de «Los Carrizos»:

—Mario, no sabía que habías comprado tanto futuro...

—No, Roberto, lo que ocurre es que en vez de dedicarnos a presentar cuentas de resultados brillantes, hemos preferido invertir para tener una plaza garantizada en el futuro.

Sin embargo la campaña de rumores contra Banesto ha continuado durante el fin de año, Conde ya está vacunado, no sabe de dónde vienen, aunque lo intuye, de donde siempre: la inspección del Banco de España conoce la realidad, se la filtra a Carlos Solchaga, y éste la airea con la intención de perjudicar a Conde ante el mercado. Sin olvidar las decenas de cadáveres, algunos ya de finales del 87, que el sedicente líder de la sociedad civil ha ido dejando por el camino en su arrollador avance hacia el Parnaso.

Todo revuelto. El país es una jaula de grillos y don Mario un peligro, nadie sabe si más letal cuando le van bien las cosas o al revés, nadie conoce los mecanismos mentales de este hombre para enredar, pero en estos primeros días del 93 está enredando a mansalva, es la guerra privada de Mario Conde, guerra irracional, dispuesto a esparcir la intriga por doquier en la creencia de que así disimula mejor sus problemas, se libra de la quema, se fortalece. Mario, *le style c'est l'homme*, está participando en todos los rumores, Mario sucumbe a la tentación de «balcanizar» los asuntos españoles, pensando así en reforzar su postura, sin reparar en que en la antigua Yugoslavia nadie gana y todos pierden.

No hay un banquero tranquilo en este principio de año, o eso parece. Amusátegui ha invertido fuerte en Antena 3 TV, y los rumores se han desatado en Madrid, se habla de una entente Conde-Amusátegui, se dice que el antiguo segundo de Boada está fascinado por la puesta en escena de Mario y quiere imitarle, prisionero de don Mario, cautivado por la forma en que Mario utiliza el dinero del banco para comprar protección.

Cenan los matrimonios Amusátegui y Conde en Jockey una noche de enero, y el del BCH se arranca con una confesión vital:

—¡Si yo tuviera la fortuna personal que tú tienes, Mario, aquí iba a estar yo de banquero!

Amusátegui vive obsesionado por la prensa, lo que dice la prensa, siempre cazando brujas, descompuesto, a ver quién dice qué sobre mí y sobre el banco, ha establecido una muy buena relación con Conde, va mucho por «La Salceda», es un hombre solo, demasiada gente ansía su sillón, demasiado apellido ilustre cree contar con más méritos que él para ocupar la presidencia del BCH, así que este abogado del Estado, que tras el gesto campechano esconde un fino instinto de supervivencia, vive rodeado de peligros, delega poco y mal, critican en el banco, deslavazadamente, necesitaría un consejero delegado pero no quiere nombrarlo para no tener un delfín desestabilizador detrás, y tiene el cáncer de Hispamersa, 80.000 millones de créditos morosos en el 93, con una cartera viva de 600.000 millones, y un saldo medio deudor en el interbancario de superior cuantía, una sangría sólo en intereses; a Amusátegui le pisa los talones un Banco de España en el que ya no está Rubio, y es Mario el único que le puede ofrecer la alianza de los marginados, de los perseguidos por el sistema.

Amusátegui está asustado porque el juez Moreiras, el terror de la pradera madrileña, ha trincado a un sobrino en el espinoso asunto del IVA, se trata de una inmobiliaria del grupo Hispano, y Amusátegui, nervioso, ha llamado a Luis Valls para que le presente a gente que pueda ayudarle, ha llamado también a Conde y éste le ha dicho: tranquilo José María, Dios proveerá.

Más traumatizado aún vive el poderoso Botín a cuenta del escándalo de las cesiones de crédito. Todo parado en el banco. «Al Santander le ha estallado el tubo de escape», dicen en el BBV, y todo el mundo da por muerto a Rodrigo Echenique, la cabeza del Bautista, mientras el sector celebra en secreto la «cogida» del santanderino a manos del astado Moreiras de la Audiencia Nacional. Botín tiene cabreados a casi todos porque ha acabado con la vida fácil del banquero en España, ha terminado con el negocio bobo de coger dinero barato con una mano y prestarlo caro con la otra, un tío antipático, dicen, un fanfarrón de barrio siempre dispuesto a quedarse la chica más guapa del baile.

Moreiras ha impuesto a Botín una fianza monstruo, que luego rebaja en un segundo auto mortal de necesidad, donde detalla con tintes demoledores las prácticas de la entidad para captar dinero «B» de sus clientes, una historia dura para la cúpula [1] dirigente de la entidad. El juez de delitos monetarios relata los antecedentes del caso como si fueran hechos probados, inaudito, afianzándolo con el testimonio de cartas cruzadas muy comprometedoras.

—Los del Santander son unos pardillos —ríe Conde—, porque esas cosas nunca se ponen por escrito.

Lo más triste del caso es que el Santander traslada la responsabilidad a los clientes, que a Botín le falta gallardía para afrontar el envite.

—El Santander ha pecado de soberbia —dice Valls—. Ha jugado fuerte y se ha estrellado. Pero en peor situación estaba La Caixa y sus primas únicas, esto no lo va a poder resistir, decíamos todos, y mira cómo pasito a pasito Vilarasau ha ido diluyendo el problema como un azucarillo en un vaso de agua.

[1] El juez Moreiras asegura en su auto que el Banco Santander pagó diversas cantidades de dinero a personas de escaso nivel económico para que desempeñaran el papel de «falsarios», suplantando a los verdaderos titulares de las cesiones de créditos, para que los clientes defraudaran a Hacienda.

Cierto. ¿Qué ha pasado con el escándalo de las primas únicas de La Caixa? Nadie lo sabe pero todos lo intuyen, secreto a voces, Vilarasau es un fiel servidor del Régimen desde los tiempos en que Mariano Rubio quiso hacerle presidente del Banco Hispano Americano, «para qué quiero ser presidente del tercer o cuarto banco del país, si ya lo soy del primero», dicen que dijo a Rubio el de La Caixa, así que no pasa nada, se pastelea, pero el peligro ahora se llama Moreiras, se llama Estevill, se llama Barbero, el de delitos monetarios está en el vórtice del huracán, acaba de dictar una resolución desestimando la querella de los nuevos responsables de KIO contra Javier de la Rosa. Y el fiscal general del Estado, ínclito Eligio, especie de taparrabos de las vergüenzas del PSOE, ha empezado a moverse tras recibir las órdenes oportunas, si obstruimos la investigación de Filesa, donde todo está clarito, y ahora damos también carpetazo al asunto KIO, el escándalo va a ser monumental.

España vive en estado de corrupción, acercándose a Italia a velocidad de crucero. El cobro de comisiones se ha infiltrado de tal forma en las entretelas del sistema desde el 86 a esta parte que en el sector de la construcción, por ejemplo, no se concibe que alguien pueda quedarse con una obra sin pagar una mordida del 3 por ciento del importe total de la operación en dinero negro.

Algunos constructores madrileños cuentan con pelos y señales cómo las personas que formaban parte de su consejo se iban turnando para llevar el maletín a Ferraz, sede del PSOE, repartiendo así la responsabilidad y evitando al tiempo la tentación de que las pesetas pudieran quedarse por el camino.

El asunto no es privativo del PSOE, aunque la importancia de la maquinaria socialista hace que su voracidad sobrepase con mucho la del resto de los partidos. También el PP se aprovisiona en determinadas constructoras, y hasta partidos nacionalistas, como CiU, se nutren por esta vía, ¡ay, el día en que el señor Del Pino cuente los «donativos» que su Ferrovial ha hecho a la Generalitat a través de La Caixa, recaudadora oficial en asuntos de autopistas!

Algunas de las constructoras que más trabajan con la Administración socialista tratan de colocarse ante el avance del PP:

—Oye, tenemos que vernos —le dice un día Juan Entrecanales a un pariente de Aznar—, a ver si les preguntas a tus amigos qué coño hay que hacer para conseguir alguna obra con ellos, porque en las comunidades donde gobierna el PP no nos comemos una rosca.

Hay cientos, miles de testigos de prácticas corruptas en la España de nuestros días, pero todo el mundo guarda silencio. Es la ley de la *omertà* siciliana. Son los lodos del modelo especulativo implantado en España por el dueto Felipe-Solchaga. Lo más granado del empresariado patrio está enganchado en el escándalo Filesa, pero todos esconden la oreja de modo vergonzante cada vez que el juez Barbero les llama a capítulo, nadie tiene el valor de denunciar la extorsión, de mencionar los nombres de los cuatro desarrapados que un día pasaron por los despachos para recoger el maletín. Alfonso Escámez se agarra enfados fenomenales cada vez que en un periódico se cita al Central o a Cepsa en el asunto Filesa:

—¡Ese es el cabrito de «Anchústegui», que se gasta el dinero en la prensa y quiere perjudicarnos!

Pero pasan los meses y el juez Barbero, que ha entrado a saco en el Banco de España a buscar papeles, ha osado hollar los secretos del templo del dinero, no se decide a meterle mano a los Navarro, Sala y demás familia, menos aún a Felipe González, responsable último del caso Filesa, no le llama a declarar como inculpado, no se atreve, y algunos malvados se preguntan si este hombre en apariencia desvalido no será un submarino del PSOE, porque lleva meses mareando la perdiz sin atreverse a elevar el punto de mira.

Construcción y corrupción. La propia utilización de los famosos primos «Albertos» en la pelea del Banco Central es corrupción política de alto nivel, con el Banco de España presionando para que «los Albertos» entraran en el consejo del Central. En cuanto el Central pagó su comisión a Filesa, la presión política sobre el banco cedió como por ensalmo. De pronto «los Albertos» se fueron a poner ladrillos, Mariano se olvidó de Escámez, González se olvidó del Central, Sarasola se dedicó a otra cosa... ¡Una maravilla!

Realmente se podría establecer una relación causa-efecto casi milimétrica entre el pago de comisiones y la adjudicación de obra pública, la concesión de licencias, ventajas administrativas, favores oficiales, etc.

Filesa es un buen trasunto de la España de nuestros días, escándalo de mediocres, negocio de bobos, trabajo de *penenes* sin la menor cultura financiera que, metidos en camisas de once varas, van dejando más rastros que un elefante. Un caso revelador del desconocimiento de tantos socialistas de los mecanismos financieros, del mundo de la empresa, un asunto burdo que tiene su correlato en esa desconfianza radical, de raíz ideológica, que sienten hacia la empresa y el mundo de los negocios.

También revelador de la soberbia socialista. El escándalo Filesa, al contrario que otros muchos «Filesas» que jamás saldrán a la luz, llega a la opinión pública porque los zafios señoritos del PSOE —no pidas a quien pidió, ni sirvas a quien sirvió—, los «nuevos ricos del partido» que dice Guerra, se negaron a pagarle a un contable, el chileno Van Schowen, los veinticinco millones que le debían. Al final, los cien años de honradez del PSOE han costado 25 millones de pesetas.

Materiales para componer el cuadro de un país roto, desquiciado, unos cuantos jueces han metido el miedo en el cuerpo a una minoría de españoles privilegiados, el jardín de los elegidos, entre el entusiasmo de una mayoría que lucha día a día por llegar a fin de mes y quiere medidas ejemplarizantes, han asustado a la banca y a la comunidad empresarial, estos tíos se han encontrado con un poder desmesurado, comentan los ricos con espanto, es el «Barbero o el honor de Dios», han descubierto que pueden dictar un auto para entrar en el Banco de España a recoger papeles y no pasa nada, entran y listo, es terrible, se dice en los despachos del poder financiero, el asalto al Banco de España de los jueces ha sido el paso de las Termópilas del poder judicial.

Rafael Mendizábal, la sabiduría del *seny*, ex presidente de la Auidiencia Nacional, asegura que la revolución en España no la van a hacer los jueces, ni la judicatura está para limpiar establos. Una consigna recorre el Madrid influyente.

—Hay que decirle a Felipe que esto no se puede tolerar: hay que acabar con los «jueces de asalto» a la italiana.

País descoyuntado, donde el desprestigio de las instituciones corre parejo con el desencanto de los ciudadanos con la democracia. Juan Español no sabe dónde agarrarse, en qué o en quién confiar. En este caldo de cultivo, se aceleran los movimientos disgregadores de la periferia contra el centro. Nunca desde el 75 estuvo tan baja la consideración de «lo español». Es un estado de ánimo que recuerda los USA de Carter, donde ningún estadounidense sentía orgullo de país. Nadie se siente orgulloso de ser español, y eso da alas a las fuerzas centrífugas que actúan contra la unidad del Estado.

No es para menos. El Banco de España, la banca privada, la Guardia Civil, el *Boletín Oficial del Estado*, el Cesid, los jueces, KIO, todo por los suelos, escándalo tras escándalo, el secretario de Estado de Economía, Pedro Pérez, viaja a Kuwait para mendigar una solución al caso KIO y es recibido por un funcionario de tercer nivel, y vuelve a Madrid sin saber lo que le han dicho, sensación de país que se deshace, sin nervio, sin dirección, mientras el Gobierno obstruye de forma sistemática la investigación del «caso Filesa», los banqueros ocultan el nombre de los culpables, y la Monarquía, también desde el 75, parece por primera vez en candelero. Una situación de crisis institucional aguda.

No menos grave que la económica. José María Cuevas se arrepiente ahora de haber respaldado en su día a Felipe González, «me equivoqué al apoyarle para que hiciese una política de Estado» y le acusa de haber generado, con el apoyo de su fiel escudero, Carlos Solchaga, un modelo económico basado en la especulación. Especulación frente a producción, política especulativa frente a política económica productiva.

Pero el desgaste de Felipe es ahora tremendo. Desde que ha roto con Alfonso Guerra, se ve obligado a salir a todos los cortes, lo que supone para él pagar un precio muy alto.

—El conejo ha salido de la madriguera —dice Aznar—, porque ya no tiene a un Guerra en la cocina que le haga el trabajo sucio con un mínimo de habilidad.

Aznar se ha sentado a esperar, dispuesto a ver desfilar ante sus narices el cadáver de su enemigo. Hay tres millones de electores indecisos, antiguos votantes del PSOE, y ellos van a decidir el resultado de unas elecciones que a primeros de año nadie sabe cuándo se convocarán, pero que todo el mundo intuye que será muy pronto. Por primera vez el poder del dinero corteja al líder del Partido Popular.

—Desengáñate, los banqueros estarán conmigo si ven que puedo ganar, y lo mismo pasará con los nacionalistas de PNV y CiU.

Pero don Mario ya está en la nube, a primeros de febrero se instala en la nube, las cosas parecen haber cambiado de repente, eufórico, Banesto se va a salir del mapa con el acuerdo con Morgan, y ahora resulta que Goldman Sachs y Salomon recomiendan vender otros bancos y comprar «banestos», la monda, la acción ha subido un 30 por ciento en dos semanas, ha estado de nuevo reunido en Nueva York con la plana mayor, cada vez que se sienta ante los jefazos de Morgan tiene la impresión de estar realizando otra vez el examen oral de las oposiciones a la Abogacía del Estado, y después de las felicitaciones de rigor todo lo que se les ocurre a los *yankees* es interesarse por su salud:

—¿Y cómo está usted de salud?

—Muy bien, ¿por qué?

Porque al final lo único que les interesa es mi salud, la salud de Mario Conde para remar al frente del proyecto Banesto. ¡Dónde van a quedar los Solchaga y los Rubio!, comenta alborozado ante sus fieles, a la altura del betún, están más *acabaos* que Tito Mora, ríe el jefe, resulta que Morgan, que no ha hecho jamás una cosa así, ha decidido invertir en Banesto, ¡a ver qué cojones dicen ahora...!

El 9 de febrero, la comisión ejecutiva de Banesto conoció los términos finales del acuerdo [2] con J. P. Morgan, cuyo punto fuerte es la realización de una ampliación de capital récord en la historia de la banca española, con respaldo de los estadounidenses.

Al día siguiente, 10 de febrero, el acuerdo era visto en consejo, y se anunciaba oficialmente.

—Han venido los de Morgan —aseguraba Rafael Pérez Escolar— a decirnos lo que nadie nos atrevíamos a decir en alto: que Banesto es un gran banco.

Todos los banqueros le han felicitado, palabras sinceras de Ybarra, también de Rojo, con esta operación se borran de forma tan milagrosa como unánime las críticas y comentarios acerca de la situación de Banesto, en una demostración de la increíble frivolidad de buena parte de la sociedad española.

—La solución definitiva para esta casa —sentencia Matías Cortés— es una gran alianza con un banco extranjero como Morgan, y una gran amistad con un banco español como el Santander.

---

[2] El acuerdo contempla la entrada en el capital de Banesto de «un grupo inversor organizado por J. P. Morgan, que incluye al fondo Corsair y al actual presidente de Banesto, Mario Conde». Banesto emitirá 35.106.233 acciones nuevas, con una prima de 800 pesetas por acción. La ampliación se hará en la proporción de una acción nueva por cada tres antiguas. Precio de suscripción de cada título nuevo será de 1.500 pesetas para el accionista de Banesto. Morgan pagará 1.900 pesetas por acción, al adquirir los derechos de suscripción a los accionistas que deseen canjearlos al precio de 133 pesetas.

Conde aumentará su participación en el banco del 2 por ciento al 5 por ciento. J. P. Morgan garantiza, en nombre del *pool,* la inversión de una cantidad mínima de 200 millones de dólares. La ampliación posibilita a Banesto la obtención de fondos de hasta 52.659 millones.

Mario está contento y asustado al mismo tiempo, plantado ante un verdadero miura, se confiesa ante Lourdes, vamos a asumir un riesgo económico muy importante desde el punto de vista patrimonial, puesto que hay que invertir mucho dinero en la compra de acciones de Banesto, y eso significa que vamos a asumir un endeudamiento muy fuerte, es poner casi todos los huevos en la misma cesta, lo sé, pero no tenemos alternativa, puesto que si yo me negara a invertir, J. P. Morgan nunca pondría un duro en el banco, así que esto es lo que hay, Lourdes, y a este bicho hay que torearlo, estoy convencido que las cosas pueden salir bien o muy bien, pero siempre queda el riesgo de los imponderables, debes tenerlo presente, siempre te queda el miedo en el cuerpo, ¿y si nos arruinamos? Espero que al menos la gente entienda que estoy asumiendo un gran riesgo patrimonial en beneficio del banco.

Pero también asumo un enorme riesgo personal, a ti no te puedo engañar. Si las cosas salen bien, mi éxito será redondo, definitivo, y de él saldrá beneficiada J. P. Morgan, lo que producirá un efecto multiplicador para mí y para el banco. Pero a la inversa, si las cosas van mal, el fracaso será estrepitoso, y mi prestigio personal desaparecerá, con lo que eso puede suponer para el futuro de nuestros hijos. Ello quiere decir que mi empeño en este asunto tiene que ser total: no puedo dejar pasar ni una, porque me juego mi patrimonio, mi buen nombre y el de mi familia. Me lo juego todo.

Más le vale, porque a mediados de mes, en plena resaca del anuncio Morgan, se lleva las manos a la cabeza, ¡la morosidad nos está comiendo!, la morosidad se ha llevado por delante los resultados de enero, dice, 6.000 millones de pesetas que hemos tenido que dotar enteros, ¡beneficio cero del mes!, y aún hubieran hecho falta algunos más, el problema empieza a ser terrible, y la economía hacia abajo, en plena recesión, el PIB disminuyó un –0,2 por ciento en el último trimestre del año anterior, nada comparado con lo que está por venir, aunque Solchaga acaba de decir que «hablar de crisis es excesivo, y habrá una recuperación clara en el segundo semestre», la misma basura de siempre para un pueblo incombustible, alguien dijo que un país que fue capaz de superar el reinado de Isabel II aguanta lo que le echen, pero la realidad, tozuda, se instala en la recesión, y a estas alturas del año, año terrorífico para la banca, no existe el menor signo de cuándo podrá verse alguna luz al final del túnel. ¿Podrá Banesto superar la prueba?

El vicepresidente Ricardo Gómez-Acebo afirma, alarmado, que Banesto tendrá que dedicar este año a provisiones no menos de 100.000 millones de pesetas. Un 20 por ciento de los créditos considerados buenos pueden revelarse como malos a lo largo del año.

—¡Es que no tendríamos que haber dado dividendo el año pasado!

Conde quiere acelerar la venta de activos, y está intentando la fusión con el banco portugués Totta & Açores, asunto para el que ha pedido una entrevista a Felipe González.

Mario vende la operación Totta con la *grandeur* que le caracteriza, ¡una operación fantástica, que hará realidad el primer banco ibérico! Será la plasmación concreta, y en el sur de Europa, de una unidad europea que debe empezar por el sistema financiero. Pero el proyecto de Mario va más allá, Mario tiene *in mente* un «gran Banesto» formado por tres patas: Banesto, en España; Totta & Açores, en Portugal, y Ambroveneto, en Italia. El gallego está estudiando adquirir un 45 por ciento de este banco italiano, una gran entidad que vale en el mercado cerca de 250.000 millones de pesetas. Sería de verdad el primer banco del sur de Europa.

—¡Pero eso es cojonudo, Mario! —exclama entusiasmado el rey Juan Carlos.

El banco fusionado tendrá una sede en Madrid y una subsede en Lisboa. El Totta operará en Portugal y en el área del portugués, mientras Banesto lo hará en España y en lo español. El problema es político. Cavaco Silva insiste en que el Totta es un símbolo de Portugal y no puede caer en manos extranjeras, aunque lo que de verdad aflige al político luso es el convencimiento de que Mario le ha engañado como a un chino, saltándose a la torera la legislación portuguesa que impide la toma por extranjeros de más del 25 por ciento de un banco local.

Para obviar el obstáculo, Mario se ha buscado una serie de testaferros portugueses que, con financiación de Banesto y un galimatías de sociedades inextricable, ha puesto en sus manos el 51 por ciento del capital, aunque el listo de José Roquette, su socio portugués, le ha salido rana, lo he tenido que matar, el muy cabrito me la quería jugar, y no he tenido más remedio que decapitarle, un tonto de remate, porque podía haber sido mi hombre en Portugal.

Por eso Cavaco está que se sube por las paredes con Mario, aquí te espero, dispuesto a pasarse el Derecho comunitario por el arco del triunfo, y es un hombre tozudo, sin fisuras, difícil de convencer, Mario quiere lograr un acuerdo negociado que no levante escándalo.

—¿Quiere usted que yo desvele que tengo el 54 por ciento del Totta, aunque haya tenido que utilizar testaferros, filiales y lo que usted quiera para conseguirlo?

La clave está en Felipe:

—Si Felipe apoya la operación, sale; si no, no hay nada que hacer.

Pero hace muchos meses que no se ve con Felipe, Felipe no le recibe, José Antonio Segurado ha perdido la cuenta de las veces que ha llamado a Rosa Conde, se vieron en el hotel Palace hace ya mucho tiempo, Rosita, yo creo que un hombre tan importante como Mario Conde y el señor presidente del Gobierno español tienen que verse, tienen que tener abiertos los canales de comunicación, no es bueno para nadie que se ignoren, que no se hablen por culpa de los intereses bastardos de un ministro, por muy importante que sea, habría que desbloquear eso, y Rosita completamente de acuerdo, eso hay que arreglarlo, ya hablo yo con el presidente, tendrás noticias muy pronto.

Sin embargo, las noticias no llegaban, fueron transcurriendo las semanas, los meses, y Rosita dejó de ponerse al teléfono de Segurado, aquí hay gato encerrado, el minino era Carlos Solchaga, «cortocircuitando», hay problemas serios con el cierre de las cuentas del 92, y éste quiere verte para dar esquinazo al Banco de España, no le recibas, y el tiempo seguía pasando, hasta que a primeros de enero Mario le ha comentado a Segurado:

—José Antonio, ¿qué pasa con la entrevista con Felipe?

—Pues no lo sé, chico, creo que me está toreando...

—Bueno, bueno, pues tú sigue por ahí, y déjame que haga yo alguna gestión por mi cuenta.

Hasta que el jueves 18 de febrero, a las seis de la tarde, Conde entraba en La Moncloa, decidido a convencer a Felipe a cualquier precio para que le echara una mano en el asunto Totta & Açores, en un encuentro que se prolongó dos horas y media, mucho más tiempo del previsto.

La cosa no empezó bien, yo notaba que Felipe estaba tenso, como si tuviera resistencia a mirarme a la cara, cosa lógica, porque desde que nos vimos la última vez habían ocurrido muchas cosas, y posiblemente estuvieran desfilando por su cerebro algunas de sus promesas incumplidas. Yo no podía dejar de pensar que estaba ante la persona que, por acción u omisión, era responsable del injustificable asedio a que seguía siendo sometido Banesto desde hacía ya más de cinco años.

Sí, admito que quizá él no haya sido inductor del ataque, pero resulta muy difícil creer que no haya estado informado de lo que «los Solchagas» estaban haciendo, e incluso que no haya dado su visto bueno para acabar conmigo.

Percibí que no se encontraba bien, aunque se esforzaba en aparentar lo contrario. Por romper el fuego, le mencioné la reciente conversación que había tenido con los periodistas del grupo Crónica.

Y decidí ir al grano. Le expliqué someramente el acuerdo con Morgan y sus efectos beneficiosos para Banesto.

—Esa operación me parece muy buena, y estoy seguro de que va a ser muy positiva para Banesto, y por supuesto, para España.

—Pues muchas gracias, Presidente, es un detalle muy amable por tu parte.

Pero el verdadero motivo de mi presencia allí era contarle mi proyecto de fusión con el Banco Totta & Açores, así que puse manos a la obra, cité de forma muy somera los aspectos financieros de la cuestión porque, además de evidentes, no son precisamente la especialidad de Felipe.

El meollo del asunto consistía en hacerle ver sus aspectos políticos. Argumenté que el discurso de Europa se estaba quedando vacío de contenido, puesto que ya estábamos en el mercado único y, sin embargo, las realizaciones empresariales concretas para cimentar la nueva realidad estaban siendo muy escasas. Si consiguiéramos empezar la integración por el sector financiero, daríamos un paso de gigante.

De llevarse a efecto la operación, tendríamos la primera fusión bancaria internacional de la historia europea, realizada además entre dos instituciones de países del sur del continente. España y Portugal constituyen de facto un único mercado, por encima de la artificialidad de sus propias fronteras.

Pero, además, el proyecto tenía una dimensión política adicional que afectaba a las relaciones entre España y Portugal, tradicionalmente malas debido a una serie de problemas de raíz histórica. Sacar adelante este proyecto de fusión, supondría iniciar la superación de esas barreras.

—Además de lo dicho, es que tenemos un problema político en puertas, Presidente, o al menos yo lo veo así, porque más pronto o más tarde va a terminar saliendo a la luz el hecho de que Banesto es dueño material de la mayoría del capital del Totta.

—¿Cómo es eso?

—Sí, porque controlamos más del 51 por ciento del Totta directa e indirectamente. Ahora no podemos explicitarlo, porque no nos lo permite la ley portuguesa, pero en un periodo de tiempo muy corto no habrá otra alternativa.

—Pues, efectivamente, ahí vamos a tener un problema.

—En el momento que Banesto declare en Portugal que es oficialmente dueño del Totta & Açores se puede montar una buena gresca porque, desgraciadamente, esos reflejos condicionados de rechazo a lo español podrían volver a resurgir con fuerza.

—Bueno, vamos por partes, yo en el terreno financiero no me meto. Tendré que recabar la opinión del Banco de España, y por tanto habrá que esperar a que Angel Rojo se pronuncie, aunque entiendo que su opinión será claramente favorable. Es en el terreno político donde sinceramente la operación me parece magnífica, aunque creo que va a resultar muy difícil convencer a los portugueses.

—En efecto, pero si somos inteligentes debemos vender la fusión como una respuesta política de la península Ibérica al problema de la construcción de Europa, y no como una iniciativa del modelo imperialista español sobre Portugal.

—Por supuesto, esa es la única manera posible de abordar la cuestión.

—Enfatizando, además, que se trata de una fusión en pie de teórica igualdad.

—El problema será convencer a Cavaco, un personaje realmente difícil, muy distante y muy celoso de Portugal, a pesar de que mantengo buenas relaciones con él, y creo estar en condiciones de plantearle claramente la operación.

Felipe iba entrando en calor. Yo había hablado con el Rey del asunto Totta, pero el Monarca nunca me había dicho que se lo había contado al Presidente. Su información previa provenía de Manglano, a quien se lo había contado Van de Walle, que a su vez lo sabía porque yo le había puesto al corriente para que fuera preparando el terreno.

Felipe González terminó entregado.

—Bueno, Mario, no me importa decirte que asumo la operación directamente y me comprometo a negociarla en el plano político con Cavaco.

—Eso es exactamente lo que necesitamos, Presidente, puesto que un asunto de esta envergadura no puede salir adelante si el Gobierno español se limita a decirme que no tiene nada en contra.

—Eso sí, que quede claro que no lo hago por ti, sino porque creo que es bueno para España.

—Hombre, muchas gracias, pero creo que esta aclaración final resulta innecesaria entre personas de nivel.

Cierto, estamos ante una operación magnífica para el país. La he consultado con el Rey, con Polanco y con Estefanía, y a todos les ha parecido extraordinaria. No cabe duda de que se trata también de un éxito para el Gobierno, y en particular para el propio Felipe González.

Después pasamos a hablar de la situación económica general. Intentó hablarme de la economía, y yo le hice el discurso de lo concreto, advirtiéndole que la situación era particularmente mala, posiblemente peor de lo que la gente creía.

Hablamos del paro, y le comenté los desastrosos *ratios* comparativos de las cifras de población activa y paro españolas. Me referí a España en términos de gran empresa, incluso utilicé la expresión de «gran Banesto». Se quedó un tanto perplejo cuando le dije:

—Tu problema, Felipe, está en la junta de accionistas. Tú tienes una junta en octubre, y es muy importante que expliques a los accionistas de España S. A., o del «gran Banesto» que presides desde el 82, si vas a dar dividendo o no, si tus acciones van a subir o no, y por qué a tus accionistas les va a interesar seguirte, porque de otra forma te puedes encontrar con unos señores descontentos, dispuestos a cambiar todo el consejo de administración, incluido su presidente.

Noté que la frase le dejó tocado. Yo insistí en que había que bajar los tipos de interés, y no tener miedo al repunte inflacionista que eso pudiera significar, porque en las condiciones actuales de la economía ese repunte estaba prácticamente descartado.

Luego le dije que era necesario rebajar el precio de la peseta, para acomodarla a su valor real.

—¿Pero tú eres partidario de la salida del Sistema Monetario Europeo?

—No, porque ello tendría consecuencias negativas, tanto en precio como en cantidad, para nuestra financiación exterior.

Se mostró bastante receptivo a estas ideas, pero, en el despacho con el Rey, además de manifestarle que la entrevista conmigo había ido muy bien, le dijo que no podía hacerme caso en los temas referentes a tipos de interés, porque eso significaría tener que salirnos del Sistema Monetario Europeo, con las consecuencias perjudiciales que ello tendría para la economía española.

También hablamos de medios de comunicación, centrándonos, de forma muy particular, en el tema de *ABC*.

—Te aseguro que conozco a la perfección la situación creada en torno al *ABC* —manifestó Felipe—, y sé la cantidad de gente que paga para conseguir un trato favorable del periódico. Te diré más, estoy convencido de que a mí me tratarían mejor si pagara, pero no estoy dispuesto a hacerlo, ni hablar, aunque sé de socialistas que pagan a «Rafansón» por su asesoramiento.

González parecía particularmente irritado con este asunto.

—Estoy harto, harto de escuchar sermones sobre corrupción, cuando dispongo de información para parar un tren sobre prácticas corruptas en bancos e instituciones económicas, que no he querido sacar a la luz pública por una cuestión elemental de responsabilidad.

—Me parece una decisión prudente.

—Pero te diré una cosa: han conseguido cansarme y este tema del *ABC* va a salir a la luz en la campaña electoral, incluso tengo pensada la respuesta si alguien me pregunta por qué no lo he dicho antes...

—¿Y qué respuesta es ésa?

—Lo dicho, por sentido de la responsabilidad.

Felipe parecía absolutamente decidido a desenterrar el hacha de guerra, y a Conde le dio la impresión de que estaba buscando el apoyo de Polanco y su grupo para conseguir que la denuncia tuviera auténtica repercusión nacional.

Al terminar la entrevista el clima de tensión con el que se inició había desaparecido. Sería estúpido decir que concluyó en un ambiente de cordialidad, porque es inútil pretender que en dos horas y media se transite desde la abierta hostilidad hasta la simpatía. Apenas una hora después de que Conde saliera de La Moncloa, Jesús Polanco entraba para cenar mano a mano con Felipe.

La conjura de los editores contra el llamado «sindicato del crimen» estaba en marcha, contando con padrinos de tanto tronío como el inquilino de La Moncloa. En efecto, González parecía resuelto a poner orden en ese incontrolado Parlamento de papel que es la prensa, lo único que, parcialmente, no controla, y a tal efecto viene manteniendo contactos casi diarios con el dueño de Prisa. En este espíritu, el 25 de febrero Polanco, Godó y Conde se reúnen a almorzar en la Fundación Santillana, un convite al que no pudo asistir Antonio Asensio por enfermedad.

Un almuerzo que tenía dos partes, una primera dedicada a establecer una estrategia para acabar con el «sindicato del crimen» y, en especial, con «los Ansones». Polanco, que parecía actuar en perfecta sintonía con Felipe, estaba tan decidido a ello que, al final, sólo la determinación posterior de Asensio de no entrar en esa escabechina les libró del ataque.

Pero el almuerzo en la Fundación Santillana tenía otros ingredientes. Más que la prensa, a Conde le interesaba conocer la posibilidad de una toma de posición conjunta de los editores de cara a las elecciones, el banquero tomó la batuta, formulé una tesis que fue aceptada por todos: Aznar no constituye una auténtica alternativa efectiva, aunque podría ocurrir que a causa del deterioro del PSOE, el PP llegara incluso a sobrepasar al Partido Socialista en número de escaños.

Debatimos acerca de la situación de los periódicos estadounidenses, que siempre toman partido en la campaña por uno u otro candidato en función de sus preferencias personales y de lo que creen conveniente para el país.

En España no estamos acostumbrados a que se hagan así las cosas. Godó no se mostraba muy de acuerdo en adoptar una posición explícita. Pero, en todo caso, la discusión se centró en saber a quién había que apoyar y por qué. El razonamiento era muy claro: si insistimos en converger con la CE, y no queremos caer en políticas económicas demagógicas, no queda otra alternativa que operar sobre las rentas salariales. Y si eso es así, el problema se traduce en controlar y hacer retroceder el poder de los sindicatos.

¿Quién puede hacerlo con mayores garantías? La respuesta clara sigue siendo Felipe González. Por consiguiente, y al margen de nuestras personales posiciones ideológicas, puesto que estamos hablando de *business*, parece claro que la defensa de nuestros intereses patrimoniales y la subsistencia a largo plazo de nuestro negocio quedaría mucho mejor garantizada si ganara Felipe que si lo hiciera Aznar.

Pero hay otro dato. No parece posible que la derecha pueda ganar por mayoría absoluta, o con una mayoría similar a la que en su día tuvo UCD, por lo que un hipotético Gobierno de coalición presidido por Aznar sería extraordinariamente débil, y tendría unos costes para el país —en términos de negociación con los nacionalistas y firmeza ante los sindicatos— mucho más elevados que otro presidido por González. De hecho, pensamos que un triunfo de Aznar ahora podría suponer la aniquilación de cualquier alternativa de derecha en España durante mucho tiempo.

La coincidencia de planteamientos era total.

—Yo he estado meditando esto muy seriamente —interviene Polanco— y en la medida de mis posibilidades voy a poner toda la carne en el asador en apoyo de Felipe, entre otras cosas porque así se lo he prometido al propio Felipe en La Moncloa. Mi compromiso con el Presidente es total y pienso cumplirlo.

—Yo voy a hacer exactamente lo mismo —responde Godó.

—Pues yo no conozco la posición de Antonio —concluye Conde—, pero creo que será muy similar a la vuestra.

Allí no se hablaba explícitamente de pacto, pero aquello sonaba a pacto en toda regla: había que ayudar a Felipe por encima de todo, por encima de ideologías, por encima del sentido de la oportunidad histórica, porque lo que estaba en juego era nada más y nada menos que el negocio.

—Ahora bien, yo le pondría a Felipe como condición previa para ayudarle —dice Mario—, que reconozca su posición de debilidad personal, y que en el próximo Gobierno se comprometa a abandonar la prepotencia con la que ha actuado, y a contactar de manera mucho más directa con la sociedad civil, la auténtica sociedad civil que ejerce el poder real en España.

—No te preocupes —le responde Polanco— que de eso me encargo yo.

Por la tarde Mario habló con el Rey y le contó el resultado de la conversación. El Monarca se dio por enterado, pero él nunca se pronuncia sobre opciones concretas.

Don Mario no se atrevió a mencionar a don Juan Carlos un asunto que le preocupa, sí, está preocupado por el hecho de que el Rey haya recibido a Aznar y a su ejecutiva en pleno después del Congreso del Partido Popular del 7 de febrero, porque eso es tomar partido, eso es un gol que le han colado a Fernando, una equivocación achacable a la inexperiencia de Almansa.

Claro es que mañana la ejecutiva del PSOE podría pedir al Rey ser recibida, y luego la del Partido Andalucista, y después la de HB, imagínate que los de HB se lo piden, ¿qué hace el Rey? Lo correcto hubiera sido recibir sólo a Aznar, porque va a presentar los resultados de su congreso, pero no a la ejecutiva, don Mario no deja pasar ni una a José María Aznar, y el simple detalle de la recepción real al PP le ha parecido una invasión de su terreno, una equivocación fundamental.

Mario no aprecia a Aznar, le llamó para contarle con detalle la operación Morgan y el del PP aprovechó la oportunidad para quejarse de lo mal que le trata Antena 3 TV, en lugar de decirme, oye, mándame a esos de Morgan a la calle Génova, que quiero conocerlos, coño, si voy a ser presidente del Gobierno español me interesará conocer a esa gente, ¿o no?

Pero el PP, que ha cerrado su congreso en un clima de euforia, está siendo cortejado por mucha gente, es la cercanía al poder, la sospecha de que pueden ganar, y hay mucho político en paro que quiere situarse, gente de la extinta UCD, un Martín Villa de «número tres», una decisión que espanta a muchos, un Arias Salgado, peor aún lo de la *biutiful pipol*, que tras el desastre Ibercorp anda ramoneando en torno al PP, un García Díez, un Bustelo... Y algunos que han esperado honestamente la eclosión del PP desde hace tiempo se rasgan las vestiduras, no es posible que José María se rodee de esta corte, ¿es que la derecha de este país no va a cambiar nunca?

Es tiempo de oportunistas, de cambiachaquetas, a José María Aznar le invitan a salones que jamás hubiera soñado pisar hace siquiera medio año. El más valiente es Emilio Botín, que se atreve a decir, ¡olé tus cojones!, que le gusta el programa de José María Aznar, una frase que hace temblar de miedo a muchos de sus colegas, actitud desafiante y poco juiciosa, sentencian, al tiempo que recuerdan aquel «quien mira lo pasado, lo por venir advierte», que dijo Lope.

Es el momento en que muchos ponen al descubierto su falta de gallardía. Aznar acaba de ofrecer a Pérez Llorca la entrada en la ejecutiva del PP, y éste se lo cuenta preocupado a Fernando Abril, con quien compartió gabinete en UCD, no se arrancaba, no sé si haré bien o mal, nervioso, y Abril sospecha que le está pidiendo un favor.

—Pero, bueno, dime de una vez, ¿quieres que haga algo?

—No sé, hombre, no sé, es que no sé cómo sentará por ahí...

—¿Quieres que se lo diga a Felipe?

—Bueno, adelántale un poco, a ver qué opina.

—Nada, no te preocupes, yo se lo dejaré caer.
—Y ya de paso, se lo cuentas también a Alfonso.

Algunas veces, en la soledad de la almohada, Mario se pregunta si no estará cometiendo el error de su vida al apostar por Felipe González, despistado, ¿qué es exactamente lo que está pasando? Es cierto que se percibe una especie de vientos de cambio, pero la pregunta es si esos vientos soplan sobre toda la sociedad o sólo por algunos núcleos.

La situación es más compleja cada día, con síntomas claros de inestabilidad social preocupantes, como la marcha de los agricultores sobre Madrid, o la protesta organizada por la CEOE y Cepyme que reúne en Madrid a más de 6.000 empresarios.

El Gobierno del PSOE se ha enajenado definitivamente el apoyo de la mayor parte de la clase empresarial. Gente de prestigio, como Pedro Ballvé o Gonzalo Hinojosa, tipos que hacen bien su trabajo, que viven de su trabajo y no del chismorreo madrileño, han criticado con dureza la política económica en unas recientes jornadas celebradas en El Escorial. Por primera vez desde el 82, amplios sectores empresariales dan la espalda al PSOE, le han retirado su confianza y buscan una alternativa.

Narcís Serra ha puesto en marcha una operación para cargarse a José María Cuevas. El presidente de la CEOE no se ha quedado al almuerzo ofrecido por la AEB a Felipe y Solchaga en el Palacio de Congresos, lo que ha sido considerado como un feo intolerable al virrey de Moncloa.

Para un Gobierno que ha vivido de espaldas a la empresa, enfrentado incluso, la CEOE tenía que ser en buena lógica un enemigo, sobre todo si pretendía actuar autónomamente. Las maniobras del Ejecutivo contra la patronal han sido innumerables en estos doce años, la más elemental y diaria la de tratar de puentearla mediante la lisonja a organizaciones sectoriales tipo APD, antes, e Instituto de la Empresa Familiar, ahora, para crear la ficción de un empresariado afecto al PSOE.

La obsesión de Felipe por manipular a los empresarios es proverbial. En estos días, y a través de Joaquín Leguina, Felipe se hace invitar a uno de los almuerzos que los empresarios madrileños de Ceim celebran mensualmente en el hotel Ritz. El presidente quiere invitarles a La Moncloa, pero la junta directiva de Ceim le impone el Ritz, y Felipe acude, faltaría más, se trata de castigar a Cuevas y a la CEOE, pero gente tan significada como Emilio

Botín se niega a compartir mesa y mantel con González, algo impensable años atrás, y ha dicho Botín que no le da la gana de ir a almorzar con el Presidente.

El Gobierno fracasará en su ataque a Cuevas, porque el de la CEOE es hueso duro de roer y, además de controlar la organización que preside, ha demostrado haber zarandeado por igual a PSOE y PP cuando lo ha creído conveniente.

Situación enrarecida, políticamente muy complicada. La ventaja del PSOE sobre el PP se ha reducido, según las encuestas, a sólo tres escaños, y las elecciones francesas han supuesto el entierro del Partido Socialista Francés, que ha perdido 200 escaños, para quedarse en 50.

¿Qué puede suceder? El desprestigio de los socialistas, maltratados por los continuos casos de corrupción que se airean en la prensa, es galopante, pero hay una cosa clara, reflexiona Mario, y es que se ha instalado en la opinión cualificada la idea de que si Aznar no gana, su futuro político se evaporará, porque es muy difícil que se le vuelva a presentar una ocasión tan propicia como la actual. El problema es que Aznar no acaba de convencer. Ni siquiera a Luis María Ansón, que es seguramente su mayor defensor.

El Rey también está preocupado. El problema de Felipe, al margen del deterioro de su partido, es que está sufriendo las consecuencias de su falta de reflejos en una serie de asuntos fundamentales, «caso Ibercorp», y ahora se encuentra prisionero de su soberbia.

Alfonso Guerra me decía que no entendía la fijación de Felipe con Solchaga, algo terrible, y que en el último comité federal le pidieron urgentemente el relevo en Economía como algo imprescindible para recuperar el voto perdido. Pero Felipe se niega en redondo, cuando, como decía Alfonso, eso ya no es suficiente, por más que sea necesario. En fin, Felipe no lo hará. Incluso el Rey me dijo que Narcís Serra consideraba necesario el relevo de Solchaga para que el Partido Socialista pudiera volver a gobernar.

Si quitara de en medio a Solchaga y pusiera una cara nueva en Economía creo que recuperaría bastante credibilidad, pero no creo que lo haga, y eso puede tener graves consecuencias para él. De ahí la preocupación del Rey, y posiblemente por eso me contestó de manera tan enigmática cuando le conté el interés de los de J. P. Morgan por conocer mis intenciones.

—No dejan de animarme, especialmente Roberto Mendoza, que no para de decir que este país me necesita.

—¿Y tú qué les dices?

—Que no me interesa la política.

—Pues no deberías decirles eso. Diles simplemente que ahora estás en el banco.

Siempre he pensado que el Rey es mucho más largo de lo que la gente cree, y creo que tengo razón.

Mario Conde vive ya entregado a la locura de un año 93 totalmente volcado en la política. Sus conversaciones, sus ansiedades, sus estrategias tienen una orientación tan radicalmente política que sería difícil para un recién llegado adivinar en aquel hombre al presidente del Banco Español de Crédito, un banco con graves problemas de fondo en un año, además, particularmente difícil desde el punto de vista económico.

En efecto, conforme avanza el ejercicio se confirman las peores expectativas para la banca. Mario ha madurado la idea de anunciar «beneficio cero» para el 93, *annus horribilis*, en el que la morosidad galopante le ha obligado a triplicar las provisiones durante el primer trimestre. La necesidad de reforzar el capital de Banesto es mucho más que un capricho.

Mario ha puesto el banco en manos de Enrique Lasarte, y aunque físicamente sigue teniendo su despacho en Alcalá 14, mentalmente está en otras cosas, está en la alta política, interfiriendo en el pasado presente de Felipe y el futuro imperfecto de Aznar, tratando de hallar su propio camino en un bosque poblado de dudas, secretamente encantado de su nueva condición de consejero y asesor del Monarca, viviendo ahora con total intensidad los últimos días de don Juan, Mario quiere mucho al conde de Barcelona, internado en la Clínica Universitaria de Navarra.

El banquero acude a visitarle en días de diario, coge su avión particular a media mañana y se presenta en Pamplona, con discreción, no quiere fotografías, sabe que será malinterpretado, porque es inevitable encontrarse con el Rey por los pasillos del hospital navarro.

Está terriblemente ilusionado con su investidura como doctor *honoris causa* en el séptimo centenario de la Universidad Complutense. Será el 17 de abril, dice, y ya está trabajando sobre su discurso, una reivindicación de la sociedad civil frente al Estado, con el objetivo puesto en integrar a esa sociedad civil en la Cámara Alta.

Y piensa hablar de la corrupción de los políticos, y el recelo que el pueblo llano siente hacia la clase política. Un Senado en el que estuviera presente la sociedad civil, argumenta, no podría justificar la corrupción, ni amnistiar a los corruptos. Esa Cámara jamás legislaría el delito de difamación, con el que el Gobierno pretende maniatar a los periodistas. La Cámara de la sociedad civil son hoy los medios de comunicación, y eso explica la relevancia actual de los medios.

A lo largo del fin de semana del 27-28 de marzo, Mario y Felipe vuelven a encontrarse en la finca de Manolo Prado en Higuera de la Sierra, al lado de Aracena, el presidente ha llegado acompañado de su cuñado Francisco Palomino como mozo de estoques, pero enseguida él y Manolo Prado dejan solos a los primeros espadas hasta casi las tres de la tarde.

Es un encuentro entre dos escorpiones, acostumbrados a cautivar a sus víctimas antes de clavarles el aguijón con el veneno mortal, donde el cautivador Mario se deja engatusar por el encantador de serpientes González, tras largos desvaríos por el modelo de crecimiento, el ideal de país, las ilusiones frustradas, la utopía izquierdista. Con sus momentos tensos, crispados incluso.

—Has traicionado a tus votantes y has matado a tu partido —acusa en un determinado momento Conde—, porque has pactado con la derecha, la derecha que está larvada pero que saldrá con su peor cara en cuando te vayas.

—Pero ¿de qué derecha hablas?

—De esos que dicen que son tus amigos, los ricos de la construcción, todo ese mundillo madrileño barato que acude a verte en cuento le llamas.

—Mira, yo sé quiénes son mis amigos, que son los de siempre, los de toda la vida. Además, yo tengo que gobernar para todos los españoles y no para unos cuantos.

—Pues lo estás haciendo y para los peores, los ricos de siempre, la derechona, y te diré más, has matado el único proyecto serio de izquierdas que ha habido nunca en este país y que seguramente tardará décadas en volver a recuperarse. Tu responsabilidad es muy grande.

—Mira, Mario, yo sé lo que tengo que hacer y no necesito lecciones de nadie y menos de ti. Yo tengo que gobernar este país y conducirlo hacia el siglo XXI no hacia el XIX... Mira, hace unos días cené con los del Instituto de la Empresa Familiar y se fueron encantados.

—¿Quieres que te diga una cosa? Cuatro de los que cenaron contigo me han llamado para decirme que no hay quien te entienda, que estás agotado, que no tienes una idea nueva.

Tras este encuentro en la finca de Prado, Mario se enrola en la causa felipista. El presidente González iba a necesitar de todos los apoyos para el envite electoral que se presentía inmediato, y Conde, con su larga mano en la prensa, podía resultar un aliado fenomenal, quizá decisivo.

La toma de partido de Mario Conde por Felipe iba a producir en seguida curiosos corrimientos de tierra en la prensa madrileña. Así, desde mediados de marzo ya está claro para los *connaisseurs* de los secretos de la calle Pradillo que entre Mario Conde y Pedro J. Ramírez se ha abierto una brecha, un abismo de intereses contrapuestos: Conde quiere jugar descaradamente a favor de Felipe González, mientras Pedro J. está claramente volcado en favor de Aznar, ¿habrá misión más honrosa para un tipo empeñado en la regeneración de la vida pública española que derribar a González? Aznar es el instrumento a mano para llevar a cabo la tarea, y Conde queda bloqueado, sin capacidad de maniobra alguna, con su 4,5 por ciento en el capital de *El Mundo.*

—El problema de Mario es que no le gusta Aznar y se le nota demasiado —dice Pedro J. Ramírez.

El 1 de abril moría don Juan de Borbón. Se cerraba así una larga página de la Historia de España, en unos momentos de aguda crisis política, económica e institucional.

Como un reflejo del ambiente crispado que rodea a la sociedad española, el presidente del Gobierno tiene ese mismo día un encontronazo con los estudiantes de la Universidad Autónoma de Madrid, que le abuchean al grito de «chorizo». El incidente termina por derrumbar a un Felipe ciclotímico, propenso a los estados depresivos. El hombre que en octubre del 82 ganó las elecciones con los votos de diez millones de españoles y el apoyo implícito de muchos más, jamás pudo pensar que llegaría a caer tan bajo.

González se defiende ante los estudiantes comprometiéndose a asumir las responsabilidades políticas derivadas del escándalo Filesa. La crisis es total, y muchos sospechan que puede estallar durante la Semana Santa.

Mario está al corriente de la situación, pero ignora la tremenda aceleración que en los próximos días va a adquirir su vida. En algún rincón de su cerebro siente un cierto regocijo por las desgracias que aquejan a los socialistas, han sido casi cinco años de aguantar los ataques de Felipe y de algunos miembros de su Gobierno. Han acudido a la injuria, a la calumnia, incluso han llegado, como es el caso de Solchaga, a poner en peligro la estabilidad del sistema financiero para matarme, ¿puedo yo apoyarles, sin traicionarme a mí mismo?

Mi drama es que no tengo ninguna confianza en la capacidad de Aznar, aunque estoy convencido de que ni él ni ninguno de su equipo serían capaces de hacer las cosas que han hecho algunos miembros del Gobierno socialista contra mí y contra Banesto.

El 5 de abril, Mario Conde sube a ver al Rey al palacio de La Zarzuela a las cuatro de la tarde. Habían estado en contacto telefónico durante el fin de semana, pero físicamente no se habían visto desde la muerte de don Juan, Mario está algo dolido porque el Monarca no le ha llamado estos días ni siquiera para tomar un café, Paco Sitges le ha contado que ha sido Manolo Prado quien no ha querido que subiera, y yo, que soy como soy, se lo he contado al Rey, que se ha disculpado muy cariñosamente.

No me quejo de nada, se confiesa ante sus íntimos, simplemente la muerte de don Juan me ha afectado mucho, y pienso que S. M. debía de haber sido sensible con un dolor que ni siquiera yo podía explicitar ante Lourdes. Estoy trabajando para la Monarquía sin esperar nada a cambio, y el Rey sabe de mi afecto por don Juan, y el que don Juan sentía por mí, y sabe mejor que nadie que esta relación fue durante un tiempo motivo de cierta discrepancia entre ellos.

La verdad es que al decirle esto me he emocionado, me he puesto un pelín sublime, y le he dicho:

—Majestad, lo que voy a decirle ahora no lo repetiré nunca más, porque a los gallegos nos da vergüenza hablar de estas cosas: yo adoraba a don Juan, pero siempre tuve claro quién era el Rey, y ahora le tengo mucho cariño al Rey, desde luego mucho más que antes. Y todo mi afecto pasado hacia don Juan es hoy para el Rey.

El Rey guardó silencio y me miró muy emocionado; vi que unas lágrimas estaban a punto de despegar de sus ojos, y que a mí me ocurría lo mismo, fue un momento muy duro, pero ambos conseguimos controlarnos, e inmediatamente pasamos a comentar lo bien que había salido todo, y el magnífico comportamiento de los medios de comunicación.

—Es posible, Señor, que no se haya percatado de la tremenda importancia de estos actos. El simbolismo de la imagen del furgón con los restos de don Juan, el Rey detrás, y el Príncipe un poco más lejos ha borrado de un plumazo la dictadura sin necesidad de explicitarlo. Nunca mejor dicho eso de que una imagen vale más que mil palabras.

—Cierto, cierto, ha sido magnífico, yo no podía darme cuenta de lo que estaba viviendo, porque me sentía muy afectado, pero luego he reparado en lo que dices y lo suscribo. Mira qué carta tan cariñosa me ha enviado Felipe...

Era una carta del presidente del Gobierno hablando de don Juan, del papel jugado por la Monarquía en la transición, de su fidelidad a la institución y del gran afecto que siente hacia el Rey. Una carta muy importante, que Su Majestad guarda como oro en paño.

Inmediatamente pasaron a hablar de la situación política, asunto que tiene a S. M. muy preocupado. El Rey cree que Felipe es el político de curso legal con verdadero sentido de Estado, y por eso le preocupa lo que pueda ocurrirle. Ambos habían estado reunidos días atrás, y al comentarle el Rey los planes de la Familia Real para Semana Santa, que incluían unos días de descanso en Lanzarote después de los funerales de don Juan, Felipe torció el gesto.

—¿Qué pasa? ¿Ocurre algo?

—Es que a lo mejor, Señor, tengo que pedirle que vuelva antes de tiempo para que firme el decreto de disolución de las Cámaras.

—¡Qué me dices! ¿Vas a convocar elecciones anticipadas?

—Sí, me temo que no tengo otra salida, y el caso es que no me quedan días hábiles: quería haberlo hecho el Miércoles Santo, pero quisiera evitar que coincidiese con el funeral de don Juan.

A Mario no le extrañó la nueva. En la mañana de ese mismo día había hablado por teléfono con Alfonso Guerra, una conversación sincera y descarnada de la que dedujo la precariedad de la posición de Felipe González. Alfonso estaba convencido de ganar la votación contra Felipe tanto en la ejecutiva como en el comité federal sin despeinarse, ya no existía ninguna posibilidad de acuerdo, y no le impresionaba lo más mínimo la amenaza de Felipe de dimitir y no encabezar el cartel electoral socialista.

—Estoy seriamente preocupado —asegura Su Majestad—. Felipe no está en condiciones de ganar las elecciones, porque cualquier medida que tome será ya demasiado tarde.

—Yo no estoy tan seguro de que eso vaya a ser así, y no lo digo por decir, sino porque lo creo sinceramente.

—¿Tú crees?

—Le voy a decir una cosa. Yo nunca le he hablado de las faenas que me ha hecho el Gobierno en estos años...

—Las conozco —interrumpe el Rey.

—Y no lo he hecho por respeto a Su Majestad, porque pienso que mientras Felipe sea presidente, lo es de mi gobierno, pero a pesar de ello tengo las ideas claras y creo que Su Majestad está más a gusto con Felipe en La Moncloa que con Aznar, y que el fracaso del primero siempre le causará menos problemas que el del segundo, pero ahora poco o nada podemos hacer, porque son los españoles los que van a decidir con su voto. Lo único que podemos hacer es tener clara la posición de la Monarquía, y darnos cuenta de que son momentos para tener la cabeza fría y mantener una exquisita neutralidad.

—Totalmente de acuerdo. Los problemas pueden surgir si, como me temo, no hay un partido que obtenga la mayoría absoluta, y quedan igualados PP y PSOE. Entonces puede ser una cuestión muy delicada la elección de candidato a quien encargar la formación de Gobierno.

—No estaría mal pedir algunos informes a expertos constitucionalistas para que se publicaran durante la campaña y se fuera creando un estado de opinión que le permitiera a usted actuar sobre una opinión ya creada.

—No es mala idea, pero mis preocupaciones son otras y de más largo alcance, Mario, he estado pensándolo estos días —el Rey había comenzado a hablar con mucha suavidad— y desde luego no en estas elecciones, porque sería un follón meterte de golpe en este lío, pero deberías estar preparado para saltar en las próximas, porque el momento puede llegar.

—Señor, ya sabe mi posición, lo hemos comentado en varias ocasiones y francamente no me seduce dar ese paso.

—Lo sé, y además preferiría que te quedaras donde estás, pero debemos estar preparados, porque las circunstancias pueden volverse muy difíciles, y a lo mejor me resulta imprescindible pedirte ese sacrificio.

Al valiente guerrero del antifaz gallego le había entrado una especie de escalofrío en el cuerpo, ya está, esto tenía que llegar algún día, son cosas que vienen rodadas, es como hacerle el amor a una mujer hermosa después de haberla cortejando mucho tiempo, don Juan y yo lo habíamos hablado muchas veces, pero salvo una noche cenando en casa de Santi Muguiro, siempre me había mostrado reacio a la idea. Ahora era el propio Monarca quien abordaba la situación, complicado, muy complicado.

No tengo duda de que el Rey confía plenamente en mí, y estoy seguro de que le encantaría que yo fuera presidente del Gobierno, porque sabe que uno de mis objetivos fundamentales sería el prestigiar la institución monárquica, pero los deseos y la realidad a veces transitan por senderos diferentes.

Al despedirnos, el Rey me dio un abrazo muy sentido, mientras me decía:

—Ya no tienes a papá, pero ahora me tienes a mí.

Fue muy emotivo. Salí dominado por una sensación extraña, preocupado, asustado ante el compromiso de la Historia, aunque, por qué no reconocerlo, también embargado por un íntimo y secreto sentimiento de orgullo.

Por la noche estuve cenando en casa de Adolfo Suárez. Yo no conocía la noticia de que Txiki Benegas había dado a la prensa su carta de dimisión a Felipe, con el consiguiente y fenomenal revuelo. Estábamos cenando cuando llamó el Presidente para ver a Adolfo al día siguiente a la hora del almuerzo.

—Este quiere irse, sin más, no aguanta —asegura Suárez—. El sábado me dijo que definitivamente se marchaba. Yo traté de hacerle recapacitar, diciéndole que tiene que hacer las cosas bien, pero está quemado y dice que se marcha por encima de todo.

—No me lo creo, Adolfo, entre otras cosas porque al Rey no le ha dicho precisamente eso.

—¿Qué le ha dicho?

—Que seguramente va a convocar elecciones, aunque ahora, con esa carta de dimisión de Benegas por medio, eso me parece sencillamente una locura.

—Por supuesto.

—Es que no me cuadra. No me creo que Felipe quiera realmente irse. Si abandona la presidencia del Gobierno en estos momentos, además de crear un caos fenomenal en el país, su descrédito personal alcanzaría tales cotas que pasaría a la historia como el gran responsable de la corrupción en España, además de propinarle al PSOE una derrota electoral de cojones, que no, que no lo creo...

—Es posible que tengas razón, pero yo el sábado le vi muy quemado.

—No lo niego, pero no se puede ir. Yo creo que lo que habría que hacer es tratar de evitar la escalada verbal de acusaciones en el tema de la corrupción, que es lo que le tiene amargado.

—¿Y cómo haces eso?

—No sé, pero se me ha ocurrido la idea de promover una reunión en la que estuviéramos Felipe, Aznar, Escámez, tú y yo, y en la que haríamos ver a José María la conveniencia para todos de moderar el tono de las denuncias sobre corrupción.

—¿Tú crees que será fácil convencer a Aznar? Habría que ofrecerle algo a cambio.

—Es que a él le conviene también, porque si no Felipe puede amenazarle con nombrar una comisión parlamentaria para investigar la financiación de todos los partidos políticos, y como todos están entrampados hasta las cejas, ya me contarás...

—No, vosotros seríais los que tendríais que cantar de plano en ese caso.

—No te quepa duda que, obligados a declarar bajo juramento, los banqueros no tendríamos más alternativa que decir la verdad, con lo que llevaríamos al país a una situación límite.

—El problema sería Izquierda Unida...

—Es posible, pero Felipe me ha contado que tiene recibos de dinero pagado por la KGB y firmados por el propio Anguita, así que no creo que fuera difícil hacerles entrar en razón.

—Pues no me parece mala solución una reunión de este tipo entre políticos y banqueros.

—Pero además es que Felipe debería cambiar inmediatamente al equipo económico. Felipe le debe ese gesto no sólo al país, sino a su propio partido, porque con Solchaga en Economía no hay dios que le vote, coño, ¡un tío que es el gran responsable del desastre actual te ahuyenta los votos!

—Pero el problema es a quién pones en Economía en sustitución de Solchaga, es un tema muy difícil, porque además hay poco tiempo para hacer algo que pueda ser percibido por la gente.

—Pues sí es un problema, qué duda cabe.

—¿A ti se te ocurre algún nombre? Tendrían que ser personas

independientes, porque Felipe no tiene fuerza en estos momentos, y necesitaría un vicepresidente potente que asumiera las responsabilidades económicas durante el tiempo que reste hasta la convocatoria electoral. Dentro del Partido Socialista no veo a nadie con esas características. ¿Quién se te ocurre a ti dentro del PSOE?

—No sé, la verdad, no lo veo.

—¿Y por qué no un banquero?

—Hombre, ahí está Sánchez Asiaín. Podría ser un candidato.

—No creo que Asiaín esté para esos trotes. ¿Tú estarías dispuesto a asumir esa responsabilidad?

Por fin había desembuchado Adolfo Suárez, después de haber dado varias vueltas al ruedo sin atreverse a entrar a matar.

—Esa es una pregunta difícil, Adolfo, y la respuesta lo es mucho más. Es un salto que me parece extraordinariamente complicado.

—¿Por qué? A los ojos de la opinión pública tienes la credibilidad necesaria para afrontar un reto así, entre otras cosas porque has sido el único que te has opuesto claramente a la política económica de Solchaga. Por otra parte, en estos momentos nadie del PSOE podría asumir esa tarea, puesto que lo primero es poner orden en el partido y ello es incompatible con las tareas de Gobierno.

—Adolfo, ¿te das cuenta de que eso sería una bomba?, ¿te imaginas lo que supondría ver a Mario Conde de vicepresidente económico de un Gobierno presidido por Felipe González?

—Me doy perfecta cuenta. Es perfectamente posible, además de conveniente, que personas independientes se encarguen del área económica, ¿por qué no? En época de la UCD yo nombré a muchos ministros que no eran militantes del partido, así que no te preocupes, que no sería la primera vez que eso ocurre en la historia.

—¿Y qué crees tú que dirían tanto el PSOE como el PP? ¿No crees que Aznar pondría el grito en el cielo?

—Pues mira, al PSOE una operación de este tipo podría permitirle poner orden en casa, antes de presentarse a unas elecciones generales donde podría recoger los frutos de la gestión de ese vicepresidente económico. Lógicamente el más difícil sería el PP, que podría pensar que se trata de una operación política, pero a ellos también les puede convenir no llegar ahora al Gobierno y esperar a que se empiece a notar la recuperación.

—No sé, sigo pensando que por mi parte sería un salto en el vacío demasiado espectacular. Hay otra gente, no sé, la misma Paulina Beato, Miguel Angel Fernández Ordóñez...

—Nada, nada, Mario, el candidato eres tú. Además me parece evidente que si cosecharas un mínimo éxito en la gestión, pasarías a gozar de una popularidad extraordinaria, hasta el punto que pienso que desde ese puesto sería inevitable tu pase a la política como candidato a la Presidencia del Gobierno. Ese podría ser el momento adecuado, Mario, para el relanzamiento de una opción de centro en nuestro país.

—Me parece que todo eso es correr demasiado, Adolfo, hay cosas mucho más inmediatas, cuestiones de mínimos, como moderar el clima de tensión que rodea al tema de la corrupción, o evitar la convocatoria de elecciones, porque eso me parece ahora un auténtico suicidio para Felipe, además de un pasaporte para el caos nacional. Lo del vicepresidente económico ya se verá. Me parece que nombrar un vicepresidente económico de la sociedad civil con prestigio es un asunto de mucha mayor envergadura, que merece mayor reflexión.

—De acuerdo, de acuerdo, pero ¿me permites plantear el tema en la instancia adecuada?

—Tú no necesitas mi permiso para casi nada, Adolfo.

El árbol del gran pacto entre «el partido bisagra» de Mario Conde y Adolfo Suárez crecía cada día con más fuerza. Partido bisagra, ¿con quién? Naturalmente, con don Felipe González. ¿A cambio de qué? A cambio de que Felipe le diera a Mario el área económica del Gobierno, con lo que el gallego hubiera podido colocar adecuadamente sus peones, acabando de una vez con los problemas de Banesto.

Aquél había sido un día tan intenso como hacía mucho tiempo Conde no recordaba otro; cuando abandonaba la casa de Adolfo, instalado en el cruce de caminos de la Historia, era consciente de estar viviendo momentos especialmente graves para el país, aunque el país parecía haberse acostado tranquilo, las calles desiertas, ajeno Juan Español a los desvelos de unos pocos por culpa de la alta política, ¿se merece este pueblo de aguadores y mendigos el sacrificio del gran Mario Conde? Repanchigado en la parte trasera del Audi 100, con un motorista abriendo paso a bordo de la BMW, el coche de escolta detrás, camino de la calle Triana, sintió miedo, miedo a que las incertidumbres políticas pudieran echar a pique sus proyectos con Morgan, miedo a dejarse tentar por el vértigo de la política, la conversación con el Rey, unida a la que acababa de mantener con Suárez, habían sembrado en él una inquietud máxima, no podía dejarse arrastrar, no soy responsable de nada y nadie puede pedirme que acepte unas responsabilidades que no me competen.

Al día siguiente, 6 de abril, Conde volvió a entrevistarse con Felipe en La Moncloa. No había nada especial en juego, simplemente la aceleración de los acontecimientos y la extrema debilidad que afectaba al sevillano, absolutamente obsesionado por la corrupción, dando vueltas a la noria de lo costoso que resultaría para el país la creación de una comisión parlamentaria encargada de investigar la financiación de los partidos políticos desde la llegada de la democracia.

Mario expuso su tesis de una posible reunión a cinco, entre Aznar, Suárez, Escámez y ellos dos, con el propósito de bajar el tono de las denuncias sobre corrupción que está afectando al crédito de España. A Felipe le pareció bien la idea, pero tampoco insistió demasiado en ella.

Su única obsesión era que el banquero hiciera declaraciones al respecto.

—Estamos ante una sociedad en la que nadie quiere asumir sus responsabilidades, y por eso están sucediendo las cosas que pasan.

—De acuerdo, pero a mí no me puedes cargar con ese muerto.

—Es que creo que la única posibilidad real de que se deje de hablar de este asunto es que tú hagas unas declaraciones quitando hierro al tema de la financiación de Filesa, y diciendo que los banqueros conocéis a la perfección cómo se han financiado los partidos políticos en la democracia.

—¿Pero cómo se puede decir eso?

—¡Pues diciéndolo! Tú sabes lo que ocurrió con Filesa, un asunto que se origina por culpa de los gastos de la campaña de la OTAN, donde el PSOE tuvo que echar el resto enfrentándose a la irresponsabilidad de la derecha española, de Fraga, que incluso remó en contra. Allí quedaron entrampadas para siempre las finanzas del PSOE, y para frenar la sangría tuvimos que acudir a Pedro Toledo, que era el banquero amigo que teníamos a través de Carlos, y Toledo nos ayudó, como siempre, pero sugirió que se diera a estas ayudas un mínimo soporte jurídico en forma de pago por servicios prestados.

—Todo eso está muy bien, y te agradezco la explicación, pero ¿por qué yo? Explícame a ver por qué tengo que ser yo...

—Porque tú tienes prestigio y dominas la prensa.

—Hombre, eso no es cierto. Una cosa es que tenga ciertas influencias y otra muy distinta que los periodistas que mandan en los periódicos me quieran hacer caso. Y de todas formas, no creo que el problema pueda reducirse a unas declaraciones periodísticas. Ese es precisamente el problema. Además, la gente no entendería que Mario Conde se metiera en un asunto que ni le va ni le viene.

La conversación derivó en seguida hacia el cambio de Gobierno. Mario no quería desaprovechar la oportunidad para machacar al ministro de Economía.

—Durante mucho tiempo he pensado que no era conveniente quitar a Solchaga, pero ahora creo que es una necesidad y una obligación.

—Ya sabes que siempre ha gozado de mi confianza.

—Lo sé. También sabes que nunca te he hablado una palabra porque podías pensar que se trataba de una opinión interesada, pero este hombre ha hecho cosas gravísimas contra Banesto, que no deberías ignorar como presidente del Gobierno. De eso me gustaría hablarte un día.

El silencio fue la respuesta de Felipe.

—Porque, volviendo al tema que nos ocupa, no entiendo cómo podrías presentarte en una campaña electoral con el mismo equipo económico al lado.

—Es que no va a seguir nadie bajo ningún concepto —replica Felipe contundente—. Ni Solchaga ni ninguno, y eso lo puedes decir a todo el mundo.

—No se trata de que yo diga o deje de decir. Se trata de que, ya que no hay tiempo material para conseguir un cambio en los indicadores económicos, por lo menos puedas vender alguna expectativa de cambio, empezando por las personas responsables.

—Me lo han pedido varias personas, no sólo tú, pero pienso que en estos momentos ya no hay tiempo para realizar ese cambio. En realidad hay poco tiempo para todos, incluso para mí, porque a lo mejor no me presento a las elecciones...

—¡Felipe, como ciudadano no te tolero que me digas eso! Tú sabes bien por qué sigo manteniendo estas conversaciones contigo, y no me parece de recibo que ahora salgas por ese registro, porque eso se piensa antes y se preparan las cosas de otra manera.

—Estoy muy cansado... Son ya muchos años de remar aquí, de luchar contra la incomprensión de tanta gente, y estoy cansado.

—Pero eso nos pasa a todos, y no por eso hacemos dejación de nuestras responsabilidades. Tienes que tomar las riendas, sobre todo en tu ejecutiva, porque necesitas presentarte ante el país como una persona que asume el poder, como una persona que manda...

—¡Yo mando mucho, Mario, mando mucho! —replica Felipe con tono crispado.

—Lo sé, no te enfades, pero la gente necesita estar convencida de que su presidente del Gobierno manda realmente.

Al día siguiente se celebró el funeral por don Juan, muy emocionante. En cuanto terminó el acto, el banquero voló a su finca sevillana. A las cuatro y media de la tarde le llamaba el Rey por teléfono, todavía impresionado por la ceremonia de la mañana. Y preocupado por la situación. Mario le contó su conversación con Felipe, y me parece una locura que pretenda que yo haga unas declaraciones sobre la corrupción, estoy de acuerdo, estoy de acuerdo, y es una pena que este hombre no haya querido aceptar nuestra ayuda cuando podía haberle sido útil, hace un año, o al menos hace seis meses, pero ahora ya no hay tiempo, el Monarca cree que en este ambiente Felipe pierde las elecciones, y eso le tiene en vilo, porque supone introducir un factor de inestabilidad en las instituciones.

La crisis estalla en plena Semana Santa, vía crucis de Felipe, quería un Consejo de Ministros el Jueves Santo, 8 de abril, para anunciar a continuación la disolución de las Cámaras, pero Txiki y Alfonso le paran los pies, había que debatir el sábado en el comité federal qué pasaba con el partido, si saltaba por los aires o la división interna se atemperaba de nuevo con ungüentos y cataplasmas. La lucha entre los primeros espadas del PSOE estaba planteada a cara de perro.

El Miércoles Santo Felipe hace un viaje relámpago para entrevistarse con Kohl y mendigarle una limosna electoral. El alemán, su valedor en Europa, le lee la cartilla: esa amenaza de abandono que Felipe esgrime frente a Guerra y los suyos le parece a Helmut una locura, un juego muy peligroso para España y para los intereses europeos en España. El alemán no ve inconveniente en que su amigo disuelva las cámaras, puesto que la peseta no podrá llegar a octubre sin devaluarse, y Kohl, magnánimo, promete que hará lo que esté en su mano presionando al Bundesbank para que baje los tipos de interés alemanes, de manera que el Banco de España pueda hacer lo propio, permitiendo a Felipe presentarse ante los electores con ese pan bajo el brazo.

El Jueves Santo sigue sin haber acuerdo para el comité federal del viernes, de forma que la reunión se aplaza al sábado, es la guerra, y en la tarde de aquel jueves se pone en marcha una corriente de opinión, guerristas y algunos renovadores, que trata de desdramatizar el chantaje de Felipe, no se hunde el mundo si se va el líder carismático, en el partido hay caras con tirón para soportar el cartel electoral socialista, José Luis Corcuera, en lo más alto de su popularidad, por encima de todos, cien veces antes que los dos candidatos del propio Felipe, Serra o Solchaga.

Y de hecho el Viernes Santo, todavía sin acuerdo, Corcuera fue cabeza de cartel electoral del PSOE para la convocatoria electoral anticipada que debía salir de ese comité federal.

Pero el sábado hubo pacto entre las huestes de Guerra y Felipe: el sevillano encabezará la candidatura socialista, pero a cambio tiene que ceder ante el aparato en cuestiones como la formación de las listas, composición de la ejecutiva, etc. Felipe demuestra de nuevo que no es capaz de sostener un órdago hasta el final, porque se raja, le falta coraje.

—¿Cómo se puede arreglar esto? —pregunta angustiado el sevillano.

—Pues conmigo de coordinador y con mi gente en el comité electoral —responde Guerra.

—Pero, ¿qué van a decir? ¿Cómo voy a quedar yo ante la gente?

—Muy bien, no te preocupes, Felipe, que tú vas a quedar divinamente: mañana saldrá *El País* diciendo que has ganado por goleada.

Y, efectivamente, al final parece que no ha pasado nada, o esa impresión tiene la calle. Más aún, la calle piensa que Felipe acumula más y más poder, que Guerra cede, mientras Guerra aguanta, estoico, sabedor de que es él quien controla la sala de máquinas de la nave socialista, y la seguirá controlando cuando el PSOE esté en la oposición, entonces ya solo, porque los «renovadores de la nada» habrán huido en desbandada en cuanto se pierda el poder.

Es un Felipe González ayuno de fortaleza moral para aguantar los envites. El sevillano no soporta la tensión de las grandes ocasiones, se deprime, se derrumba. «No me mira a los ojos», se queja Miguel Roca estos días. Por eso Guerra le derrota, por eso le vencerá en el XXXIII Congreso, por cansancio, por eso le ganará la batalla decisiva en la guerra abierta entre ambos a partir del 14 de diciembre del 89. Comenta Fernando Abril:

—¿Por qué crees que yo hablaba tanto con Alfonso Guerra cuando negociamos la Constitución? Porque Felipe estaba *missing*, desaparecía, se venía abajo cuando más se le necesitaba.

El lunes, 12 de abril, Felipe González anunció la convocatoria de elecciones generales para el 6 de junio, justificando la medida por el clima de crispación que vive el país. Un puñado de jóvenes universitarios de la Autónoma había conseguido disolver el Parlamento y convocar elecciones.

Los diputados se marchan a su casa y a Felipe se le van a los corrales sin torear bichos como la Ley de Huelga, un proyecto muy criticado por la comunidad empresarial, negociado entre el sector guerrista y los sindicatos, la llamada «Ley Mordaza» contra el periodismo crítico, la «Ley Eléctrica», etc.

El adelanto electoral también fue presentado como ineludible desde el punto de vista económico [3]. El PIB registraba un crecimiento negativo del 1,2 por ciento, en el tercer trimestre consecutivo de recesión. La confianza en España está cayendo entre los inversores extranjeros, el Banco de España ha gastado gran parte de nuestras reservas de divisas en una tonta defensa de la peseta contra los molinos de viento del mercado, y la prensa extranjera se pregunta qué pasa con España, qué pasa con la corrupción, qué pasa con Filesa. Felipe, ahogado entre tantas preguntas, no puede esperar más.

A la caída de la tarde de ese mismo lunes, Mario volvió a La Moncloa para otra charla de mesa camilla con un Felipe González que atravesaba sus horas más bajas. El banquero fue duro con él:

[3] La política económica seguida por el Gobierno desde finales del 88 ha conducido a esta semana de pasión socialista tras haber arruinado la inversión y el empleo.

La receta se resume en altos tipos de interés y peseta por las nubes. El semanario británico *The Economist* estimó en abril las reservas españolas en 15.000 millones de dólares, frente a los más de 60.000 millones de antes de la crisis monetaria.

Tras el 12 de abril, las presiones sobre la peseta se intensificaron. En dicho mes, el Banco de España empleó 3.725 millones de dólares en defender la divisa española.

—Tu responsabilidad trasciende la situación económica. Creo que si pierdes las próximas elecciones el proyecto de la izquierda quedará muy dañado, sobre todo en el terreno de la eficacia en la gestión y en el de la ética. Por eso tienes una gran responsabilidad con el Partido Socialista, y con la propia sociedad española.

—Yo pienso que el proceso de modernización de la sociedad que iniciamos en el 82 está ya concluido.

—Te equivocas, y si crees eso estás en un grave error. Todavía hay fuerzas regresivas en el seno de la sociedad española que están esperando a que pierdas la batalla para salir a la luz con todo su poder.

—¿De qué fuerzas hablas?

—De muchas y variadas, localizadas en muy distintos frentes. Por eso tu responsabilidad por no haber concluido ese proceso de modernización es muy grande, tan grande como la posibilidad de una vuelta de esas fuerzas regresivas en caso de victoria del PP.

—¿Pero te estás refiriendo al propio PP?

—No, no me refiero a los dirigentes del PP como Aznar, que creo que son personas moderadas y que entienden su papel, sino a las fuerzas que se aglutinan en torno al PP como instrumento para desalojarte del Gobierno.

Un discurso que le encantó. Luego me dijo Polanco que esta es exactamente su tesis. También el Rey me contó que el lunes siguiente Felipe le había hablado de las fuerzas regresivas, al contarle la entrevista que habíamos mantenido. Fue un encuentro muy interesante, del que saqué, como primera conclusión, que el Presidente está en horas bajas. En efecto, me encontré a un Felipe abatido, con poca capacidad de iniciativa, a la defensiva, y casi resignado a perder las elecciones.

Un Felipe en la unidad de cuidados intensivos de Jesús Polanco, Mario Conde y Adolfo Suárez, el trío de médicos, psicólogos y animadores que hasta el 6 de junio, en un indescriptible baile de disfraces, tratarán de mantener a flote las constantes vitales del político que debía ganarles las elecciones porque así cumplía a sus intereses.

Polanco y Conde, Conde y Polanco comparten impresiones casi a diario sobre la situación del enfermo de La Moncloa, sus puntos de vista son plenamente coincidentes, la situación no puede ser más enrevesada y difícil, sobre todo porque la derecha carece de líder y de programa político. Entre los círculos empresariales y la burguesía ilustrada Aznar no cuaja, no enamora, pero aun así podría ganar, para alarma de Jesús y Mario, puesto que esta vez se trata de votar contra algo o alguien.

Convéncete, Jesús, aquí la pregunta del 6-J va a ser: ¿contra quién va a votar usted en las próximas elecciones? Esta es la situación real, y aunque Aznar no guste, mucha gente va a votarle, porque está cansada de los socialistas y de su escasa capacidad de reacción.

Pero Polanco confía plenamente en la fuerza carismática de Felipe González, y Mario que no, que eso es ahora un espejismo que se va reduciendo día a día por la corrupción, el paro, la crisis económica y de valores... los líderes se acaban y Felipe se está acabando. Su credibilidad disminuye por momentos y ha perdido la capacidad de reacción que tenía. Y es que la sociedad le ha vuelto la espalda, Jesús, y esto hay que tenerlo muy en cuenta. Yo le dije al Rey en septiembre del año pasado que veía que Felipe González se acababa. El Rey no lo creía así, entre otras cosas porque está muy cómodo con Felipe, y cree que tiene más visión de Estado que Aznar, pero los hechos son los hechos.

Hoy por hoy, creo que caminamos hacia una situación de difícil gobernabilidad. Las diferencias de escaños entre los dos partidos mayoritarios van a ser mínimas, y eso puede provocar coaliciones contra natura, coaliciones con alto coste para nosotros o incluso tremendas dificultades para encontrar un Gobierno estable.

Y aunque un Gobierno sin mayoría absoluta podría ser bueno para acabar con la absurda prepotencia que hemos vivido años atrás, un Gobierno excesivamente débil, dada la situación de crisis general que soportamos, podría contribuir a empeorar y radicalizar mucho las cosas, Jesús le tiene verdadero pánico a la radicalización, sobre todo a la radicalización por la izquierda, puesto que si el PSOE pierde... si Felipe pierde, admite el editor, automáticamente deja de ser un activo electoral, y eso significa el triunfo de Alfonso Guerra, y una potencial alianza con Izquierda Unida, el giro a la izquierda, y un escalofrío recorre entonces el lustroso cuerpo de Polanco, un peligro cierto para sus negocios, para el futuro de sus negocios, porque Guerra va a querer vengarse...

Pero también peligro de radicalización por la derecha, Jesús, si el PP consigue formar Gobierno —los dos hombres que pasan por ser los más poderosos de España, a cuestas con sus fantasmas respectivos—, sí, Jesús, porque las fuerzas regresivas de la sociedad española se harán cada vez más patentes, sobre todo si han conseguido derrotar al PSOE aunque sea por escaso margen.

Vamos a una radicalización del país en la que el papel de la Corona va a ser muy comprometido. No es que estemos en la situación límite de Italia, donde hay riesgo del Estado y de la democracia, pero en los próximos meses las cosas van a empeorar aquí, con lo que ello implica, por lo que el Rey tiene que mantener una neutralidad exquisita, y por eso le he dicho que acudir al premio Carlomagno de Felipe González va a levantar muchas críticas, y que sería prudente quedarse en Madrid.

A solas con la almohada, Mario piensa que tiene que jugar sus cartas con exquisito cuidado, manteniendo a salvo la imagen de neutralidad, no tendría sentido que yo apoyara al Partido Socialista, que hiciera alguna declaración expresa de apoyo como me ha sugerido, ya le estoy ayudando demasiado, porque no se entendería que después de lo que ha pasado en estos cinco años, saliera ahora en defensa de quienes han tratado tantas veces de echarme del banco. Cuanto más le conozco, menos creo en Felipe. Es un tío que miente más que habla, y uno nota que miente, pero yo debo ser prudente, sobre todo porque tengo pendiente la operación con el Totta & Açores en la que Felipe me puede ser muy útil, sobre todo si vuelve a ganar, yo estoy convencido de que va a ganar, por mucho que digan las encuestas y por mucho empeño que ponga Pedro J. Ramírez.

Pero tampoco estaría bien visto que apoyara al Partido Popular, debo ser prudente, sobre todo porque sospecho que las fuerzas de la reacción siguen larvadas en la sociedad española y si gana el Partido Popular las vamos a ver en acción, y eso me alarma, aunque pueda hacer bien poco por evitarlo.

Las presiones sobre la peseta hacen crisis el jueves, 13 de mayo, en que la divisa española es devaluada en un 8 por ciento [4]. Es un jueves negro para Felipe González, que el presidente tapa siete días después con un jueves imperial en Aquisgrán, donde recibe el premio Carlomagno, con gran despliegue publicitario de los medios de comunicación adictos al Régimen.

En la niebla que envuelve el horizonte económico, José María Cuevas convoca una cena de notables en la sede de la CEOE, lo más granado del capitalismo patrio, vino Emilio Ybarra, del BBV,

[4] Solchaga imputa la devaluación a «incertidumbres políticas, no a razones económicas», y para endulzar el trago anuncia una bajada de 1,5 puntos en el precio del dinero.

vino Mario, por supuesto, vino Fernando Ybarra, de Sevillana, Emilio Botín, que es el más listo, se disculpó y dijo que le resultaba imposible, vino Isidoro Alvarez, de El Corte Inglés, y Amusátegui, del BCH, en fin, se trataba de ver si hacíamos algo o no hacíamos nada, si manifestábamos opinión o nos quedábamos calladitos como de costumbre.

Que era lo que me temía. Yo sabía que no íbamos a hacer nada, pero bueno, me dije, para que luego no me digan que ni siquiera les he preguntado, y efectivamente cenamos aquí, y, como no podía ser menos, fue Mario el único que abrió la boca, los demás callados como muertos, ¡ah, eso sí!, Amusátegui le contradijo, porque Mario era el que insistía, en momentos tan complicados como los que vive el país deberíamos tratar de explicar cómo vemos nosotros las cosas, qué habría que hacer para salir de la crisis, de verdad, sin demagogias, yo creo que tendríamos que dar ejemplo, qué cosas tendría que hacer el Gobierno, el que sea, si no queremos que este país se vaya a la mierda, y los demás silencio, los demás que ni hablar, que no, que neutralidad, neutralidad total.

Y no es que Mario esté para muchas alegrías. La convocatoria de elecciones introduce un elemento de incertidumbre para Banesto. Los enemigos de Conde se frotan las manos, mala suerte la de Mario, la Guerra del Golfo frustró su gran jugada con la Corporación, y ahora la crisis política española puede dar al traste con la ampliación de capital, siempre acontecimientos políticos interponiéndose, como obstáculos insalvables, en su camino, y por Madrid corre una frase atribuida a Carlos Solchaga:

—A éste se le va a joder la operación...

Por Madrid circulan también historias de rivalidades entre Banesto y algunos bancos, especialmente el BBV, parece cosa de celos a cuenta de J. P. Morgan, el rumor está en la calle, y se dice que algunos banqueros han viajado a Estados Unidos por encargo de Solchaga, y han largado de lo lindo contra Conde, las maldades de Conde, las cosas que está haciendo Conde para forrarse a costa de Banesto.

Sin embargo, Mario da un paso al frente, y a primeros de mayo sorprende de nuevo a propios y extraños al modificar con J. P. Morgan la operación de ampliación de capital, que ahora se hará en tres tramos por un total de 130.000 millones de pesetas. El vicepresidente de Morgan, Roberto Mendoza, entra a formar parte del consejo de administración de Banesto.

La campaña electoral resultó un campo minado lleno de trampas tan llamativas como el fichaje del juez Garzón como «número dos» de la lista del PSOE por Madrid. Un hombre acorralado, Felipe González, a quien los galenos Conde, Polanco y Suárez decían tener con respiración asistida, se lanzó sin embargo a la arena a cuerpo limpio, dispuesto a no dejarse arrollar por la marea del cambio. Con un arrope muy superficial del partido, sin citar ni una sola vez la palabra socialismo, apelando a ese grito de históricas resonancias hispanas cual es el ¡que viene la derecha!, Felipe volvió a ganar, aunque, por primera vez desde el 82, sin mayoría absoluta.

Para ganar tuvo que mentir. La esquizofrenia de la situación española es tal que si el candidato González dijera la verdad de la situación económica, de las cuentas del Reino, del déficit público, tendría que salir corriendo. ¿Cómo explicar desde una tribuna que en los últimos veinte meses se han destruido 800.000 puestos de trabajo? ¿Cómo decir en público que todos y cada uno de los 39 millones de españoles deberían pagar 700.000 pesetas para saldar la deuda pública acumulada por un Gobierno manirroto en los últimos cinco años? El responsable de la bancarrota española volvía a postularse como el gestor encargado de corregirla. ¡El asesino quería encargarse de descubrir el crimen!

Al final Felipe consiguió una victoria mínima ganada a pulso, a la que contribuyeron no poco los errores del contrario, José María Aznar, denostado Tancredo en aquel famoso debate de Tele 5.

—Me gustaría creer que ha habido algún tipo de pacto para no mencionar el tema de la corrupción —comentaba al día siguiente un periodista madrileño a un destacado dirigente popular—. Prefiero pensar que sois unos sinvergüenzas antes que unos tontos...

—Tienes razón y por eso nosotros no queremos moverlo mucho, no sea que la gente llegue a la misma conclusión.

Felipe ganó porque supo sacar ventaja de la precaria condición de una parte del electorado obligada a votar con el estómago —PER y pensiones—, de un electorado que, en amplias zonas rurales, sigue atado a la pata de la mesa de los mensajes audiovisuales.

El votante de la España profunda, olvidados ya aquellos arranques de rebeldía que generaciones atrás dieron lugar a las revueltas campesinas, está acostumbrado a que le gobiernen, y a que le gobiernen gobiernos fuertes, a ser posible caudillos. Muy a su pesar, Felipe es un heredero de la tradición caudillista española, heredero de ese franquismo sociológico que ha sabido utilizar en su provecho. Ese votante de la España profunda, como el *mujik* ruso, con ese sentido común a ras de suelo que indujo a Ortega a proclamar aquello de que «España podría un día desaparecer debido a su malsano instinto de conservación», quiere que el poder le tenga siempre bien embridado. Quiere un jefe, y si no lo tiene se lo busca, por que la idiosincrasia, la *Volksgeist*, aquel espíritu nacional propio que los románticos atribuían a cada pueblo, es en el *homo hispanus* el acriticismo y la servidumbre al poder constituido, la entrega a un amo, en el sentido que ya daba al término Tocqueville.

En esta democracia sin demócratas, Felipe gobierna de espaldas a la España del futuro, con el apoyo de la España del pasado.

Pero el problema de Felipe es cómo salir de La Moncloa con la cabeza alta, cómo entrar en las páginas de la historia española con algún honor, asunto harto complicado a la luz de sus responsabilidades en la España de la corrupción. El sevillano tiene miedo a salir como su amigo Bettino Craxi en Italia, o a entrar como lo ha hecho su amigo Carlos Andrés Pérez en una cárcel de Venezuela.

—Yo me voy de la política y me fumo un puro... —le dijo González a Conde en la entrevista en el cortijo de Manolo Prado.

Era un farol. Felipe le ha visto las orejas al lobo y quiere abandonar La Moncloa con dignidad. Quiere el Toisón de Oro para rubricar el «alto sacrificio de doce años de vida entregados a España». Doce años después de octubre de 1982, Felipe se encuentra en un cruce de caminos: a un lado está la cárcel de Alcalá-Meco; a otro el marquesado de González.

Si Aznar no ha ganado ahora, se dijo tras el 6-J, será difícil que pueda hacerlo en el futuro. Es el problema de fondo de Aznar, la sensación de que el líder popular no ha resuelto aún una cuestión capital como es su posición en el arco ideológico, no sabe si instalarse en una socialdemocracia atemperada —¿no ha sido suficiente ración la de Carlos Solchaga?—, o en un liberalismo más o menos puro.

Son los problemas del entramado de gente que rodea al líder del PP, el peligro de gente procedente de la extinta UCD, tipos con mala conciencia, que no van a atreverse a decirle al país la verdad, a contarle que no se puede financiar el actual sistema de protección social si no se genera riqueza suficiente, y ello sin dejarse tampoco arrastrar por los «industrialistas» puros, gente para la que sólo vale bajar los tipos interés hasta el 3 por ciento y que le den morcilla a todo lo demás.

El mundo financiero acogió el resultado electoral con miedo a la etapa de inestabilidad que podía abrir la desaparición de las mayorías absolutas. Si el PSOE no ha sido capaz de gobernar con mayoría, ¿cómo lo hará en minoría?

Los Botín se mostraban ciertamente consternados, sin entender lo que había ocurrido.

—He votado tres veces al PSOE —aseguraba la noche del 6 de junio Jaime Botín—, y hoy he votado al PP porque este país necesita cambiar, y estoy hasta las narices de ver a Felipe convertido en un caudillo ridículo...

También José María Amusátegui se inclinó por el PP, aunque menos decididamente que Emilio Ybarra. El único contento era Mario Conde. Su vaticinio sobre Aznar se ha cumplido: si no ha ganado ahora, no ganará nunca. Felipe le ha visto las orejas al lobo, piensa Mario, se ha visto saliendo hacia los tribunales de justicia por culpa de «las Filesas», saliendo de Moncloa por la puerta falsa de la Historia, y está dispuesto a hacer cualquier cosa para que eso no le ocurra.

Conde cree que González tendrá que hacer un plan de ajuste que guste a los poderes del dinero, tendrá que arremeter contra los sindicatos, un punto en el que Jesús Polanco se muestra taxativo, y pactar con las dos fuerzas sociales más homogéneas y claras del país, Banesto y la CEOE, o eso piensa el mago Mario, y no descarta que Paulina Beato se convierta en ministro del nuevo Gobierno de Felipe González, si él no lo es, que lo sea Paulina, en realidad se está moviendo para lograrlo, ¡sería la hostia, dice, meter a Almansa en La Zarzuela y a Paulina en La Moncloa!

Al día siguiente de las elecciones, Felipe llamó a Mario a su despacho de Alcalá, once de la mañana, para recordarle que se ocuparía de hablar con Cavaco en relación con el asunto Totta & Açores. Y Mario encantado, no sé si conseguirá algo, pero es un detallazo por su parte que demuestra que algo ha cambiado.

Yo creo que el resultado electoral es bueno para Banesto. Ya no vamos a tener la hostilidad del Gobierno que hemos sufrido estos años, porque Felipe ha variado su talante hacia mí. Solchaga dejará Economía con toda seguridad, y eso es muy significativo. Felipe me ha entendido, y se ha dado cuenta de que ni siquiera con mayoría absoluta se puede gobernar contra las fuerzas de la sociedad civil. No le queda otra alternativa que integrarlas dentro del proyecto.

Eso fue precisamente lo que defendí en el doctorado *honoris causa* por la Universidad Complutense, 9 de junio del 93. Me hizo una tremenda ilusión. Fue un acto precioso y solemne que presidió el Rey y al que asistió todo el mundo, como ha recogido la prensa. Hice un discurso, que el Rey conocía y aprobaba, bastante atrevido. Hablé de las relaciones entre democracia política y sociedad civil.

Mi tesis fue muy clara: dada la crisis de los partidos tradicionales, es necesario regenerar la democracia, lo que no se podrá conseguir sin que las fuerzas sociales se impliquen en mayor medida en los asuntos de Estado. En este tramo final del siglo XX, no es posible que un proyecto político llegue a convertirse en un proyecto colectivo sin el concurso y participación de la sociedad civil.

El aplauso final fue tremendo. Yo ya estaba sentado de nuevo en mi sitio y la gente seguía aplaudiendo. Es cierto que habrá críticas, aunque yo creo que eso es bueno, porque se trata de abrir un debate, pero en una inmensa mayoría el discurso cayó muy bien, porque es exactamente lo que la gente quería oír.

Es obvio que algunos van a querer sacarle punta política, diciendo que se trata del lanzamiento de un nuevo partido liderado por mí y cosas por el estilo, pero lo que cuenta es la realidad, y la realidad es que la sociedad civil se está poniendo en pie, y, les guste o no a algunos, el liderazgo conceptual y personal de la sociedad civil lo tengo yo, y eso me otorga una posición de preeminencia muy clara, un poder real muy grande en la sociedad española, porque mis opiniones tienen una gran trascendencia.

Fue un día muy emocionante. El Rey estaba feliz, tanto con el desarrollo de la jornada electoral como con el doctorado. La victoria de Felipe le ha evitado el incómodo papel de tener que decidir a quién encargaba la formación de Gobierno.

Vino expresamente a hacerse una foto conmigo, vestidos los dos con traje académico de doctores *honoris causa*. Adolfo Suárez estuvo también muy cariñoso. En fin, fue una jornada muy feliz, que tuvo una extraordinaria repercusión en prensa. Viendo allí sentados a muchos de los enemigos que he tenido estos años aplaudiendo el discurso, me di cuenta de que estaba asistiendo a mi consagración personal.

Pero Felipe no asistió, ¡ay, Felipe! Mario todavía no se ha

enterado, pero Felipe ya no es el de antes del 6-J. Tardará algunas semanas en darse cuenta del cambio experimentado en la conducta del presidente del Gobierno hacia él. Transcurrida la jornada electoral, el andaluz decide soltar lastre, Mario Conde ya no le interesa, ya le ha utilizado, le ha usado contra el PP, la campaña electoral ha pasado y quiere recuperar distancia, ese es Felipe González, un falso, un político en la peor acepción del término, ¡ingenuo Mario! A cuestas con su imagen de político *naif*, Felipe es un maestro en el arte de conservar el poder y por conservarlo hará lo que sea menester con Mario, con Adolfo, con Jesús, con todo el que pueda rendirle un beneficio; José María Aznar sabe mucho de sus engaños, a todos los tirará a la papelera como *kleenex* usados cuando no los necesite, así es la política, lo contrario de lo rectilíneo, lo honrado, lo imaginativo, lo leal; la política como reino de la intriga, el engaño, la mentira. No es cierto que el poder corrompa, dijo Bernard Shaw, es que hay políticos que corrompen al poder. Es difícil encontrar políticos honrados, porque la «honradez» deriva de los llamados valores humanos, inadmisibles para un auténtico político, y menos aún para un líder. El líder utiliza cualquier material humano aprovechable, porque únicamente así puede cumplir su misión histórica. En la valoración de las personas, el líder se rige por la disposición y la capacidad que tienen para cumplir su voluntad. Sin aspirar jamás a ganar la complicidad del líder. Sin pretender ser insustituible.

También se alejará Polanco, también tardará en darse cuenta de que el de Prisa no es el mismo tras el 6-J; Felipe ha elegido a los suyos, los de siempre, los Polanco, Arango, Rodés y demás familia, y los que han sido aliados coyunturales quedan en el camino; para Jesús, entre Felipe y Mario la elección está clara, al menos por el momento, le veo nervioso últimamente, no es el mismo, me ha venido con la historia de que BCH y nosotros estamos en una operación conjunta para crear un grupo de comunicación muy potente con el Grupo Zeta, y pensando en la compra de *Diario 16*; yo ya le he dicho que eso no es así, que no había hablado con Amusátegui para nada de este asunto, y que en todo caso, como siempre he hecho, hablaría previamente con él; parece que se ha quedado más tranquilo, pero la verdad es que le veo últimamente muy nervioso.

El hecho de que el BCH haya invertido en Antena 3 TV ha puesto nerviosa a mucha gente, porque ha venido a dar la razón a mi estrategia frente a quienes no han hecho otra cosa que ponerme a parir.

El hacha de guerra sale a relucir en el seno del PSOE tras la jornada electoral. Felipe simultanea la búsqueda de acuerdos políticos que le permitan gobernar, con el aniquilamiento del sector guerrista, es la pelea por el poder entre dos concepciones antagónicas del socialismo, la lucha de exterminio derivada del hecho de que en el tándem González-Solchaga late un proyecto político social distinto al de un Partido Socialista clásico, Felipe se lo ha comentado a Mario varias veces en los últimos meses, está decidido a cargarse a Guerra, lo ha tomado como una cuestión personal, y creo que la batalla está ganada: González alcanzará sus últimos objetivos militares en el próximo congreso del PSOE. Hace mucho tiempo que se lo advertí a Guerra, cuidado, las batallas hay que ajustarlas en el tiempo, Alfonso, porque si se plantean fuera del tiempo adecuado se pierden.

González ha sabido plantearla a tiempo y es muy posible que la gane. Recuerdo que en la entrevista que tuvimos en la finca de Manolo Prado, González me vino a decir que él era el líder perfecto para un centro moderado. Eso es lo que pretende, y no creo que le importe demasiado perder votos por su izquierda, con tal de ganarlos por el centro. Necesita enlazar con la burguesía urbana, que es la que realmente soporta hoy el protagonismo social, y por eso recuperar el voto urbano es clave para él.

Por lo mismo, el apoyo de CiU y del PNV no sólo supone asegurar la estabilidad parlamentaria, sino ofrecer una imagen de convivencia con los representantes de la burguesía mercantil catalana y la burguesía de origen católico del País Vasco, una imagen de centro, que es fundamental para recuperar el voto perdido de las grandes ciudades. Moverse en esa línea implica desprenderse del lastre de la izquierda socialista, y llevar a cabo las reformas que hagan posible la recuperación económica.

Si consigue ese objetivo de transformar el PSOE en un partido de corte más liberal, con poco espacio para los descamisados, mayor comunicación con la sociedad y recuperación del voto burgués urbano, a Felipe no le echa de Moncloa ni la Guardia Civil. Un escenario marcado por la pérdida de algunos escaños del PP y del propio PSOE, más un incremento del voto de Izquierda Unida, supondría en el fondo un triunfo de Felipe y un descalabro de Aznar. Lo que está en juego es mucho, y González lo sabe, porque, ¿quién le puede hacer perder algunos escaños al PP? Nadie más que yo.

Mientras Felipe busca alianzas, Mario prepara la ampliación de capital de Banesto. Hemos presentado la operación por toda España, y la próxima semana lo haremos en el extranjero. El banquero está inquieto ante la eventualidad de que la ampliación de capital, que empieza el 6 de julio, no se cubra, y pasa de la euforia a la preocupación sin solución de continuidad, tengo el miedo en el cuerpo, no lo oculto, sencillamente porque la operación es muy importante para mí. Las cosas parecen ir bien, aunque hasta el final nunca se sabe, sobre todo en un tema de esta magnitud. Si lo consigo, será un éxito inapelable.

Personalmente estoy algo mejor, después de haber pasado momentos muy malos estos últimos meses, con cierto desequilibrio íntimo. Me asaltan las dudas de hacia dónde me dirijo realmente. Presiento que me encuentro en un momento decisivo, un cruce de caminos tanto en mi vida profesional como afectiva. Que los dioses me asistan.

El 9 de julio almuerza con el Rey en casa de Paco Sitges, no habíamos vuelto a reanudar nuestras comidas desde el día de la convocatoria electoral, que lo hicimos en La Zarzuela. Veo al Monarca muy contento con Fernando y con el funcionamiento en general de la Casa, le noto mucho más relajado y me lo confirma, todas sus cosas, incluidas las relaciones con la Reina y la Familia, van mucho mejor, y es lógico que así sea, puesto que ya no está quien se dedicaba a entorpecerlas.

El Rey llamó delante de mí a Felipe González para felicitarle por su investidura como presidente del Gobierno:

—La verdad es que una relación cordial con el presidente del Gobierno es fundamental para mí.

Me pareció intuir una doble intención en sus palabras. ¿Quería decir que con Aznar en La Moncloa no ocurriría igual? Me habló de Aznar diciéndome que había tratado de poner todo el afecto en la relación personal con él. Y me dice que por muchos sitios le llega la información de que la gran preocupación del Partido Popular es que yo desembarque en él.

—¿Pero siguen todavía en ésas?

—Efectivamente.

—Vuestra Majestad sabe que estoy bien donde estoy, y que donde mejor puedo servir a la Corona es desde Banesto.

El Rey ha guardado silencio. Creo sinceramente que le encantaría que yo entrara en política. Sería un hombre feliz si tuviera la expectativa de que la salida de Felipe coincidiera con mi entrada como presidente del Gobierno. Pero, en fin, una cosa son los deseos y otra las realidades que depara la vida.

Hemos hablado de barcos, de aviones, de los Thyssen, de su hermana doña Pilar y de muchas cosas más. Siguen funcionando los mecanismos de confianza y, además, se intensifican. Está encantado con la marcha de la ampliación de capital de Banesto. Me ha resaltado la enorme importancia que tiene el que salga bien. Hemos hablado de que es mucho más importante que una fusión, puesto que se trata de recaudar dinero fresco, lo cual es una auténtica proeza en estos tiempos que corren. Un almuerzo muy agradable, que volveremos a repetir.

Felipe González ha hablado con Cavaco Silva en Copenhague del asunto del Totta & Açores, y me ha dicho que le encontró «espeso». La situación con el Totta se está complicando. El Gobierno portugués se encierra en una posición ridícula, para evitar dar su brazo a torcer. Tengo de mi parte al secretario de Finanzas y al ministro, pero es el propio Cavaco el que se empecina en una posición difícil.

Cada día estoy más convencido de que el Gobierno portugués considera al Totta como un símbolo de Portugal, y que el espíritu de Aljubarrota sigue vivo entre los políticos portugueses. Como consecuencia de la ampliación de capital, he tenido que explicitar la realidad de nuestra participación, lo que ha provocado un gran revuelo en Lisboa, y el miedo de Cavaco a las consecuencias políticas del asunto.

Además, existe la sospecha fundada de que Roquette engañó a su Gobierno al solicitar ayudas para que el Totta fuera «siempre portugués», provocando incluso que el Gobierno Cavaco fuera a la ampliación de capital, en contra del espíritu de la Ley de Privatizaciones.

Ahora, el Gobierno portugués quería vender su parte a través de Goldman y Merrill Lynch, mediante su colocación en los mercados internacionales, pero ambas casas le han dirigido una carta diciéndole que es imposible hacer la operación sin una negociación previa con Banesto. En todo caso, el tiempo corre a nuestro favor, puesto que será inevitable que la Comisión Europea exija a

Lisboa la eliminación de las barreras que limitan la participación de europeos en bancos y empresas del país.

Estamos ante un problema político claro. El Gobierno portugués tiene que mover pieza, porque esta situación está afectando a su prestigio y credibilidad internacionales, y es inevitable que, más pronto o más tarde, Banesto acabe teniendo el pleno dominio del Totta & Açores.

La ampliación de capital ha empezado con los mejores auspicios, aunque es demasiado pronto para cantar victoria, y estoy preocupado porque la situación de la bolsa, en pleno ciclo bajista, no nos favorece, porque no anima a adoptar decisiones de inversión.

Siento estos días como una bola en el estómago, resultado de la tensión y, por qué no decirlo, de un cierto miedo. Me juego mucho. Me juego casi todo. Habrá que hacer un seguimiento diario, qué es exactamente lo que estamos haciendo. Las noticias que nos llegan de la red son buenas pero, como siempre, hay que esperar.

El anuncio del nuevo Gobierno, el 13 julio, produjo división de opiniones. Felipe ha vuelto a jugar con inteligencia la partida postelectoral, aliándose con Jordi Pujol. Es un maestro de la política, y así lo ha demostrado de nuevo. Tras el 6-J, necesitaba ofrecer una imagen de estabilidad a los capitales extranjeros —más de 4,5 billones de pesetas de la deuda pública está en manos foráneas—, y acometer la doble estrategia de pacto social y político.

Para ese pacto social, ha puesto al frente de Economía a un hombre gris, un tipo dialogante de perfil bajo, fiel seguidor de las tesis de Solchaga, un hombre que, por encima de todo, no despierta de entrada la inquina de los sindicatos, con los que Felipe necesita negociar el pacto de rentas.

El pacto político lo pergeña con Jordi Pujol, que cuenta con los votos suficientes para garantizarle la estabilidad parlamentaria que precisa. Por tamaño favor, Felipe, que estuvo en un tris de meter a Jordi en la cárcel a cuenta del asunto de Banca Catalana, pagará a Pujol lo que le pida, y no es descabellado pensar que la legislatura pueda durar los cuatro años de rigor, siempre que González abone puntualmente la factura.

Y para cerrar el círculo, Felipe coloca a Carlos Solchaga al frente del Grupo Parlamentario socialista, todo un «trágala» para Alfonso Guerra, el navarro llega con la misión de arreglar la crisis interna del partido por el expeditivo sistema de dinamitar al sector guerrista, tras lo cual podrá ver la luz el PSOE nuevo, el nuevo partido de centro-izquierda que quiere Jesús Polanco y otros próceres del dinero.

La nominación de Solchaga como portavoz socialista es bien recibida por el mundo financiero. En los despachos del poder gustan esos gestos de autoridad de Felipe, y saber que el inquilino de Moncloa manda, que tiene la sartén por el mango, da mucha seguridad a los dueños del dinero.

A través de Alfonso Guerra, Mario sabe que la nominación de Solchaga ha abierto una herida muy profunda en un partido ya dividido, pero Felipe volvió a chantajear a «los compañeros socialistas» en la comisión ejecutiva federal con lo de siempre: si no se hace lo que yo digo, me voy, y, en efecto, planteó el nombramiento de Solchaga como portavoz parlamentario como una cuestión de vida o muerte, un asunto que consideraba trascendental para seguir siendo secretario general del partido.

Todavía fue más trágico Corcuera cuando anunció en el Grupo Parlamentario que si Felipe perdía la votación no se presentaría a la sesión de investidura y, por tanto, el PSOE y todos ellos se irían al garete.

Conde y don Juan Carlos se reúnen a almorzar de nuevo el 13 de julio en casa de Paco Sitges, para comentar la composición del nuevo Gobierno. Su Majestad llamó delante de nosotros a Felipe para que le dijera los nombres definitivos. El nuevo Gobierno incorporaba pocas personas con credibilidad. Incluso en Economía y Hacienda, siendo Solbes un técnico reputado, iba a ser difícil con esos mimbres superar la situación económica actual.

Felipe no ha consultado con nadie los nombramientos del Gobierno y el desconcierto que existe en el partido es total. Estuvimos hablando del caso de Paulina Beato. La semana pasada Felipe había estado hablando largo y tendido con ella sobre la posibilidad de hacerla ministro, lo que al final descartó por su vinculación a Banesto. A mí me había ilusionado la idea en principio, pero luego comprendí que no hubiera sido nada bueno para el banco, algo en lo que S. M. estaba de acuerdo. Nos hubiera dejado sin margen de maniobra para formular críticas a la acción de Gobierno, de la que, de alguna manera, nos hacíamos corresponsables. Y ello contando con que nos lloverían las invectivas desde determinados sectores de la prensa.

Por vez primera vi al Rey preocupado por el futuro político.

Está muy tranquilo en cuanto a la situación de la Corona, pero empieza a preocuparle que Felipe sea la única solución. Llegó a contarme que a lo mejor había que considerar la hipótesis de que existiera un partido bisagra para evitar esta bipolarización, y que incluso se lo había comentado a Roca y pensaba hablar con Adolfo Suárez al respecto. El panorama es bastante desalentador. Si Felipe culmina con éxito su estrategia, consistente en moverse hacia el centro, dejaría sin sitio al Partido Popular, lo cual es muy peligroso porque estaríamos ante el dilema o Felipe o el caos, y eso no le conviene a la Corona. El Rey no habla conmigo de mi dedicación a la política, pero está claro que poco a poco vamos avanzando en esa dirección por si las cosas se torcieran.

Luego nos contó su entrevista con Idígoras y hablamos de la ruptura entre el Príncipe e Isabel Sartorius, tema con el que el Rey está encantado. Yo le dije que era necesario abrir la Monarquía a la sociedad, aceptando los roles que cada uno desempeña y explicitando un poco más las relaciones del Rey para evitar que parezcan clandestinas. Tiene que modernizar sus relaciones con el resto de líderes políticos y sociales. Esta es una teoría que vengo defendiendo desde hace tiempo.

Esa misma noche tuve una cena muy interesante con Julián García Vargas, que acababa de ser confirmado como ministro de Defensa. Me contó que Felipe le había llegado a ofrecer Industria, lo cual rechazó. Yo le dije que el Rey y yo habíamos hablado de la conveniencia de que permaneciera en Defensa, puesto que lo estaba haciendo bien y era un ministerio fundamental. Felipe lo reconoció expresamente cuando me dijo que mantenía a Julián en Defensa porque así el Rey se quedaba tranquilo.

Según Julián, el proyecto socialdemócrata ha fracasado y no existe más alternativa para el PSOE que caminar en la dirección liberal. Me mostré totalmente de acuerdo y le expuse mi razonamiento. Curiosamente me dijo que el problema de este país era la sustitución de Felipe González. Pues bien, me dijo que, según el propio Felipe, la única alternativa era yo y que además yo lo sabía y por eso nunca me había enfrentado con él. Julián me aseguró que yo podía tener entre el 30 y el 35 por ciento de los votos si hiciera un partido nuevo. Con eso no obtendría mayoría absoluta, pero podría asegurar la gobernabilidad del país. La verdad es que me sigue llamando la atención que la gente se ocupe de mi dedicación a la política. Es algo realmente curioso.

Yo pensaba que con lo de Morgan, la ampliación, mi anuncio público de dedicación al banco y mis manifestaciones rotundas en contra de mi entrada en la política iban a desaparecer todos esos fantasmas, pero estoy equivocado. Estoy seguro de que al Rey le encantaría, porque le preocupa mucho su relación con el presidente del Gobierno, pero ya veremos cómo evolucionan las cosas.

Hablamos de la Gran Cruz del Mérito Naval, que me había prometido don Juan antes de morir. El Rey se ha ocupado personalmente del asunto. Yo hablé de ello con Julián, quien creía que en estos momentos no procedía, porque estaba muy próximo lo del doctorado *honoris causa* e iban a ser demasiados honores, lo que podría ser mal interpretado. Habló con Felipe del tema y la reacción de éste fue curiosa:

—¿Cómo va a tener éste la Gran Cruz y yo no?

El 23 de julio vino a verme Laureano López Rodó para decirme, casi literalmente, que tenía la certeza de que el Rey quería para España un partido de centro potente y fuerte, porque le preocupaba la continuidad de Felipe en el poder y el hecho de que sin alternancia no existe democracia. Añadió que a él el Rey no le había dicho directamente mi nombre, pero se lo había insinuado.

Según Laureano, don Juan sí que le había citado expresamente mi nombre antes de morir. Me preocupa este asunto, porque creo que es muy malo que Laureano pueda andar por ahí diciendo que el Monarca está en algún tipo de operación política, porque si esto llegara a oídos de Felipe podría enturbiar las relaciones entre éste y el Rey. Se lo he contado a Fernando Almansa y hemos quedado en que, por el momento, no le vamos a decir nada al Monarca, aunque cuando pase un tiempo debemos tener una conversación al respecto.

El domingo, 25 de julio, a eso de las dos de la tarde, el Monarca llamó a Conde para decirle que fuera a verle sobre las seis. Le contó que había entregado personalmente a Soares la nota resumen del tema Totta & Açores. Es bastante fuerte, porque alude a la necesidad de un pacto entre el presidente de la República y el primer ministro portugués, para conseguir que el Gobierno no haga el ridículo publicando un decreto ley que es inejecutable, y que además viola la legislación comunitaria.

Yo no esperaba que fuera a entregarle nada por escrito, pero el Rey así lo hizo; por cierto que me contó que Felipe le había dicho que él también iba a plantearle el asunto a Soares. La verdad es que tener al presidente del Gobierno y al Rey de España haciendo presión en un asunto de Banesto es algo ciertamente difícil de conseguir, algo que me llena de satisfacción.

No sé qué efecto surtirá sobre Mario Soares la gestión real. El hecho de que el Rey le entregue un documento de esas características, aunque sin membrete de ningún tipo, es muy importante, sobre todo teniendo en cuenta que las relaciones entre Soares y el Rey son muy buenas.

Yo aproveché para contarle la reunión que el martes, 20 de julio, había tenido en Lisboa con el primer ministro portugués en torno al asunto del Totta. Yo me esperaba cualquier cosa, incluso que empezara por decirme que el Totta tenía que seguir siendo portugués por encima de todo, y que, por lo tanto, habíamos acabado, pero no, la verdad es que estuvo muy amable, aunque firme, y yo tenía que tomar en consideración, me dijo, que «el Totta es una joya de Portugal».

Pero Cavaco está cogido por los huevos, porque ha firmado un decreto ley que ahora no puede cumplir, y que tiene guardado en un cajón. Si el decreto sale a la luz, cosechará un ridículo histórico. Por desgracia para él, ya está firmado por el presidente de la República y como las relaciones entre ambos son malas, si finalmente terminara por no salir, Mario Soares podría montarle a Cavaco un numerito considerable.

Le he contado a Felipe González este lío, que ha entendido perfectamente. Mi estrategia es que sea Suárez quien le diga a Cavaco que una disposición legal de esas características puede crear un problema político para Portugal, por lo que sería mejor para todos eliminar las limitaciones a la participación de extranjeros en la banca portuguesa. A ver cómo sale todo, porque este Cavaco es un vanidoso, y este tipo de gente suele ser muy peligrosa.

Aprovechamos la ocasión para charlar un poco sobre política. El Rey estaba preocupado por la inactividad del Gobierno, y le había pedido a Felipe que tomara ya medidas para dar al menos la sensación de que se está haciendo algo, y conseguir así frenar el pesimismo que se va extendiendo cada vez con más fuerza entre la sociedad española. Felipe parece que quiere empezar a hacer cosas con los Presupuestos Generales del Estado, pero es una locura dar la sensación de inactividad hasta entonces.

Su Majestad contó también al banquero que había estado hablando hora y media con Ansón, y me dio la impresión de que le había convencido su tesis, según la cual Felipe no puede perpetuarse en el poder porque eso es malo para la Monarquía. Luego me vino otra persona a contar la misma historia, pero con distinto sujeto. Según esta versión, S. M. había dicho que Felipe no podía presentarse nuevamente a más elecciones generales. Me parece un asunto peligroso, porque estoy seguro de que a Felipe no le gustaría nada saber que el Rey piensa que no debe presentarse a otras elecciones generales. Lo que me preocupa es saber qué pasará si Felipe decide no presentarse. Yo creo que no confía en Aznar, y tiene miedo de que si ganara unas elecciones sus errores de Gobierno pudieran repercutir en la suerte de la Monarquía. Por eso no me extraña que hable con la gente de la necesidad de construir un potente partido de centro. Y de ahí la conversación mía con López Rodó.

Por cierto que Pérez Escolar me dijo que Laureano venía de Roma, lo que significaba que me transmitía el apoyo del Opus y de la Iglesia para una eventual operación política mía. Yo estoy seguro de que al Rey le gustaría que yo diera el paso, pero S. M. se mueve en un conjunto de deseos contradictorios; por un lado está encantado con mi posición en Banesto y el grado de armonía personal que preside en nuestras relaciones. El Rey siempre va a necesitar un banquero de confianza, y el haber dado el paso conmigo le tranquiliza extraordinariamente para todos sus temas personales. Por otro lado, me tiene como consejero especialmente importante para todo tipo de decisiones.

Pero además de esto resulta que es el Rey, y además un Rey muy político, porque ha tenido que ganarse el puesto en circunstancias particularmente difíciles, con el problema de una dictadura y de una Monarquía que debiera haber sido encabezada por su padre.

Por eso sabe que la decisión acerca del primer ministro y las acciones del Gobierno son fundamentales para su propia supervivencia. No sabe qué hacer, y me da la impresión de que me quiere mandar mensajes a través de terceros para no comprometerse, en fin, ya veremos qué pasa.

Yo le dije que la situación no me gustaba demasiado, porque la Monarquía está en estos momentos demasiado en primera línea de fuego, y eso no es bueno. Lo que se necesita es un Gobierno que permita a la Monarquía situarse en un plano mucho más constitucional, lo que es muy difícil con un Gobierno débil y en una situación de crisis profunda como la que estamos viviendo.

Estoy encantado con la ampliación de capital, porque está

saliendo muy bien. En estos momentos tengo muy serias esperanzas de cubrirla al cien por cien, lo cual es un éxito absolutamente espectacular y algo que los mercados nunca pensaron que pudiera ocurrir. Pero no quiero hacerme ilusiones, porque todavía es muy pronto para cantar victoria.

Ni pronto ni tarde. Era el momento ideal para, de una vez por todas, entrar en política. Con el éxito de la ampliación de capital en la mano, llega el único momento en que Mario Conde piensa seriamente en dar el salto. El clima con el nuevo Gobierno es bueno, y el éxito de la ampliación de capital supone, con el respaldo de Morgan, la consolidación del proyecto Banesto. Y Mario cree llegada la hora de dejar el banco en manos de Enrique Lasarte, e intentar la aventura del tercer partido o, si las circunstancias le obligan, encabezar a corto plazo un Gobierno de concentración o de gestión.

A lo largo del mes de julio, en el entorno de los poderosos amigos de Mario se había ido extendiendo la idea de que, tras el resultado de las últimas elecciones, la situación española no se arreglaba ya con el juego de la alternancia política. Aznar no había logrado vencer a pesar de contar con todos los pronunciamientos a favor, y Felipe, aunque había vuelto a ganar, lo había hecho por la mínima y era ya un político amortizado, en plena cuesta abajo y con una situación de desgaste imparable. ¿Cómo resolver en esta situación los gravísimos problemas del país? Nada mejor que ir a una fórmula de Gobierno de gestión.

La idea del Gobierno de gestión no fue exclusiva de Mario. Muy al contrario, tuvo vida propia en algunos medios económicos y financieros incluso antes de las elecciones. El análisis que se hacía partía del convencimiento de que el 6 de junio nadie iba a sacar mayoría suficiente para gobernar en solitario, lo que haría muy difícil abordar una problemática tan dura como la que enfrentaba el país, con paro, recesión, escándalos... Por tanto, hincarle el diente a una situación semejante exigía poner un cierto paréntesis en la lucha partidaria, mediante el recurso a un Gobierno de gestión respaldado por los dos partidos mayoritarios y encabezado por una personalidad independiente.

Quien explicaba esa teoría por Madrid la ponía en boca de la máxima autoridad del Estado, e incluso se comentó que se había constituido un equipo de diez o doce personas, un grupo de notables de gran predicamento en el país, gente muy significada, nada zascandil, con el encargo de evaluar quién podía ser esa personalidad independiente capaz de asumir la presidencia de un Gobierno de ese tipo.

A un conocido líder empresarial se lo comentó un personaje muy significado en la vida política española, un hombre tan especial como Antonio Barrera de Irimo, que era uno de los integrantes de aquel grupo. Barrera fue a verle a su despacho a primeros de junio, para exponerle el plan con absoluta claridad.

—Yo creo, Antón, que eso que me estás contando es una barbaridad... Aquí estamos en un sistema de partidos y no creo que eso pueda tener cabida a no ser en circunstancias extremas. Sí, es cierto, las cosas están mal, pero ni mucho menos como para una iniciativa de esa clase. ¿Y en quién habéis pensado?

—Estamos barajando tres nombres por el momento.

—¿De quiénes se trata?

—Pues precisamente uno de ellos es un hombre a quien tú tratas mucho, y por eso te lo cuento todo: José María Cuevas.

—¡Pero estáis locos! ¿Tú crees que en un país de descamisados como éste se puede proponer al presidente de la patronal para presidir una iniciativa de ésas? Es que os montan un pollo los sindicatos en cuanto asoméis la nariz, vamos. Olvidaos de Cuevas.

—¿Tú crees?

—Seguro, aparte de que él mismo se escandalizaría si lo oyera. Y, ¿puedo saber quiénes son los otros dos?

—Otro es José Angel Sánchez Asiaín.

—Pues mira, tampoco creo que acertéis. Desde luego es un hombre de prestigio, pero nunca se ha metido en política y no creo que ni siquiera quiera escucharos. ¿Y el tercero?

—Mario Conde.

—Hombre, pues ahí sí, ahí sí que no tardarías ni dos minutos en convencerle...

Antón Barrera, ex ministro de Franco, ex presidente de Telefónica, consejero del BCH, es un hombre muy influyente, bien informado, buena cabeza, con mucho predicamento y una imagen excelente entre el empresariado. No es un cualquiera. Además es un hombre de la máxima confianza de José María Aznar, en una relación que viene de lejos, desde los tiempos en que, como presidente de Telefónica, Barrera colocó al padre de José María como director de Comunicación de la compañía, y este detalle fue el que extrañó al líder empresarial, ¿estará Aznar al corriente de esta iniciativa? ¿La apoyará?

La ampliación de capital de Banesto sigue marchando espectacularmente bien, hasta el punto de que prácticamente puede darse por cubierta, aunque prefiero esperar hasta el final para cantar victoria. Si seguimos así, dentro de pocos días nos habremos quedado sin derechos de suscripción. Estoy ya acariciando el éxito que significaría cubrir este tramo. La red se está portando maravillosamente bien, y el mercado lo mismo. La verdad es que parece un milagro que en estas circunstancias pueda cubrirse la ampliación.

Lo que está pasando con Banesto y con la ampliación me tiene extasiado. Nadie daba un duro por el éxito de esta operación. Cada vez sorprendemos más al mercado. Yo creo que los inversores que estaban esperando hasta el final se están empezando a poner nerviosos, porque ven que va a ser muy difícil entrar. Dentro de la casa empieza a respirarse un ambiente de euforia que no es bueno pero tampoco malo.

Desgraciadamente, las cosas no marchan igual de bien para el país. A través de Alfonso, nos hemos enterado de un dato alucinante, y es que Felipe y él tienen información de que las cifras reales del déficit público alcanzan el 10,2 por ciento del PIB.

Es, sencillamente, un dato trágico. Ante todo, porque durante la campaña electoral Felipe ha afirmado que estábamos en los niveles del 5 por ciento y hace apenas doce meses que Carlos Solchaga seguía diciendo públicamente que el objetivo del 1 por ciento de déficit era perfectamente alcanzable.

Nos han engañado y han engañado al país. Este hombre ha mentido durante la campaña electoral. Ya el mismo 8 de julio, días antes de que anunciara la composición de su nuevo Gobierno, Felipe había anunciado que la situación económica era muy grave, ladino, y que las finanzas públicas estaban peor de lo reconocido hasta ahora, anunciando que el déficit alcanzará el 6,5 por ciento del PIB durante 1993.

El dato del 10,2 por ciento, si se publica, puede tener consecuencias políticas y económicas. Las últimas porque supondrán un auténtico desplome de la peseta, posiblemente la salida del Sistema Monetario Europeo y la agudización de las tensiones inflacionistas de la economía española.

Pero, además, es lógico que tenga consecuencias políticas porque la credibilidad de este Gobierno quedaría definitivamente dañada. Yo creo que la comunidad financiera internacional reaccionaría de manera muy airada y es posible que aparezcan serias tensiones para poder renovar la deuda pública emitida por el Estado, con lo que no quedaría otra alternativa que darle a la máquina. Un Gobierno en esas condiciones estará imposibilitado para gobernar.

Las cosas se complican mucho para Felipe González, y también para el Monarca. No sé cuál sería su reacción ante una noticia de este tipo, pero posiblemente no pueda ser la de quedarse callado sin más.

No se puede proceder a la convocatoria de nuevas elecciones hasta transcurrido un año. No descarto revueltas sociales, y desde luego preveo una rebelión clara y rotunda de los empresarios. Por todo ello, podemos entrar en una situación de extrema dificultad ante la que un Gobierno de concentración nacional puede resultar inevitable. Tenemos una buena ruina, y va a ser muy difícil sacar esto adelante.

Intenté comunicar este dato al Rey, pero no lo conseguí. Se lo conté a Fernando Almansa, porque me dijo el duque de Calabria que el Rey tenía pensado presidir un Consejo de Ministros en agosto y yo no quise que pudiera ser instrumentalizado para, en ese Consejo o quince días después, dar la noticia referente al nivel de déficit público. Fernando lo entendió divinamente.

La familia Conde prueba el *Alejandra* el último fin de semana de julio por aguas de Córcega y Cerdeña, todos encantados, un barco que levanta oleadas de admiración, una maravilla de la técnica que vale su peso en oro, ¿1.000 millones? ¿1.500 millones de pesetas? Mario no encuentra adjetivos para alabar el trabajo de los astilleros de su amigo Sitges, es como un sueño, una gaviota que parece besar el agua, precioso, precioso, insiste el banquero.

Un fin de semana que resultó una pesadilla para el Sistema Monetario Europeo, prácticamente roto por los ministros de Economía al decidir ampliar la banda de fluctuación de las monedas hasta el 15 por ciento. Las peores predicciones de Conde acerca del proyecto global europeo parecen confirmarse a las puertas de agosto. Paco Sitges le ha contado que S. M. ha estado intentando hablar con él durante el fin de semana para consultarle sobre la situación de la peseta y el SME, pero el teléfono del barco no funcionaba.

Su Majestad vivió un sábado, 31 de julio, muy intenso. Solbes era partidario de dejar flotar todas las monedas dentro del SME, para volver a él en el mes de diciembre, pero al final se impuso la solución de ampliar la banda hasta el 15 por ciento. El Gobierno había tomado la decisión de destinar 5.000 millones de dólares de las reservas a defender la peseta, de los que ya se habían consumido 3.000, de manera que la peseta estaba a 2.000 millones de abandonar el SME.

El Rey pidió a Narcís Serra que le dijera la verdad de la situación, puesto que se había enterado por Jesús Polanco que el déficit público sobrepasaba ya el 10 por ciento, y quería saber si eso era cierto o no, a lo que el vicepresidente le contestó sin pestañear que era absolutamente falso. Don Juan Carlos, muy irritado, decidió entonces revelar lo que sabía: el dato provenía de Guerra, quien se lo había contado a José Antonio Segurado, y que Almansa y Conde también lo conocían, ante lo cual Narcís quedó planchado, muy calladito.

A pesar de este clima tan enrarecido, la ampliación de Banesto sigue marchando de cine. Mario y su alianza con la suerte, o el hombre que nació con una flor en el trasero, más que nunca se cree un elegido, un tocado por la diosa fortuna, todo en bancarrota y él entrando en la historia por la puerta reservada a los genios, empiezo a pensar que conseguiremos cubrirla al cien por cien, lo que será un éxito clamoroso, una pena que las cosas vayan tan mal para el país, la inactividad del Gobierno empieza a resultar suicida.

Lo que ocurre es que los causantes de esta situación no tienen ninguna legitimidad para superarla, aunque lo pretendan. Por eso sigo creyendo que el Rey se encuentra en una situación delicada. Seguramente lo sabe, porque tiene un tremendo olfato para detectar el peligro, pero las soluciones no son fáciles.

Aquí no habría más solución que saltar a la palestra y contarle al país de una vez la verdad, decirle que en estas circunstancias no salimos adelante, y a continuación tratar de conseguir un acuerdo entre todos los partidos políticos al estilo italiano e ir a un Gobierno de independientes con el propósito de plantear las medidas necesarias de política económica, y el compromiso de ir a elecciones generales en el plazo de un año o año y medio. Esto creo que podría funcionar, aunque es muy difícil que se consiguiera un acuerdo.

Creo que en cuanto sea del dominio público que Felipe ha engañado a los electores o que le han engañado a él, lo cual es casi peor, va a tener muy difícil seguir. Segurado ha tenido una conversación con Aznar, en la que le puso de sinvergüenza para arriba. Pocas veces le había visto tan caliente. El del PP, que dijo estar extraordinariamente preocupado por la situación económica, le habló a José Antonio de un posible Gobierno de concentración nacional para sacar el país adelante, lo cual es una verdadera novedad. Así están las cosas de complicadas.

Solbes explicará esta semana al país las medidas que piensa adoptar. Pero el problema no es sólo de medidas, sino de legitimidad y credibilidad para adoptarlas, y creo que en este terreno Felipe y su Gobierno están muy tocados.

Luis María Ansón está totalmente de acuerdo conmigo en la precariedad de la situación y de la dificultad de que Felipe consiga sacar el país adelante. No sé si se podrá montar una operación de la envergadura de un Gobierno de concentración, pero en todo caso las circunstancias van a seguir evolucionando y es posible que por sí solas caminen en esa dirección.

Mario se deja querer, poca gente hay en este agosto madrileño con más prestigio que él, piensa él, con más méritos, mejor situado para presidir ese Gobierno de concentración que él, un Gobierno de concentración para hacer frente al caso español, con fecha fija de disolución de las Cámaras y nueva convocatoria electoral.

En la cima de su poder e influencia personal, Conde no toma vacaciones durante el mes de agosto. Sabe que debe guardar su viña madrileña de furtivos, y ha pensado viajar los fines de semana a Palma, para estar los lunes a primera hora en su despacho madrileño, decidido a permanecer vigilante hasta el final.

La ampliación va camino de convertirse en un gran éxito. El banco no sólo ha movilizado su red, sino que prácticamente ha obligado al personal, especialmente a cargos medios y altos, a emplear sus ahorros en la compra de acciones de Banesto. ¿Quién es el guapo que se atreve a decir que no, después de que el gran jefe se juega sus cuartos en el envite? Todos aquellos que desde el verano del 87 se han encargado de sembrar de clavos el camino del gallego, estaban en su peor momento. «No van a conseguir colocar ni el 20 por ciento de la ampliación», había dicho unas semanas antes un alto cargo del Banco de España a la entrada del restaurante Lucio. Se iban a llevar un chasco, pero había que mantener alta la guardia, son días de mucha tensión, Mario espera alguna jugada sucia de «los Solchagas» en un intento de frustrar la operación, no les cree capaces de aceptar la derrota, porque él está convencido de que el éxito de esta ampliación, con la entrada de Morgan, supone la derrota definitiva de sus enemigos históricos, ¿van a quedarse cruzados de brazos? No es posible, no sabe qué pueden hacerle, por qué registro saldrán, pero harán algo, seguro.

La buena gente de Banesto creía estar viviendo la culminación de un proceso, el premio a un esfuerzo de casi seis años.

—En este banco hemos estado trabajado con un brazo atado a la espalda —aseguraba Ramiro Núñez—, desde que llegamos: desde asuntos como la Garriga Nogués, hasta una red de sucursales que no tenían ni *water* siquiera. Del Banesto que conocimos a finales del 87, al Banesto de hoy, media un abismo.

El cierre de los dos primeros tramos de la ampliación de capital va acompañado de un verdadero orgasmo de satisfacción entre Conde y su gente. Con jornadas finales en las que se negocian más de un millón y medio de títulos, ni siquiera yo en un ataque de optimismo agudo esperaba esta respuesta, comenta Mario a Lasarte, espectacular, nuestra gente de bolsa me dice que en el mercado se ha instalado la idea de que Banesto está en subida libre, que quiere decir subida a cualquier precio, y que había que apuntarse a ella como fuera.

En el éxito de la ampliación de capital han influido muchos factores. Para los extranjeros ha sido muy importante el que un banco como Morgan haya invertido con nosotros. A los nacionales, por el contrario, les motiva mucho más el que yo me esté jugando mi dinero. La gente quiere ganar dinero como Mario Conde.

¿Me permitirá esto llevar una vida más relajada en el futuro? Me gustaría soñar que ahora vamos a poder solucionar los problemas pendientes en la Corporación Industrial, y que voy a poder pasar unos años más tranquilo. La verdad es que este es el primer verano desde que estoy en Banesto que, por lo menos, respiro.

Los Conde reciben el 15 de agosto a la familia Suárez en Palma, Mario está feliz tras cerrar los dos primeros tramos de la ampliación, en el cenit de su poder personal e institucional, con el Rey de España queriendo hacerle el favor del Totta & Açores, la prensa a sus pies, Polanco de amigo, Felipe... bueno, Mario lo sabe, Felipe le ha utilizado, pero, metido en su propia borrachera de poder, cree que el reino del sevillano ya no es de este mundo, que es él quien tiene que ir pensando en arreglar los problemas de España, volcado en esa idea de Gobierno de concentración, diariamente tentado, más que nunca, a dar el paso al frente, y hacerlo sobre la base de un soporte que no puede ser otro que el de Adolfo Suárez.

Ha sido una jornada muy agradable. Adolfo, delante de su mujer, su hija y su hijo Javier, me dio las gracias por la situación actual que tiene; es reconfortante, pero ayudarle no ha supuesto para mí ningún sacrificio, son cosas que se hacen porque sí, sin más, porque es un amigo, y rápidamente derivamos hacia Felipe, no se trata de comparar, no, pero este tío es más falso que un duro de madera.

—Pues ya ves, si algunos hubiéramos tomado partido en las generales del 6-J, es más que probable que no las hubiera ganado... —asegura Mario.

—Por supuesto, pero no nos atrevimos.

—¡Porque no nos gusta Aznar!

—Y porque no nos inspira la confianza suficiente, como tampoco se la inspira a la comunidad internacional.

—Pero, sobre todo, hay una cosa que a mí me preocupa, Adolfo, y es saber hasta qué punto las fuerzas de la reacción española, que tanto daño te han hecho a ti, todos esos que tú y yo sabemos, no siguen estando escondidas detrás de Aznar, esperando que este chico gane para asomar la oreja...

—Eso es agua pasada, Mario. Nos equivocáramos o no en el diagnóstico de la situación, lo cierto es que el país se encuentra hoy en una situación muy delicada, porque nadie sabe lo que está haciendo este tío.

—El avestruz.

—Pues no sé si el avestruz o el pavo, pero lo cierto es que Felipe no acaba de meterle mano a los auténticos problemas del país, no se sabe si porque no puede, porque está deprimido o por lo que sea. El Gobierno que ha hecho es de risa, no sirve. Y el caso es que no puede convocar nuevas elecciones antes de un año, lo que, por otro lado, es posible que en estos momentos no sirviera para nada. Y no hay más cera que la que arde: si el país aguanta un año más en esta situación, será una suerte.

—Mira, ¿sabes lo que te digo? Que tiene lo que se merece. El comportamiento de este tío después de las elecciones es una vergüenza. Está claro que no quería más que utilizarnos, conseguir nuestra complicidad para evitar que le hiciéramos daño, porque lo único que le interesaba era ganar las elecciones, y no porque supiera cómo resolver las cosas, no, sino por miedo, porque este tío tiene más miedo que vergüenza, y le aterraba salir de La Moncloa por la puerta de servicio.

—Todo eso es verdad, Mario, pero es la única persona con autoridad moral sobre el Partido Socialista, y si nos preocupa la situación hay que ayudarle, hay que conseguir que ponga manos a la obra. Cierto, no tiene ideas y, lo que es peor, seguramente no quiere trabajar, pero no queda más remedio que intentarlo.

—Pues sí, estamos otra vez con el mito del Cid Campeador: aunque el personaje esté muerto, no nos queda más remedio que sacarlo a pasear si no queremos que este país se caiga.

¿Seguir ayudando a Felipe? La sola idea provoca la indignación tanto de Lourdes como de Amparo, que se rebelan en voz alta. Mario trata de abrirles los ojos:

—¡Pero qué estáis diciendo! ¿A mí me lo vais a contar? Pero si es imposible encontrar dos personas a las que Felipe haya intentado hacer más daño que a Adolfo y a mí, cada uno en su terreno...

—Pues entonces no sé por qué no le mandáis a freír espárragos —exclama Lourdes.

—Porque somos conscientes de la situación real del país y, a pesar de todo lo que nos ha hecho, no nos queda más remedio que intentar ayudarle. Es acojonante, pero es así, porque ni podemos forzar la convocatoria de elecciones, ni tenemos ninguna seguridad de que el Partido Popular pueda arreglar la situación.

—Lo que hay que intentar es que aborde con decisión la situación económica, y animarle a emprender las reformas constitucionales necesarias para conseguir, en línea con tus tesis, que la sociedad civil penetre en la estructura del Estado.

Pronto surge en la conversación la figura del Rey y su papel en la actual crisis, y ambos coinciden en que el Monarca pasa demasiado tiempo cuidando a sus enemigos.

—Tendríamos que convencerle de la necesidad de crear una especie de consejo privado del Rey, con personalidades relevantes de la vida española, apartados de la política partidista, pero que pudieran aconsejarle —sugiere Mario.

—Pues sí, ya sabemos que el Monarca no tiene funciones constitucionales de toma de decisiones de Gobierno, pero eso no le exime de ciertos compromisos, y sobre todo de ciertos comportamientos.

Adolfo está quejoso a cuenta de unas supuestas indiscreciones del Monarca.

—Este hombre sigue siendo bastante indiscreto, y hay que tener cuidado con las cosas que se le cuentan, porque lo repite a todo el que quiera oírle. Aunque tampoco hay que tomárselo a la tremenda. Ya sabes cómo es.

—Yo, desde luego, una cosa que tengo clara es que, al Monarca, lealtad absoluta.

—Por supuesto. Yo pienso que algunas de las cosas que le pasan se deben a que está demasiado influido por la forma en que ha llegado a ser Rey, después de haber tenido que negociar con políticos de muy distinta calaña, empezando por los franquistas, gente propensa a la maniobra y el engaño.

—Sí, el Rey tiene que darse cuenta de que hoy el país vive una situación muy distinta, aunque no menos peligrosa: no debe olvidar que la Monarquía puede verse afectada si fracasa un Gobierno de izquierdas, pero que es vital para ella que no fracase un Gobierno de derechas. No sé, mañana viene la Familia Real a bordo para almorzar con nosotros, y puedo intentar decirle algo.

Fue un día magnífico y una conversación importante. Mario tiene *in mente* nombrar a Adolfo Suárez miembro del consejo de Banesto, de hecho ya se lo ha dejado caer a algunos consejeros de la casa, cree que puede ser bueno para el banco, y no sabe si Adolfo aceptaría, aunque le ha insinuado varias veces a lo largo de la jornada que no hace nada, que se aburre y que le gustaría tener algún tipo de trabajo.

Ambas familias se despedían en la popa del *Alejandra* a la caída de la tarde de aquel 15 de agosto entre risas y abrazos, como colofón a una jornada marinera inolvidable. Cuando al día siguiente, casi a la misma hora, pero al norte de la isla de Conejera, la familia Conde despida con idénticas muestras de afecto a la Familia Real española, Mario tendrá la sensación de estar moviendo la palanca que hace girar la historia de España, ¿se podría señalar a alguien ahora mismo con más poder que él sobre la piel de toro?

Un hombre en el apogeo de su influencia, y un país en la sima de sus desgracias. Han transcurrido poco más de dos meses desde el 6-J, y ya está meridianamente claro que aquella jornada electoral había sido un acto fallido, un *coitus interruptus* colectivo, que no sólo no había resuelto la triple crisis española, sino que había venido a complicar extraordinariamente su solución.

Nada se mueve en la solanera de este tórrido *ferragosto* castellano. La sensación de parón que experimenta un país cada día más afectado por la corrupción es agobiante. Se ha producido el suicidio de Baltasar Egea y la entrada en barrena de Benedicto Alfaro, a la cárcel, mientras el «caso Elosúa» explota en Italia, a cuenta de las declaraciones de Giuseppe Berlini, el asesor financiero de la familia Ferruzzi, refugiado en Suiza, y que acusa a dos altos políticos españoles de haber cobrado comisiones para permitir la toma de control de la aceitera por los italianos.

En Italia se suicida Raul Gardini, modelo de *condottiero*, millonario refinado, con palacio asomado a los canales venecianos, con casa en Rávena, con aquel aura inigualable al timón del *Moro di Venezia.* Gardini tiene el valor de pegarse un tiro, conmocionando las conciencias italianas y españolas. Pero en España está en auge el «caso Enatcar», mafia del transporte, y el «caso PSV». Y en la España que no ha digerido el «caso KIO» estalla el «caso Seat», como una ominosa plaga de verano, un golpe terrible el de Seat, o la súbita toma de conciencia de la debilidad de nuestro menguado parque industrial. Es la España de los escándalos. Asegura Clemente Auger, fiscal de la Audiencia Nacional:

—Media España está en capilla... ¡Aquí ha tenido lugar una gran juerga estos últimos siete años y nadie quiere pagar las copas! Si la gente supiera los nombres que hay en las primas únicas, más las cesiones de crédito, más el fraude del IVA, había que meter en Carabanchel al 90 por ciento del país. ¿Qué hacer en esta situación? ¿Pastelearlo todo, o meter a media España en la cárcel?

CAPITULO ONCE

EL LARGO Y TRAGICO OTOÑO

Recién llegado a Banesto, en enero del 93, Enrique Lasarte había considerado una machada digna de elogio la decisión de dar «beneficio cero» durante el ejercicio. Un mes después, sin embargo, estaba convencido de que la medida era una necesidad, y en marzo sospechaba que no sería suficiente hacerlo sólo en 1993.

Aceptar la consejería delegada de Banesto hubiera sido un regalo envenenado para el ejecutivo bancario más reputado del continente, más aún para un hombre cuya experiencia se reducía a un banco de tamaño del Vitoria. Si uno no es un genio —lo cual, seguramente, es condición imprescindible para triunfar en banca—, cambiar una vida plácida en la presidencia del Vitoria por un bicho tan toreado como Banesto, por un mínimo de doce horas diarias de trabajo, siete días a la semana, es un reto difícil de afrontar siempre que detrás no haya, además de la fidelidad al amigo, una ambición muy notable a la que se sacrifica cualquier comodidad.

Conde, como antes había hecho con Belloso, dejó el banco en las manos vírgenes de Enrique Lasarte para retirarse al jardín de sus fantasías políticas, el Rey, Felipe, Polanco y todos los demás a lo largo del ajetreado 1993. Mario no es un banquero, y no da señales de haberse enterado de las verdaderas dimensiones del problema de Banesto, por más que el Banco de España se lo hubiera descrito con crudeza en la carta del 23 de noviembre pasado. Mario ignora la advertencia, porque piensa que la máquina no se va a parar nunca, o quizá imagina que no habrá nadie capaz de pararle, en un año que ha sido testigo de su ascensión a la cúpula del *establishment.*

Mientras el jefe se divierte con la alta política, Lasarte, «el hombre que mejor luce el abrigo de todo San Sebastián», en opinión de uno de sus críticos, sale al ruedo de Banesto con su inexperiencia a cuestas, sin más defensa que la franela de los buenos modales y las mejores intenciones, para toparse con un equipo de seis directores generales —Abad, Cuervo, Molina, Garro, Zugaza y Ojeda— en el que no puede confiar.

A tres de ellos los descabalgó a poco de aterrizar —Ojeda, Molina y Zugaza—, no sin esfuerzo, que el vitoriano es hombre dubitativo y pausado, un reflexivo instalado en la duda, pero debió quedarse con otros tres —Garro, Abad y Cuervo—, aunque en sus planes entraba que no por mucho tiempo.

Una de las primeras iniciativas que toma es traerse del Vitoria a José María Olarreaga, primo suyo, para hacerse cargo de la red de Banesto, aquella «máquina de ganar dinero» que decía don Pablo Garnica, tras darse cuenta de que situar a un hombre de su entera confianza al frente de comercial era el punto clave de su gestión.

Olarreaga sustituye a Zugaza, un teórico con una imagen espléndida, fichado a golpe de *head hunter*, que había sumido a la red en un océano de órdenes y objetivos (conceptos como familia-esfuerzo, familia-disfrute, etc.) difíciles de entender por el director de la sucursal de Villanueva de la Serena, que tiene que salir todas las mañanas a tomar el «chato» con los clientes en el bar de la plaza del pueblo. Olarreaga alcanza pronto cierta popularidad en la red, gracias a una serie de órdenes muy concretas, que en el caso de Banesto sólo podían ser dos: recuperar créditos a toda costa y captar pasivo, lo que a los pocos meses de su llegada le había convertido en un personaje indiscutido en el banco.

A la altura del mes de abril, una vez realizada la foto fija de la entidad a través de su red de sucursales, se acercó un día al despacho de su primo con la mala nueva:

—Enrique, tenemos un agujero de entre 100.000 y 125.000 millones de pesetas en la red.

Era el resultado de la alegría crediticia de años atrás. El vasco optó por contarle a Lasarte la verdadera situación de una red desconcertada y desmotivada en la que, con Ojeda como director general de productos no financieros, se vendían cacerolas, coches y batas de guatiné, mientras Javier Abad, por el contrario, decidía esconder la cabeza bajo el ala ante el desastre de los grandes riesgos.

Conocer las dimensiones del problema parecía la única forma lógica que el nuevo consejero delegado tenía de abordar el futuro de Banesto, teniendo en cuenta que en abril los inspectores del Banco de España habían vuelto de nuevo a la planta décima de Castellana 7 con el informe de los auditores de Price Waterhouse bajo el brazo.

También la filial neoyorquina de Banesto, Banesto Banking Corporation, había recibido a mediados de abril la visita de los inspectores del FED estadounidense, que tenía que dar su visto bueno a la anunciada inversión de Morgan-Corsair en Banesto.

Pero Enrique Lasarte no estaba para escuchar las cuitas de la Reserva Federal. Un hombre que vivía de sobresalto en sobresalto tenía cosas más importantes que hacer en casa. Cada carpeta que levantaba en Banesto era un disgusto, y raro era el día en que no descubría algún gatuperio de proporciones escandalosas, las manos a la cabeza, pero cómo puede ser esto, y esto, y lo de más allá.

Así las cosas, Lasarte decide también traerse del Banco de Vitoria a Alvaro Echániz. Asegura un ex consejero de Banesto:

—¡Coño, parecía que Mario había descubierto que la gente que más sabía de banca en toda España estaba en el Banco de Vitoria, qué casualidad!

La misión de Echániz, un hombre de la absoluta confianza de Lasarte, consistía en moverse en el intrincado laberinto de los asuntos podridos de la casa, mirar bajo las alfombras y ayudar a Lasarte a descubrir la verdad de Banesto.

Echániz se convirtió en el malo de la película. Además de analizar los números mensuales del banco y explicárselos a Enrique antes de la reunión mensual del consejo, era, por encima de todo, el bombero a quien Lasarte acudía cada dos por tres, alucinado, a punto de rendirse, por favor Alvaro, mírame la venta de inmuebles del Banco de Madrid, o estúdiate lo de La Unión y el Fénix, o explícame este lío de Dorna...

El de San Sebastián no ganaba para sustos. Asuntos que habían sido presentados de puertas afuera como grandes operaciones, resulta que no se tenían en pie. La venta del Banco de Madrid era un caso emblemático. Rara era la semana que no tenía que lidiar con una nueva desgracia derivada de dicha venta, y es que Banesto había tenido que pasar por las horcas caudinas de los compradores del Deutsche, la cobertura del fondo de pensiones, más 400 personas de plantilla, más toda la morosidad hasta un montante total de 100.000 millones de pesetas que pudieran aparecer en el plazo de un año, ¿qué nueva desgracia descubriremos hoy del Madrid?, era la pregunta de cada día.

No era sólo el Banco de Madrid. El consejero delegado había puesto a Alvaro Echániz a trabajar en el tema Oasis, búscame todo lo que haya de Oasis, y quiero saber qué es lo que hay en Italia, en Holding Uno, y también...

Echániz conoció a Mario Conde el 19 de abril, cuando tuvo que presentarle la cuenta de resultados del primer trimestre, mala de solemnidad; había llegado a Castellana 7 una semana antes, y la había empleado en estudiarse los números de enero, febrero y marzo, el 20 había que presentarla en el Banco de España, no estaba nervioso, pero aquélla iba a ser su puesta en escena ante una celebridad como Mario Conde, y justo antes de comer le conté la situación, Enrique delante, era la primera vez que le veía, amable, Enrique me ha hablado muy bien de ti, me dijo, nada distante, no tenía ningún miedo porque yo estaba seguro de lo que decía, y además había decidido que si me preguntaba algo que no sabía se lo iba a decir, pues no lo sé, así, por las buenas, no lo sé, porque antes cuando preguntaba algo y les pillaba en fuera de juego se lo inventaban, volvían al día siguiente y le decían tenía usted razón, don Mario, habíamos olvidado contabilizar tal o cual partida, 1.000 millones más de beneficio, o 2.000, o los que hicieran falta.

—Esto está muy bien —resumió Conde cuando hubo escuchado las explicaciones de su subordinado.

—¿Cómo que está muy bien? —replicó Echániz sorprendido.

—Sí, hombre, está bien, porque ya era hora de que alguien me dijera la verdad.

Lasarte, Olarreaga y Echániz llegaron pronto a la conclusión de que el banco estaba en una situación delicada, con una morosidad galopante, un sistema de análisis de riesgos desastroso, tanto en servicios centrales como en oficinas, una red que había perdido el norte y unos gastos generales desorbitados, convertidos en el drama permanente de los últimos años. Un cuadro que resumía el fracaso de la gestión de Mario Conde al frente de Banesto, la constatación de que, después de cinco años de presidencia, el gallego no había sabido darle la vuelta al banco.

Cuando, el 4 de mayo, Mario presentó la ampliación de capital monstruo por importe de 130.000 millones, los médicos de cabecera de la institución pensaron que quizá con ella fuera posible salvar la vida del enfermo.

La impresión en el mercado, por el contrario, fue bien distinta, definitivamente este tío es la leche, un genio si consigue sacarla adelante, la competencia extasiada, ¡coño, es Morgan, nada menos que Morgan! No es cualquier cosa. La prensa eleva al banquero a los altares por unos días, y sus enemigos tradicionales no saben dónde esconderse, derrotados, hasta ellos creen que definitivamente se les escapa, la plétora de adoradores del dios Felipe queda con dos palmos de narices, este tío es verdaderamente de otra galaxia. O eso parecía.

Por los pasillos del Banco de España, para los *connaisseurs* como Miguel Martín, la explicación es muy distinta, malévola incluso.

—¡Cómo deben estar éstos cuando piden una ampliación de capital de estas dimensiones! ¡Estos están hasta arriba!

Como el trabajo se acumulaba sobre la mesa de Echániz, a primeros de junio el afectado pide ayuda a Alfonso Naranjo, responsable de auditoría interna, me tienes que echar una mano, Alfonso, fraguando así la que sería brigada de choque de Banesto, integrada por Alvaro Echániz, Fernando Martín y Alfonso Naranjo, que, a las órdenes de Lasarte, iba a lidiar con la inspección del Banco de España hasta que ésta se despida del banco, en el mes de noviembre, muy cerca ya del infausto 28-D.

La tarea primordial del trío, a las puertas del verano del 93, consistía en realizar una foto fija del estado de situación de Banesto. Gracias al sistema de control de riesgos que Fernando Martín había conseguido poner a punto en junio del 92, el grupo pudo cuantificar justo un año después el volumen de créditos morosos existentes en la red, que se sitúa nada menos que en los 165.000 millones de pesetas, a los que había que añadir los grandes riesgos dependientes de banca corporativa.

Teniendo en cuenta que el periodo de «alegría» crediticia de Banesto tuvo lugar en los años 89, 90 y 91, y que existe un periodo medio de maduración del moroso de unos quince meses, se podía afirmar que a junio del 93 ya había aflorado la dimensión del cráter, puesto que a lo largo del 92 la inversión se había mantenido prácticamente plana. El mal ya estaba hecho, y ahora sólo quedaba recoger la cosecha. La alternativa era simple: sacar la mierda a flote, u ocultarla.

Había que hacer algo. Olarreaga y Echániz llevaban semanas presionando a Lasarte.

—Así no podemos seguir, Enrique, tenemos que hacer algo.

—Lo sé, lo sé, pero hasta la junta estamos atados de pies y manos.

—Es que si no hacemos algo pronto, el banco se va a pique.

—Estoy de acuerdo, pero a esta situación no vamos a poder meterle mano hasta después de la junta, y si me apuráis hasta después de la ampliación de capital, que es vital para nosotros.

Banesto estaba reclamando una cirugía de hierro y un cambio de rumbo en la filosofía del negocio. Lasarte parecía haber madurado ya un norte nuevo: especializar el banco en *retail* puro y duro; quedarse con una banca corporativa muy pequeña para los grandes riesgos; deshacerse del grupo industrial en su totalidad; abandonar las ideas de *grandeur* de mantener bancos filiales en el exterior (con excepción del Totta), y volcar todos los esfuerzos en el punto fuerte de la entidad: su red bancaria peninsular.

Sobre esos planes gravitaba la necesidad de cuidar la cuenta de resultados del ejercicio, es decir, el día a día de un banco seriamente tocado en su capacidad para generar beneficios típicos.

A primeros de junio Lasarte llamó a su despacho a Paulina Beato. Los hombres de Harrelson del consejero delegado acababan de descubrir que el equipo anterior había contabilizado casi 7.000 millones de pesetas en exceso en la cuenta de resultados del año anterior. Se trataba de un error de cálculo en las diferencias de cambio por moneda extranjera, que sirvió para engordar los beneficios del 92.

—¡Una triste gracia —aseguraba contrito Lasarte—, porque ahora me voy a tener yo que comer los 7.000 millones!

—Pues sí, una faena —reconocía Paulina.

—El caso es que estoy pensando en decirle al Banco de España que me deje ajustar eso directamente contra reservas, en lugar de llevarlo a la cuenta de resultados. Y he pensado en pedirte que me eches una mano. ¿Cómo crees tú que caería esto allí?

—No sé, se puede pensar... se trataría de ver cómo se lo decimos. Pero de todas maneras, Enrique, y poniéndome en su lugar, si yo fuera el Banco de España y me vinieras con ésas, yo te preguntaría primero cómo va el plan de saneamiento que se acordó en diciembre pasado, qué grado de cumplimiento llevamos.

Paulina había dado en el blanco. A partir de ese momento, los chicos de Lasarte empiezan a trabajar en la recogida de datos para la confección de un «informe de situación» a junio, cuya materialización lleva a cabo personalmente Paulina, que se firma con fecha julio, y en el que se contiene un examen exhaustivo de la situación de la morosidad y una previsión de cuenta de resultados para el ejercicio.

El informe en cuestión, una foto fija de Banesto a 30 de junio del 93, es bien acogido en el Banco de España. En la plaza de Cibeles empiezan a constatar la existencia de un ambiente distinto al que tradicionalmente ha presidido las relaciones entre la autoridad monetaria y Banesto. En efecto, el recelo acumulado durante años parece haber dado paso a un clima de colaboración con la autoridad monetaria y la inspección para llegar al fondo del problema Banesto y proponer las soluciones adecuadas.

Ambas partes quedan en hablar a la vuelta de agosto, una vez culminado el proceso de ampliación de capital, cuyo éxito expande entre las huestes de Lasarte una corriente de optimismo muy de agradecer tras la dureza del paisaje anterior.

El 1 de septiembre, los inspectores del Banco de España desembarcan de nuevo en Banesto. Unos días antes, finales de agosto, la Reserva Federal [1] estadounidense ha remitido al banco emisor su informe, francamente duro, sobre la inspección efectuada en Banesto Banking Corporation. A los inspectores *yankees* no parece haberles gustado lo que han encontrado (falta de controles y operaciones intergrupo de traspaso de pérdidas) en la sociedad presidida por Paulina Beato.

—La Reserva Federal se alarma y saca una opinión muy negativa sobre el Banco Español de Crédito —asegura Miguel Martín—. Si los gestores permiten que estas cosas ocurran en una filial, ¿qué no estará ocurriendo en la matriz?

La realidad no era para tanto. Cuando Ramiro Núñez enseña a Roberto Mendoza la carta dirigida por el FED al Banco de España, el de Morgan no se inmuta.

—Sí, una carta dura en la forma, pero las he visto peores. En realidad, y después del asunto del BCCI, las autoridades estadounidenses están enviando a las primeras de cambio requisitorias muy duras a casi todos los bancos extranjeros.

[1] En realidad se trataba de una inspección compartida por la Superintendencia de Banca del Estado de Nueva York, el FDIC (el equivalente al Fondo de Garantía de Depósitos) y la Reserva Federal, que se había incorporado a las tareas supervisoras tras el escándalo del BCCI paquistaní, con criterios muy duros para toda la banca extranjera afincada en Estados Unidos.

Pero este hecho envalentona a los servicios de inspección españoles, los inspectores se crecen; «¡huy, cómo tienen que estar éstos!», afirma Palicio, ante la sorpresa de quienes llevaban cuatro años conviviendo en Banesto con los Servicios de Inspección del Banco de España, cuatro años con equipos de una media de 8-10 personas, cuatro años sin salir de la planta décima de Castellana 7, adheridos como ladillas al balance y cuenta de resultados, hasta el punto de que Mario Conde, en la carta [2] que el 30 de noviembre dirige a José Pérez, se queja de una situación que a menudo llegaba a colapsar el banco.

La llegada del séptimo de caballería de José Pérez, al mando de los tenientes Zamanillo y Palicio, es la consecuencia lógica del envío a Banesto, el 6 de septiembre, de una importante misiva del banco emisor en la que se detallan «una serie de situaciones e irregularidades que tuvieron trascendencia en los resultados y recursos propios consolidados del cierre del ejercicio 1992» y que habían sido detectados en la inspección iniciada en abril pasado.

La cuantía de esas irregularidades queda descrita en el segundo párrafo de la carta, de apenas tres líneas: «En total suponen una minoración de los resultados consolidados [3] y de los recursos propios computables declarados de 44.413 y 71.508 millones de pesetas, respectivamente.» No era moco de pavo.

La carta de José Pérez termina con un demoledor comentario, asegurando que «las situaciones e irregularidades expuestas en el presente escrito de Banesto revelan un funcionamiento inadecuado de los órganos de gestión y control que el Banco de España no puede dejar de subrayar. Mención especial merece la existencia de

---

[2] Aseguraba Conde que «las peticiones realizadas por el equipo de inspección, en algunos casos formado por hasta 10-12 especialistas altamente cualificados en analizar información, que afectaban a todos los epígrafes de nuestros estados financieros, referidos a varias fechas, han llegado en ciertos momentos a casi colapsar los servicios administrativos de nuestros departamentos».

[3] El escrito describe una serie de deficiencias en distintas sociedades y operaciones que habían supuesto, al cierre del ejercicio 92, el aumento indebido de los resultados consolidades mencionando, caso de Banesto Chile Bank (4.027 millones), activos vendidos por Carburos Metálicos, Urbis, Tudor y AGE Bodegas (6.051 millones), pérdidas por diferencias de cambio en Corporación Banesto Int. B.V., Brightsun Ltd. y Banesto Holding (9.874 millones), ajustes en los estados financieros de La Unión y el Fénix (2.004 millones), plusvalías mal incorporadas a las participaciones en sociedades puestas en equivalencia (2.556 millones) y pérdidas no reconocidas contablemente en el departamento de Tesorería de Banesto (18.864 millones).

sociedades interpuestas no incluidas en los estados consolidados, que impiden un reflejo fiel de la situación patrimonial y financiera del grupo Banesto y dificultan su supervisión».

Lasarte decide tomar la delantera a la Inspección, encargando una revisión de las partidas descritas por el banco emisor, al tiempo que se aborda la elaboración de un nuevo «informe de situación» a septiembre, en el que, aparte del seguimiento normal de la cartera de créditos, se incluyen algunos asuntos que no habían sido detectados por la Inspección, y se efectúa una propuesta de solución a los requerimientos planteados por la autoridad supervisora en su escrito del 6 de septiembre.

Paulina Beato se encarga también de la redacción final del informe de septiembre que, con fecha de octubre, se remite a la plaza de Cibeles.

Para entonces, la Beato había quedado incorporada al grupito de notables que, a la vera del gran Mario, compartía los misterios de la delicada situación del Banco Español de Crédito, un sanedrín en cuya base se encontraban Fernando Martín, Enrique Naranjo y Alvaro Echániz, a las órdenes directas de Lasarte, quien a su vez reportaba a Conde. Planeando por la cúspide de la pirámide se encontraba Paulina, recibiendo información de unos y otros, procesándola y haciéndola digerible ante el Banco de España.

La presencia de Paulina en el *sancta sanctorum* de Banesto estaba más que justificada, puesto que tenía relación con tres personajes que se antojaban claves, tres vidas en la vida de Paulina, en los difíciles tiempos que se avecinaban para Banesto. En efecto, es íntima amiga de José («Pepe») Pérez, director general de los Servicios de Inspección del Banco de España; de Alfredo Pastor, actual secretario de Estado de Economía, y del mismísimo Luis Angel Rojo, gobernador del Banco de España.

Con motivo de una intervención de la consejera de Banesto en el Club Siglo XXI, el gobernador, reputado como uno de los cuatro o cinco economistas españoles que se salvan de la hoguera de la mediocridad, llegó a formular un elogio público hacia ella que a muchos pudo parecer desmesurado:

—Paulina fue durante muchos años alumna mía cuando estábamos en la Facultad, pero si volviéramos allí, estoy seguro de que ahora sería yo su alumno.

Tres amistades colocadas en los puntos cardinales de ese planeta de incertidumbre que tras el verano se cernía sobre Banesto. Mario se lo había confesado a Enrique:

—Rojo, Pastor y Pérez son sus grandes amigos y vamos a necesitar utilizar esa relación.

La tarde del miércoles 20 de octubre, Olarreaga y Echániz, buenos conocedores de la localización de las vías de agua que amenazaban al acorazado Banesto, viajaron hasta la finca del patrón en los Montes de Toledo, donde ya se encontraban el propio Conde y Enrique Lasarte. Tras el intercambio de impresiones de la cena, el cuarteto se encerró a trabajar a la mañana siguiente en la biblioteca del banquero en «La Salceda», la estancia más confortable de la casa, una mesa de billar, un ordenador personal, fax, teléfono y decenas de trofeos de caza colgando en los espacios no ocupados por una costosa librería de madera negra.

Aquél era un encuentro en la cumbre, sentado el cuarteto en torno a la chimenea encendida, mientras afuera el viento frío de un día engañoso de sol batía los cristales, del que ni siquiera las secretarias personales tenían conocimiento.

—Mis cálculos, y lo he pensado mucho, es que el banco está ahora mismo para dar beneficio cero no sólo este año, sino el 94, el 95 y el 96, y eso para dar entre 10.000 y 20.000 millones de pesetas de resultados en 1997.

—¡Pero eso es una barbaridad! —se asombra Conde—. ¿Te imaginas lo que estás diciendo? ¡Cuatro años de beneficio cero... eso no hay dios que lo aguante!

—Pues sí, una barbaridad, naturalmente que sí, pero es lo que hay, Mario —replica Lasarte.

—Cuatro años de beneficio cero si no hacemos nada, si no presentamos un plan para utilizar las reservas o lo que sea —corrobora Echániz.

Un horizonte insostenible para la cotización de Mario Conde en la bolsa de valores del liderazgo social hispano. Insostenible para Banesto, insostenible para Mario Conde e insostenible para Morgan.

Conde no podía aparentar desconocimiento de causa. Su amigo Enrique le había ido preparando para el duro aterrizaje sobre la delicada superficie del banco, sabe perfectamente cómo está la entidad, muy tocada, y lo que no sabe, lo intuye. Hasta tal punto lo intuye, que en este año loco ha dado la espalda a la realidad del banco para volcarse en los asuntos de la política, como si inconscientemente quisiera huir de la realidad agobiante de Banesto, escapar, huir a la política, ¿lo intuía como una necesidad, más que como un *hobby*? Pero no podía deshacerse de la realidad de Banesto. El héroe estaba prisionero en su propio juguete. No tenía escapatoria.

—¿Qué morosidad tenemos en total... unos 200.000 millones?

—Como mínimo.

—¿Pero qué criterios habéis empleado? ¿No se puede rebajar eso?

—Se puede rebajar todo lo que quieras, pero no podemos hacernos trampas en el solitario.

El único que tenía cierta escapatoria era el propio Lasarte. Echániz se lo había advertido días antes.

—Esto no es malo para ti, Enrique. Tú acabas de llegar y sólo tienes que decir que te has encontrado esto descojonado. No se pueden meter contigo, cuando resulta que vas a tenerte que comer los marrones que han dejado otros.

—Pero comprende que cuatro años sin dar dividendo no lo puede soportar ni Mario como persona, ni Banesto como institución. Habrá que hacer algo.

Había que hacer algo.

—¿Qué podemos hacer? —preguntaba alarmado Conde.

—La única alternativa que nos queda es preparar un plan basado en la utilización de las reservas acumuladas, para sanear el banco de una tacada, y a partir de ahí jugárnosla a la cuenta de resultados —sostiene Lasarte—. Y si después de sanear hacemos en el 94 un mal ejercicio, pues a mamarla...

—Pero si hacemos eso, ¿qué podemos esperar del 94?

—Pues con este plan yo creo que el próximo ejercicio podemos tener unos resultados de en torno a los 25.000 millones, que en el 95 podrían ser 40.000, ya casi en fase de despegue. Porque además tenemos que concretar un plan de reducción brutal de gastos generales, un objetivo que hay que conseguir por encima de todo.

Lasarte estaba también pensando en una limpieza drástica de la alta dirección, lo había dejado entrever a sus más directos subordinados, hay que involucrar a toda la organización en la idea del saneamiento, vamos a hacer todos un esfuerzo grande, incluido Morgan, y el que no esté dispuesto a dar el callo, a la puta calle. Y el pez más gordo en el que se había fijado Lasarte para enviarlo a la hoguera era nada menos que Arturo Romaní, un lastre para el banco y su organización; había otros lastres sin mando en plaza, pero que constituían ese entorno áulico de Mario, Lasarte se refería siempre a «las malas compañías del jefe», y el vitoriano estaba decidido a acabar con ellas, una mala compañía era José Antonio Segurado, Mario ya había decidido no renovar su contrato, y otra mala compañía era, en opinión de Lasarte, el abogado Matías Cortés.

Con el frío azuzando los Montes de Toledo, los reunidos pasaron la mañana discutiendo hasta cerca de las tres de la tarde; a Echániz le sorprendía Conde por su capacidad para profundizar en los temas, había que analizar la cuenta de resultados del ejercicio, tratando de detener el deterioro de los márgenes. Olarreaga era el hombre clave del negocio bancario, el guardián del margen de intermediación, la diferencia entre el precio que paga el banco por el dinero y el tipo de interés al que concede los préstamos, él tenía luz verde para tomar decisiones, Lasarte, asfixiado, estaba demasiado pendiente de mil problemas como para saber si convenía subir o bajar el tipo de interés preferencial.

—¿Qué hago, Enrique? ¿Bajo precios o no?

—Haz lo que mejor te parezca, José Mari, lo estás haciendo muy bien.

En «La Salceda», Conde y Lasarte presionan a Olarreaga hasta la extenuación.

—Tienes que conseguir entre 8 y 8,5 puntos de margen como sea.

—Pero es que eso va a ser imposible. Con la bajada de tipos de interés que se está produciendo eso va a ser muy difícil...

—¡Pues lo tienes que conseguir por encima de todo!

—Vamos a ver, haré lo que pueda, la red va bien, la gente está trabajando a tope, y habéis visto que estamos creciendo en pasivo, pero la situación es muy complicada: cuando el Mibor [4] está al 14 por ciento yo puedo prestar al 19 por ciento, y si estoy pagando un 8 por ciento de media por mi pasivo saco hasta once puntos de margen, pero si el Mibor se pone al 10 por ciento va a ser absolutamente imposible mantener un margen de ocho puntos.

—Pues paga menos el pasivo.

—¡Nos ha jodido, pero si queremos seguir creciendo tenemos que pagarlo! Yo no puedo pagar el 5 si en la oficina de al lado la competencia está pagando el 6, ¿os dais cuenta?

[4] Madrid Interbanking Offered Rate, sigla en inglés del nombre adoptado en el sector bancario español para definir el tipo de interés medio del dinero en el mercado interbancario madrileño, por analogía con el Libor.

Banesto necesitaba hacer la mejor cuenta de resultados posible, para poder dedicar todos los recursos disponibles al saneamiento de su cartera crediticia. Pero, inmerso en una coyuntura de bajada de tipos de interés, con la consiguiente caída de márgenes, la situación se tornaba especialmente presionante.

El cuarteto abandona «La Salceda» después del almuerzo, convencidos de que la perspectiva de beneficio cero durante cuatro años es insostenible, y de que hay que preparar un plan para acometer el saneamiento de la entidad de una tacada.

Había que poner manos a la obra. En el Banco de España sorprende mucho que sea el propio banco el que quiera arreglar la situación.

—¿De verdad que vais a tomar vosotros la iniciativa, que no lo vais a hacer obligados? —preguntaba incrédulo Palicio, el perro de presa colocado por Mariano Rubio para controlar Banesto.

La actitud de Enrique Lasarte suponía un notable cambio en las relaciones con el banco emisor, hasta el punto de que algunos miembros del antiguo consejo de Banesto han calificado su conducta colaboradora con el Banco de España de «supremo ejercicio de ingenuidad», llegando a insinuar que de no haber abierto las puertas de los secretos de la casa de par en par, el Banco de España jamás habría llegado a intervenir la entidad, porque no hubiera llegado a enterarse ni de la mitad de ellos.

Los problemas de Conde no eran sólo domésticos. Como si de un mal fario se tratara, el clima de entendimiento con el socio estadounidense se había torcido de repente a cuenta del Grupo Oasis. Un sentimiento de inquietud se había adueñado de Roberto Mendoza por culpa de la participación de Banesto en este *tour-operator*, propiedad de Pedro Pueyo, con el que el banco había ido asumiendo de forma paulatina un riesgo muy alto, imposible de explicar desde un punto de vista de dimensión y racionalidad bancaria.

Pueyo conoció a Conde años atrás, un día que César de la Mora se lo presentó en La Unión y el Fénix. Un tipo emprendedor, cliente del BBV, que cae bien a Mario, a quien enseguida propone que tome una pequeña participación en Oasis. La idea era que el banco podía empezar a distribuir productos de viaje a través de su red, lo que da origen al nacimiento de Banestour. Sin embargo, la mayor parte de los consejeros de la casa no ven a Pueyo más que en una cena ofrecida por el banco con motivo de una de las conferencias organizadas en Estepona. El señor de Oasis se fue paulatinamente centrando en dos de sus nuevas amistades, la de Paulina Beato y, sobre todo, la de Juan Belloso.

La relación con el consejero delegado le era de gran utilidad, hasta el punto de que el asunto Oasis desapareció prácticamente de la mesa de la ejecutiva y del propio consejo, al tiempo que el banco iba asumiendo mayores y mayores riesgos en la financiación del grupo.

En realidad los de Morgan se enteran de que existe Oasis porque ven en los aeropuertos el anagrama dibujado en la cola de algunos aviones y les llama la atención y les preocupa que Banesto tenga intereses en una compañía de aviación, porque ellos han vivido malas experiencias con este tipo de negocios. Y cuando se interesan por los detalles, reciben explicaciones confusas e incluso contradictorias. Se estaba confeccionando el folleto informativo, el *book* en el que Banesto se tenía que desnudar para la emisión de las convertibles, y era necesario conocer en qué situación se encontraba el banco con una serie de compañías, como hechos potencialmente relevantes para los inversores.

Hasta que los «morganáticos» se enfadan viendo que en Banesto están intentado marear la perdiz con medias verdades y piden una explicación cabal.

«Este asunto consumió semanas de arduo forcejeo —asegura un responsable de Morgan—, subidas y bajadas, llamadas telefónicas entre Madrid y Nueva York.»

El resultado es que en Nueva York se asustan y paralizan la puesta en marcha del tercer tramo de la macroampliación de capital, consistente en una emisión de obligaciones convertibles por importe de 400 millones de dólares.

«Yo les preguntaba qué pasaba con la emisión de las convertibles —asegura Miguel Martín—, y ellos me iban dando largas.»

Además, había que salvar un problema legal en Estados Unidos, puesto que su legislación bancaria impide que un banco estadounidense tome una participación en un banco extranjero que tenga intereses no financieros en USA [5].

[5] La cuestión planteó dos problemas básicos: por un lado, el de una filial estadounidense de Acerinox y, por otro, una sociedad del grupo Oasis, un *tour-operator* que funcionaba con base en Atlanta. Morgan solventó la cuestión informando de ello en el folleto informativo, tras conceder el FED un plazo de dos años para que Banesto se deshiciera de esas dos sociedades.

Durante la última semana de octubre el forcejeo entre Morgan y Banesto a cuenta de Oasis alcanza su punto culminante. El viernes 29 de octubre Mario abandona su despacho pasada la una de la madrugada tras una larga discusión con los estadounidenses, necesita descansar, porque a la mañana siguiente inicia un viaje a Israel en el que ha puesto muchas ilusiones, pero cuando llega a su domicilio se encuentra con una llamada de Lasarte, Mario, que éstos quieren tener una reunión urgente mañana a primera hora, necesitan verte en el Villamagna, un desayuno de trabajo, y Mario explota, ya me están tocando los cojones estos tíos con el tema Oasis, pero qué se han creído, qué coño de explicaciones quieren si les hemos mandado carpetas de papeles a Nueva York, se lo hemos contado por activa y por pasiva, y Enrique aguantando, asfixiado y perplejo.

Cuando a las 8.30 de la mañana aparece Mario Conde en el hotel Villamagna con cara de pocos amigos, Roberto y Violy ya conocen, y lo que no conocen lo intuyen, muchos de los riesgos problemáticos de Banesto.

Pero aquel día Conde, Lasarte, Mendoza, Violy de Harper, Matías Cortés y Javier Macaya iban a hablar fundamentalmente de Oasis. Mario llega ofuscado, ha maldormido unas horas, revuelto, qué se han creído, tanto preguntar, y es el Mario soberbio, no estoy dispuesto a tolerar, insolente, y los de Morgan fríos como tumbas, como el perro que ha mordido presa y no está dispuesto a soltar hasta que le den las debidas explicaciones.

—Es uno de los momentos más tristes de mi experiencia con Mario. Aquél era el Mario que le echa cara al asunto y trata de apabullar, como si delante tuviera a simples colegiales —señala uno de los reunidos.

Finalmente se levanta la tapadera y los de Morgan se enteran de que el riesgo Oasis podía llegar a los 80.000 millones de pesetas, casi todo residenciado en la oficina de Banesto en Nueva York. Una barbaridad. A Conde y a Lasarte se les ocurrían fórmulas para resolver el problema que eran puros enjuagues contables, valoraciones infladas, intercambios de activos, esto a cambio de lo otro, una por aquí, otra por allá, y ya está el problema controlado, y los de Morgan que no, que no señor, y Mario que sí, pero vamos a ver, si hay garantías suficientes, hay hoteles, mira, Roberto, decir la verdad en el *book* significa explicar que Banesto va a tener en Oasis una pérdida de 15.000 millones, y un riesgo mucho mayor, el que quieran, pero una pérdida de 15.000 millones, ni una peseta más.

El gran Mario, en compañía de Lasarte, abandona el hotel malhumorado en dirección al aeropuerto. Está a punto de iniciar su viaje a Israel, como embajador de la mar océana. Se ha acostado a las 4.30 de la mañana y se ha levantado a las 7 para asistir a ese desayuno y Lasarte le ve cansado camino de Barajas, cansado y preocupado:

—Es que si no salimos con los convertibles esto va a ser un follón de primera magnitud, Enrique, un lío que puede afectar muy seriamente al banco, ¿lo comprendes?

—Claro que lo comprendo, Mario, toda la operación se nos viene abajo.

Y Lasarte vuelve al Villamagna con la lección aprendida, alumno aplicado, la paralización de la emisión de convertibles va a causar un daño irreparable al banco, eso no puede ser, y además hay unos compromisos asumidos, y los de Morgan que eso está muy bien, pero que primero habrá que aclarar una serie de cosas, y hasta que no tengamos claro los compromisos que tenemos en el grupo Oasis no podemos seguir adelante.

Mario vuelve a Madrid a mediodía del 4 de noviembre, relajado y contento tras su viaje a Israel, que al *rahis* de Banesto le sientan bien los baños de multitud.

A la noche siguiente Mario y Enrique se van a cenar con Violy de Harper, tenían que empezar a soltar las malas noticias, imposible esperar un minuto más, había que contarle la tostada a Morgan, ¿cómo hacerlo?, avisarles de que el beneficio cero para varios años era inevitable si no se tomaban decisiones drásticas, y eligen Jockey, mejor Violy de entrada, y luego que ella vaya preparando a Mendoza, y Violy, que prácticamente se acaba de enterar de la carta del Banco de España de 6 de septiembre, se va muy preocupada, encargada de redactar «un papel» para Roberto.

Lo que hace Violy es concretar una reunión en serio para el lunes, 8 de noviembre, en la sede de Banesto, que consume toda la tarde y las primeras horas de la noche, y a la que asisten Conde, Lasarte, Echániz por parte de Banesto, y Mendoza, Violy, Macaya y Matías Cortés por parte de Morgan.

Es entonces cuando realmente los estadounidenses se enteran del pastel, porque esa noche se ponen de manifiesto los riesgos contraídos en Oasis, Dorna, Gescam, Holding Uno... y las pérdidas inagotables de La Unión y el Fénix. Y todavía no se había hablado una palabra de los morosos, de los listados que la Inspección acaba de sacar del horno.

Es la noche en que Mendoza se da cuenta de que el proyecto Banesto se ha ido a pique. El cubano tiene palabras duras, está indignado, ¿qué ha pasado aquí?, ustedes nos han engañado, resulta que estas cuentas no son reales, esto está falseado, todo un vicepresidente de J. P. Morgan no comprende que le pueda estar ocurriendo una cosa así.

Y Mario se siente ofendido. Aquella noche se organiza tal follón que el gallego, en su infinita capacidad de maniobra, piensa en buscarle un sustituto a Morgan, que se vayan a tomar por el culo, con alguno de los ricachones judíos que acaba de conocer en Israel, idea de locos, naturalmente que lo piensa aquella noche mientras va camino de «La Salceda» en compañía de Arturo Romaní a pasar la fiesta de La Almudena, pero a la mañana siguiente se da cuenta de la barbaridad que eso supone, y ni siquiera vuelve a mencionarlo. Matías le coge por banda el miércoles 3.

—Oye, Mario, aquí de enfadarse con Morgan nada, ¿eh?

—¿Y quién habla de enfadarse con Morgan?

A los pocos días tiene lugar otro desayuno en el Villamagna al que acude sólo Enrique Lasarte, un Lasarte con un espíritu mucho más constructivo, y las cosas se calman, porque también Mendoza está conciliador, qué le vamos a hacer, en todas partes cuecen habas, lo que tenemos que hacer es buscar soluciones y no sacar los pies del tiesto.

El consejero delegado ha preparado un plan de choque para reducir de manera drástica el riesgo Oasis, que en esencia consiste en realizar las hipotecas que el banco tiene efectuadas sobre una serie de hoteles del grupo turístico en México.

Los reunidos llegan a la conclusión de que el asunto Oasis va a depender al final de la valoración que tengan los hoteles mexicanos. La crisis ha reducido notablemente su valor, pero la recuperación que se observa en el sector turístico azteca los está haciendo subir de nuevo como la espuma. Al final, las pérdidas del grupo pueden quedar reducidas a los 15.000 millones anunciados.

El 5 de noviembre la inspección del Banco de España dio a luz los primeros resultados de sus trabajos en Banesto. El trabajo consistía en un listado, integrado en su inmensa mayoría por empresas ligadas al grupo, con la posición de riesgo a fecha de junio, con el riesgo total, la provisión que el Banco de España consideraba necesaria, la que Banesto tenía constituida y la diferencia.

El resultado, aun dentro de lo esperado, no podía ser más llamativo. Conde se felicita por tener entre los suyos a una mujer como Paulina Beato, llamada a desempeñar un papel de la mayor importancia en el contencioso con el Banco de España.

—Oye, Enrique, yo aprendí con Montedison que hay que negociar las cosas a la italiana, y eso consiste en enviar a alguien por delante que vaya desbrozando el camino, de tal manera que, cuando el consejero delegado baje a hablar con el director general de la Inspección, el asunto ya esté encarrilado.

Paulina aceptó gustosa la tarea, un ir y venir entre el Banco de España y Banesto, bajaba y cotejaba con Pepe Pérez las cifras de la Inspección con las de los servicios del banco, regresaba y volvía a bajar. Era la mejor manera que tenía de ganarse el sueldo de consejera, y serle útil a don Mario.

—Es mi misión, lo hago encantada.

Con los primeros datos de la Inspección en la mano, Pepe Pérez descargó el hachazo sobre Lasarte:

—Mira, Enrique, no te quiero engañar, pero tenéis el banco para tres años seguidos de beneficio cero.

Cuando el guipuzcoano relata la mala nueva a Conde, éste vuelve a ser presa de los nervios.

—¡Joder, Enrique, pero eso no puede ser, no puede ser. Es que nos corren a gorrazos los accionistas y el país entero!

—Pues no podrá ser, Mario, pero es más o menos lo que es, como quedó claro en la reunión de «La Salceda». Estos tíos no van descaminados, así que hay que poner manos a la obra y preparar una solución.

El noviembre madrileño era ya un mar bravío de rumores en torno a Banesto. La paralización del tercer tramo de la ampliación de capital, sin que los protagonistas dieran la menor explicación al mercado, desató la caja de los truenos contra el banco, de nuevo a escena el serial Conde, todos los días, en todos los despachos, los periodistas económicos de todos los diarios, otra vez Conde en la picota y Banesto en el alero, como si el crédito de un nombre, J. P. Morgan, se hubiera consumido ya, agostado en apenas unos meses.

En Banesto acusan a los de siempre, la gente de Solchaga y sus peones en Economía y Banco de España, pero ésta es la campaña mejor organizada de todas las que se han producido en los últimos seis años, y en Banesto se apunta también al pacto González-Aznar, nadie cree en las casualidades, aunque ninguno de los fieles del banquero piensa en las culpas del banquero, en los excesos del banquero. Sería lógico que el presidente de un banco que no va a repartir dividendo se encerrara en su despacho, sin asomar la oreja más que en caso de incendio, sería lógico... Si, por el contrario, se dedica a resolver los problemas de los palestinos como embajador plenipotenciario de la nada, si cena con Guerra, si deshoja la margarita de su pase a la política, si anuncia una nueva ampliación en Antena 3 TV... lo normal es que los pistones de la máquina que maneja el *establishment* salten por los aires.

Los rumores, inmisericordes a lo largo de noviembre y diciembre, están por una vez bien orientados, esto va en serio, se trata de preparar a la opinión pública para algo gordo, el banco está poco menos que en la UVI, se dice, y no podrá dar dividendo este año, el Banco de España le está apretando las clavijas como en los mejores tiempos de Mariano Rubio, y ahora es Morgan el agente desestabilizador, en los despachos de la banca se comenta que Morgan se está enterando de cosas que no conocía y que le han alarmado, por eso no sacan los convertibles, y Mario pregunta a los estadounidenses si los rumores salen de allí, y Violy apunta a Pedro Burelli desde la oficina de Morgan en Caracas como autor de las filtraciones.

Burelli, hijo de un diplomático venezolano, tipo *sobrao*, correveidile y frívolo, muy elegante jugando al golf, casado con una niña venezolana muy rica, llegó a Madrid para hacerse cargo de la oficina de Morgan y tras unos entusiasmos primaverales por Conde se convirtió en detractor de la operación Morgan, porque en Madrid aterrizó una señora como Violy de Harper que le marginó, razón suficiente para que a partir de entonces se convirtiera en enemigo acérrimo de la dama. Desde ese momento no dejó de conspirar, hasta que Mendoza lo quitó de en medio mandándolo a Caracas, al culo de Morgan, con una secretaria y un teléfono por toda infraestructura.

Pero Burelli, que desde su llegada a Madrid sintió la fascinación de Sotogrande y su gente, es decir, de la *biutiful* en su diverso pelaje, había hecho amigos importantes en Madrid, y a través de estos amigos se encargó de empedrar de rumores envenenados el camino de Morgan y Violy en Banesto; fuente inagotable de rumores contra Banesto, influyentes amigos españoles como Alfredo Sáenz, vicepresidente del BBV, como Daniel García Pita, renombrado socio del bufete Garrigues, como Angel Corcóstegui, ex BBV y actual consejero delegado del BCH, aunque éste desmiente con rotundidad haber participado en ninguna campaña contra Banesto.

Para rematar la faena, a primeros de noviembre empieza a propalarse la especie de que Violy de Harper acaba de ser despedida de J. P. Morgan por haber aceptado un crédito personal de Banesto.

Los aventadores de rumores contra el gallego habían dado en esta ocasión con munición gruesa.

—Como este asunto empiece a correr por ahí, va a hacernos mucho daño —había comentado Conde a Lasarte.

El nuevo problema de Mario Conde se llamaba Violy McHausland, de casada Harper, colombiana de nacimiento, inteligente, menuda, cuarenta años, dura como el pedernal, no exenta de cierto *sex-appeal*, hablando un español con un meloso acento colombiano, una absoluta *work-alcoholic* dispuesta a sublimarlo todo en el trabajo. Violy, mujer y latina en Nueva York, ha triunfado nada menos que en J. P. Morgan y en Nueva York. Una genuina Ama del Universo.

Violy, procedente de una familia de la burguesía local relacionada con el cemento, se casó con un banquero colombiano a quien conoció cuando ambos estudiaban en Estados Unidos. Hace siete años, cuando Violy comenzó su despegue, Henry Harper, cuarenta y dos años, fue capaz de abandonar su carrera en Bogotá para dedicarse al cuidado de los tres hijos de la pareja en Manhattan mientras la madre subía imparable las escaleras del éxito profesional en Morgan.

Un éxito plagado de exigencias profesionales que la hacían regresar a casa a las tres de la madrugada o no regresar por culpa de algún viaje inesperado. La pareja se fue resintiendo, hasta que el conflicto desembocó en divorcio. Una familia rota y unos hijos problemáticos que han crecido sin ver a la madre. Henry Harper ha ganado el juicio en primera instancia y ha pedido la patria potestad de los hijos, más todos los bienes (apartamento, dinero, etc.) de la pareja.

Sin techo y con sus cuentas corrientes bloqueadas por orden judicial, Violy McHausland, una mujer a quien sus enemigos califican de «peligrosa y sin escrúpulos», se vio en la tesitura de comprar su propio apartamento, para lo que pidió ayuda al dueño del grupo Unifund (Siam Cements, Cementos Lima), un riquísimo egipcio, especulador nato, de nombre Al Fuad Said, con domicilio en Ginebra, Suiza, y uno de los mejores clientes de J. P.Morgan.

Precisamente desde Morgan, Violy había pergeñado grandes operaciones para Fuad Said, una muy reciente en México con la que había ganado muchos millones de dólares, por lo que resultó natural que la colombiana acudiera a él en demanda de auxilio, tan natural como que el egipcio le prestara (algunos dicen que fue un regalo) 2 millones de dólares (aproximadamente 270 millones de pesetas) que Violy [6] pensaba devolver tras cobrar su *bonus* de fin de año en Morgan.

Pero Violy cometió el error de no declarar ese préstamo en Morgan. Nada hubiera pasado si alguien, el entorno de la propia Violy apunta con el dedo a Henry Harper, no hubiera dirigido un anónimo a Morgan con los pormenores del caso. El asunto causa verdadera conmoción en el 60 de Wall Street, donde, sin que Roberto Mendoza haga nada por evitarlo, deciden abrir un expediente interno para averiguar qué hay de verdad en la denuncia. Aunque no había de por medio ningún tipo de materia penal, la colombiana podría haber violado el código de conducta de la firma que prohíbe recibir préstamos de clientes. El resultado final es que Violy McHausland debe abandonar J. P. Morgan.

Violy ha sido, con Roberto Mendoza, la gran artífice de la entrada de Morgan en Banesto. Si ahora Violy deja Morgan, si Morgan echa a la calle a Violy, como empezaban a apuntar los primeros rumores, algo muy grave tiene que estar ocurriendo entre Morgan y Banesto, y lo más grave que debe estar pasando es que Morgan quiere abandonar Banesto porque ha descubierto la realidad inconfesable del banco, los embrollos de Conde, se ha sentido engañado, sale de Banesto y expulsa a Violy como responsable de la aventura. Todo parecía cuadrar a la perfección.

---

[6] El entorno de la colombiana asegura que fue un préstamo de 100.000 dólares, 13.500.000 millones de pesetas, que Violy devolvió con sus intereses cuando, a finales de año, cobró su *bonus* de Morgan. Con ese dinero se compró un apartamento en el 222 East 67 Street, casi esquina con Park Avenue, donde el 12 de abril de este año dio la fiesta de su cuarenta cumpleaños, a la que acudieron algunos notorios españoles/as, entre otros Lourdes Arroyo y Cristina Macaya —cuyo hijo trabajaba como ayudante de Violy en Morgan—, aunque excusaron su asistencia los dos peces gordos del corralillo madrileño, Jesús Polanco y Plácido Arango, por obvios motivos.

Un contratiempo muy serio para Banesto. Conde es consciente de que el efecto combinado de la paralización de los convertibles más la salida de Violy de Morgan puede poner a la institución contra las cuerdas. Un arma formidable en manos de sus enemigos, un arma que les llegaba, cosas del destino, en el momento más inesperado, apenas un par de meses después de que la mayoría de ellos hubieran abandonado toda pretensión de acabar con él tras el éxito de la macroampliación de capital.

En verano, la propia Violy había contado larga y pormenorizadamente sus desdichas en la espléndida casa de su amiga Cristina Macaya en Palma, con Mariluz Barreiros de testigo, tres días de agosto en los que habló más de la cuenta, el horror de marido que le había tocado en suerte, el drama de los hijos, las tensiones del divorcio... Cuando en Morgan toman la decisión de prescindir de Violy, los peores temores de Lasarte se confirman.

—Mario, esto de Violy nos va a hacer mucho daño.

—Ya lo sé.

—La gente lo va a interpretar de cualquier manera, ninguna buena para Bancsto.

—¿Y qué podemos hacer nosotros?

Muy poco. Por Madrid se fueron extendiendo de forma paulatina las versiones más pintorescas sobre el *affaire* Violy-Morgan. La que llevaba peor intención, puesta en circulación desde Caracas por Pedro Burelli entre sus amigos del foro, apuntaba a que había sido Banesto el que le había dado a Violy el crédito millonario con el que ésta había comprado su elegante *flat* neoyorquino, y que a cuenta de ese crédito Violy había recomendado y defendido ardorosamente la alianza del banco estadounidense con Mario Conde.

Otra versión, no necesariamente excluyente de la anterior, apuntaba a que Violy se acostaba con Mario Conde y viceversa, aunque aquí pronto surgieron variaciones no menos interesantes: era Matías Cortés, su mejor amigo español, quien estaba liado con la Harper, decían unos, no, corregían otros, eso no es cierto, quien de verdad se beneficia a la moza es Roberto Mendoza, y había un aguerrido periodista español de cierto renombre que aseguraba, nada menos, que les había visto haciendo el amor sobre una mesa de despacho en la sede de Morgan en Nueva York, una escena por demás excitante, a la manera de Jack Nicholson y Jessica Lange en *El cartero siempre llama dos veces.*

Al final Violy abandonó Morgan el 1 de enero del 94, para fichar por el *merchant bank* James D. Wolfensohn, donde trabaja al lado de Paul Volcker con un contrato millonario. Lo cual no fue óbice para que Burelli, que suponía a la dama en la calle desde mucho antes, propalara la nueva de que había sido fichada por Banesto, y gran escándalo, si será desvergonzado el gallego que se atreve a fichar a Violy desafiando a Morgan, y gran enfado de Morgan, se decía, cuando la pura realidad es que Conde no tenía ninguna posibilidad de fichar a una mujer por quien habían pujado todos los grandes *merchants* estadounidenses.

El lunes, 8 de noviembre, los responsables de Banesto tuvieron acceso al listado de morosos elaborado por los inspectores del Banco de España. Del cotejo de esas listas con las que manejaban los propios servicios de Banesto no había forma humana de sacar conclusiones, porque la gente del banco había trabajado sobre la relación de morosos confeccionada por el propio Banco de España al cierre del ejercicio 92, mientras que la Inspección había introducido nuevos criterios de revisión, al examinar créditos hasta los 250 millones de pesetas.

El «comité de crisis» de Banesto decidió entonces empezar de nuevo a repasar crédito a crédito, de acuerdo con el último elenco facilitado por los inspectores del banco emisor, y con la vista puesta en la preparación de un programa de saneamiento.

Conde y Lasarte le habían dado mil vueltas a la situación en las últimas semanas. Se trataba de cuantificar el problema y tratar de minimizar sus efectos para el banco. Dar beneficio cero en el 94 significaba que Banesto tendría que provisionar otros 80/90.000 millones durante el ejercicio, como había hecho en el 93. Significaba, en suma, que había que afrontar dos años sin dar dividendo, para, en el 95, comenzar a despegar. Eso era lo que había que presentar al Banco de España.

Pero había que decírselo a Morgan. Un trago. La niña había quedado embarazada y había que contárselo al cabeza de familia.

—Enrique, esto tiene que saberlo Morgan...

—Desde luego. ¡Pero va a ser la de Dios!

—Sí, pero es mejor que lo sepan, y cuanto antes.

Enrique Lasarte llama a Nueva York a última hora del viernes 12 de noviembre y se pone al habla con Roberto Mendoza.

Aquella noche, Alvaro Echániz había invitado a cenar a su mujer a La Trainera, y había cometido la imprudencia de contárselo a su jefe. Apenas se había sentado a la mesa cuando un camarero le acercó un teléfono móvil. Don Enrique al aparato.

El matrimonio Echániz terminó yéndose del restaurante casi sin cenar, las llamadas se sucedían al mismo ritmo que aumentaba la incertidumbre en Nueva York, Mendoza quería saber más y más detalles y Alvaro optó por la decisión más acertada, mira, Enrique, yo creo que lo mejor es que me vaya para el banco, que no, por Dios, qué va a decir tu mujer...

Mario, Lasarte y Matías Cortés viajan el 16 de noviembre a Nueva York, a verse las caras con la cúpula de Morgan. Es en el curso de este viaje cuando Mario menciona, como de pasada, la cifra mágica de los 300.000 millones, lo deja caer, con esa forma que tiene de anunciar las catástrofes como si fuera el hecho más natural del mundo, algo que ya hubiera dicho cien veces, nada menos que 300.000 millones, los millones que serían necesarios para dejar el banco como una patena.

La reunión en la sede de Morgan, que se inicia a las seis de la tarde, resulta muy dura. Los españoles, que apenas han tenido tiempo de llegarse hasta el Hotel Mayfair para ducharse y cambiarse de ropa, se encuentran con sus anfitriones estadounidenses en el despacho de Roberto Mendoza.

El vicepresidente de Morgan está nervioso. Nacido en Cuba y emigrado a Bélgica a los ocho años, con formación y mentalidad típicamente estadounidense, aunque orgulloso de su condición de habanero, ha realizado una de las más sobresalientes carreras bancarias en Nueva York. De carácter ciclotímico, se asusta sólo de pensar en la posibilidad de haberse equivocado con Banesto.

Mario Conde, que conoce al dedillo su carácter, le encuentra aquella tarde especialmente bajo de moral. Es como una novia que apunta los primeros celos.

¿Qué ha ocurrido? El hispano-cubano acaba por confesar: le han estado llegando recados desde España, gente importante, algunos banqueros españoles que han pasado por Nueva York durante las sesiones del Fondo Monetario Internacional y que han aprovechado el viaje para visitar las oficinas de Morgan en Wall Street contando cosas poco edificantes de Banesto y, sobre todo, de Mario Conde.

Cuando se inicia la reunión, Mendoza está en la posición del financiero-que-necesita-ser-convencido, y Conde se ve obligado a desplegar todas sus habilidades para calentar el ánimo de su socio como si del motor de uno de esos coches antiguos se tratara.

Mendoza, De Harper y el abogado Net Kelly, entre otros,

someten durante horas a los embajadores de Banesto a un bombardeo inmisericorde de cifras, datos y papeles, discutiendo punto por punto las malas nuevas salidas del horno de la inspección del Banco de España. Un ejercicio exhaustivo, agotador, del que debían salir las líneas maestras de un plan de saneamiento. Pero al final del túnel, esperaba el acuerdo

—Lo que Banesto tiene que hacer es lo que hicimos nosotros no hace tantos años —afirma Mendoza.

—¿Qué, exactamente? —pregunta Conde.

—Reconocer públicamente sus problemas y plantear un programa creíble de saneamiento definitivo.

—Eso va a resultar muy fuerte para el Banco de España.

—Puede ser, porque en España nadie dice la verdad, y por eso en el extranjero no hay confianza en el sistema financiero español, nadie se cree las cifras de los bancos españoles, razón de más para que nosotros, que estamos en el accionariado de Banesto, demos ejemplo y afrontemos la realidad con todas sus consecuencias, porque al final eso tiene su premio.

—Y ¿en qué consiste ese programa? —pregunta Conde.

—En hacer una limpieza total y absoluta del balance del banco, como hicimos aquí en el 87 y 88. Morgan lo hizo todo en dos años, pero porque el FED no nos dejó hacerlo en uno, y ¿sabes por qué?

—Tú dirás.

—Porque eso era peligroso para al resto de la banca estadounidense. Si alguien con problemas dice la verdad, los que se encuentran en parecidas o mayores dificultades están obligados también a decirla. De hecho nosotros tuvimos muchas presiones de nuestros colegas para que no reconociéramos nuestra situación, pero al final decidimos hacerlo.

—¿Entonces?

—Pues se trataría de cargar todos los saneamientos necesarios contra reservas, lo que además genera un crédito fiscal muy importante.

—Roberto, eso es exactamente lo que hemos venido hablando Enrique Lasarte y yo en las últimas fechas.

La idea de Morgan satisfacía las mejores expectativas de Mario Conde, sí señor, sanear todo de una vez, mejor una vez rojo que cien colorado.

En el vuelo de vuelta, 18 de noviembre, Mario, sentado al lado de Paulina Beato, que desde unos días antes se encontraba en

Nueva York, discute los pormenores del plan Morgan. Resolver el problema de una tacada resultaba tentador para el gallego. ¿Si lo hizo Morgan, por qué no nosotros? Ni el banco ni su imagen podían resistir dos años, mucho menos tres, sin repartir dividendo. Además, estaba pendiente la emisión del tercer tramo de la ampliación, y para hacerla atractiva había que anunciar la vuelta a los beneficios en el ejercicio del 94. Pero para limpiar las sentinas de Banesto en un solo año había que tocar las reservas del banco, y eso eran palabras mayores, eso asusta a Lasarte y asusta todavía más a Paulina Beato, una Paula magnífica en este viaje de vuelta, Mario, esto está muy mal y tienes que dejarte de historias. Hay que poner manos a la obra...

De regreso en Madrid, el objetivo prioritario de la cúpula directiva del Banco Español de Crédito consiste en la elaboración de un plan de saneamiento en toda regla, de acuerdo con Morgan, para su presentación ante el Banco de España, en un proceso simultáneo al escrutinio de los datos de morosidad que han fluido de la Inspección, y su contraste con los que manejan los propios servicios del banco.

A partir de ese momento, los hombres de Morgan sólo piensan en ayudar a superar la situación, en salvar Banesto, y con ingenuidad típicamente estadounidense se aplican a la tarea de encontrar soluciones para el banco, en un ejercicio de solidaridad pasmosa, espoleados por una Violy que siempre sintió una admiración por Mario fuera de lo común.

Y se acelera la venta del Fénix a los franceses, y la de Acerinox. Las cifras más aterradoras empiezan a salir sobre el tapete, y los de Morgan que nada, no pasa nada, todo contra reservas, lo mejor es limpiarlo todo de una vez, y ahí enlazan con Mario, que no puede soportar más la presión de un banco que no deja de amargarle la vida desde hace seis años, es un plan que encanta a Conde, porque supone cerrar el ejercicio 93 con el anuncio de un saneamiento brutal, «que dejaría el banco como una patena, listo para despegar en el 94».

Hasta que a los pocos días, en el curso de una reunión con José Pérez, Lasarte se atreve por fin a mentar la bicha, en espera de la reacción del representante de la autoridad monetaria.

—Yo creo que lo que habría que hacer de una vez es cargarlo todo contra reservas.

—Estoy de acuerdo —responde Pérez—. Sería la mejor solución, siempre que se haga una limpia total y que el gobernador, naturalmente, esté de acuerdo.

A Lasarte, que no podía haber esperado más alentadora respuesta, le faltó tiempo para comunicar la buena nueva a Conde.

—Acabo de hablar con Pepe Pérez y estoy encantado, porque me ha dicho que de acuerdo, que todo a reservas.

—¿De verdad?

—Lo que oyes, que hay que hablar con el gobernador y hacerlo todo de una vez.

—¿Lo ves, Enrique? Tú que eras tan pesimista...

El trabajo de cotejo entre el equipo de Lasarte y la Inspección se llevaba a cabo a tres niveles. En el más bajo, Rafael Merino y Alvaro Echániz se veían las caras a última hora de la tarde con Ignacio Palicio para confrontar los trabajos diarios de ambos equipos. A nivel intermedio, Lasarte se las entiende con el director general de la Inspección, José Pérez, contando con los buenos oficios de Paulina como «engrasadora». Y al más alto nivel, el círculo se cierra con los contactos, siempre amables, entre Luis Angel Rojo y Mario Conde. A lo largo de noviembre y gran parte de diciembre está claro que el Banco de España actúa queriendo arreglar los problemas de Banesto, nadie puede negarlo, en un espíritu de colaboración tendente a la resolución pactada del problema, imposible imaginar otra cosa, hasta que un día de diciembre esa línea cambia de forma drástica, sin previo aviso, sin que nadie en Banesto sepa por qué.

«Todo el mundo estaba de acuerdo con el plan de saneamiento —asegura Paulina Beato—. Yo siempre entendí que mis amigos del Banco de España querían un mayor compromiso de Morgan, pero que el plan les gustaba, les parecía correcto. Mi sorpresa fue que no concretaran ese deseo de mayor apoyo de Morgan hasta casi el final, cuando dicen que el socio americano tiene que meter más dinero.»

La parte más intensa de la refriega tenía lugar en la trinchera entre Palicio y Echániz, el hombre de Lasarte encargado de discutir en la sombra los asuntos podridos de Banesto con el jefe de los inspectores. Era un mano a mano sin concesiones, no exento de momentos distendidos. Palicio había sido engañado ya muchas veces y su recelo hacia Banesto, mamado en las ubres de Rubio, no había dejado de aumentar con el paso del tiempo.

—Venga Ignacio, cambia de cara y vente para acá, que voy a contarte algo que no sabes.

—¿De qué se trata?

—Tú ven a mi despacho...

Allí Echániz levantaba el velo que cubría alguno de los puntos oscuros de Banesto.

—Pero, ¿y eso dónde está escondido?

—Pues mira, eso está en la oficina de Milán...

Aquello era un doble salto mortal sin red, un ejercicio inconcebible de apertura informativa para la inmensa mayoría de los banqueros españoles, un *strip-tease* que presuponía la buena voluntad de la autoridad inspectora para llegar a buen puerto.

Y no es que los de Banesto se desnudaran por gusto. La tropa de Palicio no estaba ya dispuesta a que le tomaran el pelo, harta de ser mareada durante años con historias inverosímiles. Con el hacha levantada, Palicio exigía ahora provisionar el 100 por ciento de todo aquello que iba apareciendo. El dogal se iba ajustando al cuello de la entidad. ¿Qué hacer? El banco estaba en fase terminal, y seguir jugando al escondite hubiera servido de poco.

Lasarte lo había meditado mucho con su gente, mientras las embajadas de Echániz se sucedían.

—Oye, Enrique, me dicen que lo de Carburos tenemos que provisionarlo al 100 por ciento, porque no les hemos contado nada.

—¿Y si les contamos?

—Pues a lo mejor lo podemos dejar en un 25 por ciento.

Echániz se resistía, pero cuando Palicio amenazaba con dar la puntilla levantaba bandera blanca en señal de rendición:

—Espera un poco que te cuento.

El mano a mano de Oasis consumió muchas de estas sesiones.

—Tranquilo, Ignacio, que estamos negociando con Pueyo, y le vamos a comprar las acciones.

—Nada, nada, en este asunto me vais a provisionar 60.000 millones de pesetas y a otra cosa.

—Pero, hombre, eso es una barbaridad. Te repito que ahí va a haber una pérdida de 10.000 millones, como mucho de 15.000. Danos un poco de plazo y te prometo que cuando lleguemos a un principio de acuerdo te lo cuento de pe a pa. Está al caer.

Todos los días, al final de la tarde, Paulina se entrevistaba con Lasarte, quien le hacía entrega del resultado de las negociaciones entre su gente y la Inspección, los créditos en los que había acuerdo y los que no, los asuntos enquistados aquí, los acercamientos efectuados allá. La Beato iba sumando, poniendo en agregado ese material, y los sábados por la tarde se encontraba con su amigo Pepe Pérez para discutir la marcha de las negociaciones entre ambas entidades. Que si llevar más o menos contra reservas, que si ajustar tal o cual partida. El salón de la casa de Paulina en los aledaños de Capitán Haya ha sido testigo de muchas de estas sesiones de trabajo que debían conducir, así lo creyó siempre Paulina, al objetivo final de alcanzar un acuerdo sobre el saneamiento de Banesto.

—Es que yo a Pepe no le puedo mentir —insistía Paulina—. No le puedo decir cincuenta si son setenta y cinco, porque Pepe es mi amigo.

Lo tenía bastante fácil, porque era Enrique Lasarte quien estaba convencido de que había que ir con la verdad por delante.

—Hay que decir la verdad, por mucho que cueste.

Los domingos por la tarde, normalmente en la nueva casa de Lasarte en el elegante distrito madrileño de Puerta de Hierro, Paulina transmitía los resultados de la negociación con su amigo Pérez al consejero delegado y a Alvaro Echániz. «Nunca he trabajado tan a gusto en mi vida, a pesar de las muchas horas que le dediqué. Había un objetivo que cumplir, una meta, y eso hacía que disfrutáramos trabajando», asegura Echániz.

Según creyeron saber siempre en Banesto, Pérez reportaba directamente al gobernador del Banco de España. El subgobernador, Miguel Martín, había quedado excluido de este envite, pero ¿se mantenía de verdad al margen de lo que se estaba cocinando entre Banesto y Cibeles?

El 23 de noviembre la Inspección entregó a Banesto un segundo listado de créditos morosos, que en realidad sólo representaba ligeras variaciones sobre el del día 5. La cuantía final de morosos que arrojaba este segundo informe ascendía a 230.000 millones de pesetas.

Se inició ahí el último *round* para intentar rebajar las exigencias del Banco de España. Era el juego de las cifras. La Inspección dice una cosa y la gerencia de Banesto otra. Las cifras y sus circunstancias. Las cifras como cajón de sastre en el que cabe todo, como guante de seda con el que es posible ahormar cualquier tesis. Las posiciones, no obstante, se iban aproximando gracias al buen trabajo de la Beato.

No faltaban tampoco las suspicacias ni las sospechas que el celo inquisidor de la Inspección levantaba.

—Oye, Enrique, al otro lado de la puerta, ¿no estará el Banco Santander esperando?

—Yo creo que no, yo creo que no; Paula está convencida de que no hay nada de eso. Ella insiste en que todo va muy bien y que sólo quedan por ajustar algunos flecos.

Pero un día ya tardío la Inspección puso sobre la mesa dos asuntos envenenados: el Fondo de Pensiones y la Corporación Industrial. Los de Banesto protestan, hombre, no vengáis con historias, tenemos ocho años para arreglar lo del fondo de pensiones, lo habéis fijado vosotros mismos, y no hay necesidad de provisionar las minusvalías de la Corporación [7], dejemos fuera los temas de la Corporación, insiste Lasarte.

Sobre la Corporación existía hasta entonces acuerdo tácito por el que las potenciales provisiones quedaban compensadas con las plusvalías latentes existentes en la propia Corporación, no inferiores a los 100.000 millones de pesetas.

A finales de noviembre, mientras Paulina Beato y Conde desayunaban en el domicilio del banquero, éste tuvo una idea feliz.

—¿Por qué no hacemos también una revalorización de inmuebles y limpiamos definitivamente el balance?

Mario llama a Fernando Garro, director general del área, y le pide que le envíe rápidamente una valoración de los activos inmobiliarios del banco.

Pero Conde no se atreve a plantear la cuestión a la autoridad monetaria ni a sus representantes en Banesto. Y es el propio Ignacio Palicio quien, prácticamente al día siguiente, saca a relucir de *motu proprio* el asunto ante Alvaro Echániz:

—Oye, ¿y por qué no hacéis una revalorización de inmuebles y con ello saneáis la cartera de la Corporación y acabáis de dotar el fondo de pensiones?

—Podría ser una buena idea —asegura Echániz.

—Con una condición: que a la vez se haga una rebaja del valor en libros de las empresas de la Corporación, para que se puedan vender mejor.

---

[7] «Yo tengo el valor contable de la Corporación en 'x' millones, y el Banco de España viene y me dice que el valor contable que él le atribuye es de 'x-1'», afirma Lasarte. «No se lo discuto, pero como no he vendido las empresas no he registrado pérdida alguna, y además no hay ninguna norma legal que obligue a provisionar.»

—Pues muy bien, lo plantearé a los jefes.

—Si hacéis eso, tendréis un problema de recursos propios que habrá que resolver —asegura textualmente Palicio—, pero seréis el banco más limpio de España.

El Banco de España acepta la sugerencia, pero pide un par de informes jurídicos sobre la legalidad de esa medida, y expresamente quiere que uno de ellos lo haga el bufete Uría Menéndez, el otro será obra del profesor Sánchez Calero. Y Rodrigo Uría se arremanga y entrega su informe en plazo, contestando además afirmativamente a esa posibilidad.

La perspectiva de esa revalorización no podía resultar más interesante para Banesto.

El acuerdo parecía a punto de caramelo a primeros de diciembre. Ambas partes han ido acercando posturas en torno a la cifra de morosos y las provisiones requeridas; la discrepancia en torno a la necesidad de dotar el fondo de fluctuación de valores (la Corporación Industrial), que el Banco de España no había exigido nunca, ha sido postergada, y el súbito problema del fondo de pensiones ha sido remitido al esquema pactado de los ocho años.

El plan de Banesto reconocía unas necesidades de saneamiento de 264.500 millones de pesetas [8], que elevaba a 372.000 en el caso de que se aceptara la citada revalorización de inmuebles, ya que

[8] El plan de Banesto proponía sanear riesgos por importe de 166.000 millones, dotar el fondo de fluctuación de valores en 60.500 millones, reclasificar partidas contables por 23.000 millones y hacer una provisión especial para grandes riesgos por 15.000 millones. En total, los 264.500 millones mencionados.

Para llevarlo a efecto, Banesto proponía llevar 180.000 millones contra reservas, lo que a su vez generaba un crédito fiscal por importe de 85.000 millones, lo que significaba no pagar impuestos durante un periodo de entre cinco y siete años.

Al reducir las reservas en 180.000 millones, el banco quedaba en una situación de déficit de recursos propios evaluado entre 75.000 y los 105.000 millones de acuerdo con la normativa a aplicar, a discrecionalidad del Banco de España. Porcentualmente, el citado déficit era en el primer caso del 19 por ciento y en el segundo del 26 por ciento. Según la legislación española, un déficit de recursos propios inferior al 20 por ciento «no es significativo».

Para salvar el problema de dicho déficit, Banesto proponía acelerar la emisión de los 400 millones de dólares de deuda subordinada que había sido aplazada en septiembre/octubre, lo que, de acuerdo con Morgan, había previsto anunciar a lo largo del mes de enero; efectuar una nueva ampliación de capital de entre 30.000 y 60.000 millones antes de fin de año, y proceder a la venta del 25 por ciento del Banco Totta & Açores.

ello permitiría dotar de una vez el fondo de fluctuación de valores y el de pensiones.

«Las diferencias entre nuestro plan y las exigencias de la Inspección habían quedado reducidas a 45.171 millones [9] —asegura Paulina Beato—, después de que Pepe Pérez me hubiera pedido una serie de información adicional que yo le entregué, lo que redujo las distancias entre ambas posiciones a los citados 45.171 millones desde los 94.000 iniciales.»

El acuerdo es como un almendro en flor en pleno mes de enero y en plena meseta castellana: hay que protegerlo de las heladas para que llegue a dar fruto. Hay que tener cuidado, sobre todo, con la prensa. Un titular escandaloso en torno a las cifras manejadas por la Inspección podía dar al traste con el proyecto entero.

Por eso en Alcalá 12 causó especial preocupación una llamada de Miguel Martín a Ramiro Núñez, su amigo en Banesto, en la mañana del jueves 9 de diciembre, perdona que te moleste, Ramiro, pero llevo intentando un buen rato hablar con Enrique Lasarte y no lo consigo, el caso es que me están llamando muchos periodistas, me llama mucha gente, y no me quiero poner con nadie, porque creo que no sería bueno que en estos momentos salieran cosas en prensa, no sería bueno, no, y Ramiro se extraña, lo más que yo puedo hacer es transmitir el mensaje, Miguel, no puedo hacer más.

Núñez llama inmediatamente a Conde, que tiene en su despacho a Lasarte. A través del interfono, el consejero delegado puede oír el relato que efectúa el secretario del consejo, es que dice que no ha podido localizar a Enrique, y Lasarte se extraña, porque no ha salido del banco en toda la mañana. Desde allí mismo telefonea a su secretaria.

—¿Hemos recibido alguna llamada del subgobernador del Banco de España?

—Ninguna hasta el momento.

Apenas cinco minutos después, Lasarte, que sigue en el despacho de Conde, recibe el aviso de que el subgobernador le llama por teléfono. Martín cuenta una historia similar a la que acaba de transmitir a Ramiro, hay muchos rumores en el mercado, están

[9] De aquellos 45.171 millones en litigio, 29.440 millones correspondían al fondo para insolvencias, 10.000 a grandes riesgos y 5.731 a otros.

empezando a salir noticias en prensa y sería malo, malísimo, que saliera algo.

—¿Pero quién está llamando?

—Pues básicamente son periodistas de *El País* y de *Cinco Días*.

Conde decide cortar por lo sano llamando a Polanco.

—Jesús, te voy a pedir un favor muy concreto. El subgobernador del Banco de España acaba de hablar con Enrique Lasarte y le ha dicho que está teniendo presiones muy fuertes por parte de periodistas de *Cinco días* y de *El País* para que cuente cosas de Banesto, y que sería malísimo que saliera alguna información ahora.

—Pues voy a preguntar y te llamo —responde el editor.

Aquella misma tarde Polanco devuelve la llamada a Conde.

—Sí, en efecto, me dicen que ha habido alguna pregunta a Martín, pero básicamente de *Cinco Días*, no de *El País*.

—Pero hombre, Jesús, tú sabes cómo están las cosas y en estos momentos sería muy contraproducente que nos radiaran el partido en los periódicos, las cosas están circulando bien y...

—Sí, sí, esas noticias tengo yo, que las cosas marchan muy bien, pero, en fin... Mira, Mario, hay una cosa que te quiero decir, no hay presión sobre el Banco de España, hay insinuaciones de alguien de dentro del Banco de España, te lo digo porque es la impresión que he sacado de lo que me han dicho, alguien de dentro del Banco de España que no te quiere bien.

—Pero ¿qué me estás queriendo decir, Jesús? ¿Que no se trata tanto de preguntas de los periodistas como del intento de alguien de dentro de crear un clima contrario?

—Exactamente.

—Bueno, chico, gracias por la información, y lo único, pedirte que en la medida de lo posible digas a tu gente que tenga en cuenta lo delicado de la situación.

Aquella noche, Conde y Lasarte se van a dormir a «La Salceda», donde al día siguiente, viernes, 10 de diciembre, Mario *jr.* daba una montería a su elenco de amigos.

Por la mañana, y antes de salir hacia el monte, Conde recibe una llamada del gobernador del Banco de España, a quien atiende en la cocina del pabellón de caza, escoltado por Lasarte.

—Oye, Mario, estoy un poco preocupado.

—¿Qué pasa?

—No, que me ha contado Miguel que le están llamando periodistas, ya me ha dicho que habló ayer de esto con Lasarte, que qué pasa con Banesto, parece que hay muchos rumores en el mercado, y ayer me llamó por encargo del ministro el director general del Tesoro desde Bruselas para preguntarme si pasaba algo con Banesto.

—¿Y tú qué le dijiste?

—Pues que no pasaba absolutamente nada, que todo va normal, y por eso sería bueno que no saliera nada en prensa, quiero que controles eso, a ver si puedes conseguir que no salga nada estos días, por favor, que no salga nada estos días...

—Mira, gobernador, yo soy el primer interesado en que eso no ocurra, de modo que estoy totalmente de acuerdo, pero comprenderás que no puedo hacer más de lo que hago. De todas maneras quiero aclararte que ayer Martín habló del tema en primer lugar con Ramiro Núñez, no con Lasarte, cosa que no entendimos muy bien, porque Lasarte no se había movido del banco en toda la mañana, y nos sonó raro...

—Pero ¿cómo dices eso, si él me acaba de decir que lo estuvo buscando?

—Pues no sé dónde, porque cuando Ramiro me llamó para contármelo Lasarte estaba conmigo.

—Pues él me ha dicho que habló con Lasarte.

—Que sí, pero después... mira, no quiero crear un problema con esto, lo que te quiero contar son datos.

—Bueno, Mario, se trata de que cuides los medios de comunicación. Yo creo que deberías llamar a Polanco y hacer lo que puedas para que no salga nada.

—Te informo, gobernador, que ya lo he hecho. Lo hice ayer.

—¿Y estás seguro de que no contarán nada?

—Eso nunca se sabe con los periódicos y los periodistas, pero una cosa tengo que decirte, porque me inquieta mucho, y te digo lo que Jesús me dijo, y es que hay gente del Banco de España que está alimentando esto por detrás, repito, es lo que ayer me dijo Jesús Polanco...

A Conde le hubiera gustado no haber dicho lo que acababa de decir inmediatamente después de haberlo dicho. Aquélla era una de esas veces en que uno tiene la certeza de haber metido la pata hasta el fondo.

—Eso es imposible, totalmente imposible —replica Rojo en tono irritado.

—Perdona, Angel, yo no te estoy diciendo que sea verdad, lo único que te digo es lo que a mí me ha dicho Jesús Polanco hace menos de veinticuatro horas, y es que hay gente del Banco de

España alimentando este tema, no me acuerdo muy bien, pero me dijo algo así como «alguien del Banco de España que no te quiere bien», eso me dijo textualmente.

—Pues eso no es posible.

—Y además te quiero contar una conversación que ha tenido José Antonio Segurado con Miguel Roca, que le ha transmitido un mensaje para mí según el cual Narcís Serra está en una operación total de acoso y derribo contra Banesto, en la que cuenta con la colaboración del BBV, y que es lo más violento que ha visto en su vida.

—Mira, Mario, el Gobierno no sabe nada de esto, porque lo llevamos entre Miguel, Pepe Pérez y yo. Y no lo sabe en el banco nadie más, así que esas informaciones o rumores no pueden estar saliendo de aquí.

—Bueno, bueno, gobernador, si tú lo dices así será.

Los sobresaltos no habían acabado esa mañana en «La Salceda». Cerca ya de la una de la tarde, con Mario padre instalado en su puesto al acecho, Lourdes a su lado, el rifle de mira telescópica empuñado, un miembro de la seguridad de Conde se acerca con un mensaje, que llame al señor Leal, que es muy urgente, y tú imagínate, ni «guarros», ni venados, ni leches, hecho un flan, los bichos te pasan por delante de las narices y no aciertas ni una, ¡unos nervios!, me quería ir del puesto, la radio, ¿dónde está la radio?, que me llamen por la radio, a ver, por favor, ¿me oís?, cambio, se corta, cara de mala leche, a ver si me oís, cambio, se vuelve a cortar, pero qué coño hacéis, ¡cambiad la pila, joder!, a ver, por fin establece contacto con «La Salceda», ¿quién me llama? Ha llamado su secretaria, Paloma, diciendo que le ha llamado el señor Leal, que es muy urgente, pero no sabemos qué quiere. Bueno, pues llamad a Paloma y preguntadle si es lo suficientemente urgente como para que tenga que salir pitando, pero que tendría que dejar el monte, no, coño, al señor Leal no le digáis que estoy en una montería, se lo decís a Paloma, y al cabo del rato que no, menos mal, que Paloma ha dicho que puede hablar con el señor Leal a la hora de comer.

Mario terminó por abandonar su puesto y, tras recoger a Enrique, algo está pasando que me llama Leal con todo urgencia, bajaron del monte a toda mecha al volante de su Land Rover hasta el caserón de «La Salceda», donde rápidamente se ponen al teléfono.

—¿José Luis?

—Oye Mario, perdona, mira, es que el gobernador quiere convocar una comida de todos para enero.

—Ya, ¿y...?

—Y me ha dicho que te pida a ti primero la fecha.

—¿Cómo dices?

—Sí, que me ha pedido que des tú primero la fecha, y quería preguntarte qué te parece el día 26 de enero.

—Pero vamos a ver, José Luis, que yo me entere: o sea que me has llamado con toda urgencia para pedirme la fecha de un almuerzo con el gobernador para el 26 de enero... ¿Y eso es muy urgente?

—Sí, Mario, pero, por favor, no digas a nadie que te he pedido a ti la fecha, porque si no más de uno se puede molestar.

Mario cuelga y mira a Enrique anonadado.

Al día siguiente, 11 de diciembre, es el rey de la casa quien da su gancho en «La Salceda», y antes de salir al campo le informan desde Madrid de que el diario *El País* publica una noticia de Miguel Angel Noceda titulada «Banesto mantiene su política de dotaciones y decide no repartir dividendo a cuenta». Es una información muy medida, cuidadosa para con Banesto y Conde, reducida al discreto reducto de una columna, media columna en realidad, pero surte un efecto importante a pesar de que ya era lugar común que el banco daría beneficio cero en el 93, porque pensaba dedicar todos sus resultados a dotaciones para insolvencias.

No ocurre lo mismo, sin embargo, con el tremendo latigazo que el miércoles 15 de diciembre suelta el económico *Cinco Días.* El diario titulaba en su página 12 que «J. P. Morgan y la SEC condicionan el tercer tramo de Banesto al cierre del ejercicio», afirmando en el subtítulo que «los intentos de hacerlo este año fueron parados por el *broker*, que no encontró demanda».

La noticia, firmada por Juan J. Berganza, un periodista listo que sabe escuchar los latidos del mercado, era un obús de mortero disparado contra las posiciones de Banesto en el momento más delicado de la negociación con el Banco de España.

Pocas veces había visto el *pool* de secretarias de Mario Conde tan enfadado al jefe. A las nueve de la mañana el banquero pide a su secretaria, Paloma, que saque a Jesús Polanco de la cama si fuera preciso.

El editor estaba, efectivamente, en la cama, y el hombre aparenta recibir una ducha fría cuando oye al otro lado del hilo la voz excitada del banquero, una putada enorme, se queja, yo creía que éramos amigos, Jesús, y estas cosas no se hacen entre amigos, y Jesús Polanco que no ha leído *Cinco Días*, o eso arguye, no ha tenido tiempo material de hacerlo, aparte de que el diario económico de su imperio no figura habitualmente entre sus lecturas favoritas, no tengo la menor idea de lo que me estás contando, Mario, pero Mario no oye, no quiere oír, se siente herido, es que, Jesús, jamás te he pedido un favor, y además esa información está plagada de falsedades, es toda ella una falsedad absoluta, y la conversación se convierte en un monólogo que presencia en primera fila Rafael Pérez Escolar, anonadado, tampoco él había visto nunca a Conde tan enfadado.

Y el banquero llega a amenazar a Polanco, una amenaza muy clara, porque todos tenemos formas de hacer daño, Jesús, y yo también puedo disparar, advierte, yo también puedo sacar mis baterías y apuntar a quien sea, tengo las cámaras de Antena 3, y yo también puedo mentir como hace hoy *Cinco Días*.

Cuando cuelga, Pérez Escolar no se atreve a hacer el menor comentario que no sea de solidaridad con la indignación del jefe, pero en el fondo se está alegrando, es una lección para don Mario, piensa Escolar, él siempre ha tratado de alertarle, ése es un pacto contra natura, Mario, piensa Escolar, Polanco es un hombre del que hay que desconfiar de plano, como hay que desconfiar de su embajador, el abogado Matías Cortés; Escolar, enemigo acérrimo del granadino, piensa que Cortés es una especie de caballo de Troya que Polanco tiene instalado en la fortaleza de Banesto para, desde dentro, hacerse con el banco.

Nada más colgar, Mario se levanta como un león enjaulado, y como en las grandes ocasiones de su vida, esas ocasiones al límite de la tensión que han perfilado su carrera, se arremanga, agarra una máquina de escribir, y comienza a teclear con furia una nota de réplica a *Cinco Días*. Hay no sé cuántos periodistas y expertos en comunicación en el entorno de Banesto, pero es el propio Conde quien se sienta a la máquina, no necesita a nadie, esto es una calumnia intolerable, dice el *Cinco Días* que... FALSO, y es igualmente FALSO que..., Conde escribe los FALSOS con mayúsculas, con rabia...

Al cabo de un rato, Polanco devuelve la llamada a Conde, el editor se ha preocupado, ha movido sus piezas y se ha enterado de lo que ha pasado en *Cinco Días*, allí reina Juan Luis Cebrián, pero Polanco no sabe cómo excusarse, todo un papelón, trata de capear el temporal como puede.

—Mira, me dicen que tienen fuentes.

—Ni fuentes ni pollas, Jesús, eso es totalmente falso e intolerable, todo lo que publica es rotundamente falso y le he mandado ya al *Cinco Días* una nota de desmentido que espero que publique con el mismo celo que toda esa calumnia.

—Bueno, pues voy a ver si lo consigo.

—¡Jesús, pero cómo me dices que vas a ver si lo consigues!

Por la noche vuelven a hablar, son ya pasadas las ocho y la comisión ejecutiva ha terminado su reunión cuando, delante de los consejeros que la componen, le pasan una llamada del editor. Mario está más calmado, el gobernador le ha levantado los ánimos, está también Matías Cortés delante.

—Jesús, no me cuentes historias, eso es una canallada sin paliativos, y Matías, que está aquí delante, sabe que todo lo que ha publicado hoy *Cinco Días* es rotundamente falso, y Matías es consejero de *El País*...

—Bueno, hombre, tampoco es para tomárselo tan a pecho, tampoco va a tener tanta repercusión, al fin y al cabo eso ha salido en *Cinco Días*.

—¡Pero si es que ya está bien, Jesús, si es la gota que colma el vaso, y en un momento como éste, que tú sabes lo delicado que es! Imagínate que mañana abre Antena 3 su telediario diciendo que según rumores captados en el mercado se ha producido una retirada de depósitos masiva en muchas sucursales del BBV, ¡pues eso sería una canallada! ¿Y sabes por qué no hace eso Antena 3?

—Tú dirás.

—¡Porque en Antena 3 no hay canallas!

El resultado es que al día siguiente el diario económico publica punto por punto el durísimo desmentido de Conde con aquellos FALSOS en capitular salidos de la máquina del banquero.

Pero *Cinco Días* se venga cumplidamente, porque aquel mismo día una de las agencias de *rating* vuelve a bajar la calificación de Banesto, y la sola publicación de ese dato en página enfrentada es suficiente desmentido para las dificultades que el banquero rechaza estar pasando.

La de Conde, en todo caso, fue una revancha mínima, inútil, comparada con el precio que tuvo que pagar por ella. En efecto, aquel día Jesús Polanco se desenganchó del banquero, jamás persona alguna se había atrevido a decirle lo que Conde le había dicho por teléfono, una ofensa intolerable, «¿qué se ha creído éste?», una ofensa que el banquero pagaría muy caro. Mario había cometido un error gravísimo, cegando de forma inconsciente el último pasadizo que le hubiera permitido escapar con vida de la fortaleza asediada.

Aquel 15 de diciembre el gobernador y Conde mantienen una importante entrevista en la sede del Banco de España. Rojo es el hombre afable de costumbre, hay buena comunicación entre ambos, la química funciona, se habla de los trabajos de la inspección en Banesto y todo parece ir sobre ruedas, hombre, lo de los inmuebles, eso no sé, no sé si podremos hacer esa revalorización, Conde trata de animarle, cree que en casos excepcionales sí, gobernador, y además así lo dejamos todo limpio, bueno, no sé, ya veremos, Angel Rojo está muy bien, cordial y coloquial, y una cosa te digo, en el Banco de España siempre habéis tenido la idea fija de que había que vender el grupo industrial, y creo que eso es un error para el país, pero bueno, no vamos ahora a discutir eso, yo tampoco participo de esa idea, argumenta Rojo, pero la ley es la ley y hay que cumplirla, tienes que vender, de acuerdo, venderé, precisamente por eso la revalorización nos permite rebajar el coste en libros de la Corporación, con lo cual podremos vender las empresas mucho más rápidamente, fenomenal, pues nada, de acuerdo, que mañana baje Lasarte y se ponga al habla con Pepe Pérez, amable y simpático, ¡era la aprobación!, que baje Lasarte para cerrar, hacer el cruce de cartas y los asientos contables correspondientes, ya está, y la conversación va derivando hacia derroteros más personales.

—Tú lo que tienes que hacer es aburrirte más —asegura Rojo—, porque con tu personalidad el banco se te queda corto... Hay que reconocer que la profesión de banquero es muy aburrida, pero te tienes que aburrir más, Mario, me tienes que prometer que te vas a aburrir más.

—No te preocupes, gobernador, que en esta casa no hay un minuto para aburrirse —Rojo ríe—; fíjate, ¿te acuerdas de cuando nos sentamos en aquella mesa y me dijiste que el programa del interbancario era imposible de cumplir? Pues lo hemos cumplido, ¿no?

—Por supuesto.

—¿Y te acuerdas de cuando me hablabas de que este año iba a ser muy difícil vender empresas?

—Sí, claro.

—Pues ahí lo tienes. Hemos vendido El Fénix, hemos vendido Carburos y hemos vendido Acerinox.

—De acuerdo, de acuerdo, tienes toda la razón, pero a partir de ahora me tienes que prometer que vas a aburrirte más, no tienes que distraerte tanto.

—Pero ¿a qué te refieres, gobernador?

—Pues a eso de Israel, lo de Gaza y Jericó.

—¿Y eso?

—Hombre, es que eso es peligroso para el banco.

—Pero Angel, ¿tú de verdad crees que yo voy a poner ahí un duro? No hombre, ésa es una operación de *marketing* cojonuda. He ido allí, me he relacionado con el mundo judío, he dado una conferencia, y con eso lo que yo saco es una imagen para el banco apelotante...

El gobernador ríe con fuerza.

—De acuerdo, de acuerdo, pero tienes que aburrirte más...

Al pie del ascensor se dan un abrazo, y Mario baja convencido de que sigue teniendo su sitio, su lugar al sol en el corazoncito de Angel Rojo.

El gallego vuelve al banco encantado, y los de Morgan quedan aún más encantados con sus explicaciones.

El jueves 16 de diciembre Enrique Lasarte tiene una reunión con el director general de la Inspección, Pepe Pérez, en la que todo transcurre con normalidad. El plan queda perfilado y ambas partes están de acuerdo en cerrarlo, con la condición de que J. P. Morgan lo apoye expresamente.

Ambos deciden dejar la tarea de plasmar sobre el papel los términos del acuerdo a los servicios jurídicos de ambas casas, para efectuar, entre otras cosas, el llamado cruce de cartas, es decir, carta que el Banco de España dirige a Banesto, y carta de contestación que Banesto remite al Banco de España, todos queríamos dejar el tema rematado antes de Navidad, Pepe Pérez anuncia que se va a quedar en Madrid hasta el 29 para cerrar este asunto, porque quiere irse después unos días de vacaciones, mayor sensación de normalidad no podía imaginarse, y ambos quedan en hablarse al día siguiente, viernes 17, para cambiar impresiones, algún fleco pendiente, porque todo estaba hablado, todo parecía atado y bien atado, todos queríamos desaparecer del banco después de Nochebuena, todos nos sentíamos acreedores a un merecido descanso.

CAPITULO DOCE

MARIO CONDE ERA ALFONSO ARMADA

Los efectos de la llamada a las urnas de junio se habían evaporado como una gota de rocío en el agosto castellano. Tras las vacaciones de verano del 93, España se enfrentó a una de las mayores crisis de su historia reciente, crisis no sólo económica, sino sobre todo moral y de confianza. Hacía mucho tiempo que los españoles no vivían en una atmósfera tan cargada de tintes catastrofistas como en el periodo que va de septiembre a diciembre del 93, con las cifras macroeconómicas [1], el paro, los escándalos, las quiebras empresariales cayendo inmisericordes sobre las espaldas de un pueblo ciclotímico, todo negro, todo dominado por la sensación de que las elecciones generales del 6 de junio no sólo no habían arreglado nada, sino que habían contribuido a enturbiar cualquier posible salida de la crisis.

En este clima de frustración colectiva, José María Aznar permanece callado, sumido en un silencio que tiene desconcertados a la mayoría de sus ocho millones de votantes. El del PP ha otorgado magnánimo los cien días de gracia, y parece estar dispuesto a entregar otros cien, mientras la situación se degrada rápidamente.

Felipe ha dado su golpe de mano contra Guerra, pero otra vez lo deja con vida, los muertos que vos matáis, vivo y en su guarida, que en la corte de los milagros monclovita el gatazo tontiastuto andaluz pretende cazar ratones sin mover un músculo, rodeado de aduladores y tiralevitas, con la prensa adicta dispuesta a registrar

[1] El déficit público se había duplicado en agosto, aumentando a un ritmo del 72 por ciento, y el desequilibrio presupuestario superaba ya en un billón de pesetas al registrado durante todo 1992, mientras de enero a junio habían salido de España 6 billones de pesetas que habían estado financiando la deuda pública.

fielmente sus eructos. El PSOE es una jaula de grillos, Borrell dice que Solchaga sufre un delirio liberal, y Corcuera que la dirección del PSOE está devaluada, mientras Carlos Solchaga casca huevos con las patas, con don Felipe de consentidor frustrado, sí, cabreado con el silencio de Aznar y el silencio de Cuevas, a él le vendría bien que ambos o alguno de ellos metiera la pata, ese mutismo le impide cargar en la cuenta de los conservadores el fiasco del Estado del Bienestar, las pensiones, los salarios, histérico porque ni Cuevas ni Aznar se apuntan a nada, y Carlos y Felipe se ven obligados a comerse ellos solitos la mierda que han ido acumulando en estos años de alegría presupuestaria.

—Yo ya soy perro viejo —asegura Aznar— y no estoy dispuesto a convertirme en chivo expiatorio de sus pecados. ¿No ha ganado usted las elecciones? Pues gobierne... Ya hablaré yo cuando tenga que hacerlo.

Pero en el ruedo madrileño se dice que José María está desanimado por los resultados del 6-J, deprimido incluso, y el paro en la calle, y los Filesa en la calle, los Ibercorp en la calle, hace ya año y medio que estalló el escándalo Ibercorp y el dueto Felipe-Solchaga tan feliz, han conseguido echar tierra al asunto, y más contento está De la Concha convertido otra vez en fedatario público, ya tiene plaza de corredor de comercio por Santander y pronto estará en Madrid, mientras Mariano Rubio se pasea en gran señor por la pradera madrileña, ya ven ustedes, todo ha sido una conspiración, esperando que pasen unos meses más para que los March le ofrezcan un jugoso retiro en Pryca, país consternado, desmoralizado, país convencido de que estos señores y los amos del Gobierno, Felipe y Solchaga, son la misma cosa, los amigos, a los amigos hay que colocarlos, no se les puede dejar abandonados, nadie sabe lo que hace al gatazo andaluz en Moncloa para paliar el paro, ha dicho a primeros de septiembre que ve «muy difícil» lograr el pacto con los sindicatos porque la situación del déficit le impide hacer regalos, pero lo que sí ha hecho ha sido colocar a los fieles que perdieron el empleo con el cambio de Gobierno, todos colgados de los Presupuestos Generales del Estado, élite funcionarial enganchada a las ubres del Estado cual lapa, no hay quien les saque de ahí, Toni Zabalza, a Moncloa; Claudio Aranzadi, ex ministro desastre de Industria, a París, con enchufe esplendoroso en la OCDE; el *mangui* de Renfe, García Valverde, a Londres de agregado comercial, un chollo o la virtud siempre recompensada en España; Pedro Pérez, colocado en la bicoca de Tabacalera, y más, muchos más, ¡Felipe, colócanos a todos!

La crisis moral del Régimen tiene su correlato, su exponente más claro, en algunos comportamientos escandalosos, líos amorosos que en el verano del 93 ocupan la atención de la *jet* madrileña refugiada en Sotogrande, crisis de una sociedad fatua que ha florecido como la mala hierba agarrada al felipismo, se ha hecho rica con el felipismo, y defiende y adula a capa y espada al felipismo, ha llegado esta alta sociedad a Sotogrande conmocionada aún por los ecos del lío amoroso de L. R., hombre de confianza de la familia March y amigo personal de Felipe González, y de los Entrecanales, y de Polanco, tenía un *affaire* con S. B., la elegante esposa de otro millonario hecho rico con la especulación inmobiliaria, se paseaba él confiado con su Rolls plateado por las calles de Madrid, hasta que descubrió el tongo, el nido de amor estaba localizado en la zona madrileña del Casón del Buen Retiro, entre el Museo del Ejército y el parque, a la vera de Alfonso XII, y allí estaba esperando el marido ofendido un día que ella descendía del inmueble, ojos inundados de sorpresa en portal extraño, y gritos e insultos en veloz carrera, él tras ella, escaleras arriba hasta el apartamento del pecado, llamadas urgentes al timbre y femeninos puños angustiados chocando contra la elegante armadura barnizada de una puerta que no se abre, al otro lado de la cual el transgresor de la católica moral asiste, sin atreverse a abrir, adivina casi, lo que está ocurriendo en el Waterloo de un descansillo donde se suceden gritos, carreras, choques, golpes, caídas.

Y dicen en Sotogrande que el asalto se saldó con quince puntos de sutura que le tuvieron que dar a ella en un hospital madrileño, se van a separar, ella a ido a ver a Concha Sierra, pero luego resulta que no, que ambos aparecen amarraditos en Sotogrande como si nada hubiera pasado, y asisten a fiestas, y parece que en este agosto negro español los idus andan remontados, lío sobre lío, cena en casa de Alberto Alcocer y espectáculo garantizado a cuenta del celoso joven marido que le propina una hostia a su joven esposa, el caso del *yuppie* que gritó puta, belleza reconocida, que al parecer flirteaba con su vecino de mesa, un maduro ricachón jerezano con agarraderas en Madrid, simple coqueteo, nada, dicen, porque quien de verdad se la está tirando es el mejor amigo del presidente del Gobierno, y nadie se alteró cuando el joven cornúpeta sacó casi a rastras a su joven esposa.

La moral del Régimen se cae a pedazos, resquebrajada por escándalos de dinero y de bragueta. Lo más inocuo de este verano negro en Sotogrande es «la oda» del abogado Garrigues Walker, la abogacía de élite amiga del Régimen, y los dimes y diretes sobre el futuro de Jaime Soto y Marina Fernández de Córdoba, una Hohenlohe, dicen que se van a vivir a Jamaica, luego que no, que a Saigón, y ella ha puesto a la venta su hermosa lavandería, una elegante tienda de antigüedades en la calle Don Ramón de la Cruz.

Con el éxito de la ampliación de capital en el bolsillo, Mario se ha escapado a Tanzania a primeros de septiembre, en compañía de Fernando Garro y su familia, un safari de lujo, a la medida de un triunfador, gente que ha vivido de gesta en gesta, después de cada conquista era obligado entregarse a la celebración, como los ejércitos medievales, un triunfador con altibajos, que se va a Africa en mala situación, crispado, nervioso, «se va mal, como sabiendo que no tiene que irse», no se quiere ir, quizá es que no debe, «yo creía que estaba retrasando injustificadamente la salida de los convertibles, y no me lo explicaba», el lunes 30 y el martes 31 de agosto habían sido días malos para Mario, deprimido, sin poder alejar de mi mente la sensación de haber vivido ya lo suficiente, víctima de una rara tristeza interior cuando a las cinco y media de la mañana el avión de Swissair despegaba de Nairobi con destino a Dar es Salam.

Sumido en un extraña presión emocional, el banco, España, la Monarquía, su futuro político, su vida, ¿tenía algún sentido su vida?, se encontraba cuando decidió subir la cortina de plástico de la pequeña ventana del avión, empezaba a clarear con esa luz anaranjada de los amaneceres africanos; pude ver, bastante cerca de nosotros, un espectáculo sorprendente, la luna casi llena a estribor, el sol ya nacido a babor, y debajo, majestuoso, imponente, la cumbre nevada del Kilimanjaro, orgulloso, silencioso el cráter, el costado bordado de nieves perpetuas. La grandeza del conjunto me emocionó entonces y me sigue emocionando ahora al recordarlo con la misma fuerza con que lo viví aquel día.

Una pequeña avioneta nos trasladó a Selous, nuestra reserva de caza en Tanzania, y en seguida me olvidé de mis problemas. La selva penetró en mí y yo en ella, simbiosis perfecta, a medida que avanzas te das cuenta de que allí se respira un ambiente distinto. Los animales, en permanente tensión, son conscientes por instinto natural de que en cada momento se están jugando la vida, no sólo a manos de ese animal vestido de verde que utiliza instrumentos de caza ruidosos y sofisticados, sino también, y sobre todo, a manos de los otros animales, sus semejantes, que necesitan matar para vivir.

En la selva, la vida y la muerte se dan la mano de forma permanente, constante, diaria. Quizá la mejor, aunque brutal, manera de describirlo es la escena de la cebra pariendo: en el mismo momento en que sale del vientre de la madre un trozo de la cría viva, la hiena se abalanza sobre ella, la toma entre sus dientes y tira de ella para ayudar a parir, para matar lo que está naciendo, para poder seguir viviendo.

Es la lucha por la vida, una alegoría de mi propia existencia, un paseo entre el amor y la muerte en el que yo podía estar inmerso en cualquier momento futuro. Pasaron varios días hasta que comprendí la selva en su sentido más profundo y auténtico, aquel en que el sujeto que conoces se identifica con el objeto conocido, hasta que me di cuenta de que yo había sido deglutido por la selva madrileña y formaba parte de ella.

Cuando a las nueve y media de la mañana del 15 de septiembre, con sus cuarenta y cinco años recién estrenados a cuestas, entraba de nuevo en su despacho de Alcalá 14, la sensación de irrealidad que le había acompañado durante los quince días pasados en Africa se evaporó de repente. Fue un contacto brutal con la realidad de un país que se cae a pedazos. La situación da alas a las aspiraciones de Mario Conde en torno a su gobierno de concentración o de gestión, que no es en origen una idea suya, pero que después del verano el banquero adopta en régimen de exclusiva. Un hombre con la imaginación y la audacia de Conde tenía todo el terreno abonado para recoger el testigo, muchos testigos, sin duda, algunos de gente muy importante, que creen que la superación del punto muerto español exige medidas extraordinarias.

Luis María Ansón está trabajando ya con el objetivo puesto en la rápida convocatoria de nuevas elecciones anticipadas, pero eso no arreglaría la situación, porque volvería a ganar PSOE o PP por el mismo estrecho margen del 6-J, y cualquiera de ellos seguiría necesitando el concurso de los catalanes, convertidos en juez y parte de la gobernabilidad del Estado.

Mario se sirve de mucha gente, pero tiene sus propios proyectos, se lo cuenta a Adolfo Suárez, a quien invita a almorzar en el banco el 30 de septiembre, mano a mano, se trataba de retomar la conversación que habíamos tenido este verano en aguas de Palma, donde habíamos extraído la conclusión de que, independientemente de que nos gustara o no Felipe González, no teníamos otra alternativa, y por tanto había que intentar ayudarle.

El Rey le ha pedido a Adolfo que hable con Felipe aconsejándole, animándole, y Adolfo ha hablado largo y tendido con él durante los quince días que Mario ha pasado en Africa. Su conclusión no es demasiado alentadora:

—Felipe te escucha, dice que sí a las cosas que le dices que tiene que hacer, pero no las hace, no despacha con los ministros, no sigue los temas de cerca, en fin, que parece que no hay nada que hacer.

Adolfo está convencido de que la situación personal y política de Felipe le impide sacar el país adelante, a pesar de que son muchos los que, en interés de España, quieren ayudarle. Adolfo no confía en Aznar. No cree que sea la persona adecuada para sustituir a Felipe, pero ahí está, controla férreamente el Partido Popular con gente de su absoluta confianza, y es casi imposible penetrar en esa ciudadela.

Y así estamos, resume Adolfo, con un Felipe González acabado, un PSOE en plena crisis en el que coexisten dos partidos en uno, en el que es imposible la convivencia porque, al margen de diferencias meramente personales, existen cuestiones ideológicas de gran calado sin resolver, y una oposición que no es una alternativa clara ni fiable.

—Por eso el papel de los nacionalismos está siendo clave en estos momentos, lo cual es una aberración en sí, puesto que «equilibrar» la política nacional se consigue a costa de debilitar el Estado nacional.

Ansón ha explicado a Mario su teoría del «Gobierno de la mayoría», me he cansado de repetírselo a Aznar, asegura Luis María, consistente en que el segundo partido del país, sin menoscabo de su función opositora, debería comprometerse a facilitar la gobernabilidad permitiendo que un Gobierno aun en minoría pasara las leyes clave en el Parlamento —los Presupuestos, por ejemplo— mediante el recurso de abstenerse en la correspondiente votación, de manera que el González de turno, que mañana podría ser el propio Aznar, pudiera gobernar sin tener que echarse en brazos de las minorías nacionalistas. Esa es la filosofía del proyecto: evitar el chantaje de los nacionalistas, algo similar a lo que hicieron en su tiempo Cánovas y Sagasta.

Suárez ve con total claridad la necesidad de revitalizar el proyecto del CDS, y Mario asiente entusiasmado:

—Si tuviéramos veinte escaños seríamos los dueños del mapa político nacional, además de impedir el protagonismo y el coste de los nacionalismos.

La idea de ese partido de centro no sólo sigue siendo válida, sino absolutamente necesaria. Y ello porque no es previsible que la derecha gane un día por mayoría absoluta, con lo que la dependencia de los nacionalismos continuará, sea con el PSOE o con el PP, por un camino que lleva a un sitio muy complicado, seguramente a la ruptura del Estado. Por tanto, no queda otra alternativa que crear un nuevo partido de centro, como respuesta a una demanda sentida en la sociedad española, alarmada por la necesidad de garantizar la estabilidad del Estado español, que puede verse afectado por la inexistencia de mayorías absolutas.

—Esto nos conduce, querido Mario, a un problema de personas. Creo que Punset tiene algún tirón, pero no demasiado, y lo mismo ocurre con Federico Mayor, quizá algo más que Punset, pero no suficiente. Y la persona es clave, porque es lo que hace viable el proyecto.

—Ya sabes que yo comparto esa tesis, y que el problema es personal. Pero, ¿por qué andar mirando por ahí cuando estás tú, un hombre con un caudal político impresionante, con una dimensión que se ha ido agrandando con el paso del tiempo?

—Mira Mario, muchas gracias por la flor, pero yo ya no estoy para encabezar ningún partido político, a pesar de lo que me ha dicho Felipe.

—¿Qué te ha dicho? Cuenta, cuenta...

—Pues que si me hubiera presentado a estas elecciones pasadas, habría obtenido un resultado razonable.

—¿Y qué entiende él por razonable?

—Pues eso, de veinte a treinta diputados. No, mira, yo puedo apadrinar el proyecto, incluso decir que ése es el auténtico centro político, arrimar el hombro, prestar mi prestigio, el que tenga, pero ya no puedo actuar de forma directa.

—Pues sí, creo que no te falta razón.

—Mario, no le demos más vueltas, la única persona capaz de convertir esta necesidad nacional en un éxito político eres tú. Y ahora es el momento. Por muchos motivos: acabas de culminar una ampliación de capital que pone a Banesto al resguardo de cualquier contingencia, y es el momento de dejar eso, porque ya no te necesitan y porque, además, acabarías aburriéndote. Con el aval de haber triunfado en el mundo empresarial, creo que eres el único capaz de llevar ese proyecto adelante y de sacar a este país del atolladero en que se encuentra.

—No sé, quizá tengas razón, pero me da miedo. El mundo de la política es extraordinariamente duro.

—Tienes razón, pero déjame que te diga que mis mayores satisfacciones las he tenido cuando me dedicaba a la política. Tú lo tienes todo, Mario, tienes dinero personal, lo que es una garantía importante; tienes experiencia profesional y prestigio en la sociedad española y, además, un control sobre los medios de comunicación que nadie ha tenido en España hasta este momento.

—Pero nada ni nadie evitaría el hacerme con un montón de enemigos nuevos.

—Bueno, no lo creas. Yo creo que el Partido Socialista podría ver la idea con buenos ojos. Desde luego, tendrías la enemiga automática del Partido Popular, puesto que eso les restaría votos en el acto, pero todo es pactable... Naturalmente que el Rey vería la idea muy bien, porque empieza a darse cuenta de que Felipe se acaba, aunque obviamente no podría apadrinarla.

—Mira, Adolfo, tú eres mi amigo, y no te puedo ocultar que la idea me atrae profundamente, aunque al mismo tiempo me produce vértigo.

—Te comprendo perfectamente, porque si te decides sería una noticia de alcance internacional, pero, sobre todo, porque con la situación que tienes en estos momentos y lo que has hecho, podrías dedicarte a vivir y a disfrutar sin agobios de una posición que te ha costado Dios y ayuda conseguir. Pero ten en cuenta que esto no admite demora, Mario, es ahora o nunca, no hay tiempo para deshojar la margarita, porque las cosas se van a ir degradando a gran velocidad.

Fue la conversación más concreta que Adolfo Suárez y Mario Conde habían mantenido hasta el momento sobre la necesidad de lanzar un tercer partido, un partido de centro, encabezado por el banquero. Pero al banquero la idea le daba miedo, mejor dicho, vértigo, le producía un vértigo terrible dar el salto a un mundo que, en su diletantismo, prácticamente desconocía.

Y, como siempre, no llegan a nada, no concretan nada, quedan en darle más vueltas al proyecto, acuerdan esperar a un escrito que iba a redactar el rector Villapalos, un condimento presente en todos los guisos patrios, con la ayuda de Eduardo Punset y Darío Valcárcel, un documento que sirviera de manifiesto de la sociedad civil en demanda de una solución a los problemas españoles que los políticos eran incapaces de solventar.

El sábado 2 de octubre, Conde y su familia recibieron al matrimonio Almansa en «La Salceda». El jefe de la Casa Real parece hallarse plenamente integrado en su nueva tarea, consciente, sin embargo, de ser un peón en un proyecto más amplio.

Mario le cuenta la conversación con Suárez, y el banquero se lleva una sorpresa al comprobar que, aunque Fernando está preocupado por la situación actual, se inclina sin dudarlo por apoyar a Aznar y conseguir que todos le apoyen, desconfía de Felipe y de Aznar, pero es más posibilista, y le parece un salto en el vacío intentar la aventura de un tercer partido.

Y el gran Mario se queda mudo, ¿será ésta una opinión de Su Majestad? Mudo y asombrado de que el hombre que conoce su inmenso poder, hasta el punto de haber conseguido quitar a Sabino y nombrarlo a él, a quien el Rey no conocía en absoluto, se le resista, no le alabe y le anime, Mario, eres el más grande, el país te necesita, redímenos de las miserias de los dos grandes partidos, lanza tu propia sigla y todos marcharemos tras el nuevo flautista de Hamelin.

Pero rápidamente le perdona, ya está, magnánimo Mario, lo que le pasa a Fernando es que no quiere ser jefe de la Casa del Rey toda la vida, se da cuenta de que para que su proyecto vital tenga éxito necesita encuadrarlo en una institución privada de importancia, ya le dije un día que desde la Casa del Rey se puede pasar perfectamente a ser consejero de un banco, y por eso lo que quiere Fernando, lógico, es que yo siga donde estoy para poder integrarse un día conmigo y vivir el lado real del poder, y por eso le asusta la idea de que me dedique a la política de forma personal y activa.

Afortunadamente para Mario, al día siguiente, domingo, aparecieron unas declaraciones efectuadas por Aznar en México que el banquero juzga impresentables en un político de calado. ¿Te das cuenta, Fernando? ¿Cómo puede decir el líder de la oposición que España está en quiebra financiera, que Felipe estafa y engaña electoralmente a los españoles, que el Presupuesto del 94 conduce al suicidio del país y cosas por el estilo?

Convéncete, éste no tiene un pase, el jefe de la oposición no puede decir estas cosas, aunque sean verdad, fuera de su país, que no, hombre, fíjate lo que te digo, si Aznar tuviera credibilidad en los mercados, lo normal es que mañana mismo se produjera un desplome de los valores españoles y una retirada masiva de los inversores extranjeros en nuestra deuda pública, pero ya verás cómo no pasa nada... La situación es grave, cierto, pero un político tiene que darse cuenta de lo que dice si no quiere causar un daño irreparable a su país.

Por desgracia, Izquierda Unida anunciaba ese domingo su intención de llevar la protesta a la calle y organizar movilizaciones contra la política económica del Gobierno, ¿lo ves, Fernando?, ése es el peligro, llevar los problemas a la calle es lo realmente peligroso para nosotros y para la institución a la que sirves. La crisis de Seat, que amenaza con cerca de 20.000 nuevos parados en Barcelona, puede ser el detonante de algo muy grave si se instala ese clima de manifestaciones callejeras, ¿te das cuenta, Fernando?

La súbita explosión de Seat es un mazazo que cae inmisericorde sobre la testa de un país que ha perdido el rumbo. La situación política y económica sigue deteriorándose día a día, en una escalada que parece no tener fin. Es como si el andamiaje político-social de la nación estuviera en trance de desaparecer.

Ahora se están recogiendo los frutos de aquella locura inversora extranjera de los años del *boom*, muchos intereses extranjeros compraron empresas españolas para cerrarlas y quedarse con los mercados, que es lo que les interesa, y vendernos a continuación los coches desde Alemania y los yogures desde Francia, mientras que al ministro de Industria, Eguiagaray, uno que pasaba por ahí, le preocupa, por toda explicación, «que la crisis sea el pretexto de las multinacionales para desviar inversiones».

La sensación a principios del otoño del 93 es que el país, a merced de los acontecimientos exteriores, está inerme, sin ninguna capacidad para influir o alterar la situación, para orientar una salida propia a la crisis. Con la desaparición de las barreras arancelarias, los españoles están condenados a asistir a una caída generalizada de su nivel de vida, forzados, sin tecnología ni capitales, a competir con países del tercer mundo, a competir con Marruecos.

Al contrario de lo que decía Ortega («Una crisis es que no sabemos lo que nos pasa y eso es lo que nos pasa»), aquí sabemos bien lo que ocurre, conocemos el problema y lo que habría que hacer para resolverlo, pero no hay capacidad ni voluntad política para abordarlo. Este es un Gobierno que está «administrando mínimos», en expresión de Miguel Roca. Un país bajo mínimos.

«Sabemos lo que hay que hacer —asegura un ministro del actual Gabinete—, pero no hay quien lo haga por las querellas internas del partido y los resabios del pasado marxista.»

Con la crisis en primera página todos los días, alguna gente, sin embargo, ha empezado a hacer de nuevo grandes fortunas en la bolsa, el Gran Casino de la madrileña plaza de la Lealtad, como en las mejores épocas especulativas, mientras en la vida real se suceden las tragedias personales de la «gente corriente», gente desmoralizada, condenada a verse diariamente las caras con el sueldo que no llega y, lo que es peor, el paro.

Ahora es posible alquilar una oficina en el corazón de la Castellana por 2.800 pesetas/m^2, cuando hace dos años había que estar dispuesto a pagar 5.250 ptas. Nadie cumple un contrato de inquilinato. Nadie compra, nadie paga, porque no paga ni la propia Administración. Todo el mundo guarda su dinero en el banco. España, la envidia de Europa, según los apologistas del señor Solchaga, es ahora el país más jodido de Europa, y lo va a seguir siendo durante muchos años, hasta que sea capaz de amortizar los excesos de la *grandeur* felipista.

Con Felipe y Aznar atascados, Mario vive en la zozobra, prácticamente todos los días en contacto con Adolfo, cree que es el momento, ahora o nunca, si el PP no barre en las próximas elecciones gallegas está decidido a saltar, porque entonces Aznar estará en el disparadero, será el momento de refundar el CDS o algo que se le parezca, e ir a por todas.

¿A por todas? Ha desayunado con Antonio Asensio en la calle Triana, primeros días de octubre, y el editor le cuenta la conversación que acaba de tener con Jordi Pujol, ha dicho cosas fuertes contra Felipe, odio personal a Felipe, el hombre que quiso meterle en la cárcel, y desdén por Aznar, de modo que la situación del Honorable es fácil: se trata de conseguir lo máximo para su autonomía en términos de gestión del IRPF, a cambio de prestar su apoyo a los Presupuestos, siempre, claro, que ello no ponga en peligro la coalición con Unió, sacar lo máximo, sí, pero siendo consciente de que con eso no se arregla nada, porque de ninguna forma está dispuesto a entrar en un gobierno de coalición que tendría un coste electoral muy alto para él y su partido.

Antonio despliega ante el banquero una exposición prácticamente calcada del discurso que estos días vienen realizando Adolfo, Punset, Valcárcel y algún otro. El editor se muestra terminante:

—Felipe no va a volver a ser presidente de Gobierno en este país, y Aznar no me gusta, y creo que nunca nos vamos a poder sentir totalmente tranquilos con él porque sabemos que no es la solución, y si le apoyamos es porque no nos queda más remedio.

—Bueno, ya, eso es lo que dice casi todo el mundo...

—No, es que éste es el momento para el lanzamiento de una nueva fuerza política, Mario, estoy convencido, un partido de nuevo cuño que sería magníficamente bien recibido por la gente y que tendría éxito, mucho éxito, siempre, evidentemente, que lo encabeces tú, porque eres la única persona que puede sacar esto adelante.

—Sí, bueno, Adolfo es de la misma opinión, cien por cien la misma opinión, pero, en fin, se trata de un envite muy serio.

—Mario, espabila, no tenemos mucho tiempo, tenemos de plazo hasta marzo del año que viene y no más, porque en junio del 94 hay elecciones europeas y habría que preparar la salida para entonces.

—Antonio, yo pienso exactamente igual que vosotros, pero también veo otras cosas. Es evidente que estamos acumulando un gran poder en este país, tenemos los medios de comunicación social, las finanzas, la Casa del Rey, la influencia política... Pero tenemos sobre todo una cosa: la edad adecuada, una edad en la que el futuro, si no hacemos estupideces, debe jugar siempre a nuestro favor. Yo comprendo que la situación es muy grave, pero poner todo esto en cuestión para dedicarse a un proyecto político de futuro incierto me parece muy arriesgado.

Mario preferiría el Gobierno de concentración, a Mario le gusta más la idea de encabezar un Gobierno de gestión, ser Presidente por cooptación, o mucho mejor, por aclamación, eso es, por aclamación, es algo que sí merecería la pena, porque le evitaría el trago de tener que salir de pueblo en pueblo a pedir el voto, el miedo a estrellarse, a poner todo su estatus en peligro, lo ideal para Mario es ser llevado en volandas a la Presidencia de ese Gobierno de gestión por un millón, varios millones, muchos millones de españoles reclamándole a voz en grito, ¡Mario, Mario, Mario! convencidos de que sólo él, con su portentosa inteligencia, puede conducir a este pueblo a través del Jordán de la crisis.

José María Cuevas ha comenzado a azuzar a Felipe, tu estrategia persigue un imposible, Presidente, pactarlo todo con todos, y este contradictorio café para todos no esconde más que la negativa a plantear un proyecto global de país que debería contar con el consenso político más amplio posible, lo que presupone en esencia un acuerdo con el PP, y algunos ven al líder de la patronal haciendo labor de zapa en la línea de ese Gobierno de concentración, aunque Cuevas y Conde están a estas alturas muy alejados.

El de la patronal ha planteado a Felipe un pacto centrado en el objetivo exclusivo de quebrar la actual tendencia a la destrucción de puestos de trabajo, más de 1.800 nuevos parados diarios, una sangría, un acuerdo que, de salir adelante, podría convertirse en el mejor soporte político para González.

Las líneas maestras del pacto [2] son simples: congelación de salarios (sindicatos), y de costes sociales (Gobierno), a cambio de mantenimiento del empleo (empresarios). Pero con este Gobierno nunca se sabe, se desespera Cuevas, ¡a éstos les pides una aspirina y te dan un café, y les pides un café y te sorprenden con un donut!

Pero Felipe tiene sus propias prioridades: ganar el apoyo parlamentario de CiU e ir parcheando aquí y allá, salvar el escollo de la nueva huelga general que están a punto de anunciarle los sindicatos, culminar el XXXIII Congreso del PSOE con la decapitación definitiva de Guerra, si se deja Guerra, y a esperar que escampe, metidos ya en marzo del 94, confiar en que la situación económica internacional mejore un poco y sea posible vender alguna expectativa de futuro de cara a las elecciones europeas y andaluzas de junio del 94, y si los dioses no lo remedian, no habrá más remedio que disolver las cámaras a la vuelta de agosto, como hizo Leopoldo Calvo Sotelo en el 82, e ir a elecciones anticipadas de nuevo.

Y la situación económica parece apuntar algún ligerísimo alivio, porque hacia el final de año, sobre todo para el sector expor-

---

[2] Según José María Cuevas, el acuerdo debería plasmarse antes del 31 de octubre, para que CEOE y sindicatos pudieran venderlo a sus respectivos colectivos y firmarlo antes del 30 de noviembre. Los objetivos, con todo, van mucho más lejos, y apuntan a una verdadera revolución en la concepción que el Gobierno socialista ha tenido de la empresa. Así, el de CEOE demanda la modificación del Impuesto de Actividades Económicas, del sistema de Estimación Objetiva Singular, la actualización de balances, el tratamiento fiscal diferenciado para los dividendos que se inviertan, etc.

tador, comienzan a notarse los efectos combinados de la bajada de tipos de interés y las tres devaluaciones de la peseta.

A última hora del viernes 8 de octubre el gallego mantiene una conversación a corazón abierto con su amigo del alma, Arturo Romaní, la presión de la política parece a veces querer asfixiarle, todos sobre él, Adolfo, Antonio, Luis María, Rafael, Darío, Eduardo, Gustavo, que sí, que él es la persona idónea para encabezar un nuevo proyecto político de centro, como si ésa fuera la cuestión, Arturo, sin darse cuenta de que eso no significa nada, de que ése no es el problema, no lo ven, ciegos están...

Sin reparar en que el problema está en que todo un modelo político-social se ha desmoronado. Ya no es sostenible que los partidos sean los únicos vehículos para la opinión política, que los empresarios tengan que llevarse bien con el poder a cualquier precio, que el poder ejecutivo controle al legislativo y al judicial, que no exista un sistema de contrapesos entre el Estado y la sociedad civil, que el Estado tenga la dimensión que tiene, que se sigan pagando prestaciones sociales en un sistema que está abocado al desastre financiero dentro de muy poco.

El problema no es la crisis económica, sino la institucional, la forma de concebir la política, de entender la dirección de un país, el criterio sobre las prioridades, la necesidad de deshacer muchas cosas que se han construido en siglos de autoritarismo, la urgencia en recuperar la iniciativa personal, recuperar al individuo y provocar una auténtica reforma política, una ruptura con métodos, conceptos, ideas, formas que han fracasado y que nos han llevado a este callejón sin salida. Por eso lo de menos es introducir determinadas medidas económicas.

Hay que romper con los viejos modos de entender la política. Dar protagonismo a la sociedad. Devolverle su libertad. Integrarla en el proyecto colectivo. Recuperar a los intelectuales, o mejor dicho, producirlos, porque casi no existen. Es evidente que ninguno de los líderes políticos actuales está en condiciones de resolver este problema, sencillamente porque ni siquiera se lo plantean.

Todos han crecido en el fermento intelectual del Estatismo y Autoritarismo, y me da igual que sean del PSOE que del PP. No se necesita un Partido de Centro. Se necesita un Partido de Reforma Política, de Ruptura con unos métodos. No se trata de ser equidistante de nadie, Arturo, se trata de ser distintos a los que durante tantos años nos han gobernado, de uno u otro signo, de quienes nos han metido en Maastricht tras una discusión de quince minutos, de quienes no sólo no quieren renunciar al poder del Estado, sino que lo intensifican permanentemente.

No es un Partido de Centro, es un Partido para la Reforma del Estado. Eso es lo que España necesita. ¿Quién lo puede hacer? Yo, por supuesto, pero no quiero hacerlo sin que se dé una condición clave: que me lo pida el Rey. Mientras tanto me vale con tener ideas claras y esperar. El tiempo corre a mi favor, si no cometo ninguna estupidez.

Arturo escucha sentado con la atención del alumno ante la lección magistral, su cara bonachona, sin atreverse a interrumpir, la punta de la nariz ligeramente roja, sin mover un músculo, mientras el maestro pasea por la estancia poseído de una extraña fiebre, y gesticula, en voz muy alta, y gesticula.

Y vuelve a ver al Rey, los contactos con el Monarca son muy estrechos, casi diarios; entre lo que le dicta su instinto de supervivencia y los tonos dramáticos en que Mario Conde le describe la situación, don Juan Carlos está seriamente preocupado por la situación política, sabe que su imagen es estupenda, seguramente la mejor que ha tenido nunca, y en eso Mario ha puesto su granito de arena, pero, paradójicamente, el *cul de sac* en que se ha convertido la política española puede poner en peligro el andamiaje entero.

Mario critica la pasividad de Felipe González y el Monarca asiente. Felipe es el gran ausente, nadie sabe lo que hace, ni siquiera dónde está, y el resultado es que nadie está tomando las decisiones que reclama el país, ¿se acuerda, Señor, cuando le dije en septiembre del 92 que Felipe se acababa?, me acuerdo, me acuerdo, pues eso es hoy más evidente que nunca, sí, cierto, cada día está más claro que no volverá a presentarse a unas elecciones, pero el problema, insiste Mario, es que la situación no deja de empeorar, el caso Seat es muy grave, porque si se cierra la planta de Barcelona y se van al paro 20.000 o 30.000 personas en una zona tan poblada como ésa, el riesgo de que estallen manifestaciones callejeras es muy alto, Señor, y esas cosas se sabe cómo empiezan pero no cómo terminan, cierto, eso me preocupa mucho.

—La clave para usted, Señor, está en que la ausencia de un liderazgo real en el país estaba provocando que el Rey tenga que estar en un primer plano muy evidente, y eso no es bueno, porque la Corona debe quedar al margen de los problemas políticos concretos para poder cumplir así su papel institucional.

—Totalmente de acuerdo, y te digo más, me temo que la situación siga empeorando y que pueda llegar a ser tan mala que me vea obligado a pedirle a Felipe que se vaya, como única forma de intentar arreglar los problemas del país.

¿Estaba tocando a su fin el encantamiento del Monarca con Felipe González? Lo malo es que la hipótesis de Aznar como su sucesor en la Presidencia del Gobierno tampoco le entusiasma, o eso cree Mario, en eso confía Mario, en que sigan sin entenderse, el Monarca ha dado cita al del PP para el 29 de octubre, y el banquero respira tranquilo cuando oye que se trata de una de las obligadas audiencias reales, no hay trato de favor ni sorpresa escondida en ese encuentro.

Porque a Mario le preocupa la posición de Fernando Almansa en relación a Aznar, ¿hasta qué punto está influyendo en el Rey? El banquero se despide del Monarca y charla un rato con su amigo, y Fernando vuelve a insistir en su discurso de «La Salceda», la situación española no está para juegos ni aventuras del tipo de un tercer partido, y lo que hay que hacer es apoyar a Aznar, aunque, eso sí, haciéndole ver que es imprescindible que pacte con los poderes reales del país, es decir, que pacte contigo, Mario, y una vez logrado ese pacto apoyarle desde los medios de comunicación para que en las próximas elecciones generales pueda ganar.

Pero ésa no es la música que los finos oídos de Mario están acostumbrados a escuchar, el banquero le rebate, no puede soportar la idea de ver a Aznar en La Moncloa y le degrada, injustificada y voluntariamente le degrada, el peso de Aznar en la sociedad española ha caído en picado desde las últimas elecciones, y Almansa que no, pues créeme, Fernando, otra cosa es que se haya blindado en el Partido Popular y que sea muy difícil desmontarlo, lo que hace inevitable, o por lo menos esa sensación produce, el tener que soportarlo como líder de la oposición, pero no conozco a nadie, fíjate en lo que te digo, Fernando, a nadie que se tome en serio a Aznar y que crea que es la solución de España.

Y sale de La Zarzuela molesto con su amigo, Aznar no tiene nada que hacer, si lo sabré yo, y por eso arrecian las presiones sobre mí, pero como el Rey sigue sin pedirme expresamente nada, pues eso me permite mantenerme en una posición de equilibrio y de cierta tranquilidad.

El 13 de octubre, Conde almorzó en Alcalá 14 con Txiki Benegas, con quien mantiene una buena relación, materializada en varias conversaciones en las que siempre se había hablado sin tapujos del futuro del PSOE y de los errores que estaba cometiendo el partido y el propio Felipe González.

Por lo general, Txiki solía dar la razón al banquero en sus críticas, aunque ahí quedaba todo. Y este miércoles de octubre, el eterno número tres del PSOE debe escuchar un recordatorio no deseado, querido José María, hace ya mucho tiempo que vengo diciéndote que no podías limitarte a ser un mero espectador, y más siendo secretario de Organización del partido como eras, porque te estabas haciendo corresponsable de lo que estaba ocurriendo; tú decías que sí, que yo tenía razón, pero nada más. Pues bien, ya ves dónde hemos llegado... a un deterioro general de la situación, deterioro del partido y tuyo personal.

—Pues sí, la verdad es que me pesa la responsabilidad de no haber actuado en más de una ocasión, y además me apremia mi futuro. No tengo reparo en decirte que me encuentro en una encrucijada personal muy grave: tengo cuarenta y cinco años, toda una vida dedicada a la política y ni un duro en el bolsillo y, la verdad, lo más terrible es que no veo otra salida para mí que no sea el permanecer en el Partido Socialista.

—Bueno, tampoco es cuestión de abrumarse, y menos con cuarenta y cinco años. Los problemas surgen cuando uno se da cuenta de que quizá no ha sabido estar a la altura de las circunstancias en cuanto al ejercicio de su responsabilidad se refiere.

—Cierto, pero no creas que no he pagado mi penitencia... esto no ha sido un camino de rosas. Las cosas se han vuelto muy duras con este tío, y las putadas que he tenido que aguantar son inenarrables. No sé si sabes que cuando el asunto Filesa yo le dije que, en vista de que los ataques comenzaban a dirigirse contra él como presidente del Gobierno, estaba dispuesto a salvarle asumiendo toda la responsabilidad del asunto de puertas afuera. Y el tío me escuchó encantado, me dio las gracias, un abrazo muy fuerte, ¡ah!, pero el cabrito me la jugó, porque cuál no sería mi sorpresa cuando después de esta conversación, que fue estrictamente privada, me encuentro a toda pastilla en *El País* con la noticia de que yo asumía la responsabilidad de lo ocurrido en Filesa, y lo que es peor, a partir de ese momento comenzó una escalada de declaraciones de distinta gente del partido pidiendo mi cabeza, los muy cabrones, que yo tenía que dimitir para limpiar las responsabilidades políticas del asunto Filesa, y ahí me tienes, inmolado en público como un corderito, me pareció una hijoputada, una falta de vergüenza inenarrable la forma en que este tío manipuló una conversación privada como la que habíamos tenido.

—Mira, José María, ésa es la política...

—Sí, pero esta vez no me quedé callado. Me arremangué y redacté la carta que salió en Semana Santa, la recuerdas, ¿no?, y a pesar de que tanto él como Alfonso me aconsejaron que no la hiciera pública bajo ningún concepto, se la di a los medios de comunicación, le jodí vivo, porque le paré en seco la jugada, que no era otra que hacerme cargar a mí con el mochuelo, teniendo en cuenta que la dimisión de Galeote no había servido para nada.

Pero ahora Benegas es perfectamente consciente de que el melón sigue abierto, ¿y qué dice Alfonso? Alfonso aguanta, ¿qué puede hacer? Aunque a la vista de lo que está pasando se está planteando dejar cualquier responsabilidad para enarbolar la bandera en contra de los intentos de derechización del partido, ¡ah!, pues me gustaría mucho hablar con él, pues no te preocupes, yo se lo digo y un día de éstos cenamos juntos.

Mario abordó el tema del tercer partido, su obsesión, y Txiki dice que eso va a ocurrir inevitablemente dada la situación de crisis en que se encuentra el PSOE, crisis ideológica, y de que la derecha no consigue entusiasmar a la gente, ese partido aparecerá en la vida política española a corto plazo, aunque no sabe quién estará dispuesto a encabezar esa opción, no menciona para nada la candidatura de Mario, el nombre de Mario, aunque eso es lo que flota, más bien inunda el ambiente de la conversación, y al gallego eso le parece extraño, recela, aunque no cree que Txiki, un hombre preocupado por su futuro personal, que destila amargura, haya venido con ánimo de sonsacarle, con la misión de indagar para luego transmitir información.

Aquella noche Conde cenó con los hermanos Ansón. Su diagnóstico fue muy claro: Felipe González se acaba y su salida del poder es condición inexcusable para enderezar el rumbo del país. El trío habló largo y tendido sobre este punto y sobre la necesidad de dar a Felipe una salida que se corresponda con su importancia histórica. Es una tesis que Luis María ha desarrollado con su brillantez habitual: sería absurdo, viene a decir, arrinconar a Felipe en exceso, porque en ese caso no tendría más alternativa que aferrarse al poder.

El domingo siguiente, 17 de octubre, Luis María Ansón desayunó a sus lectores con un artículo en la tercera página de *ABC* titulado «Felipe González, una fórmula agotada», en el que reproducía la filosofía de la cena del miércoles, en una toma de postura de gran importancia, puesto que marcaba de manera pública y notoria la posición del periódico en un tema del mayor interés.

Para Mario el problema no es forzar la dimisión de Felipe, algo perfectamente posible en una acción coordinada de unos cuantos notables del país, entre los que, naturalmente, se encuentra él; el problema es que proponer a Aznar como alternativa a Felipe no tiene un pase, y echa por tierra la posibilidad de esa dimisión forzada.

—Es que no es eso, Mario, de lo que se trata es de promover otro candidato socialista a la Presidencia del Gobierno, aunque sea Serra, para que se convoquen elecciones en un plazo breve de tiempo.

—¿Y entonces?

—Entonces necesitaríamos tener a punto una tercera fuerza, una opción distinta al Partido Popular, para que pueda concurrir en solitario y acceder luego al poder en coalición.

—¿Con el PSOE o con el PP?

—Con cualquiera, pero esa tercera fuerza sería aún más necesaria si ganara el PP, porque, al no sacar nunca mayoría absoluta, le obligaría a buscar pactos postelectorales con los nacionalistas, lo que le hipotecaría más, si cabe, que al PSOE, dada la imposibilidad de pactar con otra opción política.

Al día siguiente, 14 de octubre, Mario recibió al embajador ruso. Aunque la disculpa residía en hablar sobre los intercambios comerciales entre España y Rusia, la conversación derivó pronto hacia cuestiones políticas. Hombre joven, de ojos oscuros, de mirada escrutadora y actitud prudente, el ruso demostró conocer al dedillo la situación española, lo que justificó por haber sido durante años, antes de la caída del muro de Berlín, responsable de información política sobre España, por lo que conocía a los líderes socialistas desde hacía tiempo.

El embajador enfatizó que veía a Felipe cansado, agotado, sin ganas para enfrentarse a la nueva situación, y lo decía de una forma tan rotunda que sorprendió al banquero, no había que bajar la guardia, éste no era Txiki, se necesitaba algo nuevo, algo distinto y con ideas que ofrecer a la sociedad española. Insistía en que La Moncloa se había convertido en una especie de búnker, donde la burocracia lo controlaba casi todo, y resultaba imposible transmitir una información auténtica a Felipe sobre lo que ocurría en el país.

Por eso insistía en la necesidad de cambiar a González y renovar la clase política. Resultaba por demás curioso oír a un ex embajador del comunismo hablando en estos términos con un banquero, ¿sería el enviado de alguien? Mario había tomado sus precauciones, seguía sus razonamientos, pero en ningún momento se destapó, ni dio pie a hablar de su situación personal o de sus intenciones políticas.

Eran ya tres las personas que en menos de veinticuatro horas le habían hablado de la necesidad de poner fin al deterioro de la situación española, y los tres, aunque con mucho menos énfasis Txiki, por razones obvias, se daban cuenta de que el problema pasaba por la sustitución de Felipe González.

Poco después de terminar la conversación con el embajador ruso, el gallego recibió una llamada de Miguel Roca para explicarle su voto favorable al proyecto de Presupuestos del 94, justificándolo en términos de estabilidad política nacional.

—Pero, Mario, quiero que tengas claro que eso no significa nada más, y que vamos a ser muy críticos con el Gobierno, insisto, muy críticos.

—Me parece muy bien esa postura, Miguel, aunque yo creo que el problema de la política económica no se resuelve con unos cuantos retoques en los Presupuestos.

—Bueno, hombre, claro que no, pero se trata de...

—Mira, perdona que te interrumpa, es que yo creo que el problema es de mucha más envergadura, y es la necesidad de dar la vuelta a lo que éstos han hecho en estos últimos años, y eso necesita una explicación clara y rotunda del punto de partida en el que nos encontramos, de por qué hemos llegado hasta aquí, y cómo podríamos salir de esto, pero sin vaguedades ni formalismos.

—Estoy de acuerdo al cien por cien. Eso es lo que habría que hacer, pero el problema es de liderazgo moral. Felipe González, por las causas que sean, carece del liderazgo moral necesario para hacer lo que habría que hacer, que no es más que lo que acabas de decir.

Conde y Roca quedan en almorzar. Por todas partes se extiende la idea de que el problema nacional consiste en que Felipe está terminado y hay que proceder a su sustitución. Así sucedieron las cosas con Adolfo Suárez y al final acabó dimitiendo, el problema es que aquí no hay recambio, o la suerte, la suerte de Mario es que el recambio no puede ser más que él, pero no acaba de entender la mecánica, no puede imaginar cómo se producirá el milagro, por qué vía será llevado en volandas a los altares.

El domingo 17 de octubre Manuel Fraga obtiene una gran victoria en las elecciones gallegas, logrando una nueva mayoría absoluta con el 52,33 por ciento de los votos emitidos.

Era el peor resultado que cabía esperar para los intereses de otro gallego, don Mario Conde, que se jugaba mucho en esa consulta electoral. En efecto, el presidente de Banesto había convertido el fracaso de Aznar en las gallegas en la piedra angular de su estrategia hacia la presidencia de un Gobierno de gestión. Felipe era una vieja gloria que arrastraba su fama por los escenarios de la política española, y Aznar un debutante que el 6-J había alcanzado su techo y que en Galicia iba a refrendar la teoría de Conde de que ya había iniciado su cuesta abajo. Era una situación parecida a la registrada en 1981, en que también se habló de un Gobierno de concentración.

Pero Mario, en su infinita capacidad para interpretar la realidad a su conveniencia, en su predisposición para hacerse trampas en el solitario, realiza una interpretación sesgada y parcial, manipulada, de lo acontecido en su patria chica. Estaba dispuesto a adjudicarle a Aznar la derrota en Galicia con todas sus consecuencias en caso de haberse producido, pero se niega a reconocerle la victoria.

Hace ya mucho tiempo que ha perdido contacto con el suelo, y cuando sus fieles escuchan el análisis que efectúa de lo sucedido en Galicia, todos callan, cierto, un éxito personal sin precedentes de Fraga, ojo, de Fraga, porque podríamos cometer el error de pensar que este triunfo le viene bien a José María Aznar como presidente del PP que es, cuando parece obvio que la influencia que ha podido tener Aznar en esta victoria es escasa o incluso nula. Es un éxito de Fraga, que quede claro, del que puede sacarse una conclusión terriblemente interesante, y es que el problema no es González, sino Aznar, puesto que estas elecciones han demostrado que a Felipe se le puede ganar si enfrente hay un líder creíble. Incluso un ex franquista como Fraga, pero creíble y solvente.

Y la prueba de que lo que digo es cierto lo demuestra la ebullición que estos resultados han producido en Madrid. Los comentarios sobre mi posible entrada en política están a la orden del día, más intensos que nunca, con más fuerza, porque la gente se ha dado cuenta de que es posible ganar al socialismo con líderes creíbles. Yo sigo en el mismo sitio. El Rey está en Estados Unidos, y ya veremos qué pasa cuando vuelva.

En la sede del partido Popular de la calle Génova nadie entendía nada.

«Los ecos sobre el montaje de un llamado "Gobierno de gestión" comenzaron a oírse a primeros de septiembre —asegura José María Aznar— e inconcebiblemente tienen su explosión tras las elecciones gallegas de octubre, en que no dejan de llegarme mensajes. Lo cual era una completa locura a la vista de lo que había pasado. Yo no entendía nada, y le decía a mi gente: ¡aquí alguien se ha vuelto loco, o le van muy mal las cosas!»

Miguel Roca fue a Banesto el martes, 19 de octubre del 93, para un almuerzo que resultó muy interesante, una conversación fluida, con intercambio franco de opiniones, sin miramientos, centrada desde el inicio en la situación real del país y las posibles soluciones. Y a poco de empezar, el de CiU emitió un juicio descalificador sobre Aznar, para añadir a continuación:

—Ayer hablé de esto con Pujol, y ya sabes que si quieres liderar la derecha cuentas con nuestro apoyo.

A Mario se le escapó una sonrisa de satisfacción, e inmediatamente desvió la conversación hacia otro tema como si no hubiera escuchado nada, pero el propio Roca se encargó de repetir su oferta al menos en un par de ocasiones durante el almuerzo.

Miguel Roca se explaya explicando el apoyo otorgado por CiU a los Presupuestos Generales del Estado para el 94. Se trata, en definitiva, de dar estabilidad al país, y en ese carro van también montados PNV y canarios. Los catalanes, sin embargo, han rechazado la invitación de Felipe a formar parte de un Gobierno de coalición. Su planteamiento no era razonable: no se puede llegar a un acuerdo de ese tipo sin antes pactar unas líneas programáticas mínimas.

—Supongo que sois conscientes de haberos metido en un buen lío. Al fin y al cabo sois un partido de la burguesía catalana, de la derecha catalana, que va a prestar su apoyo a un Gobierno socialista.

—Mira, Mario, ahí no tenemos ningún tipo de complejos. Y te diré más: si en estos momentos tuviéramos que elegir entre Felipe y Aznar, no lo dudaríamos, y más después de las cosas que ha dicho sobre nosotros a cuenta del pacto con los socialistas. Eso le descalifica definitivamente como líder de la derecha española, y desde luego no le veo de ninguna manera como presidente del Gobierno español.

Roca insiste en su teoría de la falta de autoridad moral, de la ausencia de liderazgo moral como gran problema del país.

—Las democracias reclaman liderazgos muy fuertes, que en estos momentos no existen aquí. Felipe no puede o no quiere, y ahí tiene a Solbes, un buen chico, un buen director general de Tributos, convertido nada menos que en ministro de Economía y Hacienda. ¿Alguien puede creer que Solbes es la persona indicada para inspirar confianza al país en estos momentos? Y así podemos ir haciendo suma y sigue. Serra, por ejemplo, un tipo sencillamente inexistente. La verdad es que nunca ha sido nada, pero ahora que es vicepresidente todavía menos. Y además ha demostrado ser un intrigante y, sobre todo, una mala persona, un mal bicho.

—Desde luego, estoy plenamente de acuerdo en que no existe dirección económica. Y la situación puede empeorar, porque los inversores extranjeros empiezan a desconfiar de los datos suministrados por el Gobierno español, y eso podría provocar una salida en bloque de la inversión extranjera, lo cual es particularmente grave en un país como el nuestro que depende del ahorro exterior para poder financiarse.

—Pues sí, Felipe tiene su credibilidad muy dañada y es posible que a corto plazo esa situación se agudice más, lo cual sería particularmente grave dada la ausencia de alternativas serias y fiables.

—Yo siempre he pensado, Miguel, que tú serías la persona adecuada para hacerte cargo de la política económica, aunque no sé si Felipe estaría dispuesto.

—Yo estoy seguro de que Felipe estaría encantado, pero el problema es Pujol, quien impide esta posibilidad es Pujol.

—Pues déjame que te diga que vuestro apoyo al PSOE sólo tendría sentido si tú te hicieras con ese ministerio, porque, si no, vuestra posición va a ser muy comprometida, las medidas económicas pueden resultar un fracaso y en ese caso el consumo de capital político efectuado por vosotros será tremendo...

Una conversación que fue bastante lejos, en un grado de

sintonía muy notable, que el banquero refrenda con manifestaciones realizadas por el político catalán en otros foros. Mario va sumando adhesiones, engordando la lista de quienes se rinden a su liderazgo y le tiran con descaro los tejos políticos, no sé si ha venido a proponerme algo en concreto, al margen de ese ofrecimiento de apoyo tan explícito si me decidiera a ser el líder de la derecha, el gran Mario está satisfecho, su ego encantado, porque está convencido de que Roca ha quedado impresionado por su claridad expositiva y la fuerza de sus ideas, seguro que transmitirá el mensaje a Jordi Pujol, no queda más que esperar la reacción del Honorable, seguro que algo ocurre, y será algo importante.

El único que no parece rendido a sus tesis es Jesús Polanco, acaba de hablar con él, ha pasado el de Prisa casi veinte días fuera de España, vigilando sus negocios editoriales sudamericanos, los negocios que engorda con la vista gorda de Focoex, y al comentar la situación nacional Mario se lleva espantado las manos a la cabeza, Jesús está en la inopia, no se entera, me dice que antes de salir de viaje había estado cenando con Felipe y que lo había encontrado francamente bien, debe de ser el único, aunque también es cierto que es difícil encontrar a Felipe francamente mal, porque es un actor casi perfecto.

El problema no es cómo se encuentra, sino qué cosas hace. Jesús dice que como ya no tiene mayoría absoluta, en vez de hacer grandes declaraciones tiene que dedicarse a pactar. Eso es verdad en parte, pero si un Gobierno no puede gobernar, lo que tiene que hacer es dimitir y explicar al país por qué lo hace.

—¿Tú crees que éste podría volver a presentarse en las próximas elecciones?

—Pues no me extrañaría nada si las cosas empezaran a irle mínimamente bien con la economía. Mucho más difícil resultó convencerlo para que se presentase a las elecciones pasadas, y al final lo conseguí...

No son buenas noticias, no, que Mario juega varias partidas simultáneas en el tablero de su inmediato futuro, y si hay que echarse a la calle y luchar por el voto siempre será mejor no tener enfrente a González, un monstruo ganando elecciones, por eso Mario se enfada con Jesús, en realidad hace mucho tiempo que Mario se enfada con quienes le dicen la verdad, con quienes no le pintan la realidad tal cual quiere verla el líder carismático, y Mario, tiene gracia, acusa a Jesús del mismo mal que a él le aqueja, vaaaa...

Jesús sigue haciendo lecturas voluntaristas de la situación, no se coloca en la realidad de las cosas, sino en la forma en que le conviene verlas o en la que le gustaría que fueran, pero con eso se consigue bien poco.

Entre tanto tráfago político, Mario asiste el 22 de octubre en Viena a la reunión del Instituto de Estudios Bancarios Europeos, su aburrimiento es total, y en el silencio de las intervenciones se dedica a observar a sus colegas, los siente lejos, no hay manera de identificarse con esa estulta vida social que tanto entusiasma a los banqueros en este tipo de reuniones, largas cenas y aburridos cócteles en hoteles de lujo, Juan Abelló me decía hace años que el gremio de los empresarios de farmacia era extraordinariamente aburrido, pero yo creo que el de los banqueros es más aburrido todavía.

La verdad es que los banqueros confunden la seriedad con el aburrimiento. Yo creo que existe un arquetipo de banquero que, como dice con mucha gracia Matías Cortés, sólo se divierte con quienes son tan aburridos como él. La ventaja de estas reuniones es que no hay periodistas, y eso permite hablar con libertad, dentro, claro, del lenguaje eufemístico que caracteriza a la banca. Yo no he intervenido nunca en este Instituto de Estudios Bancarios, aunque espero hacerlo en la próxima reunión, si es que todavía sigo en banca...

Los comentarios sobre la posible dedicación a la política del banquero irritan a Aznar, que los califica públicamente de frívolos, puesto que el Partido Popular ha conseguido más de ocho millones de votos y ha ganado en muchas capitales de provincias españolas, y con tales datos pensar en que Conde va a dedicarse a la política, que va a dar el salto de cara a las europeas de junio del 94, es ciertamente una frivolidad.

Al gallego le divierte ver a Aznar nervioso, en realidad Conde es un fantasma que se pasea por pasillos y despachos de la sede de Génova provocando pesadillas sin cuento, todos obsesionados con Mario Conde, Aznar levanta el escudo de los ocho millones de votos para protegerse del maleficio, pero siguen asustados, aunque digan una y mil veces lo contrario, *acollonados*, le temen como a un nublado, y Mario rebate a José María, esos ocho millones de votos ¿son suyos, o prestados? ¿No serán votos de castigo al PSOE?, y Mario a lo suyo, lo de siempre, que Aznar no es un líder, que no da la talla, que está instalado en una oposición a ultranza absurda, que no tiene nivel para representar a España, que se ha dedicado a blindarse situando en los puestos claves del PP a gente de su confianza y otras lindezas por el estilo.

Pero, mientras Mario ladraba, José María Aznar, paso de buey, diente de lobo, estaba tomando en silencio algunas de las decisiones más importantes de su carrera política. El gallego iba a pagar caro, y muy pronto, el error de infravalorar a su contrincante.

Sobre las posiciones de Conde está cayendo un diluvio en las últimas fechas, pero él no parece darse cuenta: está tan instalado en su nube que no se entera de lo que ocurre abajo; en su casa de Triana, Alfonso Guerra y Txiki Benegas, mano a mano con el banquero y José Antonio Segurado.

Una comida intrascendente, celebrada a petición de Conde, vueltas y más vueltas al tiovivo de la política, donde lo más llamativo está en el hecho de que apenas habían abandonado los comensales el domicilio de Mario cuando ya el encuentro corría de boca en boca, secreto a voces, por las redacciones de los periódicos madrileños.

Un encuentro que, sin embargo, excita la imaginación de mucha gente e irrita sobremanera a Felipe, Mario le está hurgando en el partido, ¿a qué demonios juega este tío?, y que sirve para que hasta los no iniciados se suban a la tesis del inmediato almuerzo de Triana, una periodista pregunta a Guerra por Aznar, el vicesecretario general del PSOE responde, *comme il faut*, que «no es el mejor líder para la derecha».

Mario no oye llover, pero a primeros de noviembre toda la prensa era un lugar común hablando del súbito clima de entendimiento entre González y Aznar tras el encuentro mantenido por ambos en La Moncloa. El de Tuy olfatea que algo importante ha ocurrido, creo que ese pacto es bueno ya que da una imagen de serenidad al país, pero no le parece positivo, y de hecho le molesta profundamente, porque lo considera una invasión de su territorio, el que se diga que Su Majestad ha colaborado en esta nueva actitud de Aznar.

Mientras *El País* y *ABC* intentan transmitir una sensación de tranquilidad en torno al pacto, *El Mundo* reacciona con cierta crispación a lo que parece una rendición del líder del PP a los consabidos manejos de González, lo que es interpretado en algunos círculos como una operación de Conde, molesto por el rumbo que han tomado las cosas.

El 8 de noviembre, la periodista Pilar Urbano publica en este último diario una polémica entrevista con Eduardo Punset [3], presidente de Foro, según el cual «España está bloqueada y yo voy a poner el motor en marcha». La Urbano dice que éste será el partido con el que Mario Conde entrará en política. La entrevista de Punset irrita al gallego, y sus colaboradores escuchan aquella mañana por los pasillos de Alcalá 14 palabras muy gruesas dedicadas al señor Punset, hay momentos en que el banquero se siente agobiado, es el peso de la púrpura que persigue sin descanso, apabullado por los comentarios sobre su dedicación a la política, ¡habrase visto soplapollas! Parece mentira que haya dicho eso, cuando él sabe que ni directa ni indirectamente he tenido nada que ver con Foro, es un tonto que necesita protagonismo y la utilización de mi nombre se lo proporciona. No es legítimo, pero es así. La verdad es que con gentes del pasado resulta extraordinariamente difícil hacer cosas.

Las reacciones no se hacen esperar. El 9 de noviembre, dirigentes del PSOE y del PP critican la supuesta entrada de Conde en política, y lo hacen al unísono, como si los grandes jefes hubieran decidido ya rifarse la piel del oso banestino, ir a por él, «zapatero a tus zapatos», le dice el vasco Jáuregui, «y si tienen descosidos, con más razón», mientras Fraga le recuerda a Conde que «el espacio de centro-derecha está muy bien cubierto por nuestro partido», y ha sido más cuco Fraga, más gallego, aparentemente no le cierra el paso pero le dice que «el PP le acogería gustosamente en su seno», como si Conde fuera un meritorio dispuesto a empezar por abajo, sirviendo cafés a los chicos de la calle Génova.

El salto a la política de Conde inunda las páginas de la prensa en este mediados de noviembre, chaparrón inmisericorde, diluvio

[3] ¿Será Foro la plataforma política de Mario Conde? «Bueno... no. Hummm... no hemos hablado en esos términos. Mario Conde conoce muy bien lo que es Foro. Y yo veo importantes coincidencias entre sus planteamientos políticos y los de Foro. En España hay muy buenos banqueros; lo que hacen falta son buenos políticos. Así que no tenemos ninguna reticencia a que Mario Conde entre en política. Yo sé que a Mario Conde, a Miguel Herrero de Miñón y a mí se nos vincula con el flete de un "tercer partido". Debo decir que hasta ahora no ha habido conversaciones ni acuerdos sobre eso. Ellos no están en el lanzamiento de Foro. Pero enseguida añado que tampoco están muy lejos, ni muy ajenos.»

en las plumas de los más reputados columnistas [4], mientras negros rumores sobre el futuro de Banesto se extienden por el Madrid financiero, aunque en este trimestre loco Mario es un inquilino habitual de las páginas políticas más que de las económicas.

Y lo curioso del caso es que cuando los ilustres plumillas exprimen el frasco de sus mejores dotes de analistas ya es tarde, muy tarde, porque algo trascendental ha ocurrido que ha dejado a Mario sin sitio, quizá hasta han decidido ya dejarle sin vida, y ha sido el pacto Felipe-Aznar, ¿con el respaldo real?, es la única forma de estabilizar las expectativas de Aznar, de consolidarlas, elevar al PP y a Aznar al pedestal del recambio oficial, reconocerle su condición de alternativa, es la esencia del pacto, Felipe le señala como su sucesor, le entrega el pasaporte para la gloria, lo repite en varias ocasiones, «Aznar es una clara alternativa, y contribuye a la gobernabilidad de España», ya está, Aznar es el hombre, «mi alternativa», y no hay sitio para aventureros en el corralillo del poder político, algo que le habían regateado sistemáticamente hasta ahora, pero a cambio obliga a Aznar a entrar en la senda del «impulso democrático», el nuevo truco del mago Felipe para seguir en el Olimpo de Moncloa, es casi como un monarca absoluto apuntando al hombre que ha de sucederle, cerrando el camino a Conde, a las aventuras, a los Ross Perot y los Silvio Berlusconi, a los saltos en el vacío, no queda hueco para el banquero, González fortalece a Aznar en la medida en que se debilitan las expectativas de Mario.

El jueves 18 de noviembre el banquero consume la última entrevista oficial que como presidente de Banesto habría de man-

[4] Martín Prieto, que califica a Foro como «el partido de la señorita Pepis», asegura que Mario Conde desmiente el padrinazgo «de ese cesto y de sus mimbres, y habrá que creerle porque el banquero es cualquier cosa menos torpe; de jugar a algo no lo sería a corto plazo y no le place que se utilice su nombre en vano». Lorenzo Contreras escribe que «apenas pasa día sin que Mario Conde esté por uno u otro motivo en la cresta de la actualidad. Poco a poco su relevancia pública aumenta y con ello el reforzamiento de su papel de líder social. Pero de líder social a promesa política sólo hay un paso. [...] Conde suscita miedos o alarmas, un sentimiento que va corrientemente asociado no tanto al control que pueda ejercer como a la capacidad de no ser controlado». Fernando Onega escribe que Conde, «admirado por unos, temido por otros, se ha convertido en objeto de especulación política. [...] No hay día en que los rumores no le sitúen detrás de alguna operación. Le observan los partidos. La autoridad monetaria examina con lupa los discutidos resultados de Banesto. Incluso sus silencios son analizados. Su entrada en medios informativos ayudó, sin duda, a fomentar ese clima especulativo. En el ambiente hay una pregunta: ¿dará alguna vez el salto?»

tener con Felipe González. A la puerta de La Moncloa, Mario se topó con un fotógrafo esperándole. ¿Qué significaba eso? Me he entrevistado con el presidente del Gobierno muchas veces y nunca había fotógrafos, y está seguro de que alguien pretenderá utilizar la foto, seguramente el propio Felipe, un tipo bastante sucio en estas cosas, aunque nunca se sabe.

González reconoce que la situación económica es francamente mala, y no hay ninguna perspectiva clara de recuperación a corto o medio plazo, lo que está marcando de manera absoluta el discurrir de los acontecimientos políticos, haciendo todo más arduo y difícil, enervando al país, tensándolo como la cuerda de una guitarra, incluso a él que a veces no intuye la forma en que podría dejar sus responsabilidades.

—Yo tengo que ser consciente —asegura Felipe— de que este país no está preparado para que una misma persona sea presidente del Gobierno durante veinte años. Eso es sencillamente imposible. Por eso, a pesar de mi edad, tengo que entender que los ciclos vitales se cumplen. Voy a hacer lo que tengo que hacer y pese a quien pese, pero siendo consciente de que mi ciclo vital se está acercando a su fin.

—El problema es cómo dejas el país —replica Mario—. Yo he dicho públicamente que tú eres uno de los políticos importantes del siglo XX y tienes una gran responsabilidad que cumplir. Y estoy seguro de que después de doce años en el poder tú vas a ceder a los nacionalistas hasta donde creas que puedes ceder, porque en caso contrario te marcharías antes de perjudicar a España, y eso engrandecería todavía más tu dimensión histórica.

—No lo dudes. Tengo mi cuota de vanidad suficientemente cubierta y no cedería en ese punto ni un milímetro.

—El problema es que tú puedes hacerlo, pero dudo mucho que ésa fuera la posición de la derecha en caso de que ganara unas elecciones.

—Efectivamente, esa posibilidad existe, y por eso sería bueno una fuerza nacional intermedia que diera estabilidad al país.

—Como eso es una realidad, esa fuerza va a aparecer. El problema es si surge con carácter nacional o es el resultado de una serie de Taifas. Algunos se han dado cuenta de que, sin mayorías absolutas, una fuerza pequeña tiene mucho valor si es independiente. No cabe duda de que estamos ante un problema real, pero eso, si te parece, podemos analizarlo cenando en mi casa.

El Presidente dijo que encantado, quedaron en concretar una

fecha, pero Piluca Navarro nunca llamó al banquero para fijar el día de esa cena, Felipe no aceptó la invitación.

Mario salió con la idea de que Felipe quería irse, pero irse con honor, y que le preocupaba dejar el país en manos de Aznar, este hombre no sabe cómo salir del atolladero, cierto, no tiene ninguna estrategia, está desbordado, pero me ha hablado, ¿habrá sido precisamente por eso?, con gran confianza. Yo siempre tendré un punto de desconfianza hacia él, aunque lo voy venciendo poco a poco. No se trata de ese poder de seducción que dicen que tiene y que en mí no influye.

Influía y mucho, porque Felipe había realizado ante el banquero una nueva comedia, una de sus representaciones habituales, llenas de naturalidad y candor, y sin embargo había decidido liquidarlo hacía ya casi veinte días, barrerlo del mapa, entregar su cabeza en bandeja de plata a José María Aznar.

El Presidente está en uno de sus ciclos bajos, y para animarle los sindicatos aprueban el 24 de noviembre la convocatoria de una huelga general para enero, en caso de que el Gobierno no retire su reforma laboral.

Y al día siguiente se anuncia que el déficit público hasta octubre fue de 2,7 billones de pesetas, duplicando el de todo el año anterior. El PSOE está dejando a las nuevas generaciones de españoles una deuda acumulada cercana a los 40 billones de pesetas, que sólo en intereses se come todos los años más del 15 por ciento de los Presupuestos Generales del Estado.

El mismo 25 de noviembre Pedro Solbes descartó que España pudiera cumplir los objetivos de convergencia en 1997, ¿es que alguien lo creía?, y un par de días después se supo que el desempleo había aumentado en 150.000 personas durante el tercer trimestre del año, casi 1.700 personas marchando diariamente al paro, superando ya los 3,5 millones. La sensación de que el país está en caída libre es general, y es difícil encontrar una familia española que no tenga un parado entre sus miembros.

El 29 de noviembre Conde cena con el Rey en compañía de Manolo Prado. El sevillano vuelve a tener una posición fuerte cerca del Monarca, tras un periodo de relativo alejamiento, en uno de esos altibajos típicos del círculo de personas que compone el entorno real, altibajos cuyo *tempo* marca el Monarca, ahora uno, después otro, forman parte de la política del Rey, del deseo de evitar concentrarse en demasía en una persona, pero Mario no quiere ser objeto de esos chalaneos, está convencido de que su posición debe quedar al margen de estos movimientos concretos.

Nunca había visto Mario tan preocupado al Rey por la situación española. El Monarca está convencido de que Felipe se termina y que está preparando su candidatura a presidente de la Comisión Europea en sustitución de Jacques Delors.

Manolo Prado fue taxativo al hablar de José María Aznar ante el Rey.

—Hay que hablar claramente y reconocer que Aznar no tiene ni prestigio ni tirón, y seguramente será un mal gobernante si algún día llega a La Moncloa, porque es muy posible que a pesar de los apoyos que le damos nunca llegue a ganar por mayoría absoluta.

Como siempre que alguien hablaba de Aznar en las cercanías del banquero, éste aprovechó para cargar la suerte.

—Señor, si Aznar llega a ganar unas elecciones generales con mayoría relativa tendrá necesidad imperiosa de gobernar, además de ganas, lo cual significará quedar atrapado en manos de Pujol y, consecuentemente, verse obligado a hacer concesiones importantes que, en última instancia, podrían afectar a la Monarquía.

La preocupación real no dejaba de crecer, mientras Manolo Prado insistía en la necesidad ineludible de que apareciera una tercera fuerza para que el país siguiera adelante.

Sin embargo Mario salió confundido de aquella cena, ha tomado buena nota de que el Monarca no ha pronunciado esta noche ni una sola palabra en demérito del líder del PP, curioso, cuando meses atrás Su Majestad no se recataba en decir lo que pensaba de él. Esto debe de ser el influjo de Fernando Almansa, piensa Mario, será eso, Fernando está aconsejando al Rey que no exprese ninguna opinión negativa sobre Aznar en público, pues sí, eso, aunque me suena raro, ¿habrá tenido algo que ver la visita de Aznar a La Zarzuela del 25 de octubre...?

A finales de noviembre, en el acto de presentación en Sevilla de un libro del hijo de Ignacio Hernando de Larramendi, de Mapfre, Manolo Prado ha dejado escapar la siguiente frase referida a Conde:

—A ése le van a ir las cosas muy mal...

«Ese» parece un comportamiento que algunos califican de normal en Manolo Prado. Cuando las cosas se empiezan a poner feas, y los negocios de los amigos pueden llegar a salpicarle, poniendo en peligro su posición en palacio, el sevillano se apresta a poner tierra de por medio.

El «cambio climático» sobre la testa del gallego es general. Un conocido periodista ha visitado en estos días La Zarzuela y ha encontrado al Monarca muy molesto con los rumores que corren por Madrid, Juan Abelló anda diciendo por ahí que quien manda aquí es Mario Conde, y eso no puede ser, eso me fastidia, dice Su Majestad, pero Su Majestad añade algo más importante:

—Mario debe comprender que yo no puedo hacer distingos con él, y que tengo que tratarle como uno más...

Al día siguiente, 30 de noviembre, Conde almuerza con Luis María Ansón. El director de *ABC* realiza el mismo diagnóstico que el día anterior se escuchó en La Zarzuela: Felipe quiere irse a Europa para finales del 94, y es arriesgado dejar la orquesta en manos de José María Aznar.

Para ello existen sólo dos soluciones: que se cree un tercer partido, o que se llegue a un pacto de responsabilidad, entendido éste como la firma de un acuerdo público entre PSOE y PP para que gobierne el partido que haya obtenido la mayoría. El perdedor haría oposición parlamentaria, se opondría a los proyectos de ley que estimara inadecuados, pero se abstendría a la hora de votar para hacer posible la gobernabilidad del país.

Con todo, Luis María cree también que es imprescindible la tercera fuerza, lo que, en su opinión, pasa por un acuerdo entre Adolfo Suárez y Mario Conde.

Ansón está convencido del éxito de esta operación. En una primera fase obtendría un número de diputados que le permitiría jugar un papel de árbitro en la gobernación del país para, en una segunda, consolidarse como el renacimiento de la UCD.

Mario se deja querer, no soy una persona libre, Luis María, puesto que mi relación con la Monarquía haría que directa o indirectamente se pudiera vincular al Rey con esa operación, Mario finge, prisionero en su perpetuo tejer y destejer la fantasía de sus ambiciones políticas, encantado de oír esa música que tan bien suena en sus oídos, ¡oh, gran Mario!, tú eres el único que puede encabezar ese tercer partido, pero en el fondo asustado, sólo la petición expresa del Rey o una manifestación multitudinaria del pueblo español gritando su nombre bajo la reja de su ventana, sin reparar, tan listo, tan bien informado, en que mientras marea la perdiz alguien ha dictado ya su sentencia, asustado por la importancia del salto.

—Luis María, compréndelo, hay que estar un poco loco para querer pasar de la presidencia del Banco Español de Crédito a presidente de un partido minoritario en el Parlamento.

—Es que no es así, Mario, no es así, ni mucho menos... porque no sería la posición de un minoritario clásico. La importancia de ese partido bisagra sería tal que tendría todo el sentido del mundo exigir la Presidencia en un Gobierno de coalición.

—No sé, lo veo todo muy complicado.

—No lo es, en absoluto, si llegas a un acuerdo previo con Adolfo, que eso sí es fundamental. Pero una vez logrado eso, no hay ningún riesgo en esta operación.

El mar de dudas de don Mario amenaza ahogarle. En su carrera hacia ninguna parte acaba de almorzar con José María Aznar, las relaciones entre ambos están prácticamente rotas, hasta el punto de que el Partido Popular no había pedido un duro a Banesto para la campaña electoral de junio pasado. Al banquero le pareció algo muy llamativo, y mandó un recado a la calle Génova:

—¿Cómo es que no pedís una peseta a este banco?

Pero Aznar tenía sus propios planes al respecto. «No sólo no le pedimos dinero, sino que hice más: quise saber la deuda que el partido tenía pendiente con Banesto, y ordené pagarla de inmediato religiosamente, que es lo que hemos estado haciendo mes a mes.»

José Antonio Segurado llevaba meses persiguiendo a Aznar para que se viera con Mario, hasta que el del PP dio su visto bueno a un almuerzo con el banquero en terreno neutral, la casa de Segurado en La Moraleja, 23 de noviembre.

Algo muy grave estaba ocurriendo en el entorno del banquero, todas las alarmas sonando ya en Banesto, la alianza con Morgan en dificultades y, enfrente, una negociación a cara de perro con el Banco de España, el olfato del gallego le dice que ha llegado el momento de frenar en seco, todo su castillo de naipes en el aire, y está a punto de despedir a José Antonio Segurado, va a desmovilizar sus ejércitos, y se apresta a dar una explicación a José María Aznar, para intentar al menos cerrar ese flanco.

Y Mario intenta convencerle por todos los medios de que no

va a dedicarse a la política, tranquilízate, José María, que no es lo mío, en los países, como en la vida de las personas, suele ocurrir lo normal, y lo normal es que en las próximas elecciones el PSOE pierda algunos votos y que los gane el PP, y por lo tanto lo normal es que el PP se coloque por delante del PSOE y, consiguientemente, que tú seas presidente del Gobierno. Eso es lo normal y lo que yo creo que va a ocurrir.

—No te quepa la menor duda de que así será —asegura Aznar—. Pero te diré más: te diré que si nadie hace el gilipollas aquí, estoy convencido de que las próximas elecciones europeas las gana el PP de calle.

Es un almuerzo que transcurre en un ambiente frío, el del PP no sale ni un instante de su caparazón, a estas alturas ya sabe que el de Tuy tiene pendiendo de un árbol un nudo corredizo rodeando su cuello, y que será suficiente que el señor de La Moncloa azuce por detrás al caballo del Banco de España para que el gran Mario Conde quede bailando en el aire como un muñeco de feria.

«No supe si aquel almuerzo tenía algún objetivo —afirma Aznar—, pero, en cualquier caso, yo no me di por enterado.»

Conde sale asqueado, incapaz de penetrar en la fortaleza de Aznar, se puede dar una buena hostia, comenta al anfitrión, porque van a hacer coincidir las elecciones europeas con las andaluzas, lo que da una posición de ventaja a los socialistas, y como Felipe salga bien del congreso del PSOE, haga la reforma laboral y le coja un atisbo de recuperación económica, a éste no le echan de La Moncloa ni con agua hirviendo.

Precisamente en las elecciones europeas estaban puestas las esperanzas de Conde, era el último proyecto de don Mario, el lanzamiento de una plataforma ciudadana de cara a la consulta del 12 de junio del 94, prueba que quería convertir en un experimento piloto, antes de su lanzamiento definitivo.

Adolfo Suárez insistía en que esas elecciones eran una oportunidad perfecta para presentar ya una alternativa a Felipe, que no podía encabezar nadie más que Conde, con el banco ya fuera de peligro tras la ampliación de capital. Mario contaba con el apoyo de Roberto Mendoza, convencido de que debía dar el salto a la política, «porque eso sería bueno para España». Con Banesto en marcha, aseguraba el americano, no importaba si el paso se daba desde dentro o desde fuera de la entidad.

«Yo de hecho le adelanté a Lasarte —asegura Conde— que tal

vez tuviera que hacerse cargo del banco con todas las responsabilidades durante el 94.»

En el mismo planteamiento participaban, cada uno por su lado, Luis María Ansón y Antonio Asensio. Había gente como el sevillano Rojas Marcos, el rector Villapalos, y hasta se insinuaba el apoyo del propio Laureano López Rodó, con su Opus Dei.

Se trataba de crear una candidatura de la sociedad civil para las europeas. El argumento era simple: ¿ustedes, sean PSOE o Partido Popular, que no permitieron a los españoles discutir acerca de Maastricht, ustedes que aprobaron el tratado tras un debate de veinte minutos, cuando en Francia y otros países tuvieron su referéndum, ustedes vienen ahora a pedirnos el voto para Europa? No señores, ahora es el turno de la sociedad civil, vamos a hacer posible que la sociedad civil tenga por primera vez algo que decir en el proceso de construcción europea.

El objetivo perseguido era constituir una lista de cincuenta personalidades, médicos, artistas, abogados, arquitectos, un cóctel de notables trufado con un par de obreros de la construcción...

En el montaje parecía tener reservado un importante papel el abogado Rafael Pérez Escolar, como coordinador de los contactos entre los distintos miembros de la plataforma.

«El proyecto estaba en fase absolutamente embrionaria de recabar la participación de profesionales —asegura uno de los conocedores del asunto—, gente que de verdad participara de ese planteamiento no con opción de convertirse después en un partido, sino sencillamente de figurar en unas listas para las elecciones europeas.»

El grupo nucleado en torno a Mario Conde se había ya puesto en contacto con un experto electoral estadounidense, un tipo que ha trabajado en varias campañas electorales de su país y que tenía anunciada su llegada a Madrid para mantener una entrevista con Fernando Garro.

«Y justo cuando estábamos empezando a estudiarlo en serio, cuando habíamos pasado de la fase de conversación a la fase de acción, cuando estaba a punto de llegar ese experto que debía hacernos una especie de borrador, justo en ese momento se produjo la intervención.»

Mario Conde no iba a conseguir echar a nadie de la política. Eran otros quienes habían decidido echarle a él de Banesto y, si se descuida, del país. Todo comenzó a fraguarse el 25 de octubre.

Aquel día el líder del Partido Popular fue recibido por el Rey, en un encuentro tan importante que, entre otras cosas, supuso un cambio radical en la actitud del PP hacia el PSOE.

La tesis de que el Rey empujó a Aznar a entrar en un gran pacto o coalición con el PSOE para salvar el difícil momento económico y social que vivía el país, escaló rápidamente los peldaños del simple rumor hasta el umbral de la certidumbre. Era un «pacto para salvar la Corona», obligado por la crisis, el paro, la corrupción, el deterioro de las instituciones, y el descontento social resultante de todo ello.

Con una diferencia fundamental: que el banderín de enganche de ese pacto no iba a ser Mario Conde, sino José María Aznar. El Rey opta por solucionar el problema con los mimbres que tiene a mano, con los dos grandes partidos del arco parlamentario, dentro del más estricto respeto a la Constitución, descartando soluciones «arriesgadas» tipo Conde y su Gobierno de gestión.

Y el Rey, como ya hiciera en otra celebérrima ocasión, acierta de nuevo con la única salida posible.

Pero a cambio Aznar se cobró su pieza. El líder del PP da su consentimiento a un entendimiento con el PSOE para sacar al país del atolladero, no sin antes quejarse respetuosamente ante el Monarca de muchas de las cosas que habían estado llegando a sus oídos, lo que estaba ocurriendo en palacio, las idas y venidas de Mario, los planes de Mario, Su Majestad no podía tener la menor duda de la fidelidad del Partido Popular a la institución, ¿por qué entonces aquel tejemaneje que recordaba las peores épocas del reinado de doña Isabel II y José de Salamanca y Mayol, marqués de Salamanca y conde de Los Llanos, otro banquero como Mario Conde?

Aquel 25 de octubre supuso un punto de no retorno en la suerte del que durante 1993 había llegado a ser el hombre más poderoso e influyente de España, una fecha clave en la vida de Mario, un *turning point* en la suerte del gallego que a él, maestro en el manejo de la información, le pasó desapercibido.

Pero el 25 de octubre fue sólo la cara de una moneda que encontró su otra mitad en la cena que, rodeada de gran secretismo, mantuvieron Felipe González y José María Aznar en La Moncloa el jueves 28 de octubre.

En ese encuentro comenzó a gestarse políticamente la intervención de Banesto. A lo largo de aquellas casi cuatro horas de conversación a solas, Felipe pone las cartas boca arriba ante Aznar:

Mario Conde lleva desde julio insistiendo ante el Rey, con tintes cada vez más catastrofistas, sobre el creciente deterioro de la situación española, el desprestigio de los partidos políticos, la amenaza de huelgas salvajes... en una estrategia que parece orientada a la formación de un Gobierno de salvación que estaría encabezado por él mismo, y hay algunos indicios de que en palacio no le hacen ascos a la idea.

Para Felipe, el sistema se encuentra abocado a una salida a la italiana, con Mario Conde como el Berlusconi hispano, si los dos partidos mayoritarios no entierran el hacha de guerra y se ponen a trabajar, codo con codo, para lograr una salida a una crisis que no sólo es económica, sino moral e institucional. Es el nacimiento del llamado «impulso democrático».

En el espíritu de pacto abierto ese 28 de octubre, Felipe y Aznar acuerdan pararle los pies a Conde [5]. El inquilino de La Moncloa quiere pagar el apoyo del líder del PP con favores parciales que le permitan seguir controlándolo todo como siempre ha hecho desde el 82. Y cuando le habla de resolver el problema Conde, su pesadilla de estos años, Aznar acepta encantado la idea.

Los dos partidos mayoritarios se han puesto de acuerdo. Como ocurriera en 1981 con el golpe de Tejero, se trata casi de salvar los muebles. Los hombres del Centro Superior de Información de la Defensa, Cesid, que dirige el teniente general Alonso Manglano, los «espías» de Manglano, quien reporta al vicepresidente del Gobierno, Narcís Serra, hacía tiempo que estaban pisándole los talones al banquero, que se convierte, con sus teléfonos, en objetivo específico a seguir tras la jornada marinera del 16 de agosto, en que la Familia Real al completo visita el yate *Alejandra* en aguas de la isla de Conejera.

Para el presidente del Gobierno resultó fácil disponer de suficiente material que apuntaba a que el de Banesto tenía en cierto modo «raptado» al Rey, había secuestrado su voluntad y le había ganado para la causa de su «Gobierno de gestión».

Ese Gobierno de gestión que diseña Conde, y que teóricamen-

[5] Algunas versiones aseguran que Felipe le ofrece, además, las cabezas de José María Amusátegui y Antonio Asensio, amigos y socios de Mario en un canal televisivo que recibía frecuentes quejas del PP por supuesta falta de imparcialidad. Según esta versión, Aznar dice sí a la idea de escarmentar a Conde, pero deja a salvo a Amusátegui y Asensio.

te apoyaría el Rey, guiado por las mejores intenciones de superar la crisis que vive el país, es lo que, en definitiva, moviliza y aúna las voluntades de Felipe González y José María Aznar, que hablan de «democracia en peligro», en contra de Conde.

¿Quién informa a Felipe González de las pretensiones de Mario? El caso es que Felipe se siente manipulado. Ha ganado unas elecciones, o se las han hecho ganar los Polanco y Conde y demás familia, y a la vuelta de unos meses descubre que puede perder el sillón a manos de Mario Conde en una operación que suena a un decimonónico golpe de mano palaciego. Para Felipe González, la intentona de Mario Conde con el PSOE es casi calcada de la del general Alfonso Armada con la UCD: cuando el partido dominante entra en crisis aparece la figura del salvador. Mario Conde es el Alfonso Armada de 1993.

Polanco y González le meten en el redil, porque le necesitan, antes de las elecciones del 6-J, le dejan hacer, le dan cuerda, y en cuanto ganan la consulta van lascando, van soltando cabo. Es el error garrafal, la ingenuidad supina de Mario: no darse cuenta de que el único pacto que ha funcionado en España ha sido el de Jesús Polanco y Felipe González, con Díez-Hochtleiner como gran chambelán, porque lo de Felipe y Polanco es una comunidad de intereses en la que él nunca podrá participar, él es un esquema de poder alternativo al de Felipe, un peligro a plazo fijo tanto para uno como para otro. Por eso le van abandonando tras el 6-J. No se fían de él. No esperan, sin embargo, que su audacia llegue al punto de montar el gran tinglado de ese Gobierno de gestión, pero cuando se dan cuenta de que el Monarca le escucha deciden pasar a la acción.

Para Felipe es muy fácil ponerse de acuerdo con Aznar en este punto. El del PP se asusta de verdad, «se caga por la pata abajo», en expresión de uno de sus colaboradores, cuando se entera de las pretensiones de Conde. Ese Gobierno de gestión supondría su muerte política, si el gallego llegara a alcanzar un mínimo éxito, hasta el punto de que el líder del PP confiesa ante sus íntimos en diciembre del 93 la preocupación que le embarga.

Durante la Semana Santa del 94, Aznar y Manuel Prado mantendrían una conversación muy dura en la que el líder del PP relata con crudeza lo ocurrido en el entorno palaciego durante el segundo semestre del 93, se queja, y tiene palabras muy críticas hacia el Monarca, a quien acusa de haberse dejado seducir por los planteamientos de Mario Conde.

Todo contribuye a distorsionar la imagen «golpista» del banquero, como aquel viaje a Israel que en muchos círculos se calificó casi de «viaje de Estado», con Mario de abanderado del Rey de España ante judíos y palestinos, justo por delante del que, unos días después, inició el propio Monarca, «que de esta forma se dejó manipular».

Con los idus en contra, el escándalo de las escuchas telefónicas descubiertas en el entorno del malhadado Javier Godó y *La Vanguardia* se conjuga también en contra del banquero. Los hombres del Cesid, de nuevo el Cesid de Manglano, hacen reventar la operación cuando se enteran de que *El Mundo* está ya muy cerca de conseguir las pruebas del caso.

El episodio de las cintas del Cesid generó en todos los estamentos del país una sensación de inquietud feroz. En muchos de esos estamentos existe la sospecha de en esas cintas están algunas de las claves, si no todas, del golpe de mano contra Mario Conde. José Antonio Segurado le preguntó directamente sobre el asunto.

—¿Has tenido acceso a esas cintas?

—Sí, les he echado un vistazo.

—¿Y qué dicen sobre ti?

—Nada, tonterías, que vivo a base de tranquilizantes, que no tengo éxito con las mujeres... Chorradas.

Pero Segurado tuvo la sensación de que el banquero no le decía la verdad. De hecho, cuando estalla el escándalo, el entorno más próximo a Mario sabía ya que las escuchas telefónicas y el espionaje sobre él lo llevaba directamente Narcís Serra, mal político y peor persona, un tipo acostumbrado a pulular por las alcantarillas del Estado de Derecho.

Todos los dedos, incluido el del Partido Popular, apuntan directamente a Serra como responsable de uno de los asuntos más sórdidos ocurridos en la democracia española. A Mario no le cabe ninguna duda de que es Narcís Serra quien está detrás de esas escuchas, y lo mismo le ocurre al propio Monarca, que llega a manifestar a Conde sus temores de que también él esté siendo vigilado por los hombres de Manglano.

Las desgracias del de Tuy con el político catalán arrancan del infausto día en que, a primeros del 92, a Jesús Polanco se le ocurrió la idea de que Mario tenía que ir a contarle al Gobierno el acuerdo al que había llegado con Javier Godó y *La Vanguardia.* Almorzó con Serra, y en cuanto salió de La Moncloa el vicepresidente se movilizó para frustrar el acuerdo con Godó a cualquier precio.

Lo primero que hizo Serra fue encargar la elaboración de un primer informe contra el banquero a Luis Roldán, el famoso ex director general del cuerpo armado. Como el relato elaborado por la Guardia Civil le pareciera muy flojo, encargó un segundo informe a la agencia de detectives estadounidense de Jules Kroll. Es el «informe Crillon», que llega en inglés a la mesa de Roldán en julio del 92 y cuyo pago, 67 millones de pesetas, se efectuó con cargo a los fondos reservados del Ministerio del Interior. Roldán se encarga de su traducción al castellano, antes de remitir copia a Felipe González, Narcís Serra y Carlos Solchaga.

Pero todavía encargaría Serra la elaboración de un tercer informe sobre Conde al Cesid, cuyos trabajos enlazan con las escuchas de *La Vanguardia*, de manera que sobre la mesa del presidente del Gobierno llegan a apilarse tres *dossiers* distintos. ¿Hasta qué punto influye este material en la decisión de González de acabar con el problema Conde? [6] ¿Es ahí donde comprueba el líder sevillano la especial relación que une al banquero con el Monarca?

Mario, ciertamente, no se queda parado en el fragor del escándalo, y, con mayor o menor fortuna, atiza el fuego en contra del vicepresidente en los medios en que tiene audiencia. Y Narcís llega enseguida a la conclusión de que tras el *scoop* que perseguía *El Mundo* y muchas de las informaciones que se publican en torno al caso se encuentra la larga mano de Conde, empeñado en desacreditarle.

Tan convencido está Serra de que Conde está en el asunto de las escuchas telefónicas que aquellos días tiene una conversación un tanto áspera con el ministro de Defensa, y Julián García Vargas no sale de su sorpresa y no sabe qué responder, el catalán está indignado, hay una operación contra mí, tratan de destruirme y tengo que defenderme, Julián, tengo que defenderme, y lo veo todo tan claro como que los medios que controla Mario Conde no se están metiendo contigo, te están salvando a ti porque eres amigo de Mario, y porque el objetivo soy yo, pero una cosa te digo, Julián, antes de que me mate él a mí le mato yo a él...

El resultado es que el vicepresidente del Gobierno decide

[6] La intervención de Banesto consiguió enterrar el escándalo de las escuchas telefónicas de *La Vanguardia*, asunto del que no se ha vuelto a hablar, hasta el punto de que parece que nunca hubiera existido.

ponerse al frente de la manifestación. De hecho, ya a la altura de octubre del 93 Conde tenía datos suficientes de que Narcís Serra andaba enfrascado en una operación contra él. La última prueba le vino de la mano de Miguel Roca, quien, a través de Segurado, advirtió del empecinamiento del vicepresidente por acabar con el banquero.

Para acabar de encrespar a Serra y a su jefe natural, Felipe González, el gallego se reúne a almorzar con Guerra y Benegas, intriga a sus espaldas, juega a desestabilizar, más si cabe, el Partido Socialista, y hasta llegan a hablarle de la posibilidad de que Mario financie un futuro intento secesionista de Alfonso.

Y Narcís Serra, encabritado, decide ir a por él, y espolea a Felipe González para acabar de una vez con el problema Conde. El vicepresidente queda encargado de los detalles de la operación de acoso y derribo. La excusa se la sirve en bandeja la situación financiera de Banesto. Se trata de decir «no» a un plan de saneamiento del banco, donde en otra situación se hubiera podido decir «sí». Es una ocasión pintiparada, que ofrece la oportunidad de presentar la muerte del banquero como debida a «causas naturales» y no políticas. Mariano Rubio y Carlos Solchaga, los enemigos históricos del gallego, han desaparecido de la escena o están ya recluidos en un discreto segundo plano, y al frente del Ministerio de Economía figura un técnico como Solbes, un perfil cuya asepsia comparte también Angel Rojo al frente del Banco de España. Una operación perfectamente limpia, en la que todo son ventajas.

Todo estaba preparado para que el hombre que se creía el más listo del mundo fuera a morir como un pardillo el día de los Inocentes.

El 28 de diciembre del 93 Su Majestad viajó a Baqueira Beret para practicar el deporte del esquí. Al día siguiente por la tarde, Manuel Gómez de Pablos, presidente del Patrimonio Nacional, consiguió, no sin cierto trabajo, organizar una partida de mus.

—¡Es que el Rey quiere jugar al mus esta tarde y no encuentro a nadie que pueda dejarnos la casa!

Por fin consiguió que la mujer de Mario Fernández Peña, una Goizueta, en ausencia de su marido, prestara su residencia para la real partida y aun se aviniera a actuar de amable camarera en la preparación de un modesto refrigerio.

A las siete de la tarde del día 29, don Juan Carlos, en compañía de Gómez de Pablos y su mujer, Lucila Gómez-Baeza, se sentaba a jugar su partida de mus en unión de Alfonso Erhardt y dos importantes empresarios bilbaínos.

Pero aquella resultó una partida trufada por las constantes llamadas telefónicas, Paco Sitges no dejaba de llamar desde Courchevelle, en los Alpes franceses, donde estaba también esquiando, y Su Majestad no conseguía concentrarse, preocupado con Banesto, «hay que buscarle una salida a Conde», amable con Mario, hablando muy bien de Mario, y vuelta Sitges al teléfono, hasta que a las 11.30 de la noche, el Rey, con gesto preocupado, levantó el campo, «no me queda más remedio que irme, perdonadme».

Pero hubo una frase perdida de Su Majestad entre el envite a grande y el paso a perra chica, que sonó en algunos oídos como una losa:

—Es que Mario se había transformado en un personaje incómodo para mucha gente.

CAPITULO TRECE

EL PAPEL DEL BANCO DE ESPAÑA

En la actividad ralentizada de aquel 24 de diciembre, Teresa Aguirre, pantalón y chaqueta vaquera, aparcó su motocicleta Vespa en la acera, justo a la puerta de Point a la Ligne, la tienda de su amiga Sonsoles Peña, en el 69 de la madrileña calle de Claudio Coello esquina Ayala. Habían sonado las doce del mediodía.

—¡Buenos días y feliz Navidad!

—Feliz Navidad —respondió Sonsoles—, ¿qué te pasa?, pareces muy acelerada.

—Huy, sí, déjame hablar por teléfono, que tengo que llamar al despacho inmediatamente: ¡me acaban de contar que van a intervenir Banesto!

—¡Qué me dices! ¿Estás segura?

—Completamente. Me acaba de llamar desde Suiza un amigo que trabaja en el Banco de España diciéndome que la intervención de Banesto es inmediata. Está allí esquiando, y me lo ha contado, ya sabes, por si tengo algo en Banesto o mi familia...

Teresa llamó contando lo que sucedía a Taller de Profesionales S. A., la asesoría jurídica donde trabaja, en el número 10 de la plaza de Santa Bárbara. Cuestión de simple compañerismo, porque la actividad del despacho no guarda relación alguna con el mundo de la economía.

A las 2.30 de la tarde está sentada ante el televisor, a ver si en Telemadrid dicen algo, de ser cierto tiene que ser hoy, tendrían que decirlo ahora, porque mañana es Navidad y pasado mañana domingo... vamos a verlo, pero me cuesta creer que vayan a dar un susto así a la gente el día de Nochebuena.

Pero en Telemadrid no escuchó para nada el nombre de Banesto, y a las tres de la tarde comenzó un alocado *zapping* entre los telediarios de las distintas cadenas, qué tonta soy, una cosa tan gorda como ésta la dirán por la «primera». Nada en TVE. Nada en Antena 3. Nada de nada. Y mientras mareaba la televisión, comenzó a sospechar de la veracidad de la noticia. Pero ¿por qué iba a haberle telefoneado su amigo desde Suiza si no hubiera estado convencido de que era cierto?

Teresa realizó algunas llamadas a amigos, un cuñado de Rodrigo Echenique, consejero delegado del Santander, entre ellos. Nadie sabía nada de Banesto. Ni su amiga Fierro, ni nadie.

Ya cerca de las siete de la tarde, la noche de invierno instalada sobre Madrid, un compañero de bufete telefoneó a Teresa para felicitarle la Navidad.

—Y además veo que estás bien informada.

—¿Por qué lo dices?

—Por lo de Banesto.

—¿Sííí? Pues no sabes cuánto me alegro; he movilizado a no sé cuánta gente y estaba temiendo quedar como Antoñita la Fantástica, porque como no han dicho nada por la tele...

Teresa no tenía nada que temer. Su compañero le cuenta que ha estado almorzando con abogados de otro bufete madrileño, éste sí especializado en Derecho Mercantil, quiebras y otros decesos empresariales, y que la inminencia de la intervención de Banesto era también conocida por ellos.

¿Cuántos madrileños sabían el mismo día de Nochebuena, mientras Mario Conde se relajaba cual Tancredo en «Los Carrizos» pensando que su viaje relámpago a Nueva York había despejado la tormenta, que Banesto iba a ser intervenido? Es una pregunta que pertenece a los arcanos del asunto, por más que tras el 28-D los supuestos *connaiseurs* de lo que se tramaba crecieran en Madrid como hongos, la capital del Reino llevaba un mes largo plagada de rumores, parecía una estrategia tan perfectamente planificada que sólo podía concluir con el banco contra las cuerdas de una intervención, una jugada maestra, de laboratorio, el propio presidente del Tribunal Constitucional, Rodríguez Piñeiro, había llegado el 15 de diciembre a su tertulia mensual del Banco de Comercio maravillado de lo que acababa de oír a una persona de su absoluta confianza, alguien que había visto en Economía y Hacienda los papeles para la absorción, todo perfilado y clarito, de Banesto por el BBV, hasta el punto de que los equipos del superbanco vasco, al mando de Luis Bastida, aseguraba, llevaban tiempo ayudando a los Servicios de Inspección del Banco de España a desentrañar la madeja de Banesto.

La verdad nunca se sabrá, porque seguramente tampoco la saben al cien por ciento los propios protagonistas directos, un Angel Rojo, por ejemplo, o un Miguel Martín. ¿Qué sabía el subgobernador del Banco de España el 2 de diciembre del 93, cuando quiso ser invitado a cenar a casa de Ramiro Núñez, una cena con señoras en el domicilio del secretario del consejo de Banesto en La Moraleja?, y aquello resultó un acto de confraternización fallido, porque Martín estuvo extraño toda la noche, como dominado por una inquietud vaga, vaporosa, abismal, no era el hombre relajado y tranquilo que ha ido a cenar a casa de unos amigos, la misma repentina decisión de levantarse y despedirse, como impulsado por una urgencia irrefrenable, y Teresa Baselga, la mujer de Núñez, con ese sexto sentido que poseen ciertas mujeres para captar las cosas, se lo comentó inmediatamente a Ramiro, ¿qué le ocurre a Miguel? A éste le pasa algo, está raro, es como si hubiera venido a decirnos algo y no se hubiera atrevido.

Tere Baselga no supo hasta el 28 de diciembre por qué Miguel Martín quiso cenar el 2 de diciembre en su casa, y qué fue lo que intentó decirles y no quiso. O no pudo.

Aquel viernes 17 de diciembre a última hora, recién llegado a su finca de «Los Carrizos» para pasar el fin de semana, noche cerrada sobre los encinares de la sierra sevillana, Conde recibió una llamada de José María Amusátegui, presidente del BCH y compañero de aventuras editoriales de Conde. El del Central Hispano parecía presa de los nervios.

—Mario, nos tenemos que ver urgentemente este fin de semana, yo voy donde tú me digas, pero tenemos que cerrar cuanto antes algún tipo de acuerdo.

—Oye, Pepe, serénate, ¿qué demonios está pasando? ¿Te pasa algo?

—A mí no me pasa nada, Mario, es a ti a quien puede pasarle algo con el Banco de España, por eso te digo que es urgente que hablemos y que hagamos algo.

—Mira, tranquilízate, porque no hay ningún problema. Nosotros tenemos un plan que hemos estado negociando con el Banco de España, es un plan coherente y prácticamente está todo hecho.

—¡Pues no sabes la alegría que me das, chico, porque yo estoy dispuesto a irme a Sevilla y firmar contigo lo que haga falta, lo que tú quieras, Mario, lo que sea!

—Muchas gracias, Pepito, ya hablaremos, pero te repito, estate tranquilo que nosotros hemos encauzado muy bien el problema y no pasará nada.

José María Amusátegui había querido lanzar un cabo al hombre a quien creía a punto de ahogarse, no era una ayuda desinteresada, cierto, el instinto de supervivencia del presidente del BCH le decía con claridad que si a Conde le pasaba algo, el próximo de la lista podría ser él, también estaba al mando de una nave con vías de agua en su obra viva, seguramente tan grandes como las del propio Banesto, de modo que llegar a un acuerdo con su amigo Mario podría suponer un blindaje mutuo, no se atreverían con los dos juntos, o al menos alargarían la vida.

Y «Pepito» tenía información de que algo grave estaba a punto de pasarle a su amigo Mario. El día anterior, 16 de diciembre, la plana mayor del Banco de España, Rojo, Martín y Pérez, había pasado por la antigua sede del Central en la calle Barquillo, donde el nuevo BCH celebraba la tradicional copa de Navidad tras la reunión de su consejo de administración, y en el desenfado propio de la ocasión, con una copa de vino blanco en la mano, Amusátegui había oído cosas que le dejaron frío, preocupado, y más preocupado aún quedó cuando se enteró de que el terceto emprendía el vuelo desde allí, acera arriba de la calle Alcalá, hasta la sede del Ministerio de Economía y Hacienda, donde les esperan para el almuerzo el ministro Solbes y el secretario de Estado de Economía, Pastor.

Pero el señor de «Los Carrizos», víctima incurable de un mal llamado soberbia, rechazó desdeñoso la punta del cabo que le tendía su amigo Amusátegui, él no se estaba ahogando, no me pasa nada, Pepito, ha vivido en una burbuja de impunidad durante casi seis años, sin que nadie se atreviera a dispararle, sin que le llegara una bala porque lo tenía todo controlado, se ha creído invulnerable, y eso le pierde, no puede ni imaginarse que vayan a matarlo, él lo tiene todo amarrado, está todo arreglado, Pepito, y la verdad es que un observador imparcial hubiera juzgado que tenía razón, no hacía ni cuarenta y ocho horas que Rojo, con la sonrisa en los labios, le había despedido como un amigo al pie del ascensor del Banco de España, «me tienes que prometer que te vas a aburrir más en Banesto, Mario», y hace apenas unas horas que Lasarte y

José Pérez han quedado en redactar las cartas de conformidad, y por eso no pasa nada, Pepito, tranquilo, que yo lo tengo todo bien encauzado...

Cuando estaba a punto de pasar todo. Porque aquel 16 de diciembre, en la sede del Ministerio de Economía, a Luis Angel Rojo, respetado catedrático de Teoría Económica, le cambian el discurso Banesto de forma dramática. Pedro Solbes, que ha venido recibiendo sucinta información desde la sede del banco emisor sobre la marcha de los trabajos de la Inspección en Banesto y la discusión del plan de saneamiento, información que ha ido transmitiendo a su superior jerárquico, Narcís Serra, ha recibido orden expresa del vicepresidente del Gobierno de entrar a matar, es la ocasión pintiparada para resolver de una tacada, y con las ventajas que otorga una explicación puramente «técnica», un problema que es a la vez financiero, político, y sobre todo, constitucional, ya que afecta indirectamente a la Corona.

Y Rojo, que estaba íntimamente convencido de que el plan presentado por Banesto podía salir adelante, con riesgos, sí, pero podía salir, se va ocluyendo, se va apagando como una vela ante el empuje de los francotiradores vecinos, Pepe Pérez, ante un Miguel Martín para quien el proyecto de Conde es farfolla, hojarasca infumable, una porquería, ante el empuje de Pastor, el amigo de Paulina Beato, el hombre que había cobrado facturas del grupo Banesto [1] y a quien Conde consideró meses atrás, con motivo de su nombramiento, poco menos que un infiltrado suyo en Economía, y un Solbes que demasiado tiene con lo suyo pero que debe cumplir una orden, una orden taxativa, se lo había advertido días atrás Miguel Roca a Conde, vía Segurado, Narcís Serra está embarcado en una operación para acabar con Mario, ojo, que «nunca les he visto tan resueltos».

«Lo que no está claro es hasta qué punto estaba en la operación el presidente del Gobierno», asegura un alto cargo del BCH que quiere el anonimato. «Yo no descarto que le hayan tenido informado, por supuesto, desde primeros de diciembre, aunque sin revelarle las verdaderas intenciones de Serra hasta el final, cuando le venden la intervención como inevitable.»

---

[1] Alfredo Pastor fue consejero de Carburos Metálicos (en aquella época también lo era del Banco de España), cargo que llevaba aparejada una modesta retribución de 3 millones de pesetas anuales. Para Carburos, y a través de Gestlink, Pastor efectuó un estudio sobre el futuro de las ferroaleaciones, por el que minutó 40 millones de pesetas. Además realizó varios dictámenes para la Corporación.

El presidente del Gobierno tiene cumplida información en la mañana de lunes, 20 de diciembre, mientras Lasarte se extrañaba de que Pepe Pérez le hubiera aplazado la reunión que tenían prevista para las nueve y dos horas después la suspendiera definitivamente «porque los que tienen que hablar son Rojo y Conde», en esas primeras horas de la mañana de un lunes de diciembre en La Moncloa estaba teniendo lugar una pequeña cumbre en la que el maestro de ceremonias Rojo está oficiando ante Felipe González, Narcís Serra y Pedro Solbes, el problema Banesto, los riesgos de aceptar el plan de Conde, la última palabra aún pendiente de J. P. Morgan, el vicepresidente sabe muy bien lo que hay que hacer, pero ¿lo sabe de verdad Felipe, o se trata solamente de ponerle en antecedentes?

Al día siguiente, los equipos de trabajo de Banesto y del Banco de España se sientan en el edificio de Cibeles para cerrar el trato, o eso creía Lasarte, tenían que haberlo hecho ya el viernes 17, Enrique iba acompañado por Paulina Beato y Alvaro Echániz, y enfrente tiene a José Pérez escoltado por los inspectores Zamanillo y Palicio, pero Pepe Pérez ya ha cambiado de onda, el plan de Banesto es inviable, completamente voluntarista, porque cuando el mercado se entere de la situación del banco va a resultar imposible sacar las convertibles y mucho menos realizar una nueva ampliación de capital durante el 94, no hay nada que hacer, «es que no atiende a razones», dice Paulina, y es que no podía atenderlas porque alguien situado muy por encima de él había tomado ya otras decisiones.

El lunes, día 20, Alfredo Pastor había sido invitado a una cena a la que asistían algunos notables del grupo Prisa. El secretario de Estado de Economía se presentó muy tarde, pasadas las 11.30 de la noche, y al poco rato Juan Luis Cebrián le lanzó una pregunta sin aparente malicia:

—Oye, Alfredo, ¿qué tal el tema Banesto?

Y Pastor se descompuso. Ante la sorpresa general comenzó a ponerse nervioso y a excitarse, hasta el punto de perder la compostura y comenzar a balbucear frases ininteligibles, porque, claro, Banesto es muy importante, sí, pero más importante es el sistema, lo que hay que hacer es defender al sistema, salvar al sistema...

A tal punto llegó la situación que los comensales optaron por un discreto cambio de tercio, sin que volviera a mencionarse más el asunto. Pero Cebrián no había formulado su pregunta de manera gratuita. Desde hacía bastantes días había sido puesto al corriente de una llamada de Carlos Solchaga a su patrón, Jesús Polanco, anunciándole lo que se preparaba y advirtiéndole del peligro que eso suponía, dadas las buenas relaciones existentes entre la casa y don Mario.

Es el miércoles 22 de diciembre cuando Miguel Martín entra oficialmente en escena, «porque el gobernador no se atreve a verse solo con Mario Conde». Martín, el hombre fuerte del banco emisor, será la mano que mueva la guillotina sobre la cabeza de Conde, un actor esencial en el drama, yo no estoy en el día a día de Banesto, cierto, pero como subgobernador estoy al corriente de lo que ocurre y, además de que la gente de la Inspección ha trabajado conmigo, Pepe Pérez me tiene que reportar, Pepe Pérez me cuenta, y yo estoy en contacto diario con el gobernador.

Ese día Roberto Mendoza nos dice a Rojo y a mí, delante de Mario, que Morgan no tenía ningún compromiso con Banesto y que no iba a poner dinero, «no vamos a poner una sola peseta más», nos dijo, aunque el propio Martín reconoce que los estadounidenses siempre dejaron claro que ellos no tienen como norma hacer ninguna inversión directa, que son sus fondos los que invierten, que en el caso Banesto era Corsair.

Con la información de que Morgan no piensa poner un dólar más, a resultas de lo que pueda ocurrir al día siguiente en el 60 de Wall Street, donde Mario Conde tiene que examinarse de nuevo ante la cúpula gerencial de Morgan, la plana mayor del Banco de España, con Rojo al frente, vuela de nuevo por la calle Alcalá arriba, hasta el despacho del ministro Solbes. La suerte de Mario Conde está echada, lleva demasiado tiempo caminando en el filo de la navaja y va a morir, y la de Banesto dependerá de que sea o no posible desalojar a Conde sin grave escándalo. El problema es Mario Conde, no Banesto.

Para terminar de ensombrecer el horizonte del banco centenario, aquella mañana la agencia de calificaciones IBCA había vuelto a rebajar el *rating* de Banesto, a cuenta de las pobres perspectivas de su cuenta de resultados.

Aquel miércoles, por la tarde, Paulina bajó a la plaza de Cibeles para entrevistarse con Angel Rojo, una amistad edificada sobre años de inquietudes y afinidades compartidas.

—Pero, Angel, tú dime si tienes algún plan alternativo al que te hemos presentado, dímelo.

—No, claro, es que ese plan no está mal, pero claro...

—¿Es que habéis mirado la posibilidad de alguna fusión? Porque si es así, dímelo y yo se lo transmito a Mario.

—No, no, no hemos estudiado nada de eso.

—Pues, entonces, ¿qué? Tú me dirás...

—Es que, Paula, la situación es muy difícil, y para mí es un riesgo muy grande dar el visto bueno a un plan tan agresivo como el vuestro, sin ninguna seguridad de lo que va a pasar, y sin que Morgan se comprometa de verdad en nada.

—Pero, Angel, yo creo que Morgan se compromete lo suficiente, en fin, no sé, pero creo que avalar con Banesto la presentación de este plan ya es importante.

El jueves 23 de diciembre, mientras Conde velaba sus armas en Nueva York para enfrentarse al *management* de Morgan, Paulina se acercaba al Ministerio de Economía para ver a su otro íntimo amigo, mirarle a los ojos, el secretario de Estado de Economía Alfredo Pastor, pero el catalán la engaña, rebaja notablemente la presión, las cosas se pueden arreglar, no hay ningún problema y menos aún lo habrá si Morgan apoya.

—Pero no iréis a tomar ninguna decisión este fin de semana, ¿eh, Alfred?

—Que no, mujer, que no, no te preocupes.

Por la tarde, Luis Angel Rojo llamó al despacho madrileño del presidente del BBV.

—¿Te importaría pasarte por aquí un momento?

—Pues sí, me importa.

—¿Cómo dices?

—Que sí que me importa, porque me has llamado a mi despacho en Madrid y yo estoy en Bilbao.

—¡Ah!, perdona, perdona, no lo sabía. ¿Podría verte mañana por la mañana?

—Hombre, si tú quieres voy a verte, pero date cuenta de que mañana es Nochebuena y he venido a celebrarlo con la familia.

—Bueno, claro, ya comprendo...

—Pero, ¿qué pasa? ¿Qué es lo que tienes que contarme? ¿Es tan importante que no puede esperar?

—Pues no, no puede esperar mucho tiempo, y la verdad es que necesito verte con urgencia mañana.

¿No sabía nada Emilio Ybarra de lo que iba a ocurrir? Es posible, pero aquel 23 de diciembre Alfredo Sáenz y Fernando Ybarra, presidente de Sevillana, consejero del BBV y primo carnal de Emilio, habían viajado juntos en coche de Madrid a Bilbao, y la autovía de Burgos fue oyente mudo de las confidencias entre ambos, lo de Banesto se hallaba a punto de caramelo, y Fernando estaba se-guro de que tendrás que ser tú, Alfredo, el que vayas ahí, ¿quién si no?

El día 24 Emilio Ybarra se presenta en el despacho del gobernador sobre las 10.30 de la mañana. Rojo destapa enseguida el frasco y explica al banquero bilbaíno la situación de Banesto.

«Prácticamente tenían tomada la decisión de intervenir, a menos que Banesto presentara una solución satisfactoria, para lo que a primera hora del lunes habían citado a Mario Conde», asegura Ybarra.

Si esa solución no llega, como sospecha Rojo, la decisión adoptada consiste en destituir al consejo de Banesto en bloque, así que tenemos que buscar una fórmula, ¿tú serías capaz de hacerte cargo del problema? Pero, Angel, ¿cómo me pides eso cuando tú mismo acabas de decir que ahí hay un agujero de casi 440.000 millones?[2], ya me dirás cómo voy a hacerme cargo... ¿Quién estaría dispuesto a pechar con un muerto de casi 450.000 millones de pesetas, una vez que el gobernador ha soltado la cifra? Rojo ha rasgado el velo, y ni un banquero en su sano juicio entraría a ciegas en una cueva de tales dimensiones antes de que el Banco de España o el Fondo de Garantía de Depósitos la inspeccione, primero, y la sanee, después, no, no puedo tomar una decisión de ese tipo sobre la marcha, yo me resistía, di otras alternativas, pero ya Rojo había bajado el diapasón, había movido el dial, se trataba como primera provisión de gestionar Banesto en espera de soluciones de mayor enjundia, pues que lo gestione el Banco de España o el Fondo, no, eso no es posible, Emilio, ni nosotros ni el Fondo somos banqueros, pues busca entonces un gestor independiente, ¿quién? Un Aristóbulo de Juan, ¡hombre, no fastidies! Se trata de buscar un equipo de gente sólida y con experiencia, dispuesta a entrar mañana mismo y hacer que el banco no se pare, y ese equipo sólo lo podéis prestar vosotros, Ybarra protesta amablemente, eso supondría meternos en un lío político considerable, este hombre maneja muchos medios de comunicación, y además no podría tomar una decisión tan importante en tan poco tiempo,

[2] En apariencia, el Banco de España no incluye originariamente los 66.000 millones que, después de haberle dado un plazo de ocho años, reclamó finalmente a Banesto como dotación del fondo de pensiones.

pero Rojo tiene prisa, toda la prisa del mundo, esa misma tarde tenía que bajar a La Moncloa, en compañía de Solbes, para dar cuenta a Felipe González de la marcha de los acontecimientos, conocer la reacción de la banca ya era un dato importante, sí Emilio, yo necesito una contestación el domingo por la noche a más tardar, oye, pues habla con otra gente, habla con Botín, no me vayas a decir luego que te estoy toreando, yo lo estudiaré, esta tarde mismo llamaré a la gente que esté en Bilbao y lo estudiaremos, te lo prometo.

Tras casi dos horas de reunión, dos horas dándole vueltas al tema, qué puede hacer Conde, miedo a Conde, miedo cerval, y temor a la repercusión que una decisión de este tipo pudiera tener en la opinión pública, éste es un asunto demasiado gordo, decía Rojo, que el Banco de España no puede sacar solo adelante, un asunto que si no sale bien nos arrastrará a todos.

Para el Banco de España, el primer contacto con Ybarra y Botín era un test, ¿cómo reaccionarán éstos? ¿Qué pensáis? ¿Cómo lo veis? ¿Creéis que es una burrada? Teníamos cierto miedo, porque a lo mejor la banca decidía que se trataba de una agresión al sector, un ataque al sacrosanto derecho de propiedad, un acto de intervencionismo intolerable en la Europa del mercado único, pero no, enseguida vimos que no, los banqueros no sólo no expresaron ningún temor, sino que dejaron a Conde en la mayor de las soledades, solo y abandonado, una nueva rendición del mundo del dinero al poder político, nadie sintió el menor deseo de solidarizarse con Mario, pero también la constatación de hasta qué punto estaban deterioradas las relaciones de Conde con el resto de sus colegas, hasta qué punto el de Tuy estaba aislado, nadie le apreciaba, excepción hecha de Amusátegui, nadie hizo siquiera ademán de romper una lanza por el banquero heterodoxo. Habían decidido hace tiempo echarle del club, y el momento había llegado. Eso era todo.

«Salí muy preocupado —asegura Ybarra—. Me echaba a la espalda un problema muy fuerte, un asunto muy delicado.»

El del BBV se fue directamente a Barajas desde la plaza de Cibeles y a mediodía del 24 estaba de regreso en Bilbao, para almorzar con Sánchez Asiaín en el restaurante Goizeco. Había que empezar a buscar a la gente sin llamar la atención, y en la tarde de Nochebuena se reunió en la sede de la Gran Vía bilbaína con la mayor parte de los miembros de su ejecutiva, a quienes hizo partícipes de la situación.

Ybarra había alquilado un avión particular con el que el 25 de diciembre, después del tradicional almuerzo de Navidad, se presentó de nuevo en Madrid para parlamentar con Rojo en el domicilio del gobernador, regresando de nuevo a Bilbao.

La reunión formal del estado mayor vasco tuvo lugar el domingo, 26 de diciembre, en el curso de una comida celebrada en el hotel López de Haro, un encuentro de esta clase en la sede del banco hubiese dado lugar a todo tipo de especulaciones, en el hotel pasaba como un acto de confraternización navideña, pero fue un encuentro a cara de perro, ¿qué hacer? las ventajas, los inconvenientes de tragarse Banesto con sus problemas, todo el mundo tomó la palabra, y aquélla era la oportunidad histórica de lavar la afrenta de la OPA fallida del Banco Bilbao, de encabezar el *ranking* bancario español para muchas décadas, un sendero duro y lleno de peligros al final del cual estaba la gloria, Emilio Ybarra quedó investido de plenos poderes para resolver lo que estimara oportuno.

Después del almuerzo, Ybarra tomó de nuevo su avioneta y se presentó en Madrid para, esta vez en unión de sus dos vicepresidentes, Gúrpide y Sáenz, mantener un nuevo encuentro en el domicilio privado del gobernador, asistido ahora por Miguel Martín, al que se incorporaría después Emilio Botín, presidente del Santander, acompañado por Echenique y Rodríguez Inciarte.

Quedaba por decidir, entre otras cosas, si iba a ser un banco o varios los que se hicieran cargo de Banesto. Mientras Botín se muestra flexible sobre la posibilidad de una gestión compartida, Ybarra pone condiciones, piensa que es más operativo que se encargue un solo banco, pero si la solución que se adopta es que sean dos, entonces necesitará unas horas para decidirse.

¿Y si a Mario Conde se le compraran sus acciones? La pregunta, lanzada por Miguel Martín, queda en el aire, la solución podría ser entonces distinta, menos drástica, sería un alivio para todos, pero ambos banqueros coinciden enseguida en que eso, sin ofrecer la oportunidad de vender al resto de los accionistas, tendría difícil explicación ante la opinión pública, no, eso no sería presentable.

Cuando Botín e Ybarra, mirándose de reojo, llevaban ya muchos minutos haciéndole ascos a la dama, que sí, que no, intervino resuelto Alfredo Sáenz, con una frase cortada a cuchillo que dejó frío a Emilio Ybarra:

—¡Yo me ofrezco!

A partir de entonces cambió el sentido del juego. Ybarra ya no podía seguir en su actitud de cauta negativa, y Botín tenía que apostar, temeroso de que su oponente se quedara con el santo y la limosna.

«Salimos todos juntos a la calle, pasadas ya las diez de la noche, y yo me dirigí con Sáenz y Gúrpide al hotel Palace para repasar rápidamente las cuestiones tratadas mientras cenábamos algo en el bufet. Botín está dispuesto a compartir la gestión de Banesto con el BBV, pero Ybarra piensa que eso va a ser un lío, no le conviene, así que Rojo tendrá que decidirse, el Santander o el BBV, pero si es el BBV será un equipo exclusivamente del BBV.»

¿Quién dirigirá ese equipo? Ybarra se había reservado para sí la facultad de nombrarlo en el último momento. Tras barajar varios nombres, llega a la conclusión de que un envite de esa importancia requería la presencia al frente de las fuerzas de ocupación de uno de los dos vicepresidentes de la casa.

Mientras en el domicilio de Rojo ocho hombres sin piedad decidían el futuro de Banesto, Pedro Javaloyes, jefe de prensa que fue de Enrique Lasarte en el Vitoria y después en Banesto, llamaba el domingo 26 por la noche a su jefe, recién llegado a Puerta de Hierro desde San Sebastián, donde había pasado la Navidad.

—Tranquilo, Pedro, lo de Morgan ha ido de cine; Mario estuvo espléndido y todo fue muy bien, muy bien. Apoyo total de Morgan, total, ¿eh?, total...

Pero el instinto de Javaloyes, sin embargo, le decía que había motivos para la intranquilidad, por qué, entonces, aquella llamada en la mañana del 23 de un amigo del sector comunicación, un tipo fiable, sé de muy buena tinta que os van a intervenir el banco; Pedro se lo contó a Lasarte cuando, al mediodía de España, le llamó desde Nueva York, y Enrique no dijo ni sí ni no, y aquello me mosqueó porque una cosa de ésas, si es falsa, es para desmentirla radicalmente, y más a un subordinado, para que se quede tranquilo. Pero Lasarte era así, lo que se llama un chico confiado en la buena estrella del jefe.

—¡Cuántas veces le he visto llegar a Banesto! —asegura un abogado de la casa—, viniendo del Banco de España, ¿cómo va eso, Enrique? De maravilla, estamos de acuerdo en todo, de verdad, de maravilla... Y yo sospechaba que eso no era así, pero bueno, si el jefe se lo creía...

El lunes 27, por la mañana, Rojo y Solbes deciden que sea el

BBV quien se haga con el timón de Banesto, y eligen a Alfredo Sáenz como capitán de las fuerzas de rescate. Mario Conde ha estado en el Banco de España: ha vuelto de Nueva York con la alforja repleta de promesas pero vacía de dólares, y el gobernador se manifiesta convencido de que no hay más salida que la intervención.

A lo largo de la mañana Rojo parlamenta varias veces con Emilio Ybarra. Todo está en marcha. El BBV y Alfredo Sáenz deberán estar listos para el desembarco inmediato. Un contratiempo no baladí dado el precario equilibrio de fuerzas existente en el seno del BBV. Porque Ybarra había adelantado a Gúrpide su deseo de que fuese él el hombre. La explicación es clara. Si el superbanco vasco se va a tragar Banesto, como la lógica de las cosas parece indicar, Emilio tiene interés en que allí desembarque un gran profesional, cierto, pero también un hombre de su confianza, «un Bilbao». El tiempo se encargaría de demostrar lo ajustado de su razonamiento, pero el de Neguri no contaba con que Carlos «Campeador» Solchaga se iba a mover ágilmente entre bastidores, presionando a Solbes, para ganar su batallita particular con la nominación de su amigo Sáenz, a quien en mayo del 92, antes de que el Ejecutivo nombrara a Rojo sucesor de Rubio, pensó colocar como gobernador del Banco de España.

—¡Ya me han vuelto a joder estos cabrones...! —exclamaría Gúrpide.

Pero Ybarra tiene que oficializar la escena, y a última hora de la mañana se encierra en su despacho con los vicepresidentes y señala a uno de ellos con el dedo, Sáenz, de ocurrir lo que tiene que ocurrir, será Alfredo [3] quien desembarque en Banesto como comandante de la armada del BBV.

Gracias a la crisis de Banesto, Emilio Ybarra, cuyas relaciones con Sáenz habían llegado a un punto de no retorno, iba a dar por

[3] La elección de Sáenz, determinada por Solbes, fue esgrimida como argumento de autoridad por Conde y su gente tras el 28-D, para apoyar su «teoría de la conspiración». A este respecto se ha dicho que, en el corto intervalo de tiempo en que Javier Gúrpide estuvo nominado por Ybarra para ir a Banesto, Carlos Solchaga y José Aureliano Recio, consejero del BBV y miembro del PSOE, acudieron a La Moncloa, extremo que no ha podido ser confirmado. La presencia de Sáenz, según esto, revelaba el deseo de los «Solchaga's boys» de hacerse finalmente con un gran banco en el que colocarse al socaire de las contingencias políticas. La estrategia pasaba, por supuesto, por mantener Banesto como banco independiente, con Alfredo Sáenz como presidente.

finiquitada la guerra civil abierta en diciembre del 89 por la muerte de Pedro Toledo, y cerrada en falso tras el laudo del gobernador Rubio en enero del 90. El Banco Bilbao Vizcaya es desde el 28 de diciembre del 93 un poco más Bilbao y un poco menos Vizcaya.

Pero el martes, día de los Inocentes, Rojo llama de nuevo a Ybarra poco antes de las once de la mañana, le hemos dado de plazo hasta el día 31, todo congelado por el momento, y cuando Sáenz recibe la noticia palidece, aquello era una puñalada por la espalda, su gozo en un pozo, no hacía ni un mes que se había confesado en una cena ante un íntimo amigo: me voy del BBV, lo dejo todo, y además me voy del sector financiero, estoy asqueado, no aguanto más la tensión con Ybarra, cuando de repente había surgido la lotería de Banesto como caída del cielo, no era posible tanta suerte... Y, de repente, todo parado durante tres días en los que Mario Conde podía remover cielo y tierra.

No sólo se lamentaba Sáenz. En efecto, parecidos sentimientos embargan a Javier Gúrpide, a él también le hubiera gustado ir a Banesto, cierto, pero tampoco está mal que vaya Sáenz, no hay mal que por bien no venga, porque con la marcha de Alfredo el camino hacía la cúspide del BBV queda totalmente despejado, sí señor, aquello había sido un precioso regalo de Navidad, y cuando creía que todo se había puesto en franquía, aquella noticia a media mañana de los Inocentes devuelve las cosas al punto de partida, ¿tendrá que seguir aguantando a Sáenz?, ¿será necesario seguir soportando la guerra fría que desde hace casi cinco años enfrenta a los dos vicepresidentes del BBV?

Por eso algunos, rama Vizcaya, aseguran que fue Gúrpide quien provocó la estampida en bolsa de la cotización de Banesto, para precipitar los acontecimientos y hacer efectiva la salida de Sáenz del BBV. Pero otros, rama Bilbao, sostienen justamente lo contrario, que fue el propio Sáenz, con ayuda de Solchaga [4], quien lo hizo, para acabar de una vez con la situación de práctica incomunicación con Ybarra que vivía en la cúpula del BBV. Aquélla era la oportunidad de su vida, y estaba dispuesto a aprovecharla.

Un rastreo cuidadoso por las sociedades y agencias vendedoras de «banestos» los días 27 y 28 en bolsa dejan ver bastantes nombres

[4] El ex ministro y ex portavoz parlamentario socialista, en su infinita caradura, llegó a apuntar directamente a los miembros del consejo de Banesto como responsables de la caída del valor en bolsa, y exigió una investigación.

relacionados, más o menos directamente, con el banco vasco. Este es un secreto a voces. Ciertamente, el grado de corrupción al que han llegado muchas de las instituciones en este país impedirá llegar hasta el fondo de la cuestión, aunque saber quién provocó realmente la estampida de Banesto en bolsa en la mañana del 28 de diciembre sería cuestión de un par de horas de trabajo en la CNMV, siempre que Luis Carlos Croissier, el íntimo amigo de Carlos Solchaga, se lo propusiera.

Sobre las diez de la mañana de aquel dramático día 28, Javaloyes volvió a recibir el aviso de un amigo, esta vez director de un diario económico.

—Pedro, no es una inocentada, ¿eh?, pero hoy os van a intervenir. A Emilio Ybarra se le escapó anoche en una cena, y uno de los que estaba allí me lo acaba de contar.

—Pero, cómo, ¿nos van a intervenir, vender, o qué?

—Me han dicho que os va a comprar uno de los grandes.

—¿Argentaria?

—No, Argentaria no.

A las doce de mediodía se había reunido el consejo ejecutivo del Banco de España. A lo largo de diciembre el organismo había tratado en distintas ocasiones el asunto Banesto, pero en ninguna de forma tan directa como el jueves 23: «Aquel día ya quedó claro que, a menos que apareciera alguna novedad distinta al plan de Conde —asegura uno de sus miembros— con dinero y no con artificios contables, habría que hacer algo.»

Expectación. Luis Angel Rojo ha empezado contando la entrevista que acaba de mantener con Mario Conde, él ha relatado su viaje a Nueva York, y alguien le interrumpe:

—¿Pero pone dinero Morgan?

—Nada.

Y al final, sigue Rojo, le hemos dado tres días, ya se lo he notificado al ministro y al presidente del Gobierno, y los tres consejeros externos del banco emisor —José Luis Sureda, Enrique Fuentes Quintana y Tomás Ramón Fernández— se sorprenden, ¿cómo que le has dado tres días? Sí, tres días, ¡pero qué barbaridad!, tres días a cambio de qué, con qué motivo, Fuentes Quintana quiere soluciones inmediatas, este palentino que de ministro de UCD no tomaba una decisión ni a punta de pistola, se ha convertido ahora en un halcón, y es una maravilla oírle proponer soluciones cuando tienen que adoptarlas otros, ¿Pero tú sabes lo que puede hacer Conde en tres días, con el poder que tiene en los medios? El 31 no vas a poder tocarle un pelo, Angel, te lo digo yo, te has dejado ganar por la mano, y Rojo que se derrumba, visiblemente se hunde, porque el consejo le echa abajo el plazo de los tres días, se lo hace retirar.

—¡Menudo lío, ahora volver a llamar al Presidente y al ministro para decirles lo contrario...! —exclama un contrito Rojo.

Y comienzan las interrupciones, Rojo llama al ministro, Croissier llama a Rojo, un mar cruzado de llamadas, llamadas también para Martín, y la reunión se va partiendo, deslabazando, se improvisa una comida y empiezan a llegar teletipos con noticias alarmantes de bolsa, la cotización de Banesto se está desplomando.

«Pensábamos que eran los de Banesto quienes estaban vendiendo, cuando al final resultó que había sido alguno de los que estaban allí, sin olvidar al propio presidente del BBV.»

Más llamadas, y Rojo apesadumbrado, a ver cómo le digo yo ahora a este caballero que se venga para acá otra vez, pues llámale, tira de teléfono y dile que venga, aquello se convirtió en un baile de salidas y entradas de Rojo para hablar con sus jefes políticos, en realidad el gobernador hacía varios días que vivía colgado al teléfono con Felipe, Serra y Solbes, y Croissier cada vez más nervioso.

—Hay un volumen tremendo de títulos de Banesto a la venta, la *cotisasión* ha caído y hay rumores de *intervensión*, ¿qué hago? ¿Vosotros vais a *haser* algo?

Allí había un dilema, o quizá un *trilema*, la CNMV no podía suspender la cotización si el Banco de España no adoptaba una decisión sobre Banesto, pero el Banco de España no podía hacerlo si la CNMV no suspendía la cotización. Era la disculpa necesaria. Dos pastores deliberaban sobre la oveja muerta.

Hasta que Martín toma el toro por los cuernos, vente para acá, Luis Carlos, porque el consejo ejecutivo sigue reunido, hablando precisamente de Banesto.

Tras parlamentar con Rojo y Martín, Croissier regresó a la cercana sede de la CNMV y a las 2.15 de la tarde decidió suspender la cotización de Banesto.

Luis Angel Rojo manifestó en distintas ocasiones que la decisión de intervenir había venido dictada en último extremo por la suspensión de la cotización decretada por la CNMV. Pero Croissier, en su comparecencia ante la Comisión de Economía del Congreso, el 19 de enero del 94, aseguró justamente lo contrario:

había suspendido la cotización porque el Banco de España le dijo que iba a intervenir, como no podía ser de otra forma. ¿Quién de los dos tiene razón? ¿Quién de los dos engañó al Parlamento de la nación?[5]

Aquel 28-D, Epifanio Ridruejo, miembro del consejo del BCH, estaba almorzando en la sede del banco con Enrique Durán, consejero delegado de Dragados, cuando en torno a las tres de la tarde se produjo una llamada de Angel Rojo preguntando por José María Amusátegui, no está, está fuera de Madrid, pues quiero que le digas que hemos tenido que intervenir Banesto, la cotización había caído mucho y la CNMV la había suspendido, así que no hemos tenido más remedio que tomar esa determinación, y Epifanio estupefacto, Alfredo Sáenz se ha hecho cargo de la gestión con un equipo del BBV, y Epifanio pensando pero cómo coños se habrá marchado de Madrid este hombre precisamente hoy, ah, y quiero que le digas a José María que lo comprenda, pero creo que vosotros no estáis en condiciones de meteros en esa aventura.

Y Epifanio como un poseso, tratando de localizar a Amusátegui, que a la sazón se encontraba cazando en la finca «Las Navas» de Juan Abelló.

Aquel mismo día, Luis María Ansón almorzaba mano a mano con Narcís Serra en el complejo de La Moncloa. El catalán, con un teléfono móvil sobre la mesa, conferenció hasta cuatro veces con Felipe, no, no, quédate, no hace falta que salgas, hasta seis con Solbes, y algunas menos con Pérez Rubalcaba.

Serra le habló de una fórmula de equipo de gestión para Banesto, con Mario Conde como presidente sin funciones.

—No creo que Mario acepte eso nunca —aseguró Luis María.

—Pues si no lo acepta, hay otras fórmulas más duras para él.

El director de *ABC* salió convencido de que la intervención de Banesto estaba planeada muy de antemano.

---

[5] Muchos de los diputados de la Comisión de Economía no creyeron ni a Rojo ni a Croissier. Oír al presidente de la CNMV decir que no supo de la intervención de Banesto hasta el mismo día 28 suena poco creíble, si bien es cierto que a estas alturas resulta difícil otorgar algún viso de verosimilitud a cualquier cosa que salga de la CNMV, un organismo desacreditado ante el mercado, capaz de ahogar en un mar de burocracia a una mayoría de empresas que cotizan en bolsa mientras ve desfilar ante sus narices sin aparentemente enterarse submarinos del tamaño de KIO, por ejemplo, Ibercorp o la propia ampliación de capital de Banesto.

—Aquélla era una operación política de Felipe González, que instrumenta Narcís Serra, con Carlos Solchaga moviéndose en la retaguardia.

La suerte estaba echada.

Aquella tarde, Ramiro Núñez, secretario del consejo, tuvo que realizar ciertas faenas desagradables, como notificar a algunos deudos la infausta noticia del fallecimiento del enfermo. Uno de ellos fue Moisés Cosío, un mexicano de origen hispano, importante accionista de Banesto. La respuesta del millonario azteca fue de un estoicismo ejemplar:

—¡Pues ya es el *tersero* que me vuelan! ¡Lo que yo no sabía es que *sutedes* están tan *corrustos* como en México...!

«¿Precipitación al intervenir? —se pregunta Miguel Martín—. El 28 de diciembre éramos conscientes de que había mucha gente que sabía lo que estaba pasando con Banesto, y aquélla era una situación insostenible. Pero lo más importante es que el 31 de diciembre estaba a la puerta, y con ello el cierre de las cuentas del ejercicio. No se podía dejar pasar esa fecha. Mario tendría que reconocer el 31 de diciembre su situación, la situación del banco, y ¿cómo pensaba hacerlo? No lo sé, pero lo imagino: con la huida hacia adelante. Aquello no podía ser.»

Una interpretación que es rechazada por el catedrático Antonio Torrero, ex consejero de Banesto. «¿Es propio de un consejo empeñado en una huida hacia adelante adoptar una decisión como la de diciembre del 92, nada más terminada la inspección, de dar beneficio cero en el 93 y dedicar todos los resultados a provisiones de *motu proprio*? ¿Es igualmente propio de una huida hacia adelante la decisión de octubre del 93 de colaborar con la Inspección y proponer un plan de saneamiento definitivo?»

«El Banco Español de Crédito S. A. se encuentra en una situación patrimonial de excepcional gravedad —decía el acta levantada por los Servicios de Inspección del Banco de España—, dado que los ajustes contables negativos imprescindibles para una adecuada valoración del patrimonio de la entidad ascienden a 503.415 millones, frente a un capital y reservas de 359.922 millones a 30 de septiembre de 1993.»

De acuerdo con la página 5 del Acta de Inspección (Anexo 1), esa cifra de más de medio billón de pesetas se desglosa en:

– 247.931 millones correspondientes al déficit del fondo de provisión para insolvencias de créditos.
– 152.909 millones, al déficit del fondo de fluctuación de valores.
– 66.396 millones, al fondo de pensiones, y
– 36.177 millones a gastos indebidamente activados.

Dejando aparte el fondo de pensiones y los gastos activados, la parte del león de esos 503.415 millones de pesetas se desglosan, pues, en:

– Déficit del fondo para insolvencias.....	247.931 millones.
– Déficit del fondo de fluctuación de valores	152.909 millones.
– Déficit de dotaciones por ambos conceptos	400.840 millones.

Tomando como fuente de información el Acta de la Inspección del Banco de España de fecha 31 de enero del 94, se ha confeccionado el Cuadro 1 adjunto, en el que se desglosa y analiza el fondo para insolvencias, y el Cuadro 5, en el que se hace lo propio con el fondo de fluctuación de valores.

En las notas al Cuadro 1 se observa una serie de errores (duplicidad del riesgo en Cobra Investment, error de 1.000 millones de pesetas en la suma de los grupos vinculados a Hachuel, o exigencia de una provisión para Bellighan Invest por una cantidad ya cobrada por el banco de 3.600 millones), especialmente llamativos (los porcentajes, por ejemplo, no cuadran nunca) por tratarse de un Acta de Inspección levantada por la máxima autoridad supervisora, y en una demanda por daños, lo que arroja dudas razonables sobre la seriedad de los cálculos efectuados.

Pero esto no es lo más curioso. En efecto, del total de 247.931 millones del déficit de insolvencias sólo se identifican 76 clientes por un total de 122.825 millones (Cuadro 2). Los 125.059 restantes se desglosan en 47.117 millones que corresponden a 408 acreditados que la Inspección no identifica, y 77.942 millones que el Banco de España ni siquiera conoce, porque es una cifra que, según ellos, fue facilitada por los antiguos administradores de Banesto como estimación de la morosidad existente en los créditos inferiores a 125 millones de pesetas, lo que Mario Conde ha negado por escrito, en carta dirigida al gobernador y publicada en los medios de comunicación.

La Inspección explica en la página 203 del Acta (Anexo 2) de dónde sale el déficit de provisión de 47.117 millones. Según ello, han analizado 408 expedientes por un importe total de 136.206 millones de riesgos. De dicha cifra consideran dudosos [6] 86.618 millones, sin que especifiquen a cuántos clientes o expedientes afecta.

Estos expedientes ya estaban provisionados [7] por Banesto con 11.246 millones, luego si faltan provisiones por 47.117 millones, ello quiere decir que la Inspección exige un total de 58.363 millones, cifra que representa el 67,39 por ciento sobre los 86.618 considerados dudosos.

El hecho de que Banesto los hubiera provisionado facilitó la tarea de la Inspección, que se limitó a revaluar las provisiones, de manera que donde Banesto decía 11.246 millones ellos exigen 58.363.

Por todo lo cual se puede concluir que la tarea de los Servicios de Inspección del Banco de España se ha limitado a:

1. Reevaluar las provisiones para 76 acreditados ya conocidos por la Inspección.
2. Reevaluar las provisiones en 408 expedientes ya provisionados por Banesto.
3. Aceptar, sin verificar, la cifra de 77.942 millones que según la Inspección les había proporcionado el propio Banesto, extremo negado por Conde.

Teniendo en cuenta que a 28 de diciembre del 93 Banesto contaba con más de 500.000 clientes de crédito, no parece que los Servicios de Inspección se hayan quemado las cejas investigando la situación de la cartera de activo del banco. Da la impresión de que

[6] Son aquellos créditos al corriente de pago, tanto por principal como por intereses, que a juicio de la autoridad monetaria tendrán dificultades en el futuro para cumplir sus compromisos de pago con el banco. Morosos, por su parte, son aquellos créditos cuyos titulares han incumplido sus compromisos de pago por un periodo de más de noventa días.

[7] De acuerdo con la normativa vigente, un banco está obligado a provisionar el 25 por ciento del crédito total cuando el incumplimiento sea superior a noventa días, y el 100 por ciento si es superior a los dieciocho meses. El crédito que haya incurrido en mora se mantendrá en esta situación hasta su cancelación, aunque se ponga al corriente. Sólo sale de esta situación si está respaldado por hipoteca o bienes suficientes (piso, terrenos u otras propiedades).

tanto el Acta de Intervención de 28 de diciembre como el Acta de la Inspección de finales de enero del 94 —curiosamente, el Banco de España interviene primero y luego elabora el soporte documental que justifica la intervención— son documentos preparados con precipitación, como obligados por la necesidad de justificar cuantitativamente una decisión de intervenir tomada por otros motivos.

A la vista de lo cual parece arriesgado afirmar que la causa de la morosidad ha sido la expansión crediticia indiscriminada. ¿Se puede culpar a la expansión crediticia del desastre Banesto, cuando sólo se han visto 484 acreditados de un total de más de medio billón?

El asunto se hace más llamativo si se comprueba que de los clientes identificados con déficit por insolvencia sólo cuatro [8], y por un total de 5.891 millones, fueron captados con posterioridad a 1987, tras la llegada de Conde a la presidencia de Banesto. El resto, por un total de 100.016 millones, equivalente al 94 por ciento de lo identificado, tienen antigüedad anterior a 31 de diciembre del 87, o pertenecen al Grupo Banesto (Cuadro 3).

No se entiende la alegría con la que el Banco de España reduce a cero el valor de las garantías materiales o muy por debajo de las tasaciones aportadas en 20 acreditados. Estas garantías, tasadas en 79.610 millones, las reduce a 26.740 millones sin que conste que las haya visitado o que haya pedido otras tasaciones (son garantías materiales que pueden ser vistas y tocadas).

Así, por ejemplo, un préstamo hipotecario de 12.796 millones a Gescam, S. A., con garantía de un inmueble vendido en 19.700 millones en Castellana 7, Madrid, lo valora a efectos de recuperabilidad del crédito en 11.796 millones y pide una provisión de 1.000 millones. O el caso de Moultrie, que para un riesgo de 7.096 millones tiene pignoradas acciones de Carburos Metálicos valoradas, a precios del 30 de mayo del 94, en 6.840 millones de pesetas y que la Inspección valora en cero pesetas.

El Acta de la Inspección destaca por su significación el riesgo asumido con Asturiana de Zinc por un total de 20.291 millones.

---

[8] De estos cuatro acreditados, dos de ellos tienen garantía hipotecaria con bienes valorados muy por encima del riesgo. Uno se inició con un aval de la Diputación General de Aragón, y el último se inició como cliente a consecuencia de la venta de más de un millar de pequeños inmuebles en toda España, acumulados por Banesto en época necesariamente anterior a 1988, que fue la fecha de la venta.

Tras su reclasificación como dudosos de la gran mayoría de esa cifra, y la necesidad de dotación para insolvencias, la Inspección reduce el patrimonio neto ajustado a –8.568 millones de pesetas. Esto significa que Asturiana de Zinc le ha sido entregada gratis al Banco Santander, y además se le han dado 8.568 millones que podría reclamar a los antiguos gestores.

Lo más sorprendente es que sólo nueve expedientes, a quienes se imputa un déficit por insolvencia de 10.584 millones (Cuadro 4), no habían sido vistos por la Inspección del Banco de España con anterioridad a 1993. Existe constancia de que los demás habían sido vistos y analizados y se les había exigido provisión con anterioridad. Es decir, que de los 247.931 millones a que el 28 de diciembre ascendía el déficit de insolvencia, el Banco de España sólo desconocía en 1993 la existencia de 10.584 millones, equivalente al 4,26 por ciento del total.

El Banco de España no aplica un criterio homogéneo en cuanto a la renovación de créditos se refiere, asunto que con frecuencia se alega contra Banesto, y menos aún en las grandes empresas. No hace falta más que ver cómo ha crecido el pasivo bancario en muchas grandes empresas para entender que la renovación de los créditos, dentro del concepto de «negocio en marcha», es una práctica impuesta por la realidad. Pues bien, el Banco de España nunca ha exigido provisión en concepto de dudosos para estas grandes empresas. Está claro que si lo exigiera en el caso de Iberdrola, por ejemplo, mandaría a la quiebra a toda la gran banca española.

El mismo carácter de discrecionalidad preside los criterios del Banco de España a la hora de considerar un riesgo dudoso o no, y exigir las provisiones [9] correspondientes. Así, en el Acta de la Inspección figura un riesgo total con El Aguila por un total de 5.223 millones de pesetas que cuenta con un aval por el 100 por ciento de la multinacional cervecera Heineken que, según la Inspección, no vale nada. Así, se acepta por el 100 por ciento una factura de 115 millones a cargo de Seat, y sin embargo se clasifica

[9] En las provisiones para créditos dudosos, la Inspección del Banco de España hace una estimación, en función de la evolución de la cuenta de resultados del acreditado, situación del sector al que pertenece, perspectivas generales de la economía, dependencia de las exportaciones, situación de los mercados de cambio, etc. Teóricamente, es en este apartado donde únicamente tendría sentido que se produzcan las diferencias entre la dirección de Banesto y el Banco de España.

como dudoso todo el riesgo de Nissan y se exige una provisión de 600 millones de pesetas. ¿Qué criterios inducen a la Inspección a considerar más seguro el riesgo de Seat que el de Nissan, cuando el socio mayoritario de aquélla, Volkswagen, ha exigido —y obtenido— más de 45.000 millones de pesetas de ayudas del Gobierno bajo amenaza de quiebra?

La discrecionalidad de la Inspección llega al extremo de clasificar como dudoso un riesgo de El Aguila con Banesto, y no considerarlo como tal en el BCH o en el BBV, por ejemplo.

No menos interrogantes rodean a los 152.909 millones a que, según la Inspección, asciende el déficit del fondo de fluctuación de valores. Empezando por una cuestión previa fundamental, como es la aplicación del criterio de valoración denominado «valor teórico contable» [10] a las participaciones que Banesto mantiene en las veintidós sociedades relacionadas en el Cuadro 5.

Tomar como referencia el valor teórico contable para calcular los saneamientos [11] necesarios en la Corporación y sociedades asociadas, y no el baremo del precio, podría ser considerado una falacia.

La valoración de la cartera de Banesto —tanto de créditos como de títulos— de acuerdo con el criterio de presunción que supone el llamado «valor teórico contable» lleva a cálculos inevitablemente subjetivos, además de ignorar totalmente el llamado «fondo de comercio» de una entidad como Banesto.

Las notas que figuran al pie del Cuadro 5 ahorran todo comentario. Hay casos tan llamativas como el de Intursa, un hotel cuya construcción costó 2.247 millones de pesetas en 1992 y cuya valoración reduce la Inspección, sin que se sepa con qué argumentos, a 800 millones, lo que significa que se ha vendido en Sevilla al Santander un hotel de cuatro estrellas y 250 habitaciones por 800 millones de pesetas.

Si la exigencia de dotación del fondo de fluctuación de valores

[10] Se define como tal la diferencia, en una fecha dada, entre el activo, valorado a sus precios de adquisición, y el pasivo exigible.

[11] El Banco de España calcula la provisión para fluctuación de valores por la diferencia entre el valor teórico contable y el coste de adquisición. Así, por ejemplo, si un banco hubiera comprado acciones de Banesto el 2 de mayo pasado en Barcelona a 1.450 pesetas/acción, y puesto que el valor teórico contable de Banesto era de 400 pesetas/acción, tendría que provisionar 1.050 pesetas por cada acción adquirida.

es algo discutible —¿por qué no se exigió en 1992, cuando la situación del banco era igual o peor que en 1993?; la Corporación, por ejemplo, cotizaba entonces a 1.300 pesetas por acción, mientras que el 28 de diciembre del 93 lo hacía a 1.800 pesetas—, es absolutamente rechazable su consideración como déficit patrimonial a los efectos del cálculo del precio de las acciones de Banesto.

Por lo que se refiere a la exigencia de esos 66.398 millones como dotación del fondo de pensiones, hay que decir que el Banco de España había concedido a Banesto, según escrito remitido a la entidad el 23 de noviembre de 1992, un plazo máximo de ocho años para cubrirlo [12]. La exigencia de 28 de diciembre supone la ruptura de los compromisos adquiridos por la autoridad monetaria, seguramente porque necesita «engordar» el problema, haciendo creíble la medida de intervención.

En la página 13 del Acta de la Inspección se lee que «las hipótesis financieras utilizadas en el cálculo de los compromisos por pensiones suponen una diferencia entre el tipo técnico y el tipo de crecimiento futuro de los salarios de 4 puntos porcentuales. Por tanto, la introducción de la adecuada dosis de prudencia en estos cálculos genera necesidades adicionales de fondos...» Pues bien, todos estos razonamientos han quedado desautorizados a la luz del incremento salarial pactado en el último convenio de Banca.

En efecto, tomando un interés de la Deuda Pública del 10 por ciento anual y una revisión salarial del 2,75 por ciento, según el convenio del sector aprobado este año, se obtiene una diferencia de 7,25 puntos. En vista de lo cual, ¿no es suficientemente conservador el 4 por ciento de diferencia adoptado por Banesto, frente a una realidad del 7,25 por ciento? Si se hubiera tomado la diferencia real (el citado 7,25 por ciento), el déficit no hubiera llegado probablemente a los 25.000 millones.

Con todo, quizá convenga aclarar que Banesto ya tenía dotado un Fondo a 31 de diciembre del 92 con casi 70.000 millones, de manera que se supone que esos 66.000 millones son adicionales, con lo que el fondo de pensiones quedaría dotado con 136.000

[12] En el mismo escrito de 23 de noviembre del 92, el Banco de España, bajo la rúbrica de José Pérez, concede a Banesto dos años para cubrir el fondo de insolvencias, plazo que el 28 de diciembre del 93 no respeta, sin que explique el cambio de criterio.

millones de pesetas. Este fondo, invertido en obligaciones del Tesoro al 11 por ciento anual y diez años, proporcionaría una renta anual de 15.000 millones de pesetas.

El coste salarial medio de Banesto actual, sin Seguridad Social, se aproxima a los 3 millones de pesetas, de modo que si se jubilara hoy toda la plantilla recibiría como pensión media máxima los citados 3 millones en valores actuales. De esta cantidad correspondería pagar a Banesto el complemento no cubierto por la Seguridad Social, equivalente, en el supuesto máximo, al 30 por ciento de aquellos 3 millones, es decir, 900.000 pesetas.

De donde se concluye que con la renta de los 15.000 millones se podrían jubilar hoy mismo cerca de 17.000 empleados de Banesto sin que se consumiera una peseta del fondo. Pero sucede que la plantilla de Banesto es de 15.000 empleados, con una edad media de cuarenta y cinco años, por lo que durante más de veinte años van a estar engordando ese fondo, al que además revertirán las rentas que produzca el mismo durante ese plazo. La conclusión que cabe extraer es que el cálculo efectuado por la Inspección es interesado y desproporcionadamente conservador.

El corolario final es que el Acta de Inspección de 31 de enero del 94, el *corpus* doctrinal que sustenta la intervención, es de una considerable endeblez. A Banesto le hicieron el 28 de diciembre del 93 un retrato de fotomatón, una foto fija que ignora el principio de «negocio en marcha», foto «de máximos», engordando las cifras, que hubiera tenido los mismos tintes dramáticos de haber sido tomada a cualquier otro gran banco al que los inspectores hubieran tenido acceso con idéntica nocturnidad y alevosía.

Todos los «gatuperios», según la terminología de don Pablo Garnica, que supuestamente siembran la alarma en el Banco de España en 1993 y que le llevan a la dramática decisión de intervenir, ya estaban en Banesto en 1992. La Inspección ya tenía constancia en 1992 del 98 por ciento de los famosos 503.000 millones del supuesto «agujero» de Banesto.

Lo absolutamente llamativo es que el Acta de la Inspección del Banco de España de 31 de enero de 1994 cifre el déficit total de dotaciones de Banesto a 30 de junio del 93 (los datos analizados corresponden efectivamente al 30 de junio citado) en los archisabidos 503.415 millones de pesetas, distribuidos así:

– Déficit del fondo para insolvencias......	247.931 millones.
– Déficit del fondo de fluctuación de valores	152.909 millones.
– Déficit del fondo de pensiones............	66.398 millones.
– Gastos activados y otros	36.177 millones.
Total...	503.415 millones.

Y seis meses antes, de acuerdo con los escritos de fecha 23 de noviembre y 14 de diciembre del 92, exije, sin embargo, las siguientes cantidades por los mismos conceptos:

– Déficit del fondo para insolvencias......	54.884 millones.
– Déficit del fondo de fluctuación de valores	1.198 millones.
– Déficit del fondo de pensiones............	15.692 millones.
– Gastos activados y otros	6.830 millones.
Total...	78.604 millones.

¿Qué ha pasado para que haya semejante diferencia entre ambas fechas? ¿Cómo se ha podido pasar de un déficit de 78.604 millones a otro de 503.415 en apenas seis meses, tiempo, además, en que la inversión de Banesto se mantuvo plana?

Las dudas sobre las verdaderas razones de la intervención no dejan de crecer.

«Yo pensé el día 28, asustado, mañana mismo van a soltar alguna bomba —asegura Juan Belloso—, tiene que haber algo terrible, que el banco está metido en el narcotráfico, algo gordo, porque si no no se puede explicar una cosa así, que intervengan un banco sin problemas de liquidez, con una posición en el interbancario de prestatario...»

De la lectura del Acta y del número de clientes investigados se extrae la conclusión de que el Banco de España tomó de forma precipitada la decisión de intervenir antes de cuantificar las razones para hacerlo. ¿Qué razón oculta impulsó al Banco de España a intervenir? ¿Qué es lo que sabía el Banco de España el 28-D para adoptar una decisión tan traumática? ¿O es que, sencillamente, para cazar al ratón (Conde) hubo que derribar al elefante (Banesto)?

«Banesto se hunde con Mario Conde —asegura Miguel Martín—. Sin Mario Conde hubiera podido tener otra solución.»

¿Por qué no lo hace en diciembre del 92 y sí en diciembre del 93, siendo así que Banesto no estaba peor ahora que entonces, muy al contrario, los esfuerzos de racionalización parecían estar dando los primeros frutos?

¿Por qué, apenas unos meses antes de la intervención, da el visto bueno para una ampliación de capital de 130.000 millones de pesetas, si Banesto estaba en tan dramática situación?

Miguel Martín se refugia en un subliminal problema de comunicación entre Banesto y Banco de España para explicar una medida tan drástica como la intervención del 28-D. «Sí, ha habido un problema de comunicación, un permanente malentendido, un no sé qué, porque si en enero/febrero del 93 le hubieran transmitido a Mario mi opinión sobre la situación del banco quizá no se hubiera llegado a una decisión tan brutal, tan poco "civilizada", y además con Paulina allí, y todos sus amigos íntimos en Hacienda, Alfredo Pastor, o en el propio Banco de España, Pepe Pérez, que es como un hermano, el mismo Rojo, ¿cómo es posible que haya ocurrido una cosa así? ¿Cómo se explica todo? ¿Qué ha pasado aquí?»

Es algo que tampoco entiende Antonio Torrero. «Comprendo que el Banco de España diga "éste no es el tipo de banquero que yo quiero, y usted se va", pero lo que no puede hacer es cargarse el banco para deshacerse de Conde, y que lo haga por motivos políticos y que lo haga tan mal. ¿Por qué tienen que intervenir el banco? —se pregunta Torrero—. ¿Por qué no dicen ustedes al consejo, oiga, o me cambian al presidente en diez días o se lo cambio yo? Lo escandaloso es que el Banco de España no ha manifestado, ni oficial ni extraoficialmente, ningún deseo al consejo de administración, y tampoco lo escucha, como marca la Ley, antes de intervenir, y luego modifica la Ley de OPAs para cerrar el paso a los antiguos accionistas a la ampliación de capital que realiza el FGD. ¿No me viene bien la Ley? Pues la cambio, un puro dislate, que revela el grado de inseguridad jurídica que preside la vida española.»

Para el «núcleo duro» de los consejeros de Banesto, entre los que ciertamente no se encuentra Torrero, la explicación a todos estos interrogantes es simple: se trataba de acabar con Mario Conde, pero, además, de quedarse con el banco [13]. Una tesis por demás arriesgada, imposible de demostrar en todo caso.

[13] «El objetivo era sumar Banesto y Argentaria para quedarse con ellos —asegura un antiguo miembro del consejo de Banesto—. ¿Para quién? Para ese grupo

Lo que parece una evidencia es que muchas estrategias, individuales y colectivas, que se forjaron en torno a Banesto tras el 28 D se fueron al traste a lo largo de los primeros meses del 94 por culpa, esencialmente, de dos acontecimientos:

1. La irrupción de Emilio Botín en escena, con todo el potencial de su Banco Santander, decidido a pujar fuerte y quedarse con la pieza.
2. El estallido de la segunda parte del escándalo Ibercorp, que deja definitivamente fuera de juego a la llamada «gente guapa» y sus allegados, además de expulsar merecidamente de la política activa a Carlos Solchaga. El navarro y sus hombres pierden el poder, y todo se va al garete.

La segunda parte de Ibercorp tiene un efecto «boomerang» sobre la vida política española y la propia intervención de Banesto. ¿Por qué motivo? Porque demuestra que el brazo ejecutor de Banesto está contaminado por el escándalo del banco que fuera propiedad de De la Concha, Soto, Tamayo y el propio Rubio.

Al final, el responsable último de la intervención de Banesto es un hombre con su prestigio dañado a resultas de este caso, porque tuvo cuenta en el despacho profesional de Manuel de la Concha. El actual gobernador dijo haber ordenado su cancelación en 1988 «por ser demasiado especulativa», pero el caso es que De la Concha la mantuvo abierta hasta el 90. Lo más interesante, con todo, es que del extracto de movimientos de esa cuenta aparecido en los periódicos se extrae la conclusión de que el señor Rojo estuvo en números rojos, sin que le fueran cobrados los correspondientes intereses de demora. Además, el gobernador fue accionista de Sistemas Financieros, la sociedad estrella de Ibercorp que dio lugar al escándalo de las listas remitidas a la CNMV por Manuel de la Concha con los famosos nombres falsificados. En suma, un hombre tocado.

Pero quizá esto no sea lo más importante. Lo más importante lo reveló el propio Angel Rojo el 25 de mayo de 1994, durante su

---

que fueron los hombres de Pedro Toledo y después lo han sido de Carlos Solchaga, con el propio Solchaga a la cabeza. A Felipe González no le importaba gran cosa quién se quedara con Banesto. ¿Que era Argentaria? Pues muy bien. La estrategia de ese grupo consistía en decir que Banesto estaba tan mal que no valía un duro, es decir, se trataba de devaluar el producto para quedárselo más barato.»

comparecencia ante la comisión parlamentaria que investigó el caso Ibercorp, y cuyos ecos causaron gran impacto en el mundo financiero.

En efecto, Rojo reveló que en febrero de 1992 Rubio le había telefoneado para pedirle que, de forma reservada, le llevara a su casa el expediente Ibercorp porque había dos bancos interesados en su posible compra. Y Rojo, obediente, llevó personalmente los documentos a la calle Jovellanos. La tarde de aquel lunes, 17 de febrero del 92, Mario Conde y Emilio Botín volvían a visitar el domicilio del gobernador como habían hecho el día anterior. Ambos banqueros habían propuesto a Mariano que, para hacerse cargo del problema Ibercorp, Concha y Soto realizaran previamente una OPA sobre Sistemas Financieros, como forma de saldar el agravio comparativo sufrido por los accionistas minoritarios.

El dinero para esa OPA lo prestarían Banesto y Santander, pero De la Concha y Soto tendrían que aportar las correspondientes garantías. Y ahí encalló la nave. Soto y De la Concha mostraron su indignación: ¿no era aquello una operación política? ¿Cómo se atrevían a pedirles que hipotecaran sus bienes personales? Aquel lunes Rubio deshizo una operación que tampoco le convenía, puesto que, como luego se supo, él también era accionista de Ibercorp. Emilio Botín fue taxativo:

—¡Estos tíos son unos frescos!

Con todo, lo que más sorprendió a Conde y Botín fue la presencia en el bello piso de Jovellanos del subgobernador Rojo, qué hacía allí Rojo, cómo podía cometer tamaña imprudencia, ¿no era un asunto reservado de Rubio y sus amigos? Pero allí estaba Rojo hablando abiertamente de Sistemas Financieros, de lo que habría y no habría que hacer. Allí estaba la institución Banco de España buscando soluciones para el problema privado de unos golfos. Si, como afirmó el propio Rojo ante los miembros de comisión Ibercorp, las decisiones se toman de forma colegiada en el Banco de España, aquélla era la prueba de la implicación en el asunto Ibercorp no ya de una persona, sino de toda una clase, una élite funcionarial que ha controlado a su antojo una institución capital del Estado como es el Banco de España.

La pregunta que durante mucho tiempo se hizo el Madrid financiero, ¿sabía o no sabía Rojo lo que estaba ocurriendo en Ibercorp?, había quedado respondida. Angel Rojo, nombrado por Mariano Rubio director general, primero, y subgobernador, después, en sustitución del *pater familias* de la *biutiful*, Juan Antonio

Ruiz de Alda, a su muerte en accidente de automóvil, no denunció las prácticas de su superior al Parlamento de la nación o a su ministro, guardó silencio. Esa es la gran responsabilidad de Rojo, por encima de la cuenta abierta en el despacho de Manolo de la Concha o de las acciones de Sistemas Financieros.

Y de hecho nadie en el Banco de España salió a desmarcar la institución de la conducta dolosa del anterior gobernador. Todos callaron, a pesar de que a nadie le cabía duda de lo que estaba pasando. Algo que meses más tarde sería calificado desde los medios de comunicación como un tráfico de información privilegiada. Todos se hicieron reos de la sospecha.

Este es el hombre que interviene Banesto. Un hombre, por lo demás, que es uno de los pocos economistas españoles dignos de respeto, cuyo nombramiento fue bien recibido por la inmensa mayoría.

«La clave de la intervención de Banesto está en Ibercorp —asegura Conde—. La intervención de Banesto es una operación de funcionarios de segundo nivel, es "la revolución de los mediocres", obra de Pepe Pérez y Miguel Martín, al alimón, movidos por Carlos Solchaga y Narcís Serra, éstos por distintos motivos. Solchaga compra el silencio de Martín sobre lo que está ocurriendo en Ibercorp con la promesa de hacerle subgobernador del Banco de España, y Martín cambia su actitud hacia Banesto cuando, tras Ibercorp, se da cuenta de que estamos condenados, que van a por mí, y que soy hombre muerto. Y estoy convencido de que a Rojo le cambian el *chip* en el último momento, dejándole sin capacidad de reacción.»

En la caja de sorpresas que fue la comisión Ibercorp, el propio Martín protagonizó otro espectáculo el 15 de junio pasado, cuando desveló ante sus señorías que Mariano Rubio había ocultado información al Parlamento en su comparecencia de febrero del 92 para explicar el escándalo Ibercorp, y que Carlos Solchaga estaba informado de la debilidad del banquito de sus amigos. De nuevo sensación de incredulidad en el mundo financiero. ¿Cómo pueden haber guardado silencio los altos funcionarios del banco emisor, sabiendo lo que sabían?

Si algo ha quedado claro ha sido el papel de Ibercorp como corruptor de toda una clase social. Porque, excepción hecha de los ahorradores que cayeron allí como podían haberlo hecho en cualquier otro chiringuito financiero, para un selecto grupo de ciudadanos ilustrados e informados, gente con mando en plaza, colocar su dinero en Ibercorp era especular en el más amplio sentido del término. Naturalmente que no necesitaban darle órdenes concretas a Manolo de la Concha: poner el dinero en sus manos era confiar en la especulación como método de enriquecimiento, era confiar en sacar tajada, en hacerse ricos gracias a la especial relación existente entre Manolo y Mariano, era apostar por la información confidencial que manejaba Manolo, la mejor información de la que se podía disponer en Madrid.

Pero, además y sobre todo, la corrupción del Régimen felipista. Y por eso Rojo se calla y no denuncia lo que ocurría en Ibercorp. Escondido estaba en su madriguera, hasta que *El Mundo* le sacó de ella. Y por eso se calla el subgobernador, Martín, y el jefe de la Inspección, José Pérez. Y se calla cual muerto Carlos Solchaga, y por eso Felipe González da el visto bueno para que se eche tierra al asunto. Y enterrado estaría el caso Ibercorp de no haber sido porque el diario *El Mundo* volvió sobre el asunto con renovados bríos tras la Semana Santa del 94.

Por lo demás, Angel Rojo mostró a lo largo de la primera mitad de 1994 una actitud particularmente agresiva en relación con la intervención de Banesto. Los hombres de carácter débil pueden llegar a convertirse en peligrosos halcones cuando quieren demostrar que también son gente bragada, de acción. Rojo, que como buen intelectual es hombre instalado en la duda, ha querido dar la impresión de seguridad en sus actos, hablando y actuando de forma expeditiva, convirtiéndose en más de una ocasión en una especie de patético Rambo doméstico.

La intervención de Banesto es un hito no sólo en la historia económica de España, sino en la historia de España a secas, hasta el punto de convertirse en un fenómeno que excede con mucho la persona de Mario Conde.

Un acontecimiento como éste no podría entenderse en su globalidad sin analizar el rol que en las últimas décadas de vida española ha jugado el Banco de España, el omnipresente Banco de España [14], y la clase funcionarial en él atrincherada, como guardián de la ortodoxia bancaria, dueño del monopolio de las ideas y dispensador oficial de ideología económica.

---

[14] La misión fundamental de cualquier banco central en Occidente es «defender la estabilidad del valor de la moneda». Además, es banco de bancos y, aunque no en todos los países, es la autoridad supervisora de la banca privada.

Esa élite fortificada en el Banco de España ha sabido en las últimas décadas defender y acrecentar su poder hasta convertirse en la única fuente oficialmente admitida a cotización en la bolsa de las ideas, en el monopolio de las ideas, que es el más peligroso de los monopolios. En efecto, los señores del Banco de España son los definidores del dogma, los que tienen la verdad en economía, los únicos competentes para decir qué es lo que está bien y está mal, qué es lo que hay que hacer y lo que no en materia económica.

Formular críticas a la política económica ha sido, antes que nada, una irreverencia, una herejía, algo que los inquisidores económicos no podían tolerar.

En el páramo español se piensa poco y con muy escasa originalidad. Muchos expertos economistas se ufanan de su condición de tales, sin haber leído nada interesante en los últimos diez años ni haber escrito nada digno de mención en los últimos veinte; señores que lo fían todo al gazpacho teórico del FMI para abordar problemas de inflación, déficit público y balanza de pagos; prototipos de gran pedigrí que le acusan en privado, pero muestran un temor reverencial a ofender en público al Banco de España, palabra de fe, y qué cuidado el suyo en no herir la susceptibilidad de la gente de Cibeles a la hora de opinar: necesitan estar a bien con el Banco de España para seguir chupando las ideas y estudios del Banco de España y luego venderlos como propios.

El banco emisor ha basado su influencia en un espléndido Servicio de Estudios sobre el que ha girado siempre la vida de la institución. Y hablar del Servicio de Estudios del Banco de España es hacerlo de Angel Rojo. Rojo, Boyer, Solchaga, Pastor y muchos más son productos, más o menos directos, del Banco de España y de su Servicio de Estudios.

Cuando Pedro Solbes necesita un dictamen, un estudio, o un papel bien hecho está obligado a acudir al Banco de España en demanda de auxilio. Solbes no pasa de ser un prisionero del poder de la información que maneja Rojo. Por eso el poder no está en el Ministerio de Economía, sino en el Banco de España, sencillamente porque el verdadero poder está donde están las ideas, donde está la información.

¿Y cómo es posible que el Ministerio de Economía y Hacienda no cuente con un Servicio de Estudios potente, capaz de competir con el del Banco de España? Porque la élite funcionarial atrincherada en el banco emisor se ha preocupado de boicotear sistemáticamente esa posibilidad.

Cuando Felipe González pregunta, en torno al 28 de diciembre: ¿pero no hay otra opción?, ¿no se puede hacer otra cosa con Banesto?, lo hace porque está desarmado, indefenso, no tiene información ni posibilidad de pedirla a alguien neutral.

El presidente del Gobierno es otro prisionero, que sólo lee con interés los papeles que le manda el Banco de España. En la pasada tormenta monetaria que condujo a la triple devaluación de la peseta, la dependencia de Felipe González de Rojo y Martín era absoluta, colgado todo el día al teléfono de Rojo o, en su defecto, de Martín. Era la estampa un poco patética de un presidente del Gobierno intelectualmente inerme ante el discurso de unos expertos que, apenas dos días antes de la primera devaluación de la peseta, forzada por el Bundesbank, declaraban en voz alta que «se trataba de una tormenta pasajera».

La influencia del Banco de España en este país es, por todo ello, desmesurada. La economía española está en manos del único emisor de ideas económicas del país, con un discurso propio y sin posibilidad de contrapesos ni argumentos de autoridad que puedan oponérsele. Aquí no hay más visión que la del Banco de España, una visión no necesariamente incorrecta, aunque a menudo viciada por los objetivos que la institución persigue.

En Estados Unidos, en Gran Bretaña, en Alemania, al contrario que en España, existe una serie de instituciones económicas públicas y privadas que analizan e interpretan la economía de una forma no siempre coincidente, cuando no abiertamente discrepante, con el banco central respectivo.

Un Servicio de Estudios potente en el Ministerio de Industria, por ejemplo, necesariamente mantendría una visión de las necesidades de la economía española distinta de la del Servicio de Estudios del Banco de España, y otro tanto ocurriría con el Ministerio de Economía. Una CEOE con un Servicio de Estudios sólido tendría una sólida opinión formada sobre la marcha de la economía, y lo mismo ocurriría con la banca y los sindicatos.

La conclusión es que la economía española está dirigida por un interventor, tremenda incoherencia, cuando sería necesaria una visión mucho más de conjunto.

El Banco de España fuerza el enfriamiento de la Economía a partir de 1989, y el resto del país se pliega, abdica de su obligación de opinar, y ese enfriamiento, basado en el cierre de la espita del crédito, es la puerta de entrada a una de las recesiones más graves que ha conocido nuestra economía, una recesión que nos ha puesto a las puertas de los 4 millones de parados.

—¡Oiga, que se está cargando usted el país!

—A mí no me cuente historias. Yo cumplo con mi trabajo —replica satisfecho el interventor.

A la luz de estos hechos se comprende la aprensión con que algunos contemplan la Ley de Autonomía del Banco de España recientemente entrada en vigor, una ley que, de acuerdo con sus críticos, no esconde otra cosa que la secreta apetencia de esa clase funcionarial que anida en el Banco de España de birlar su actuación a la acción fiscalizadora que en democracia corresponde al Parlamento de la nación.

Pero es que, además, esa élite funcionarial ha utilizado en provecho propio a partir de 1982, y muy especialmente a partir de 1986, las amplias facultades que la legislación otorgaba al banco emisor en materia de control y supervisión de las entidades financieras.

Un pequeño grupo corrupto y ávido de poder se apercibió hace diez años de que, en una economía tan bancarizada como la española, quien controlara el sistema bancario controlaría el país, y el que controlara el Banco de España controlaría el sistema bancario. Y esa minoría de supuestos ilustrados, con el valido Carlos Solchaga al frente, se lanzó desde el edificio de la plaza de Cibeles a la conquista de la banca privada, contando con el visto bueno de Felipe González.

El resultado ha sido el más descarado proceso de intervencionismo del poder político en los asuntos de la banca privada que registra la historia reciente en un país occidental, un intervencionismo grosero que a duras penas lograba enmascarar los puros planteamientos de medro personal y/o de grupo con apelaciones genéricas al interés colectivo, las economías de escalas y otros discursos similares. La historia de la banca privada española en los últimos doce años es, por eso, la crónica del permanente asedio del poder político, con el objetivo puesto en el control de las entidades para ponerlas al servicio de su perpetuación en el poder.

En el diseño de futuro que el dúo Felipe-Solchaga, contando con los buenos oficios como capataz de Mariano Rubio y sus amigos, tenía reservado para la banca, Mario Conde es un señor que en 1987 se mete de bruces en un banquete al que no había sido invitado.

Su irrupción ofende a mucha gente. Ofende a personas y a instituciones, y las instituciones, como las personas, tienen memoria. Tenía razón el propio Rubio cuando a mediados del 92 advirtió a Conde, cuídate, Mario, porque tu problema ya no soy yo, tu problema son los que se quedan.

Mario ofende al Banco de España. Fue el error más grande que cometió. En realidad es que al final, sobre todo a partir de 1992, terminó por ofender el buen juicio, el sentido común de una inmensa mayoría de ciudadanos. La corriente de frescura que su llegada al mundo financiero supuso en 1987 se fue transformando en un aire pestilente. El gallego acabó convertido en una caricatura de banquero y de político al tiempo, un mentecato que había perdido cualquier contacto con la realidad, un personaje atrabiliario ofuscado en el estúpido rigodón de palacio, un hombre fracasado como financiero, fagocitado por el peor *establishment* de la España caduca que dijo un día venir a combatir.

Al final se había transformado en una persona que molestaba y estorbaba a todo el mundo. ¿Si el presidente de Banesto no hubiera sido Mario Conde, el banco habría sido intervenido? La respuesta es no. Lo había dicho muchas veces Miguel Martín, la mano que mece la cuna de los más altos designios. «Una cosa es Mario Conde, y otra Banesto.»

Es uno de los aspectos potencialmente más escandalosos del asunto: para desalojar a Mario Conde, el Banco de España tiró por la calle de en medio, intervenir Banesto. Una iniciativa difícilmente justificable.

Se han cargado un gran banco, y lo han hecho con aquellos criterios particularistas con que dirigen la economía. Los Servicios de Inspección, el séptimo de caballería del Banco de España, entra en Banesto al mando de un tal capitán Palicio dispuesto a ir a por todas, temerosos de que alguien pueda decirles en el futuro que han sido laxos con la institución. Los resultados obtenidos por la Inspección, conscientemente maximizados, son utilizados políticamente para descabalgar a Conde.

Y el Ministerio de Economía, que lleva años abdicando de su obligación de dirigir la política económica en el Banco de España, abdica también en la intervención de Banesto, y porque ello es así el ministro Solbes va de telonero de Rojo cuando ambos comparecen ante la Comisión de Economía del Congreso.

Los Servicios de Inspección del Banco de España actúan guiados por el objetivo de mantener a punto «su negociado», sin otras miras de carácter más global. A ellos sólo les preocupa tener las espaldas cubiertas, asegurándose de que la banca cumple los diversos coeficientes y *ratios* de solvencia. Lo demás les trae sin cuidado. La Inspección es como esas escopetas camufladas en los cañaverales durante la caza del faisán, dispuestas a disparar contra todo lo que se mueve.

Con sus criterios habituales, la Inspección del Banco de España hubiera quebrado a toda la gran banca estadounidense a primeros de los ochenta, habría hecho después lo propio con la japonesa, y este mismo año se hubiera llevado por delante, entre otros, al Crédit Lyonnais, uno de los mayores bancos del mundo.

Actuar de forma unilateral, en plan francotirador, en una economía como la española tiene unos riesgos evidentes: es el ordeno y mando, el usted me provisiona todo, y además me vuelvo atrás de mis compromisos anteriores y le exijo que provisione el fondo de pensiones aunque antes le había dado ocho años para hacerlo, y además me provisiona las minusvalías de la Corporación a lo que yo digo que valen, y le ignoro las plusvalías ocultas que usted tiene... Ello, en una crisis económica tan profunda, suponía condenar a muerte a la institución.

Alguna gente opina que si al frente del Banco de España hubiera estado un tal Paul Volcker en lugar de un tal Rojo, no se hubiera intervenido Banesto. A la vista del inapelable desastre gerencial del señor Conde había que hacer algo en Banesto y hacerlo de inmediato. ¿Era imprescindible desalojar al gallego de la presidencia de Banesto? Hágalo, y hágalo de inmediato. Tiene instrumentos legales para ello. Tendría usted que haberlo hecho seguramente en diciembre del 92, pero no intervenga el banco, no destruya usted un banco centenario.

En J. P. Morgan formulan una acusación muy seria contra el Banco de España. Tal acusación consistía en que las autoridades españolas confirmaron taxativamente a Roberto Mendoza en los trámites previos a la macroampliación de capital que, como máximo, la morosidad de Banesto no superaba el 7 por ciento del activo.

Los equipos de Morgan mantuvieron bastantes reuniones con diversos responsables del banco emisor español, que dieron todo tipo de seguridades sobre su inversión en Banesto. «Nosotros confiábamos en el Banco de España —señala un representante del banco estadounidense—, porque pensábamos que el Banco de

España es como la Reserva Federal, gente seria, que nos iba a decir la verdad.»

Los *yankees* no se habían caído de un guindo. Sabían de sobra lo que se decía en España sobre Mario Conde. Se lo había contado hasta por escrito Pedro Burelli en cuanto Mario lo echó de su lado, y los de Morgan toman todas las precauciones, y se fían del Banco de España.

Pero ¿qué ocurre? Que al Banco de España le viene muy bien que J. P. Morgan entre en Banesto, es nuestra salvación, comentan en la plaza de Cibeles, para qué les vamos a decir nada, y no ponen ni una pega a la ampliación de capital, les ha tocado el gordo de Navidad, tengo un problema con Banesto y vienen unos «capullos» a resolvérmelo, bendito sea Dios...

Pero cuando las cosas se tuercen y el 22 de diciembre Mendoza les dice que ellos no van a poner más dinero, ¡ah!, entonces es cuando viene el problema.

Ha faltado visión para contemplar los intereses generales, y categoría para adoptar una solución más lógica, menos traumática. Con la intervención de Banesto han acabado con algo más que con una institución centenaria. En una economía como la española, destruir un gran banco significa hacer un poco más pobre al país. Un gran banco desarrolla un flujo económico basado en la confianza y el conocimiento de muchos años de relaciones con la industria, el comercio, los servicios, de forma que cuando se cortan esos flujos desaparece una corriente de trabajo, de ideas, de relaciones comerciales, de riqueza, en suma. Y todo a un alto coste para el país.

Ese coste no ha sido evaluado por el Banco de España. No ha habido nadie capaz de pensar en ello, ni en el Ministerio de Economía, ni en la banca privada, que ha aprovechado con secreto contento la muerte de Banesto para reestructurar el sector, dentro de la doctrina de «un competidor menos».

La solución adoptada ha sido la más dañina para Banesto y para los intereses nacionales, una solución infinitamente más cara que la de haber forzado al antiguo consejo de administración de Banesto a desalojar a Mario Conde, nombrando un nuevo presidente y una nueva gerencia, o incluso un nuevo consejo entero.

¿Es que entonces acaban con Banesto de manera gratuita? En absoluto. Haber apartado a Conde de la presidencia con una medida menos traumática que la intervención hubiera supuesto dejarle «vivo» para el futuro. Los beneficios políticos de «matar» a Conde sólo se podían conseguir interviniendo Banesto, agrandando las cifras del desastre y arruinando su fama de gestor. Era la única forma de hacer imposible su resurrección política.

Por desgracia, ninguno de los teóricos objetivos perseguidos por la intervención se han cumplido. Banesto no es un banco independiente, en contra de la promesa interventora de Angel Rojo, habiendo pasado a convertirse en un banco filial del Santander. El banco ha perdido cerca de un billón de pesetas de depósitos, en una sangría constante que nadie pudo impedir.

—Esto no dura más de una semana —aseguró muy convencido Miguel Martín a Roberto Mendoza el 29 de diciembre—. El prestigio y la seguridad que infunde el Banco de España evitará la fuga de depósitos, y Banesto estará cotizando en plazo máximo de diez días.

La profecía del banco emisor contrasta con la realidad: Banesto es hoy casi la mitad de banco que era antes del 28 de diciembre del 93, lo que quiere decir que sobra al menos el 40 por ciento de su plantilla, cercana a los 15.000 trabajadores.

Los planes de Alfredo Sáenz se fueron también al traste. El ejecutivo, que había efectuado llamativas manifestaciones de «amor a Banesto de toda la vida», trabajó denodadamente para que fuera una sociedad, participada por bancos y cajas, la que adquiriera al Fondo de Garantía de Depósitos entre el 50 y el 70 por ciento del capital tras la proyectada ampliación, con lo que, al diluir la propiedad en esa tenedora de acciones, además de asegurar la independencia de la marca, se garantizaba, por fin, la presidencia de un gran banco.

Pero los señores que tenían que aportar las ayudas no estuvieron por la labor. Se trataba de reestructurar el mercado, sacando del mismo a un competidor. Al final Alfredo Sáenz, enemistado con Ybarra y con Francisco Luzón, tiene que jugar desesperadamente la carta de Emilio Botín, aun a riesgo de quedar convertido en el Pepe Bonaparte del santanderino.

La vuelta de Banesto a bolsa —la «casa de la pradera» de Luis Carlos Croissier—, dio ocasión a presenciar un nuevo espectáculo. Mientras Sáenz fijaba por televisión el valor de la acción de Banesto en 400 pesetas, el mercado la situaba al día siguiente en 800, y era cosa digna de ver aquellos días cómo el Banco de España filtraba malas noticias en torno a los antiguos administradores de Banesto tratando de hundir la cotización.

—Se trata de matar a Conde —aseguraba un conocido abogado madrileño—, quemar sus cenizas y esparcirlas al viento, para que no vuelva a aparecer vivo sobre la piel de toro.

La junta de accionistas del 26 de marzo aprobó el plan de saneamiento de Banesto [15] que, un mes después, el 25 de abril del 94, dio paso a la subasta de la entidad.

Fue el Banco Santander el que se llevó el gato al agua, al ofertar unas sorprendentes 762 pesetas por acción, casi 100 pesetas por encima de las 667 del BBV, y 200 sobre las 566 de Argentaria.

La inversión total del Santander, que con esta compra se coloca en el número uno del *ranking* bancario español para el próximo siglo, fue, pues, de 313.035 millones de pesetas por el 73,4 por ciento del capital de Banesto, cantidad distribuida en:

a) 367.500.000 acciones a 762 pesetas = 280.035 millones.
b) 82.500.000 acciones a 400 pesetas = 33.000 millones.

Los 280.035 millones serán la cifra neta pagada por el Santander, tras recuperar los 33.000 millones citados en la Oferta Pública de Venta (OPV) que debe realizar a los antiguos accionistas.

El día 2 de mayo, justamente una semana después de la subasta, las acciones de Banesto alcanzaron en bolsa la cotización de 1.450 pesetas. Así pues, en el corto espacio transcurrido entre el 26 de marzo (junta de accionistas) y el 2 de mayo, las acciones de Banesto fueron objeto de tres valoraciones diferentes, cuya escandalosa diferencia ahorra todo comentario:

---

[15] El plan consistía en:

– Una ampliación de capital, con emisión de 450 millones de acciones nuevas a 400 pesetas unidad.

– Renuncia, obligada, de los accionistas titulares de los 165 millones de acciones antiguas a su derecho preferente de suscripción.

– Suscripción y desembolso (180.000 millones) de las nuevas acciones por el Fondo de Garantía de Depósitos.

– Compromiso del FGD de ceder a los antiguos accionistas una acción nueva por cada dos antiguas (82.500.000 acciones).

Paralelamente, el FGD hizo a Banesto una aportación de 285.000 millones de pesetas para dotaciones al fondo de fluctuación de valores (86.090), y al de insolvencias de créditos (198.910).

1. La calculada por el gestor .... 400 pesetas.
2. La pagada por el Banco Santander ... 762 pesetas.
3. La resultante del mercado .... 1.450 pesetas.

A partir de estos datos, el Banco Santander de Emilio Botín ha hecho un buen negocio, al haber obtenido un beneficio teórico de 252.840 millones, más de un cuarto de billón de pesetas, expresado como la diferencia entre:

– Valor de mercado de 367.500.000 a 1.450 ptas	532.875 millones.
– Coste de adquisición de las mismas ...	280.035 millones.

El Fondo de Garantía de Depósitos, sin embargo, ha experimentado una pérdida de 151.965 millones de pesetas, expresada así:

– Aportación a Banesto para dotaciones	285.000 millones.
– Desembolso de las acciones suscritas.	180.000 millones.
Total	465.000 millones.
– Importe de la venta de las acciones ...	313.035 millones.
Pérdida para el FGD	151.965 millones.

Por lo tanto, el perjuicio para el ciudadano de la operación Banesto ha sido de 75.982,5 millones de pesetas, tomando en cuenta que el FGD corresponde a partes iguales entre el Banco de España (los contribuyentes) y la banca privada.

Sin embargo, si el Fondo de Garantía hubiera colocado las acciones en el mercado el día 2 de mayo citado, el resultado hubiera sido notablemente distinto:

– 367.500.000 acciones a 1.450 ptas	532.875 millones.
– Coste bruto anteriormente expresado	465.000 millones.
Beneficio para el FGD	67.875 millones.

Una cuestión ignorada por el interventor, cual es el fondo de comercio de Banesto, al que atribuye valor cero, quedó, sin embargo, plenamente aclarada tras la subasta.

En efecto, el valor del fondo de comercio atribuido el 25 de abril por el Santander a Banesto fue de 222.630 millones de pesetas, expresado así:

- Valor de 615 millones de las acciones de Banesto a un precio de 762 pesetas por acción ..... 468.630 millones.

A deducir:

- Valor de las antiguas acciones a 400 pesetas ..... 66.000 millones.
- Desembolso de la ampliación por el FGD ..... 180.000 millones.

Fondo de Comercio ..... 222.630 millones.

Si el cálculo se hubiera hecho sobre la base de las 1.450 pesetas por acción a que cotizó Banesto el 2 de mayo pasado, el fondo de comercio reconocido por el mercado se elevaría a la nada despreciable suma de 645.750 millones de pesetas.

Desde el 28 de diciembre del 93, la posición de los interventores no ha dejado de debilitarse, al mismo ritmo que aumentaban las «dudas razonables» sobre la virtualidad de la medida. Por encima de teorías conspiratorias de difícil verificación, la intervención ha puesto de manifiesto una larga serie de incompetencias palmarias, un proceso acumulativo de impericias, una falta de profesionalidad general, que han conducido al desenlace final, y por tanto a una responsabilidad compartida y repartida.

Responsabilidad de Conde por jugar siempre al límite, haciéndose trampas en el solitario. Si a la altura de noviembre hubiera contado a Mendoza la verdadera situación del banco, poniendo sobre la mesa la necesidad de sacar las convertibles o aportar más dinero, el Banco de España no hubiera podido intervenir o se hubiera tenido que buscar otra coartada. Pero Mario se engaña hasta el final, en realidad se va colocando pasito a pasito en el lugar del descabello, hasta que llega el subalterno presto con el verduguillo.

Y un Lasarte a quien venía grande la tarea encomendada, que va y viene al Banco de España confiado, largando lo habido y por haber, a la manera del primer ministro que llega de nuevo al Gabinete y no se hace responsable de las tropelías cometidas por su antecesor.

Con una ligereza fuera de lo común, Lasarte le cuenta los pormenores del crimen al juez. Parece como si don Mario, después de haber regentado un prostíbulo, hubiera decidido transformarlo en un convento, poniendo al frente del cenobio a Lasarte como hermano mayor de la Congregación. Y en el paso de la heterodoxia a la ortodoxia, ambos se topan con el agujero. Responsabilidad de Roberto Mendoza, hombre ciclotímico y cobardón, instalado en la duda sistemática, que cuando se da cuenta de que ha hecho una mala inversión se enroca, se calla, se para en seco. Y hay un espacio de tiempo a caballo entre noviembre y diciembre en que Morgan está como escondido, en un vacío inexplicable que Roberto llena de silencio, atrincherado entre la soberbia y la duda.

Mendoza se da cuenta de que ha metido la pata, pero no puede reconocerlo ante Morgan, porque eso significa reconocer su error y arruinar su carrera. Nos han engañado, hemos evaluado mal el riesgo, y cree que con el *full support* del 23 de diciembre y la carta desesperada de la madrugada del 28-D será suficiente para ir tirando, porque no puede comprometer un duro más.

Es la impericia y falta de profesionalidad del Banco de España, dirigido por un gobernador que lleva la institución con la meticulosidad del contable, un hombre del Servicio de Estudios, ideal para ese cometido, metido en la camisa de once varas de la supervisión del sistema bancario, incapaz de tomar por sí mismo una decisión de la trascendencia de la adoptada el 28-D, un tímido que para ocultar su condición se envalentona y encrespa.

«¿Por qué el Banco de España no se sienta a hablar claramente con nosotros? —asegura un representante de Morgan—. Rojo pierde horas y horas de días festivos hablando con BBV y Santander, y no es capaz un mes antes de sentarse con Morgan y plantear la situación claramente.»

Es el fracaso de un sistema profesional del que participa claramente el subgobernador, con una responsabilidad especial porque ha seguido durante años la marcha de Banesto, sabe cómo está el banco y dice haberse limitado a mandar mensajes a Conde a través de amiguetes, pero los amiguetes no pasaban los mensajes, aunque al final es él quien empuja a la acción a un gobernador incapaz de hacerlo.

Y falta de profesionalidad de una CNMV carente de eficacia en sus funciones, que abandona a su suerte a los inversores que acudieron a la macroampliación, hace oídos sordos al supuesto manejo de «información privilegiada», y peca de negligencia e ignorancia en la situación de la entidad presidida por Mario Conde.

Es el escándalo de unos auditores, en este caso Price Waterhouse, que en lugar de auditorías hacen trajes a la medida de los gestores de bancos y empresas que les pagan la minuta, firman auditorías «limpias» allí donde deberían figurar cuarenta «salvedades» y defraudan la confianza de los accionistas que todos los años pagan una cantidad para que ellos emitan una opinión fiable.

Entre todos dinamitan un banco con cien años de historia, un banco que no estaba el 28 de diciembre del 93 peor que el 28 de diciembre del 92, una entidad que intervienen el 28-D del 93 exactamente con los mismos datos, ampliados, que tenían el 28-D del 92.

Todo vino a complicarse más con la aparición de varios casos de venta de acciones de Banesto en los días previos al 28-D, con aparente utilización de información privilegiada. Como asegura el dicho popular, el Banco de España se ha comprado un circo y no dejan de crecerle los enanos.

Los escándalos más notorios han sido los del miembro del consejo ejecutivo del banco emisor, el catedrático Tomás Ramón Fernández, discípulo de Enterría, que vendió 2.338 acciones de Banesto el 27 de diciembre, sancionado posteriormente por el Ministerio de Economía con una multa de 15 millones de pesetas por el uso de información privilegiada.

Y el de la sociedad Valores Bilbaínos, propiedad del presidente del BBV, Emilio Ybarra, que vendió el día 28 de diciembre 3.900 títulos de Banesto, por 8,3 millones de pesetas. El episodio de Valores Bilbaínos, aparecido en las páginas de *El Mundo*, fue ignorado por el resto de la prensa [16].

Tras el cutre episodio de Tomás Ramón Fernández, el de Valores Bilbaínos suponía un verdadero punto de inflexión en la crisis Banesto. Conde había encontrado dos sólidos aliados para defender sus tesis: «Resulta que quienes vendieron sus acciones el día 28 y anteriores no fueron los consejeros de Banesto, sino los interventores de Banesto...»

¿Y por qué venden? Porque el gobernador del Banco de España, Angel Rojo, había contado a mucha gente su intención de intervenir, faltando a su obligación de guardar secreto.

---

[16] El diario *El País*, que había abierto su portada a cuatro columnas con el caso de Tomás Ramón Fernández, relegó el de Emilio Ybarra a media columna, sin titular específico, en la sección de Economía, en uno de los casos más flagrantes de manipulación informativa que recuerda la historia del periodismo español.

Cabe pensar que los corredores de bolsa que vendieron las acciones de Tomás Ramón Fernández y de Valores Bilbaínos no vendieron sólo ésas, sino algunas más [17]. ¿Hasta qué punto estos episodios no invalidan y desnaturalizan el argumento central del Banco de España para intervenir en la mañana del 28-D, cual es la caída de la cotización de Banesto?

Hay que recordar que es la suspensión de la cotización de Banesto a mediodía del 28-D lo que provoca la intervención, frustrando los tres días de plazo que habían sido concedidos a Conde, tiempo suficiente para que el gallego hubiera conseguido alterar el curso de los acontecimientos.

Pero el incidente tiene otras connotaciones. En la contestación al recurso administrativo interpuesto por Banesto contra el acto de intervención, el ministro de Economía recoge los argumentos de los servicios jurídicos del Banco de España para justificar el no cumplimiento del trámite de audiencia al consejo que marca la Ley. Dicen los letrados del banco emisor:

«La sola insinuación al presidente de Banesto de la medida, sobre la que debió guardar secreto, o quizá el traslado de la noticia al resto de los consejeros, que también debieron guardar secreto, dio lugar a una alteración en el mercado de valores que obligó a suspender la cotización y ésta a precipitar la medida de sustitución. Imaginemos qué hubiese ocurrido en el sistema con un traslado escrito para alegaciones.»

Pues bien, toda esta argumentación se viene abajo con estrépito: ningún consejero de Banesto vendió sus acciones el 28 de diciembre y anteriores, cosa que, por el contrario, hicieron algunos de los que estaban en el secreto de la intervención, y otros que aún no han salido a la palestra [18].

Lo llamativo del caso es que Angel Rojo permita argumentar de esa manera a los servicios jurídicos del Banco de España el 1 de febrero del 94, sabiendo ya que ningún ex consejero de Banesto

[17] El profesor Sánchez Calero, en representación del antiguo consejo de Banesto, solicitó a la CNMV que llevara hasta el 1 de diciembre la investigación de la venta de «banestos». La respuesta de Croissier fue que no: los anteriores administradores no son parte interesada, y las investigaciones de la CNMV no son públicas.

[18] El mismo día 28 de diciembre, Alfonso Fierro, que vendió sus acciones de Banesto en la jornada, acudió a almorzar al restaurante Club 31 en compañía de un notorio consejero director general del BBV.

estaba implicado, y sí el miembro de su consejo ejecutivo Tomás Ramón Fernández.

Y más llamativo aún es que la CNMV declarara cerrado el expediente informativo abierto a Valores Bilbaínos, el mismo día del estallido del escándalo, al no poder demostrar la utilización de información privilegiada. El Régimen se cerraba en banda, defendiendo a los suyos a capa y espada.

El 23 de junio de 1994 Enrique Lasarte acudió a cenar a casa de César de la Mora y, en presencia de otros cinco ex consejeros de Banesto, relató la conversación que había mantenido en la tarde del lunes, 20 de junio, con Emilio Ybarra, presidente del BBV; un largo mano a mano en su despacho, el de Neguri, un caballero, ha querido recibir a Lasarte para darle el pésame por el fallecimiento de su padre, y el de San Sebastián aprovecha para presentar algunas quejas, está dolido con Ybarra, y transmite el estado de ánimo del antiguo consejo de Banesto.

—No te revelaré ningún secreto si te digo que entre el antiguo consejo hay un sentimiento de verdadera indignación contigo.

—Pero ¿por qué?, ¿por qué?

—Porque raro ha sido el día en estos meses en que no venía alguien a contarnos alguna cosa relacionada contigo, que estabas a matar con nosotros, que eras el que más empujabas, que te veías con Aznar, que si las acciones de Banesto tenían que valer cero pesetas, luego que había que ir a la acción social de responsabilidad, después que si había que embargar nuestros bienes... en fin, qué te voy a contar, todo con una especie de fijación que nos tenía consternados, ¿pero qué le hemos hecho a este hombre?

—Pues alto ahí, Enrique, porque eso en un 80 por ciento es falso y te lo puedo demostrar, rotundamente falso. Es cierto que yo creí en la valoración que el Banco de España hizo de Banesto, y si ellos decían que había un agujero de 503.000 millones, que luego Sáenz engorda en 150.000 más, pues si los recursos propios del banco son 450.000 millones, Banesto vale cero pesetas, porque entonces es que estaba quebrado... Luego vinieron con que la acción tenía que valer 400 pesetas, y yo apoyé eso, sí señor, porque si las cifras del Banco de España eran buenas, eso era lo correcto. Pero el resto lo niego rotundamente.

—Pues nos han dicho que hasta querías meternos en la cárcel...

—¡Mentira! Lo niego rotundamente, y estoy dispuesto a mantener un careo con quien tenga el descaro de decir eso, o que yo he pedido el embargo preventivo de vuestros bienes, y quiero que transmitas esto al antiguo consejo de Banesto.

—Te creo, Emilio, te creo, pero ya has visto luego cómo han ido las cosas... el mismo día que Sáenz dice que la acción a 400 pesetas, el mercado la valora a 800, y tú mismo ofreces 667 pesetas, y Botín nada menos que 760, sin olvidar que luego se ha puesto por encima de las 1.000 pesetas...

—Sí, claro, claro, es que yo ya no entiendo nada de lo que ha pasado aquí, yo ya dudo de todo... porque antes de la subasta volví hablar con Sáenz, y Sáenz me dijo que no se podía pagar por ese banco más de 480 pesetas por acción, bueno, y Sáenz llevaba allí un montón de tiempo, a pesar de lo cual nosotros hicimos una oferta muy superior, pero, claro, cuál no sería nuestra sorpresa, cuando resulta que el Santander ofrece 762 pesetas por acción, y Sáenz queda de presidente del Banesto... Por supuesto, dudo de que Sáenz nos dijera la verdad, lo dudo seriamente, y desde luego si volviera todo al 29 de diciembre sabiendo lo que sé ahora, yo no actuaría de ninguna manera como he actuado, porque empiezo a sospechar que todo esto ha sido un error, un inmenso error...

Cuadro 1

RELACION NOMINAL DEFICIT DE PROVISIONES PARA INSOLVENCIA SEGUN EL ACTA DE INSPECCION DEL BANCO DE ESPAÑA

	Fondo para insolvencia	Riesgo total	Garantía Tipo	Garantía Valor	Valor BE	Vº B. de E. junio 1992	Antigüedad cliente Banesto
Denominación Banco D.E.							
Inversiones empresas G. Banesto	**38.906**						
Sociedades instrumentales	**21.242**						
Mercurio	5.067	NC		NC		SI	G
Mercadisa	726	NC		NC		SI	G
Inmobiliaria Centro Levante	7.799	NC		NC		SI	G
Agrícola Los Juncales	2.203	NC		NC		SI	G
Brightsun	616	NC		NC		Si	G
Banesto Holding	805	NC		NC		SI	G
Banesto Delaware	52	NC		NC		SI	G
Namrof	3.974	NC		NC		SI	G
Otras con ajustes superior a 500 millones	**13.559**						
Asturiana	9.806	20.291	P	–		SI	G
Ausmet	1.219	2.439	P	–		SI	G
G. Inmob. La Corporación	1.019	5.258	P	–		SI	G
Herrar	548	964	P	–		SI	G
Intursa	877	1.754	P	2.500	877	SI	G

CUADRO 1 (*Continuación*)

RELACION NOMINAL DEFICIT DE PROVISIONES PARA INSOLVENCIA SEGUN EL ACTA DE INSPECCION DEL BANCO DE ESPAÑA

	Fondo para insolvencia	Riesgo total	Garantía		Valor BE	Vº B. de E. junio 1992	Antigüedad cliente Banesto
			Tipo	Valor			
Restos	**4.105**						
Altorreal	125	500	P	–	–	SI	G
Ameriad Investiment Ltd.	445	445	H	500	0		G
Bajoncillo	315	1.049	NC	NC	NC	SI	G
Banesto Adm. Sociedades	19	29	NC	NC	NC	SI	G
Constructora Castrillón	104	211	Riesgo comercial			SI	G
Electro Mercantil Industrial	31	312	NC	NC	NC	SI	G
Elerco, S. A.	42	168	NC	NC	NC	SI	G
Gaztambide, S. A.	179	717	NC	NC	NC	SI	G
Hoteles y multipropiedad	125	167	NC	NC	NC	SI	G
Hualle, S. A.	300	865	NC	NC	NC	SI	G
Inversiones Valverde	28	28	NC	NC	NC	SI	G
Mecanizaciones y Fabricac.	67	134	Riesgo comercial			SI	G
Multipropiedad Balear	284	379	H	400	95	NC	G
Multipropiedad Canaria	293	391	Aval por 127 M.			NC	G
Nicolás Correa	52	710	–	–	–	SI	G
Page Ibérica	448	2.726	–	–	–	SI	G
Parque Coimbra	28	166	–	–	–	SI	G

CUADRO 1 (*Continuación*)

RELACION NOMINAL DEFICIT DE PROVISIONES PARA INSOLVENCIA SEGUN EL ACTA DE INSPECCION DEL BANCO DE ESPAÑA

	Fondo para insolvencia	Riesgo total	Garantía		Valor BE	Vº B. de E. junio 1992	Antigüedad cliente Banesto
			Tipo	Valor			
Restos (continuación)							
Prestación de servicios de tel.	200	861	–	–	–	SI	G
Saki	200	861	–	–	–	SI	G
Telson	233	932	–	–	–	SI	G
Terrenos y construcc.	31	311	–	–	–	SI	G
Zarfe	482	482	–	–	–	SI	G
Otros g. vinculados a Banesto	**35.719**						
Grupos vinculados-Oasis	**25.000**						
Armand Finance	1.000	1.919				SI	G
(1) Cobra Investiments	10.000	22.840				SI	G
Gescam, S. A.	1.000	12.796	H	19.700	11.796	SI	G
Kayenta Consulting	5.000	9.400	No consta			SI	G
Kiesseltein Stiftung	5.000	9.429	No consta			SI	G
Marenma	500	730	No consta			SI	G
Oasis Intern. Airlines	1.000	1.797	No consta			SI	G
Sheridan Finance	1.000	3.344	No consta			SI	G
Stableford Propierties	500	1.078	No consta			SI	G

CUADRO 1 (*Continuación*)

RELACION NOMINAL DEFICIT DE PROVISIONES PARA INSOLVENCIA SEGUN EL ACTA DE INSPECCION DEL BANCO DE ESPAÑA

	Fondo para insolvencia	Riesgo total	Garantía		Valor BE	Vº B. de E. junio 1992	Antigüedad cliente Banesto
			Tipo	Valor			
G. Vinculados Hachuel	**9.017**						
(2) Portic	6.566	8.759	H-PA	7.946	2.188	SI	G
Servifilm Spain Cinem.	3.451	6.351	PA	6.000	3.900	SI	G
G. Vinculados-Dorna	**1.702**	**10.666**					
Dona Prom. Deporte	665	6.655	–	–	–	SI	G
Centro Com. Concha Espina	969	3.875	–	–	–	SI	G
Inmobil. Blasco de Garay	68	136	–	–	–	SI	G
Riesgos especiales	**17.456**	**17.456**					
(3) Inversores Villamanrique	6.700	6.700	PA	300	0	–	G
(4) Bellinghan Invest.	3.660	3.660		Cobrado	30-9-93	SI	G
Moultrie Invest. Ltd.	7.096	7.096	PA	6.840	0	SI	G
Restos de acreditados con ajustes superiores a 500 millones	**30.791**	**55.519**					
– Con anterior vinculación a Banesto	**11.230**	**11.691**					
Coreasa	5.676	5.676	H	1.468	0	SI	A. 1987
Sniace	5.554	6.015	H	6.000	0	SI	A. 1987

Cuadro 1 (*Continuación*)

RELACION NOMINAL DEFICIT DE PROVISIONES PARA INSOLVENCIA SEGUN EL ACTA DE INSPECCION DEL BANCO DE ESPAÑA

	Fondo para insolvencia	Riesgo total	Garantía		Valor BE	Vº B. de E. junio 1992	Antigüedad cliente Banesto
			Tipo	Valor			
– Sin anterior vinculación a Banesto	**19.561**	**48.828**					
Arturo Beltrán, S. A.	2.779	3.705	H	3.954	926	SI	–
Ubicurt	1.663	3.326	H	2.500	1.663	SI	A. 1937
Fundic. Metálicas	1.572	2.267	H	2.267	695	SI	–
S. A. El Aguila	1.275	5.223	CL de Heineken			SI	A. 1937
Portman Golf	928	1.768	H	6.000	840	SI	A. 1937
South Paradise	891	2.361	H	NC	NC	SI	A. 1937
Heron Internac.	863	863	–	–	NC	SI	A. 1937
Hotel Richmond	836	836	H	UN HOTEL	0	SI	A. 1937
Pyrsa (Diputac. Aragón)	735	1.417	–	–	–	–	–
Aiscondel (Uralita)	730	3.213	–	–	–	SI	A. 1987
Castillo del Aguila	689	1.392	H	1.154	703	SI	A. 1987
Petor (501)	685	685	AP	2.500	0	–	A. 1987
S. A. Carrillo	676	1.320	H	1.500	644	SI	A. 1987
García Sola	675	675	H	–	–	SI	A. 1987
Solyvista	654	1.308	H	2.272	654	SI	A. 1987
Onnicorp Intern	645	645	–	–	–	–	A. 1987
Nissan Motor Ibérica	600	6.953	–	–	–	SI	A. 1987

CUADRO 1 (*Continuación*)

RELACION NOMINAL DEFICIT DE PROVISIONES PARA INSOLVENCIA SEGUN EL ACTA DE INSPECCION DEL BANCO DE ESPAÑA

	Fondo para insolvencia	Riesgo total	Garantía		Valor BE	Vº B. de E. junio 1992	Antigüedad cliente Banesto
			Tipo	Valor			
IGS	586	2.345	H.PE	5.809	1.759	–	–
Saudi Research Develop.	531	531	–	–	–	–	A. 1987
Rey Pérez, Antonio	529	549	H	–	–	SI	A. 1987
Minero Sider. Ponferrada	516	1.492	–	–	–	–	A. 1987
O Firex	503	954	H	NC	NC	SI	A. 1987
Resto de acreditados analizados por la inspección (pág. 204)	47.117	86.618	NC	NC	NC	NC	NC
408 expedientes no comentados individualmente por la inspección	47.117	86.618	NC	NC	NC	NC	NC
Acreditados con riesgo inferior a 250 millones, s/Banesto (pág. 205) (negado por su ex presidente por escrito al Gobernador de fecha)	77.942	–	NC	NC	NC	NC	NC
TOTAL	247.931		79.610		26.740		

CUADRO 1 (*Continuación*)

LEYENDAS

NC: No consta.—H: Hipoteca inmobiliaria.—PA: Pignoración de acciones.—AP: Aval Personal.—G: Grupo Banesto.—A. 1987: Antigüedad en la relación Banesto anterior a 1987.—VTC: Valor teórico contable.—VTCA: Valor teórico contable ajustado.—Garantía Valor: Tasación existente en los expedientes de Banesto.—Valor BE: Valoración inspección Banco de España.—V.B. de junio 1992: Visto por el Banco de España en junio de 1992.

NOTAS

(1) Hay un error, el riesgo total con Cobra Investiment es de 50 millones de libras esterlinas. De modo que se está pidiendo una provisión del 100% del riesgo. Tiene como garantía un avión comercial con valor superior al riesgo real.

(2) Portic, S. A.

Las garantías de estos riesgos son las siguientes:

652.946 acciones de Banesto a 1.450	946 M
Obras de Arte (pintura y escultura)	2.500 M
Inmuebles	4.500 M
TOTAL	7.946 M

(3) I. Villamanrique.

Este préstamo está garantizado con el 10,5% del capital del Grupo Anaya, equivalente a 424.522 acciones a 700 pesetas = 300 M. (El valor real de esta participación supera los 3.000 millones.)

(4) Cobrado y abonado indebidamente a productos (pág. 178, Acta de Inspección: 3.600 M). Luego no ha habido quebranto, sino error contable.

(5) El valor de la garantía de esta operación es el de 1.471.183 acciones de Carburos Metálicos a 4.650 ptas. (Cotización 30-5-94, Bolsa de Madrid): 6.840 M.

RESUMEN.—CUADRO 2

TOTAL DEFICIT DE DOTACION PARA FONDO DE INSOLVENCIA DE BANESTO AL 31-12-93, SEGUN EL BANCO DE ESPAÑA (pág. 5)

	MM Ptas.	%	%	MM Ptas.	%
TOTAL				**247.931**	**100**
1. Riesgos identificados con relación nominal			49,54		
Riesgos vinculados Grupo Banesto				105.907	42,70
Inversiones en empresas G. Banesto	38.906	15,69			
Inver. en empresas de otros grupos	35.719	14,40			
Riesgos especiales	17.456	7,04			
Restos DP. acreditados con ajustes superiores a 500 millones anteriormente vinculados a Banesto	13.826	5,57			
Riesgos sin vinculación G. Banesto				142.024	57,30
Resto acreditados con ajustes superiores a 500 millones	16.965	6,84			
2. Riesgos sin identificar			50,46		
R. derivados del análisis de 408 expedientes (muestreo)	47.117	19,00			
R. atribuidos a Banesto y negados por Mario Conde	77.942	31,46			

CUADRO 3

RELACION NOMINAL DE LOS CLIENTES CON RIESGO DIFICULTADO, SEGUN LA INFORMACION DEL BANCO DE ESPAÑA, Y CON DEFICIT POR INSOLVENCIA, CUYA ANTIGÜEDAD COMO CLIENTE DE BANESTO ES POSTERIOR A 31-12-87

Nombre	Déficit de dotación	Riesgo total	Garantía
Arturo Beltrán, S. A.	2.779	3.705	Hipoteca
Fundiciones Metálicas	1.663	3.326	Aval Dip. Aragón
Heron International (venta de inmuebles del Banco)	863	863	
IGS	586	2.345	Hipoteca y aval UGT
TOTAL	5.891	10.239	

El déficit total de dotación es de 247.931 millones. Por tanto, la participación de estos nuevos clientes significa el 2,37%. Es decir, que sólo el 2,37% y con las garantías que figuran al margen son clientes captados a partir de enero de 1988. El resto son clientes de «toda la vida» de Banesto o de su Grupo.

CUADRO 4

RIESGOS CUYOS EXPEDIENTES NO CONSTAN HAYAN SIDO VISTOS POR BANCO DE ESPAÑA ANTES DE 1993

Nombre	Déficit de dotación	Riesgo total	Garantía
Hoteles Multipropiedad	125	167	H. Inmo.
Multipropiedad Balear	284	379	H. Inmo.
Multipropiedad Canaria	293	391	H. Inmo.
Invers. Villamanrique, S. A.	6.700	6.700	G. Valores
Pyrsa	735	1.417	Aval Dip. Aragón
Petor	685	685	Riesgo 501
Onmicorp. International	645	645	
IGS	586	2.345	H. Inmo.
Saudi Research Develop.	531	531	
TOTAL	10.584	13.260	

9 clientes por un total de 10.584, equivalente al 4,27% del total déficit de dotación por insolvencia.

Cuadro 5

% participación	Patrimonio neto contable	Fondo fluctuación valores	Criterios (8)
(1) 100% FIVASA (Banesto Bolsa)	4.211	1.059	VTC
(2) 100% MERCURIO (Beneficios y venta Acerinox y Bandesco)	847	2.343	VTC
(3) 100% I.C.L. (Ajuste valoración garantías Jesús Gil y Rev. In. B. de Madrid)	151	465	VTC
(4) 100% BRIGHTSUN		20.160	VTC
(4) 100% BANESTO HOLDING		13.791	VTC
(4) 100% BANESTO DELAWARE		1.876	VTC
(4) 100% BANESTO ISSUANCES		11	VTC
(4) 100% BANESTO FINANCE		1	VTC
(5) 79,56% CORPORACION IND. Y FRA.	186.734	81.397	VTC
(6) 55% CORPORACION INTER. BV	39.212	27.794	VTCA
HERRAR	548	590	VTC
INTURSA	2.247	2.247	VTCA
(7) OTROS	–	668	VTCA
TOTAL		152.402	

(1) Estiman que Banesto Bolsa, por el que se pagaron 1.040 millones, vale (VTC) sólo 40 millones. Esta sociedad ha tenido un beneficio importante en 1992 y 1993. Ajusta el valor y lo exige como daño.

(2) Beneficios obtenidos por la venta de acciones de Bandesco y Acerinox, que entiende el inspector que no procede por ser operaciones intergrupos. Sin embargo, el beneficio se ha producido y está en la sociedad. Lo da de baja en el consolidado y lo exige como daño, ¿por qué?

(3) Dice que los edificios adquiridos a Jesús Gil y los inmuebles adquiridos al Banco de Madrid están sobrevalorados en la cifra que indica. Ninguna prueba ofrece de su teoría, sino principios contables. No obstante, lo exige como daño.

CUADRO 5 *(Continuación)*

(4) Ajustando a la baja las diferencias de cambio de moneda que le hayan podido favorecer. Así, por ejemplo, Brightsun, que tiene un capital de 123.449.902 libras esterlinas al cambio histórico de 183 ptas. la libra, como actualmente el cambio es de 204 pesetas, «permitiría» contabilizar un beneficio de 21 pesetas por libra hasta un total de 2.592 millones de pesetas. Esto se hizo, al parecer, y según se deduce de la lectura del Acta de Inspección, pág. 100. La corrección la llevan a la cuenta de «fondo de fluctuación de valores», y nos lo piden a los administradores en concepto de daño. Una cosa es que no se pueda hacer contablemente y otra muy distinta que una plusvalía potencial se la «reserven» y la conviertan en daño.

(5) Aplicando el criterio de valoración contable (VTC), que como hemos dicho consiste en restar del activo de la sociedad contabilizado a precio de adquisición histórico, el pasivo exigible que por definición siempre está en precios actuales obtiene lo que el inspector llama «patrimonio neto contable». De resultas de este cálculo, La Corporación, cuyo 79,56% tenía contabilizado Banesto en 186.734 millones, dice que sólo vale 105.337 millones, con lo cual hay que dotar un fondo de fluctuación de valores por 81.397 millones de pesetas que exige como daño.

(6) Esta cantidad también se deduce de valorar La Unión y el Fénix en 39.001 millones de pesetas y, por tanto, el 52,615% que tiene La Corporación Internacional BV de acciones de La Unión y el Fénix, en 20.759 millones, de donde el 55% tiene un valor para ello de 11.418 millones de pesetas. Como el costo de adquisición, *par i passu* con AGF fue de 39.212 millones, hay que hacer una provisión de 27.749 millones de pesetas; sin embargo, el año 1992 lo aceptó a los efectos de los beneficios de La Corporación. ¿Cuándo estuvo errado el año pasado a éste?

(7) Aquí, por aplicación del criterio VTC, saldrían unas necesidades de provisión total, tanto de insolvencia como de fluctuación de valores, de 1.013 millones, ya que éstas han sido pérdidas de ejercicios anteriores. Sin embargo, se exige 3.124 millones, pág. 146 del Acta de la Inspección, pues considera que el hotel cuyo coste de construcción el año 1992 fue de 3.200 millones sólo vale 800 millones. Como se ve, el inspector utiliza de un modo muy particular el método de VTC: a la baja cuando le parece y nada más. En efecto, si siempre estuviera ajustado el activo teniendo en cuenta el valor de mercado o de reposición, seguramente habría detectado muchas plusvalías en inmuebles y cartera de valores adquiridas en año anteriores, en algún caso hace más de 100 años.

(8) VTC: Valor Teórico Contable, y VTCA: Valor Teórico Contable Ajustado.

LAS DOS PAGINAS SIGUIENTES REPRODUCEN DOCUMENTOS ORIGINALES DE LA INSPECCION DEL BANCO DE ESPAÑA EN BANESTO.

	MILLONES DE PESETAS		
	TOTAL	FONDO PARA INSOLVENCIAS	FONDO DE FLUCTUACION DE VALORES
	1=2+3	2	3
1.1 DEFICIT DE COBERTURA DE PROVISIONES PARA INSOLVENCIAS DE CRÉDITOS Y FLUCTUACION DE VALORES	400.840	247.931	152.909
A) INVERSIONES EN EMPRESAS DEL GRUPO BANESTO	191.308	38.906	152.402
A.1) SOCIEDADES INSTRUMENTALES	60.948	21.242	39.706
a) ESPAÑOLAS			
b) EXTRANJERAS			
A.2) CORPORACIÓN INDUSTRIAL Y FINANCIERA, S.A.	81.397	-	81.397
A.3) CORPORACIÓN INTERNACIONAL B.V.	27.794	-	27.794
A.4) OTRAS SOCIEDADES CON AJUSTES SUPERIORES A 500 M...	16.396	13.559	2.837
A.5) RESTO	4.773	4.105	668
B) INVERSIONES EN EMPRESAS DE OTROS GRUPOS VINCULADOS A BANESTO	35.719	35.719	-
a) OASIS	25.000	25.000	-
b) HACHUEL	9.017	9.017	-
c) DORNA	1.702	1.702	-
C) RIESGOS ESPECIALES	17.456	17.456	-
D) OTRAS	156.357	155.850	507
a) RESTO DE ACREDITADOS CON AJUSTES SUPERIORES A 500 M.	31.298	30.791	507
b) RESTO DE ACREDITADOS ANALIZADOS POR LA INSPECCIÓN ...	47.117	47.117	-
c) ACREDITADOS CON RIESGO UNITARIO INFERIOR A 250 M., SEGÚN ESTIMACIONES EFECTUADAS POR EL PROPIO BANESTO .	77.942	77.942	-
1.2 ACTIVACION INDEBIDA DE GASTOS, DEFICIT DE AMORTIZACIONES DE INMOVILIZADO, SOBREVALORACION DE INMUEBLES ADJUDICADOS Y OTRAS CONTINGENCIAS	25.510		
A) GASTOS INDEBIDAMENTE ACTIVADOS	20.171		
a) GASTOS DE COLOCACION EN BOLSA DE ACCIONES DE LA CORPORACIÓN INDUSTRIAL Y FINANCIERA	4.[illegible]22		
b) APLICACIONES INFORMÁTICAS	2.9[illegible]7		
c) PÉRDIDAS CIERTAS EN DIVERSOS CONCEPTOS	7.132		
d) OTROS GASTOS	[illegible].000		
B) DÉFICIT DE AMORTIZACIONES DE INMOVILIZADO	[illegible]00		
C) SOBREVALORACIÓN DE INMUEBLES ADQUIRIDOS POR APLICACIÓN DE DEUDAS	3.0[illegible]4		
D) BANC CATALÁ DE CREDIT	1.52[illegible]		
1.3 FONDO DE PENSIONES	66.398		
1.4 AJUSTES CONTABLES PENDIENTES CALCULADOS EN INSPECCIONES ANTERIORES	10.667		
A) EN OPERACIONES DE TESORERÍA	3.000		
B) EN LA INSPECCIÓN DEL BANCO DE MADRID	7.667		
5. (= 1.1 A 1.4) TOTAL	503.415		

Resto de acreditados analizados

Los acreditados analizados para los que se han calculado ajustes y que no han sido comentados individualmente en otras partes del informe (ya sea por tener un déficit inferior a 500 millones o por que no pertenecen al grupo Banesto) son un total de 408. Su riesgo crediticio total es de 136.206 millones, del que la Inspección considera habría que reclasificar como dudosos un total de 86.618 millones, lo que representa el 63,6% del riesgo de dichos acreditados. El déficit de dotación estimado es de 47.117 millones, lo que elevaría la provisión necesaria a 55.940 millones, que representa una cobertura media de un 44,4%. Banesto tenía constituida, a 30 de junio de 1993, una provisión de 11.246 millones para estos riesgos, lo que significa una cobertura media del 8,0% sobre el riesgo estimado dudoso por la Inspección. El déficit de provisiones tiene su origen fundamental en el encubrimiento de la morosidad generada por la política crediticia expansiva seguida por Banesto en los últimos años.

Elección de la muestra

La Inspección confeccionó en el mes de agosto de 1993, la lista definitiva de expedientes a analizar, aunque previamente se habían elaborado otras dos listas a partir de los datos de la Central de Información de Riesgos del Banco de España y de una muestra opinática, seleccionada sobre un listado de acreditados con riesgo superior a 250 millones a 31 de marzo de 1993. Ambas fueron incorporadas a la lista definitiva, que, además, recoge acreditados extraídos de forma sucesiva de los siguientes listados a 30 de junio de 1993:

- Acreditados con riesgo total superior a 250 millones de pesetas.
- Acreditados con riesgo dudoso, neto cobertura, superior a 100 millones.
- Acreditados con créditos vencidos de importe superior a 100 millones, o con créditos vencidos de mas de 75 millones y riesgo total superior a 150 millones de pesetas.
- Acreditados con efectos comerciales o financieros impagados por importe superior a 100 millones, o a 25 millones con riesgo total superior a 150 millones.
- Acreditados con cuotas impagadas de préstamos superiores a 20 millones y riesgo total mayor de 150 millones.

CAPITULO CATORCE

TOMA EL DINERO Y CORRE

En los últimos días del mes de julio del festivo 92 España entera tenía sus ojos puestos en Barcelona y en Sevilla. Casi nada que no fuera la Expo, los Juegos Olímpicos y las vacaciones veraniegas importaban a los españoles. En Madrid, tras un inicio estival con temperaturas moderadas, los termómetros habían enloquecido haciendo que la ciudad pareciera dormida, sin actividad. Salvo en puntos muy concretos. Uno de ellos era la sede de Banesto. Allí, Juan Belloso, el consejero delegado, se movía nervioso en su despacho tratando de regular el aire acondicionado antes de descolgar el teléfono.

—Oye, soy Juan, ¿podrías venir un momento a mi despacho?

Belloso llamó a Pedro Masaveu y a Ricardo Gómez-Acebo. Diez minutos después iba a dar comienzo la reunión del consejo, la última antes de las vacaciones de agosto. Belloso fue directo al grano:

—Os he llamado porque... bueno... la verdad es que no gana uno para sorpresas, pero resulta que el presidente tiene un contrato por el que viene cobrando una cantidad, que no ha pasado nunca por consejo, y claro, está en una situación irregular y... pretendo decir algo en la reunión de hoy.

—A mí no me importa que Mario cobre lo que quiera, pero siempre que figure en las cuentas —dice Masaveu—, porque ¿quién ha firmado ese contrato?

—Pues es que no está claro, no sé si sería Abelló.

—¿Y de cuánto es el contrato?

—Hombre, la cantidad puede no ser descabellada... son 1.000 millones al año.

—¡Pero qué barbaridad, si eso no lo cobra nadie en el mundo!

—Sí, sí, el presidente de la General Motors, y el de Sears... es que, claro, tiene una montaña de gastos y como los sufraga él, entre otros el del avión particular, los gastos de aquí y de allá, pues al final viene a salir eso.

—¡Desde luego, 1.000 millones ni por el forro! —dice Masaveu—, que cobre este año 750, que ya está bien, y que en el futuro se pase por el consejo todos los años.

Pero Juan Belloso no planteó ninguna cifra al organismo, ¿no se atrevió?, algo dijo, sí, bueno, hay una cantidad aquí que hay que detraer, que es un porcentaje para el presidente... el caso es que el consejo no le dio mucha importancia, como si nadie hubiera oído nada, claro, es que tiene muchos gastos, la finca de Sevilla, ahora con la Expo va a recibir a un montón de gente, y al final es gente que recibe para el banco...

A los pocos días, Pedro Masaveu hablaba con Gómez-Acebo.

—Mira, es que yo estoy mal de salud y a mí estas cosas me ponen muy nervioso, y entonces he pensado que voy a dimitir.

—No me fastidies, Pedro, no me digas eso, porque si dimites tú tengo que dimitir yo... Si dimitimos el vicepresidente del banco y el de la Corporación esta casa va a durar diez minutos. Hombre, esto ya ha pasado por este año, vamos a esperar al otro y con calma y hablando con otra gente lo arreglamos, ya veremos con quién, pero esto lo arreglamos de raíz, y que cobre los gastos que sea menester, pero como tales gastos...

—Puede que tengas razón —apostilló Masaveu dando por zanjada la conversación.

Sin embargo, el día 2 de septiembre Masaveu hizo pública una carta en la que anunciaba su dimisión como consejero de Banesto alegando motivos de salud, aunque al día siguiente calificaba ante los medios de comunicación de «aventurera y politizada» la gestión de Conde en el Banco Español de Crédito, donde Masaveu era el tercer accionista individual más importante, con el 1,1 por ciento del capital social, sólo superado por el propio Mario Conde y por Moisés Cosío. Una discusión con Arturo Romaní a cuenta de la venta de Sanson a Cemex, que perjudicaba sus intereses cementeros, de los más importantes del país, había sido la gota que colmó el vaso de su paciencia.

El tema de los ingresos de Conde no volvió a salir a relucir en ninguna otra reunión del consejo de administración del banco. El cambio de Juan Belloso por Enrique Lasarte, 27 de noviembre del 92, no aportó novedad alguna en este punto, puesto que Lasarte jamás expuso ante el máximo órgano rector del banco ningún asunto relacionado con los ingresos de su presidente.

De dinero y santidad, la mitad de la mitad, dice el refrán popular. Sin duda algo parecido ocurre con los dineros de los altos directivos de Banesto, sobre los que a lo largo del tiempo ha ido cayendo toda una leyenda de cifras desmesuradas.

Un hombre al margen de toda sospecha en cuanto a honestidad personal se refiere como Juan Belloso reconoce haber percibido durante 1992, su último año en Banesto como consejero delegado, la cantidad de 52,6 millones de pesetas brutas, que es mucho dinero comparado con las 60.570 pesetas/mes del salario mínimo interprofesional, pero bastante menos que las cifras astronómicas que se han barajado.

Aquella cantidad se divide en 24 millones (2 al mes) como consejero delegado, 14 millones como dietas del consejo, 5 millones de la Corporación y 9,6 millones (200.000 por sesión, cuatro por semana) por la comisión ejecutiva. En total, los 52,6 millones citados.

¿Cuáles eran los emolumentos de Mario Conde en Banesto?

Los estatutos autorizaban a repartir entre el consejo hasta una cantidad equivalente al 5 por ciento de los beneficios, aunque nunca se sobrepasó el 1,5. Mario solía despachar ese reparto fuera de consejo, con una frase coloquial a pie de pasillo, bueno, eso como siempre: 1, 1,5 y 2, ¿os parece bien? A todos les parecía bien: a razón de uno para los consejeros de a pie, uno y medio para quienes además pertenecían a la ejecutiva y dos para el monstruo del lago Ness, don Mario Conde.

De manera que si en 1993, con cargo al ejercicio del 92, los consejeros normales recibieron, según diversos testimonios, en torno a los 17 millones de pesetas, los que además fueran miembros de la comisión ejecutiva cobraron unos 25,5 millones, y el presidente aproximadamente 34 millones de pesetas.

En las actas del consejo este asunto se formalizaba a la altura de marzo/abril, cuando se formulaban las cuentas anuales, con una frase ritual: «Se acuerda el reparto de las cantidades correspondientes.»

Los ingresos de Conde en Banesto correspondían a tres epígrafes: el contrato de alta dirección como presidente, que fue firmado por el secretario del consejo, Ramiro Núñez, en 1988 y empezó siendo de 50 millones de pesetas al año, y sus emolumentos como miembro de la comisión ejecutiva y del consejo. De manera que durante el ejercicio del 92 el gallego pudo generar unos ingresos personales de 34 millones por su pertenencia al consejo y a la ejecutiva, más unos 70 correspondientes a su contrato profesional actualizado. En total, en torno a los 105 millones. Dando por supuesto que ingresara otro tanto por sus cargos en la Corporación Industrial y La Unión y el Fénix, la cifra total rondaría los 210 millones de pesetas. A ello habría que añadir esa cantidad indeterminada por gastos de representación de diversa índole que escandalizó a Masaveu y Gómez-Acebo, y del que ha sido imposible recabar ningún dato adicional fiable.

El presidente de Banesto venía, además, obteniendo una cifra anual situada en torno a los 400 millones de pesetas en concepto de dividendo por su paquete accionarial en Banesto, cercano al 2 por ciento del capital social.

Así pues, en 1992, sumando los distintos conceptos y a ojo de buen cubero, Mario Conde pudo ingresar por todos los conceptos en torno a los 1.360 millones de pesetas, un sueldo de directivo estadounidense en empresa de éxito, distribuidos así: 210 por Banesto y Corporación, 400 en concepto de dividendo y aquellos 750 millones (con cargo al ejercicio del 91) de «gastos de representación» aludidos.

Si damos por bueno el episodio que tuvo por testigos a Belloso, Masaveu y Gómez-Acebo, los ingresos totales de Conde durante sus seis años al frente de Banesto se habrían acercado a los 6.500 millones de pesetas, descontando que en 1993 no cobró dividendos ni, es de suponer, cantidad extra alguna.

Distintos consejeros de Banesto consultados, para quienes los 1.000 millones que Belloso sacó a colación ante Masaveu y Gómez-Acebo son un misterio, reducen la cifra total de las percepciones anuales de Mario Conde al entorno de los 800 millones de pesetas, de los cuales 400 corresponderían a dividendos por sus acciones y los 400 restantes a sus emolumentos globales en Banesto y Corporación, gastos de representación incluidos.

El propio Conde desmiente aquella cifra milmillonaria:

«Eso no es verdad, pero si además está en mi declaración de la renta, hombre, que no es verdad... Lo que pasa es que había un sistema de retribución en el banco, que lo aprobaron en los dos últimos años de consejo, a iniciativa de Belloso, en la que argumentó que, bueno, pues no parece justo que un hombre como éste, que tiene aquí su fortuna metida, y que está soportando con su capital y su prestigio la marca Banesto, pues, coño, tenga una retribución exactamente igual a la de un consejero normal...

»Entonces se acordó —prosigue Conde— que las retribuciones del consejo se dividieran en tres partes o montantes, una de ellas, es decir, un 33 por ciento del total, era para mí de entrada, por ser el presidente de Banesto; y luego un consejero que además fuera miembro de la ejecutiva cobraba el doble que un consejero normal. Según ese sistema, a mí sí que me salían unas retribuciones, si no recuerdo mal, del orden de los 300 millones, quizá algo más, entre todo lo que cobraba en el banco.

»Pero en el Fénix yo no cobraba ni una peseta, y no tenía contrato ni blindado, ni no blindado, nada. Cobraba, sí, por el consejo de la Corporación, pero tampoco había contrato blindado de ninguna clase. De manera que eso, más los dividendos que percibía de mis acciones, que eran aproximadamente 400 millones al año, pues normalmente redondeaban unos ingresos anuales del orden de los 800 millones.»

Esos 800 millones de pesetas, multiplicados por seis años al frente de Banesto (en el supuesto de que en 1993 hubiera podido percibir todos los renglones descritos), arrojarían la suma total bruta de 4.800 millones de pesetas. ¿Están aquí los dineros de Mario Conde en Banesto?

«¡Pues claro que sí! Pero si es que, además, a aquella cifra le tienes que restar la puta renta de los cojones... pero si es que el tema de mi patrimonio está más claro que el agua, coño, vamos a ver, yo cobro 10.500 millones de pesetas tras la venta de Antibióticos, de los cuales 2.000 fueron a pagar impuestos; quedan 8.500, ¿qué hago con ellos? Me compro las acciones de Banesto, me compro «La Salceda» y estos cuadros que ves aquí, un par de Picassos y no sé qué más, y cuando entro en Banesto eso es lo que tengo, más esta casa [el domicilio de la calle Triana], que la compré cuando estaba en Antibióticos.

»Ahora, ¿qué tengo? Pues las acciones del banco, «La Salceda», los cuadros y dos cosas nuevas, «Los Carrizos» en Sevilla y el *Alejandra*, y eso es todo lo que he hecho en cinco años, todo lo que he hecho... ¿y cuánto ganaba yo al año entre pitos y flautas?, pues entre 800 y 1.000 millones, lo multiplicas por cinco años y ya está, ¡mira qué difícil es saber cuál es mi patrimonio!, porque, claro, a la ampliación de capital de Banesto fui con un crédito del BCH de 7.000 millones de pesetas, ¿eh?

»¡Y no hay más, que se te quite de la cabeza! —prosigue

Conde—. Si el señor Sáenz, el Banco de España, la Hacienda Pública, la Policía, y el *sursum corda* no han encontrado nada, y me han mirado hasta los calzoncillos, tampoco lo vas a encontrar tú por mucho que mires, no le des más vueltas...!»

La finca de «Los Carrizos», en Castilblanco de los Arroyos, propiedad que fue de la rama sevillana de la familia Oriol, y una de las mejores fincas de España, «fue la operación rústica más importante efectuada en Sevilla en los últimos veinte años, y por ella se pagaron más de 1.500 millones de pesetas», en versión de una de las personas que intervinieron activamente en la operación. En la posterior construcción de la casa se invirtió «otro tanto de lo que costó la finca», es decir, que «Los Carrizos» se han llevado una cantidad mínima de 3.000 millones de pesetas. De manera que la finca sevillana y los 1.000 millones que costó el yate *Alejandra* se habrían tragado la mayor parte de los ingresos de don Mario Conde como presidente de Banesto.

Sin embargo, muchos sospechan que ese es el chocolate del loro, la calderilla, los *peanuts* de una fortuna que, a tenor de los rumores que han florecido en Madrid como hongos en estos últimos años, se habría multiplicado varias veces a cuenta de las comisiones cobradas por Mario y su lugarteniente, Arturo Romaní, en todas las operaciones de venta de empresas de la Corporación Banesto.

Tras el fiasco que para el proyecto de la Corporación supuso la Guerra del Golfo, Banesto no tuvo más remedio que vender activos para realizar plusvalías con las que mejorar la cuenta de resultados y fortalecer su posición de recursos propios. Y esas operaciones generaban unas comisiones, cantidades que se agrandaban en el proceso de transmisión oral, miles y miles de millones, un asunto, se decía, sobre el que estaba muy atento el Gobierno, deseoso de pertrecharse de artillería para utilizarla contra el rutilante banquero en caso de necesidad, en caso de que decidiera algún día llevar a la práctica sus veleidades políticas. Y no poca gente se formulaba la siguiente pregunta: ¿cómo este hombre puede estar pensando en hacer una carrera política si empieza a dejar rastros de corrupción en el umbral de la puerta de su casa? Y otra pregunta más: ¿y para qué necesita el dinero, si ya lo tiene, y va a tener todo lo que quiera?

Dentro de la casa, los que han vivido por y para Banesto, sacralizando la institución, los de toda la vida, no paraban de hacerse cruces ante las noticias de «radio Macuto», los rumores que afectaban a supuestas prácticas del presidente. ¿Será verdad? ¿Será mentira? Nadie tenía datos, y sólo cabía dejar volar la imaginación en torno a las cosas que ocurrían en el «Banesto B» que manejaba Mario Conde.

Precisamente la batalla en torno a las exenciones fiscales para la Corporación Industrial, desarrollada durante la segunda mitad del 89 y primeros meses del 90, dio lugar a uno de los sucesos que mayor repercusión han tenido a lo largo de junio y julio de 1994: el pago de 600 millones de comisión a una empresa propiedad de Antonio Navalón.

Una historia con todos los ribetes del folletón, que ahora mismo se encuentra en la dársena del juez Miguel Moreiras, de la Audiencia Nacional.

La concesión de las exenciones fiscales sobre las plusvalías que iba a generar el proyecto era la clave del arco de la Corporación Industrial y Financiera de Banesto. Conde lo sabía, y Carlos Solchaga también, y por eso juró que tendrían que pasar por encima de su cadáver antes de concederlas.

¿Qué hizo Mario? Puso el asunto en manos de Antonio Navalón, cuya contribución había resultado decisiva para la supervivencia de Mario como banquero en la agria pelea que acompañó a la ruptura de la fusión entre Banesto y el Banco Central.

En torno a junio del 90, el presidente de Banesto hizo un comentario ante distintos miembros de la comisión ejecutiva:

—Quiero que sepáis que la concesión de las exenciones nos va a costar 1.800 millones de pesetas que hay que pagar al PSOE. Ya hemos pagado una tercera parte, y quedan pendientes otras dos.

Y fue Ricardo Gómez-Acebo quien levantó una voz de protesta:

—Pero, Mario, eso es una vergüenza, ¿cómo podemos pagar eso?, si es así es mejor que no haya exenciones, sobre todo cuando vamos a tener que empezar a vender empresas a toda mecha ante la crisis mundial que se avecina.

—Ya, pero es que Benegas y Guerra... he negociado con ellos y se lo han impuesto a Solchaga.

—Pues mira, si has pagado el primer plazo, ya está, pero los restantes no se pueden pagar, ni hablar, Mario.

Con aire compungido, poco acostumbrado a esa nueva forma de hacer banca, el vicepresidente habló del tema con Belloso.

—¡Vaya con tu partido y los cien años de honradez... cobrando el impuesto revolucionario!

—Ya, ya, no sigas, para mí enterarme de eso ha sido un trauma, y no quiero saber nada de nada, porque esto es una vergüenza.

Pasaron muchos meses antes de que el vicepresidente volviera a recordar la cuestión a Conde.

—¿Qué pasó con aquellos dos pagos pendientes que había que hacer al PSOE a cuenta de las exenciones?

—Nada, nada, no ha habido que pagar nada más.

Según algunas versiones que han circulado por Banesto, aquel primer pago de 600 millones de pesetas lo realizó Javier Abad, jefe del área internacional, con dinero de unas cuentas radicadas en Canadá y Estados Unidos, y fue realizado a una cuenta en Suiza a nombre de la sociedad Argentia Trust, domiciliada en Saint Vincent (Antillas).

El 27 de junio del 94 el ex banquero, en unas declaraciones efectuadas a *El Mundo*, aseguró que «Banesto pagó 600 millones a una sociedad, pero no puedo decir si esa sociedad tiene alguna relación con Navalón» [1].

Sin embargo, unos días después, entrevistado en el programa *Protagonistas* de Onda Cero, Conde se volvió parcialmente atrás de su primera versión, enfatizando la dimensión profesional del pago de los 600 millones [2].

Antonio Navalón, indignado por las versiones de Conde en torno al suceso, pidió declarar con urgencia ante el juez Moreiras, cosa que hizo el 20 de julio. Ante el titular del Juzgado Central de Instrucción nº 3 manifestó haber cobrado de Banesto en cinco facturas 213 millones de pesetas por diversos trabajos de asesoramiento llevados a cabo con motivo de la fusión con el Banco Central. Con respecto a los 600 millones de pesetas, aseguró que habían sido pagados a la sociedad Argentia Trust, a través de la

---

[1] Ante la pregunta del periodista Casimiro García-Abadillo de por qué pagó Banesto esa cantidad de dinero, Conde respondió que «había que vencer el clima político creado por Carlos Solchaga contrario a la concesión de las exenciones. Nosotros necesitábamos un asesoramiento, pagamos 600 millones y conseguimos las exenciones fiscales. Eso es todo».

[2] Conde aseguró a Luis del Olmo que se trataba de que «nos ayudaran a explicar nuestro proyecto en determinadas instancias, para que se comprendiera que era un proyecto razonable que merecía las exenciones fiscales. Y ésa es una actividad perfectamente legítima y profesional, no solamente en España, sino en todos los países occidentales».

cual se iba a canalizar la colocación privada de unos 30.000 millones de pesetas en acciones de la Corporación Industrial.

Ha sido la única vez que Banesto-Conde han sido relacionados con el pago de supuestas comisiones a partidos políticos. Excepción hecha del día que propuso, también ante miembros de la ejecutiva, oye, tendríamos que ayudar al PP, una bagatela, no más de 150 millones, «y le pusimos mil pegas, coño, ¿y por qué no les damos un crédito? Esto es un banco, no es Cáritas», y Conde que no, que había que ayudarles en ese momento, todavía no estaban cerrados a cal y canto los canales entre Mario y Aznar, y que se le podía sacar más rentabilidad a ese dinero, argumentaba el gallego, si se hacía como donación y no como crédito, y además esto habría que hacerlo a través de Agromán, al parecer uno de los sumideros de las aguas fecales de Banesto, pero el asunto encalló por la resistencia encontrada, y el banquero se olvidó del tema, que, lanzado a batallas de mayor enjundia, tampoco era persona que se empeñara en cuestiones de menor cuantía.

Una de las primeras operaciones que dieron que hablar en círculos muy restringidos, y la única en la que al final parecen haberse sustanciado unas sospechas razonables, se refiere a la operación de venta del complejo turístico Bellevue, situado en Alcudia, Mallorca, al millonario Marc Rich.

La operación de Alcudia responde a un principio esencial del funcionamiento de Banesto. La Corporación vende los activos de Bellevue, y el banco facilita al adquirente un crédito blando para que pueda afrontar la compra. El Banco de España, que penaliza en sus recursos propios la existencia en balance de esos activos improductivos, no prohíbe, sin embargo, esta práctica de otorgar financiación al comprador.

Al financiarle la compra, Banesto exige un precio superior al de mercado, con lo cual puede apuntarse unas importantes plusvalías. El comprador acepta el precio, porque hace números y comprueba que con la financiación de Banesto las cuentas le salen y gana dinero.

La operación comenzó a fraguarse en marzo de 1988. El 13 de octubre de dicho año, Banesto acordó la venta del complejo Bellevue (de las inmobiliarias Flavia y Tarpeya, pertenecientes al grupo bancario) a dos sociedades holandesas propiedad de Marc Rich y a la española Ron Investment, representada por Max Mazin, socio de Rich, libre de cargas, gravámenes, contribuciones e inquilinos, y con las licencias y permisos correspondientes para su utilización y posterior venta.

La operación de compraventa se formalizó el 13 de enero del 89, pero al poco tiempo los compradores descubrieron que once de las diecisiete torres carecían de permisos de apertura, y que el Ayuntamiento de Alcudia había reducido al 50 por ciento el volumen de edificabilidad de los terrenos sujetos a la transacción.

Banesto, que debía de tener mucha necesidad de vender, no había contado la verdad sobre la situación legal del complejo Bellevue. Los compradores se enfadan y, con sus abogados de la mano, piden cuentas a Banesto.

Y Max Mazin, el hombre de Marc Rich en España, pone el asunto en manos de Pedrol Rius y Cecilio Valverde, ex presidente del Senado con la UCD, que reciben el encargo de plantear demanda contra Banesto, solicitando que se declare resuelto el contrato y se devuelvan las cantidades entregadas.

Pero, ante la perspectiva de un pleito largo y el escándalo consiguiente, Max Mazin y Mario Conde acuerdan someter el litigio al arbitraje de la Corte de París.

De dicho arbitraje se hace cargo el trío compuesto por Antonio Hernández Gil *jr.*, Vicente Montés, catedrático de Derecho Civil de la Universidad de Valencia, y el abogado francés Yves Derains.

Y una de las cosas que reclaman los compradores, además de las cantidades adelantadas y los gastos correspondientes, es la devolución de una cantidad importante, de 7,35 millones de dólares, pagados en concepto de comisión al señor Alejandro Arroyo, suegro de Mario Conde.

La historia había comenzado tiempo atrás y tiene todo el sabor de los folletines de faldas entre gente acomodada. El protagonista, nada menos, era Arturo Romaní, primer ejecutivo de la Corporación y vicepresidente de Banesto, que se enamoró de una joven de la familia Arroyo, un amor total que surge incontenible en la vida de este abogado del Estado de vida aparentemente tranquila.

La situación llegó a tal extremo que el de Banesto pensó en el divorcio. Eran unos tiempos cruciales para la Corporación, que reclamaban la máxima dedicación del ejecutivo, lo que se tradujo en una situación insostenible. Una tarde, en el domicilio de Triana, Arturo se confesó ante su amigo: estaba perdidamente enamorado y comprendía que esa situación podía perjudicar seriamente no sólo a la Corporación sino a su relación personal con Mario y al proyecto entero del gallego. Y venía dispuesto a presentarle la dimisión.

Conde ya estaba al tanto de lo que ocurría, y también sabía la situación por la que estaba pasando Aurelia, la esposa de Arturo. Pero Mario no quiso aceptarle la dimisión, por fortuna para Arturo, porque el culebrón se iba a complicar de manera insospechada cuando la joven en cuestión, a caballo entre Madrid y Palma, se enamoró de un fornido *geo* residente en la isla, con quien mantenía una doble relación amoroso-afectiva.

Nadie sabe cómo hubiera terminado la historia de no ser porque Arturo descubrió un día el engaño en Palma de Mallorca. Fue una escena que ninguno de los protagonistas olvidarán mientras vivan, a resultas de la cual la joven tuvo que ser internada en un hospital para recibir varios puntos de sutura.

El incidente dio lugar a la intervención de Alejandro Arroyo, aquello no podía quedar así, y había que arreglarlo. La amenaza de escándalo estaba servida.

Para evitarlo, Alejandro recibió el encargo de participar como *broker* en la venta del complejo Bellevue. El, además, no era nuevo en el sector inmobiliario, y podía hacer perfectamente el trabajo. Era una forma de acallar el drama con dinero. Dinero público para tapar asuntos privados.

Y a fe que lo hizo bien, porque el precio alcanzado fue muy bueno. Para el pago de la correspondiente comisión al intermediario, uno de los socios de la oficina de Marc Rich & Co. en Madrid, Antonio Briones, se desplazó a Suiza, viajando a Zurich en el mismo avión que el señor Arroyo. En el aeropuerto de Zurich, el hijo de Max Mazin, ejecutivo en la sede de Marc Rich en Zug, Suiza, hizo entrega a Arroyo de cuatro talones por un total de 7.350.000 dólares, casi 1.000 millones de pesetas al cambio de 135 pesetas/dólar.

Parece que el talón de mayor cuantía, por importe de 200 millones de pesetas, aterrizó en el bolsillo de Alejandro Arroyo. ¿Dónde fueron a parar los otros tres talones?

En el laudo arbitral se hace una referencia tangencial a dicha comisión, al asegurar los árbitros que no cabe entrar en el tema de la comisión pagada al señor Arroyo porque no forma parte del pleito.

De los primeros tiempos de Mario en Banesto arranca también su relación con un personaje que haría correr ríos de tinta: Jacques

Hachuel, hombre clave como «caballero blanco» de Mario en los primeros años, aunque alguna gente dentro de la casa diga que fue Mario quien en realidad actuó de «caballero blanco» de Jacques, puesto que éste hizo estupendos negocios gracias a Banesto y a Mario. Las relaciones entre ambos se concretaron en torno a Urbis.

«Banesto necesitaba una inmobiliaria —asegura Antonio Eraso, un buen conocedor del sector—, porque daba la casualidad de era el único banco que no tenía una inmobiliaria, y Urbis era la única gran inmobiliaria que no dependía de un gran banco.»

A la banca le viene bien disponer de una inmobiliaria a la hora de desprenderse de los inmuebles de que se va haciendo cargo como consecuencia de la ejecución de garantías pignoraticias. A cubrir esa necesidad contribuyó Jacques Hachuel como fiduciario de Mario Conde.

«Yo compré Urbis por cuenta de Banesto, financiado por Banesto y con el compromiso de devolvérselo a Banesto cuando llegara el momento. Ellos necesitaban una inmobiliaria, y yo les puse la empresa en buena forma, la fusioné con otros intereses inmobiliarios del banco, le di la masa específica que necesitaba para medirse con las grandes inmobiliarias, todas propiedad de bancos, puesto que la única que no estaba enganchada a ningún banco era Urbis, y el único banco que no tenía una inmobiliaria era Banesto.»

Pero las relaciones entre Mario y Jacques ya quedaron dañadas con esta operación.

«Sí, porque a la hora de liquidar las cuentas de Urbis, Mario no cumplió el compromiso de reembolsarme la inversión más los gastos financieros, hasta el punto de que esa operación me costó dinero, no demasiado, y además costó Dios y ayuda que terminaran de pagar.»

La polémica más importante, sin embargo, entre Jacques Hachuel y Mario Conde tuvo como escenario el paquete accionarial de Juan Abelló, que Jacques asegura compró como fiducia, lo que el banco ha negado siempre.

La ruptura con Juan Abelló generó en Mario Conde, además de un trauma afectivo («Yo vi llorar a Mario cuando la ruptura entre ambos. Me recibió por la mañana del día siguiente y le vi verdaderamente afligido, ¡ay que ver!, todo lo que yo quería a Juan, cómo ha podido hacerme esto...»), un problema de autocartera muy grande. La solución a mano se llamaba Hachuel: se trataba de que vendiera una parte de su paquete en Urbis y comprara las acciones de Abelló en Banesto.

Eso fue lo que hizo Jacques, de forma que, directamente a su nombre y al de sociedades de su grupo, adquirió hasta un total de 1.870.000 acciones, la mayor parte del paquete Abelló. De acuerdo con Hachuel, Mario le hizo una promesa en regla:

—Si haces el esfuerzo de encontrar financiación, porque naturalmente no podemos hacerlo nosotros, yo les indicaré a los bancos que te financien que los intereses corren por nuestra cuenta, porque es autocartera, y si alcanzas a cubrir el paquete entero de Abelló te ofrezco la presidencia de La Unión y el Fénix, que es el cargo que tenía Juan.

A Jacques no le interesaba la presidencia del Fénix, dado su desconocimiento del mundo del seguro, pero sí tenía candidatos para comprar la compañía, en concreto el Grupo Power de Canadá, uno de los grandes del mundo.

Jacques financió una parte del paquete a través de la Banque Paribas de Ginebra, y Mario llamó al director general, primeros días del 89, *monsieur* Rambaud:

—No le podemos dar una carta de garantía, porque esto es autocartera, pero tiene usted mi compromiso como presidente de Banesto de que esto se hace con pacto de recompra y garantizando todos los costes.

Para financiar la otra parte, Banesto le concedió un crédito blando en pesetas, teóricamente para el desenvolvimiento de los negocios españoles de Hachuel. Pero en 1992, con el Banco de España pisándole los talones a cuenta del cierre del ejercicio 91, Mario no tuvo más remedio que llamar a Hachuel:

«Me pidió, como un favor personal muy grande, que le aportara garantías reales personales mías, me las devolvería luego, dijo, porque se trataba de superar la momentánea presión de los inspectores del Banco de España. Yo, la verdad, es que entonces estaba en Boston, con uno de mis hijos internado a causa de una enfermedad muy grave, y todo me daba igual, así que hice lo que me pidió.»

Desde entonces han transcurrido más de dos años y medio de reclamaciones por parte de Hachuel. Mario incumple aparentemente sus compromisos a la hora de devolver esas garantías y de recomprar el paquete de Jacques, que él se había comprometido a recolocar.

La situación se había ido complicando con la caída de la

cotización del banco en bolsa y la acumulación de costes financieros.

«Los bancos financiadores me empezaron a urgir, y yo me vi obligado a pagar intereses, porque Banesto no respetó el compromiso de correr con los costes financieros.»

Jacques Hachuel reclama a Banesto 14.000 millones de pesetas por todos los conceptos, de la mano del abogado Alberto Oliart, que ya ha mantenido varias reuniones con Alfredo Sáenz.

Pero Oliart tiene un problema insalvable, y es que su cliente no ha podido presentar justificación acreditativa de que ese paquete fuera realmente una fiducia, y no una compra real como siempre ha sostenido Banesto. De acuerdo con el financiero de origen judío, la prueba estaba en poder de Rafael Pérez Escolar, pero éste se hace de nuevas.

«Yo me di cuenta desde muy pronto de que mi relación con Mario iba a salir mal. El vio que yo no respondía al modelo de gente que él tenía a su alrededor, y fue distanciándose de mí. La iniciativa fue suya, porque mi pacto con Mario consistía en que, a cambio de hacerle el trabajo de Urbis y de comprar las acciones de Abelló, me iba a dar la oportunidad de hacer operaciones con la venta de empresas, pero la única que me cedió fue la de Carburos Metálicos y tampoco salió al final, y ya no me dio más vela en ese entierro.»

Algo importante había ocurrido, y es que Mario había llegado a la conclusión de que Jacques Hachuel no le servía de gran ayuda, porque no disponía de músculo financiero suficiente para las grandes operaciones que tenía que abordar el banco. Mario se iba a buscar en seguida un aliado mucho más fuerte que Hachuel, nada menos que la Union des Banques Suisses (UBS).

«El no me podía dar operaciones a mí porque era demasiado obvio que yo era su amigote. Necesitaba una fachada mucho más brillante e inatacable para seguir haciendo sus negocios.» Hachuel no le servía, y la UBS le iba de maravilla. Ahí nace el pacto con los suizos, a través de Borja Prado.

De la mano del hijo de Manuel Prado y Colón de Carvajal llegaron los suizos de UBS dispuestos a pujar con el resto de los *merchant banks* internacionales para liderar la salida a las bolsas de la Corporación Banesto. Tras adjudicarse el proyecto, la Guerra del Golfo, sin embargo, frustró aquellos planes, lo que reorientó el papel de UBS hacia el asesoramiento en la venta de empresas de la Corporación.

Los dos grandes bocados en los que participaron los suizos, o más concretamente su filial británica, UBS Phillips & Drew, fueron las ventas de Petromed y La Unión y el Fénix. Dos operaciones que dieron lugar a una catarata de rumores en Madrid en torno al cobro de comisiones millonarias.

La liebre saltó con motivo de las desavenencias que surgieron meses después de concretada la venta de Petromed a la multinacional British Petroleum, que, por filosofía y tradición, es la «anticompañía» para intentar forzar un tema de cobro de comisiones, dados los estrictos controles internos, auditorías, *reportings*, etc.

Aquélla fue una operación bien planteada por Arturo Romaní y su segundo, Andoni Eizmendi, que negociaron en Londres un precio muy ventajoso para el paquete en venta, superior a la cotización bursátil de Petromed en aquel momento.

Como compañía saneada que había sido, Petromed era una de las grandes tenedoras de acciones de Banesto y su grupo, pero los británicos sólo estaban interesados en el negocio estrictamente petrolero, por lo que se acordó que la cartera de valores de Petromed se quedara en Banesto.

Pero cuando se formalizó el acuerdo, y a cuenta de las permanentes angustias causadas por la autocartera, al banco no le venía bien hacerse cargo del paquete de «banestos» en poder de Petromed, por lo que la propia entidad pidió un plazo de seis meses para ejecutarlo. Así se acordó en un documento que se firmó y se notificó a la CNMV. El precio fijado para realizar la transacción era el de bolsa, actualizado al plazo en que debía cerrarse la operación.

Con el acuerdo de compra de Petromed, los británicos se avinieron, además, a entrar como socios de la propia Corporación Industrial, con la compra de un 4 por ciento del capital social. Se trataba, así lo vendía Romaní con su roma elocuencia, del mayor proyecto industrial español, en el que ya habían tomado pequeñas participaciones otras grandes firmas europeas, como AGF. La transacción, que incluyó detalles emotivos y tensos, puesto que a Juan Herrera le vendieron la empresa que presidía desde hacía décadas sin informarle de la operación, incluyó la correspondiente OPA para los accionistas minoritarios, y a un precio muy superior al de bolsa.

Quedaba suelto el fleco de las acciones de Banesto. Y cuando llegó el momento de hacer efectivo el traspaso de esas acciones, los de British Petroleum comprobaron con asombro que Romaní se llamaba andana, y en una interpretación *sui generis* del precontrato firmado, adujo que Banesto no estaba obligado a comprar ese 2 por ciento de su capital, 15.000 millones de pesetas, aunque si BP insistía, los tribunales estaban abiertos para cualquier reclamación.

—Creo que deben ustedes demandarme en arbitraje —fue la frase majestuosa que pronunció, lo cual suponía enfrascarse en un costoso e incierto pleito, a varios años vista.

—Pero eso no es posible —se desesperaba John Hawshow, director general de BP que llevó las negociaciones—. Si fue usted mismo quien nos dijo que le diéramos un plazo de seis meses porque Banesto no podía comprar entonces...

Esta es una de las claves del funcionamiento de Mario Conde y su gente de confianza a lo largo de su etapa en Banesto: la utilización más o menos torticera del Derecho como un medio de defensa y ataque, un instrumento arrojadizo, un material moldeable a la consecución de cualquier fin. Seguros de su habilidad para montar siempre su defensa sobre una base jurídica, confiados en su capacidad de manipuladores del Derecho, artificieros, artistas del Derecho, no llegan a comprender que el artificio jurídico, las argucias legales, no resuelven los problemas, no solucionan el drama de la autocartera ni evitan las angustias de una cuenta de resultados que no produce beneficios.

Y ahí empezó el gran lío entre British Petroleum y Banesto. Un lío que se desarrolló entre enero y el verano del 92, con sus puntos culminantes en las juntas generales de Banesto y de la propia Corporación Industrial, en las que finalmente Banesto se avino al acuerdo. No sin que antes BP movilizara su artillería gruesa para hacer entrar en razón a los habilidosos abogados del Estado, magos del Derecho, instalados al frente de Banesto y de la propia Corporación. Para entonces, los británicos ya estaban al cabo de la calle de que la Corporación no iba a ser el gran grupo industrial que prometía Romaní, sino un mero instrumento al servicio del banco y de la resolución de sus problemas.

Sintiéndose burlados, BP se trajo a España a sus auditores británicos de Ernst & Young, que tras los trabajos de rigor prepararon una docena de preguntas muy sabrosas, algunas demoledoras, que el socio British Petroleum planteó el 21 de mayo del 92 en junta general ante el consejo de administración de la Corporación. Muchas de tales preguntas siguen sin respuesta, y en ellas se contiene la esencia de gran parte de los problemas gerenciales y de las prácticas cuestionables de Banesto.

Una de tales preguntas decía así:

—¿Cómo es posible que ustedes hayan pagado más de 5.000 millones de pesetas a UBS Phillips & Drew por una función de asesoramiento que en cualquier lugar del mundo no hubiera valido la décima parte?

La cifra, en efecto, era escandalosa. En esos días la exitosa Goldman Sachs había cobrado un *fee* de 1.000 millones de pesetas tras intervenir como *broker* en la venta de la cervecera sevillana Cruzcampo a Guinness, una operación de mayor cuantía que la venta de Petromed a BP.

Lo más curioso del caso es que los negociadores de British Petroleum jamás habían visto al otro lado de la mesa a los señores de UBS asesorando al equipo de la Corporación Banesto.

Se trataba, según Arturo Romaní, de un error fenomenal: Banesto había firmado un contrato con UBS Phillips & Drew para el asesoramiento a la Corporación Industrial, tarea para la que el *merchant bank* de UBS había dedicado a un equipo de gente en Londres, que incluía un *retainer* mensual de 200 millones de pesetas y que, en un momento determinado, se subsume en esa cifra global de 5.000 millones de pesetas. Pero cuando se invita a Romaní a efectuar un desglose de los pagos efectuados a UBS por los distintos conceptos, el ex jefe de la Corporación se pone nervioso, empieza a balbucear, y termina por prometer el envío de una relación detallada del asunto, cosa que nunca lleva a cabo.

La historia de las relaciones entre British Petroleum y Petromed/Banesto tiene otros episodios, algunos muy enjundiosos, el más llamativo de los cuales se refiere al papel jugado en las ventas de empresas de la Corporación por un señorito español, hijo de papá influyente y amigo de Banesto, que solía presentarse ante los potenciales compradores y sorprenderles con una conversación capciosa, vengo en representación del presidente de Banesto, en relación con el contrato que están ustedes negociando con la Corporación, claro, comprenderá usted que ésta es una operación difícil, muy compleja, en la que intervienen muchas voluntades, algunas de las cuales hay que ablandar, así lo plantea ante el director general de British Petroleum, John Hawkshaw, en su despacho de Londres, sorprendido el hombre, anonadado, pues usted dirá, siga, siga, pues como le iba diciendo, que sería necesario que ustedes dedicaran una cantidad para hacer posible que esta operación llegue a buen puerto, ¿cómo dice?, sí, que tendrían ustedes que ingresar una cantidad de dinero en una cuenta que yo les facilitaría, ¿una cuenta?, ¿para qué?, ya se lo he dicho, para ablandar algunas voluntades, bueno, mire, yo no sé nada, nadie me ha explicado que esto tenga que ser así, pero si hay que pagar algún dinero presente usted una factura y si el pago está justificado y lo aprueban los auditores se lo pagaremos, no, mire usted, yo creo que no me he explicado bien, se revolvía nervioso el español, no me ha entendido usted, mire, es que en estas cosas no hay facturas, ¿cómo?, ¿que no hay facturas?, pues entonces aquí no logrará usted sacar ni un penique, porque si ya resulta difícil cobrar con factura y justificando el gasto, comprenderá usted que sin factura ni hablar, ni hablar, lo siento mucho señor mío...

El rumor envenenado, desmentido por Mario Conde, aseguraba en Madrid que el papel de UBS se reducía a actuar de testaferro de Conde en el cobro de comisiones disfrazadas de asesoramiento en la venta de empresas, comisiones que luego revertía al propio Conde y a su segundo, Romaní, tras quedarse con un pequeño porcentaje. Un rumor que podría resumirse en la frase de un rico español, con fuertes intereses en Suiza: «Los suizos ingresaban a Mario el 80 por ciento del dinero que cobraban por comisiones en la venta de empresas de la Corporación, y lo hacían a través de Violy de Harper y Roberto Mendoza. Sí, ese dinero iba a parar a una cuenta especial en J. P. Morgan, cuyo dueño final era Mario.»

Quien tal afirma no ha podido, sin embargo, presentar una mínima prueba que avale su aseveración.

«¡Pero hombre de Dios! —protesta Conde—, ¿tú crees que Roberto Mendoza se iba a prestar a un asunto tan turbio como ése? Eso es desconocer a Roberto, a Violy, a Morgan... y, por supuesto, a mí.»

Quizá también sea de justicia reconocer que en las espaldas de Mario Conde se han colgado muchos sambenitos ajenos.

«A mí me consta que dos altos directivos de Urbis, un jefe y su segundo, que están en las memorias anuales de la sociedad, pidieron dinero a Gonzalo Hinojosa para negociar la compra de un edificio que interesaba al dueño de Cortefiel —asegura un importante promotor inmobiliario madrileño—, y no me puedo imaginar a Mario haciendo negocios con esa pareja. Lo que también es cierto es que yo fui a denunciar el asunto ante Mario y éste no movió ni un músculo.»

Un episodio que ha conmovido las entrañas de Banesto ha sido la venta de la sociedad Carburos Metálicos, un asunto «tabú» en el que resulta muy difícil entrar.

La empresa estadounidense Air Products pagó una opción de compra de 4.500 millones de pesetas en 1990, cuyo destino nunca ha podido aclararse. Rafael Pérez Escolar se la reclamó a Arturo en varias ocasiones, hasta que, a partir de un determinado momento, Arturo empezó a negar la existencia de dicha opción.

Era una historia que Enrique Lasarte aún no había conseguido descifrar cuando se produjo la intervención. Los americanos de Air Products llegaron a un acuerdo con Romaní para que les diera una opción de compra de una parte de las acciones (ya eran accionistas de la sociedad), por la que supuestamente pagaron 4.500 millones de pesetas. El asunto queda hibernado hasta que, en 1993, al intentar hacerla efectiva, los estadounidenses tropiezan con problemas legales en España, lo que les induce a reclamar la cantidad adelantada. Los crecientes nervios que provoca el asunto tras el verano del 93 llevan un día de septiembre a Rafael Pérez Escolar a confesarse ante Ricardo Gómez-Acebo y Juan José Abaitua.

—Chicos, estoy desolado.

—¿Y por qué estás desolado?

—Porque los de Air Products tenían una opción de compra, por la que pagaron nada menos que 4.500 millones, y nadie sabe qué ha sido de ese dinero.

—¿Y dónde está?

—Arturo Romaní se los guardó, diciendo no, no, es que tengo el encargo de los americanos para con esos 4.500 millones mantener la cotización de Carburos durante un año.

—¡Pues muy bien, que la mantenga, pero con los 4.500 millones de pesetas en la cuenta de la Corporación!... ¿Y quién sabe eso?

—Romaní, por supuesto, y supongo que el señor Conde, pero nadie más, en fin... ¡mientras yo lo sepa!

—No, mira, mientras tú lo sepas no vale, tú cuentas eso ahora mismo a Lasarte, porque si va a ser el próximo consejero delegado de la Corporación necesita saberlo.

—Sí, sí, tienes toda la razón.

Pérez Escolar se fue a ver a Lasarte para ponerle al corriente de la situación. El consejero delegado descolgó el teléfono de inmediato.

—Arturo, que para las cuentas de fin de mes hacen falta esos 4.500 millones de Carburos, porque eso no puede estar así...

Y Arturo, al otro lado del hilo, respondió:

—Pero, Enrique, ¿qué me estás diciendo?, si eso nunca ha existido, esos millones nunca han existido. Rafael debe de estar soñando.

Pero Rafael no estaba soñando. Habían sido 4.500 millones de pesetas que fueron a parar, sin que esté claro cómo, a una cuenta de Jacques Hachuel en Suiza.

El asunto se había disparado, porque Banesto, a cuenta de las revelaciones en prensa que apuntaban a la posición de insolvencia de Hachuel, había amenazado con ejecutar las garantías aportadas en su día por Jacques. El financiero llamó a Pérez Escolar:

—Me vais a ejecutar, y eso va a ocasionarme que me ejecuten en el mundo entero, así que quiero que sepas que de mi cuenta en Suiza han salido 4.500 millones, y que naturalmente voy a contar hacia dónde han salido y para quién.

—Claro, han salido porque los ha cobrado Romaní...

—Sí, sí, ¿pero a que no están en la Corporación?

—No lo sé, pero ahora mismo lo veo...

—No te preocupes, que no los encontrarás.

La operación en torno a Carburos se había complicado desde el principio con la emisión de unos *warrants,* bonos que daban a su titular el derecho de hacerse con el 18 por ciento de la sociedad en el plazo de cinco años, y que fueron comprados por Hachuel con financiación de Banesto. Tras muchas vueltas por el ancho mundo sin poderse colocar, debieron ser recomprados por el propio Banesto, que saldó la operación con importantes pérdidas.

El misterio de los dineros pagados por Air Products por la opción de compra fue la gota que colmó el vaso de la decisión de Enrique Lasarte, secundado por una parte del consejo, de poner a Arturo Romaní en la calle a principios de 1994. Ilusos. ¿Qué hubiera dicho el gran jefe de haber escuchado tamaña pretensión?

Muchos de los asuntos que han dado que hablar en la corrala madrileña jamás llegaron a la ribera de Alcalá 14, donde el dios Mario tenía instalado el cuartel general de su «Banesto B». El señor Conde ni se enteraba, ni tenía posibilidad de hacerlo, puesto que se encontraba dirigiendo otras batallas, y el círculo de sus favoritos impedía la llegada de cualquier opinión o sugerencia desde la pura base del «Banesto A».

Es el caso de la constructora Agromán en Gibraltar, y las maletas de billetes que viajaban a Suiza... Un asunto de empleados de segundo nivel, algunos de los cuales actuó como responsable de Banesto para Europa y Africa, y fue despedido con una indemnización de 39 millones de pesetas.

El director de la sucursal Banesto en Gibraltar vino a Madrid poco antes del 28-D, con intención de ser recibido por un miembro del consejo con quien le unía cierta vieja amistad.

—Mire usted, si tiene algo que decir, hágalo por los conductos reglamentarios, informe a su jefe natural.

—No, no puedo, tengo que hablar con usted.

El consejero accedió finalmente a recibirle.

—Oiga, es que me van a echar, me van a echar, y no he hecho absolutamente nada, yo me limitaba a recoger las maletas de billetes, las metía en la caja fuerte y ellos las mandaban luego a Suiza.

—¿Y viene usted a contármelo ahora...? ¿Cuánto tiempo lleva usted haciendo eso?

—Unos tres años.

Se trataba de un «llanito» normal y corriente, y el dinero remitido a Suiza era propiedad de Agromán. ¿Para quién? Desde luego no para la contabilidad de Banesto. La constructora llevaba ya tiempo realizando obras en el Peñón, en unas zonas «reclamadas» al mar por unos promotores amigos del Gobierno de Bossano. La sucursal de Banesto en Gibraltar, lógicamente, facilitó a Agromán los avales que requería y ésta mantenía unos depósitos importantes tanto en pesetas como en libras, que producían una buena rentabilidad. Un buen día los encargados de la constructora explicaron al director de Banesto que desde hacía varios meses parte de los talones que giraban contra su cuenta, una vez cobrados, eran depositados en una caja fuerte del mismo banco. Maletines con billetes. Su pretensión era mandar ese dinero a una cuenta en Suiza, lo que se hizo en repetidas ocasiones. Las órdenes, incontestables, venían de Madrid.

¿Conocía Luis Duccase esta operativa? Después, al detectar la auditoría de Agromán ciertas anomalías en el cobro de estos cheques, pretendieron obligar al director de Gibraltar a realizar unos nuevos extractos con cifras maquilladas, aduciendo que los anteriores apuntes bancarios contenían errores que habían sido subsanados.

De las peripecias de Banesto en la Roca (Banesto Gibraltar, Banesto Company Management, Banesto Trustees, etc.) podría escribirse un tomo con cientos de historias.

Las aficiones inmobiliarias de los hombres de Banesto siempre han estado a flor de piel, como cumple a quienes conocieron su explosión profesional y su irrupción en la riqueza de la mano de un *boom* como el español, fundamentalmente inmobiliario y bursátil.

Al margen de la operación de libro de Gescam, ya aludida, Arturo Romaní arrendó por cinco años y firmó una opción de compra sobre un palacete situado en la calle Fernando el Santo 12, de Madrid, que iba a ser la sede de la Corporación Banesto, y que luego fue adquirido por La Unión y el Fénix en 3.218 millones de pesetas, una operación muy cuestionada por los Servicios de Inspección del Banco de España.

Otro palacio, éste en Sevilla, fue el comprado por Banesto a la constructora Entrecanales, la llamada «Villa Diana», en el paseo de las Palmeras. Aparte de lo que se pagó por esa joya arquitectónica, se invirtió mucho dinero en obras de acondicionamiento (se instalaron bañeras con hidromasaje en los cuartos de baño) y decoración.

Estaba cerca la gran fiesta de la Expo, de la que Banesto era patrocinador, y muchas y muy grandes personalidades mundiales iban a ser agasajadas por el banco, por lo que era necesario disponer de un lugar de recepción a tono con la categoría de los visitantes. En «Villa Diana» se hospedó Roberto Mendoza, antes de estar terminado «Los Carrizos». Y allí dio el banco grandes festejos a sus clientes *vips* durante la celebración de la Expo. Lujo y más lujo a cuenta de Banesto.

El vicepresidente Ricardo Gómez-Acebo se enteró de la compra un día en que se disponía, en compañía de su mujer, a emprender viaje a Sevilla.

—Vete a vivir a «Villa Diana».

—¿Y eso qué es?

—Un palacio que hemos comprado.

Así se hacían las cosas en Banesto. Ni el vicepresidente ni la mayoría de los consejeros se enteraba de la misa la media. Todo era cosa de Mario y de sus cuatro fieles. El resto vivía a la intemperie.

La venta del grupo cementero Sanson a la multinacional mexicana Cemex ha sido otra de las operaciones que han dado pie a rumores sobre el potencial cobro de comisiones.

El sector cementero había sido testigo de la primera derrota de

Mario Conde al frente de Banesto. En efecto, el Conde *glamouroso* de los primeros tiempos mordió el polvo en Valenciana de Cementos a manos de la familia de los Serratosa, accionistas y gestores tradicionales de la sociedad, que contaron con el sabio consejo de un Pablo Garnica ya desencantado del gallego. Este, sin embargo, logró un posterior reparto del grupo cementero ciertamente ventajoso para el banco. Banesto se adjudicó La Auxiliar de la Construcción (Sanson), Cementos Portland Iberia y Cementos Morata del Jalón, mientras los Serratosa y sus nuevos socios, los noruegos de Aker, se quedaban con lo demás.

Sobre los restos de este ejército cementero escindido cayó al tiempo la mexicana Cemex, deseosa de establecer una sólida pata en Europa. Mientras Gustavo Caballero, director financiero de la multinacional, negociaba la compra de Sanson con su gran amiga Violy de Harper, que en nombre de Morgan asesoraba a Banesto, José Doménech, director de la división internacional, lo hacía con los Serratosa de Valenciana.

Surgió entonces una curiosa situación, puesto que Banesto-Morgan decidió vender el 29 de junio del 92 una opción de compra sobre el grupo cementero Sanson a la sociedad Apax Aktiengesellschaft, con sede en Vaduz, propiedad del Grupo Unifund, cuyo titular es el millonario egipcio Al Fuad Said, precisamente el que había prestado a Violy de Harper [3] los dos millones de dólares que sirvieron para la compra de su apartamento en Manhattan.

La explicación de Conde es que se trataba de una argucia ideada por los mexicanos de Cemex, temerosos de que los Serratosa, si se enteraban de que estaban negociando al tiempo con Banesto, dieran marcha atrás ante la sospecha de que todo se tratara de una jugarreta de Mario para hacerse de nuevo con el control de Valenciana.

En el corto espacio de tres semanas (del 12 de junio al 6 de julio del 92) Cemex y los Serratosa llegaron a un acuerdo de compraventa sobre Valenciana de Cementos por 1.250 millones de dólares (162.500 millones de pesetas al cambio de 130 pesetas/dólar).

[3] La posición de Violy de Harper en esta negociación a tres bandas no podía ser más curiosa, puesto que Morgan asesoraba a Banesto al mismo tiempo que a Fuad Said, uno de los grandes clientes de Morgan, y al propio Cemex, tradicional gran cliente, también, del banco estadounidense.

Inmediatamente después, Gustavo Caballero se hizo con la opción de compra de Apax/Unifund sobre Sanson, tras pagar a Said Fuad una propina de 10 millones de dólares, unos 1.300 millones de pesetas.

«Para nosotros estaba claro que Fuad Said era un simple testaferro de Morgan», asegura un alto cargo de Cemex.

Los mexicanos pagaron por el grupo cementero Sanson 600 millones de dólares, unos 78.000 millones de pesetas.

Con el acuerdo con Cemex ya precocinado, y las acciones del grupo Sanson cotizando en bolsa a 5.000 pesetas, la Corporación Banesto lanzó el 1 de julio del 92 una OPA a los accionistas minoritarios a 10.000 pesetas/acción, un buen negocio, sin duda, si no hubiera sido porque Cemex estaba dispuesto a pagar por el mismo título 20.012 pesetas. Cuando, con el paso de los días, la CNMV advirtió el truco, obligó al banco a resarcir a los minoritarios que habían vendido.

Pero la Corporación Banesto pudo, a pesar de todo, sacar tajada de la operación al margen del buen negocio corporativo que supuso la venta a Cemex, gracias al juego de las autocarteras. En efecto, el 26 de junio del 92 se negociaron 61.000 acciones de Sanson (2 por ciento del capital social) que estaban en la cartera de Cementos Morata [4], por las que se pagaron 611 millones de pesetas (a 10.000 pesetas/acción). Según fuentes de Morata, el comprador fue la propia Corporación.

Al 2 por ciento citado se unió otro 10 por ciento del capital social de Sanson que era propiedad de Portland Iberia (100 por ciento de la Corporación). En suma, que la Corporación Banesto realizó un buen negocio vendiendo ese 12 por ciento que estaba repartido en las distintas empresas del grupo a las mencionadas 20.012 pesetas que pagó Cemex, lo que supuso un beneficio aproximado de 9.400 millones de pesetas. ¿Dónde fue a parar ese dinero? ¿Dónde se contabilizó? ¿Fue un ingreso realizado por la Corporación Banesto o no?

Para rematar la historia, los dueños de Cemex se habían comprometido a abonar una comisión de 1.000 millones de pesetas

[4] De acuerdo con los accionistas minoritarios de Cementos Morata, dueños del 40 por ciento de la compañía (el resto en manos de Banesto), los responsables de la Corporación pretendieron hacerse con el 10 por ciento del capital de Sanson que figuraba en el balance de Morata, pagando las 10.000 pesetas/título de rigor, lo que fue impedido por los minoritarios.

por la venta de Sanson. Gustavo Caballero dio orden de pagarla a José Luis Sáenz de Miera, el nuevo responsable del grupo en España, pero éste y José Doménech se resistían.

—No podemos pagar eso desde España, porque todas nuestras operaciones aquí son transparentes. Que la paguen ellos desde México.

A lo largo del 93 se sucedieron desde Madrid las llamadas a Ciudad de México reclamando el pago de ese dinero. Quien se ponía al aparato era uno de los altos cargos de la corporación, muy próximo al presidente. El asunto parecía haber entrado en vías de arreglo cuando se produjo la intervención del 28 de diciembre.

Opina un especialista madrileño, con una amplia experiencia en fusiones y adquisiciones de empresas: «En todas las operaciones de compraventa de empresas hay una comisión que suele ser del 3 por ciento, y que se cobra prácticamente en todo el mundo. No quiero decir que ése haya sido el caso de Banesto, pero así es como funcionan las cosas. De manera que si la Corporación ha realizado ventas por importe de 300.000 millones de pesetas, por decir una cifra, ahí se habrían generado comisiones de 9.000 millones de pesetas.

Arturo Romaní Biescas, cincuenta y dos años, abogado del Estado con el número uno de su promoción, ex director general del Patrimonio del Estado, ex subsecretario de Justicia, ex subsecretario de Hacienda, entre otros cargos públicos, vicepresidente segundo de Banesto y vicepresidente y consejero delegado de la Corporación Industrial y Financiera de Banesto, mano derecha de Mario Conde Conde. He aquí un hombre controvertido en el oleaje de la rumurología madrileña que ha azotado Banesto.

Romaní o el salto adelante de un hombre cuya fortuna en 1986 no superaba los 80 millones de pesetas y cuya declaración de la renta en el ejercicio correspondiente al 92 superó los 200 millones. Con todo, lo más llamativo de Romaní son sus fincas, y su colección de coches, su pasión por los coches nuevos y antiguos, y su ritmo de vida, esas aficiones de *bon vivant* que se esconden en un continente de deán catedralicio, y que tanto excitaba la imaginación de la gente del común de Banesto.

Romaní protesta, y asegura que nada tiene que ocultar, porque todos sus ingresos están claros como la luz del día.

«¡No hombre!, yo he comprado mis fincas con créditos, y,

claro, ahora tengo dificultades, porque a la hora de ir devolviendo, ahora que se ha cortado el grifo, si yo hubiera cobrado la indemnización que me han negado injustamente, por ahora, ¿eh?, por ahora, que no es un tema cerrado ni mucho menos, pero por ahora me lo han negado; si yo hubiera cobrado la indemnización... o sea, que yo arriesgo comprando fincas con créditos, y por cierto que no son fincas, es finca, es una, porque el cigarral de los Montes de Toledo, "La Alamedilla", ya la tenía antes de entrar en Banesto... es decir, con dinero que había ganado antes, eso no plantea ningún problema. Y la de Sevilla, que está al lado de la de Mario, ésa la compré con un crédito del Banco de Vitoria de 500 millones de pesetas; yo comprendo a la gente, pero si tú pides un crédito de 500 millones de pesetas lo tienes que pagar, ¿por qué me arriesgo yo a comprar eso? ¡hombre!, primero porque Mario y yo somos amigos, socios, lo que sea, y bueno, pues tenemos las dos fincas al lado una y otra, y es una buena inversión; segundo, porque yo tengo un contrato de indemnización que, bueno, en el supuesto de que algo pasara, pues ya gran parte de ese crédito se pagaba; tercero, porque la declaración de la renta de este año que he hecho ha sido de más de 200 millones de pesetas.

»Y luego estaba previsto la amortización en diez años de eso, pero quiero dar ese dato, que la finca se compra con un crédito del Banco de Vitoria de 500 millones de pesetas, crédito hipotecario por supuesto, 500 millones, y por mucho que valga una finca... o sea que el tema de mi fortuna personal está claro, el piso mío de aquí lo tenía ya amortizado, la finca de Toledo la había comprado antes de entrar en el Banco, concretamente en junio del 87, y no olvidemos que yo entro en el Banco el 30 de enero del 88.

»Entonces, ¿qué ocurre ahora?, que se me ha producido un desfase debido a que, claro, los vencimientos del Banco de Vitoria, ¿cómo los pagas?, entonces he tenido que vender las acciones del banco, y con la mala fortuna de que las acciones las he tenido que vender antes de que venga la OPV ésa que van hacer ahora... o sea, que van a dar derecho a los antiguos accionistas a comprar acciones a 400, con lo cual ganas automáticamente de 400 a lo que estén en bolsa, que ese hecho ya no voy a poder yo hacer, pues porque he tenido que vender las acciones que tenía en el banco, y ahora pues probablemente tendré que pedir un crédito hipotecario para seguir con la otra.

»"Los Melonares", mi finca de Castilblanco, es colindante con "Los Carrizos", y tiene mil y pico hectáreas, no es tan bonita como la de Mario, la de Mario es la leche, la verdad es que hicimos una compra conjunta de esa finca, y luego se segregó una parte... o sea, la finca tenía bastantes más hectáreas, entonces Mario hizo uno de esos diseños que hace él, cogió un lápiz y de esa finca segregó una parte que unió a la suya, y yo con el resto... o sea, ya me conformaba. Entonces se hizo la segregación y se puso la valla, y él ganó unas hectáreas, y yo me quedé con lo mío, ése es el secreto.»

Para su finca de Castilblanco, Aurelia, su mujer, montó una curiosa operación de importación de un órgano de tubos que formaba parte del patrimonio de una parroquia gibraltareña. La negociación de su compra, el pago y el transporte del citado órgano fue realizada por personal de la dirección regional de Banesto en Andalucía, «actuamos por encargo de la mujer del señor Romaní —dijeron—, venimos a cerrar la compra, pero es algo muy confidencial, porque va a ser un regalo sorpresa a su marido para amueblar su casa de campo».

Arturo Romaní rebate también algunas informaciones que apuntan a que la Corporación vendió mal las empresas, una insinuación que irrita a Romaní. «¿Que hemos vendido barato?, cualquiera que haya analizado la historia de las desinversiones del grupo Banesto durante este periodo dirá justamente lo contrario, yo reto a cualquier experto, y no hace falta que lo rete, porque los expertos ya se han manifestado, a que diga si Petromed se vendió bien o no, que diga si la venta de Valenciana fue buena, y la de Acerinox, y la del grupo cementero, y la de La Unión y el Fénix, todo...

»Y luego hay otro punto a considerar —prosigue Romaní—, y es la relación presión vendedora, precio y calidad del comprador, porque son tres puntos, tres, a tener en cuenta; primero, que te están presionando para que vendas, luego parece que te ponen en disposición de vender mal; segundo, el precio que se ha obtenido en cada operación, y tercero, la calidad del comprador, algo que siempre se ha buscado, porque tú puedes hacer una venta muy buena con un insolvente y ya me dirás...»

Dos de las grandes argumentaciones del Banco de España para acentuar el desastre gerencial de Banesto se han venido recientemente abajo.

En efecto, el 28 de julio de 1994, a las cuatro de la tarde y en la sede de Banesto, Carlos García Pardo, asistido por el letrado Oscar Alzaga, firmaba con Alfredo Sáenz el convenio que saldó definitivamente el contencioso con el grupo Dorna en torno a Dorna Promoción del Deporte S. A., la empresa en la que comparten titularidad al 50 por ciento la Corporación Banesto y Carlos García Pardo.

El acuerdo suscrito resuelve la relación existente entre ambas partes en los siguientes términos:

—El consejo de Dorna Promoción del Deporte queda reducido a cuatro personas, dos de Banesto y dos de García Pardo, quien seguirá desempeñando la presidencia de la sociedad.

—Se encomienda a Bankers Trust la redacción de un cuaderno de venta, en el cual ambas partes aceptan como precio mínimo la inversión total efectuada por Banesto en el grupo Dorna.

A ese convencimiento han llegado los nuevos gestores de Banesto después de haberse cerciorado de la realidad de los elementos patrimoniales que componen el activo de la empresa, constituidos por distintos contratos de deporte, esponsorización, televisión, etc., contratos que tras ser chequeados y verificados han sido firmados por el representante de la Corporación Banesto.

El banco se compromete a seguir financiando las actividades de Dorna Promoción del Deporte hasta tanto no se concrete la venta de la sociedad.

Como aval de los préstamos consiguientes, García Pardo entrega en garantía pignoraticia las acciones de la empresa Oil Dor S. A., de manera que si García Pardo impagara el 50 por ciento de esos créditos, que respalda como propietario de la mitad de la empresa, Banesto se haría con la propiedad de las acciones de Oil Dor a su importe nominal.

Este detalle es importante, porque indica que el nuevo Banesto ha verificado también los activos de Oil Dor y está de acuerdo en concederle al menos el valor nominal, cifrado en 6.700 millones de pesetas.

De manera que la argumentación del Banco de España, según la cual Banesto había realizado una inversión desproporcionada en Dorna por importe de 47.000 millones de pesetas en humo, en algo fundado en el aire, parece haber perdido consistencia después de que los responsables del nuevo Banesto examinaran la realidad patrimonial de Dorda.

El nuevo Banesto ha llegado igualmente a un acuerdo con

Pedro Pueyo, propietario del Grupo Oasis. Aquí el convenio suscrito tiene más dimensión, puesto que el asunto Oasis mereció mención y análisis específico en el acta del Banco de España de 28 de diciembre, hasta el punto de convertirse en pieza esencial de la intervención de Banesto.

Como es sabido, los temas en litigio con Pueyo estaban integrados por una serie de hoteles en México y Canarias, las acciones de Oasis en poder de Banesto (el paquete de «banestos» que a su vez poseía Oasis fue pignorado por el Banco Santander) y los inmuebles de la sociedad Gescam.

De acuerdo con el convenio suscrito entre las partes el 25 de abril del 94, «por el que las partes intervinientes desean sentar las bases sobre las que se va a proceder a la liquidación y pago de las deudas existentes a favor de Banesto y a la separación de activos y pasivos del Grupo Pueyo», los nuevos gestores de Castellana 7, tras haber analizado y valorado las propiedades hoteleras del grupo Oasis, han llegado al siguiente acuerdo de reparto con Pueyo: Banesto se hace propietario de distintas sociedades titulares de hoteles en México y Canarias, así como de varios aviones Airbus, mientras Pedro Pueyo dispone de sus propias acciones en poder de Banesto.

La solución es justamente la contraria de la planteada por Enrique Lasarte a Pueyo poco antes de la crisis del banco (Banesto se quedaba con Gescam y sus propias acciones), reparto en el que estaba de acuerdo Morgan.

La liquidación de la relación preexistente, con la adjudicación de los elementos patrimoniales respectivos, supone el descarte de cualquier imputación de orden penal, negocio fiduciario, fraude a los accionistas, etc., como se había barajado desde el propio Banco de España. «Mediante el presente acuerdo ambas partes renuncian a cualquier acción que pudiera corresponder a una frente a la otra, renuncia sometida a la condición suspensiva del íntegro cumplimiento de las obligaciones pactadas en este documento», dice el texto del convenio.

Todo ello resta base argumental a la intervención de Banesto. Si Dorna no era humo, como decía la Inspección del Banco de España, y en Oasis no había aparcamiento de acciones, y los hoteles valían su dinero, y la relación de Banesto tanto con Dorna como con Oasis tenía carácter estrictamente civil, ¿dónde quedan los argumentos del Banco de España para intervenir?

El 28 de diciembre de 1993, el vicepresidente de Banesto, Ricardo Gómez-Acebo, celebró el nacimiento de una nueva nieta, que días después sería bautizada festivamente con el nombre de María de la Intervención. En el hospital, y con su nieta en brazos, «Dicky» sentenció mientras arrullaba por primera vez a la recién nacida:

—Un abuelo en paro y una boca más que alimentar...

CAPITULO QUINCE

LA TRAICION DE MARIO CONDE

Un desconocido Mario Conde quiso ser elegido en 1984, con treinta y cinco años, «Empresario del Año» por la revista *Mercado,* un buen comienzo para un joven dispuesto a comerse el mundo, todo el futuro por delante, al frente entonces de Antibióticos, un cachorro de león dispuesto a abrirse paso por la jungla del poder madrileña, había encontrado la plataforma ideal, había encontrado a Juan Abelló, los millones de Abelló, y una prometedora empresa farmacéutica con la que estaba dispuesto a asombrar al empresariado patrio con sus habilidades de taumaturgo de los números, la cuenta de resultados de Antibióticos crecía exponencialmente y, sí señor, ser nombrado «Empresario del Año» sería un gran debut, una buena tarjeta de visita, así que encargó a su amigo José Antonio Martín y Alonso Martínez que le hiciera las gestiones oportunas ante la revista:

—¡Es que es muy importante, porque lo entrega Boyer! —aseguraba eufórico ante sus amigos.

Aquél podía ser también un peldaño para ir labrándose un nombre a la sombra de los poderosos. Era ya un Mario que destilaba una osadía sin límites, un tipo que desconocía la prudencia, el sentido de la moderación, la cautela.

Casi desde niño piensa Mario que tiene algo de elegido, algo diferencial y cuasi-místico, único, «es que un caso como el mío», repite a sus amigos como muletilla desde sus tiempos de Deusto, muy pronto fue consciente de tener capacidades fuera de lo común, y como cuenta con voluntad suficiente para explotarlas, sabe que llegar será cuestión de tiempo, aunque él tiene prisa, prisa por abrirse paso, por deslumbrar, por asombrar, era esa capacidad que tenía de presentarse como Mario Conde cuando no lo conocía nadie, soy Mario Conde, decía levantando su mentón de triunfador, mirando fijo con ojos de águila, derecho como una vela, su pelo negro, liso y brillantemente engominado, sus corbatas de Hermés y esos trajes cortados con mimo en el mismo sastre que Juan Abelló, soy Mario Conde, decía contundente, Mario Conde, como si fuera James Bond.

«Un caso como el mío» no puede aspirar más que a ser número uno en todo, y ser número uno de verdad en España significa llegar algún día a la Presidencia del Gobierno, Mario está convencido desde sus años en Deusto de que en España no hay más poder que el político y la suya será una perpetua querella con el poder, el Poder absoluto, el poder en España está en La Moncloa, y Mario, un número uno, tiene que llegar a La Moncloa, ésa será la verdadera vocación que mueva sus pasos desde el inicio.

Será el origen de la fascinación que desde el 82 ejerce sobre Mario la figura de Felipe González, la misma que sentirá con el paso del tiempo Felipe por Mario, aunque lo de Mario se irá transformando en un pulso constante, un reto permanente a Felipe, algo psicológico, porque Mario es un tipo de centro, progresista en muchas cosas, en todo caso más a la izquierda que a la derecha, pero él está en contra de Felipe porque es presidente del Gobierno y manda más que él, un desafío que acabará perdiendo, ser número uno en todo, gallo contra gallo, dos crestas que no podían vivir juntas en el mismo corral.

Se lo había confesado Lourdes Arroyo a uno de los directivos de Antibióticos:

—Mario sólo piensa en una cosa, en el poder.

Mario desplegaba esa energía fuera de lo común que, como decía Bertrand Russell, se inspira en una vanidad fuera de lo común. Sólo otra motivación podía comparársele: el amor al poder.

El de Tuy, en efecto, reunía en su persona ambos apetitos: vanidad y ansia de poder, propulsado todo por una ambición desmedida.

Pero, ¿cómo llegar al poder político? Desde luego no por la puerta de servicio, por abajo, como intentó Romaní, un héroe para Mario en los primeros tiempos, Romaní se presentó a las elecciones con Fraga por Alianza Popular y fracasó, todavía recuerda Mario la llamada a primera hora del día siguiente, ¡Mario, qué hostia me han dado!... y risas desbocadas, jamás en la vida, jura

Arturo, por eso Mario diría siempre que «las cosas no se pueden hacer a lo Romaní», a Mario le ofrecieron un puesto de director general en tiempos de la UCD y contestó que o subsecretario o nada, sí señor, no se puede entrar en política por la puerta de atrás, como un paria.

El motor de su vida es el Poder, el poder político, La Moncloa, la Presidencia del Gobierno, La Moncloa, le obsesionaba el fenómeno Georges Pompidou, presidente que fue de la República Francesa después de ser primer ejecutivo en Banca Rothschild, pero Pompidou era un bancario, no un banquero, y ya en Banesto soñaba Mario con el día en que vería aparecer a los padres de la patria llamando a las puertas de su despacho, España te llama, Mario, la patria te necesita, y Mario hubiera aceptado gustoso el sacrificio, nadie más que tú puede hacerlo, Mario, un sacrificio por España, ¿quién mejor que él podría sacar a este país del atolladero?

Mario vive en clave de poder, todo en él está en función del poder, y el dinero es un elemento imprescindible del poder. La ilusión del Mario jovenzuelo era llegar un día a tener 1.000 millones de pesetas cuando tuviera cuarenta años, era su objetivo, para retirarse y emplear su tiempo en lo que le gustara, hacer vela, jugar al billar, cazar...

Pero ese objetivo se iba a ir al traste en los episodios nacionales de la España del *boom*, Madrid, finales de verano de 1987, las terrazas de Castellana revientan por las noches, atestadas de jóvenes dispuestos a pagar 1.000 pesetas por una copa. Es la movida madrileña. No hay pisos y los que se venden, a 300.000 el metro cuadrado. Los alquileres de oficinas están por las nubes, y al fondo de la milla de oro madrileña comienzan a elevarse las torres inclinadas de KIO, Puerta de Europa, que acabarán por enviar al suelo al imperio de los kuwaitíes en España.

Estábamos en Europa, sí, pero no como unos inquilinos cualquiera. Los españoles deslumbraban al resto del continente con crecimientos del 5 por ciento del PIB, y el ministro de Economía, desprecio absoluto por la industria, llamando a gritos a los especuladores de todo el mundo, aquí se podía hacer dinero, mucho dinero y muy rápido, había que financiar el Estado del Bienestar, y embarcarse en gastos y obras faraónicas.

En esa fantasía de *yuppies*, golf, caza, casas y socialistas liderando la *jet-set*, Conde era el número uno, el más *echao p'alante*, el más joven millonario aparecido sobre la faz española, el modelo de los nenes y el terror de las mamás de las nenas. Sencillamente, el ídolo de esa España de ciencia ficción que quiso vendernos un Gobierno que también era de ciencia ficción.

El gallego era un astro aplaudido por doquier, cosechando galardón tras galardón, al español más deseado, al empresario más admirado... «Hoy en día, los universitarios españoles aspiran a ser Mario Conde», dijo el rector Villapalos cuando nombraron a Escámez doctor *honoris causa* por la Complutense...

«Un ejemplo a seguir por la juventud» según el opusdeísta Rafael Termes. Un tipo alegre que estaba a punto de hacerse con un gran banco, que baila sevillanas para caerte de espaldas, lo nunca visto, y va al Rocío y a la Feria de Abril, un banquero del siglo XXI. Lo dice hasta el *Herald Tribune.*

Y resulta que el 14 de septiembre del 87, en la gran fiesta que da en la calle Triana para celebrar su treinta y nueve cumpleaños, con 10.500 millones de pesetas en la cuenta corriente tras el reparto de Antibióticos, con todo un país fascinado a sus pies, rendido ante Mario, Mario está jodido, lo confiesa a uno de sus amigos, no disfruta de su fiesta, preocupado porque Abelló, Botín, los March, Raul Gardini y algún otro tienen más dinero, son todos más ricos, mucho más ricos que yo...

Quienes le conocieron en Deusto, quienes siguieron sus primeros pasos por las oposiciones a la Abogacía del Estado, por Antibióticos, tienen claro el perfil de un hombre fabricado para asombrar, para deslumbrar, cuya palanca de lanzamiento, al margen de una gran inteligencia, era una infinita capacidad de sufrimiento, «un tío que se acostaba a las doce de la noche y a las cinco y media de la mañana estaba de pie listo para estudiar otras quince horas diarias».

«Mario es una persona que agota al contrario —asegura uno de sus mejores conocedores de aquellos años—, con una tenacidad, una fuerza interior, una resistencia tan descomunal que termina por rendir a sus contrincantes por agotamiento. No te enfrentes a él porque resiste y pierdes.»

Un buen matemático, enamorado de la lógica formal, también de la Filosofía del Derecho y del Derecho Natural, todo apoyado siempre por una capacidad de aprendizaje, capacidad de «chupar», de absorber, que asombraba a sus colegas, aliada de aquella terrible tenacidad suya.

Un hombre dispuesto a llegar al fondo de los temas que aborda, terrible en tantas cosas, abierto a nuevas experiencias de juventud, que se adentra en la masonería como una exageración, un divertimento, un delirio de juventud, de forma que si hubiera viajado al Londres de los sesenta se hubiera hecho del Hare Krishna sin ningún género de duda.

Pero al tiempo un tipo divertido, que borda lo «canalla», capaz de simular que ha quedado atrapado con la mano pegada al pasamanos de las escaleras mecánicas de El Corte Inglés, y alarma de madres con bolsa y retoño, manotazo nervioso, ¡quita la mano, niño, quita, que te quedas pegado!... Capaz de colocarse un turbante en un lujoso hotel de Tokio y ponerse a rezar en dirección a La Meca, planta principal, frente a los ascensores, mil japoneses atónitos en derredor, y Juan Abelló muerto de risa tras una columna; un tipo que tan cerca como el verano del 93, Portovecchio, Cerdeña, restaurante de lujo y *somelier* que da a probar un exquisito vino francés, y Mario que cata solemne, tuerce el gesto, pone los ojos en blanco y cae redondo al suelo, como fulminado por un veneno mortal, y gran revuelo, camareros que corren sin sentido, y el bandido que se levanta sereno, se ajusta su impecable *blazer*, y dice, ha sido una broma... Una broma propia de aquel jovenzuelo, gran jugador de billar, que merodeaba por los billares de Alicante, de Bilbao, que amañaba una partida con un amigo sin dar una a derechas, y a continuación desafiaba al listo de turno, ¿qué nos jugamos?, lo que quieras, chaval, la entrada del cine, ¿hace?, 11 pesetas, hace, y Mario que tomaba el taco y se despedía sin dejar meter baza a su sorprendido contrincante, tras el págame de rigor.

Un tipo que en Antibióticos consolida sus virtudes y defectos.

«Mario está dotado para la gestión, porque tiene habilidad para la acción, un buen control del tiempo, y una perfecta capacidad de síntesis —asegura José-Félix Pérez Orive, su más directo colaborador que fue en Antibióticos—. Donde Mario flojea es en el análisis, porque el análisis siempre es aburrido.»

Acción, perfecta administración de los tiempos y capacidad de síntesis son sus tres puntos fuertes.

Su éxito de Antibióticos reside en que supo encontrar la gente idónea para gestionar adecuadamente la firma y aumentar exponencialmente su valor para luego venderla.

«A mí me estuvo jurando que jamás vendería Antibióticos hasta el día antes de firmar la operación —asegura Pérez-Orive—, y cuando fui a pedirle explicaciones me dijo con toda frialdad: "Es que estas cosas se hacen así."»

El no entró en la gestión de Antibióticos porque tenía las personas adecuadas para hacerlo. Lo que hizo, en exclusiva y con enorme éxito, fue gestionar la venta de Antibióticos a Montedison.

Pero ya mostraba entonces la otra cara de la moneda, su carácter caprichoso, y sobre todo su tremendo egoísmo: su disposición a asumir los riesgos, exigiendo a cambio que los demás le sigan a ciegas hasta el fin de los tiempos, como si de un nuevo Mesías se tratara, como Cristo a sus discípulos: déjalo todo y sígueme.

Aunque quizá su peor defecto era ya la soberbia, aquellas situaciones en que, subido a la peana, se mostraba como un ser odioso e insoportable. Una soberbia que terminaría perdiéndole, porque le impidió seguir manteniendo los pies en el suelo, ese punto de contacto con la realidad, con la calle, con la gente del común, que era el punto fuerte de sus años mozos.

Mario ha sido siempre un hombre de modelos, un *collage*, un tipo que se va haciendo como reflejo de otros, hubo en origen un amigo/modelo de Mario que fue Francisco Linde, compañero de oposiciones a la Abogacía del Estado, hombre brillante, un fuera de serie. Mario sentía fascinación por Paco Linde, su soporte jurídico-intelectual de entonces, pero un día se mató con su mujer y su hijo en un accidente de tráfico, no tenía treinta años, y Mario quedó hundido. Fue aquélla una muerte que se convirtió en una obsesión para el gallego, y de aquella fascinación intelectual que Linde ejercía sobre él, nació la determinación de igualar y mejorar el modelo Linde.

Luego han ido apareciendo en Mario distintos modelos surgidos en el río de la vida, el modelo Abelló, el modelo Botín, el modelo Juan Carlos I. Los últimos han sido, sin duda, Botín y el Rey. El primero como prototipo de banquero-propietario respetado por casi todos, y don Juan Carlos como quintaesencia del Poder, y por ese distanciamiento que adquieren los monarcas de las personas y las cosas, esa forma cuasi-divina que tiene la Realeza de querer a las personas como si fueran cosas.

Un hombre que en Antibióticos tiene ya perfectamente definida la pasión por el mando, ese ímpetu por mandar que es fiebre no por universal menos española, desde Isabel la Católica a Franco, pasando por Felipe II, el conde-duque de Olivares y Felipe González.

Su popularidad sube como un relámpago con la venta de Antibióticos a la multinacional Montedison.

«Yo creo que a Mario le desbordó el éxito social —asegura José María Cuevas—. El fenómeno Conde ha sido realmente impresionante, porque, cierto, después de la muerte de Nerón, todas sus estatuas fueron destruidas, pero había que ver la popularidad de Mario en los años 86, 87 y 88; había que ver la expectación que levantaba por donde iba, cuando salía a un acto, iba a los toros o a un restaurante. Este hombre era un fenómeno social y así lo decían los sondeos de opinión, un líder para los jóvenes, sobre todo para los estudiantes, ¡coño!, este tío es un fenómeno, se decían, ha hecho una fortuna sacando adelante una empresa y vendiéndola, este hombre es un fuera de serie que se mete en la presidencia de un banco y no quiere coger la millonada que le ofrece el Bilbao por sus acciones cuando la OPA, porque tiene un proyecto, o eso parecía, porque era un líder y quería demostrarlo...

El prestigio social de Mario se construye en el periodo que va de la entrada en Antibióticos a la toma de control de Banesto, y su punto culminante, efectivamente, es la victoria en la OPA del Banco de Bilbao.

Pero Conde tiene después el enorme acierto de ser el primero que, en el desierto opositor a los designios del partido único, consigue hacerles morder el polvo en una operación política del porte de la OPA del Bilbao. Conde lo hace fundamentalmente porque es un aspirante nato al poder, no se conforma con ser invitado a La Bodeguiya una vez al mes. En un momento en que no existía oposición, con el rodillo socialista aplanándolo todo, la salida a escena de un hombre joven, atractivo, con talento, que acababa de ganar miles de millones de pesetas, que estaba saliendo todos los días en los periódicos, y que encima había sido capaz de hacer doblar la rodilla a don Felipe González y al gobernador del Banco de España, fue el no va más, el desiderátum.

En 1987 Conde era el estandarte de una cierta visión modernizadora de España, una visión progresista en tanto suponía la ruptura de las barreras que impiden progresar y subir puestos en la escala social al más listo, al más valiente, al más trabajador.

Tras hacerse con el poder en Banesto formuló un diseño

estratégico muy atractivo: voy a demostrar a estos señores que en pleno *glamour* de la economía financiera no hay que olvidarse de la economía real, que hay y tiene que haber una industria, y lo voy a demostrar montando una corporación industrial que, además, me permita liberar recursos para el banco, y voy a dejar en evidencia a estos señores haciendo industria, creando riqueza, sin olvidarme del banco.

Todo se vino abajo con el cambio de ciclo económico y las zancadillas políticas del señor Solchaga y compañía. Banesto y Conde vivieron permanentemente acosados por el poder político o una parte muy significativa del mismo, acosados con una interpretación estricta de la ley cuando a otros se les permitía una lectura laxa de la misma.

Pero ya antes de que el señor Solchaga jurara que tendrían que pasar por encima de su cadáver antes de firmar las exenciones fiscales a la Corporación industrial, el mago gallego había cometido equivocaciones suficientes como para hacer desconfiar a aquellos que un día pensaron que su presencia podía significar algo distinto y nuevo en el panorama empresarial español.

En efecto, para asegurarse el control de Banesto se enfrentó con el poder tradicional de los Garnica, pero también con los poderes tradicionales de la banca y los nuevos poderes emergentes de la *biutiful*. En un ejercicio de soberbia inaudito, terminó por enfrentarse a todos los poderes posibles.

Inició una limpieza en el consejo que resultó carísima, gente a la que despedía de forma fulminante para luego, tras el cavileo propio de un ser reflexivo como él, tratar de arreglarlo con el ¿cuánto hay que darle a éste para que no arme follón? Cuando se enfada con alguien lo fumiga, y acto seguido lo colma de favores. Así iba engordando la nómina de gastos, y de paso creándose una lista de enemigos irreconciliables, que Mario ha dejado el camino sembrado de cadáveres vivientes, gentes que le han hecho mucho daño por la espalda, despacha a Juan Herrera y luego le hace de oro, ofrece a José María Aguirre González la presidencia de Acerinox y a las cuarenta y ocho horas se lo quita, pero se muere su padre, el que fuera presidente de Banesto, Aguirre Gonzalo, y hace ir a todo el consejo al funeral, le hace una jugarreta similar a Enrique Quiralte, y después se ofrece para ser testigo de la boda de su hija.

El fracaso del proyecto de la Corporación Industrial marcó con sello indeleble a Mario Conde al obligarle a replantear su diseño de futuro. Fue aquél un cruce de caminos que colocó al gallego ante la disyuntiva de elegir, desde amigos hasta modelo empresarial. Y eligió mal, eligió una senda que suponía la traición a los elementos modernizadores que decía pregonar y encarnar.

Para muchos fue todo un síntoma la ruptura con Juan Abelló.

«Yo fui de los primeros que habló con Abelló cuando decidió irse de Banesto —asegura un conocedor del episodio—, vino a explicarme por qué lo hacía; oye, perdona, me dice, yo seré lo que sea, pero soy parte de un determinado sistema, y no puedo seguir funcionando con este hombre; al margen de que yo o mi mujer tengamos más o menos celos de él, al final resulta que toda su estrategia está dirigida a acabar con el mundo al que pertenezco, orientada a ver cómo se puede cargar a personas que son amigos míos de toda la vida, y yo a eso no juego...»

El coste de la ruptura con Abelló fue muy alto, todavía recuerda Lourdes Arroyo aquella fiesta en la embajada USA, despedida de los Enders, y cómo Mario estuvo solo, «fue horrible, porque parecía que nadie quería dirigirnos la palabra, horrible», los Conde quedaron aislados, vetados en muchos círculos, porque el que era amigo de Juan Abelló y seguía saliendo, cazando y riendo con Abelló era enemigo de Mario Conde y viceversa.

Ese sufrimiento se hubiera dado por bien empleado si Mario realmente hubiera estado interesado en poner en evidencia el *establishment* al que Abelló decía pertenecer. Pero no era verdad. Lo que hace Mario es despreciar al grupo de los ricos de siempre, ningunearlo, porque cree que no son más que la cohorte que acompaña, como los bufones medievales, al verdadero poder, por eso esa gente no le interesa gran cosa, su objetivo es otro, su punto de mira está puesto en la cúpula donde mora el poder de verdad en este país, el poder institucional residenciado en La Zarzuela, el poder político afincado en La Moncloa y el poder mediático en manos de Jesús Polanco. Y como él, Mario Conde, es el poder financiero, el círculo se cierra, y lejos de ese círculo, piensa Mario, están los cuatro ricos de siempre y sus coñas marineras de costumbre.

A la consecución de ese objetivo se dedica en cuerpo y alma a partir del verano del 89. Se trataba de incrustarse entre las puntas del triángulo mágico en el que reside el auténtico poder en España, La Zarzuela, La Moncloa y Polanco, y los demás que ladren, que digan lo que quieran en sus cacerías y saraos, yo a lo mío, a insertarme en el vértice de ese triángulo desde el que disfrutaré de una habitación con vistas al poder casi absoluto.

El dice despreciar a la oligarquía hispana de siempre, a los ricos tradicionales convertidos en rémora para el progreso y la igualdad de oportunidades, y lo que al final hace es montarse él mismo en la espalda del más poderoso de los *establishments*, allí donde reside el poder de verdad, olvidándose de sus raíces, de sus planteamientos regeneradores, del cambio de modelos y comportamientos que parecía abanderar en los albores del 87. Es la traición de Mario Conde.

Desde este punto de vista, Banesto deja de tener sentido si no es como plataforma financiera desde la que insertarse en ese círculo de elegidos para la gloria.

Ello explica algunas cosas. Tratándose de un hombre con una capacidad de trabajo fuera de lo común, ¿por qué el desastre gerencial de Banesto? Porque, ya se ha dicho, Conde no estaba interesado en gestionar un banco, sino su carrera política desde un banco.

Ese diseño vital determina igualmente la clase de gente en la que se apoya para iniciar el asalto. ¿Por qué Mario no se rodea de buenos gestores en Banesto como hizo en Antibióticos? «Porque hubieran roto con él», señala un buen conocedor de Mario. «En Antibióticos los objetivos eran comunes: lograr maximizar el beneficio, mientras que en Banesto la lucha por el beneficio estaba reñida con sus objetivos políticos.»

Rodeado de amigos, y siendo un gran trabajador como es, abandona las labores del banco en manos de gente mediocre, porque él tenía que atender su carrera de líder social y político.

La naturaleza del verdadero objetivo de Mario determina la composición de su equipo, que es el grupo de fieles, su brigada ligera de siempre. Arturo Romaní es el portaestandarte y jefe de Estado Mayor de Mario, Arturo y Aurelia, su mujer, son el entorno que cuida y protege a Lourdes Arroyo, y Arturo es, además, el vértice de varios triángulos, el más importante de los cuales es el formado por el propio Romaní, Mariano Gómez de Liaño y Paco Sitges, dos personajes estos últimos muy importantes en la corte del rey Mario, el primero como intendente general, como señor de los dineros privados del amo de Banesto, dueño de casi todos sus secretos, y el segundo por su privilegiada posición como amigo personal del rey Juan Carlos, y presidente de Asturiana de Zinc, del grupo Banesto.

Arturo es también vértice de otro triángulo, el formado con Rafael Pérez Escolar y Jacques Hachuel. Tras la ruptura con Jacques y su marcha a París, Pérez Escolar continuó desempeñando un importante papel en la corte de Mario, y a él se deben las tres operaciones más serias de imagen de Conde: la visita al Vaticano, la investidura como doctor *honoris causa* por la Complutense y el viaje a Israel.

Los marqueses de Deleitosa, Ricardo y Poli Gómez-Acebo, son el nexo entre el pasado y el futuro de Banesto. Fagocitados por Mario los Garnica, Argüelles, Herrera y otros, Dicky Gómez-Acebo otorga a Mario la legitimidad sucesoria al frente de Banesto, a lo que se une, además, su parentesco con la Casa Real, pero Dicky, vicepresidente del banco, es mantenido conscientemente al margen de la mayoría de las decisiones que Mario adopta en el banco como poder absoluto.

Mario utiliza mucho a determinados miembros de su consejo, especialmente a César de la Mora, menos a Vicente Figaredo, y prácticamente ignora a otros, como José Luis Oriol y Juan José Abaitua. Es, por encima de todo, un consejo hecho a su medida, de hombres que en su mayoría dependen de los ingresos de Banesto para sobrevivir, ingresos generosos, de los más altos de entre la banca española.

Mario tiene luego tres amigos personales que le han acompañado desde Antibióticos, alguno incluso desde Deusto, como Enrique Lasarte, presidente del Banco de Vitoria hasta que fue llamado a más altos cometidos como consejero delegado del propio Banesto, demasiado arroz para ese pollo. Ramiro Núñez de Villaveirán, secretario del consejo, un hombre con un coco jurídico privilegiado, cerebro de la filigrana Totta & Açores y de la macroampliación de capital, pero mantenido al margen de las grandes operaciones inversoras o de venta de empresas. Y Fernando Garro, amigo leal y hombre de confianza, compleja relación de amor/odio, alimentada por el convencimiento de Mario de que si quiere dar el salto definitivo a la política siempre necesitará los buenos oficios y el *expertise* adquirido por Garro en la UCD.

Ocurre que Mario tiene perfectamente distribuidos y parcelados los roles de sus hombres, en una distribución temática, espacial y temporal que se traduce en que Ramiro Núñez pueda llegar a intuir, pero jamás a conocer, la verdadera naturaleza de los trabajos encomendados a Gómez de Liaño, o a Pedro Hernández Mora, y a tantos otros abogados que han ganado dinero con Banesto, y otro tanto le ocurra a Garro con Romaní. Lo que se traduce, sobre todo, en que puedan coexistir en el entorno de Mario, casi sin rozarse, dos hombres tan antagónicos como Pérez Escolar y Matías Cortés, enemigos a muerte, Matías como cerebro de la operación Morgan, pieza capital en el pacto con Jesús Polanco, pero totalmente alejado de los artificios jurídicos de Mario.

El de Tuy tiene unas características gerenciales muy determinadas, es un hombre que tiene un estilo gerencial radial: él recibe y de él emana toda la información, hasta el punto de que había muchas cosas del banco que sólo conocía él. Asegura un buen conocedor del banco: «Mario tenía que hablar con la prensa, con los teólogos, con los músicos... Para todo había que hablar con Mario, Mario no daba abasto. ¿Qué es lo único que no hacía Mario? Dar los créditos, que es lo que tiene que hacer un banquero, porque ese Mario que hubiera tenido que vigilar la concesión de los créditos estaba ocupado en las operaciones de Os Grandes Expressos Europeus.»

Conde no crea equipo que arme el banco, y el resultado es que Banesto carecía de armazón. Un gran banco es una especie de cañamazo, son 200 o 300 cuadros muy buenos, muy profesionales. Y es que Mario sabía de banca —en realidad terminó sabiéndose de memoria las cifras de toda la banca española—, pero no era un banquero.

Había también una constelación de satélites menores pero de fulgor intenso en determinados episodios de la vida del dueño absoluto de Banesto, como Borja Prado, o César Albiñana, el cuñadísimo, convertido en brazo derecho de Arturo Romaní en la Corporación tras su boda con Verónica Arroyo. Para cenas, fiestas y cacerías de cierto tronío, César se convierte en invitado de obligado cumplimiento, hombre poderoso, en razón a que todas las operaciones de la Corporación, y sus correspondientes manejos jurídicos, empezaron a pasar por sus manos, y eso hace que comenzara a ser cortejado por tirios y troyanos. César, un chico tan ambicioso como tremendamente educado, de modales encantadores, ha rizado el rizo de sus habilidades con la llegada de Alfredo Sáenz a Banesto.

En la corte de Mario están nada menos que tres prominentes *filo-psoes*, Juan Belloso, Paulina Beato y Antonio Torrero, este último catedrático de Economía de la Universidad de Alcalá de

Henares y uno de los escasos economistas con criterio de este país, con su papel reducido a *think tank* y guía de Mario en cuestiones de teoría económica. El papel de Paulina Beato, y sobre todo de Juan Belloso, ha sido, por el contrario, mucho más notorio.

«Es una de las cosas que jamás pude entender de Mario Conde —asegura textualmente un alto cargo del Banco de España—. Me refiero al papel de estos hombres. Mario quiso hacer un consejo de amigos del PSOE, y colocó de consejero delegado a Belloso, un hombre tan honesto como regular bancario. Y pronto se vio que esos amigos del PSOE eran regulares amigos del PSOE, y el objetivo perseguido fracasa, no funciona, porque Mario se enfrenta al poder. ¿Por qué no les echa? Yo les traje a ustedes para que me allanaran el problema con el PSOE, y tengo más problemas que nunca con el PSOE. Un buen gestor rectifica cuando se da cuenta que ha fracasado, pero ése no es el caso de Conde.»

Ficha a Belloso porque es PSOE, y ficha a José Antonio Segurado que ha abandonado el PP, y tiene también a Rafael Ansón como un Guadiana que aparece y desaparece, y encarga sondeos, y vive pendiente de las encuestas de Juan Díez Nicolás, y con estas armas pretende dar el salto a la política en cuanto se presente una oportunidad, y ello cuando Banesto, una plataforma con problemas, muchos heredados y otros nuevos que él mismo crea o engorda, hubiera necesitado una gestión concienzuda, serena y, sobre todo, exclusiva.

Al final quienes le rodean se van convirtiendo en un grupo excluyente y endogámico. Un Mario aislado se refugia en sus fieles y pierde perspectiva, se equivoca, porque acaba rodeado de un estrecho círculo con el que almuerza y cena, se divierte, pasa los fines de semana, navega... Mario pierde contacto con la calle, rodeado de una gente que le ofrece la cara bonita del espejo, el lado amable de la realidad.

Se equivoca en la elección del equipo. Su idea es que lo bueno está donde está la lealtad, y la lealtad es una virtud que se adquiere por usucapión, luego los leales son sus amigos, aunque eso no pruebe que tus amigos sean los mejores.

Y con esa gente y alguna más se lanza a formalizar los grandes pactos políticos por arriba. Primero Alfonso Guerra, como garantía de subsistencia. Después y siempre, la Casa Real. Más tarde sustituye a Guerra por Felipe. Y, mientras, prosigue el avance de sus divisiones Panzer por los medios de comunicación. Y como ahí tiene que llegar a un *statu quo* con Polanco, el verdadero poder fáctico del sector, pacta con Polanco. Y ya está cerrado el círculo, la gran muralla defensiva que ha de llevarle en volandas hasta las puertas de La Moncloa.

Se lo había advertido Matías Cortés, a poco de conocerlo:

—A ti sólo te defiende la cuenta de resultados y un consejo homogéneo. Todo lo demás no te servirá de nada.

No le escuchó. Al servicio de esa estrategia política se adentra desde Banesto en negocios como Antena 3 TV, un riesgo de *venture-capital*, donde el retorno de la inversión se alarga a plazos extraordinariamente largos, ocho o diez años, frente a los tres años de un negocio normal y los cinco de una inversión industrial. Sucede que para Mario la de Antena 3 es una rentabilidad a largo plazo que se mide en términos de poder, no de dinero.

Antonio Torrero considera que éste es uno de los errores más graves cometidos por Conde:

«Banesto no tenía más remedio que vender su grupo industrial, que le estaba comiendo sus recursos propios. Dicho esto, lo que no puede hacerse es soltar Petromed o Acerinox para meterse en Antena 3, en Dorna o en Oasis, eso no se puede hacer, porque eso quita autoridad a su estrategia, le deslegitima ante críticos como Carlos Solchaga.

»Lo cual no quiere decir que Mario no haya hecho cosas buenas —prosigue Torrero—, como el plan tecnológico, imprescindible en una entidad que se caía a pedazos, o la renovación y formación del personal. ¿Ha sido suficiente? No, porque tenía una Corporación Industrial que no dejaba de drenar recursos, y una recesión que ha sido clave en su trayectoria, porque ha terminado por matarle. ¿Es eso suficiente para suspender a Mario Conde? —se pregunta Torrero—. No. Ocurre que, además de equivocarse en muchas cosas, Mario Conde ha hecho una gestión para un 6, cuando Banesto necesitaba una gestión de 9.»

Y pronto empezaron los rumores, las insinuaciones. Mario se está enriqueciendo, Mario va haciendo dinero en el camino hacia el poder, porque para llegar al Poder hace falta mucho dinero. Pronto empezaron a circular cosas que no se entendían en un hombre que venía a regenerar el panorama empresarial, decisiones que iba tomando sin la menor lógica económica, y gente que hubiera estado dispuesta a sumarse a esa idea de cambio comienza a distanciarse, porque se asusta del entramado que está montando el banquero.

El Madrid financiero nunca entendió la poca habilidad de Mario para elegir a su equipo de colaboradores.

«Me sorprendió mucho que, de la noche a la mañana, este hombre buscara como principal asesor, la persona que iba a salir por ahí dando la cara por él, a un personaje como Segurado —asegura un conocido empresario madrileño—, un hombre con la cabeza bien amueblada, pero con un historial a cuestas muy controvertido, rebotado de la política, cuya vida y milagros conoce cualquiera medianamente informado, porque todos sabemos quién es Segurado y lo que da de sí, y a mí aquello me dejó patidifuso.»

Mientras crecían las dificultades en Banesto, Mario termina por cerrar en falso la configuración de su yo psicológico. El peor Mario se impone sobre el Mario imaginativo, divertido, genial de los primeros tiempos.

El miedo a fracasar le convierte en un hombre inseguro, muy inseguro, que necesita madurar las cosas, que habla mucho de cada asunto, demasiado, porque necesita ver en quienes le rodean el juicio de valor. Mario es un genuino captador de gestos, de forma que a menudo le sobra la respuesta cuando pregunta algo, porque le basta el gesto de su interlocutor, cómo dice las cosas, cómo mira, cómo gesticula, porque «las personas son para él como espejos», asegura uno de sus amigos.

Cuando tiene el retrato claro, sin embargo, el Mario de siempre se pone en marcha, se lanza, va a muerte, es imbatible. Sin embargo, Mario no es un atacante nato, no vale para atacar, sino para defender: «Es el mejor defensor del mundo, como demostró en la susodicha OPA del Bilbao.»

A lo largo de 1993, víctima de la tensión nerviosa, se convierte con frecuencia en un tipo insufrible, impertinente, odioso en lo alto de su peana. Entonces se ponen de manifiesto los peores rasgos de una personalidad histérica y paranoide. Es el «yo soy el más grande», entreverado de miedo al mundo externo. Es la pérdida de cualquier anclaje afectivo, y la ausencia de toda noción de fidelidad, lo que para él convierte en natural pactar con alguien por la mañana e intentar matarlo por la noche. Es el Mario que detesta que le digan la verdad, le molesta, le irrita que le cuenten las cosas tal cual son, porque la verdad es espectral, desgarrada, horrenda. En esto se comportaba como una mayoría de mortales que prefieren vivir en la ignorancia, en la ilusión, en el engaño, porque les asusta la responsabilidad de afrontar la realidad tal cual es. Claro que Mario llevaba en esto ventaja, porque disponía de fieles a quienes pagaba para que le pintaran esa realidad en colores allí donde sólo parecía el siniestro blanco y negro. También como todos los humanos, o una mayoría, Mario tiene esa infinita capacidad para creerse que los demás le ven como a él le gustaría que le vieran.

Sus pies terminarán perdiendo el contacto con el suelo. El amo de Banesto se aleja del común, del pueblo llano, de esas clases urbanas que le hicieron ganar la OPA del Banco Bilbao. Por eso su caída, juguete roto, aislado, abandonado por todos, será terrible.

Subido en la nube, a Mario Conde no le saltan las alarmas cuando, a caballo entre finales de octubre y diciembre del 93, se fragua el golpe de mano contra Banesto. La inteligencia femenina (intuitiva) del gallego —que nada tiene que ver con esa otra inteligencia masculina (deductiva)— le perdió, no le avisó de la intervención. Su enorme vanidad le impidió adivinar lo que él llama «la conspiración de los mediocres», en un país de mediocres.

Le perdió haber vivido en una burbuja de impunidad. Se creía invulnerable. Nadie le disparaba, y si lo hacían a él no le alcanzaba la bala, porque todo lo tenía controlado. A Mario no le daba el viento fresco en los últimos dos años, cuando le hubiera venido mucho mejor estar desprotegido. El no tenía que corregir problemas internos, porque nadie se los iba a sacar a la cara.

Y paga todas las cuentas pendientes de una tacada. El amigo de Felipe, de Polanco, de S. M. el Rey, el hombre blindado de la cabeza a los pies, resulta devorado por una conspiración de funcionarios de segundo rango, sin que ninguno de sus poderosos valedores mueva un dedo por impedirlo.

La gran paradoja del final de Conde es que, después de haber salvado asedios tan tremendos como el del 89 o el del 92, ha venido a morir a manos de los subalternos. Porque Solbes, Rojo y Martín son los subalternos, los cuadrilleros, y si se descuida muere a manos del monosabio, él, que se creía el no va más de la perspicacia.

El 28 de diciembre se llevó la sorpresa de su vida, porque este hombre arrollador, agresivo desde su juventud, acostumbrado a vivir en el filo de la navaja, había superado ya tantos peligros al frente de Banesto que la imprudencia y ese ir a cara descubierta por la vida había tomado en él carta de naturaleza. Casi siempre sabe lo que se juega, pero le gusta desafiar el peligro, porque hay en él ese espíritu de jugador de billar que no ha perdido con el paso del tiempo, ese espíritu que hace aflorar el Conde vallecano, esa parte tabernaria de Mario, populachera, directa, bronca, de navaja, torva y atractiva al tiempo.

Se había creado demasiados enemigos. Había intrigado contra todo el mundo a la vez. Le había querido mover la silla a Felipe con Guerra, a Aznar con Rodríguez de Miñón, a Cuevas con Romaní, a todos, a Solchaga, a Serra... Mario, como buen caradura, ha confiado siempre en la impunidad, la suerte, la estrella, y en todo ese conjunto de especulaciones que valen para ir al casino a jugarse los cuartos, pero no para gestionar un banco.

Todo le habría estado permitido si hubiera cumplido con la regla clave para su supervivencia, el único mandamiento contra el que no podía pecar: que las cuentas de Banesto le tenían que salir.

En noviembre y diciembre del 93, cuando sabe que su situación es apurada, en lugar de buscar ayuda, en lugar de asustarse y tratar de llegar a una solución de compromiso, pretende seguir manipulando a todo el mundo, a todas horas, y por ahí se rompe la cuerda. Se había acostumbrado a jugar al límite, siempre al borde del abismo, siempre confiando en su buena estrella, hasta que se estrella.

Al final, cuando Mario se dio cuenta de que había desatendido la retaguardia de Banesto y que su posición estaba muy deteriorada, trató de recomponer su situación, pero ya era tarde, no tenía espacio de maniobra.

¿Quién le falló a Mario Conde? No fue Felipe González, teniendo en cuenta que los canales que el banquero consiguió abrir con el PSOE fueron muy importantes. Quien le ha fallado de verdad ha sido José María Aznar, el gran fallo de previsión de Conde ha sido el fenómeno Aznar.

Dada su concepción del liderazgo, Conde siempre respetará a Felipe González, un líder de capacidad contrastada en varias consultas electorales, pero exigirá sumisión a Aznar, y eso es lo que conscientemente o no guía su conducta: o se pone a mis órdenes, o a por él. En su idea del poder, Mario puede asumir que Felipe no le dé cancha, pero no puede aceptar que no se la dé Aznar. Estas son las reglas del juego de Mario Conde: mano dura con Aznar, palo a Aznar si no se somete, y mano izquierda con Felipe, un político, por lo demás, ya amortizado, que no puede ver en mí un competidor directo.

Pero Conde falla en sus cálculos, porque Aznar no se diluye en el tiempo, como calculaba el gallego, sino que, partiendo de las elecciones catalanas de marzo del 92, se va afirmando con única alternativa de la derecha. Conde se equivoca gravemente con Aznar, que al final ha demostrado ser mucho más listo de lo que su oponente creía. Y cuando llega el momento del sacrificio, Aznar ha conseguido convertirse en líder, se ha hecho con el control del partido y ha estado a punto de ganar las elecciones. Ahí es donde Mario Conde apuesta y pierde.

Porque, nadie lo duda, si Aznar no hubiera estado dispuesto a dar la venia, jamás Felipe González se hubiera atrevido en solitario a otorgar el visto bueno a la intervención.

Al final, el elemento dramático de esta historia fue comprobar cómo no hubo ni una sola voz que saliera en su defensa, cómo aquella fastuosa muralla Maginot que construyó en su derredor no le sirvió para nada, se derrumbó como un azucarillo entre la niebla de aquel 28 de diciembre del 93. Quienes hubieran podido defenderle, aquellas clases medias de las que un tiempo fue modelo, se quedaron en sus casas viendo por televisión el avance de los tanques del poder sobre el castillo de naipes de don Mario, un hombre que se había granjeado la animadversión de casi todos en su particular *gymkhana* por el poder.

A los vicios del personaje, esa increíble capacidad para «enredar» y hacerse enemigos, para faltar, como buen político, al cumplimiento de casi todas las promesas, para pasar de una persona a otra sin depositar afectos serios en ninguna, se unen en la caída de Mario la idiosincrasia de este país y su capacidad para generar odio y triturar, fagocitar, a los que triunfan. Este es un país que no perdona el éxito, y eran legión los españoles agraviados por el banquero que desde hacía tiempo soñaban con el momento de la venganza.

La envidia, esa afección incontenible del alma española desde Ibn Hazm de Córdoba o el rabí don Sem Tob de Carrión a nuestros días, pasando por Cervantes, Quevedo, Menéndez Pidal, Américo Castro y tantos otros, llevaba tiempo esperando pasar factura.

Remedando el *Abel Sánchez* de Unamuno, el prójimo nunca está mejor que desollado, y si ese prójimo se llama Mario Conde, mejor doblemente desollado.

Conde era un hombre que podía haberse convertido en el punto de referencia obligado de un nuevo tipo de empresario español comprometido con la regeneración del sistema, un modelo de empresario crítico con poder político desde la independencia, seguro de sus fuerzas, y haberlo sido desde la presidencia de Banesto, sin abandonar su corrala, sin haberse dejado seducir por los cantos de sirena de la política, sin Segurados al lado, intentando ser simplemente eso, que no es poco: el modelo de un nuevo empresariado. Desde este punto de vista, contemplar la forma en que este hombre ha dilapidado esa oportunidad no puede producir sino pena.

Lamentablemente perdido en el juego de la ambición política, ha pasado como un meteorito sin realizar ninguna contribución a la modernización de este país. Mario Conde no deja tras de sí más que humo, hojarasca, confusión, desconcierto y desencanto. En esto demuestra ser también un hijo putativo del felipismo.

«Su llegada abrió grandes expectativas en esta casa —asegura José María Cuevas—, porque era un hombre joven, moderno, que entendía las cosas, que estaba dispuesto a jugar inteligentemente frente al poder, y la forma en que se enfrentó a la OPA del Bilbao significó una señal de cambio. Mario tenía inteligencia, juventud, formación, preparación y sobre todo tenía la audacia que faltaba a sus colegas.

»Ese era el liderazgo que Mario Conde tenía que haber asumido —prosigue Cuevas— y no otro, con el que podría haber hecho un gran servicio a él mismo y a este país. Pero, por desgracia, todo lo mezcló inmediatamente con la ambición política, y lo echó todo a perder.»

Mario Conde ha dado un verdadero «pelotazo histórico», en la peculiar acepción que al término *pelotazo* —desastre, fracaso sin paliativos— otorga coloquialmente el gallego.

Conde ha terminado también «más acabado que Tito Mora», cantante de los setenta venido a menos, que era otra de sus expresiones coloquiales favoritas, hasta el punto de que llegó a verbalizar la expresión *titomorear* para designar la mediocridad de ciertas acciones u opiniones. Pero *the beauty of the thing* es que a primeros de enero del 94, con Mario convertido en juguete roto, una escueta noticia aparecida en la prensa afirmaba que «Tito Mora ha pasado con éxito una operación de garganta y ha vuelto a cantar». Cuando Mario se acababa, resurgía Tito Mora. Es el destino, cruel y ramplón como un tango, esos tangos que entusiasman a Mario, el destino pasando factura, el destino de un enamorado de Argentina, apasionado de los tangos y del churrasco, él, un auténtico devorador de carne, de quien alguna vez se ha dicho que podría terminar su vida a la vera del río de La Plata.

Era un hombre demasiado listo para dejarlo con vida, demasiado peligroso para ellos. Mario jugó a insertarse en el verdadero *establishment*, y perdió. Le engañaron, le utilizaron y le mataron cuando les empezó a preocupar. El era un hombre de poder, como Felipe González y José María Aznar. Un hombre de poder que para llegar a serlo abdica de sus principios, traiciona sus orígenes y se despega del común que tan bien conocía. Cuando le cogen miedo, le matan.

Había tres gallos en el corral hispano, y dos de ellos decidieron matar al tercero en la última oportunidad de que disponían. No había sitio para los tres.

CAPITULO DIECISEIS

LA AGONIA DE FELIPE

Cuentan que el general Ramón María Narváez, «El Espadón de Loja», dictador de mano dura que con su política reaccionaria provocó la revolución de 1868 que destronó a Isabel II, yacía en su lecho de muerte cuando recibió la visita del obispo de Madrid para darle la extremaunción.

—Hijo, en estos momentos deberías perdonar a tus enemigos.

—No puedo, monseñor: los he matado a todos.

Una anécdota que bien pudiera aplicarse a Felipe González, otro español poseído por «la pasión de mandar», que en su viaje a los infiernos del descrédito político no ha dudado en rebanar las cabezas que ha sido menester —hasta la de su íntimo amigo, Alfonso Guerra, el parachoques que permitió al César sevillano superar inmaculado, sin despeinarse, las reválidas de 1986 y 1989— para salvar la suya propia y perpetuarse en La Moncloa.

Nadie hubiera podido imaginar tamaña metamorfosis en aquel chico del traje de pana que, en 1982, se encaramó a la Presidencia del Gobierno aupado por la rotunda decisión de una abrumadora mayoría de españoles, decididos a caminar por la izquierda hacia el progreso y el cambio.

La primera parte de la experiencia, desde el punto de vista económico, resultó un éxito, y como tal hay que reconocerlo. Tras los años de crisis agónica de la UCD, el primer Gobierno del PSOE tuvo el acierto de comprender que no era posible seguir una política expansiva en solitario, porque constituía un camino inflacionista de escaso recorrido, dado que la huida de capitales y la debilidad de la peseta impondrían la servidumbre de la realidad, como había sucedido en Francia con el Gobierno socialista, que tuvo que plegar velas con toda rapidez ante la caída del franco.

Miguel Boyer, en contra del programa electoral, actuó con cordura y ése es un mérito que no debe escatimársele. Por primera vez se encomendó la gestión de la política económica a economistas, no a ingenieros o abogados, como hizo el franquismo y la UCD, gente que tuvo el acierto de conceder a la política macroeconómica la importancia que merece.

Boyer encaró con decisión —y con la aquiescencia de unas clases trabajadoras que aceptaron varios años de pérdida de poder adquisitivo—, un ajuste de caballo que resultó fundamental para que la economía española pudiera aprovechar la ola expansiva que se produjo a partir del 85.

Como acierto cabe también juzgar, a pesar de sus fallos, la reconversión industrial puesta en marcha por Carlos Solchaga en 1984. No parece justa la crítica de quienes opinan que los sectores reconvertidos entonces siguen en crisis, porque lo más probable es que sin la reconversión hubieran desaparecido, y es siempre preferible tener un sector industrial con problemas a no tenerlo.

Otro punto en el que el PSOE actuó de forma positiva fue en la extensión de la cobertura de prestaciones sociales a los más desfavorecidos, tanto en asistencia médica como en pensiones, así como la mejora del seguro de desempleo.

Especial significación habría que conceder al acierto (más llamativo viniendo de un partido con fuertes connotaciones «obreristas») que supuso la legitimación de la actividad empresarial. Era necesario que en la borrachera de izquierdismo producida tras la muerte de Franco alguien levantara la bandera de que la actividad empresarial no sólo es legítima, sino que es la clave de una economía de mercado.

Sobre la base del ajuste efectuado, y aupada en la bonanza económica internacional, la economía española conoció en el periodo 86-90 unos años de fuerte crecimiento económico, con incrementos del PIB superiores en dos puntos al de los principales países de nuestro entorno. La explicación es sencilla: la economía saneada y el ingreso en la CE atrajo una auténtica avalancha de inversiones extranjeras hacia España, bien para comprar empresas, bien para instalarse *ex novo*, o simplemente para invertir en valores o inmuebles.

Fueron los años dorados del *boom* español. Años en que el

espíritu pragmático que presidió el primer Gobierno de González se perdió lamentablemente. Aupado en un vertiginoso crecimiento económico, el socialismo *light* que regía el país se emborrachó de poder, se dejó deslumbrar por los millones propios y ajenos, se ensoberbeció en la creencia de que iba a permanecer atado al machito del poder hasta bien entrado el siglo XXI. Para hacer posible esa España de partido único (una especie de Movimiento Nacional de izquierdas), esa vocación de PRI, los socialistas extendieron la esfera de lo público y abusaron del intervencionismo político en todos los ámbitos de la actividad económica y social.

Son los años que alientan un cambio de valores dramático en el que prima el enriquecimiento rápido y sin escrúpulos, que animan la especulación financiera y erosionan la inversión productiva, socavando así las virtudes tradicionales de la cultura de la empresa ligadas a proyectos empresariales de largo aliento. Es «la cultura del pelotazo», la nueva religión que pregona el profeta Solchaga y su bíblico «creced y enriqueceos».

En este clima de euforia, en plena religión especulativa, hace su irrupción en escena el grupo de los «supergalácticos», aquella gente que volaba en avión privado, que tenía grandes fincas de caza en Castilla-La Mancha y Extremadura, que caminaba de celebración en celebración, de homenaje en homenaje, de mujer en mujer. Un personaje excelso de ese grupo era Mario Conde.

En realidad, y de la mano de Juan Abelló, Mario estaba en los círculos de ilustrados que trataban de influir en política ya desde 1985, círculos en los que se criticaba mucho a la CEOE, porque la CEOE estaba permanentemente enfrentada al Gobierno socialista, y eso no podía ser, y menos aún cuando todos ellos estaban ganando buenos dineros, haciendo grandes fortunas. España era el país donde más dinero se podía ganar en menos tiempo, decía Solchaga, y ahí estaban todos éstos, Conde y Abelló, «los Albertos», los Entrecanales, De la Rosa, Sarasola, Del Pino, los March... y un sinfín de constelaciones menores.

Todo este círculo comienza a brillar a rebufo de la propia estrategia política del Partido Socialista: sin oposición en el Parlamento, los sindicatos domeñados, los empresarios a favor y los mecanismos legales de control del Ejecutivo reducidos a papel mojado, nada ni nadie parece capaz de oponerse a la estrategia de partido único diseñada por el Régimen. Se oponía la CEOE, poca cosa, y ¿cómo debilitar lo que no se puede ocupar? La solución estaba en dar cancha a esta élite, los empresarios del felipismo.

Eran lo que Felipe y Solchaga, y tiempo después el propio hombre del piano, Narcís Serra, llamaban «los empresarios reales».

Y empiezan todos a bullir y a pavonearse. Se trataba de ver quién salía más veces en una revista, quién salía más veces en los periódicos. Cada vez que se citaba su nombre en un artículo o reportaje era un «impacto»: «Este mes he tenido doscientos impactos», decían cuando se reunían a cazar en sus fincas de Toledo y Ciudad Real, las más espectaculares casas de campo de Europa, y en cócteles y saraos hablaban de las piezas cobradas, los ciervos de doce puntas, medalla de oro, de trece puntas, y las otras piezas, las piezas con liguero, y los otros cuernos, los amoríos de una élite que parecía vivir los días de vino y rosas del imperio austrohúngaro.

Todo muy coyuntural, ligado a una cultura económica de corto plazo. La CEOE decía que no se estaban aprovechando los tiempos de vacas gordas para hacer las reformas de fondo que reclamaba la economía española, pero este grupo no lo entendía, eran cosas del «facha» de Cuevas.

Y sin embargo, otras gentes sensatas, al margen de Cuevas, estaban advirtiendo de los peligros de cierre en falso que corría el *boom* español. Así iba a ser. En efecto, la oleada de inversiones extranjeras tuvo dos efectos principales. Por un lado, permitió cubrir el déficit comercial que se produjo como consecuencia del propio crecimiento y del esfuerzo de equipamiento y mejora tecnológica de las empresas. Y por otro, vino a suplir la carencia de proyectos empresariales propios, lo que se tradujo en el abandono de una posición nacional, la abdicación de un proyecto propio de crecimiento en aras de unos ideales europeístas muy etéreos, consecuencia del error fundamental de haber tomado como algo permanente lo que no era más que un fenómeno puntual, ya que estaba claro que la inversión extranjera no podía ser un fenómeno recurrente, entre otras cosas porque la venta de activos tiene un límite.

Desgraciadamente, nuestros presuntuosos cerebros del Ministerio de Economía pensaron que España iba a seguir creciendo *ad eternum* más de prisa que nuestros competidores, con lo cual íbamos a estar muy pronto en la vanguardia europea, en el núcleo duro de la CE. ¿Qué característica esencial tenía ese núcleo duro? Una baja inflación basada en una moneda fuerte que abarataba importaciones. Nació así la decisión a rajatabla, que habría de resultar tan dañina para nuestro sistema productivo, de mantener una valoración alta para la peseta.

La estabilidad de la divisa española había sido posible entre el 86-89 por la corriente de entrada de inversiones extranjeras y por el mantenimiento de unos altos tipos de interés. Pero el mantenimiento de una moneda fuerte en el largo plazo sólo es posible si se cuenta con un parque empresarial potente y competitivo (como Alemania o Japón), y con un Gobierno dispuesto a aplicar una férrea disciplina en el gasto (como Alemania y Japón).

Don Carlos Solchaga creyó que una moneda fuerte es el resultado de una decisión política, y eso no es verdad. Intentar mantener una divisa fuerte con un aparato industrial no competitivo y con un gasto público desbocado sólo se consigue durante el tiempo que los prestamistas quieran seguir financiando la aventura. Pero cuando el inversor extranjero considera que los altos tipos de interés no compensan los riesgos dada la debilidad de la economía, entonces se van con la música a otra parte, imponiendo a los magos del Gobierno y Banco de España, para quienes lo que ocurría eran simples «turbulencias pasajeras», tres devaluaciones seguidas, tres humillaciones sin precedentes.

Nuestros genios domésticos se han olvidado de que el armazón de una economía depende fundamentalmente de un parque empresarial potente y competitivo, y de una administración pública decente. Las empresas exportan, importan, compran, venden, dan empleo, investigan, pagan impuestos... Son el corazón, la pata fundamental del sistema. La otra pata es una Administración que debe imponerse una estricta disciplina en el gasto, que no puede gastar más de lo que ingresa so pena de hipotecar el futuro de las nuevas generaciones.

Y ésta es la gran equivocación de los gobiernos socialistas. La propia operación de venta de Antibióticos a Montedison, con la intermediación de Ferdinando Mach di Palmstein, el hombre del maletín del PSI, y los viajes a Madrid del propio Bettino Craxi, las comisiones pagadas en Suiza a ambos partidos, todo estaba enmarcado dentro de la lógica del sistema: no importaba la venta de empresas, no importaba la nacionalidad de los dueños del capital, siempre habría inversores extranjeros dispuestos a suplir las deficiencias del aparato industrial español; Mario Conde, Juan Abelló y Felipe González estaban en la misma onda, vendedores y el poder político participaban en la misma comunión de intereses.

Por eso Mario Conde, como Juan Abelló, como «los Albertos»,

Polanco, De la Rosa, Entrecanales y tantos otros, son productos del cambio político operado en 1982, son hijos del Régimen, de una forma de entender las relaciones económicas, de una dependencia mutua de signo claramente franquista. En efecto, recabar y recibir la ayuda del poder en el 85 o en el 87 era algo natural aun sin dinero de por medio, porque apoyar una operación como la venta de Antibióticos formaba parte del discurso del felipismo en aquel momento, el razonamiento de un Gobierno convencido de que no merecía la pena defender un sistema productivo propio ante la nueva realidad supranacional europea.

Pero no sólo es en el terreno de la «micro» donde los Gobiernos socialistas han fracasado (cosa lógica, por otro lado, teniendo en cuenta que todos los responsables son gente de Servicio de Estudios, tipos que no han pagado nunca una nómina ni han pisado una fábrica), sino que su fracaso más notorio está en el terreno de los grandes agregados macroeconómicos, como no podía ser de otra forma, puesto que al final la evolución de las variables «macro» no recoge más que el acierto o el fracaso de las acciones microeconómicas. Hagamos un rápido resumen.

En principio, el objetivo perseguido por la política económica del PSOE, como por cualquier otro partido, busca mejorar en todo lo posible las condiciones de vida de la población, lo que, dicho en la jerga del economista, sería «alcanzar el máximo ritmo de crecimiento de la renta nacional que sea sostenible en el largo plazo». Y ¿cómo saber si el crecimiento económico es sostenible? Si se cumplen también el resto de los objetivos de política económica, fundamentalmente mantener una inflación y una tasa de paro lo más bajas posibles, y en todo caso no por encima de la media de la CE, y alcanzar igualmente una estructura de balanza de pagos y un saldo presupuestario equilibrados.

Pues bien, como se advierte enseguida en el Cuadro 1, España viene registrando desde 1987 unas tasas de paro e inflación significativamente mayores que las de los principales países europeos. Es decir, que a pesar de haber sufrido una recesión muy intensa a partir del 92, y a pesar de que la tasa de paro es más del doble de la media comunitaria, la inflación sigue siendo sensiblemente superior a esa media. Dicho de otra manera, la relativa reducción de la inflación se ha hecho a costa de aumentar la tasa de paro hasta niveles socialmente insostenibles. De forma que, aun en el caso de que a finales de este año ambas variables se hayan reducido ligeramente, seguiremos teniendo una inflación significativamente superior a la de nuestros principales competidores, y la tasa de paro seguirá siendo más de dos veces la media europea.

La acusación más demoledora que se puede lanzar contra la política económica felipista es que la economía ha funcionado así, generando a la vez más inflación y más paro que la media europea durante todos los años del periodo considerado, fueran tiempos de *boom* o de crisis.

De manera que, durante los doce años de Gobierno, los socialistas no sólo no han conseguido alterar la siniestra propensión al paro de nuestra economía, sino que de hecho la han acentuado. ¿Por qué? Porque han abdicado de su responsabilidad de realizar las reformas necesarias para que siguiera las pautas de los países más avanzados de Europa.

Una voz socialista podría decir que, si bien con más paro e inflación, también nuestro país ha tenido un crecimiento económico superior a la media europea. Sin embargo, el Cuadro 2 desmiente esta afirmación, poniendo de relieve que una economía como la española, con más paro e inflación que las de su entorno, termina teniendo también ritmos de crecimiento inferiores o, en el mejor de los casos, similares a los de países de menor inflación.

Con todo, el efecto más grave de los errores de política económica cometidos en el pasado es que, con una tasa de paro del 24 por ciento de la población activa y una relación deuda/PIB del 60 por ciento, el margen de maniobra de que dispondrá un Gobierno de otro signo para realizar la política económica de distinta orientación en el futuro es casi inexistente. Esa es la herencia del felipismo, el «agujero» que lega don Felipe González a España: 24 de cada 100 personas en edad de trabajar paradas y una deuda pública que se aproxima a los 40 billones de pesetas y que todos los años se come, sólo en pago de intereses, más del 15 por ciento de los Presupuestos Generales del Estado. Es decir, que la política económica socialista no sólo ha dilapidado nuestro pasado, sino que ha hipotecado buena parte de nuestro futuro.

¿Cuáles han sido las claves del fracaso de la política socialista que han producido tan nefastos resultados? Las deficiencias son de dos tipos. Por un lado, la política fiscal, que desde 1987 y sobre todo desde 1989, ha ido en dirección contraria a lo que necesitaba el país. Y, por otro, la ausencia de las reformas estructurales necesarias para invertir esa tendencia a generar más paro e inflación por unidad de crecimiento del PIB que nuestros vecinos.

Los disparates de la política fiscal socialista se pueden subdividir en tres periodos: a) 1987-1989. En esos años de mayor crecimiento económico se dilapidó la posibilidad de conseguir superávits presupuestarios, lo que hubiera permitido reducir la deuda y sanear las finanzas públicas para hacer frente a la fase descendente del ciclo. En lugar de ello, se hizo una política fiscal expansiva, que añadió artificialmente crecimiento a una economía que no lo necesitaba y generó presiones inflacionistas. b) 1989-1992. En este periodo se cometieron los errores decisivos de política fiscal, que sentaron las bases para la profunda recesión que vendría a continuación. En junio del 89 se tomó la decisión de entrar en el Sistema Monetario Europeo, una decisión que sólo tenía sentido si se reducían los tipos de interés a los niveles vigentes en la CE y se compensaban los efectos expansivos de esta medida con una drástica reducción del gasto público. Las elecciones generales se adelantan al 89 para llevar a cabo este giro copernicano de política económica, pero, a pesar del triunfo del PSOE, la huelga general del 14-D y la consiguiente presión del «guerrismo» frustraron la frágil voluntad de Felipe por el cambio. El resultado es que la política fiscal no sólo no cambió, sino que se hizo aún más expansiva, con los efectos perversos que eran de prever para la inflación y el déficit exterior, lo que obligó a una política monetaria duramente restrictiva, con la consiguiente e intensa subida de los tipos de interés y la escalofriante apreciación del tipo de cambio de la peseta.

La consecuencia de la irresponsabilidad de los mandarines del felipismo no podía ser otra que la de someter al país a la mayor recesión que ha padecido en los últimos tiempos.

c) 1992-1993. En junio del 92 se produjo el «no» danés a Maastricht, lo que dio inicio a la agonía del SME. Las sucesivas devaluaciones de la peseta, sin embargo, fueron fruto de los profundos desequilibrios de la economía española y de la pérdida de credibilidad de la política socialista. Hasta el más lego descubrió que las cuentas del Reino estaban maquilladas, que las ya de por sí terribles cifras oficiales del déficit estaban muy por debajo de la realidad, que la deuda pública era muy superior a la reportada oficialmente y que el Gobierno había perdido totalmente el control del Presupuesto y la credibilidad para anunciar previsiones o cifras de cualquier tipo.

En cuanto a la ausencia de reformas estructurales, poco cabe decir. Cuando la tasa de paro de una economía supera el 20 por ciento se tiene una prueba definitiva de que el marco estructural en el que se desenvuelven los principales mercados está plagado de deficiencias. De hecho, la ausencia de esas reformas imprescindibles ha permitido que lo que hacía la política monetaria lo deshiciera la política fiscal.

Al final, ha hecho falta que el paro llegara al 24 por ciento para que Felipe González se atreviera, y parcialmente, a hincarle el diente al mercado de trabajo. Pero la eficacia de esa medida depende de que se lleven a cabo simultáneamente otra serie de reformas en la empresa pública, las pensiones, la sanidad, el entramado impositivo (el PSOE ha situado los tipos marginales del impuesto sobre la renta y del patrimonio entre los más altos del mundo, al tiempo que ha consentido y aceptado la perpetuación del fraude fiscal) [1], los mercados de servicios... sin las cuales será imposible frenar el crecimiento de la deuda pública y alcanzar un crecimiento saneado capaz de producir en cantidad empleo estable y no subsidiado.

Estas reformas no se harán mientras el PSOE siga gobernando el país, por la sencilla razón de que representan una concepción de la sociedad contra la que el socialismo siempre ha luchado. Las virutas de marxismo que aún quedan en el taller del PSOE se han opuesto y se opondrán mientras exista dicho partido a llevar a cabo una reforma del elefantiásico Estado del Bienestar, imposible de mantener si no se quiere hipotecar el futuro de muchas generaciones de españoles.

Este ha sido el dramático dilema español en los últimos años: o se dejaba quebrar el país para no hacer las reformas, o se quebraba un partido y un ideario, el socialista, por el que ya nadie vive y del que, sin embargo, muchos viven.

Está clara la vía que Felipe González ha elegido. El gran responsable de esta monumental fechoría, el aprendiz de Caudillo que reina sobre este país endeudado y en paro, quiso el 6 de junio

---

[1] Los costes que ha tenido para la moral de la vida económica la existencia de una voluminosa masa de pagarés del Tesoro son incalculables. La emisión de pagarés del Tesoro equivalía a reconocer que la política impositiva era irreal y absurda. El Gobierno socialista esgrimía su política fiscal como prueba de progresismo pero, al mismo tiempo, desarrollaba los pagarés opacos a manera de un sucio remiendo del impresentable traje impositivo con el que se vistió a la sociedad española.

del 93 presentarse en su infinito descaro como el gran componedor, el Aladino dueño de la lámpara maravillosa de las soluciones, el asesino se postuló para resolver el crimen, guiado al final por el único norte de su ideario político: su infinita ambición de poder, y su determinación de no abandonar el mismo aunque para ello tenga que llevarse a este país por delante.

El problema de España no es tanto de hacer como de deshacer muchas de las cosas que ha hecho el PSOE. Hay una política económica alternativa, naturalmente que sí, y habría que mandar a la cárcel intelectual al mentecato que se atreviera a decir lo contrario en un país con un 24 por ciento de parados. Una política alternativa que pasa, ante todo, por una política fiscal diferente. Sólo un déspota irresponsable puede seguir tirando del gasto público de forma perpetua, sin preguntarse de dónde saldrán los fondos para mantener tanta promesa y qué efectos tendrá esa política sobre el nivel de vida de nuevas generaciones.

Por todo ello, las posibilidades, escasas, de un futuro para España pasan por la definitiva defenestración de Felipe González y del PSOE y la llegada de un Gobierno de otro signo en el que la ideología no frene lo que recomienda la teoría y la experiencia de otros países. Un Gobierno presidido por José María Aznar, a quien hay que pedir el coraje necesario para tomar las decisiones que se verá obligado a adoptar si quiere poner a la economía española en la senda de ese «máximo ritmo de crecimiento sostenible en el largo plazo», que dicen los tratadistas, y ganarse el respeto y la confianza de una mayoría de españoles.

Como a Conde, a Felipe González le fallaron también los números. Pero las responsabilidades de Felipe y del PSOE van más allá del puro comportamiento de las variables macroeconómicas básicas, y son evidentes en la configuración, a partir de 1986, de un código de valores económico contrario a las exigencias de una sociedad moderna.

La generalización de los casos de corrupción ha extendido la idea de que toda ganancia extraordinaria ha sido obtenida ilegalmente, idea implícita en la llamada «cultura del pelotazo», lo que ha motivado que volviera a germinar en nuestra sociedad esa vieja sensación de desconfianza hacia el beneficio propia de la mente preindustrial y anticapitalista de un Baroja («en la vida no se puede ser más que mendigo, ladrón o asalariado»), y una actitud de sospecha hacia el sano afán de lucro y la actividad empresarial, esa sospecha de que todo aquel que gana mucho dinero lo hace de forma fraudulenta.

Ese prejuicio seguirá vigente mientras no se reforme la administración de justicia. ¡Ay, si una décima parte de lo gastado en construir a toda prisa un anacrónico Estado del Bienestar se hubiese empleado en mejorar la administración de justicia! Seguramente todo hubiera sido distinto, porque se habrían cortado muchos abusos, y se habría evitado, por ejemplo, el penoso espectáculo del podenco Barbero persiguiendo a los galgos de Filesa.

Si se hubieran dedicado recursos suficientes a modernizar juzgados y registros, a potenciar la investigación del fraude fiscal —incluido el fraude en las cotizaciones a la Seguridad Social y el cobro del desempleo—, a mejorar la cualificación de los jueces y su formación en asuntos económicos, a reducir los plazos que median entre la citación judicial y la administración de justicia, entonces se hubiera comprendido el papel vital que representa un aparato de justicia eficiente no ya para que el concepto de Estado de Derecho cobre sentido, sino para el buen funcionamiento de una economía moderna.

Al final no queda nada. Queda una caja vacía, llena de telarañas. Queda la sensación de una oportunidad perdida, la queja que tantos liberales y progresistas del siglo pasado expresaron sobre el estado de España, el sentimental «deja que llore los males de mi patria» con que Gaspar Melchor de Jovellanos comenzaba su famosa *Sátira* a Ernesto.

Queda un Estado endeudado hasta las cejas para varias generaciones por un Gobierno manirroto e irresponsable. La España aparatosa y exuberante del 86 al 89 ha bajado a segunda división, cuando más convencida estaba de que podía ganar la copa de Europa. España sólo puede ofrecer hoy dependencia en su más amplia expresión, dependencia tecnológica e industrial. No hay un solo producto por el que se identifique el país en el exterior, un país desprovisto de armas para oponerse realmente a sus socios comunitarios, sin capacidad de locución política y económica.

La ausencia de verdaderos capitales con capacidad de emprender aventuras industriales de altura, uno de los problemas de fondo de la economía española, se hace ahora más patente que nunca. El nuestro es un capitalismo sin capitales. Si, como dice Robert Heilbroner, el capitalismo es la dictadura del capital, aquí estamos sometidos a la dictadura de los grandes inversores internacionales que deciden cuándo vienen y cuándo se van a su conveniencia.

Y por eso se marchan los Suzuki o los Gillette o los Volkswagen, ante la sorpresa incrédula de un *hooligan* del monetarismo como Solchaga, para quien la nacionalidad de los dueños del capital es un detalle sin importancia en el mundo de hoy, y de un Felipe que sacrificó cualquier proyecto propio del país en aras de un europeísmo a lo Corín Tellado.

Queda una economía mediatizada, coartada, cuasi-intervenida por la increíble extensión de lo público en la esfera de lo privado, gran hazaña debida a los *estatólatras* del felipismo. Una de las cosas que será necesario deshacer será el peso del Estado en el funcionamiento de nuestra economía, liberándola de las servidumbres de una Administración —central, autonómica, municipal— que ha olvidado su papel primigenio de simple gestor de la cosa pública.

«Aquí no es posible hacer negocio si la Administración pública no hace negocio», apunta un empresario madrileño. La economía española ha vivido en situación de libertad vigilada, con un sector público dispuesto a meter baza en todos los grandes sectores productivos: Endesa en el eléctrico, Repsol en el petroquímico, Argentaria en el bancario... es lo que algunos llaman la *repsolización* de nuestra economía.

El resultado final es la «italianización» de la vida en la empresa, como un fiel reflejo de la «italianización» de la vida política.

«Es la precaución de que cuando nombras a alguien para cubrir una vacante en el consejo de administración tienes que empezar a pensar —continúa el mismo empresario—, bueno, ¿nombro a éste para que me asegure las relaciones con el PSOE, o a este otro para me mantenga abiertos los puentes con el PP? ¿Y si me acuerdo del de más allá para estar a bien con tal o cual grupo de poder o de presión? Es la consecuencia del insoportable grado de intervencionismo en la vida de la empresa que ha llevado a cabo el PSOE en estos años.»

Queda, sí, como gran herencia del «felipismo», la amarga realidad de la corrupción. La democracia ha degenerado en el sexenio que va del 87 al 93, el sexenio de Conde, el gran momento el mago González, hacia una corrupción que algún clásico no tendría empacho en comparar con la Roma de Milo.

La sensación de corrupción domina hoy todos los ámbitos de la vida económica española. Los sueños de toda una generación, de todo un pueblo que en octubre del 82 anhelaba un país más abierto, más justo, más limpio, se han transformado en una pesadilla por culpa del afán de codicia de un numeroso grupo, instalado en los aledaños del poder, consentido por el poder o cómplice del poder. Una élite, generalmente ubicada en Madrid, que se ha acostumbrado a vivir por encima de las rentas de su fortuna, inexistente en la mayoría de los casos, y de los ingresos que razonablemente pudiera depararles su capacidad profesional, generalmente escasas, gente que vive del «trinque», de las comisiones, de los favores mutuos.

España es el reino de la comisión. Se cobran por doquier. Desde algunos presidentes de clubs de fútbol por fichar jugadores a los importadores de petróleo, los asentadores de pescado y de fruta en los mercados centrales, los constructores, los munícipes... Algunos niveles de la Administración central están tan corrompidos (si el asunto lo trae fulano, que es un alto funcionario en excedencia, dedicado a los temas privados, se resuelve en un santiamén; si lo trae otro, se paraliza) que no es posible caminar por la vida económica sin pagar a cada paso la mordida correspondiente. Es el uso en beneficio propio de la cercanía al poder, es el tráfico de influencias.

Nadie puede imaginar a una empresa constructora desarrollando su actividad con dinero limpio, sin recurrir a las facturas falsas del IVA para poder disponer de dinero negro con el que poder enfrentarse a la cascada de comisiones. Sin entrar al trapo de la comisión, perdería cualquier opción a conseguir obras públicas. Este es el fruto del «doceañismo» felipista.

La desazón intelectual que produce esta corrupción es que se trata de un grupo numeroso pero porcentualmente mínimo comparado con los millones de españoles que están obligados a sortear una vida diaria llena de dificultades, dificultades para encontrar un puesto de trabajo, mantener una familia y llegar a fin de mes con el sueldo que reciben, millones de españoles para quienes la vida regalada de esa minoría que vive de la corrupción es sencillamente un insulto.

¿Estado de la cuestión?: el ex gobernador del Banco de España que engaña a la Hacienda Pública; el ex director general de la Guardia Civil huido por chorizo con los dineros de mil comisiones; altos cargos del Ministerio del Interior haciéndose un buen plan de pensiones con los fondos reservados; la ex directora del *BOE* comprando cuadros para su casa a cuenta del Presupuesto; un partido financiándose con el impuesto revolucionario de Filesa; un sindicato considerado responsable de la mayor estafa inmobiliaria de la historia, la cooperativa PSV; dos ministros, Antonio Asunción y Vicente Albero, forzados a dimitir, como el portavoz del Grupo Parlamentario Socialista, Carlos Solchaga, el hombre que más daño ha hecho a la economía española en mucho tiempo; la presidenta de la Cruz Roja también obligada a dimitir, y varios generales de la Guardia Civil, y lo que es peor, un Presidente cometiendo la tropelía de nombrar un fiscal general del Estado a sabiendas de que el nombramiento es ilegal, pero le sirve, lo utiliza como lacayo para entorpecer la investigación sobre la corrupción, para cesarlo días antes de que el Tribunal Supremo anule su nombramiento. Peor aún que la corrupción, una burla al Estado de Derecho.

Es otra parte de la herencia de hiel que lega Felipe González a este país: la crisis del Estado, la crisis aguda de un Estado con el prestigio cuarteado de sus instituciones más representativas, el Banco de España, la Guardia Civil, el *Boletín Oficial del Estado*, el Ejército —cercado por la objeción de conciencia—, los servicios de espionaje del Cesid...

En realidad es la propia existencia de España como Estado unitario lo que está en cuestión. Felipe González, el gran taumaturgo de la política española, el hombre cuya capacidad política han ensalzado diez mil tiralevitas en los últimos doce años, ha endeudado a este país para muchos años y se va dejando abierto el melón del futuro de España como nación.

El «felipismo» se ha dejado sobornar por esa sociedad fatua madrileña cuyo mejor exponente ha sido la llamada *biutiful pipol*, una sociedad vacía, ayuna de cualquier referente ético, dispuesta a dejar tirados a sus amigos a la menor contrariedad, porque nadie quiere saber nada del apestado, como ha quedado patente tras el *affaire* Ibercorp; una sociedad carente de talla intelectual y moral, huera, indolente y corrupta, sin ninguna motivación de orden superior, sin capacidad de liderazgo, responsable en gran medida de la falta de vertebración de la sociedad civil española, y de la falta de vertebracion de España como nación.

Es la ausencia de «hombres de Estado» que echaba de menos Azaña, y de «minorías selectas» que lamentaba Ortega. Una sociedad pueblerina, que no ejerce ninguna fuerza centrípeta, y a la que las burguesías periféricas no se sienten ligadas en absoluto, porque Madrid no ejerce ninguna atracción sobre ellas, y no van a necesitar asomarse a Madrid para vender sus productos en Europa. Es el final de una sociedad huérfana de cualquier sentido histórico, que sólo ha pensado en el enriquecimiento fácil, en los aviones, los yates y las cacerías.

El César sevillano ha desperdiciado una oportunidad histórica para haber consolidado, si no acrecentado, en estos años la idea de España como nación. Pero quizá el error consista en haber esperado demasiado de aquel abogado laboralista que un mes de octubre del 82 encandiló a 10 millones de españoles y que al final se ha demostrado como un producto excelso del *marketing* político, que en los momentos duros se comporta como un tipo sin arrestos, falto de la entereza necesaria para adoptar las decisiones traumáticas que debería haber tomado de acuerdo con las responsabilidades de su cargo.

Este audaz sevillano no ha sabido transformar en un sentido democrático, progresista, el concepto de nación heredado del franquismo. Toda una generación, de la que forma parte Felipe González, ha crecido condicionada por el complejo franquista, el complejo de inferioridad ante los nacionalismos y la falta de audacia para reivindicar lo español, víctima de un falso progresismo cogido a contrapié de una bandera que es, fundamentalmente, la bandera de Franco, y un himno nacional que es el de Franco, y que ningún demócrata ha podido asumir como propio.

Quizá sea consecuencia del proceso de reforma que obvió la ruptura con el franquismo, pero la izquierda ha crecido convencida de que el concepto de «Estado español» era una idea reaccionaria. Los nacionalismos eran lo progresista y la «nación española» la opresión, y eso ha producido una vergüenza, un reparo íntimo a reivindicar lo español, acompañado del paralelo descaro de algunos nacionalistas para reivindicar la disgregación del concepto unitario.

Claro que nada de esto hubiera sucedido, o por lo menos a muy distintos niveles, si Felipe González, en su afán por mantenerse en el poder, no hubiera consentido que la crisis de su partido, la crisis del PSOE, contaminara a las instituciones del Estado, transformándose en la crisis del Estado.

Ahora, los responsables de la bancarrota financiera del Tesoro público pretenden seguir postulándose para arreglar su propio entuerto, de la misma manera que quienes han propiciado y amparado la corrupción quieren erigirse en los abanderados de la regeneración ética. Ni es coherente, ni creíble. Este es un momento crucial en la vida española, un cruce de caminos decisivo para el país, cuyo futuro depende en gran medida de que el final de un ciclo económico, el comprendido entre los años 85 al 93, coincida con el final de un ciclo político que se inició nada menos que en 1982.

De ese punto de encuentro depende la capacidad de saneamiento de nuestra economía, porque no es de recibo que los responsables del gran agujero quieran gestionar el nuevo ciclo económico, y la capacidad de regeneración de nuestro sistema político, herido de muerte por tres legislaturas de mayorías absolutas, e incluso la propia supervivencia de España como nación.

Los españoles se lo hicieron saber a Felipe González en la convocatoria electoral del 12 de junio. Del caudal de 10 millones de votos de octubre del 82, al partido del puño y la rosa apenas le quedan 4 millones de ciudadanos dispuestos a elegir la lista encabezada por un resignado Fernando Morán para Estrasburgo. El partido que se presentó como abanderado del cambio se ha convertido hoy en una rémora para el progreso de este país. Con el apoyo de la España rural y de la tercera edad, el PSOE gobierna de espaldas a la España urbana, las clases medias, los jóvenes, los profesionales, los empresarios, la mano de obra cualificada, la gente, en suma, que «hace país».

Una macroencuesta aparecida en la prensa tres semanas después de los comicios del 12 de junio describía con claridad la situación: «Los españoles creen que se acabó la era PSOE y llega la del PP», añadiendo que «la mayoría de los ciudadanos opina que el PSOE ha caído y que su derrota se debe más a errores propios que a aciertos de sus adversarios políticos».

Quizá nada pueda ilustrar mejor la situación de un partido barrido por los vientos del cambio que el espectáculo del XXXIII Congreso del PSOE, celebrado en Madrid durante el fin de semana del 19-20 de marzo del 94.

El espectáculo valleinclanesco de unos dirigentes socialistas bien trajeados, llegando al recinto en coche oficial y rodeados de escoltas, que tienen que ser protegidos a la entrada y a la salida del Palacio de Congresos por un ejército de policías al mando de oficiales franquistas, mientras a cien metros los trabajadores de Kubota se desgañitan llamándoles «chorizos», sus voces mezclándose con el estruendo del helicóptero policial, y los de Linares protestan en calzoncillos, reclamando un puesto de trabajo que les han birlado los apóstoles de la «macro» socialista, y los cooperativistas de la PSV pidiendo el piso que les ha hurtado el sindicato socialista, es toda una parábola que resume la situación de crispación de un país que se ha quedado sin futuro y sin esperanza.

Este Régimen herido de muerte, decidió llevarse el 28 de diciembre del 93 por delante a uno de los más esclarecidos representantes del periodo. Quizá hubiera resultado un contrasentido que el felipismo pasara a la historia dejando como reliquia viviente a Mario Conde.

Mario Conde y Felipe González son hijos del mismo periodo histórico, productos del mismo Régimen. Resulta que quien interviene Banesto y habla de «artificios contables» es un Gobierno que «maquilló» una deuda de 2,6 billones de pesetas en las cuentas del Estado correspondientes a 1991, las últimas analizadas por el Tribunal de Cuentas.

Son unos señores a quienes el referido Tribunal viene sistemáticamente llamando la atención en razón al desbarajuste en la contabilidad de la Administración, «cuyo parecido con la realidad es muy escaso», según el fiscal del organismo, hasta el punto de que el citado Tribunal ha pedido al Parlamento que requiera al Gobierno para que su balance de los Presupuestos se ajuste plenamente a las normas legales y a los criterios técnicos ortodoxos.

Al final la crisis de la peseta y parte de la crisis económica son atribuibles a la pérdida de credibilidad de un Gobierno que ha demostrado una manifiesta incapacidad para controlar el Presupuesto e impedir desviaciones masivas que desvirtúan la descripción de la realidad económica.

La intervención de Banesto supuso el certificado de defunción de uno de los símbolos de esta España ficticia, Mario Conde, la penúltima víctima de un sueño imposible. La posterior desaparición de Solchaga de la escena política era la crónica de una muerte anunciada. El punto y final del Régimen lo rubricará la previsible cercana defenestración del tótem socialista, Felipe González. Todos ellos son ya flores ajadas, son la «fruta vana de aquella España que pasó y no ha sido», en palabras de don Antonio Machado.

CUADRO 1

CUMPLIMIENTO DE LOS OBJETIVOS DE POLITICA ECONOMICA (CIFRAS EN %)	1987	1988	1989	1990	1991	1992	1993	1994[e]
Crecimiento Económico								
España	5,6	5,2	4,7	3,6	2,2	0,8	–1,0	1,2
CEE	2,9	4,2	3,5	3,1	1,6	0,7	–1,0	1,5
Inflación								
España	5,2	4,8	6,8	6,7	5,9	5,4	4,6	4,5
CEE	3,2	3,6	5,2	5,7	5,0	4,3	3,3	2,8
Paro								
España	20,1	19,1	16,9	16,0	16,0	18,1	22,4	24,5
CEE	10,3	9,8	8,9	8,3	8,8	9,5	10,6	11,0

Fuente: Hasta 1993, Ministerio de Economía y Hacienda.
Notas: Las cifras medias de la CEE incluyen los datos de España.
La inflación se mide por la variación media del IPC en el año de referencia.
e: Previsiones OCDE.

CUADRO 2

CRECIMIENTO ECONOMICO EN EL PERIODO 1980-1993 (% VARIACION PIB EN TERMINOS REALES)	1981-90 (∅)	1991	1992	1993	1994[e]
España	2,9	2,2	0,8	–1,0	1,2
CEE	2,3	1,6	0,7	–1,0	1,5

Fuente: European Economy, Annual Economic Report, 1993.
e: Estimaciones según OCDE.
∅: Tasa de crecimiento medio anual en el periodo considerado.

EPILOGO

LA MUERTE DEL MITO

«Mario Conde es, pues, la gran incógnita del futuro español. Este hombre ha demostrado un extraordinario talento para fajarse en las distancias cortas, en el cuerpo a cuerpo, pero ahora llega para él la prueba de fuego: demostrar que es un *long runner*, que es capaz de trabajar doce horas diarias y sacar adelante ese mastodonte que será el Banco Español Central de Crédito, S. A. Es una tarea que le absorberá cuatro o cinco años de trabajo duro, sin *flashes* ni loas gratuitas. Si Mario Conde es capaz de hacer ese trabajo, si no sale huyendo, si demuestra su capacidad de corredor de fondo, el futuro es suyo. Incluida La Moncloa, si ése fuera su deseo. Si no, habrá dado la razón a los que piensan que es poco más que un *bluff*.»

Estas líneas que, escritas en junio de 1988, constituyen el último párrafo del libro *Asalto al poder*[1], no podrían haber resultado más proféticas en el devenir de Mario Conde.

En el verano de 1988, Conde, todavía de la mano de su socio y amigo Juan Abelló, había ascendido en menos de un año a la cima del poder económico de este país. Con una dosis de audacia desconocida en el atemorizado panorama empresarial español, el gallego se había enfrentado con el arrojo que da la inteligencia y la juventud a todo el aparato del Estado en manos de un partido que entonces disfrutaba de su segunda mayoría absoluta. Se había hecho con la presidencia de Banesto, había derrotado la OPA del Banco de Bilbao y se había convertido en el gran beneficiario de la fusión entre Banesto y el Banco Central.

El poder político frenó en seco aquella carrera de éxitos,

[1] Jesús Cacho, *Asalto al poder*, Ediciones Temas de Hoy, Madrid, 1988.

desbaratando el proyecto de Banco Español Central de Crédito. A partir de aquel momento estaba claro que Conde tenía que concentrar sus esfuerzos en la gestión del Banco Español de Crédito. Porque ya entonces era una evidencia que todo su futuro, por supuesto político, pasaba por demostrar su capacidad como corredor de fondo, su condición de banquero y empresario.

Después del cataclismo del 28 de diciembre del 94, y al margen de la tropelía política que ha supuesto destruir un banco para acabar con un hombre, está claro que Mario Conde ha fracasado. El gallego no ha sabido o no ha podido sacar adelante el Banco Español de Crédito. No ha soportado el trabajo duro y monótono del banquero, y ha sucumbido a su desmedido afán de notoriedad, a la necesidad de ser noticia diaria, de estar permanentemente en candelero.

El gallego no pretendió gerenciar un banco, sino gestionar su carrera política desde un banco. El liderazgo de la sociedad civil, su tópico más querido, no ha pasado de ser un medio que debía conducirle al fin de su proyecto vital: llegar cuanto antes a La Moncloa. Pero como el lobo del cuento de Caperucita, Mario ha pretendido llegar a la casa de la abuelita por el atajo del Gobierno de concentración o de gestión, porque al final le asusta la idea de presentarse a pecho descubierto por las plazas de España pidiendo el voto de pueblo en pueblo.

Mario ha pretendido ser presidente del Gobierno por cooptación y aclamación, con todos los peligros que esa idea entraña para quienes conocieron y padecieron la dictadura franquista. Cuando los líderes de los dos grandes partidos que dominan la democracia española, una democracia que pide a gritos un proceso de regeneración urgente, se dieron cuenta del peligro que corrían, no dudaron un instante en dictar la muerte del hombre que amenazaba el *pas a deux*.

Mario Conde ha sido engañado por Felipe González, pero eso no es una novedad. Quien se acuesta con el tigre corre el peligro de ser devorado por la fiera. La sorpresa, el gran fallo de Conde, se llama José María Aznar, un político hecho a sí mismo que tras años de sacrificio se ha hecho con las riendas del partido y hoy es el principal candidato a sustituir a Felipe en La Moncloa.

El gallego ha traicionado las expectativas de quienes vieron en él a un personaje capaz de convertirse en revulsivo de un empresariado de vuelo corto, maniatado y rendido al poder político. El hombre que asaltó el Palacio de Invierno para hacer la revolución al final no hizo otra cosa que cambiar las libreas de los mayordomos para seguir dando las mismas fiestas que daban los zares. No venía a alterar ningún *establishment* sino a encaramarse él mismo en el más poderoso de los *establishments* patrios, el único que cuenta de verdad, el triángulo del poder institucional, político y mediático, el rey Juan Carlos, Felipe González y Jesús Polanco.

Por eso, criticar ahora al Sistema sin reconocer antes que él pretendió erigirse en adalid del sistema supone una falta de honestidad intelectual. Mario Conde sólo ha desenfundado su artillería teórica para tratar de desnudar y desmontar el artificio cuando ha sido expulsado de ese Sistema.

¿Por qué cae Mario Conde? Por una conjunción de factores, dos de ellos externos a su morada en Banesto, y dos internos:

1) Mario es víctima de una operación política de los amos del Régimen, que nunca le perdonaron que les quitara Banesto de las manos cuando ya lo tenían copado, cuando ya López de Letona (un hombre que hubiera sido presidente del Gobierno con Franco de no haber estado por medio Arias Navarro) estaba a punto de ser presidente. Aquélla fue una afrenta para la «gente guapa» (un grupo de presión que se instaló en el poder en el año 65 y que desde entonces no lo ha dejado) que no podía quedar sin respuesta.

La muerte de Mario Conde se dicta en diciembre del 87 y se ejecuta en diciembre del 93. La habilidad de Conde reside en haber sabido sortear los peligros durante seis largos años, haber aguantado seis años con todo un aparato del Estado en contra. Al final, cae cuando más seguro se creía, demostrándose que ningún particular puede plantearse derrotar a un Estado.

El encargado de llevar a cabo aquella sentencia no podía ser otro que el Banco de España. Mariano Rubio despliega una estrategia y fracasa en varias ocasiones. Luis Angel Rojo pone en práctica otra, y triunfa.

2) Mario es víctima de su eterno coqueteo con la política, de su diletantismo, en un entorno que constantemente le está politizando, lo que hace que los partidos sospechen de sus intenciones y se posicionen en su contra.

Cuando los juegos de salón del gallego pasan a mayores, y los partidos sospechan que se le escucha en palacio, el recelo acumulado actúa de soldadura para la alianza que había de acabar con él.

3) Mario no concibió nunca el banco como un fin en sí mismo, sino como un instrumento, un medio para lograr sus fines. Mario despreció lo que para cualquier español hubiera sido el no va más de una carrera profesional: ser presidente de Banesto, presidente de un gran banco, una meta que pareció insuficiente para el gallego.

4) Quizá por un problema de soberbia, Conde creyó que, colocando al frente de la institución un equipo de amigos, tan fieles como mediocres gestores, podía sacar adelante el banco, sin necesidad de fichar a un equipo de primera línea. Y así coloca primero a Belloso, y luego hace lo propio con Lasarte, para acabar enrocándose con los amigos.

Al final, como dijo el juez Falcone poco antes de ser asesinado por las balas de la Mafia, uno siempre cae por alguno de los siguientes factores, o sencillamente por la conjunción de todos ellos: porque estás aislado, porque la jugada ha sido demasiado grande para ti, porque te han abandonado los amigos o porque no has sabido mantener las alianzas.

Nada de lo cual exculpa la desastrosa gestión al frente de Banesto. El problema de Mario Conde no son los rumores de comisiones —asunto que, por otro lado, nadie ha podido demostrarle— que han empedrado su camino en Banesto. El problema de verdad es su fracaso como banquero, es haber conducido a Banesto a tres años de beneficio cero después de llevar seis como presidente, y ahí no puede echar la culpa a nadie, porque toda la culpa es suya.

¿Le queda algún futuro a Mario Conde? La gente sensata de su entorno lo duda. Todo apunta a que el genio no ha aprendido la lección del 28 de diciembre y sigue instalado en el mundo de la fantasía. Víctima de su increíble capacidad para distorsionar la realidad, a veces da la sensación en su derredor de que nunca hubo un 28 de diciembre del 93.

Mario sigue siendo una bicicleta condenada al movimiento perpetuo. El de Tuy tiene que estar constantemente enredando, y esas prisas vitales podrían llegar a convertirle en un histrión, un nuevo don Juan de Borbón con su consejo privado, con su cohorte de servidores, su gabinete de prensa, mandando recados desde el palacete de la calle Triana convertido en nueva «Villa Giralda».

De hecho, la visita de Conde a Felipe en los días previos a la jornada electoral del 12 de junio recuerda mucho la visita de don Juan a Franco después de la guerra civil.

De nuevo anda Mario metido en proyectos políticos, y de nuevo comete el error de colocarse a la sombra de Felipe, ir de la mano de Felipe. Por eso, en las entrevistas que ofreció antes del verano, el ex banquero es reo de una nueva deshonestidad intelectual, al exculpar a Felipe González de cualquier responsabilidad en la intervención de Banesto, trampa artera que descubre sus intenciones, mano tendida al jefe del Sistema que dice combatir, contradicción irresoluble, falta de valor para llamar a las cosas por su nombre, o afán de nadar y guardar la ropa.

Por eso Felipe le envía hermosas flores, bellos piropos envueltos en papel de plata. He aquí uno de los últimos: «No tengo absolutamente ninguna duda de la honestidad personal de ese hombre. Y además no me cabe tampoco duda de que personas como ésa da muy pocas este país.»

De nuevo está dispuesto a utilizarlo en contra de Aznar. El 26 de mayo del 94, al día siguiente del contacto telefónico que sirvió para fijar la entrevista que ambos mantuvieron antes del 12 de junio, el presidente del Gobierno hizo un comentario que tardó cinco minutos en llegar a oídos del gallego: «Mario no tiene ni puñetera idea de lo que yo sufrí ese día [por el 28-D]. Yo sabía que se estaba brindando con champán en la sede del PP, pero *ésos* no me dieron ninguna opción, me plantearon el asunto como que el banco se caía esa mañana y que eso destruía el sistema financiero español, y a la vista de lo que ha pasado...»

Los resultados de las elecciones europeas del 12 de junio pasado significaron para Mario Conde un segundo 28-D, porque definitivamente le cerraron el paso a cualquier aventura política que no sea de carácter meramente residual. El 12-J fue la segunda muerte de Mario Conde.

El voto de centro derecha se ha agrupado en torno a Aznar y al Partido Popular, y cualquier alternativa a Felipe por la derecha política pasa ahora por Aznar y el PP. De manera que el eventual futuro político de Conde está supeditado a un cambio radical del actual escenario español, es decir, a la desaparición no sólo de González, sino también de Aznar.

Este hombre, pues, debería retirarse a sus cuarteles de invierno durante un mínimo de dos años a ver pasar las estaciones, oír llover y berrear los ciervos, escribir, llevar sus cuentas y reflexionar.

Para llegar un día a jugar un papel en la política española quizá debería despedir a su cohorte de fieles, o a la mayor parte de ellos, y quedarse a la intemperie, a cuerpo serrano, dejando que la lluvia y el viento de la calle le azoten la cara. Conde necesita salir a la calle, abandonar el cómodo Olimpo de sus fincas y contactar con una España real que tiene poco que ver con la que abandonó en 1986 cuando se lanzó a la conquista del universo. Y hacerlo con humildad.

Es joven, inteligente y no está muerto. Todavía es recuperable, aunque puede muy fácilmente consumirse en el fuego fatuo de sus prisas históricas. En un país tan carente de personas de verdadera valía sería una pena que ésta acabara definitivamente perdida, pero cada día que pasa tiene menos margen para el acierto y más para el error.

Mario Conde sólo podrá salvarse si, con humildad, aprende la lección del 28 de diciembre del 93. Por el momento, no parece estar preparado para pasar el examen.

INDICE ONOMASTICO

Otros títulos de esta colección

Federico Jiménez Losantos
Contra el felipismo
Crónicas de una década

Javier Tusell
Carrero
La eminencia gris del régimen de Franco

Eduardo Fuentes Gómez de Salazar
El Pacto del Capó
El testimonio clave de un militar sobre el 23-F

Raúl Heras
La guerra de las rosas
La destrucción del guerrismo por el dios *González*

Amadeo Martínez Inglés
La transición vigilada
Del Sábado Santo «rojo» al 23-F

Ramón Tijeras
La revolución de los jueces
De Falcone a Barbero: Una cruzada contra la corrupción política, el crimen internacional y la razón de Estado

Javier Pérez Pellón
Wojtyla, el último cruzado
Un papado medieval en el fin del milenio

Miguel Platón
La amenaza separatista
Mito y realidad de los nacionalismos en España

José María Irujo, Jesús Mendoza y José Macca
Roldán
Un botín a la sombra del tricornio

Luis Herrero
Conde, el ángel caído

José Díaz Herrera e Isabel Durán
Los secretos del poder
Del legado franquista al ocaso del felipismo: Episodios inconfesables

Jaime Ignacio del Burgo
Soñando con la paz
Violencia terrorista y nacionalismo vasco

Fernando Jáuregui y Manuel Angel Menéndez
El hombre que pudo ser FG
Pasión y muerte de Antonio Amat «Guridi» y otros «malditos» del PSOE